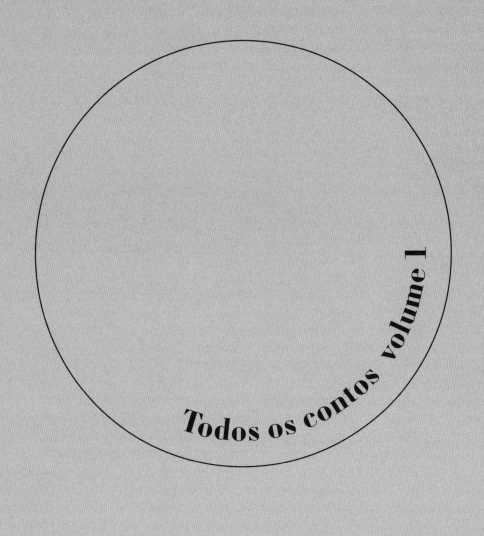

Todos os contos – volume 1

1945–1966

Julio Cortázar

Tradução Heloisa Jahn

COMPANHIA DAS LETRAS

Copyright © 1966 by Julio Cortázar
e herdeiros de Julio Cortázar

Grafia atualizada segundo o Acordo Ortográfico da Língua
Portuguesa de 1990, que entrou em vigor no Brasil em 2009.

Título original Cuentos completos 1 (1945-1966)
Capa e projeto gráfico Elaine Ramos (com Laura Haffner e Julia Paccola)
Foto de capa Acervo da família
Preparação Silvia Massimini Felix
Revisão Huendel Viana e Valquíria Della Pozza

Dados Internacionais de Catalogação na Publicação (CIP)
(Câmara Brasileira do Livro, SP, Brasil)

Cortázar, Julio, 1914-1984
    Contos completos volume 1 (1945-1966) / Julio Cortázar
; tradução Heloisa Jahn , Josely Vianna Baptista. — 1ª ed. —
São Paulo : Companhia das Letras, 2021.

    Título original: Cuentos completos 1 (1945-1966)
    ISBN 978-65-5921-070-1

    1. Contos argentinos I. Título.

21-60878   CDD-Ar863

Índice para catálogo sistemático:
1. Contos : Literatura   Ar863

Alice Graziele Benitez – Bibliotecária – CRB-1/3129

2ª reimpressão

Todos os direitos desta edição reservados à
EDITORA SCHWARCZ S.A.
Rua Bandeira Paulista, 702, cj. 32
04532-002 — São Paulo — SP
Telefone: (11) 3707-3500
www.companhiadasletras.com.br
www.blogdacompanhia.com.br
facebook.com/companhiadasletras
instagram.com/companhiadasletras
twitter.com/cialetras

Sumário

A OUTRA MARGEM (1945)

Plágios e traduções

    1. O filho do vampiro, 17
    2. As mãos que crescem, 20
    3. O telefone toca, Delia, 26
    4. Profunda sesta de Remi, 32
    5. Puzzle, 34

Histórias de Gabriel Medrano

    1. Regresso da noite, 41
    2. Bruxa, 47
    3. Mudança, 54
    4. Distante espelho, 62

Prolegômenos à astronomia

    1. Da simetria interplanetária, 69
    2. Os limpadores de estrelas, 70
    3. Breve curso de oceanografia, 74
    4. Estação da mão, 76

BESTIÁRIO (1951)

    Casa tomada, 85
    Carta a uma senhorita em Paris, 89
    Distante, 96
    Ônibus, 103
    Cefaleia, 111
    Circe, 120
    As portas do céu, 132
    Bestiário, 142

FIM DO JOGO (1956)

I.

Continuidade dos parques, 157
A culpa é de ninguém, 158
O rio, 161
Os venenos, 164
A porta condenada, 174
As mênades, 181

II.

O ídolo das Cíclades, 193
Uma flor amarela, 199
Sobremesa, 205
A banda, 211
Os amigos, 215
O motivo, 216
Torito, 222

III.

Relato com um fundo de água, 229
Depois do almoço, 233
Axolotes, 241
A noite de barriga para cima, 245
Fim do jogo, 251

AS ARMAS SECRETAS (1959)

Cartas de mamãe, 263
Os bons serviços, 278
As babas do diabo, 298
O perseguidor, 310
As armas secretas, 353

HISTÓRIAS DE CRONÓPIOS E DE FAMAS (1962)

Manual de instruções

Manual de instruções, 375
Instruções para chorar, 376
Instruções para cantar, 377
Instruções-exemplos sobre a forma de sentir medo, 377
Instruções para entender três pinturas famosas, 378
Instruções para matar formigas em Roma, 380
Instruções para subir uma escada, 381
Preâmbulo às instruções para dar corda no relógio, 382
Instruções para dar corda no relógio, 383

Ocupações bizarras

Simulacros, 385
Etiqueta e preleções, 388
Correios e Telecomunicações, 389
Perda e recuperação do cabelo, 390
Tia em dificuldades, 391
Tia explicada ou não, 392
O pousa-tigres, 393
Comportamento nos velórios, 395

Material plástico

Trabalhos de escritório, 399
Maravilhosas ocupações, 400
Vietato introdurre biciclette, 400
Comportamento dos espelhos na ilha de Páscoa, 401
Possibilidades da abstração, 402
O jornal diário, 403
Pequena história propensa a ilustrar o precário da estabilidade..., 404
Fim do mundo do fim, 405
Acefalia, 407
Esboço de um sonho, 408
E aí, López, 409
Geografias, 410
Avanço e retrocesso, 410
História verídica, 411

História com um urso fofo, 411
Tema para uma tapeçaria, 412
Propriedades de uma poltrona, 412
Sábio com buraco na memória, 413
Projeto para um poema, 414
Camelo declarado indesejável, 415
Discurso do urso, 415
Retrato do casuar, 416
Esmagamento das gotas, 417
História sem moral, 417
As linhas da mão, 419

Histórias de cronópios e de famas

I. Primeira e ainda incerta aparição dos cronópios, famas e esperanças. Fase mitológica

Costumes dos famas, 421
A dança dos famas, 422
Alegria do cronópio, 422
Tristeza do cronópio, 423

II. Histórias de cronópios e de famas

Viagens, 423
Conservação das lembranças, 424
Relógios, 424
O almoço, 425
Lenços, 425
Comércio, 426
Filantropia, 427
O canto dos cronópios, 427
História, 428
A colherada estreita, 428
A foto saiu tremida, 428
Eugenia, 429
Sua fé na ciência, 429
Inconvenientes nos serviços públicos, 430
Faça de conta que está na sua casa, 431
Terapias, 431

O particular e o universal, 431
Os exploradores, 432
Educação de príncipe, 432
Cole o selo no canto superior direito do envelope, 433
Telegramas, 433
Suas histórias naturais, 434

III. Histórias (inesperadas) de cronópios

Sistema viário, 436
Almoços, 436
Never stop the press, 437

TODOS OS FOGOS O FOGO (1966)

A autoestrada do sul, 443
A saúde dos doentes, 462
Reunião, 474
A senhorita Cora, 485
A ilha ao meio-dia, 503
Instruções para John Howell, 508
Todos os fogos o fogo, 519
O outro céu, 528

HISTÓRIAS (INESPERADAS)

A adaga e o lírio. Notas para um relatório, 547
Relato com um fundo de água, 553
Os gatos, 561
Manuscrito encontrado ao lado de uma mão, 585

1945

Para Paco, que gostava destes contos

And we are here as on a darkling plain
Swept with confused alarms of struggle and flight,
Where ignorant armies clash by night.

Matthew Arnold

Forçando sua espaçada execução — 1937/1945 —, reúno hoje estas histórias um pouco para ver se elas ilustram, com suas frágeis estruturas, a parábola do feixe de varas. Toda vez que as encontrei em cadernos avulsos, tive certeza de que necessitavam umas das outras, que sua solidão as perdia. Talvez mereçam estar juntas porque do desencanto de cada uma se desenvolveu o desejo da seguinte.

Apresento-as em livro para encerrar um ciclo e ficar a sós diante de outro menos impuro. Um livro a mais é um livro a menos; um aproximar-se do último que espera no topo, já perfeito.

Mendoza, 1945

Plágios e traduções

1. O filho do vampiro

Provavelmente todos os fantasmas sabiam que Duggu Van era um vampiro. Não o temiam, mas abriam caminho quando ele saía de sua tumba à meia-noite em ponto e entrava no antigo castelo em busca de seu alimento predileto.

O rosto de Duggu Van não era agradável. O muito sangue bebido desde sua morte aparente — no ano de 1060, pela mão de um menino, novo Davi armado de um estilingue-punhal — havia infiltrado em sua opaca pele a coloração lavada das madeiras que passaram muito tempo debaixo da água. Naquele rosto, só o que havia de vivo eram os olhos. Olhos fixos na figura de Lady Vanda, adormecida como um bebê no leito que não conhecia outra coisa além de seu leve corpo.

Duggu Van caminhava sem produzir ruído. A mistura de vida e morte que conformava seu coração se resolvia em qualidades inumanas. Vestido de azul-escuro, sempre acompanhado por um silencioso séquito de perfumes rançosos, o vampiro passeava pelas galerias do castelo em busca de vivos depósitos de sangue. A indústria frigorífica o teria indignado. Lady Vanda, adormecida, com uma mão diante dos olhos como numa premonição de perigo, parecia um bibelô repentinamente morno. E também um relvado propício, ou uma cariátide.

Duggu Van tinha o louvável costume de nunca pensar antes da ação. No quarto e junto ao leito, despindo com levíssima carcomida mão o corpo da rítmica escultura, a sede de sangue começou a ceder.

Vampiros que se apaixonam é coisa que na lenda se mantém oculta. Se ele houvesse ponderado, talvez sua condição tradicional o tivesse detido no limiar do amor, limitando-o ao sangue higiênico e vital. Mas Lady Vanda não era, para ele, mera vítima destinada a uma série de colações. A beleza irrompia de sua figura ausente, combatendo, no exato centro do espaço que separava os dois corpos, com a fome.

Sem tempo para se sentir perplexo, Duggu Van ingressou no amor com voracidade estrepitosa. O atroz despertar de Lady Vanda chegou um segundo atrasado com relação a suas possibilidades de defesa. E o falso sonho do desmaio foi forçado a entregá-la, branca luz na noite, ao amante.

Verdade que, de madrugada e antes de se retirar, o vampiro não resistiu a sua vocação e fez uma pequena sangria no ombro da desfalecida castelã. Mais tarde, ao pensar no fato, Duggu Van argumentou para si próprio que as sangrias eram muito recomendáveis para os desmaiados. Como em todos os seres, seu pensamento era menos nobre que o ato simples.

No castelo houve conferência médica e peritagens pouco agradáveis e sessões conjuratórias e anátemas, e também uma enfermeira inglesa chamada Miss Wilkinson que bebia genebra com uma naturalidade emocionante. Lady Vanda passou muito tempo entre a vida e a morte (sic). A hipótese de um pesadelo excessivamente verista viu-se abatida por determinadas comprovações oculares; e, para completar, transcorrido um lapso razoável de tempo, a dama teve certeza de estar grávida.

Portas trancadas a cadeado haviam detido as tentativas de Duggu Van. O vampiro era obrigado a alimentar-se de crianças, ovelhas, e mesmo — horror! — porcos. Mas para ele todo sangue parecia água comparado ao de Lady Vanda. Uma simples associação, da qual não o livrava seu caráter de vampiro, exaltava em sua lembrança o sabor do sangue no qual nadara, guloso, o peixe de sua língua.

Inflexível sua tumba na estação diurna, era preciso que aguardasse o canto do galo para investir, desconjuntado, louco de fome. Não tornara a ver Lady Vanda, mas seus passos o conduziam reiteradamente à galeria que terminava na redonda chacota amarela do cadeado. Duggu Van estava visivelmente depauperado.

Pensava às vezes — horizontal e úmido em seu nicho de pedra — que talvez Lady Vanda tivesse um filho dele. Nesses momentos o amor recrudescia mais que a fome. Sua febre sonhava com violações de ferrolhos, sequestros, com a ereção de uma nova tumba matrimonial de ampla capacidade. O paludismo se encarniçava nele, agora.

O filho crescia, pausado, em Lady Vanda. Uma tarde Miss Wilkinson ouviu o grito da senhora. Foi encontrá-la pálida, desolada. Passava a mão no ventre coberto de cetim, dizia:

— Ele é como o pai, como o pai.

Duggu Van, prestes a morrer a morte dos vampiros (coisa que o aterrorizava por razões compreensíveis), ainda alimentava a frágil esperança de que seu

18   *1. O filho do vampiro*

filho, quiçá detentor de suas próprias qualidades de sagacidade e destreza, encontrasse meios de levar-lhe algum dia a mãe.

Lady Vanda estava cada dia mais branca, mais aérea. Os médicos imprecavam, os tônicos malogravam. E ela sempre repetindo:

— Ele é como o pai, como o pai.

Miss Wilkinson chegou à conclusão de que o pequeno vampiro estava dessangrando a mãe com a mais refinada das crueldades.

Quando os médicos tomaram conhecimento, houve menção a um aborto amplamente justificável; mas Lady Vanda se recusou, virando a cabeça como um ursinho de pelúcia, acariciando com a destra seu ventre de cetim.

— Ele é como o pai — disse. — Como o pai.

O filho de Duggu Van crescia rapidamente. Não só ocupava a cavidade que a natureza lhe destinara como invadia o resto do corpo de Lady Vanda. Lady Vanda já mal conseguia falar, não lhe restava sangue; o pouco que possuía estava no corpo do filho.

E quando chegou o dia fixado pelas memórias para o nascimento, os médicos disseram a si mesmos que aquele seria um nascimento estranho. Num total de quatro, rodearam o leito da parturiente à espera da meia-noite do trigésimo dia do nono mês do atentado de Duggu Van.

Miss Wilkinson, na galeria, viu aproximar-se uma sombra. Não gritou porque acreditava firmemente que com isso não ganharia nada. Verdade que o rosto de Duggu Van não era de provocar sorrisos. A cor terrosa de seu rosto se transformara num relevo uniforme e cárdeno. Em lugar dos olhos, duas grandes interrogações chorosas se equilibravam sob o cabelo emplastrado.

— Ele é absolutamente meu — disse o vampiro na linguagem caprichosa de sua seita — e ninguém pode se interpor entre sua essência e o meu carinho.

Falava do filho; Miss Wilkinson serenou.

Os médicos, reunidos num ângulo do leito, dedicavam-se a demonstrar uns para os outros que não estavam com medo. Começavam a admitir alterações no corpo de Lady Vanda. A pele ficara repentinamente escura, as pernas se enchiam de relevos musculares, o ventre se aplanava suavemente e, com uma naturalidade que parecia quase familiar, seu sexo se transformava no oposto. O rosto não era mais o de Lady Vanda. As mãos não eram mais as de Lady Vanda. Os médicos sentiam um medo atroz.

Então, quando soaram as doze horas, o corpo de quem havia sido Lady Vanda e era agora seu filho ergueu-se docemente no leito e estendeu os braços na direção da porta aberta.

Duggu Van entrou no salão, passou diante dos médicos sem vê-los e tomou as mãos do filho.

A outra margem   19

Os dois, olhando-se como se se conhecessem desde sempre, saíram pela janela. O leito levemente amarrotado e os médicos balbuciando coisas ao redor dele, contemplando os instrumentos do ofício sobre as mesas, a balança para pesar o recém-nascido, e Miss Wilkinson na porta, contorcendo as mãos e perguntando, perguntando, perguntando.

1937

2. As mãos que crescem

E le não havia provocado. Quando Cary disse: "Você é um covarde, um canalha, e ainda por cima um mau poeta", as palavras decidiram o curso das ações, como costuma acontecer nesta vida.

Plack avançou dois passos na direção de Cary e começou a bater nele. Estava muito seguro de que Cary lhe devolvia os golpes com a mesma violência, mas não sentia nada. Tão somente suas mãos que, a uma velocidade prodigiosa, arrematando a arrancada fulminante dos braços, iam dar no nariz, nos olhos, na boca, nas orelhas, no pescoço, no peito, nos ombros de Cary.

Bem de frente, movendo o torso com um balanço rapidíssimo, sem retroceder, Plack atacava. Sem retroceder, Plack atacava. Seus olhos mediam em cheio a silhueta do adversário. Mas localizava suas próprias mãos melhor ainda; via-as bem fechadas, executando a tarefa como pistões de automóvel, como qualquer coisa que executasse sua tarefa movendo-se ao compasso de um balanço rapidíssimo. Batia em Cary, continuava batendo, e toda vez que seus punhos afundavam numa massa escorregadia e quente que sem dúvida era o rosto de Cary, sentia o coração cheio de júbilo.

Por fim baixou os braços, deixou-os descansar ao lado do corpo. Disse:

— Está bom assim, estúpido. Adeus.

Começou a andar, saindo da sala da Prefeitura, pelo corredor que levava remotamente à rua.

Plack estava satisfeito. Suas mãos haviam se comportado bem. Levantou-as à frente para admirá-las; pareceu-lhe que com tanta pancada elas tinham inchado um pouco. Suas mãos haviam se comportado bem, que diabos; ninguém deixaria de reconhecer que ele era capaz de boxear como qualquer outro.

O corredor se estendia sumamente longo e deserto. Por que tanta demora em percorrê-lo? Quem sabe o cansaço? Mas se sentia leve e amparado pelas mãos invisíveis da satisfação física. As mãos?... Não existia no mundo mão que se comparasse a suas mãos; provavelmente também não havia outras tão inchadas pelo esforço. Olhou de novo para elas, embalando-se como manivelas ou meninas em férias; sentiu-as profundamente suas, presas a seu ser por razões mais profundas que a conexão dos punhos. Suas doces, suas esplêndidas mãos vencedoras.

Assobiava, marcando o compasso com a marcha pelo corredor interminável. Ainda faltava uma grande distância para chegar à porta de saída. Mas que importância tinha isso, afinal... Na casa de Emilio se almoçava tarde, embora na verdade ele não fosse almoçar na casa de Emilio, mas no apartamento de Margie. Almoçaria com Margie só pelo prazer de dizer-lhe palavras carinhosas, e em seguida voltaria para o turno da tarde. Muito trabalho, na Prefeitura. Não havia mão que chegasse para cobrir a tarefa. As mãos... Mas as dele sim, quanto trabalho haviam tido pouco antes. Bater e bater, vingadoras; talvez fosse por isso que agora pesavam tanto. E a rua tão distante, e era meio-dia.

A luz da porta começava a movimentar-se no campo visual de Plack. Parou de assobiar; disse: "Bliblug, bliblug, bliblug". Lindo, fala sem motivo, sem significado. Foi quando sentiu que alguma coisa o arrastava pelo chão. Alguma coisa que era mais que alguma coisa; coisas suas estavam se arrastando pelo chão.

Olhou para baixo e viu que os dedos de suas mãos se arrastavam pelo chão.

Os dedos de suas mãos se arrastavam pelo chão. Dez sensações incidiam no cérebro de Plack com a colérica enunciação das novidades repentinas. Ele não queria acreditar, mas era verdade. Suas mãos pareciam orelhas de elefante africano. Gigantescos ecrãs de carne se arrastando pelo chão.

Apesar do horror, soltou uma risada histérica. Sentia cócegas no dorso dos dedos; cada junção de lajotas lhe esfregava na pele uma espécie de lixa. Quis erguer uma das mãos mas não aguentou o peso. Cada mão devia pesar uns cinquenta quilos. Não conseguiu nem mesmo fechá-las. Ao imaginar os punhos que elas teriam formado, sacudiu-se de rir. Que mãos enormes! Voltar para junto de Cary, discreto e com os punhos feito tonéis de petróleo, estender um dos tonéis na direção dele, desenrolando-o lentamente, deixando surgirem as falanges, as unhas, enfiar Cary dentro da mão esquerda, sobre a palma, cobrir a palma da mão esquerda com a palma da mão direita e esfregar as mãos suavemente, girando Cary de uma ponta até a outra, como um pedaço de massa de talharim, tal qual Margie nas quintas-feiras ao meio-dia. Girá-lo, cantando canções alegres, até deixar Cary mais moído que um biscoito velho.

Agora Plack estava chegando à saída. Mal conseguia se mexer, arrastando as mãos pelo chão. A cada irregularidade do piso de lajotas sentia o eriça-

A outra margem 21

mento furioso de seus nervos. Começou a praguejar em voz baixa, teve a sensação de que tudo ficava vermelho, mas os vidros da porta exerciam alguma influência.

O problema capital era abrir a malfadada porta. Plack resolveu-o assentando um pontapé e enfiando o corpo quando a folha da porta cedeu para fora. Porém as mãos não passavam pela abertura. Pondo-se de lado, quis forçar a passagem primeiro da mão direita, depois da outra. Não conseguiu que nenhuma das duas passasse. Pensou: "Deixá-las aqui". Pensou-o como se fosse possível, seriamente.

— Absurdo — murmurou, mas a palavra já era uma espécie de caixa vazia.

Procurou se acalmar e deixou-se cair sentado à maneira turca diante da porta; as mãos pareciam adormecidas ao lado dos minúsculos pés cruzados. Plack olhou-as atentamente; fora o aumento, não haviam mudado. A verruga do polegar direito, tirando que agora seu tamanho era o de um relógio despertador, mantinha a mesma bela tonalidade azul maradriático. O corte das unhas persistia em seu capricho (Margie). Plack respirou profundamente, técnica para se acalmar; o assunto era sério. Muito sério. Sério o bastante para enlouquecer a quem lhe ocorresse. Mas conseguia sentir de fato o que sua inteligência lhe indicava. Sério, assunto sério e grave; e sorria ao dizê-lo, como num sonho. De repente se deu conta de que a porta tinha duas folhas. Endireitando-se, aplicou um pontapé na segunda folha e usou a mão esquerda como tranca. Devagar, calculando as distâncias com cuidado, fez as duas mãos saírem pouco a pouco para a rua. Sentia-se aliviado, quase feliz. Agora o importante era ir até a esquina e em seguida tomar um ônibus.

Na praça as pessoas o contemplaram com horror e assombro. Plack não se incomodava; muito mais estranho teria sido que não o contemplassem. Fez com a cabeça um gesto violento para o motorista de um ônibus para que parasse o veículo na esquina. Queria embarcar nele, mas as mãos estavam pesadas demais e ao primeiro esforço ficou esgotado. Recuou sob a avalanche de agudos gritos que surgiam do interior do ônibus, no qual as velhas sentadas do lado da calçada acabavam de desmaiar em série.

Plack continuava na rua, olhando para as próprias mãos que estavam se enchendo de lixo, de palhinhas e pedrinhas da calçada. Não deu certo com o ônibus. Quem sabe o bonde...?

O bonde parou e os passageiros exalaram horrendos gritos ao perceber aquelas mãos arrastadas pelo chão e Plack no meio delas, pequenino e pálido. Os homens estimularam histericamente o motorneiro para que arrancasse sem esperar. Plack não conseguiu embarcar.

— Vou tomar um táxi — murmurou, começando lentamente a desesperar-se.

22   *2. As mãos que crescem*

Havia táxis em abundância. Chamou um, amarelo. O táxi parou como a contragosto. Havia um negro ao volante.

— Verdes prados! — balbuciou o negro. — Que mãos!

— Abra a porta, desça, pegue minha mão esquerda, ponha para dentro, pegue minha mão direita, ponha para dentro, me empurre para que eu entre no carro, mais devagar, assim está bem. Agora me leve até a rua Doze, número quarenta setenta e cinco, depois vá para o diabo, negro dos infernos.

— Verdes prados! — disse o motorista, já restabelecida sua tradicional cor cinza. — Tem certeza de que essas mãos são as suas, senhor?

Plack gemia em seu assento. Mal havia lugar para ele: as mãos ocupavam todo o piso do carro e extravasavam sobre o assento. Começava a refrescar e Plack espirrou. Instintivamente, quis cobrir o nariz com uma das mãos e por pouco não arranca o braço fora. Deixou-se estar, abúlico, vencido, quase feliz. As mãos repousavam sujas e maciças no piso do táxi. Da verruga, que batera num poste de iluminação, saíam algumas grandes gotas de sangue.

— Vou até a casa de um médico — disse Plack. — Não posso entrar assim na casa de Margie. Por Deus, não posso; o apartamento inteiro ficaria ocupado. Vou consultar um médico; se ele aconselhar a amputação, aceito, é o único jeito. Estou com fome, estou com sono.

Bateu com a testa no vidro que separava o assento traseiro do motorista.

— Me leve até a rua Cinquenta, número quarenta e oito cinquenta e seis. Consultório do dr. September.

Depois ficou tão contente com a ideia que acabara de lhe ocorrer que chegou a sentir o impulso de esfregar as mãos de prazer; moveu-as pesadamente, deixou-as quietas.

O negro carregou suas mãos até o consultório do médico. Houve uma tremenda correria na sala de espera quando Plack apareceu, andando atrás das mãos que o negro segurava pelos polegares, ensopado de suor e gemendo.

— Me leve até aquela poltrona; isso, assim está bom. Enfie a mão no bolso do casaco. *Sua* mão, palerma: no bolso do casaco; não esse, o outro. Mais para dentro, criatura. Isso. Tire o maço de dinheiro, separe um dólar, pode ficar com o troco e até logo.

Descontava no subalterno negro, sem saber o porquê de sua irritação. Uma questão racial, quem sabe, evidentemente sem porquês.

Duas enfermeiras já apresentavam seus sorrisos veladamente pânicos para que Plack apoiasse nelas as mãos. Arrastaram-no penosamente até o interior do consultório. O dr. September era um indivíduo com um semblante redondo de borboleta em bancarrota; veio apertar a mão de Plack, viu que a questão exigiria certas evoluções forçadas, permutou o aperto de mão por um sorriso.

— O que o traz aqui, amigo Plack?

A outra margem   23

Plack olhou para ele penalizado.

— Nada — replicou, displicente. — Estou com dor na árvore genealógica. Então não está vendo minhas mãos, pedaço de esculápio?

— Oh, oh! — admitia September. — Oh, oh, oh!

Ajoelhou-se e ficou algum tempo apalpando a mão esquerda de Plack. Dava a impressão de sentir-se bastante preocupado. Começou a fazer perguntas, as de sempre, que adquiriam um tom estranho agora que eram aplicadas ao assombroso fenômeno.

— Muito estranho — resumiu com ar convicto. — Sumamente estranho, Plack.

— O senhor acha?

— Acho. É o caso mais estranho da minha carreira. Naturalmente, o senhor permitirá que eu tire algumas fotografias para o museu de bizarrias da Pensilvânia, não é mesmo? Além disso, um cunhado meu trabalha no *The Shout*, um jornal silencioso e discreto. O pobre do Korinkus anda muito fracassado; eu gostaria de fazer alguma coisa por ele. Uma reportagem com o homem das mãos... digamos, das mãos extralimitadas, seria o triunfo para Korinkus. Vamos conceder-lhe essa exclusiva, não é mesmo? Poderíamos trazê-lo até aqui ainda esta noite.

Plack cuspiu com raiva. Seu corpo inteiro tremia.

— Não, não sou carne de circo — disse, ameaçador. — Vim até aqui única e exclusivamente para que o senhor me ampute isso. Agora mesmo, entenda. Pago o que for, tenho um seguro que cobre esses gastos. Além disso, conto com meus amigos, que me garantem; assim que eles souberem o que está acontecendo comigo, virão todos como um só homem apertar minha... Bom, eles virão.

— O senhor é que manda, meu querido amigo — o dr. September olhava o relógio de pulso. — São três da tarde (e Plack se alarmou porque não acreditava que tivesse transcorrido tanto tempo). Caso o opere já, o senhor terá que passar pela pior parte durante a noite. Deixamos para amanhã? Enquanto isso, Korinkus...

— A pior parte é a que estou passando agora — disse Plack, erguendo mentalmente as mãos até a cabeça. — Me opere, doutor, pelo amor de Deus. Me opere... Estou lhe dizendo para me operar! Me opere, homem..., não seja bandido!!... Entenda o que eu estou sofrendo!! Nunca cresceram mãos no senhor...?? Pois em mim, sim!!! Olhe isso... em mim, sim!!!

Chorava, e as lágrimas lhe caíam impunemente pelo rosto e gotejavam até perder-se nas grandes rugas das palmas de suas mãos, que descansavam no chão de barriga para cima, com as costas nas lajotas geladas.

Agora o dr. September estava rodeado por um diligente corpo de enfermeiras, cada uma mais linda que a outra. Todas juntas sentaram Plack num banquinho e posicionaram suas mãos sobre uma mesa de mármore. Ferviam fogos, aromas intensos se confundiam no ar. Reluzir de aços, de ordens. O dr. September, envolto em sete metros de tecido branco; e a única coisa viva que havia nele eram os olhos. Plack começou a pensar no momento terrível da volta à vida, depois da anestesia.

Deitaram-no suavemente, de modo que suas mãos ficassem sobre a mesa de mármore onde o sacrifício seria levado a cabo. O dr. September se aproximou, rindo por baixo da máscara.

— Korinkus virá tirar fotos — disse. — Ouça, Plack, isso é simples. Pense em coisas alegres e seu coração não sofrerá. Já se despediu das suas mãos? Quando acordar... elas já não estarão com o senhor.

Plack fez um gesto tímido. Começou a olhar para as mãos, primeiro uma e depois a outra. "Adeus, mocinhas", pensou. "Quando estiverem no aquário de formol especialmente destinado a vocês, pensem em mim. Pensem na Margie, que beijava vocês. Pensem no Mitt, cujo pelo vocês acariciavam. Em homenagem à surra que deram no Cary, aquele vaidoso insolente, estão perdoadas pela peça que me pregaram..."

Haviam aproximado algodões de seu rosto e Plack começava a sentir um cheiro doce e pouco agradável. Ensaiou um protesto mas September fez um leve sinal negativo. Então Plack se calou. Era melhor deixar que o adormecessem, distrair-se pensando em coisas alegres. Por exemplo, na briga com Cary. Ele não havia provocado. Quando Cary falou: "Você é um covarde, um canalha, e ainda por cima um mau poeta", as palavras decidiram o curso das ações, tal como costuma acontecer nesta vida. Plack avançou dois passos na direção de Cary e começou a bater nele. Estava muito seguro de que Cary lhe devolvia os golpes com a mesma violência, mas não sentia nada. Tão somente suas mãos que, a uma velocidade prodigiosa, arrematando a arrancada fulminante dos braços, iam dar no nariz, nos olhos, na boca, nas orelhas, no pescoço, no peito, nos ombros de Cary.

Lentamente voltava a si. Ao abrir os olhos, a primeira imagem que se colou neles foi a de Cary. Um Cary muito pálido e preocupado que se inclinava balbuciante sobre ele.

— Meu Deus...! Plack, velho... Nunca imaginei que fosse acontecer uma coisa dessas...

Plack não entendeu. Cary, ali? Pensou; quem sabe o dr. September, prevendo uma possível gravidade pós-operatória, avisara os amigos. Porque, além de Cary, via agora os rostos de outros funcionários da Prefeitura agrupados em torno de seu corpo estendido.

— Como você está, Plack? — perguntava Cary com voz estrangulada. — Está... está se sentindo melhor?

A outra margem   25

Então, de modo fulminante, Plack compreendeu a verdade. Havia sonhado! Havia sonhado! "Cary me acertou um soco no queixo, desmaiando-me; no meu desmaio sonhei esse horror das mãos…"

Soltou uma aguda gargalhada de alívio. Uma, duas, muitas gargalhadas. Os amigos o contemplavam com rostos ainda ansiosos e assustados.

— Oh, grande imbecil! — apostrofou Plack, olhando para Cary com olhos brilhantes. — Você me venceu, mas espere eu me recuperar um pouco…, vou lhe dar uma surra que vai deixá-lo um ano de cama…!

Ergueu os braços para confirmar suas palavras com um gesto conclúdente. Então seus olhos viram os cotocos.

1937

3. O telefone toca, Delia

As mãos de Delia doíam. Como vidro moído, a espuma do sabão insistia em se infiltrar nas rachaduras de sua pele, punha nos nervos uma dor áspera percorrida de súbito por fisgadas lancinantes. Delia teria chorado sem disfarce, entregando-se à dor como a um abraço necessário. Não chorava porque uma secreta energia a repelia na entrega fácil ao soluço; a dor do sabão não era motivo suficiente, depois de todo o tempo que vivera chorando por Sonny, chorando pela ausência de Sonny. Teria sido degradar-se, sem a única causa que para ela merecia o dom de suas lágrimas. E além disso ali estava Babe, em seu berço de ferro e pago a prestação. Ali, como sempre, estavam Babe e a ausência de Sonny. Babe em seu berço ou engatinhando sobre o tapete puído; e a ausência de Sonny, presente em toda parte como são as ausências.

A tina, sacudida em seu suporte pelo ritmo do esfregar da roupa, se somava à percussão de um blues cantado pela mesma jovem de pele escura que Delia admirava nas revistas de rádio. Preferia sempre as audições da cantora de blues: às sete e quinze da noite — a rádio, entre uma e outra música, anunciava a hora com um *hi, hi* de camundongo assustado — e até sete e meia. Delia não pensava nunca: "Dezenove e trinta"; preferia a velha nomenclatura familiar, tal como proclamada pelo relógio de parede de pêndulo fatigado que Babe observava agora balançando comicamente a cabecinha pouco firme. Delia gostava de ficar olhando o relógio ou de prestar atenção no *hi, hi* da rádio; embora a entristecesse associar ao tempo a ausência de Sonny, a maldade de Sonny, seu abandono, Babe, e a vontade de chorar, e como a sra. Morris dissera que a conta do armazém precisava ser paga imediatamente, e que bonitas aquelas meias cor de avelã.

Primeiro sem saber por quê, Delia flagrou a si mesma no ato de olhar furtivamente para uma fotografia de Sonny pendurada ao lado da prateleira do telefone. Pensou: "Hoje ninguém me telefonou". Mal entendia a razão de continuar pagando a conta mensal do telefone. Ninguém ligava para aquele número desde a partida de Sonny. Os amigos, porque Sonny tinha muitos amigos, não ignoravam que agora ele era um estranho para Delia, para Babe, para o pequeno apartamento onde as coisas se amontoavam no reduzido espaço dos dois cômodos. Só Steve Sullivan às vezes telefonava e falava com Delia; ligava para dizer a Delia como estava feliz em saber que ela ia bem de saúde, e que não fosse imaginar que o que acontecera entre ela e Sonny seria razão para ele deixar de telefonar perguntando como ela andava de saúde e pelos dentinhos de Babe. Só Steve Sullivan; e naquele dia o telefone não havia tocado nem uma única vez; nem mesmo por engano.

Eram sete e vinte. Delia ouviu o *hi, hi* misturado com anúncios de dentifrício e cigarros mentolados. Ficou sabendo também que o gabinete Daladier estava cai não cai. Depois voltou a cantora de blues e Babe, que mostrava propensão a chorar, fez um gracioso gesto de alegria, como se naquela voz morena e espessa houvesse alguma guloseima de que gostasse. Delia foi descartar a água ensaboada e enxugou as mãos, gemendo de dor ao esfregar a toalha sobre a carne macerada.

Mas não ia chorar. Só por Sonny ela era capaz de chorar. Em voz alta, dirigindo-se a Babe, que de seu berço amarfanhado sorria para ela, tentou encontrar palavras que justificassem um soluço, um gesto de dor.

— Se ele pudesse compreender o mal que nos fez, Babe... Se tivesse alma, se fosse capaz de pensar por um segundo no que deixou para trás quando bateu a porta num gesto de raiva... Dois anos, Babe, dois anos... e nós sem saber nada dele... Nem uma carta, nem uma remessa... nem mesmo uma remessa para você, para comprar roupa e sapatinhos... Você já nem se lembra do dia do seu aniversário, não é mesmo? Foi no mês passado, e eu fiquei ao lado do telefone com você no colo esperando que ele ligasse, que dissesse simplesmente: "Alô, parabéns!", ou que lhe mandasse um presente, só um presentinho, um coelhinho ou uma moeda de ouro...

Assim, as lágrimas que queimavam sua face lhe pareceram legítimas porque as derramava pensando em Sonny. E foi nesse momento que tocou o telefone, justamente quando brotava da rádio o guincho esmerado e miúdo que anunciava as sete e vinte e dois.

A outra margem 27

— Telefone — disse Delia, olhando para Babe como se o menino fosse capaz de compreender. Aproximou-se do telefone um pouco insegura, pensando que talvez fosse a sra. Morris atrás do pagamento. Sentou-se no banquinho. Não demonstrava pressa, apesar da campainha insistente. Disse:

— Alô.

A resposta demorou a vir.

— Alô. Quem...?

Claro que ela já sabia, e por isso teve a impressão de que o aposento estava girando, de que o minueto do relógio se transformava numa hélice enfurecida.

— Aqui é o Sonny, Delia. O Sonny.

— Ah, Sonny.

— Você vai desligar?

— Vou, Sonny — disse ela, muito devagar.

— Delia, preciso falar com você.

— Fale, Sonny.

— Preciso lhe dizer muitas coisas, Delia.

— Está bem, Sonny.

— Você está... está brava comigo?

— Não consigo ficar brava. Estou triste.

— Eu sou um desconhecido para você... um estranho, agora?

— Não me pergunte isso. Não quero que você me pergunte isso.

— É que eu lamento, Delia.

— Ah, lamenta.

— Por favor, não fale assim, nesse tom...

— ...

— Alô.

— Alô. Achei que...

— Delia...

— O quê, Sonny.

— Posso lhe perguntar uma coisa?

Ela percebia alguma coisa estranha na voz de Sonny. Claro que talvez já tivesse esquecido um pedaço da voz de Sonny. Sem formular a pergunta, entendeu que estava tentando adivinhar se ele ligava da prisão ou de algum bar... Por trás da voz dele havia silêncio, e quando Sonny se calava tudo era silêncio, um silêncio noturno.

— ... só uma pergunta, Delia.

Do berço, Babe olhou para a mãe inclinando a cabecinha num gesto de curiosidade. Não mostrava impaciência nem vontade de cair no choro. A rádio, na outra ponta do quarto, acusou novamente a hora: *hi, hi*, sete e vinte e cinco. E Delia ainda não pusera o leite de Babe para esquentar; e não pendurara a roupa recém-lavada.

— Delia, quero saber se você me perdoa.

— Não, Sonny, não perdoo.

— Delia...

— O quê, Sonny?

— Você não me perdoa?

— Não, Sonny, agora o perdão não faz diferença... Perdoamos as pessoas a quem ainda amamos um pouco... e é por causa do Babe, por causa do Babe que eu não o perdoo.

— Por causa do Babe, Delia? Você acha que eu seria capaz de esquecer o Babe?

— Não sei, Sonny. Mas eu nunca permitiria que você voltasse a morar com ele porque agora ele é só meu filho, só meu filho. Não permitiria nunca.

— Agora não importa mais, Delia — disse a voz de Sonny, e Delia sentiu novamente, só que com mais força, que faltava (ou sobrava) alguma coisa na voz de Sonny.

— De onde você está ligando?

— Isso também não importa — disse a voz de Sonny como se fosse penoso para ele responder daquele jeito.

— Mas é que...

— Vamos deixar isso para lá, Delia.

— Está bem, Sonny.

(Sete e vinte e sete.)

— Delia, faça de conta que estou indo embora.

— Você? Indo embora? E por quê?

— Pode acontecer, Delia... Acontecem tantas coisas que... Entenda, entenda... Ir embora assim, sem seu perdão... ir embora assim, Delia, sem nada... sem roupa... sem roupa e sem ninguém!

(A voz, tão esquisita. A voz de Sonny, como se ao mesmo tempo não fosse a voz de Sonny mas fosse, sim, a voz de Sonny.)

— Tão sem nada, Delia... Sozinho e sem roupa, indo embora desse jeito, sem nada, só com minha culpa... Sem seu perdão, sem seu perdão, Delia!

— Por que você está dizendo isso, Sonny?

— Porque não sei... Estou tão sozinho, tão privado de carinho, tão estranho...

— Mas...

Como quem olha através da neblina, Delia olhava fixamente à frente, para o relógio. Sete e vinte e nove; o ponteiro coincidia com a firme linha anterior ao traço mais grosso da meia hora.

— *Delia... Delia...!*

— De onde você está ligando...? — ela gritou, inclinando-se sobre o telefone, começando a sentir medo, medo e amor; e sede, muita sede, e querendo pentear entre os dedos o cabelo escuro de Sonny, e beijá-lo na boca. — De onde você está ligando...?

— ...

— De onde você está ligando, Sonny?

— ...

— Sonny...!

— ...

— Alô, alô...! Sonny!

— *Seu perdão, Delia...*

O amor, o amor, o amor. Perdão, que absurdo já...

— Sonny... Sonny, venha...! Venha, estou à sua espera...! Venha...! ("Deus. Deus...!")

— ...

— Sonny...!

— ...

— Sonny! *Sonny!!*

— ...

Nada.

Eram sete e trinta. O relógio mostrava. E a rádio: *hi, hi*. O relógio, a rádio e Babe, que estava com fome e olhava para a mãe um pouco assombrado com o atraso.

Chorar, chorar. Deixar-se ir corrente abaixo do pranto, ao lado de um menino gravemente silencioso e parecendo compreender que diante de um pranto como aquele toda imitação deveria calar-se. Da rádio veio um piano dulcíssimo, de acordes líquidos, e então Babe foi adormecendo com a cabeça apoiada no antebraço da mãe. Havia no aposento uma espécie de grande ouvido atento, e os soluços de Delia subiam pelas espirais das coisas, demoravam-se, palpitando, antes de perder-se nas galerias interiores do silêncio.

A campainha. Um toque seco. Alguém tossia perto da porta.

— Steve!

— Sou eu, Delia — disse Steve Sullivan. — Eu ia passando, e...

Houve uma pausa prolongada.

— Steve... você está vindo da parte do...?

— Não, Delia.

30   *3. O telefone toca, Delia*

Steve estava triste e Delia fez um gesto maquinal, convidando-o a sentar--se. Percebeu que ele não caminhava com o passo seguro de antes, quando aparecia em busca de Sonny ou para jantar com os dois.

— Sente-se, Steve.

— Não, não... eu já vou. Delia, não tem nenhuma informação sobre...

— Não, nenhuma...

— E, claro, já não ama o...

— Não, Steve, não amo. E olhe que...

— Trago uma notícia, Delia.

— A sra. Morris...?

— É a respeito do Sonny.

— Do Sonny? Ele está preso?

— Não, Delia.

Delia deixou-se cair sobre o banquinho. Sua mão tocou o telefone gelado.

—Ah...! Achei que ele podia ter telefonado da prisão...

— Ele telefonou para cá?

— Sim, Steve. Queria me pedir perdão.

— O Sonny? O Sonny lhe pediu perdão pelo telefone?

— Pediu, Steve. E eu não perdoei. Nem o Babe nem eu podíamos perdoá-lo.

— Oh, Delia!

— Não podíamos, Steve. Mas depois... não me olhe assim... depois eu chorei feito uma idiota... veja meus olhos... e bem que eu queria que... mas diz que vem com uma notícia? Uma notícia de Sonny...

— Delia...

— Já sei, já sei... não diga nada; ele roubou de novo, não é mesmo? Está preso e ligou para mim da prisão... Steve... agora eu quero saber!

Steve parecia atordoado. Olhou para todos os lados, como procurando um ponto de apoio.

— Quando foi que ele ligou, Delia?

— Agora há pouco, às sete... às sete e vinte, agora me lembro bem. Falamos até as sete e meia.

— Mas, Delia, não é possível.

— Por que não é possível? Ele queria que eu o perdoasse, Steve, e só quando desligou o telefone é que entendi que ele estava mesmo só, desesperado... E aí já era tarde, embora eu tenha gritado, gritado ao telefone... já era tarde. Ele estava ligando da prisão, não é mesmo?

— Delia... — Agora Steve estava com um rosto branco e impessoal e seus dedos se crispavam na aba do chapéu gasto. — Por Deus, Delia...

— O que foi, Steve...?

A outra margem   31

— Delia, não é possível, não é possível! O Sonny não pode ter telefonado meia hora atrás!

— Por que não? — perguntou ela, pondo-se de pé num só impulso de horror.

— Porque o Sonny morreu às cinco, Delia. Mataram ele na rua com um balaço.

Do berço vinha a respiração ritmada de Babe, coincidindo com o vaivém do pêndulo. O pianista da rádio havia parado de tocar; a voz do locutor, cerimoniosa, elogiava com eloquência um novo modelo de automóvel: moderno, econômico, sumamente veloz.

1938

4. Profunda sesta de Remi

Já vinham. Imaginara muitas vezes os passos, distantes e leves e depois densos e próximos, retendo-se um pouco nos últimos metros como um último vacilo. A porta se abriu sem que tivesse ouvido o rangido familiar da chave; de tão atento que estava, esperando o instante de levantar-se e enfrentar seus verdugos.

A frase se construiu em sua consciência antes que os lábios do prefeito a modulassem. Quantas vezes havia suspeitado que somente uma coisa podia ser dita naquele instante, uma simples e clara coisa que tudo continha. Ouviu-a:

— Chegou a hora, Remi.

A pressão nos braços era firme mas sem maligna dureza. Sentiu-se levado pelo corredor como se fosse a passeio, olhou desinteressado para algumas silhuetas que se prendiam às grades e adquiriam no ato uma importância imensa e tão terrivelmente inútil, a importância de ser silhuetas vivas que ainda se moveriam por muito tempo. O recinto maior, nunca visto antes (mas Remi o reconhecia na imaginação e era exatamente como o pensara), uma escada sem corrimãos porque com ele ascendia o apoio lateral dos carcereiros, e em cima, em cima...

Sentiu o redondo laço, soltaram-no bruscamente, ficou um instante sozinho e aparentemente livre num grande silêncio repleto de nada. Então quis adiantar-se ao que ia acontecer, como sempre e desde menino adiantar-se ao fato por intermédio da reflexão; meditou no instante fulmíneo as possibilidades sensoriais que o galvanizariam um segundo depois, quando soltassem a escotilha. Cair num grande poço negro ou apenas a asfixia lenta e atroz ou algo que não o satisfazia plenamente como construção mental; algo defectivo, insuficiente, algo...

Enfadado, retirou do pescoço a mão com a qual havia fingido a corda ensaboada; outra farsa idiota, outra sesta perdida por culpa de sua imaginação doente. Endireitou-se na cama em busca dos cigarros pelo mero fato de fazer alguma coisa; ainda estava com o gosto do último na boca. Acendeu o fósforo, ficou olhando para ele até quase queimar os dedos; a chama dançava em seus olhos. Depois se estudou em vão no espelho do lavabo. Hora de tomar banho, ligar para Morella e marcar encontro na casa da sra. Belkis. Outra sesta perdida; a ideia o atormentava como um mosquito, afastou-a com esforço. Por que não acabava o tempo de varrer aqueles ressaibos de infância, a tendência a imaginar-se personagem heroico e forjar na modorra de fevereiro longas sequências em que a morte o esperava ao pé de uma cidade murada ou no ponto mais alto de um patíbulo? Quando criança: pirata, guerreiro gaulês, Sandokan, concebendo o amor como um empreendimento em relação ao qual somente a morte constituía troféu satisfatório. A adolescência, imaginar-se ferido e sacrificado — revoluções da sesta, derrotas admiráveis nas quais algum amigo dileto ganhava a vida em troca da dele! —, capaz sempre de entrar na sombra pelo alçapão elegante de alguma frase extrema que adorava compor, recordar, ter pronta... Esquemas já estabelecidos: a) A revolução onde Hilario, da trincheira oposta, o enfrentava. Etapas: tomada da trincheira, encurralamento de Hilario, encontro em clima de destruição, sacrifício ao dar-lhe seu uniforme e deixá-lo partir, balaço suicida para disfarçar as aparências. 2) Resgate de Morella (quase sempre impreciso); leito de agonia — intervenção cirúrgica inútil — e Morella segurando suas mãos e chorando; frase magnífica de despedida, beijo de Morella em sua fronte suarenta. c) Morte diante do povo que circunda o cadafalso; vítima ilustre, por regicídio ou alta traição, Sir Walter Raleigh, Álvaro de Luna etc. Palavras finais (o rufar dos tambores apagou a voz de Luís XVI), o carrasco diante dele, sorriso magnífico de desprezo (Carlos I), pavor do público transmutado em admiração diante de semelhante heroísmo.

Acabava de voltar de um desses devaneios — sentado à beira da cama continuava se olhando no espelho, ressentido — como se já não tivesse trinta e cinco anos, como se não fosse idiota manter essas aderências de infância, como se não estivesse demasiado quente para imaginar semelhantes transes. Variante dessa sesta: execução privada, em alguma prisão londrina onde se enforca sem muita testemunha. Final sórdido, mas digno de ser saboreado lentamente; olhou o relógio e eram quatro e dez. Outra tarde perdida...

A outra margem   33

Por que não conversar com Morella? Discou o número, sentindo que ainda lhe restava o gosto ruim das sestas, e isso que não havia adormecido, apenas imaginado a morte como tantas vezes em criança. Quando o fone foi erguido do outro lado, Remi teve a impressão de que o "Alô" não estava sendo dito por Morella, mas por uma voz de homem e que havia um cochichar abafado quando ele respondia: "Morella?", e depois sua voz fresca e aguda, com o cumprimento de sempre, só que um pouco menos espontâneo precisamente porque Remi sentia nele uma espontaneidade desconhecida.

Da rua Greene até a casa de Morella eram dez quadras exatas. De carro, dois minutos. Mas ele não lhe dissera: "Nos vemos às oito na casa da sra. Belkis"? Quando chegou, quase se jogando do táxi, eram quatro e quinze. Entrou na sala às carreiras, subiu para o primeiro andar, parou na frente da porta de mogno (a da direita para quem vem da escada), abriu-a sem bater. Ouviu o grito de Morella antes de vê-la. Lá estavam Morella e o tenente Dawson, mas somente Morella gritou ao ver o revólver. Remi teve a impressão de que o grito fosse dele, um berro quebrando-se de chofre em sua garganta contraída.

O tremor do corpo cessava. A mão do executor verificou o pulso nos tornozelos. As testemunhas já se afastavam.

1939

5. Puzzle

Para Rufus King

V ocê havia feito as coisas com tanto capricho que ninguém, nem mesmo o morto, poderia tê-lo culpado pelo assassinato.

À noite, quando as substâncias submergem numa identidade de arestas e planos que somente a luz poderia desfazer, você apareceu armado de uma faca curva, de lâmina vibrante e sonora, e se deteve junto ao quarto. Escutou, e ao obter como réplica unicamente o silêncio, empurrou a porta; não com a lentidão sistemática do personagem de Poe, aquele que sentia ódio por um olho, mas com alegre decisão, como quando entramos na casa da namorada ou nos apresentamos para receber um aumento de salário. Você empurrou a porta, e só um motivo de elementar precaução foi capaz de dissuadi-lo de assobiar uma melodia. Que, convém dizer, teria sido "Gimiendo por ti".

Ralph costumava dormir de lado, oferecendo um dos flancos aos olhares ou às facas. Você se aproximou devagar, calculando a distância que o separava da cama; à distância de um metro, estacou. A janela, que Ralph deixava aberta para receber a brisa do amanhecer (e levantar-se para fechá-la pelo mero prazer de dormir novamente até as dez), dava acesso aos letreiros luminosos. Naquela noite Nova York estava ruidosa e cheia de caprichos, e você achou graça em observar a competição que travavam, sem quartel, as marcas de cigarros e os diferentes tipos de pneus.

Mas não era o momento para ideias humorísticas. Era preciso concluir uma tarefa iniciada com alegre decisão, e você, afundando os dedos no cabelo e jogando esse cabelo para trás, decidiu-se a dar uma punhalada em Ralph, poupando-se de preliminares e *mise-en-scènes*.

De acordo com tal princípio, você pôs o pé direito no tapetinho vermelho que assinalava a perfeita localização da cama de Ralph (é claro que um passo mais à frente); esquecendo os cartazes luminosos, girou o torso para a esquerda e, movendo o braço como se estivesse a ponto de dar uma tacada de golfe, enterrou a faca na lateral de Ralph, alguns centímetros abaixo da axila.

Ralph despertou no exato instante de morrer, e teve consciência de sua morte. Isso não deixou de lhe dar satisfação. Você preferia que Ralph compreendesse sua morte, e que a cessação de tão odiada vida tivesse outro espectador diretamente interessado no fato.

Ralph deixou escapar um suspiro, depois um gemido, depois outro suspiro, depois um borborigmo, e não ficou nada no ar capaz de alimentar a dúvida de que a morte havia entrado junto com a faca e abraçava sua nova conquista.

Você desenterrou a lâmina, limpou-a no lenço, acariciou suavemente o cabelo de Ralph — numa ofensa premeditada — e foi até a janela. Permaneceu um longo tempo inclinado sobre o abismo, olhando Nova York. Olhava atentamente a cidade, com atitude de descobridor que se antecipa visualmente à proa de seu navio. A noite era antipoética e enluarada. Lá embaixo, com o império da cor e da hora e da distância, silhuetas de automóveis recuperavam sua condição de escaravelhos e vagalumes.

Você abriu a porta, fechou-a novamente e se foi pelo corredor com um doce sorriso de anjo perdido fora dos dentes.

— Bom dia.
  — Bom dia.
  — Dormiu bem?
  — Dormi. E você?

A outra margem 35

— Bem.

— Café da manhã?

— Aceito, irmãzinha.

— Café?

— Pode ser, irmãzinha.

— Bolacha?

— Obrigado, irmãzinha.

— Aqui está o jornal.

— Vou ler, irmãzinha.

— É estranho Ralph ainda não estar de pé.

— Muito estranho, irmãzinha.

Rebeca estava diante do espelho, empoando o rosto. A polícia observava seus movimentos da porta do quarto. O policial com rosto de casa de passarinho azul-clara tinha um jeito dúbio de olhar, presumindo culpas de longe.

O pó cobria as bochechas de Rebeca. Ela se maquiava de maneira mecânica, pensando o tempo todo em Ralph. Nas pernas de Ralph, em suas coxas lisas e brancas. Nas clavículas de Ralph, tão dele. No modo de vestir de Ralph, em seu desalinho artístico.

O senhor estava em seu quarto, rodeado pelo inspetor e por vários detetives. Faziam-lhe perguntas, e o senhor as respondia, afundando a mão esquerda no cabelo.

— Não sei de nada, senhores. Eu o vi pela última vez ontem à tarde.

— Acredita num suicídio?

— Se visse o cadáver acreditaria.

— Talvez o encontremos hoje.

— Não havia sinais de violência no quarto?

Os policiais ficaram maravilhados com o fato de o senhor começar a interrogar o inspetor, e o senhor achou uma graça imensa nisso. O inspetor, por sua vez, não saía de seu assombro.

— Não, não há sinais de violência.

— Ah. Pensei que poderiam ter encontrado sangue na cama, no travesseiro.

— Quem sabe.

— Por que diz isso?

— Ainda falta fazer uma coisa.

— Fazer o quê, irmãzinha?

— Jantar.

— Ora!

— E esperar a chegada de Ralph.

— Tomara que ele chegue.

— Chegará.

— Você fala com segurança, irmãzinha.

— Chegará.

— Você está me convencendo.

— Você ficará convencido.

Foi então que o senhor passou alguns acontecimentos em revista. Fez isso aproveitando uma trégua no assédio policial.

O senhor se recordou de como ele era pesado. O senhor disse para si mesmo que a destreza fora um fator importante na obtenção do resultado. O corredor, o amanhecer. E o céu plúmbeo, carregado de cães ambulantes cor de manteiga.

Seria preciso pintar alguma gaiola de pássaros, pronto. Comprar uma tinta carmesim, ou melhor, vermelhão, ou melhor ainda, púrpura, embora talvez a cor por excelência fosse o violeta, utilizando a calça e a camisa que agora repousavam ao lado de uma coisa.

Segundo: o senhor pensou na necessidade de comprar areia, separá-la em grande quantidade de pacotes de cinco quilos e levá-la até a casa. A areia serviria para neutralizar decisões de ordem sensorial.

Terceiro: o senhor pensou que a tranquilidade de Rebeca devia ter origens neuróticas e começou a se perguntar se, afinal de contas, não teria lhe prestado um considerável favor.

Mas, é claro, essas eram coisas impossíveis de verificar com clareza.

— Adeus, sargento.

— Adeus, senhor.

— Feliz Natal, sargento.

— O mesmo digo eu, senhor.

A casa sozinha e seus dois ocupantes.

Rebeca pôs a tampa na panela da sopa. Bem vagarosamente. O senhor estava na sala de jantar ouvindo rádio à espera da janta. Rebeca olhou para a panela, depois para a travessa de salada, depois para o vinho. O senhor criticava mentalmente Rudy Vallée.

Rebeca entrou com a bandeja e foi se sentar em seu lugar enquanto o senhor fechava o receptor e ocupava a cadeira da cabeceira.

A outra margem 37

— Não voltou.

— Voltará.

— Talvez, irmãzinha.

— Por acaso você está duvidando?

— Não. Quer dizer, gostaria de não duvidar.

— Estou lhe dizendo que ele vai voltar.

O senhor se sentiu arrastado para a ironia. Era perigoso, mas o senhor não ligava.

— Me pergunto se uma pessoa que não partiu... pode voltar.

Rebeca olhava para o senhor com uma fixidez inacreditável.

— É o que eu me pergunto.

O senhor não gostou nem um pouco dessa resposta.

— Por que você se pergunta isso, irmãzinha?

Rebeca olhava para o senhor com uma fixidez inacreditável.

— Por que supor que ele não partiu?

Seus cabelos da nuca estavam começando a ficar eriçados.

— Por quê? Por quê, irmãzinha?

Rebeca olhava para o senhor com uma fixidez inacreditável.

— Sirva a sopa.

— Por que eu é que devo servi-la, irmãzinha?

— Sirva você, esta noite.

— Está bem, irmãzinha.

Rebeca lhe passou a panela da sopa e o senhor a depositou a seu lado. Não estava com o menor apetite, coisa que o senhor mesmo havia previsto.

Rebeca olhava para o senhor com uma fixidez inacreditável.

Então o senhor ergueu a tampa da panela. Foi erguendo devagar, tão devagar quanto Rebeca ao colocá-la. O senhor sentia um estranho medo de destampar a panela da sopa, mas entendia que se tratava de uma armadilha de seus nervos. O senhor pensou em como seria bom estar longe, no térreo, e não no último dos trinta andares, a sós com ela.

Rebeca olhava para o senhor com uma fixidez inacreditável.

E quando a tampa da panela ficou inteiramente erguida, e o senhor olhou para dentro, e depois olhou para Rebeca, e Rebeca olhou para o senhor com uma fixidez inacreditável, e depois olhou para dentro da panela, e sorriu, e o senhor começou a gemer, e tudo resolveu dançar diante de seus olhos, as coisas foram perdendo o relevo, e ficou unicamente a visão da tampa, erguendo-se devagar, o líquido na panela, e... e...

Por aquela o senhor não havia esperado. O senhor era inteligente demais para esperar aquilo. O senhor tinha inteligência de sobra e o excedente de sua inteligência sentiu-se incapacitado para continuar vivendo no interior de seu cérebro e resolveu sair em busca de uma escapatória. Agora o senhor faz números e mais números, sentado no estrado. Ninguém consegue arrancar uma só palavra do senhor, mas o senhor costuma olhar na direção da janela como se esperasse ver anúncios luminosos, e depois adianta o pé direito, gira o torso à maneira de quem se dispõe a dar uma tacada de golfe, e enterra a mão vazia no vazio ar da cela.

1938

Histórias de Gabriel Medrano

Para Jorge D'Urbano Viau

1. Regresso da noite

A dormecemos; só isso. Ninguém jamais dirá o instante em que as portas se abrem para os sonhos. Naquela noite adormeci como sempre, e como sempre tive um sonho. Só que...*

Naquela noite sonhei que me sentia muito mal. Que morria devagar, fibra a fibra. Uma dor horrível no peito; e quando respirava, a cama se transformava em espadas e vidros. Estava coberto de suor frio, sentia aquele tremor pavoroso das pernas que uma outra vez, anos atrás... Quis gritar, para que me ouvissem. Sentia sede, medo, febre; uma febre de serpente, viscosa e gelada. Ao longe se ouvia o canto de um galo e alguém, agoniantemente, assobiava pelo caminho.

Devo ter sonhado durante muito tempo, mas sei que minhas ideias ficaram subitamente claras e que ergui o corpo no escuro, ainda trêmulo com o pesadelo. É inexplicável a maneira como a vigília e o sonho continuam entrelaçados nos primeiros momentos de um despertar, negando-se a separar suas águas. Eu me sentia muito mal; não tinha certeza de que aquilo tivesse acontecido comigo, mas também não conseguia suspirar aliviado e voltar para um sono agora livre de espantos. Localizei a lâmpada de cabeceira e creio que a acendi, pois os cortinados e o grande armário se revelaram bruscamente a meus olhos. Tinha a impressão de estar muito pálido. Quase sem saber como, me vi de pé, avançando para o espelho do armário com um desejo de me olhar de frente, de afastar o horror imediato do pesadelo.

---

* Entendo que este conto pede um prelúdio adequado, no tom que os romancistas ingleses dão a seus romances de mistério. Um acorde sombrio que se aloje na medula; uma luz cárdena. Também teria sido necessário explicar em detalhe a questão de meu problema no coração e como, uma noite destas, de repente vou ficar com a última expressão pregada ao rosto, máscara. Mas perdi a fé nas palavras e nos exórdios e mal afloro a linguagem para dizer essas coisas.

A outra margem 41

Quando cheguei à frente do armário, alguns segundos se passaram até eu entender que meu corpo não se refletia no espelho. Bem acordado, havia sentido meu cabelo se arrepiar, mas nesse automatismo de todas as minhas atitudes julguei simples explicação o fato de que a porta do armário estivesse fechada e de que, por conseguinte, o ângulo do espelho não chegava a me incluir. Com a mão direita abri a porta num gesto rápido.

E então me vi, só que não a mim mesmo. Ou seja, não me vi diante do espelho. Diante do espelho não havia nada. Iluminada cruamente pela lâmpada de cabeceira estava a cama e meu corpo jazia sobre ela, com um braço nu pendendo até o chão e o rosto branco, sem sangue.

Creio que gritei. Mas minhas próprias mãos abafaram o brado. Eu não ousava virar-me, acordar de uma vez. Em minha atonia, nem mesmo se afirmava a absurda irrealidade daquilo. De pé diante do espelho que não devolvia minha imagem, continuei olhando o que havia atrás de mim. Compreendendo, pouco a pouco, que eu estava na cama e acabava de morrer.

O pesadelo... Não, não fora isso. A realidade da morte. Mas como...

— Como...?

Não cheguei a formular a pergunta. Uma assombrosa sensação de coisa inevitável, consumada, entrou na minha consciência. Pensei ver claro, tive a sensação de que tudo ficava explicado. Mas não sabia o que era aquilo que eu via claro nem como era possível que tudo ficasse explicado. Devagar, afastei-me do espelho e olhei para a cama.

Era tão natural. Vi que estava deitado um pouco de lado e que tinha um início de rigidez no rosto e nos músculos do braço. Meu cabelo derramado e brilhante estava úmido de uma agonia que eu havia imaginado sonhar, de desesperada agonia antes da anulação total.

Me aproximei do meu cadáver. Toquei uma das mãos e me repeliu seu frio. Na boca havia um fio de espuma e gotas de sangue se inflamavam no travesseiro disforme, torto, quase embaixo do ombro. O nariz, subitamente afilado, exibia veias que eu desconhecera até ali. Compreendi tudo o que havia sofrido antes de morrer. Meus lábios estavam apertados, cruelmente duros, e por entre as pálpebras entreabertas me olhavam meus olhos verde-azulados, com uma recriminação fixa.

Passei da calma para o estupor, brutalmente. Um segundo depois estava refugiado no canto oposto ao que ocupava a cama, convulso e tiritante. Minha severa tranquilidade, ali na cama, era quase um exemplo, mas eu não sentia sobre mim as vergastadas da loucura e me aferrava ao medo como a um socorro. Que aquilo fosse possível, que eu estivesse ali, a três metros de meu corpo retraído em sua morte, que a noite e o pesadelo e o espelho e o medo e o relógio marcando três e dezenove, e o silêncio...

42   *1. Regresso da noite*

Chega-se ao topo e é preciso descer. Meus nervos — meus *nervos?* — ficaram frouxos; devagar, a calma me devolvia a uma dor suave, a um choro que era como uma mão de amigo surgindo da sombra. Apertei aquela mão e deixei-me ir, interminavelmente.

"Então, estou morto. Nada de investigações sobre o absurdo. Ali estou: sou prova suficiente. Cada vez mais rígido e mais remoto. A mola tensa se partiu e eis que estou sobre essa cama, entrecerrando os olhos diante da luz que afasta a noite de sua presa. Morto. Nada mais simples. Morto. O que isso tem de irreal, de pesadelo, de...? Morto. Que estou morto. Ergo o braço de meu cadáver e o cubro. Ali estará melhor. Nada de perguntas. Tudo é rigorosamente essencial e primitivo: esquema da morte. Sim, *mas...* Não, nada de problemas; já sei, já sei que além de mim mesmo, morto na cama, estou aqui, deste outro lado. Mas chega, chega disso; agora há outra coisa em que pensar. Nada de perguntas. Uma cama comigo, morto. O resto é simples; preciso sair daqui e avisar minha avó do ocorrido. Fazê-lo com doçura, contar-lhe as coisas sem excessos, para que nunca fique sabendo de minha angústia e de tudo o que sofri sozinho, sozinho na noite... Mas como acordá-la, como dizer-lhe...? Nada de perguntas; o amor apontará os meios. Preciso evitar o horror de sua entrada matinal, no café da manhã, o encontro com o rígido espantalho crispado... Rígido espantalho crispado... Rígido... Rígido espantalho crispado..."

Senti-me contente, de um contentamento triste. Era bom que tivesse me acontecido aquilo. Minha avó merecia; era preciso prepará-la para o pior. Docemente, com mimos de homem que vira menino ao lado da vasta cama venerável.

"Preciso melhorar o aspecto desse rosto", pensei antes de sair. Às vezes minha avó se levantava no meio da noite, fazia longas inspeções pelos aposentos. Eu deveria evitar que tivesse surpresas macabras; se ela entrasse de repente e me surpreendesse ajeitando meu cadáver...

Fechei a porta à chave e me entreguei à tarefa, em paz comigo mesmo. As perguntas, as horrendas perguntas se amontoavam em minha garganta mas afastei-as brutalmente, estrangulando-as com estertores, sufocando-as em negativas. E enquanto isso cuidava de minha tarefa. Estendi os lençóis, alisei o acolchoado; meus dedos me pentearam grosseiramente até recolher o cabelo e alisá-lo para trás. E depois, ah, depois fui corajoso! Modelei os lábios de meu rosto convulso até conseguir com infinita paciência que sorrissem... E fechei as pálpebras, comprimi-as até que obedecessem e meu rosto tivesse assumido o semblante de um jovem santo que gozou seu martírio. De um Sebastião, satisfeito de setas.

Qual seria a razão de todo aquele silêncio? E por que agora apontava uma voz em minha lembrança, uma voz ouvida algum dia em lágrimas, a voz de uma mulher negra cantando: "Sei que o Senhor pousou Sua mão sobre mim"? Nada daquilo tinha o menor fundamento; simplesmente acontecia. Imagem desgarrada, eu, em pé diante de meu corpo frio e cerimonioso, morto com a falsa dignidade que minha destreza acabava de conferir-lhe.

"Oh, rio profundo, e agora é você na noite." A voz da mulher negra que chora e repete: "Rio profundo, meu coração está no Jordão". — "E isto continuará assim para sempre? Esta primeira noite será o espelho da eternidade? Terá morrido o tempo no interior de meu cadáver? Prendem-no essas mãos frouxamente abertas a seu abandono? Estaremos sempre assim, meu corpo, a voz da mulher negra e minha consciência que pergunta e pergunta?"

Mas estava ficando tarde; a reflexão me levou às dimensões de um dever a cumprir. O tempo prosseguia; esse relógio o proclamava. Joguei para trás uma mecha rebelde que insistia em voltar à fronte branquíssima de meu cadáver e saí do quarto.

Andei pela galeria cheia de manchas cinzentas — quadros, bibelôs — até chegar à porta do grande aposento onde minha avó repousava. Sua respiração branda, um pouco entrecortada por soluços repentinos — como eu conhecia aquela respiração, como ela me aconchegara numa infância perdida, desmesuradamente distante e cinzenta! —, marcou o compasso de meu avanço até a cama.

Então compreendi o horror do que ia fazer. Despertar a adormecida com toda a doçura possível, roçando suas pálpebras com a ponta dos dedos, dizer-lhe: "Vó, você precisa saber...". Ou: "Entende, eu acabo de...?". Ou então: "Não leve o café da manhã para mim porque...". Me dei conta de que a demanda precipitava o mecanismo da mais abominável revelação. Não, eu não tinha o direito de interromper um sono sagrado; não tinha o direito de me adiantar à própria morte.

Vacilante, abalado, ia fugir — para onde, até quando? — e só consegui deixar-me cair junto ao alto leito e afundar a testa no cobertor vermelho, fundindo-me a ele e à noite, àquele sono profundo, maravilhoso, que minha avó guardava sob as pálpebras. Queria surdamente erguer-me e voltar para meu quarto, regressar do pesadelo ou confundir-me com ele até o fim. Mas nisso ouvi uma exclamação temerosa e soube que minha avó percebia minha presença no escuro. O silêncio teria sido monstruoso: era preciso confessar ou mentir. (E lá, no meu quarto, aquilo à espera...)

— O que foi, o que foi, Gabriel?

— Nada, vó. Nada. Não é nada, vozinha.

— Por que você se levantou? Aconteceu alguma coisa?

— Aconteceu... ("Fale, fale. Ah, não, não conte agora, não conte nunca!")

Ela havia se sentado na cama e aproximou a mão de minha testa. Tremi, porque, se quando ela me tocasse... Mas a carícia foi suave como sempre e compreendi que minha avó não havia percebido que eu estava morto.

— Você não está se sentindo bem?

— Não, não... É que não estou conseguindo dormir. Só isso. Não estou conseguindo dormir.

— Fique aqui...

— Já estou me sentindo bem. Durma, vó. Vou voltar para minha cama.

— Beba água, a insônia passa...

— Está bem, vó, vou tomar. Mas durma, durma.

Já tranquila, ela se entregava a seu cansaço. Beijei sua testa, seus olhos — naquele lugar onde era tão doce beijá-la —, e quando me levantei para sair, com o rosto contraído pelas lágrimas, chegou até mim, de muito longe, a voz da mulher negra, vinda de algum lugar antigo, querido e esquecido... "Minha alma está ancorada no Senhor..."

É que não estou conseguindo dormir. A mentira se derreteu a meus pés enquanto eu voltava por onde havia vindo. Ao chegar ao aposento tive um momento de surda esperança. Tudo parecia claro, diferente. Bastaria eu abrir a porta para dissipar os fantasmas. A cama vazia, o espelho fiel... e uma paz de sonho até a manhã.

Mas lá estava eu, morto, à minha espera. O sorriso falsamente obtido me recebeu, zombeteiro. E a mecha de cabelo caíra outra vez sobre a testa e meus lábios já estavam distanciados de sua cor antiga, cinzentos e cruéis em seu arco definitivo.

A presença odiosa me repeliu. Iluminado pela lâmpada de cabeceira de rudes clarões, meu cadáver se oferecia em volumes espessos, inegáveis. Senti que em minhas mãos despertava o desejo de me atirar na cama e estraçalhar aquele rosto com unhas raivosas. Dei-lhe as costas numa vertigem de lágrimas e me precipitei para a rua deserta, tingida de lua.

E então andei. Sim, então andei quadras e mais quadras pelos bairros de meu povoado, deslizando por calçadas familiares. E o fato de sentir-me longe de meu corpo jacente me devolveu uma falsa calma de resignado, incutiu em minha consciência a serenidade inútil que convidava a meditar. Assim caminhei interminavelmente, construindo sob a fria lua das altas horas a teoria de minha morte.

E imaginei ter encontrado a justa verdade. "Adormeci e sonhei. Sem dúvida minha própria imagem percorreu as dimensões inespaciais de meu sonho; inespaciais e intemporais, dimensões únicas, estranhas a nossa limitada prisão da vigília..."

Estava na praça, debaixo da velha tília.

"Despertei de repente, sabe-se lá por quê. *De repente demais*; nisso reside a chave de minha atual condição. Por acaso não despertamos da morte? Voltei com tanta rapidez a meu país humano que minha imagem — a do sonho, aquela que naquele momento era recipiente de minha vida e de meu pensar — não teve tempo de se virar... E assim se deu a divisão absurda, minha surpresa de imagem onírica desgarrada de sua origem; e meu corpo, obrigado a passar da pequena morte do repouso para a morte grande na qual sorri agora."

Surgia uma seta cinza nos paredões distantes.

"Ah, eu nunca deveria ter acordado tão bruscamente. Essa minha imagem teria voltado a sua densa prisão de ossos e de carne; se eu tinha de morrer, que morrêssemos juntos, sem passar por esse desdobramento cujo alcance não consigo medir... A vida é o tempo! Por que essa ideia martela em mim? A vida é o tempo! Mas este meu tempo de agora é mais horrível que qualquer morte; é morte consciente, é assistir a minha própria decomposição da cabeceira de um leito monstruoso..."

E a orquestra do amanhecer afinava seus cobres devagar.

"Ali fiquei, espaço absoluto; aqui estou, tempo vivo. Os quadros da realidade se partiram! Meu cadáver é, já não sendo nada; enquanto eu só atinjo o horror de meu não ser, tempo puro que não pode aplicar-se a forma alguma, espectro que a manhã desnudará aos olhos sombrios das pessoas..."

E já era quase dia.

"Posso ser visto? Sou invisível? Minha avó falou comigo, me acariciou. Mas o espelho não quis refletir-me, permaneceu imutável. Quem sou eu? Que fim terá essa farsa abominável?"

Verifiquei que estava outra vez diante das portas de casa. E um estridente canto de galo mergulhou-me na angústia do imediato; era a hora em que minha avó me levaria o café da manhã. A igreja disparava suas primeiras setas para o céu; a hora em que minha avó entraria em meu quarto e me encontraria morto. E eu, parado na rua, escutaria o berreiro, as primeiras corridas, o estertor inexprimível da revelação consumada.

Não sei o que me deu. Entrei desabalado em meu quarto. A luz da manhã brilhava muito branca sobre meu cadáver quando me agachei aos pés da cama. Parecia-me já ouvir um ruído na galeria. *Vó!* Caí sobre mim mesmo atracado àqueles ombros de mármore, agitando-me feito um louco, apertando a boca contra meus lábios sorridentes, tentando reanimar aquela rematada imobilidade. Apertei-me contra meu corpo, quis partir seus braços com minhas garras, suguei desesperadamente a boca rebelde, quebrei meu horror testa contra testa, até que meus olhos cessaram de ver, cegos, e o outro rosto se perdeu numa névoa esbranquiçada, e restou apenas uma cortina trêmula, e um arquejo, e uma aniquilação...

46   *1. Regresso da noite*

* * *

Abri os olhos. O sol batia em meu rosto. Respirei penosamente; sentia o peito oprimido como se alguém o tivesse pressionado com todas as suas forças. O canto das aves me devolveu por completo à realidade.

Num só ato fulmíneo lembrei-me de tudo. Olhei para meus pés. Estava na cama, deitado de costas. Nada se alterara, exceto aquela impressão inabitual de peso, de infinito cansaço...

Com que prazer me entreguei ao consolo de um suspiro! Voltei dele como se voltasse do mar, pude embutir meu pensamento em três palavras que ciciaram meus lábios secos e sedentos:

— Que pesadelo atroz...

Erguia o corpo lentamente, desfrutando a sensação maravilhosa que se sucede ao desmascaramento de um sonho ruim. Então vi as manchas de sangue no travesseiro e me dei conta de que a porta do espelho de meu armário estava entreaberta, refletindo o ângulo da cama. E olhei, nele, meu cabelo penteado cuidadosamente para trás, como se alguém o tivesse alisado durante a noite...

Quis chorar, perder-me num abandono total. Mas agora entrava minha avó com o café da manhã e tive a sensação de que sua voz chegava de muito longe, como se ela estivesse em outra peça, mas sempre doce...

— Está melhor? Você não devia ter se levantado esta noite; estava frio... Devia ter me chamado, se estava com insônia... Nunca mais se levante assim no meio da noite...

Aproximei a xícara da boca e bebi. De uma remota escuridão interior voltava a voz da mulher negra. Cantava, cantava... "Eu sei que o Senhor pousou a mão sobre mim..." A xícara agora estava vazia. Olhei para minha avó e segurei suas mãos.

Ela deve ter acreditado que era a luz do sol que enchia meus olhos de lágrimas.

1941

2. Bruxa

Deixa cair as agulhas sobre o regaço. A cadeira de balanço se move imperceptivelmente. Paula tem uma dessas estranhas impressões que a acometem de quando em quando; a necessidade imperiosa de apreender tudo o que seus sentidos possam captar em determinado instante. Trata de ordenar suas intuições imediatas, de identificá-las e transformá-las em conhecimento: movimento da cadeira de balanço, dor no pé esquerdo, coceira na raiz do cabelo, gosto de canela, canto do canário-flauta, luz violeta na janela, sombras roxas nos dois lados do aposento, cheiro de coisa velha, de lã, de baralho de cartas. Mal concluída a análise, é invadida por uma violenta infelicidade, uma opressão física semelhante a um bolo histérico que lhe sobe à garganta e a impele a correr, a ir embora, a mudar de vida; coisas em relação às quais basta uma inspiração profunda, fechar os olhos por dois segundos e chamar a si mesma de idiota para anular facilmente.

A juventude de Paula foi triste e silenciosa, como acontece nos povoados com toda jovem que prefira a leitura aos passeios na praça, desdenhe pretendentes regulares e se submeta ao espaço de uma casa como dimensão suficiente de vida. Por isso, ao afastar agora os claros olhos do tricô — um pulôver cinza simplíssimo —, acentua-se em seu rosto a sombria conformidade daquele que obtém a paz graças a um moderado raciocínio e não com a alegre desordem de uma existência total. É uma jovem triste, boa, solitária. Tem vinte e cinco anos, terrores noturnos, certa melancolia. Toca Schumann ao piano e às vezes Mendelssohn; não canta nunca, mas a mãe, que já morreu, lembrava-se no passado de tê-la ouvido assobiar mansamente quando estava com quinze anos, à tarde.

— De todo modo — articula Paula —, eu gostaria de estar com alguns bombons, aqui.

Sorri diante do fácil e vantajoso intercâmbio de aspirações; sua horrível ansiedade de fuga resumiu-se a um modesto capricho. Mas deixa de sorrir como se lhe arrancassem o riso da boca: a lembrança da mosca se associa a seu desejo, lhe traz um inquieto tremor às mãos vagas.

Paula tem dez anos. A lâmpada da sala de jantar salpica sua nuca e a curta melena de chispas vermelhas. Por cima dela — que os percebe altíssimos, remotos, impossíveis —, seus pais e o velho tio discutem questões incompreensíveis. A negrinha criada depositou diante de Paula o fatal prato de sopa. É preciso comer, antes que a testa da mãe se franza com desgosto surpreso, antes que o pai, à sua esquerda, diga: "Paula", e deposite nessa singela nominação um velado universo de ameaças.

Comer a sopa. Não tomá-la: comê-la. É grossa, de sêmola morna; ela odeia a massa esbranquiçada e úmida. Pensa que se o acaso trouxesse uma mosca para precipitar-se no imenso charco amarelo do prato, receberia permissão para suprimi-lo, seria salva do abominável ritual. Uma mosca que caísse em seu prato. Nada além de uma pequena, mísera mosca opalina.

Intensamente, tem os olhos voltados para a sopa. Pensa numa mosca, deseja-a, espera-a.

E então a mosca surge no exato centro da sêmola. Viscosa e lamentável, arrastando-se alguns milímetros antes de sucumbir, queimada.

Retiram seu prato e Paula está a salvo. Mas jamais confessará a verdade; jamais dirá que não viu a mosca cair na sêmola. Viu-a aparecer, o que é diferente.

Ainda abalada pela lembrança, Paula se pergunta qual terá sido a razão de não ter insistido, obtido a segurança do que suspeita. Tem medo: a resposta é essa. Teve medo a vida inteira. Ninguém acredita em bruxas, mas se por acaso encontram uma, matam. Paula guardou no vasto cofre de seus muitos silêncios uma segurança íntima; alguma coisa lhe diz que pode. Deixou partir a infância entre balbucios e esperanças; vê passar a juventude como uma tristíssima guirlanda suspensa no ar por mãos vacilantes, desfolhando-se devagar. Sua vida é assim; tem medo, gostaria de comer bombons. Os pulôveres e casaquinhos se amontoam nos armários; assim como as toalhas de mesa finamente desenhadas com motivos de Puvis de Chavannes. Não quis adaptar-se ao povoado; Raúl, Atilio González, o pálido René são testemunhas de outros tempos; quiseram-na, procuraram-na, ela sorriu para eles ao repeli-los. Temia-os como a si mesma.

— De todo modo eu gostaria de estar com alguns bombons, aqui.

Está sozinha na casa. O velho tio joga bilhar no Tokio. Paula começa a sentir a tentação, pela primeira vez intensa a ponto de dar-lhe náusea. Por que não, por que não. Afirma perguntando, pergunta ao afirmar. Já é uma coisa fatal, é preciso fazê-la. E como naquela vez, concentra seu desejo nos olhos, projeta o olhar por cima da mesa baixa posicionada ao lado da cadeira de balanço, toda ela se lança atrás de seu olhar até sentir de si mesma uma espécie de vazio, um grande molde oco que antes ocupasse, uma evasão total que a desgarra de seu ser, projeta-a em vontade...

E vê surgir pouco a pouco a materialização de seu desejo. Finas lâminas rosadas, reflexos tênues de papel prateado com listras azuis e vermelhas; brilho de hortelãs, de nozes polidas; escura concretização do chocolate perfumado. Tudo isso transparente, diáfano; o sol que atinge a borda da mesa percute na massa crescente, enche-a de translúcidas penetrações; mas Paula projeta ainda mais a vontade em sua obra e no fim irrompe a opacidade triunfante da matéria obtida. O sol é repelido em cada superfície polida, as palavras das embalagens afirmam-se categóricas; e isso é uma fina pirâmide de bombons. Praliné. Moka. Nougat. Rum. Khummel. Maroc...

A outra margem 49

* * *

A igreja é ampla, colada à terra. As mulheres retardam com conversas a volta da missa, apoiando na sombra espessa das árvores da praça o desejo de ficar. Viram Paula surgir lindamente vestida de azul, e a contemplam insidiosas em seu furtivo caminho solitário. O mistério dessa nova vida as altera, as perturba; mal dá para tolerar que o mistério resista a tanta assídua indagação. O velho tio morreu; Paula vive sozinha na casa. Nunca houve dinheiro na família; mas aquele vestido azul...

E o anel; porque viram o anel cintilante que às vezes, nos intervalos do cinema local, se inflama com insolência quando Paula, mecanicamente, joga para trás a asa vibrante de seu cabelo castanho.

Paula reza diariamente na igreja do povoado. Reza por si, por seu horrendo crime. Reza por ter matado um ser humano.

Era um ser humano? Sim, era, sim, era. Como fora possível que ela se deixasse arrastar pela tentação, invadisse os territórios do anormal, desejasse uma figurinha animada que a lembrasse de suas bonecas da infância? O anel, o vestido azul, vá lá; não havia pecado em desejá-los. Mas conceber a boneca viva, pensá-la sem renúncia... Naquela meia-noite a figurinha se sentara na borda da mesa sorrindo com timidez. Tinha cabelo preto, saia vermelha, corpete branco; era sua boneca Nenê, mas estava viva. Parecia uma menina, e contudo Paula pressentiu que uma terrível maturidade conformava aquele corpo de vinte centímetros de altura. Uma mulher, uma mulher que seu extravio acabava de criar.

E então a matara. Fora forçada a eliminar a obra que fatalmente seria descoberta e atrairia para ela o nome e o castigo das bruxas. Paula conhecia seu povoado; não teve coragem de fugir. Quase ninguém foge dos povoados, e por isso os povoados triunfam. À noite, quando a figurinha silenciosa e sorridente adormeceu sobre uma almofada, Paula a levou para a cozinha, enfiou-a no forno a gás e girou o botão.

Estava enterrada no pátio do limoeiro. Por ela e por si mesma, a assassina rezava diariamente na igreja.

É de tarde, chove. Viver é triste numa casa solitária. Paula lê pouco, mal toca o piano. Quer muito uma coisa, não sabe o quê. Quer muito não ter medo, escapar. Pensa em Buenos Aires; talvez Buenos Aires, onde não a conhecem. Talvez Buenos Aires. Mas sua razão lhe diz que enquanto levar a si mesma

50   *2. Bruxa*

consigo, o medo sufocará sua felicidade em todos os lugares. Ficar, então, e ser passavelmente feliz. Criar para si mesma uma felicidade doméstica, envolver-se com a satisfação de mil pequenos desejos, dos caprichos minuciosamente destruídos na infância e na juventude. Agora que pode, que pode tudo. Dona do mundo, se pelo menos se animasse a...

Mas o medo e a timidez comprimem sua garganta. Bruxa, bruxa.

Para as bruxas, o inferno.

As mulheres não têm toda a culpa. Se acreditam que Paula vende secretamente seu corpo é porque para elas é incompreensível a origem de tão insólito bem-estar. Por exemplo, a questão da casa de campo de Paula. As roupas e o carro, a piscina, os cachorros elegantes e a estola de vison. Mas o amante não vive no povoado, isso é certo; e Paula quase nunca se afasta de sua residência. Existem homens assim pouco exigentes?

Ela colhe os olhares, reúne comentários da boca de alguns poucos amigos de família que às vezes aparecem, com linguagem livre de perguntas, para uma xícara de café. Sorri tristemente e diz que não se incomoda, que é feliz. Seus amigos, antigos pretendentes convencidos do impossível, comprovam toda essa felicidade no olhar de Paula. Agora se vê uma espécie de brilho de fósforo em suas pupilas claras. Quando ela verte o chá nas xícaras delicadas, seu gesto tem um tom triunfante, contido por uma personalidade tímida que coíbe a si mesma a ostentação do que já obteve.

A sós, Paula recorda sua porfia de demiurgo; a lenta, meticulosa realização dos desejos. O primeiro problema foi a casa; ter uma casa na periferia do povoado com a comodidade que seu ócio reclamava. Procurou o lugar, o ambiente; perto da estrada real, embora não tão perto assim. Terras altas, águas sem sal. Criou dinheiro para adquirir o terreno e por pouco não se confiou a um arquiteto para que construísse sua residência. Contudo, retinha-a o temor de lidar com questões financeiras, acrescentar suspeitas latentes a todo cumprimento, mais precisamente aos muitos silêncios desdenhosos. Uma tarde, a sós em sua terra, pensou criar a casa mas teve medo. Vigiavam-na, seguiam-na; num povoado, uma casa não brota do nada. Era preciso recorrer ao arquiteto, então; Paula vacilava, amedrontando-se diante de cada problema. Partir do povoado teria encerrado tudo; isso e ser valente: os impossíveis.

Então fez uma coisa grande: criar não a casa, mas a construção da casa. Dedicando-se noite e dia, conseguiu que a residência fosse edificada sem despertar em ninguém as temidas reticências. Criou passo a passo a construção de seu sítio, e, embora em certos dias tivesse se perguntado o que fariam os operários ao concluí-la, teve no fim a satisfação de ver que aqueles ho-

A outra margem 51

mens se iam em silêncio, contando seu dinheiro. Então entrou em sua casa, que era verdadeiramente linda, e se dedicou a mobiliá-la pouco a pouco.

Era divertido; pegava uma revista em busca de um ambiente que lhe agradasse, escolhia o lugar exato e criava uma a uma aquelas imagens prediletas. Teve gobelins; teve um tapete de Teerã; teve um quadro de Guido Reni; teve peixes chineses, lulus-da-pomerânia, uma cegonha. Os poucos amigos que apareciam na casa eram recebidos em aposentos muito arrumados, de discreto gosto burguês; Paula os esperava cordialmente, fazia-os visitar a casa e os jardins, mostrando-lhes os crisântemos e as violetas; e como era a discrição em pessoa, as visitas tomavam seu chá e abandonavam a residência sem descobrir nada de novo.

Compôs uma biblioteca com tomos cor-de-rosa, teve quase todos os discos de Pedro Vargas e alguns de Elvira Ríos; chegou um momento em que já quase nada desejava e somente seu capricho achou exercício em alguma guloseima, um perfume novo, um tipo especial de peixe. Mas depois Paula quis ter um homem que a amasse, e, embora tivesse vacilado por muito tempo entre receber em seu leito qualquer dos fiéis pretendentes e criar um ser que desempenhasse em tudo suas românticas visões de antanho, compreendeu que não havia alternativa e que seria obrigada a optar por esta última possibilidade. Um amante do povoado teria feito perguntas, inquirido até descobrir, por trás do sorriso, o poder da bruxa. E então teria sido o terror, a perseguição, a loucura.

Criou seu homem. Seu homem a amou. Era belo, elegante, chamava-se Esteban, nunca queria sair de casa: era necessário que fosse assim. Já inteiramente isolada de seus semelhantes, Paula negou o chá aos amigos e eles pressentiram o governo de um macho na casa. Tristes de coração, voltaram para o povoado.

Ela relembra agora sua porfia de demiurgo. Já é quase noite; Paula não está triste e contudo há uma mão fria que se apoia em seu peito, cobrindo a cavidade entre seus seios com uma firme opressão. "Estou cansada", diz para si mesma. "Tive que pensar tanto, que desejar tanto..." Compreende, sem palavras, a tremenda fadiga de Deus. Também ela tem necessidade de seu sétimo dia para ser inteiramente feliz.

Esteban se reclina a seu lado, olhando-a com profundos olhos negros; sorri para ela, um pouco como um filho.

— Paula — murmura.

Ela acaricia o cabelo dele sem falar. É difícil não se sentir maternal com aquele rapaz sensível demais, desprovido de todo vínculo humano, integralmente dedicado à tarefa de adorá-la. Esteban não faz perguntas, parece estar sempre à espera da voz dela. Melhor assim.

E de repente, como num distante acorde de cornes, Paula tem a fraca mas nítida sensação de estar doente, de que vai morrer, de que o sétimo dia está chegando sem postergação possível.

Quando os médicos voltam para o povoado, é bem pouco o que têm a dizer. No dia seguinte é a mesma coisa. Na tarde do terceiro, o automóvel dos médicos dá a volta na praça e se detém diante da funerária central.

É então que os amigos de Paula se veem na posição de ter de lutar contra o rancor desatado de todo um povoado cristão. As esposas, as irmãs, os professores de moral da família; há quem deseje que Paula apodreça na solidão de sua casa, livre e abandonada como sua vida. O que é escolhido neste mundo deve ser mantido no outro. E são poucos, apenas cinco homens silenciosos os que comparecem à residência naquela noite para velar o cadáver da amiga.

Os empregados da funerária e duas mulheres do sítio vizinho depositaram a morta no caixão e montaram a capela-ardente. Os amigos encontram, quase sem surpresa, Esteban. Veem-no pela primeira vez, apertam sua mão. Esteban parece não entender, está sentado numa cadeira alta de espaldar curvo, à direita do cadáver. De vez em quando se levanta, vai até Paula, beija-a na boca; um beijo fresco, forte, que os amigos contemplam com espanto. O beijo de um jovem guerreiro em sua deusa antes da batalha. Depois Esteban volta para a cadeira e se imobiliza, olhando para a parede por cima do caixão.

Paula morreu ao entardecer e já é meia-noite. Os amigos estão sós com ela e Esteban. Lá fora faz frio e alguns pensam no povoado, nas bolsas de água quente nas camas, nos boletins radiofônicos.

Num semicírculo olham Paula que jaz sem esforço, como se finalmente liberada de uma carga superior a seus pequenos ombros que sempre conservaram um pouco do formato infantil. As longuíssimas pestanas projetam uma minúscula sombra sobre os pômulos cinzentos. Os médicos disseram que sua morte foi lenta mas sem luta, como um fruto que amadurece. E pelos cinco amigos passa, alternadamente, o mesmo pensamento terno e batido: "Parece estar dormindo".

Por que entra tanto frio no aposento? É repentino, em golfadas crescentes. Talvez seja um frio que nasce de dentro, pensam os amigos; um frio que se costuma sentir nos velórios. Um pouco de conhaque... E quando um deles olha para Esteban, rígido em sua cadeira, sente uma espécie de horror que aumenta de repente e lhe invade o cabelo, as mãos, a língua;

A outra margem   53

através do peito de Esteban vê as travessas do espaldar da cadeira. Os outros acompanham seu olhar e ficam lívidos. O frio sobe, sobe como uma maré. Para além da porta fechada ergue-se de chofre a massa espessa do bosque de eucaliptos banhado pela lua; e eles compreendem que o veem através da porta fechada. Agora são as paredes que cedem à paisagem do campo, ao sítio vizinho, tudo sob uma luz crua de plenilúnio; e Esteban já não passa de uma bolha de gelatina, belo e lamentável em sua cadeira que cede como ele ao avanço do nada. Pelo teto entra um jato de luz prateada tirando a nitidez dos clarões da capela-ardente. Pelas solas dos sapatos sentem agora os cinco amigos filtrar-se uma umidade de terra fresca, com grama e trevos, e quando olham uns para os outros, incapazes de pronunciar a primeira palavra da revelação, já estão sozinhos com Paula, com Paula e com a capela-ardente que se ergue despida no meio do campo, sob a lua inevitável.

1943

3. Mudança

Bah, se fosse só o escritório, mas a viagem de volta, agora que as pessoas precisam fazer fila para embarcar nos veículos e que dentro dos trens permanece e se estanca o mesmo ar de fechado sem tempo de renovar-se, espécie de tapioca esbranquiçada que se respira e se expele: um nojo. Com que alívio Raimundo Velloz desce do 97 e fica no abrigo apalpando os bolsos por fora com o gesto do assaltado, do que teve de pagar bruscamente uma conta e reflete devagar sobre a modificação do orçamento, em como tem duas notas de dez em vez de uma de cem. É noite, anoitece cedo em junho. Pensa em seu sofá do estúdio, na xícara de café que María prepara tão quente, nas pantufas com forro macio de barriga de guanaco. E no boletim da BBC às dez.

O escritório o cansa, dobra-o, fecha-o como um porco-espinho contra tudo o que não seja descanso depois do horário obrigatório. Ferrovias do Estado, seu escritório na Contabilidade... O limite do dever se encerra às sete, não antes nem depois. Seu descanso começa às oito e quinze, quando toca a campainha e escuta os passos familiares ainda abafados pela porta, em seguida dois cumprimentos e uma que outra pergunta e o sofá. Cinco anos de Contabilidade — ainda era jovem —, dez anos — ainda não era velho —, quinze anos em setembro, no dia 22 de setembro às onze da manhã. Boa folha de serviços, quatro promoções — e ele agora sobe, como se ilustrasse por fora o fio do pensamento, a escada do edifício de apartamentos. Nada a recriminar-se, um prêmio de cinco mil pesos na loteria de Tucumán, o terreninho em Salsipuedes, assinante da *El Hogar*, amigo das crianças e não tão saudoso dos tempos de solteiro. Tem a mãe, a avó, a irmã. O sofá, o café, a BBC. Não é pouco, quantos outros... E já está no segundo andar e a sra. de Peláez — se é que se trata da sra. de Peláez, pois ela costuma transformar-se em *maisons de beauté* e é o escândalo do bairro — cumprimenta-o no saguão e ele tem a impressão de que ela está ligeiramente mais jovem, coisa inacreditável.

"O universo", pensa Raimundo Velloz, "que bobagem!" A unidade, embuste de metafísico. (Estudou no Nacional Central.) Não existe um universo, há milhões e milhões, um dentro do outro e dentro de cada um, outro, e dentro de cada outro, cinco, dez, catorze universos variados e diferentes. Gosta das séries concêntricas de pensamentos, colunas de conceitos em conotação crescente e decrescente. Saindo do grão de café vem a cafeteira que o contém, a cozinha que contém a cafeteira, a casa que contém a cozinha, o quarteirão que contém... E é possível prosseguir pelas duas pontas da imagem, pelo grão de café que contém mil universos, e pelo universo do homem que é um universo dentro de sabe-se lá quantos universos, que talvez — e recorda-se de haver lido — seja nada mais que um pedacinho da sola do sapato de um menino cósmico que brinca num jardim (cujas flores serão, naturalmente, as estrelas). O jardim faz parte de um país que faz parte de um universo que é um pedacinho de dente de camundongo preso numa ratoeira depositada sobre o piso de um sótão numa casa de arrabalde. O arrabalde faz parte... Um pedacinho de qualquer coisa, mas sempre um pedacinho, e a magnitude é uma ilusão que quase desperta piedade.

E o sofá.

María lhe abre a porta antes de ele tocar a campainha. Apresenta-lhe a face branquíssima que às vezes sulcam duas finas veias que parecem de aquário, Raimundo a beija e percebe que a face não é tão delicada e macia, tem por um segundo a impressão de ter beijado outra face, ele que não entende de faces e não faz mais que calculá-las no cinema e uma ou outra vez adormecido depois de abusar do *pâté de foie*. María o contempla com ar discreto e alarmado.

— Você demorou mais que de costume, já passa de oito e vinte.

— Foi o bonde. Acho que ficou muito tempo parado na Once.

— Ah. Vovó estava preocupada.

— Ah.

Ouve fechar-se a porta a suas costas, pendura o guarda-chuva e o chapéu nos cabides do corredor, dirige-se para a sala de jantar onde sua mãe e sua avó terminam de pôr a mesa. Sem dizer nada (porque aquele vestido está visivelmente gasto e só por distração foi capaz de não ter reparado nele antes), aproxima-se da mãe e a beija. Que doce sossego, uma sensação que corresponde exatamente ao que o hábito pretende e espera. Face um pouco áspera (porque sua mãe depila o rosto, é natural), sabor de pêssego e um leve aroma de cartas, de fitas cor-de-rosa. Tão somente o vestido... Mas a jovial ameaça do dedo da avó o leva até ela, apoia as mãos em seus ombros fragilíssimos — mas são tão frágeis, não os sente resistir à pressão moderada de suas mãos, amortecê-la? — e lhe beija a testa cinzenta e sutil cuja pele deve ser simplesmente um levíssimo tecido protegendo o osso inimaginável, surdo.

— Você ficou preocupada comigo? Foram só cinco minutos de atraso.

— Não, pensei que o ônibus devia ter se atrasado.

Raimundo vai para seu lugar e apoia os cotovelos na mesa. Não lhe ocorre lavar as mãos como de costume; curioso que María não o lembre de fazê-lo, ela que tem ideias fixas sobre profilaxia e pressagia contaminações nos apoios de mão dos bondes. Lembra-se de que sua avó acaba de confundir o bonde com um ônibus, ele jamais toma um ônibus e elas já deveriam sabê-lo. A não ser que tenha ouvido ônibus quando na verdade era o bonde 97.

A não ser que na verdade seja o mesmo quadro e que a luz do lustre, incidindo em seu vidro com estranhos reflexos, esta noite lhe transforme os lábios e os torne grossos e um pouco verdes. Do sofá tem-se uma visão clara do retrato de tio Horacio, e Raimundo não se lembra de tê-lo visto algum dia com aqueles lábios e aquela mão pendurada como um lenço aberto, porque na verdade o retrato de tio Horacio está com as mãos nos bolsos; somente um reflexo diferente do lustre do estúdio pode fingir aquela mão branca e aqueles lábios quase verdes, sem falar que todo o ar do retrato é de uma mulher, e não de tio Horacio.

Comentários de *Atalaya*, da BBC. Nada melhor que aqueles comentários com a ardência quente do café que María, do outro lado do sofá, lhe oferece. Raimundo o recebe agradecido, seus pés passeiam amplamente nas pantufas agasalhadas e todo ele está confortável e abandonado, mas talvez um pouco menos que em outras noites, que em outras noites da casa. Alguém canta na cozinha a canção que sua mãe canta enquanto seca a louça. É a mesma canção — "Rosas de Picardía", pouquíssimas vezes "Caminito" — e o mesmo jeito de cantar da mãe, só que a voz é mais rouca e mais grave, talvez tenha tomado frio ao debruçar-se no balcão à tarde para olhar a praça.

— Ande, vá dizer a mamãe que tome uma aspirina e cubra a garganta.

— Mas ela não tem nada — resmunga María, que lê o jornal na poltrona baixa. — Tio Lucas passou por aqui hoje à tarde e achou que ela está ótima.

Deixa a xícara no pires e olha devagar para a irmã. Brincadeira dela, a mãe só tem irmãos já falecidos. Agora disfarça atrás do jornal; melhor acompanhá-la na toada e batê-la em esperteza.

— Pena que tio Lucas não seja médico. Se fosse, a opinião dele teria algum valor.

— Não é médico mas sabe muito — diz a voz serena de María, e suas mãos, que Raimundo achou maiores que as de María, sacodem de leve as páginas do jornal.

— Ela me dá a impressão de estar afônica. E vovó, ainda não se deitou?

— Ah, ela se deita tarde, você sabe. Ainda vai tricotar um bom montão de carreiras.

A brincadeira prossegue e Raimundo compreende que seria pouco elegante frustrar o muito que María deve estar se divertindo. Como quando eram pequenos e brincavam de imaginar-se adultos, casados, com filhos e afazeres importantes. Dias e dias fazendo-se perguntas sobre os respectivos lares, os cônjuges, a saúde de Raulito e Marucha... Até que um dia brigavam ou o esquecimento vinha devolver-lhes uma infância sem problemas. Curiosa — um pouco triste, até — aquela ressurreição em María das antigas invenções; como se algum dia vovó tivesse sabido fazer tricô. Agora ela está olhando para a porta e parece esperar por alguma coisa. Moça esquisita, de repente penteia o cabelo que estava preso e o areja, e a campainha toca num horário em que a campainha da casa jamais toca.

— Quem diabos pode ser? — murmura Raimundo.

María se ergueu e está ao lado da porta quando vira a cabeça para olhar para ele.

— Nossa, como você está estranho! A zeladora, naturalmente.

Naturalmente nada, porque é inaudito que a zeladora suba naquele horário. María recebe algumas cartas e a chave da caixa do correio, fecha a porta com indiferença e olha as cartas uma por uma, inclinando-se na direção do abajur, até quase tocar a cabeça de Raimundo com as mãos.

— Todas para mamãe — diz, decepcionada. — O Bebe não me escreveu... Mas ele que espere carta minha, ah, ele que espere.

O vestido da mãe desaparece parcialmente sob um avental de cozinha que ela justamente começa a retirar ao entrar no estúdio. Está com as mãos avermelhadas pela água quente, sorri satisfeita e cansada. Recebe o maço de cartas e as perde no interior de um grande bolso do qual sai uma espécie de renda cor-de-rosa muito bonita mas que Raimundo não considera adequada para um bolso; é como um pescoço transferido para o lugar do bolso. E no pescoço? Muito simples, o tecido termina liso, apenas com uma bainha um pouco franzida. Raimundo, que esteve se perguntando a quem María chamaria de Bebe, pensa que a mãe entende de vestidos e lhe sorri quando ela passa a seu lado.

— Cansado?

— Não, como sempre. Esta noite não há notícias interessantes.

— Que tal ouvirmos música?

— Está bem.

Move o dial, espera, escolhe, descarta. Onde está sua mãe? Onde se enfiou María? Só vovó passa lentamente, se reclina na poltrona — ela que deveria ir dormir cedo como mandou o dr. Ríos — e o observa atenta.

— Seu horário é muito longo, filhinho. Dá para perceber no seu rosto.

— O horário de sempre, vovó.

— Sim, mas é muito longo. Que música está tocando?

— Não sei, talvez seja de Nova York; um jazz. Tiro, se você quiser.

— Não, estou gostando muito; ótima, essa orquestra.

O hábito, pensa Raimundo. Mesmo as velhas gerações acabam aceitando o que até a véspera — neste mesmo horário — lhes parecia abominável, música de doidos, castigo do inferno. Impressiona-o ver como a avó está forte e por nada neste mundo a mortificaria com a sugestão de que fosse se deitar; se hoje à noite ela resolveu fazer o que teve vontade de fazer é sinal de boa saúde e mente clara. Nem sequer admite um comentário para si mesmo quando a vê inclinar-se para uma sacola pendurada na poltrona e tirar um tricô preto, agulhas, olhar tudo aquilo com um profundo e absorto ar de entendida. Por que estranhar? Os costumes da casa variam sem que ele perceba; tantas horas no escritório, envolvido noite e dia com os problemas da Contabilidade... Sente-se afastado, distante dos seus, pensa que devem ter se passado semanas em que foi um mero autômato chegando à noite, enfiando as pantufas, ouvindo a BBC e adormecendo no sofá. E enquanto isso sua mãe cortava o vestido, María fazia as pazes com Bebe, vovó aprendia a tricotar. Para que estranhar? No máximo podia estranhar ter estado tão longe e ser tão diferente do que deveria ser, mostrar-se tão mau filho, tão mau irmão. A vida tem dessas coisas e não se pode menosprezar um escritório das Ferrovias do Estado. Ao fim e ao cabo, se alguma coisa se altera em casa nem por isso ele pessoalmente precisa ser afetado pelo fato; não é possível que estejam todos dependendo de sua vontade. E isso que as alterações são simples detalhes, uma modificação na luz do lustre que altera o retrato de tio Horacio, um amigo de sua irmã, a zeladora que inventa de subir a correspondência vespertina, um bolso esquisito da mãe, a avó mais vigorosa e sem aqueles ombros mirrados e fragílimos de antes. Detalhes, coisas que têm de ir acontecendo numa casa.

— Lucía — diz do quarto a voz da mãe (é mesmo, está afônica).

— Já vou, mamãe — responde sem surpresa a voz de María.

Por fim parou de querer pensar — todos já estavam dormindo — e foi deitar-se por sua vez. Gostava da luz do quarto, era mais velada e suave para seus olhos destruídos pelas colunas de algarismos. O pijama entrou nele quase sem que ele percebesse os movimentos mecânicos que o incorporavam a seu corpo; estendeu-se de costas e apagou a luz.

Não havia querido vê-las. Quando se aproximaram dele e lhe desejaram boa-noite inclinando-se sobre o sofá, fechou os olhos com um remoto sentimento de impossível e aceitou os três beijos, os três boas-noites, os três jogos de passos que se afastavam na direção dos quartos. Então desligou o rádio e quis pensar; agora estava deitado e não queria pensar. Entre um e outro momento teve a sensação de entender por alto que não estava entendendo nada; só entendia com exatidão as ideias mais idiotas. Por exemplo: "Como todos os apartamentos são iguais, quem sabe eu...". Nem sequer chegou ao fim da ideia. E ainda isto, menos idiota: "Será que não estou começando a...?". E depois, como um resumo de seu comportamento habitual: "Quem sabe amanhã...". Por isso havia se deitado, como se o sono pudesse interpor-se e encerrar um ciclo no qual alguma coisa estava se desorganizando e se movendo de um modo que ele não queria conceber. Quando a manhã chegasse, tudo voltaria a ficar bem.

Provavelmente dormiu, mas Raimundo achava difícil perceber a diferença entre a lembrança de seus pensamentos de semissono e seus sonhos. Talvez tivesse se levantado em algum momento da noite (mas isso ele pensou muito mais tarde enquanto copiava canhestramente uma ata no grande livro que lhe deram no escritório dos Correios e Telégrafos da Nação) e andou pela casa sem saber exatamente para quê, mas convencido de que era necessário e de que se não o fizesse seria vítima de insônia. Primeiro foi até o estúdio e acendeu a luz para olhar, em meio às penumbras da parede do fundo, o retrato de tio Horacio. Havia sido trocado; agora havia ali uma mulher de mãos pendentes e lábios finos, quase verdes por capricho do pintor. Lembrou-se de que María não gostava muito do retrato de tio Horacio e em algum momento mencionara a intenção de tirá-lo da parede. Mas ele não conhecia aquela mulher maligna e rígida; aquela mulher não pertencia a sua família.

A outra margem   59

Uma respiração carregada vinha do quarto da avó. Quem sabe se Raimundo fosse até lá... mas via-se entrando no quarto e observando — à luz fraca que vinha do estúdio — o rosto apoiado no travesseiro como um perfil de moeda sobre um feltro numismático. Longas tranças caíam sobre o travesseiro, tranças negras e grossas. O perfil estava nas sombras e só se inclinando muito Raimundo teria conseguido distinguir a avó. Mas as tranças negras, e além disso o vulto do ombro poderoso, e ainda o volume da respiração... É possível que de lá ele tivesse voltado para a sala de jantar ou se imobilizado por um instante para escutar a respiração de María e da mãe, que dormiam no mesmo quarto. Não entrou, não conseguia mais entrar em outro quarto, ficava até difícil voltar para o seu, fechar a porta, passar o ferrolho — tão embolorado pelo fato de nunca o passarem —, jogar-se de costas na cama e apagar a luz. Quem sabe se andou tudo isso pela casa; às vezes sonhamos que andamos pela casa e na verdade não fizemos mais que dar voltas na cama, soluçando de repente como tomados por uma angústia infinita, e repetir nomes, e ver rostos, e calcular estaturas, e Bebe que não escreve.

Pela manhã roçam a maçaneta e Raimundo se endireita na cama lembrando-se de haver passado o ferrolho e de que isso é de uma idiotice que provocará infinitas gozações da parte de María. Como está de pijama, salta da cama e vai correndo abrir a porta. Sorrindo para ele, Lucía entra com a bandeja do café da manhã e senta-se ao pé da cama; não parece estranhar o fato de ele haver passado o ferrolho e tampouco ele estranha ela não estranhar esse fato.

— Achei que você já estava de pé. Você adormeceu e vai chegar tarde.

— Daqui até meio-dia...

— Mas como você entra às dez... — comenta Lucía, olhando para ele com surpresa distante. É uma jovem muito loura e alta, sua pele morena lhe cai esplendidamente, como sempre com as louras. Mexe o café com leite, tampa o açúcar e sai. Raimundo vê sua saia branca, um leve erguer-se da blusa sobre os seios jovens, o coque apressado do penteado matinal. Fez bem em passar o ferrolho? Não lhe ocorre mais nada, mas pensa que talvez isso seja muito. Então Lucía reaparece na porta trazendo uma carta para ele, entrega-a da porta com um risinho amistoso e sai. Senhor Jorge Romero, rua e número. Tudo correto exceto o nome, e não obstante o nome deve estar correto porque Lucía trouxe a carta e a entregou a ele com um risinho. Menos absurdo do que se poderia acreditar, só que em vez de Raimundo Velloz está Jorge Romero; e dentro um convite para um baile e saudações muito atenciosas da C. D.

60   3. *Mudança*

Ele sente agora uma espécie de peso nos ombros, na base da língua, na nuca; é como se os sapatos nunca acabassem de amarrar-se e o laço da gravata fosse uma longuíssima tarefa sem sentido.

— Jorge, você vai chegar tarde!

Sua mãe — mas é fato que está afônica. Você vai chegar tarde, Jorge. Mas afinal, até meio-dia... Melhor sair em seguida, voltar para o autêntico, para a Contabilidade, para a planilha interrompida ontem. Café, um cigarro, a planilha, sólido universo. Melhor sair agora mesmo sem se despedir. Sair agora mesmo, e sem se despedir.

Chega furtivo ao estúdio no qual se entra pela porta da direita como se antes não se entrasse no estúdio pelo corredor do fundo. Mas dá na mesma, agora não está preocupado em saber por onde se entra e sua indiferença é tamanha que ele nem sequer olha para o retrato da mulher que parece espreitar o olhar que ele lhe recusa. Quando está a dois metros da porta, a campainha toca. Não sabe o que fazer, Luisa já chega correndo da cozinha, espanador na mão, afasta-o com um empurrão e um riso feliz.

— Fora do meu caminho, Jorge, seu estrupício!

Afasta-se para um lado, vê a porta se abrir. Quase sem surpresa dá com María em trajes de rua que o contempla enquanto Luisa aperta a mão dela e a convida a entrar.

— Finalmente você vai conhecer o homem da casa! Ainda bem que ele hoje se atrasou... Meu irmão Jorge, a srta. María Velloz, minha professora de francês, como você sabe...

Ela lhe estende a mão com o gesto maquinal e necessário do cumprimento. Raimundo espera um instante, espera que aconteça o que deve acontecer, mas, como a irmã continua com a mão estendida e nada acontece, estica a esquerda e o fato de fazê-lo é menos trabalhoso do que imaginara. De repente tem a sensação de que está certo, seria idiota gritar que ela é María e que... Só pensa que poderia tê-lo dito; pensa-o, mas sem senti-lo. Não sente nem um pouco, é só um pensamento como tantos que temos. Sabe-se lá, inclusive, se o pensou. Ao contrário, surge nele uma coisa que o conforta e o alegra por terem-no apresentado à srta. María Velloz. Quando não conhecemos uma pessoa, é adequado sermos apresentados a ela.

1945

4. Distante espelho

I feel like one who smiles, and turning shall remark,
Suddenly, his expression in a glass.

T.S. Eliot

A pesar de tudo, a verdade é que acabei por dissuadi-los. São boas pessoas e gostariam de me arrancar de minha solitária vida, levar-me a cinemas e cafés, realizar em minha companhia intermináveis voltas na praça central. Mas minhas negativas — que oscilam entre o sorridente "não" e o silêncio — deram fim à solicitude que demonstravam e há quatro anos levo aqui, bem no centro da cidade de Chivilcoy, uma existência silenciosa e retirada. Por isso o que ocorreu no dia 15 de junho será ouvido com benevolência por meus concidadãos, que só verão no fato a primeira manifestação de uma neurose monomaníaca que minha vida — tão pouco chivilcoyana — os leva a supor. Talvez estejam certos; eu me limito a contar. É uma maneira de transferir definitivamente para o passado, fixando-os, alguns acontecimentos que minha compreensão só abrange exteriormente. E, além disso, seria tolice negá-lo, dá um bonito conto.

Levo em Chivilcoy o que entendo como uma vida de estudos (e seus habitantes, de isolamento). Pela manhã dou minhas aulas na Escola Normal, até meio-dia ou um pouco mais; volto, sempre pelo mesmo itinerário, para a pensão de d. Micaela, almoço na companhia de alguns bancários e logo em seguida me adscrevo a meu quarto. Ali, iluminado pelo sol que a tarde inteira incide sobre as duas altas janelas, preparo aulas até as três e meia e a partir desse momento me considero plenamente dono de mim mesmo. Posso, em outras palavras, estudar a gosto; abro a Bíblia de Lutero e fico duas horas adentrando passo a passo o alemão, regozijando-me quando sou capaz de ler um capítulo inteiro sem a ajuda de meu Cipriano de Valera. De repente abandono a tarefa (há limites deliciosos do interesse que sinto erguer-se em minha inteligência, e a eles reajo sem tardança), ponho água para ferver enquanto acompanho um boletim vespertino da Rádio El Mundo, e cevo cuidadosamente meu mate na jarrinha de louça que me acompanha há tanto tempo. Tudo isso constitui, para usar a linguagem de meus alunos da Escola, um "recreio"; nem bem esgotado o prazer do mate, adentro com íntima complacência alguma outra leitura. Essa parte varia com o tempo; em 1939 foram as obras completas de Sigmund Freud; em 1940, romances ingleses e norte-americanos, poesia de Eluard e Saint John Perse; em 1941, Lewis Carroll (exaustivamente), Kafka e certos livros indianos de Fatone; em 1942, a história da Grécia de Bury, as obras completas de Thomas de Quincey e uma incrível bibliografia sobre Sandro Botticelli, além de doze romances de François Carco empreendidos com o propósito eminente de aperfeiçoar o argot; por fim, no corrente ano, estudo paralelamente uma antologia de moderna poesia anglo-americana de Louis Untermeyer, a história do Renascimento na Itália de John Aldington Symonds e — absurda complacência — a série dos Césares romanos desde o herói epônimo até o último capítulo de Anmiano Marcelino. Para essa tarefa trouxe para casa — com a gentil aprovação da bibliotecária da Escola — Tácito, Suetônio, os escritores da História Augusta e Marcelino. No momento de escrever este texto cheguei a conhecer em detalhes a vida dos imperadores até Probo; colada à parede de meu quarto há uma grande folha de cartolina onde registro um por um os nomes daqueles romanos e as datas de seus reinados. Procedimento menos mnemotécnico que divertido, e que provoca (já o percebi regozijadamente) os surpresos olhares das filhas de d. Micaela toda vez que vêm assear meu quarto.

"And such is our life." Adicionarei, para total ilustração do ambiente em que me movo, o pouco que resta de seus elementos: poemas em avassaladora quantidade (quase todos meus, ai!), a quinta edição de *Noticias gráficas*, algumas diversões noturnas como os programas da BBC e da KGEI (San Francisco), uma garrafa de uísque Mountain Cream, um quadro de papelão no qual arremesso com destreza um canivete e estabeleço concursos com grandes prêmios que jamais ganho; reproduções dos quadros de Gaughin, Van Gogh e Giotto, examinados com a mesma falta de respeito da enumeração precedente. E algumas, muito poucas idas ao cinema quando, por inexplicável equívoco, a empresa local exibe um filme de René Clair, Walt Disney, Marcel Carné. Ninguém me visita, com exceção de um professor que aparece às vezes e estranha reiteradamente minha selvageria e alguns alunos que descobriram em mim um consultor afetuoso, quem sabe um possível mas indefinidamente postergado amigo.

Entendo que meu relato manteve até agora o aspecto externo de um diário, maneira elegante de submeter *comptes rendues* a biógrafos futuros, mas talvez isso fosse necessário para que o possível leitor se surpreenda, como eu o fiz, com a estranha sensação de isolamento que me tomou na tarde de 15 de junho. Existe um mal denominado claustrofobia; penso ser imune a ele, e não a seu oposto. E apesar disso eu não conseguia isolar o ambiente do que estava lendo, entender plenamente por que Cornélio chamou Pedro no décimo capítulo da *Apostelgeschichte*. Avancei penosamente, lutando contra um vazio interior, um desejo adoidado de fechar o livro e me lançar rua afora para outro lugar que não fosse meu quarto. Eu me debatia com esse

A outra margem   63

combate duríssimo da alma com a própria alma e renunciava a prosseguir a letra luterana — impossível entender isto, aliás tão simples: "*Darum habe ich mich nicht geweigert zu kommen...*", x, 29 — quando uma coisa mais forte que eu me pôs o chapéu na mão e pela primeira vez em muito tempo abandonei meu quarto e fui passear pelas ensolaradas ruas do povoado.

Andar sem rumo é uma das coisas menos gratas para um espírito que, como o meu, ama a ordem e a eficiência. O sol, contudo, me acariciava a nuca com dedos dulcíssimos; e havia um ar com pássaros, uma atmosfera propícia e moças bonitas que me olhavam sorrindo, talvez espantadas por ver-me pestanejar sob aquela luz ofuscante das quatro da tarde. Percorri ruas familiares, elencando calçadas e casas; a paz voltava a mim, mas sem me incutir o desejo de regressar para o meu quarto, do qual já estava separado por muitas ruas. Meu corpo tornava a sentir aquela impressão deliciosa — tantas vezes desfrutada nas praias estivais — de dissolver-se sob o sol, de fundir-se no ar azul e tornar-se incorpóreo, mantendo unicamente o poder de sentir o morno, o azul-claro, o cômodo. Verão de férias, definitivamente a minhas costas e havia quanto tempo! Mas a tarde de outono era um consolo, quase uma promessa; e me senti leve, alegre por ter saído, por abandonar-me ao demônio que assim me arrancasse dos textos sagrados.

Tudo mudou ao chegar à esquina da Carlos Pellegrini com a Rivadavia, que é onde se ergue o edifício do Banco da Província. Alguém conhece o estado Tupac Amaru? Consiste numa diversão da alma e do corpo, em sentir o desejo de fazer uma coisa e ao mesmo tempo seu oposto, de dobrar para a direita e ao mesmo tempo para a esquerda. Assim, na esquina do banco, eu planejava amavelmente prosseguir até a praça, a bela e espaçosa praça de Chivilcoy, quando a rara atração que já me desgarrara de Cornélio e Pedro me projetou, irresistível, pela rua Rivadavia, que se afastava sem remédio da praça. E tive de seguir aquela rota melancólica, desprovida de sol, deixando para trás as árvores e tantos hospitaleiros bancos de praça. Recusei-me por um momento, mas a força aniquilava toda defesa; acho que dei de ombros — gesto que meus amigos criticam com razão — e me deixei levar, sentindo outra vez o ar morno da tarde e vendo ao longe como, vespertinamente, as bordas das calçadas começavam a tingir-se de um fino violeta.

"Puxa, a casa de d. Emilia. E se eu entrasse para cumprimentá-la?" Porque d. Emilia é uma de minhas poucas amigas em Chivilcoy. Dá aulas de línguas na Escola, tem a idade em que os sentimentos maternais superam toda paixão temporal e gosta muito de mim, talvez porque eu seja naturalmente simpático; certa vez apontou sua casa e me convidou para tomar chá, convite que não

64   *4. Distante espelho*

aceitei na ocasião. Mas hoje à tarde... Quando pensei no assunto pela segunda vez, meu dedo já estava apoiado na campainha, no segundo pátio ouvia-se um som azedo e violento de campainha, e eu, no meio do saguão, ficava pensando nas coisas que iria dizer a d. Emilia para justificar minha insólita visita. Explicar-lhe que uma força Tupac Amaru... impossível. A única solução era a burguesa: que estava passando por ali, que ficara com vontade de etc. Enquanto isso, continuava esperando, mas ninguém apareceu.

Toquei outra vez a campainha, que provavelmente dava para escutar em qualquer lugar, inclusive da calçada do outro lado da rua. Então, enquanto esperava, fiz uma coisa horrorosa: avancei pelo saguão com toda a liberdade e entrei na sala como se estivesse entrando em minha própria casa.

Como se...

Mas é que era mesmo a minha casa. Intuí isso quase sem surpresa, só com uma coceirinha na raiz do cabelo. A sala estava mobiliada exatamente como a sala de d. Micaela; e a porta da esquerda, a que sem dúvida dava para uma sala, era minha porta, a que dava para meu quarto.

Fiquei parado na frente da porta, ainda com um restinho de independência que poderia servir para projetar uma fuga imediata; e então ouvi alguém tossir no interior do aposento.

Foi como antes, com a campainha; a mão se adiantou à vontade. A maçaneta, tão familiar, cedeu à pressão e obtive acesso à sala. Só que não era uma sala, mas meu aposento de trabalho. Inteira e absolutamente meu aposento de trabalho. Tão inteira e absolutamente que, para dar-lhe a perfeição total, lá estava eu sentado diante da mesa lendo a Bíblia de Lutero posicionada em seu atril de madeira. Eu, vestindo o velho robe de listras azuis e as pantufas quentinhas que havia ganhado de minha mãe naquele outono.

Consegui pensar uma coisa, confessarei com toda a franqueza apesar de seu viés literário e um tanto defensivo. "Por Deus, isto é LE HORLA. Agora vai ser preciso dialogar etc." E com tal pensamento chegou ao fim meu papel ativo; tornei-me uma coisa imóvel em pé ao lado da porta, assistindo ao desenrolar de uma cena cotidiana, em espectador atento, sem medo por excesso de horror.

Vi-me consultar o dicionário de Pfohl e minha própria voz — alterada, como nos discos — entoou majestosamente os versículos da Bíblia. Cornélio chamava Pedro em sonoro alemão e este, depois de uma gastronômica visão, acudia à casa de seu hóspede pregando a palavra do Senhor; tudo isso, que havia ficado inconcluso quando eu saíra de minha casa lá na casa de d. Micaela, agora prosseguia sem interrupção. De repente me vi abandonar o livro, ligar o aparelho radiofônico; passei ao meu lado, pus a chaleira com água para esquentar, e quando brotou da rádio uma canção incaica

A outra margem 65

assobiei-a amavelmente, arremedando bastante bem a modulação nortista *ad hoc*. Tudo isso sem reparar em minha presença, sem me conceder um olhar que fosse — não era LE HORLA, graças a Deus —, num todo abstraído pelo ritual do mate doce e da música; ou bem com a indiferença com que se espia para a própria imagem ao passar na frente de um espelho. Fui forçado a ficar sabendo pelo rádio que os bombardeiros Liberator haviam arrasado a ilha Pantelária, que o rei Jorge estava na África, onde os soldados, ao descobri-lo, cantaram para ele "For He's a Jolly Good Fellow", e que o general Pedro Pablo Ramírez estava disposto a não permitir a especulação com artigos de primeira necessidade. Já era quase noite, acendi a luz; posicionei a poltrona ao lado da mesa, tratei de achar o primeiro volume de *Renaissance in Italy*, de Symonds, mergulhei na leitura, sorrindo aqui e ali, fazendo anotações, protestando de repente com veemência, outras vezes aderindo com manifesta complacência às ideias do autor. E de repente — porque nesse horário costumo sentir a bexiga cheia — larguei o livro na mesa, passei ao meu lado e saí do quarto. O ator abandonava a cena; o espectador teve a coragem de fazer o mesmo, mas na direção da rua e feito louco, recuperava subitamente a consciência daquele rigoroso impossível.

Por fim — e só eu sei o significado dessa conotação tão hermética —, voltei para minha casa. Estava na hora do jantar e eu quis ir dizer a minha bondosa senhoria que naquela noite prescindiria de seu *asado de tira* e de sua fresca alface. D. Micaela me examinou atentamente e anunciou em seguida que eu estava muito pálido.

— Na rua faz muito frio — falei inutilmente. — Vou me deitar agora mesmo. Até amanhã.

Enquanto eu atravessava os pátios, uma das garotas entrava queixando-se de que fora fazia um calor úmido; baixei a cabeça, voltei para meu quarto.

Tudo estava como sempre; encontrei minha Bíblia aberta na página onde a deixara, à tarde, o lápis ao lado, o dicionário de Pfohl. Ao lado dele um livrinho com os poemas de Hugo von Hofmannsthal, que eu começava lentamente a decifrar. Era o ambiente cotidiano, morno e cômodo, disposto por meu capricho e meus hábitos.

Incapaz de refletir serenamente, fui atrás de alguns envelopes de Embutal, tomei água e preparei uma xícara de chá de tília. Já eram dez horas e eu não me resolvia a deitar-me, convencido da insônia, do tremendo prestígio de uma escuridão e de um silêncio em tais circunstâncias. Lembro-me de ter passado horas e horas sentado diante de minha escrivaninha, e que me surpreendi gravando minhas iniciais em sua madeira com um canivete (o

66   *4. Distante espelho*

dos concursos de tiro ao alvo), pensando enquanto isso em coisa nenhuma, que é a mais horrível forma de pensar. Olhava para mim mesmo arrancando fragmentos de madeira, dando forma desajeitadamente a um G e a um M. Depois chegou o amanhecer e me fez lembrar que eu teria aula às nove; me atirei na cama vestido e dormi como um anjo, apreciando ao despertar a profunda beleza desse batido lugar-comum.

À tarde (como pude ensinar aos garotos a geografia da Holanda e a tetrarquia de Diocleciano será um eterno mistério para mim e, receio, para eles), à tarde fiz o que toda pessoa faria em meu lugar: ir à casa de d. Emilia sem perder um minuto.

Quando apoiei o indicador na campainha percebi a profunda diferença entre esse ato e o análogo do dia anterior; agia agora friamente, seguro de meus movimentos e disposto a desvendar o enigma, se é que de algo tão simples quanto um enigma se tratava. O que eu poderia dizer a minha amiga? A natureza da investigação ia além de um mero interrogatório; transcendia a normalidade, aquilo que de acordo com d. Emilia e Chivilcoy inteira é o certo e o aceitável. Saíra de casa sem refletir sobre a conduta a adotar; lembro-me apenas de que enfiei a Browning no bolso; e quem for capaz de me explicar para quê, estará me fazendo um rematado favor.

Da sala, a fisionomia bondosa de d. Emilia sorriu para mim. Que entrasse, que era um prazer, eu sempre tão desorientado; estava tão feliz em ver-me na sua casa, que entrasse como se fosse minha casa (e eu estremeci involuntariamente); desculpe a roupa, mas era tão cedo, e além disso... Eu quase não escutava as frases; mal transpus o vestíbulo e cheguei à sala, apertando a mão de minha amiga, olhei para a esquerda em busca da porta. E a vi, sem dúvida, mas não uma porta como a de meu quarto, porém outra mais larga e maciça, com espessas cortinas de macramê entre os vidros e os postigos internos.

— É a sala — disse d. Emilia, um pouco surpresa com meu exame e meu silêncio. — Vamos entrar, por favor.

Consegui balbuciar algumas perguntas educadas; o esposo, os netos que moravam com ela... Mas d. Emilia já abria a porta e foi a primeira a entrar na sala. Pensei: "Agora ela vai me encontrar lá dentro e vai começar a gritar". Como não aconteceu nada, entrei por minha vez.

Era uma bela sala burguesa com papel de parede com losangos cor de cereja, frutos vagamente subtropicais, um aparador Regência, quadros de família, um busto de Voltaire e, mais adiante, uma grande escrivaninha de pernas torneadas, verdadeiramente linda.

— Às vezes trabalho aqui — disse-me d. Emilia, convidando-me a sentar. — Mas é um lugar frio, pouco acolhedor, de modo que corrijo deveres e

A outra margem   67

preparo aulas no quarto da minha filha mais velha, que é mais bem iluminado. Meus netinhos gostam de vir brincar aqui... Se visse o trabalho que dá impedi-los de quebrar alguma coisa!

Despontava em mim uma espécie de felicidade que subia dos sapatos, das pernas, percorria meu plexo e ia proclamar-se, maravilhosamente, no coração e nos pulmões. Devo ter suspirado com alívio e dito alguma coisa a respeito do mobiliário e dos quadros, porque d. Emilia desandou a explicar a razão de cada vetusta fotografia. Lares e penates desfilaram por sua fluida prosa. Eu me deixava envolver na felicidade da comprovação, de saber que aquilo fora uma fantasia, um capricho de alucinado, que deveria largar o uísque e os brometos por algum tempo, fazer uma sonoterapia e libertar-me daqueles pesadelos absurdos. Porque nada havia naquela sala que pudesse lembrar meu quarto e minha pessoa; porque tudo era como um vasto perdão para tanto desvario. Porque...

— ... porque ontem — dizia d. Emilia — passei o dia todo no campo, vendo as crias de coelho do sítio. Os coelhos de Flandres, o senhor sabe...

Ontem. D. Emilia passara o dia todo no campo. Vendo as crias de coelhos. À beira da salvação, senti uma mão de gelo agarrar-me lentamente pela nuca e me jogar para trás, na direção do outro. E justamente nesse momento d. Emilia interrompeu sua conversa com um fraco e indignado guincho. Fitava a linda escrivaninha, desoladamente.

— As crianças! — gemeu, juntando as mãos. — Eu sabia que elas iam acabar estragando essa mesa!

Inclinei-me sobre o móvel. A um lado, quase na borda, alguém havia se dedicado a gravar letras com um objeto cortante. As letras estavam caprichosamente enlaçadas, mas era possível distinguir um G e um M; não era um trabalho habilidoso, mas o passatempo de alguém que está distraído, ausente do que faz, e utiliza daquela maneira um canivete que segura na mão.

1943

Prolegômenos à astronomia

1. Da simetria interplanetária

This is very disgusting.
Pato Donald

Assim que desembarquei no planeta Faros, os farenses me fizeram conhecer o ambiente físico, fitogeográfico, zoogeográfico, político-econômico e noturno de sua cidade capital, que eles denominam 956. Os farenses são o que aqui denominaríamos insetos; têm altíssimas patas de aranha (supondo uma aranha verde, com pelos rígidos e excrescências brilhantes de onde nasce um som ininterrupto, semelhante ao de uma flauta e que, musicalmente conduzido, constitui sua linguagem); de seus olhos, modo de vestir-se, sistemas políticos e procedimentos eróticos falarei em outra ocasião. Acho que gostavam muito de mim; expliquei-lhes, mediante gestos universais, meu desejo de aprender sua história e seus costumes; fui acolhido com inegável simpatia.

Passei três semanas em 956; foi o suficiente para eu constatar que os farenses eram cultos, amavam os poentes e os problemas de lógica. Faltava conhecer sua religião, e para tanto solicitei dados com os poucos vocábulos que possuía — pronunciando-os através de um apito de osso que fabriquei com destreza. Me explicaram que professavam o monoteísmo, que o sacerdócio ainda não havia perdido totalmente o prestígio e que a lei moral determinava que fossem passavelmente bons. O problema atual parecia consistir em Illi. Constatei que Illi era um farense com pretensões de cinzelar a fé nos sistemas vasculares ("corações" não seria morfologicamente correto) e que estava em vias de consegui-lo.

Levaram-me a um banquete que os notáveis de 956 estavam oferecendo a Illi. Encontrei o heresiarca no alto da pirâmide (mesa, em Faros), comendo e pregando. Ouviam-no com atenção, pareciam adorá-lo, enquanto Illi falava e falava.

Eu só conseguia entender umas poucas palavras. Por meio delas passei a ter Illi em alta conta. De súbito tive a sensação de estar vivendo um anacronismo, de ter retrocedido às épocas terrestres em que se gestavam as religiões definitivas. Lembrei-me do Rabbi Jesus. O Rabbi Jesus também falava, comia e falava, enquanto os demais o escutavam com atenção e pareciam adorá-lo.

Pensei: "E se esse aí também fosse Jesus? Não é novidade a hipótese de que o Filho de Deus bem que poderia passear pelos planetas convertendo os universais. Por que haveria de dedicar-se à Terra com exclusividade? Já não estamos na era geocêntrica; concedamos-lhe o direito de desempenhar sua dura missão em todos os lugares".

Illi continuava doutrinando os comensais. Pareceu-me cada vez mais que aquele farense podia ser Jesus. "Que tremenda tarefa", pensei. "E monótona, inclusive. Falta saber se os seres reagem igualmente em toda parte. Será que o crucificarão em Marte, em Júpiter, em Plutão...?"

Homem da Terra, senti brotar em mim uma vergonha retrospectiva. O Calvário era um estigma conterrâneo, mas também uma definição. Provavelmente havíamos sido os únicos capazes de tamanha patifaria. Cravar o filho de Deus num madeiro...!

Os farenses, para minha absoluta confusão, aumentavam as mostras de seu carinho; prosternados (não tentarei descrever o aspecto deles), adoravam o mestre. De repente tive a impressão de que Illi estava levantando todas as patas ao mesmo tempo (e são dezessete as patas de um farense). Crispou-se no ar e caiu de uma vez só sobre a ponta da pirâmide (da mesa). Imediatamente ficou preto e em silêncio; perguntei, e me disseram que estava morto. Parece que haviam envenenado a comida dele.

1943

2. Os limpadores de estrelas

> Bibliografia: *Isto nasceu de passar na frente de um comércio de ferragens e ver uma caixa de papelão contendo algum objeto misterioso com a seguinte legenda: Star Washers.*

Criou-se uma Sociedade com o nome de OS LIMPADORES DE ESTRELAS. Bastava ligar para o telefone 50-4765 para que na mesma hora saíssem as brigadas de limpeza, equipadas com todos os implementos necessários e munidas de ordens efetivas, que tratavam de pôr em prática rapidamente; essa era, pelo menos, a linguagem empregada pela propaganda da Sociedade.

Dessa forma, em pouco tempo as estrelas do céu readquiriram o brilho que o tempo, os estudos históricos e a fumaça dos aviões haviam empanado. Foi possível iniciar uma classificação mais legítima de magnitudes, embora se tivesse comprovado, com alegria e surpresa, que todas as estrelas, depois de submetidas ao processo de limpeza, pertenciam às três primeiras. O que antes se tomara por insignificância — quem se preocupa com uma estrela aparentemente situada a centenas de anos-luz? — transformou-se em fogo solapado, à espera de recuperar sua legítima fosforescência.[*]

Sem dúvida, a tarefa não era nada fácil. Nos primeiros tempos, sobretudo, o telefone 50-4765 tocava ininterruptamente e os diretores da empresa não sabiam como multiplicar as brigadas e confiar-lhes itinerários complicados que, partindo da Alfa de determinada constelação, chegassem até a Kappa no mesmo turno de trabalho, a fim de que um número considerável de estrelas associadas ficasse simultaneamente limpo. Quando, à noite, uma constelação refulgia de maneira inédita, o telefone era assediado por miríades estelares incapazes de conter a inveja, dispostas a tudo desde que se equiparassem às já atendidas pela Sociedade. Foi preciso recorrer a subterfúgios diversos, tais como recobrir as estrelas já lavadas com películas diáfanas que somente depois de algum tempo se dissolviam, revelando seu brilho deslumbrante; ou bem aproveitar a época de densas nuvens, quando os astros perdiam o contato com a Terra e ficavam impossibilitados de chamar a Sociedade demandando limpeza. O diretório comprou toda a ideia engenhosa destinada a melhorar os serviços e abolir invejas entre constelações e nebulosas. Estas últimas, que só podiam valer-se das vantagens de uma escovação enérgica e de um banho de vapor que as libertasse das concreções da matéria, rotavam com melancolia, invejosas das estrelas já integradas a sua forma esbelta. Não obstante, a diretoria da Sociedade as consolou com prospectos elegantemente impressos nos quais se especificava: "A escovação das nebulosas permite-lhes oferecer aos olhos do universo a graça constante de uma linha em perpétua mutação, tal como sonhada por poetas e pintores. Todas as coisas já definidas

---

[*] Em novembro de 1942, o dr. Fernando H. Dawson (do Observatório Astronômico da Universidade de La Plata) anunciou com estardalhaço ter descoberto uma "nova" localizada a 8h.9 ½ de ascensão em linha reta e 35º12' de declínio austral, "sendo a estrela mais brilhante da região situada entre Sírio, Canopus e o horizonte" (*La Prensa*, 10 de novembro, p. 10). Angélicas criaturas! A verdade é que se tratava do primeiro teste — secreto, naturalmente — da Sociedade.

equivalem à renúncia às outras múltiplas formas em que se compraz a vontade divina". As estrelas, por sua vez, não conseguiram evitar o desgosto que esse prospecto produzia nelas, e foi necessário que a Sociedade oferecesse, à guisa de compensação, um abono secular em que as várias limpezas eram gratuitas.

Os estudos astronômicos sofreram uma crise tamanha que as precárias e provisórias bases da ciência precipitaram sua estrepitosa bancarrota. Imensas bibliotecas foram jogadas ao fogo e durante algum tempo os homens puderam dormir em paz, sem pensar na falta de combustível, já alarmante naquela época terrestre. Os nomes de Copérnico, Martín Gil, Galileu, Gaviola e James Jeans foram apagados de panteões e academias; em seu lugar, foram inscritos em letras garrafais e imorredouras os dos fundadores da Sociedade. A Poesia também sofreu um abatimento perceptível; hinos ao sol, agora em descrédito, foram galhofeiramente desenterrados das antologias; poemas nos quais se mencionavam Betelgeuse, Cassiopeia e Alfa Centauro caíram em estrondoso esquecimento. Uma literatura fundamental, a da Lua, passou ao nada como se tivesse sido varrida por vassouras gigantescas; a partir dali, quem se lembrou de Laforgue, Júlio Verne, Hokusai, Lugones e Beethoven? O Homem da Lua apoiou sua foice no solo e sentou-se sobre o Mar dos Humores para chorar, longamente.

Por desgraça, as consequências de tamanha transformação sideral não haviam sido previstas no seio da Sociedade. (Ou haviam sido e, movida pelo afã do lucro, sua diretoria fingira ignorar o terrível futuro que aguardava o universo?) O plano de trabalho encetado pela empresa se dividia em três etapas sucessivamente levadas a cabo. Antes de mais nada, atender aos pedidos espontâneos por meio do telefone 50-4765. Segundo, reforçar as coqueterias graças a uma propaganda efetiva. Terceiro, *limpar de bom ou mau grado aquelas estrelas indiferentes ou modestas*. Este último item, acolhido por um clamor no qual se alternavam os protestos com as vozes de estímulo, foi realizado de maneira implacável pela Sociedade, ansiosa para que nenhuma estrela ficasse sem os benefícios da organização. Durante um determinado tempo enviaram-se as brigadas juntamente com tropas de assalto e instrumentos de cerco às áreas hostis do céu. Uma após outra, as constelações recuperaram o brilho; o telefone da Sociedade se cobriu de silêncio, mas as brigadas, movidas por um impulso cego, prosseguiam seu mister incessante. Até que só restou uma estrela por limpar.

Antes de emitir a ordem final, a diretoria da Sociedade subiu em cheio aos terraços do arranha-céu — denominação adequadíssima — e contemplou sua obra com orgulho. Todos os homens da Terra comungavam naquele instante solene. Sem dúvida, jamais se vira semelhante céu. Cada estrela era um sol de indescritível luminosidade. Já não se faziam perguntas como nos velhos tempos: "Na sua opinião, ela é alaranjada, avermelhada ou amarela?". Agora as cores se manifestavam em toda a sua pureza, as estrelas duplas alternavam seus raios em matizes únicos, e tanto a Lua como o Sol apareciam confundidos na multidão de estrelas, invisíveis, derrotados, desfeitos pela tarefa triunfal dos limpadores.

E só restava um astro por limpar. Era Nausicaa, uma estrela que raríssimos sábios conheciam, perdida lá longe em sua falsa vigésima magnitude. Quando a brigada concluísse sua tarefa, o céu estaria absolutamente limpo. A Sociedade teria triunfado. A Sociedade desceria às sedes do tempo, segura da imortalidade.

A ordem foi emitida. De seus telescópios, os diretores e os povos contemplavam com emoção a estrela quase invisível. Um instante mais e também ela viria somar-se ao concerto luminoso de suas companheiras. E o céu seria perfeito, para sempre...

Um horrendo escarcéu, como se fossem vidros raspando um olho, ergueu-se de repente no ar, desabrochando numa espécie de tremendo Yggdrasil inesperado. A diretoria da Sociedade jazia por terra, comprimindo as pálpebras com as mãos crispadas, e em todo o mundo as pessoas rolavam pelo chão, abrindo caminho para os porões, para a treva, cegando-se uns aos outros com unhas e com espadas para não ver, para não ver, para não ver...

A tarefa fora concluída, a estrela estava limpa. Mas sua luz, incorporando-se à luz das demais estrelas atendidas pelos benefícios da Sociedade, já ultrapassava as possibilidades da sombra.

A noite ficou instantaneamente abolida. Tudo ficou branco, o espaço branco, o vazio branco, os céus pareciam um leito exibindo os lençóis, e tudo se limitou a uma brancura total, soma de todas as estrelas limpas...

Antes de morrer, um dos diretores da Sociedade conseguiu separar um pouco os dedos e olhar por entre eles: viu o céu inteiramente branco e as estrelas, todas as estrelas, formando pontos *negros*. Lá estavam as constelações e as nebulosas: as constelações, pontos negros, e as nebulosas, nuvens de tempestade. E com elas o céu, inteiramente branco.

1942

3. Breve curso de oceanografia

On peut dire alors que, sur la Lune, il fait clair de Terre.
Dictionnaire Encyclopédique Quillet, art. "Lune"

Observando com atenção um mapa da Lua se notará que suas "marés" e "rios" estão muito longe de comunicar-se entre si; pelo contrário, guardam total reserva e perpetuam distraidamente a lembrança de antigas águas. Vai daí que os professores ensinem a seus boquiabertos discípulos que na Lua um dia houve bacias fechadas, e com certeza nenhum sistema de vasos comunicantes.

Tudo isso ocorre por não dispormos oficialmente de informações sobre a face oposta do satélite. Somente eu, ó dulcíssima Selene!, conheço teu dorso de açúcar. Ali, na zona que o imbecil do Endimião teria podido subjugar para sua própria delícia, os rios e mares se conjugavam outrora numa vastíssima torrente, num estuário hoje pavorosamente seco e enxuto, recoberto pelas ásperas crinas do sol, que o açoitam e devastam, verdade que sem resultado algum.

Não temas, Astarte. Tua tragédia será gozo, tua pena e tua saudade; mas eu a exporei lindamente, que aqui no planeta do qual dependes conta mais a forma que a ética.* Deixa-me narrar de que maneira nos antigos tempos teu coração era um inesgotável manancial do qual fluíam os rios de voluptuosa cintura, devoradores de montanhas, alpinistas amedrontados, sempre encosta abaixo até todos se encontrarem, depois de petulantes evoluções, na magna torrente de teu dorso que os conduzia ao OCEANO. Ao Oceano multiforme, de cabeças e seios pleno!**

Acontecia a torrente de ampla envergadura, com águas já esquecidas de adolescentes jogos. A Lua era donzela e seu rio tecia para ela uma trança que lhe tombava pelo fino espaço entre as omoplatas, queimando-lhe com fria mão a região onde os rins estremecem como potros sob a espora. Assim e sempre, incessantemente a trança descia envolta em paisagens minerais, assistida por grave complacência, já resumo de vastíssimas hidrografias.

Se na ocasião tivéssemos podido vê-la, se na ocasião não houvéssemos estado entre o feto e o pterodáctilo, primeiros estágios na direção de uma condição melhor, que prodígio de prata e espuma nos teria resvalado pelos olhos.

---

* Graças sejam dadas ao Senhor.
** *Hommage à Hésiode.*

Verdade que a torrente coletora, a Magna, fluía sobre a face oposta à Terra. Mas e os mares entre montanhas, os estupendos circos então preenchidos por sua substância flexível? E a reverberação das ondas, aplaudindo a própria arquitetura? Água surpreendente! Depois de mil castelos e coberturas efêmeras, depois de regatas e bolos de casamento e grandes demonstrações navais diante das rochas aferradas a sua sinecura, a teoria rumorosa se encaminhava para o magno estuário do outro lado, organizando suas legiões.

Deixa que eu diga isto aos homens, Selene cadenciosa; aquelas águas eram habitadas por uma raça celeste, de fusiforme contextura, de hábitos benignos e coração sempre transbordante. Conheces os delfins, leitor? Sim, do parapeito do transatlântico, uma plateia de cinema, os romances náuticos. Eu te pergunto se os conheces intimamente, se pudeste alguma vez interrogar a esfera melancólica de suas vidas aparentemente tão alegres.[*] Eu te pergunto se, superando a fácil satisfação proporcionada pelos textos de zoologia, olhaste um delfim exatamente no centro dos olhos...

Pelas águas da grande torrente desciam pois os selenitas, seres avessos a toda evidência excessiva, livres também de comparação e de nomes, nadadores e lotógrafos. Diferentemente dos delfins, não saltavam sobre as águas, seus lombos indolentes ascendiam com a pausa das ondas, suas pupilas vidradas contemplavam em perpétua maravilha a sucessão de vulcões fumegantes da margem, os glaciares cuja presença anunciava de súbito no frio das águas algo como mãos viscosas em busca do ventre por baixo e furtivamente. E então fugiam dos glaciares em busca da tepidez que a torrente conservava em suas profundas capas de áspero azul.

Isto é o mais triste de contar; isto é o mais cruel. Que a torrente coletora um dia esquecesse sua fidelidade a um leito, que por sobre a curvatura fácil da Lua criasse uma úmida tangente de rebeldia, que se deslocasse apoiada no ar espesso rumo ao espaço e à liberdade... como narrá-lo sem sentir nas vértebras um acorde de ácida dissonância?[**] Por sobre o ar se afastava a torrente, projetando-se um trajeto de definido motim, levando consigo as águas da Lua dilacerada de assombro, repentinamente nua e sem carícias.

Pobres selenitas, pobres tépidos e amáveis selenitas! Sumidos nas águas, nada sabiam de sua sideral derrota; tão somente um, abandonado por ter ficado para trás, repentinamente só e enxuto no meio do leito da grande torrente, tinha condições de lamentar tão incerto destino. Longo tempo

---

[*] "Os delfins executam saltos que se prestam a imaginá-los sumamente brincalhões..." (Jonathan Thorpe, *Foam and Ashes*). "Os delfins, tristes como uma boca pousada sobre um espelho..." (Francis de Mesnil, *Monotonies*).

[**] *Hommage à Lautréamont.*

ficou o selenita vendo a torrente afastar-se pelo espaço. Não ousava separar dela seus olhos porque ela minguava por momentos e parecia não mais que uma lágrima no alto do céu. Depois o tempo girou sobre seu eixo e a morte foi chegando devagar até apoiar suavemente a mão sobre a testa abaulada do abandonado. E a partir daquele instante a Lua começou a ser tal como a descrevem os tratados.

A invejosa Terra — oh, Selene, digo-o embora te oponhas por temor a um castigo mais severo! — era a culpada. Concentrando inúmeras reservas de sua força de atração no topo do Kilimanjaro, fora ela, planeta infecto, que arrancara da Lua sua trança poliforme. Agora, aberta de par em par a boca* num esgar sedento, esperava a chegada da vasta torrente, ansiosa por enfeitar-se com ela e esconder sob o líquido cosmético a feiura que nós, seus habitantes, conhecemos de sobra.

Digo alguma coisa mais? Triste, triste é assistir à chegada daquelas águas que se esparramaram no chão com um estalo opaco para depois se espalhar como babas de vômito, sujas da escória primitiva, apoquentando-se nos abismos de onde o ar fugia com horrendos estampidos... Oh, Astarte, melhor calar agora mesmo; melhor é debruçar-se no parapeito dos navios quando a noite é tua, olhando os delfins que saltam como piões e voltam para o mar, reiteradamente saltam e regressam para sua prisão. E ver, Astarte tristíssima, como os delfins saltam por ti, à tua procura, chamando-te; como se parecem com os selenitas, raça celeste de fusiforme contextura, de hábitos benignos e coração sempre transbordante. Transbordante agora de suja ressaca e somente com a luz de tua imagem, que em pequeníssima pérola fosforesce para cada um deles no mais fundo de sua noite.

1942

4. Estação da mão

Para Gladys e Sergio Sergi

Deixava-a entrar à tarde, abrindo um pouco para ela a folha de minha janela que dá para o jardim, e a mão descia suavemente pelas bordas da escrivaninha, apoiando-se de leve na palma, os dedos soltos

---

* Aquilo que o palerma do Magalhães chamou de oceano Pacífico.

e com ar de distraídos, até vir pousar imóvel sobre o piano, ou sobre a moldura de um retrato, ou às vezes sobre o tapete cor de vinho.

Eu amava aquela mão porque ela não tinha nada de voluntariosa mas sim muito de pássaro e de folha seca. Será que ela sabia alguma coisa sobre mim? Sem titubear, todas as tardes chegava à janela, às vezes depressa — com sua pequena sombra que de súbito se projetava sobre os papéis — e parecendo insistir para que eu abrisse; e outras lentamente, galgando os degraus da hera onde, à força de escalá-la, abrira um caminho profundo. As pombas da casa a conheciam bem; era frequente eu escutar pela manhã um arrulho ansioso e continuado, e era que a mão andava pelos ninhos, encolhendo-se no formato adequado para conter os peitos de giz das mais jovens, a pluma áspera dos machos enciumados. Amava as pombas e as jarras de água fresca; quantas vezes a encontrei à borda de um copo de vidro, com os dedos levemente molhados na água que se comprazia e dançava. Nunca a toquei; compreendia que isso teria significado desatar cruelmente os fios de acontecimentos misteriosos. E por muitos dias a mão percorreu minhas coisas, abriu livros e cadernos, apoiou o indicador — com o qual sem dúvida lia — sobre meus poemas mais belos e os foi aprovando um a um.

O tempo ia passando. Os sucessos exteriores aos quais minha vida tinha de submeter-se com dor começaram a ondular como curvas que só me atingiam de raspão. Deixei de lado a aritmética, vi meu terno mais impecável cobrir-se de musgo; agora era raro que saísse de meu quarto, à espera pausada da mão, vigiando com ansiedade o primeiro — e mais distante e fundo — roçagar na hera.

Dei-lhe nomes; gostava de chamá-la de Dg, porque era um nome só para ser pensado. Instiguei sua provável vaidade deixando anéis e pulseiras sobre as estantes, espiando sua atitude com secreta persistência. Várias vezes acreditei que se enfeitaria com as joias, mas ela as estudava dando voltas em torno delas e sem tocá-las, ao modo de uma aranha desconfiada; e, embora um dia tivesse chegado a enfiar no dedo um anel de ametista, foi só por um instante e logo o abandonou como se ele a queimasse. Dei-me pressa em esconder as joias em sua ausência e desde então me pareceu estar muito mais satisfeita.

Assim se sucederam as estações, umas esbeltas e outras com semanas cingidas por luzes violentas, sem que suas chamadas canhestras chegassem até nosso âmbito. Todas as tardes a mão voltava, muitas vezes molhada pelas chuvas outonais, e eu a via posicionar-se de costas sobre o tapete, secar cuidadosamente um dedo com o outro, às vezes com saltos miúdos de coisa satisfeita. Nos entardeceres de frio sua sombra se tingia de roxo. Nesses dias eu instalava um braseiro a meus pés e ela se agachava e mal se movia, exceto para receber, displicente, um álbum com gravuras ou um novelo de

A outra margem   77

lã que gostava de enodar e retorcer. Era incapaz, logo percebi, de ficar quieta por muito tempo. Um dia encontrou uma gamela com argila e se precipitou sobre a novidade; passou horas e horas modelando a argila enquanto eu, de costas, fingia não ligar para sua tarefa. Naturalmente, modelou uma mão. Deixei-a secar e a pus sobre a escrivaninha para provar-lhe que sua obra era de meu agrado. Mas era um erro: como todo artista, Dg acabou se incomodando com a contemplação daquela outra mão rígida e um tanto crispada. Quando a retirei do quarto, ela fingiu, por pudor, não haver notado.

Em pouco tempo meu interesse se tornou analítico. Cansado de maravilhar-me, eu quis *saber*; e é esse o invariável e funesto fim de toda aventura. Surgiam as perguntas acerca de minha hóspede: vegeta, sente, compreende, ama? Imaginei testes, estabeleci contatos, preparei experiências. Percebera que a mão, embora capaz de ler, jamais escrevia. Uma tarde abri a janela e depositei sobre a mesa um lápis e folhas brancas, e quando Dg entrou, saí de perto para deixá-la livre de toda timidez. Vi pela fechadura que ela dava seus passeios de sempre e depois, vacilante, ia até a escrivaninha e empunhava o lápis. Ouvi o arranhar da pena e depois de algum tempo ansioso entrei na peça. Sobre o papel, em diagonal e com letra desenhada, Dg escrevera: *Esta resolução anula todas as anteriores até nova ordem.* Nunca mais consegui que ela tornasse a escrever.

Transcorrido o período de análise, comecei a gostar de Dg de verdade. Amava seu jeito de olhar as flores dos púcaros, sua rotação compassada em torno de uma rosa, aproximando a ponta dos dedos até roçar as pétalas, e aquela maneira de deixar a palma côncava para envolver uma flor, sem tocá-la, quem sabe sua maneira de aspirar a fragrância. Uma tarde em que eu cortava as páginas de um livro recém-comprado, observei que Dg parecia secretamente desejosa de me imitar. Então saí em busca de mais livros e pensei que talvez ela gostasse de formar sua própria biblioteca. Encontrei curiosas obras que pareciam escritas para mãos, assim como outras para lábios ou cabelos, e também adquiri um punhal diminuto. Quando pus tudo sobre o tapete — seu lugar preferido —, Dg verificou com sua cautela costumeira. Parecia temer o punhal, e só alguns dias depois resolveu tocá-lo. Eu continuava cortando meus livros para incutir-lhe confiança, e uma noite (já falei que ela só se retirava ao alvorecer, levando suas sombras consigo?) ela começou a abrir seus livros e a separar as páginas. Não tardou a empenhar-se com destreza extraordinária; o punhal entrava nas carnes brancas ou opalinas com graça cintilante. Concluída a tarefa, punha o corta-papel sobre uma prateleira — onde havia acumulado objetos de sua preferência: lãs, desenhos, fósforos usados, um relógio de pulso, pequenos montes de cinza — e descia para deitar-se de bruços no tapete e dar início à leitura. Lia a grande velocidade, roçando as palavras com um dedo; quando dava com gravuras, jogava-se inteira sobre a página e dava a impressão de estar adormecida. Percebi que minha seleção de livros fora acertada; ela voltava diversas vezes a certas páginas (*Étude de Mains*, de Gautier; um remoto poema meu que começa: "Poder tomar tuas mãos..."; *Le Gant de Crin*, de Reverdy), e posicionava fiapos de lã para recordá-las. Antes de partir, comigo adormecido em meu sofá, guardava seus volumes num pequeno móvel que lhe destinei para esse fim; e nunca encontrei nada fora do lugar ao despertar.

Dessa maneira sem razões — plenamente baseada na simplicidade do mistério — convivemos por um tempo de estima e correspondência. Toda indagação superada, toda surpresa abolida, que situação de total perfeição nos continha! Nossa vida, assim, era uma louvação sem destino, canto puro e jamais pressuposto. Dg entrava por minha janela e com ela ingressava o absolutamente meu, por fim resgatado da limitação dos parentes e das obrigações, recíproco em minha vontade de dar satisfação àquela que de tal forma me libertava. E vivemos assim, por um período que eu não saberia precisar, até que a sanção do real veio incidir em minha fraqueza, dorido de ciúme por tanta plenitude fora de suas prisões pintadas. Uma noite sonhei: Dg se apaixonara por minhas mãos — pela esquerda, sem dúvida, pois ela era destra — e se valia de meu sonho para raptar a amada, cortando-a de meu punho com o punhal. Acordei aterrado, compreendendo pela primeira vez a loucura de deixar uma arma em poder daquela mão. Saí em busca de Dg, ainda combalido pelas turvas águas de minha visão; ela estava agachada no tapete e na verdade parecia atenta aos movimentos de minha esquerda. Levantei-me e fui guardar o punhal onde ela não poderia alcançá-lo, mas depois me arrependi e o trouxe outra vez, recriminando-me amargamente. Ela parecia desencantada e estava com os dedos entreabertos num misterioso sorriso de tristeza.

Sei que ela não voltará mais. Aquele comportamento tão inábil introduziu em sua inocência a altivez e o rancor. Sei que ela não voltará mais! Por que me criticar, pombas, invocando lá no alto a mão que não regressa para acariciá-las? Por que toda essa movimentação, rosa de Flandres, se ela já nunca mais te incluirá em suas dimensões esmeradas? Fazei como eu, que voltei a fazer contas, a vestir minha roupa, e que passeio pela cidade o perfil de um morador correto.

1943

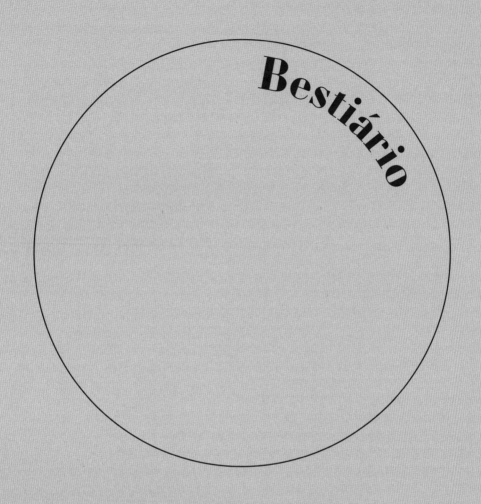

1951

Para Paco, que gostava de meus contos

Casa tomada

Gostávamos da casa porque além de espaçosa e antiga (hoje que as casas antigas sucumbem à venda sumária, mais vantajosa, dos materiais que as compõem) ela guardava as lembranças de nossos bisavós, do avô paterno, de nossos pais e de toda a infância.

Irene e eu nos acostumamos a persistir sozinhos nela, o que era uma loucura pois naquela casa podiam morar oito pessoas sem aperto. Fazíamos a limpeza pela manhã, levantando às sete, e por volta das onze eu deixava Irene tomando conta dos últimos aposentos e ia para a cozinha. Almoçávamos ao meio-dia, sempre pontuais; não restava mais nada por fazer, fora uns poucos pratos sujos. Sentíamos prazer em almoçar pensando na casa profunda e silenciosa e em como dávamos conta de mantê-la limpa. Uma vez ou outra até imaginamos que ela é que não nos deixara casar. Irene recusou dois pretendentes sem maiores motivos; de meu lado, María Esther morreu antes que chegássemos a nos comprometer. Entramos nos quarenta anos com a ideia não explicitada de que nosso simples e silencioso casamento de irmãos era o fecho necessário da genealogia estabelecida pelos bisavós em nossa casa. Algum dia morreríamos ali, incertos e esquivos primos ficariam com a casa e a poriam abaixo para enriquecer com o terreno e os tijolos; ou melhor, nós mesmos daríamos cabo dela justiceiramente antes que fosse tarde demais.

Irene era uma moça nascida para não incomodar ninguém. Tirando sua atividade matinal, passava o resto do dia tricotando no sofá de seu quarto. Não sei por que tricotava tanto, acho que as mulheres tricotam quando encontram nessa atividade o grande pretexto para não fazer nada. Irene não era assim, tricotava coisas sempre necessárias, pulôveres para o inverno, meias para mim, xales e coletes para ela. Às vezes tricotava um colete e depois o desmanchava bem depressa por não gostar de alguma coisa; era divertido ver no cesto a montanha de lã crespa resistindo a perder a forma mantida durante algumas horas. Nos sábados eu ia até o centro da cidade comprar lã para Irene; ela confiava em meu gosto, aprovava as cores e nunca foi preciso devolver uma só meada. Eu aproveitava aquelas saídas para dar uma volta pelas livrarias e perguntar inutilmente se havia alguma novidade em literatura francesa. Desde 1939 não chegava nada que prestase à Argentina.

Mas é da casa que me interessa falar, da casa e de Irene, porque eu não tenho importância. Me pergunto o que Irene teria feito sem o tricô. É possível reler um livro, mas quando um pulôver fica pronto não dá para repeti-lo sem provocar comentários. Um dia encontrei a gaveta de baixo da cômoda de canforeira cheia de xales brancos, verdes, lilases. Estavam com naftalina, empilhados como numa loja; faltou-me coragem para perguntar a Irene o que pretendia fazer com eles. Não tínhamos necessidade de ganhar a vida, todos os meses chegava o dinheiro dos campos e a quantia aumentava. Mas Irene só achava graça em tricotar, mostrava uma destreza maravilhosa e eu passava horas vendo suas mãos que pareciam ouriços prateados, agulhas indo e vindo e um ou dois cestinhos no chão, onde os novelos trepidavam incessantemente. Era lindo.

Como não me lembrar da distribuição da casa. A sala de jantar, um aposento com gobelins, a biblioteca e três grandes quartos de dormir ficavam na parte mais recuada, a que dá para a Rodríguez Peña. Apenas um corredor, com sua porta maciça de carvalho, separava essa parte da ala dianteira, onde havia um banheiro, a cozinha, nossos quartos e o living central, com o qual se comunicavam os quartos e o corredor. Entrava-se na casa por um saguão com maiólica, e a porta de duas folhas dava para o living. De modo que a pessoa entrava pelo saguão, abria a porta de duas folhas e passava para o living; dos dois lados teria as portas de nossos quartos e à frente o corredor que levava à parte mais recuada; avançando pelo corredor se transpunha a porta de carvalho e depois dessa porta começava o outro lado da casa; também era possível dobrar para a esquerda logo antes da porta e seguir por um corredor mais estreito que ia até a cozinha e o banheiro. Quando a porta estava aberta, dava para perceber que a casa era muito grande; quando não estava, tinha-se a impressão de que era um desses apartamentos que se constroem hoje em dia, que mal dão para a pessoa se mexer; Irene e eu ficávamos sempre nessa parte da casa, quase nunca passávamos para o outro lado da porta de carvalho, exceto para fazer a limpeza, pois é incrível como os móveis juntam terra. Buenos Aires pode ser uma cidade limpa, mas isso se deve a seus habitantes e não a outra coisa. Há terra demais no ar, basta uma lufada de vento para que se sinta com os dedos o pó sobre os mármores dos consoles e entre as aberturas das toalhinhas de macramê; dá trabalho removê-lo direito com espanador, ele voa e paira no ar, um momento depois se deposita outra vez nos móveis e pianos.

Ficará para sempre com nitidez em minha memória porque foi simples e sem circunstâncias inúteis. Irene tricotava em seu quarto, eram oito da noite e de repente tive a ideia de pôr a chaleira no fogo para esquentar água para o mate. Segui pelo corredor até diante da porta de carvalho entreaber-

Casa tomada

ta e ia virando para me dirigir à cozinha quando ouvi um barulho na sala de jantar ou na biblioteca. O barulho chegava impreciso e surdo, como uma cadeira que cai sobre o tapete ou um sussurro abafado de pessoas conversando. Também o ouvi, ao mesmo tempo ou um segundo depois, ao fundo do corredor que levava daqueles aposentos até a porta. Me joguei de encontro à porta antes que fosse tarde demais, fechei-a de golpe apoiando o corpo; felizmente a chave estava na fechadura de nosso lado da porta; para maior segurança, passei o ferrolho.

Fui até a cozinha, esquentei água, e quando voltei com a bandeja do mate falei para Irene:

— Tive que fechar a porta do corredor. A parte do fundo foi tomada.

Ela deixou cair o trabalho e olhou para mim com graves olhos cansados.

— Tem certeza?

Confirmei com a cabeça.

— Então — disse ela recolhendo as agulhas — teremos de viver deste lado.

Eu cevava o mate com muito cuidado, mas ela demorou um pouco a retomar o tricô. Lembro-me de que estava fazendo um colete cinza; eu gostava daquele colete.

Nos primeiros dias achamos penoso porque ambos havíamos deixado na parte tomada muitas coisas de que gostávamos. Meus livros de literatura francesa, por exemplo, estavam todos na biblioteca. Irene sentia falta de certas toalhinhas e de um par de pantufas que muito a agasalhavam no inverno. Eu pensava em meu cachimbo de zimbro e acho que Irene se lembrou de um frasco muito antigo de Hesperidina. Era frequente (mas isso só aconteceu nos primeiros dias) fecharmos uma gaveta das cômodas e olharmos tristemente um para o outro.

— Não está aqui.

E era mais uma de todas as coisas que havíamos deixado do outro lado da casa.

Mas também tivemos proveitos. A limpeza se simplificou tanto que mesmo nos levantando muito tarde, às nove e meia por exemplo, antes das onze já estávamos de braços cruzados. Irene se habituou a ir comigo para a cozinha e ajudar na preparação do almoço. Pensamos bem, e ficou decidido o seguinte: enquanto eu preparava o almoço, Irene cozinharia pratos que comeríamos frios, à noite. Ficamos felizes porque era sempre incômodo ter de sair de nossos quartos ao entardecer para ir cozinhar. Agora o assunto ficava resolvido com a mesa no quarto de Irene e as travessas com fiambres.

Irene estava satisfeita porque lhe restava mais tempo para tricotar. Eu andava um pouco perdido por causa dos livros, mas para não atormentar minha irmã comecei a conferir a coleção de selos de papai, e isso serviu para matar o tempo. Nos divertíamos muito, cada um com suas coisas, quase sempre juntos no quarto de Irene, que era mais cômodo. Às vezes Irene dizia:

— Olhe só esse ponto que eu inventei. Não dá um desenho de trevo?

Um pouco depois era eu que punha diante dos olhos dela um quadradinho de papel para que ela apreciasse o mérito de algum selo de Eupen e Malmédy. Estávamos bem, e pouco a pouco começávamos a não pensar. É possível viver sem pensar.

(Quando Irene sonhava em voz alta eu imediatamente despertava. Nunca consegui me acostumar com aquela voz de estátua ou de papagaio, voz que vem dos sonhos e não da garganta. Irene dizia que meus sonhos consistiam em grandes estremecimentos que às vezes derrubavam o cobertor. Nossos quartos ficavam separados pelo living, mas à noite dava para ouvir tudo o que acontecia na casa. Nós nos ouvíamos respirar, tossir, pressentíamos o gesto dirigido ao interruptor da lâmpada de cabeceira, as mútuas e frequentes insônias.

Fora isso, tudo se calava na casa. Durante o dia eram os barulhos domésticos, a fricção metálica das agulhas de tricô, um rangido ao virar as páginas do álbum filatélico. A porta de carvalho, creio que já falei, era maciça. Na cozinha e no banheiro, situados no limite da parte tomada, começávamos a falar em voz mais alta ou então Irene cantava canções de ninar. Numa cozinha há muito barulho de louça e vidros para que nela irrompam outros sons. Raríssimas vezes permitíamos ali o silêncio, mas, quando voltávamos para os quartos e para o living, a casa ficava calada e a meia-luz, chegávamos a pisar mais devagar para não nos perturbar. Acho que era por isso que à noite, quando Irene começava a sonhar em voz alta, eu imediatamente despertava.)

É quase repetir a mesma coisa, exceto pelas consequências. À noite sinto sede, e antes de nos deitar eu disse a Irene que iria até a cozinha buscar um copo d'água. Da porta do quarto (ela estava fazendo tricô) ouvi barulho na cozinha; não sei se na cozinha ou no banheiro, porque o ângulo do corredor abafava o som. Irene percebeu a maneira brusca como me detive e veio para perto de mim sem dizer palavra. Ficamos escutando os barulhos, notando claramente que eles vinham do lado de cá da porta de carvalho, da cozinha ou do banheiro, ou até do próprio corredor onde começava o ângulo quase ao lado de onde estávamos.

Nem sequer olhamos um para o outro. Apertei o braço de Irene e a fiz correr comigo até a porta de folha dupla, sem nos virar para ver. Os ruídos haviam aumentado de volume, mas sempre surdos, às nossas costas. Fechei a porta com um gesto brusco e ficamos no saguão. Agora não se ouvia mais nada.

— Tomaram o lado de cá — disse Irene. O pedaço tricotado pendia de suas mãos e os fios iam até a porta de folha dupla e desapareciam por baixo dela. Ao ver que os novelos haviam ficado do outro lado, Irene soltou o tricô sem olhar para ele.

— Você teve tempo de trazer alguma coisa? — perguntei inutilmente.

— Não, nada.

Estávamos com a roupa do corpo. Me lembrei dos quinze mil pesos no armário de meu quarto. Tarde demais.

Como o relógio de pulso havia ficado comigo, vi que eram onze da noite. Envolvi com o braço a cintura de Irene (acho que ela estava chorando) e saímos assim para a rua. Antes de nos afastar me deu pena, fechei bem a porta de entrada e joguei a chave no bueiro. Vai que algum pobre-diabo tivesse a ideia de roubar e entrasse na casa, àquela hora e com a casa tomada.

Carta a uma senhorita em Paris

Andrée, eu não queria vir morar em seu apartamento da rua Suipacha. Não tanto pelos coelhinhos, é mais porque me dá pena entrar numa ordem estabelecida, já construída nas mais finas malhas do ar, essas que em sua casa preservam a música da lavanda, o adejar de uma pluma para pó de arroz, o jogo do violino e da viola no quarteto de Rará. Me entristece entrar num recinto onde alguém que vive lindamente arrumou tudo como uma reiteração visível de sua alma, aqui os livros (de um lado em espanhol, do outro em francês e inglês), ali as almofadas verdes, naquele lugar preciso da mesinha o cinzeiro de cristal que parece o corte de uma bolha de sabão, e sempre um perfume, um som, um crescer de plantas, uma fotografia do amigo morto, ritual de bandejas com chá e pequenas pinças para o açúcar. Ah, querida Andrée, que difícil se opor, mesmo aceitando com total submissão do próprio ser, à ordem minuciosa que uma mulher instaura em sua leve residência. Quão culposo agarrar uma xicrinha

Bestiário   89

de metal e depositá-la na outra ponta da mesa, depositá-la ali simplesmen-te porque chegamos com nossos dicionários ingleses e é daquele lado, ao alcance da mão, que eles precisam estar. Tirar a xicrinha do lugar equivale a um horrível vermelho inesperado no meio de uma modulação de Ozen-fant, como se de repente as cordas de todos os contrabaixos arrebentassem ao mesmo tempo com a mesma tremenda chicotada no instante mais reco-lhido de uma sinfonia de Mozart. Tirar a xicrinha do lugar altera o jogo de relações da casa inteira, de cada objeto com outro, de cada momento de sua alma com a alma inteira da casa e sua moradora distante. E eu não consigo aproximar os dedos de um livro, tocar de leve o cone de luz de uma lâmpa-da, destapar a caixa de música, sem que um sentimento de ultraje e desafio me passe pelos olhos como um bando de pardais.

A senhora sabe por que vim até sua casa, até seu tranquilo salão de meio--dia, tão solicitado. Tudo parece tão natural, como sempre que se desco-nhece a verdade. A senhora viajou para Paris, eu fiquei com o apartamento da rua Suipacha, elaboramos um plano de mútua convivência simples e satisfatório até que setembro a traga de volta a Buenos Aires e me lance a al-guma outra casa onde talvez... Mas não é por isso que lhe escrevo, envio-lhe esta carta em razão dos coelhinhos, parece-me correto informá-la; e porque gosto de escrever cartas e talvez por estar chovendo.

Eu me mudei na quinta-feira passada às cinco da tarde, entre névoa e tédio. Já fechei tantas malas na vida, passei tantas horas arrumando baga-gens que não levavam a lugar nenhum, que a quinta-feira foi um dia cheio de sombras e correias, porque quando vejo as correias das malas é como se visse sombras, elementos de um chicote que me golpeia indiretamente, da maneira mais sutil e mais horrível. Mas fiz as malas, avisei sua criada que viria instalar-me e subi pelo elevador. Exatamente entre o primeiro e o se-gundo andar, senti que ia vomitar um coelhinho. Eu nunca havia lhe falado nisso antes, não pense que por deslealdade, mas é natural que a pessoa não comece a explicar aos outros que de vez em quando vomita um coelhinho. Como o fato sempre se passou comigo quando estou sozinho, guardei-o tal como se guardam tantos registros do que sucede (ou fazemos suceder) na total privacidade. Não me recrimine, Andrée, não me recrimine. De vez em quando me acontece de vomitar um coelhinho. Isso não é razão para não morar em qualquer casa, não é razão para que devamos nos envergonhar e isolar-nos e manter o bico calado.

Quando sinto que vou vomitar um coelhinho, ponho os dedos na boca como uma pinça aberta e aguardo até sentir na garganta a lanugem morna que sobe como uma efervescência de sal de frutas. Tudo é veloz e higiênico, transcorre num instante brevíssimo. Retiro os dedos da boca e neles trago seguro pelas orelhas um coelhinho branco. O coelhinho parece contente, é um coelhinho normal e perfeito, só que muito pequeno, pequeno como um coelhinho de chocolate, só que branco e inteiramente um coelhinho. Ponho-o na palma da mão, arrepio sua lanugem com uma carícia dos dedos, o coelhinho parece satisfeito de haver nascido e se remexe e gruda o focinho em minha pele, movendo-o com aquela trituração silenciosa e cosquenta do focinho de um coelho na pele de uma mão. Procura o que comer e então eu (falo de quando isso acontecia na minha casa do arrabalde) vou com ele para o balcão e o ponho no grande vaso onde cresce o trevo que semeei para esse fim. O coelhinho levanta bem as orelhas, envolve um trevo tenro com um veloz molinete do focinho, e sei que posso deixá-lo ali e me afastar, prosseguir durante algum tempo com uma vida que não difere da de tantos que compram seus coelhos nas granjas.

Entre o primeiro e o segundo andar, Andrée, como um prenúncio do que seria minha vida em sua casa, percebi que ia vomitar um coelhinho. Logo depois tive medo (ou era estranheza? Não, medo da própria estranheza, digamos) porque antes de sair de minha casa, apenas dois dias antes, eu havia vomitado um coelhinho e estava certo de que durante um mês, cinco semanas, quem sabe seis, com um pouco de sorte. Veja bem, eu estava com o problema dos coelhinhos inteiramente sob controle. Semeava trevo no balcão de minha outra casa, vomitava um coelhinho, deixava-o no trevo e um mês depois, quando me parecia que de um momento a outro... então eu dava o coelho já crescido de presente à sra. de Molina, que acreditava num hobby e nada dizia. Em outro vaso já vinha crescendo um trevo tenro e propício, eu aguardava sem preocupação a manhã em que a cócega de uma lanugem subindo me fechava a garganta, e o novo coelhinho repetia a partir daquele momento a vida e os hábitos do anterior. Os hábitos, Andrée, são formas concretas do ritmo, são a cota de ritmo que nos ajuda a viver. Não era tão terrível vomitar coelhinhos uma vez que se havia entrado no ciclo invariável, no método. A senhora haverá de querer saber por que esse trabalho todo, por que todo esse trevo e a sra. de Molina. Teria sido preferível matar o coelhinho logo depois e... Ah, seria preciso que a senhora vomitasse um, um só, que o segurasse entre dois dedos e o pusesse sobre a mão aberta, ainda preso à senhora pelo próprio ato, pela aura inefável de sua proximidade recém-rompida. Um mês distancia tanto; um mês é tamanho, longos pelos, saltos, olhos selvagens, diferença absoluta. Andrée, um mês é um coelho, faz de fato um coelho; mas o minuto inicial, quando o corpo morno e fremente encobre uma presença inalienável... Como um poema nos primeiros minutos, o fruto de uma noite de Idumeia: tão nosso quanto nós mesmos... e depois tão não nosso, tão isolado e distante em seu plano mundo branco tamanho carta.

Resolvi-me, apesar de tudo, a matar o coelhinho assim que ele nascesse. Eu moraria em sua casa durante quatro meses: quatro — talvez, com sorte, três — colheradas de álcool no focinho. (A senhora sabia que a piedade permite matar instantaneamente um coelhinho fazendo-o beber uma colherada de álcool? Sua carne fica imediatamente mais saborosa, dizem, embora eu... Três ou quatro colheradas de álcool, depois o banheiro ou um pacote no meio dos resíduos domésticos.)

Quando passei pelo terceiro andar o coelhinho se movia sobre minha mão aberta. Sara esperava em cima para me ajudar com as malas... Como lhe explicar que um capricho, uma lojinha de animais? Enrolei o coelhinho em meu lenço, guardei-o no bolso do sobretudo deixando o sobretudo aberto para não apertá-lo. Mal se movia. Sua miúda consciência devia estar lhe revelando fatos importantes: que a vida é um movimento para cima com um clique final, e que é também um céu raso, branco, envolvente e com cheiro de lavanda, no fundo de um poço morno.

Sara não viu nada, estava completamente fascinada pelo árduo problema de adaptar seu sentido de ordem a minha mala-armário, meus papéis e minha displicência diante de suas elaboradas explicações, nas quais aparece muito a expressão "por exemplo". Assim que pude, me tranquei no banheiro; matá-lo em seguida. Uma fina zona de calor rodeava o lenço, o coelhinho era branquíssimo e acho que mais bonito que os outros. Não olhava para mim, simplesmente fremia e estava feliz, o que era a maneira mais horrível de olhar para mim. Tranquei-o no armarinho vazio e voltei para desfazer a mala, desorientado porém não infeliz, sem me sentir culpado, sem ficar lavando as mãos para retirar delas uma última convulsão.

Compreendi que não podia matá-lo. Mas naquela mesma noite vomitei um coelhinho preto.

E dois dias depois um branco. E na quarta noite um coelhinho cinza.

A senhora deve gostar muito do belo armário de seu quarto, com a grande porta que se abre, generosa, as prateleiras vazias à espera de minha roupa. Agora é lá que eles estão. Lá dentro. É verdade que parece impossível; nem Sara acreditaria. Porque Sara não desconfia de nada, e não desconfia em decorrência de minha horrível tarefa, uma tarefa que consome meus dias e minhas noites num só golpe de rastilho e vai me calcinando por dentro e endurecendo como aquela estrela-do-mar que a senhora pôs sobre a banheira e que a cada banho que se toma parece que enche nosso corpo de sal e chibatadas de sol e grandes rumores das profundezas.

Durante o dia eles dormem. São dez. Durante o dia eles dormem. Com a porta fechada, o armário é uma noite diurna somente para eles: ali eles dormem sua noite com tranquila obediência. Quando vou para o trabalho, levo as chaves do quarto. Sara deve achar que desconfio de sua honestidade e olha para mim com ar de dúvida, toda manhã se percebe que está a ponto de me dizer alguma coisa, mas no fim se cala e fico bem contente. (Quando ela arruma o quarto, entre nove e dez da manhã, faço barulho na sala, ponho um disco de Benny Carter que ocupa a atmosfera toda, e como Sara também é amiga de saetas e pasodobles, o armário parece silencioso e decerto está, porque para os coelhinhos a noite e o descanso já estão em curso.)

O dia deles começa no horário que se segue ao jantar, quando Sara retira a bandeja com um miúdo tilintar de pinças para o açúcar, me deseja boa-noite — sim, ela me deseja boa-noite, Andrée, o mais amargo de tudo é que ela me deseja boa-noite — e se tranca em seu quarto, e de repente fico eu sozinho, sozinho com o armário condenado, sozinho com meu dever e minha tristeza.

Deixo-os sair, precipitar-se ágeis ao assalto da sala, farejando buliçosos o trevo que meus bolsos ocultavam e que agora está sobre o tapete, um rendilhado efêmero que eles alteram, removem, liquidam num instante. Comem bem, silenciosos e corretos, até o momento nada tenho a dizer, apenas olho para eles do sofá, com um livro inútil na mão — eu que queria ler todos os seus Giraudoux, Andrée, e a história argentina de López que a senhora guarda na prateleira de baixo —; e comem o trevo.

São dez. Quase todos brancos. Erguem a morna cabeça na direção das lâmpadas do salão, os três sóis imóveis de seu dia, eles que amam a luz porque sua noite não tem lua nem estrelas nem postes de luz. Olham seu triplo sol e ficam felizes. E é assim que eles saltam pelo tapete, vão para cima das cadeiras, dez manchas leves se transferem como uma móvel constelação, de um lado para outro, enquanto eu gostaria de vê-los quietos, vê--los a meus pés e quietos — um pouco o sonho de todo deus, Andrée, o sonho nunca realizado dos deuses —, e não assim, insinuando-se por trás do retrato de Miguel de Unamuno, ao redor da jarra verde-clara, pela negra cavidade da escrivaninha, sempre menos de dez, sempre seis ou oito, e eu perguntando-me onde andarão os dois que faltam, e se por alguma razão Sara se levantasse, e a presidência de Rivadavia que eu tinha vontade de ler na história de López.

Não sei como eu resisto, Andrée. A senhora há de se lembrar que vim para sua casa com o objetivo de descansar. Não é culpa minha se de vez em quando vomito um coelhinho, se a mudança também me alterou por dentro — não é nominalismo, não é magia, só que as coisas não podem variar assim de repente, às vezes as coisas viram brutalmente e quando a senhora esperava que a bofetada viesse da direita. Assim, Andrée, ou de outro modo, mas sempre assim.

Escrevo-lhe à noite. São três da tarde, mas lhe escrevo sobre eles à noite. Durante o dia eles dormem. Que alívio este escritório repleto de gritos, ordens, máquinas de escrever Royal, vice-presidentes e mimeógrafos! Que alívio, que paz, que horror, Andrée! Agora estão me chamando ao telefone, são os amigos preocupados com minhas noites recolhidas, é Luis me convidando para caminhar ou Jorge dizendo que está com uma entrada de concerto para me dar. Quase não ouso dizer-lhes que não, invento histórias prolongadas e ineficazes de má saúde, de traduções atrasadas, de evasão. E quando volto e subo pelo elevador — no trecho entre o primeiro e o segundo andar —, todas as noites formulo para mim mesmo irremediavelmente a esperança vã de que não seja verdade.

Faço o que posso para que eles não destruam suas coisas. Roeram um pouco os livros da prateleira de baixo, a senhora verá que estão escondidos para que Sara não perceba. A senhora gostava muito de seu abajur com suporte de porcelana cheio de borboletas e cavaleiros antigos? Mal se notam as emendas, trabalhei a noite inteira com um cimento especial que me venderam numa loja inglesa — como a senhora sabe, as lojas inglesas vendem os melhores cimentos — e agora fico sempre ao lado dele para que nenhum consiga tocá-lo de novo com as patas (é quase bonito ver como eles gostam de ficar de pé, nostalgia do humano distante, quem sabe imitação de seu deus ambulando e olhando para eles de cara feia; além disso a senhora deve ter percebido — quem sabe em sua infância — que é possível deixar um coelhinho de castigo por horas e horas, virado para a parede, de pé, patinhas apoiadas e muito quieto).

Às cinco da manhã (dormi um pouco, atirado no sofá verde, acordando a cada corrida abafada, a cada tilintar) eu os ponho no armário e faço a limpeza. Por isso Sara encontra tudo no lugar, embora às vezes eu perceba nela um certo assombro contido, um ficar olhando para algum objeto, uma leve descoloração do tapete, e de novo a vontade de me perguntar alguma coisa, mas eu assobiando as variações sinfônicas de Franck, de modo que xongas. Para que contar a ela, Andrée, as minúcias desventuradas desse amanhecer surdo e vegetal, no qual me locomovo semiadormecido recolhendo cabos de trevo, folhas soltas, lanugens brancas, colidindo com os móveis, louco de sono, e meu Gide se atrasando, Troyat que não traduzi, e minhas respostas a uma senhora distante que já deve estar se perguntando se... para que ir em frente com tudo isso, para que ir em frente com esta carta que escrevo entre telefonemas e entrevistas.

94 *Carta a uma senhorita em Paris*

Andrée, querida Andrée, meu consolo é que são dez e ficou por aí. Há quinze dias segurei na palma da mão um último coelhinho, depois mais nada, só os dez comigo, sua diurna noite e crescendo, já feios e com o pelo comprido nascendo, já adolescentes e cheios de urgências e caprichos, saltando sobre o busto de Antínoo (é Antínoo, não é, esse moço que olha cegamente?) ou perdendo-se no living, onde seus movimentos criam ruídos ressonantes, tanto que de lá é preciso expulsá-los, de medo de que Sara os ouça e me apareça horripilada, talvez de camisola — porque Sara deve ser assim, de camisola — e aí... Só dez, a senhora imagine essa pequena alegria que eu tenho no meio de tudo, a crescente calma com que transponho ao voltar os rígidos céus do primeiro e do segundo andar.

Interrompi esta carta porque precisava participar de uma reunião dos grupos de trabalho. Retomo-a aqui em sua casa, Andrée, envolto pelo cinza surdo do amanhecer. Estamos de fato no dia seguinte, Andrée? Um pedaço em branco da página será, para a senhora, o intervalo, somente a ponte que une minha letra de ontem a minha letra de hoje. Dizer-lhe que nesse intervalo tudo se partiu, onde a senhora vê a ponte fácil eu ouço quebrar-se a cintura furiosa da água, para mim este lado do papel, este lado de minha carta não prossegue a calma com que eu vinha lhe escrevendo quando a interrompi para tomar conta de uma tarefa do setor de encargos. Em sua cúbica noite sem tristeza dormem onze coelhinhos; quem sabe agora mesmo, mas não, agora não. No elevador, logo, ou ao entrar; já não importa onde, se o quando é agora, se pode ser em qualquer agora dos que me restam.

Já chega, escrevi isto porque para mim é importante provar para a senhora que não fui tão culpado assim pela destruição insanável de sua casa. Deixarei esta carta a sua espera, seria sórdido que o serviço postal a entregasse à senhora em alguma clara manhã de Paris. Esta noite inverti a posição dos livros da segunda estante; já estavam ao alcance deles, em pé ou saltando, roeram as lombadas para afiar os dentes — não por fome, têm todo o trevo que compro para eles e que armazeno nas gavetas da escrivaninha. Arrebentaram as cortinas, o forro das poltronas, a borda do autorretrato de Augusto Torres, encheram o tapete de pelos, e além disso gritaram, posicionaram-se em círculo sob a luz do abajur, em círculo e como se me adorassem e de repente gritavam, gritavam como acredito que coelhos não gritem.

Em vão tentei retirar os pelos que estragam o tapete, alisar a borda do pano roído, trancá-los novamente no armário. O dia sobe, talvez Sara se levante logo. É quase estranho que eu não me preocupe com Sara. É quase estranho que eu não me preocupe vendo-os saltitar em busca de brinquedos. Não tive tanta culpa, a senhora verá ao chegar que muitos dos escombros estão bem reparados com o cimento que comprei numa loja inglesa, fiz o que pude para evitar que a senhora se zangasse... Quanto a mim, do dez ao onze há uma espécie de buraco intransponível. Veja a senhora: dez estava bem, com um armário, trevo e esperança, quantas coisas era possível construir. Com onze já não, porque dizer onze é certamente dizer doze, Andrée, doze que há de virar treze. Então chega o amanhecer e uma fria solidão na qual cabem a alegria, as lembranças, a senhora e talvez muitos mais. Esse balcão sobre a Suipacha está repleto de aurora, dos primeiros sons da cidade. Não creio que tenham maior dificuldade em recolher onze coelhinhos salpicados sobre os paralelepípedos, talvez nem cheguem a tomar conhecimento deles, atarefados com o outro corpo que convém retirar de uma vez, antes que passem os primeiros estudantes.

Distante

Diário de Alina Reyes

12 DE JANEIRO

Esta noite aconteceu de novo, eu tão cansada de pulseiras e farândolas, de *pink champagne* e da cara do Renato Viñes, ai aquela cara de foca balbuciante, de retrato de Dorian Gray no finzinho. Fui me deitar com gosto de bombom de menta, do Boogie do Banco Vermelho, de mamãe bocejada e cinzenta (do jeito que ela fica ao voltar das festas, cinzenta e caindo de sono, peixe enormíssimo e tão não ela).

Nora que diz que dorme com luz, com barulho, entre os apelos crônicos da irmã ainda tirando a roupa. Que felizes elas são, eu apago as luzes e as mãos, me dispo aos gritos do que é diurno e se move, quero dormir e sou um sino horrendo tocando, uma onda, a corrente que Rex arrasta a noite inteira de encontro aos ligustros. *Now I lay me down to sleep...* Preciso repetir versos, ou o sistema de encontrar palavras com *a*, depois com *a* e *e*, com as cinco vogais, com quatro. Com duas e uma consoante (asa, oca), com três consoantes e uma vogal (trás, gris) e de novo versos, a lua desceu à frágua com seus babados de nardos, o menino olha olha, o menino a está olhando. Com três e três alternadas, cabala, laguna, animal; Ulisses, rajada, repouso.

Passo horas assim: de quatro, de três e dois, e mais tarde palíndromos. Os fáceis, *salta Lenín el atlas*; *amigo, no gima*; os mais difíceis e lindos, *átale, demoníaco Caín, o me delata*; *Anás usó tu auto, Susana*. Ou os preciosos anagramas: Salvador Dalí, Avida Dollars; Alina Reyes, *es la reina y...* Tão lindo, este, porque abre um caminho, porque não conclui. Porque *la reina y...*

Não, horrível. Horrível porque abre caminho para essa que não é a rainha e que de novo eu odeio à noite. Para essa que é Alina Reyes mas não é a rainha do anagrama; que pode ser qualquer coisa, mendiga em Budapeste, frequentadora de casa de má fama em Jujuy ou empregadinha em Quetzaltenango, em qualquer lugar remoto, e não rainha. Mas sim Alina Reyes, e por isso ontem à noite aconteceu de novo, senti-la e o ódio.

20 DE JANEIRO

Às vezes sei que está com frio, que sofre, que a espancam. Posso somente odiá-la tanto, detestar as mãos que a jogam ao chão e também a ela, a ela mais ainda porque a espancam, porque sou eu e a espancam. Ah, não me desespera tanto quando estou dormindo ou corto um vestido ou está na hora de mamãe receber visitas e eu sirvo o chá à sra. de Regules ou ao menino dos Rivas. Aí fico menos incomodada, é um pouco assunto pessoal, eu comigo; sinto-a mais dona de sua desgraça, distante e solitária mas dona. Que sofra, que congele; eu me seguro daqui, e acho que com isso a ajudo um pouco. É como fazer curativos para um soldado que ainda não foi ferido e sentir tal gratidão, que ele está sendo aliviado desde antes, previdentemente.

Ela que sofra. Dou um beijo na sra. de Regules, o chá ao menino dos Rivas, e me preparo para resistir por dentro. Digo a mim mesma: "Agora estou atravessando uma ponte gelada, agora a neve entra em meus sapatos furados". Não que eu sinta alguma coisa. Apenas sei que é assim, que em algum lugar atravesso uma ponte no exato instante (mas não sei se é no exato instante) em que o menino dos Rivas aceita o chá que lhe ofereço e faz sua melhor cara de doido. E resisto sem problema porque estou sozinha entre essas pessoas sem sentido e não me desespera tanto. Ontem à noite Nora ficou feito uma tonta, disse: "Mas o que está acontecendo com você?". Estava acontecendo com aquela, comigo tão longe. Uma coisa horrível deve ter acontecido com ela, estava sendo espancada ou se sentia doente, e justamente quando Nora ia cantar Fauré e eu ao piano, tão feliz olhando para Luis María de cotovelo apoiado na cauda que funcionava como uma espécie de moldura, ele me olhando contente com cara de cachorrinho, esperando para ouvir os acordes, os dois tão próximos e tão nos amando. Assim é pior, quando fico sabendo de alguma coisa nova a respeito dela bem na hora em que estou dançando com Luis María, beijando-o ou simplesmente perto

Bestiário 97

de Luis María. Porque de mim, a distante, ninguém gosta. É a parte de que não gostam, e como não vou ficar aniquilada por dentro se sinto que estão me espancando ou que a neve entra em meus sapatos quando Luis María está dançando comigo e sua mão em minha cintura vai subindo como um calor ao meio-dia, um sabor de laranjas fortes ou bambus chicoteados, e ela sendo espancada e é impossível resistir e então sou obrigada a dizer a Luis María que não estou me sentindo bem, que é a umidade, umidade dessa neve que não sinto, que não sinto e que entra em meus sapatos.

25 DE JANEIRO

Claro, Nora veio falar comigo e foi uma cena. "Queridinha, é a última vez que lhe peço para me acompanhar ao piano. Fizemos um papelão." Eu não sabia nada de papelões, acompanhei-a como pude, me lembro de ouvi-la em surdina. *Votre âme est un paysage choisi...* mas via minhas mãos entre as teclas e tinha a sensação de que elas tocavam bem, de que acompanhavam Nora honestamente. Luis María também olhou para minhas mãos, coitadinho, acho que era porque não tinha coragem de me olhar no rosto. Devo ficar muito estranha.

Coitada da Norita, ela que arrume outra para acompanhá-la. (Isso está parecendo cada vez mais um castigo, agora só me conheço lá quando vou ser feliz, quando sou feliz, quando Nora canta Fauré me conheço lá e só fica o ódio.)

NOITE

Às vezes é ternura, uma súbita e necessária ternura para com a que não é rainha e anda por aí. Eu gostaria de enviar um telegrama para ela, encomendas, saber que seus filhos estão bem ou que não tem filhos — porque acho que lá não tenho filhos — e precisa de aconchego, piedade, balas. Ontem à noite adormeci confabulando mensagens, pontos de encontro. Vou quinta stop me espere ponte. Que ponte? Ideia que volta como volta Budapeste, acreditar na mendiga de Budapeste onde há tanta ponte e neve à beça. Então ergui o corpo rígida na cama e quase uivo, quase vou correndo acordar mamãe, mordê-la para que acorde. Unicamente por pensar. Ainda não é fácil dizer. Unicamente por pensar que eu poderia partir agora mesmo para Budapeste, se realmente me desse na veneta. Ou para Jujuy, ou para Quetzaltenango. (Fui buscar esses nomes páginas atrás.) Não valem, seria o mesmo que dizer Tres Arroyos, Kobe, Florida na altura do quatrocentos. Fica apenas Budapeste porque *é lá* que está o frio, é lá que me espancam e me ofendem. É lá (sonhei isso, não passa de sonho, mas como gruda e se insinua na direção da vigília) que há uma pessoa chamada

98   *Distante*

Rod — ou Erod, ou Rodo —, e ele me espanca e eu o amo, não sei se o amo mas permito que me espanque, isso volta todo dia, então não há dúvida de que o amo.

MAIS TARDE

Mentira. Sonhei Rod ou o construí com uma imagem qualquer de sonho, já usada e na mira. Não existe Rod, decerto lá sou castigada, mas quem sabe se por um homem, uma mãe furiosa, uma solidão.

Sair a minha procura. Dizer a Luis María: "Vamos nos casar e você me leva até Budapeste, até uma ponte onde há neve e uma pessoa". Digo: e se eu estiver? (Porque tudo eu penso com a secreta vantagem de não querer acreditar a fundo. E se eu estiver?) Bom, se eu estiver... Mas apenas louca, apenas... Que lua de mel!

28 DE JANEIRO

Me ocorreu uma coisa curiosa. Faz três dias que não chega nada da distante. Talvez agora não a estejam espancando, ou ela tenha encontrado um refúgio. Mandar-lhe um telegrama, um par de meias... Me ocorreu uma coisa curiosa. Eu estava chegando à terrível cidade e era à tarde, uma tarde verdosa e áquea como nunca são as tardes se não as ajudamos pensando-as. Para os lados da Dobrina Stana, na perspectiva Skorda, cavalos eriçados de estalagmites e policiais rígidos, fogueiras fumegantes e rajadas de vento assoberbando as janelas. Andar pela Dobrina a passo de turista, o mapa no bolso do terninho azul (esse frio todo e deixar o casaco em Burglos), até chegar a uma praça ao lado do rio, quase sobre o rio troante de gelos partidos e barcaças e um ou outro martim-pescador que lá se chama *sbunáia tjéno* ou coisa pior.

Depois da praça imaginei que viesse a ponte. Pensei isso e quis ficar por ali. Era a tarde do concerto de Elsa Paggio de Tarelli no Odeón, vesti-me a contragosto desconfiando que depois me esperaria a insônia. Esse pensar à noite, tão à noite... Sabe-se lá se não acabaria comigo. Inventam-se nomes ao viajar pensando, relembra-os na hora. Dobrina Stana, *sbunáia tjéno*, Burglos. Mas não sei o nome da praça, é um pouco como se de fato eu tivesse chegado a uma praça de Budapeste e estivesse perdida por não saber seu nome; lá onde um nome é uma praça.

Já vou, mamãe. Chegaremos bem a seu Bach e a seu Brahms. É um caminho tão simples. Sem praça, sem Burglos. Aqui nós, lá Elsa Piaggio. Que triste ter me interrompido, saber que estou numa praça (mas isso já não é uma certeza, simplesmente o penso e isso é menos que nada). E que ao final da praça começa a ponte.

NOITE

Começa, continua. Entre o fim do concerto e o primeiro bis encontrei o nome dela e o caminho. Praça Vladas, ponte dos Mercados. Pela praça Vladas prossegui até o nascimento da ponte, um pouco andando e querendo às vezes me deter em casas ou vitrines, em meninos agasalhadíssimos e fontes com altos heróis de embranquecidas pelerines, Tadeo Alanko e Vladislas Néroy, bebedores de tokay e cimbalistas. Eu via os cumprimentos a Elsa Piaggio entre um Chopin e outro Chopin, coitadinha, e de minha plateia se saía abertamente para a praça, com a entrada da ponte entre vastíssimas colunas. Mas isso eu pensava, atenção, tal como anagramar *es la reina y...* em vez de Alina Reyes, ou de imaginar mamãe na casa dos Suárez e não mais ao meu lado. É bom não entrar na viagem: isso é coisa minha, simplesmente uma coisa que me deu na veneta, na absoluta veneta. Absoluta porque Alina, francamente — não o resto, não aquilo de senti-la passar frio ou ser maltratada. Isso me apeteceu e vou atrás por gosto, por saber onde vou parar, para ficar sabendo se Luis María me leva a Budapeste, se nós dois casamos e se peço a ele que me leve a Budapeste. Mais fácil sair em busca dessa ponte, sair em busca de mim e encontrar-me como agora, porque já avancei até a metade da ponte entre gritos e aplausos, entre "Albéniz!" e mais aplausos e "A polonesa!", como se isso fizesse sentido entre a neve arriscada que me empurra com o vento pelas costas, mãos de toalha felpuda levando-me pela cintura na direção do centro da ponte.

(É mais cômodo falar no presente. Isso era às oito, quando Elsa Piaggio tocava o terceiro bis, acho que Julián Aguirre ou Carlos Guastavino, uma coisa com relva e passarinhos.) Mas com o tempo virei canalha, já não a respeito. Lembro-me de que um dia pensei: "É lá que me espancam, é lá que a neve entra em meus sapatos e isso eu sei na hora, quando está acontecendo comigo lá, eu sei ao mesmo tempo. Mas por que ao mesmo tempo? Vai ver que chega tarde até mim, vai ver que ainda não aconteceu. Vai ver que ela será espancada dentro de catorze anos, ou que já é uma cruz e um número no cemitério de Santa Úrsula". E eu achava bonito, possível, tão idiota. Porque por trás disso sempre se cai no tempo parelho. Se agora ela estivesse realmente entrando na ponte, sei que eu sentiria agora mesmo e daqui. Lembro-me de que me pus a olhar o rio que estava feito maionese coalhada, batendo contra os pilares, enfurecidíssimo e atroando e chicoteando. (Isso eu pensava.) Valia a pena aproximar-se do parapeito da ponte e sentir nas orelhas o gelo se partindo lá embaixo. Valia a pena ficar um pouco ali por causa da vista, um pouco pelo medo que me vinha de dentro — ou era a falta de agasalho, a neve derretida e um casaco no hotel. E além disso sou modesta, sou uma moça sem frescuras, mas venham me falar de outra que passou pela mesma coisa, que viaje para a Hungria em pleno Odeón. É uma coisa que dá frio em qualquer um, tchê, aqui ou na França.

Mas mamãe me puxava pela manga, já não havia quase ninguém na plateia. Escrevo até este ponto, sem vontade de continuar me lembrando do que pensei. Vai me fazer mal, se eu continuar me lembrando. Mas é mesmo, mesmo; pensei uma coisa curiosa.

30 DE JANEIRO
Coitado do Luis María, que trouxa, se casar comigo. Mal sabe o que vai cair em cima dele. Ou embaixo, como diz Nora, que dá uma de emancipada intelectual.

31 DE JANEIRO
Vamos até lá. Ele concordou tanto que quase grito. Senti medo, tive a sensação de que ele entra facilmente demais nesse jogo. E não sabe nada, é como o peãozinho da dama que arremata a partida sem se dar conta. O peãozinho Luis María, ao lado de sua rainha. *De la reyna y —*

7 DE FEVEREIRO
Buscando a cura. Não escreverei o final do que havia pensado no concerto. Na noite passada a senti sofrer de novo. Sei que lá me espancam de novo. Não posso evitar sabê-lo, mas chega de relatos. Se eu tivesse me limitado a deixar constância da coisa por gosto, por desafogo... Seria pior, um desejo de conhecer ao ir relendo; de encontrar chaves em cada palavra jogada no papel depois dessas noites. Como quando pensei a praça, o rio quebrado e os ruídos, e depois... Mas não o escrevo, não o escreverei nunca mais.

Ir até lá e convencer-me de que a solteirice me fazia mal, simplesmente isso, ter vinte e sete anos e sem homem. Agora terei meu cachorro, meu bobo, chega de pensar, agora é ser, ser por fim e para o bem.

E contudo, já que encerrarei este diário, porque ou a pessoa se casa ou escreve um diário, as duas coisas não funcionam juntas — por enquanto não quero me afastar dele sem dizer isso com alegria de esperança, com esperança de alegria. Vamos até lá mas não há de ser como pensei na noite do concerto. (Escrevo-o, e para o meu bem, chega de diário.) Na ponte eu a encontrarei e olharemos uma para a outra. Na noite do concerto eu sentia nas orelhas a ruptura do gelo lá embaixo. E será a vitória da rainha sobre essa aderência maligna, essa usurpação indevida e surda. Ela se submeterá, se realmente sou eu, se somará a minha zona iluminada, mas bela e certa; bastará ficar ao lado dela e apoiar uma das mãos em seu ombro.

* * *

Alina Reyes de Aráoz e esposo chegaram a Budapeste no dia 6 de abril e se hospedaram no Ritz. Isso foi dois meses antes do divórcio. Na tarde do segundo dia, Alina saiu para conhecer a cidade e seu degelo. Como gostava de andar sozinha — era rápida e curiosa —, andou por vinte lugares procurando vagamente alguma coisa, mas sem um propósito muito claro, deixando que o desejo escolhesse e se expressasse com bruscos arrancos que a levavam de uma vidraça para outra, combinando calçadas e vitrines.

Chegou à ponte e cruzou-a até o centro, andando agora com dificuldade porque a neve se opunha a seu avanço e do Danúbio cresce um vento de baixo, difícil, que envolve e fustiga. Sentia como a saia se grudava a suas coxas (não estava bem agasalhada) e de repente um desejo de voltar atrás, de regressar à cidade conhecida. No centro da ponte desolada a mulher esfarrapada de cabelo preto e liso esperava com uma coisa fixa e ávida no rosto sinuoso, na dobra das mãos um pouco fechadas mas já avançando para a outra. Alina permaneceu perto dela repetindo, agora sabia, gestos e distâncias que pareciam ocorrer depois de um ensaio geral. Sem temor, libertando-se no fim — acreditava-o com um salto terrível de júbilo e frio —, permaneceu ao lado dela e também estendeu as mãos, recusando-se a pensar, e a mulher da ponte se apertou de encontro a seu peito e as duas se abraçaram rígidas e caladas sobre a ponte, com o rio trincado batendo nas pilastras.

Doeu em Alina o fecho da bolsa, que a força do abraço lhe cravava entre os seios com uma laceração suave, suportável. Estreitava a mulher magérrima, sentindo-a inteira e absoluta dentro de seu abraço, com um montante de felicidade idêntico a um hino, a um libertar de pombas, ao rio cantando. Fechou os olhos na fusão total, vedando as sensações de fora, a luz crepuscular; repentinamente tão cansada, mas segura de sua vitória, sem celebrar porque tão seu e afinal.

Pareceu-lhe que uma das duas chorava docemente. Devia ser ela, porque sentiu a face molhada e a própria maçã do rosto doendo como se tivesse levado uma pancada naquele lugar. O pescoço também, e de repente os ombros, sobrecarregados por cansaços incontáveis. Ao abrir os olhos (talvez já gritasse), viu que se haviam separado. Agora sim gritou. De frio, porque a neve entrava em seus sapatos furados, porque a caminho da praça ia Alina Reyes lindíssima em seu terninho cinza, o cabelo um pouco solto contra o vento, sem virar o rosto e indo.

Ônibus

— **S**e não se incomoda, me traga *El Hogar* quando voltar — pediu a sra. Roberta, reclinando-se na poltrona para a sesta. Clara arrumava os remédios no carrinho de chá, percorria o aposento com um olhar preciso. Não faltava nada, a menina Matilde ficaria cuidando da sra. Roberta, a criada estava ao corrente do necessário. Agora podia sair, com toda a tarde do sábado só para ela, sua amiga Ana esperando-a para papear, o chá dulcíssimo às cinco e meia, o rádio e os chocolates.

Às duas, quando a maré dos empregados acaba de jorrar dos umbrais de tanto prédio, Villa del Parque fica deserta e luminosa. Clara seguiu pela Tinogasta e pela Zamudio batendo distintamente os saltos dos sapatos, saboreando um sol de novembro interrompido por ilhas de sombra que jogavam sobre seus passos as árvores da Agronomía. Na esquina da avenida San Martín com a Nogoyá, enquanto esperava o ônibus 168, ouviu uma batalha de pardais sobre a cabeça, e a torre florentina da paróquia de San Juan María Vianney lhe pareceu ainda mais vermelha contra o céu sem nuvens, alta de dar vertigem. Passou d. Luis, o relojoeiro, e cumprimentou-a apreciativo, como se elogiasse sua figura esmerada, os sapatos que a tornavam mais esbelta, a golinha branca sobre o suéter creme. Pela rua vazia aproximou-se pachorrento o 168, soltando seu seco bafejo insatisfeito ao abrir a porta para Clara, única passageira a embarcar na esquina calada da tarde.

Em busca das moedas na bolsa cheia de coisas, demorou a pagar a passagem. O cobrador esperava com cara de poucos amigos, atarracado e insolente sobre as pernas arqueadas, com muita cancha para enfrentar as curvas e freadas. Clara falou duas vezes: "De quinze", sem que o sujeito afastasse os olhos dela, como se estivesse estranhando alguma coisa. Depois entregou a ela a passagem rosa e Clara relembrou um verso da infância, uma coisa mais ou menos assim: "Picote, picote, bilheteiro, um bilhete azul ou rosa; cante, cante alguma coisa, enquanto conta o dinheiro". Sorrindo para si mesma foi sentar-se ao fundo, o assento ao lado da *Porta de Emergência* estava desocupado e ela se instalou com o miúdo prazer de proprietário que o lado da janela sempre proporciona. Então viu que o cobrador continuava olhando para ela. E na esquina da ponte da avenida San Martín, antes de dobrar, o motorista se virou e também olhou para ela, com dificuldade devido à distância mas fazendo força até visualizá-la muito afundada em seu assento. Era um louro ossudo com cara de fome que trocou algumas palavras com o cobrador, os dois olharam para Clara, olharam um para o outro, o ônibus deu um solavanco e entrou pela Chorroarín a toda a velocidade.

Bestiário 103

"Dupla de idiotas", pensou Clara sentindo-se ao mesmo tempo lisonjeada e nervosa. Ocupada guardando sua passagem na carteira, ela observou com o canto do olho a senhora com o grande buquê de cravos que viajava no assento da frente. Então a senhora olhou para ela, virou-se por cima do buquê e olhou-a docemente como uma vaca por cima de uma cerca, e Clara puxou o espelhinho e passou algum tempo absorta no estudo de seus lábios e suas sobrancelhas. Já sentia na nuca uma impressão desagradável; a suspeita de outra impertinência a levou a virar-se depressa, irritada de verdade. A dois centímetros de seu rosto estavam os olhos de um velho de colarinho duro com um buquê de margaridas compondo um cheiro quase nauseabundo. No fundo do ônibus, instalados no assento verde comprido, todos os passageiros olharam para Clara, pareciam criticar alguma coisa em Clara, que sustentou os olhares deles com um esforço crescente, sentindo que ficava cada vez mais difícil, não pela coincidência dos olhos sobre ela nem pelos buquês nas mãos dos passageiros; e sim porque havia esperado um desenlace amável, uma razão para riso, como estar com uma mancha preta no nariz (só que não estava); e sobre seu início de riso vinham pousar-se, gelando-a, aqueles olhares atentos e contínuos, como se os buquês estivessem olhando para ela.

Subitamente inquieta, escorregou um pouco o corpo, cravou os olhos no estropiado encosto dianteiro, examinando a alavanca da porta de emergência e sua inscrição *Para abrir a porta* PUXE A MANIVELA *para dentro e se levante*, considerando as letras uma a uma sem conseguir reuni-las em palavras. Desse modo conquistava uma área de segurança, uma trégua na qual pensar. É natural que os passageiros olhem para quem acabou de entrar, é normal que as pessoas levem buquês se estão a caminho do cemitério da Chacarita e é quase normal que todas as pessoas do ônibus estejam com buquês. Passavam na frente do Hospital Alvear, e do lado de Clara estendiam-se os terrenos baldios em cuja ponta mais afastada se ergue a Estrella, zona de poças sujas, cavalos amarelos com pedaços de corda pendurados no pescoço. Clara tinha dificuldade para se afastar de uma paisagem que o brilho duro do sol não conseguia alegrar, e só de vez em quando tinha coragem de dar uma olhada rápida para o interior do ônibus. Rosas vermelhas e copos-de-leite, mais adiante gladíolos horríveis, parecendo machucados e sujos, cor-de-rosa velho com manchas lívidas. O senhor da terceira janela (estava olhando para ela, agora não, agora de novo) levava cravos quase negros apertados numa única massa contínua, como uma pele enrugada. As duas mocinhas de nariz cruel sentadas à frente num dos assentos laterais levavam juntas o buquê dos pobres, crisântemos e dálias, só que não eram pobres, vestiam casquinhos bem cortados, saias xadrez, meias três-quartos brancas, e olhavam para Clara com altivez. Clara quis forçá-las a baixar os olhos, pirralhas insolentes, mas eram quatro pupilas fixas, e também o cobrador, o senhor dos cravos, o calor na nuca por causa de toda aquela gente que estava atrás, o velho do colarinho duro tão perto, os jovens do assento lá atrás, La Paternal: passagens de Cuenca valem até aqui.

Ninguém descia. O homem subiu agilmente, enfrentando o cobrador que o esperava na metade do veículo olhando para as mãos dele. O homem tinha vinte centavos na direita e com a outra alisava o casaco. Esperou, alheio ao escrutínio. "Um de quinze", ouviu Clara. Como ela: de quinze. Mas o cobrador não separava a passagem, continuava olhando para o homem que no fim percebeu e lhe dirigiu um gesto de impaciência cordial: "De quinze, já falei". Pegou a passagem e esperou o troco. Antes de recebê-lo já havia escorregado com leveza para um assento vazio ao lado do senhor dos cravos. O cobrador lhe deu os cinco centavos, olhou para ele mais um pouco, de cima, como se examinasse sua cabeça; ele nem reparava, absorto na contemplação dos cravos negros. O senhor o observava, olhou-o depressa uma ou duas vezes e ele começou a devolver-lhe o olhar; os dois mexiam a cabeça quase ao mesmo tempo, mas sem provocação, somente se olhando. Clara continuava furiosa com as garotas lá da frente, que ficavam olhando para ela durante muito tempo e depois para o novo passageiro; houve um momento, quando o 168 começava seu trajeto ao longo do paredão da Chacarita, em que todos os passageiros estavam olhando para o homem e também para Clara, só que já não olhavam diretamente para ela porque estavam mais interessados no recém-chegado, mas era como se a incluíssem em seu olhar, como se unissem os dois na mesma observação. Que coisa mais idiota essas pessoas, porque mesmo as pirralhas não eram tão meninas assim, cada um com seu buquê e seus afazeres pela frente e comportando-se daquela forma grosseira. Teria gostado de avisar o outro passageiro, uma obscura fraternidade sem razões tomava conta de Clara. Dizer a ele: "O senhor e eu compramos passagens de quinze", como se isso os aproximasse. Tocar o braço dele, aconselhá-lo: "Faça-se de desentendido, são uns impertinentes, enfiados atrás das flores deles feito uns bobos". Teria gostado que ele fosse sentar-se a seu lado, mas o rapaz — na verdade ele era jovem, embora tivesse marcas duras no rosto — se deixara cair no primeiro assento livre que encontrou a seu alcance. Com um gesto entre divertido e perturbado empenhava-se em devolver o olhar do cobrador, das duas garotas, da senhora dos gladíolos; e agora o senhor dos cravos vermelhos virara a cabeça para trás e olhava para Clara, olhava-a inexpressivamente, com uma brandura opaca e flutuante de pedra-pomes. Clara devolvia o olhar com obstinação, sentindo-se oca; sentia o impulso de descer do ônibus (mas naquela rua,

Bestiário 105

àquela altura, e afinal por nada, por estar sem buquê); percebeu que o rapaz parecia inquieto, olhava para um lado e para o outro, depois para trás, e se surpreendia ao ver os quatro passageiros do assento de trás e o ancião do colarinho duro com as margaridas. Seus olhos passaram pelo rosto de Clara, detendo-se por um segundo em sua boca, em seu queixo; da frente vinham os olhares do cobrador e das duas garotinhas, da senhora dos gladíolos, até que o rapaz se virou para olhar para eles como se cedesse. Clara comparou o assédio que sofrera minutos antes com o que agora perturbava o passageiro. "E o coitado de mãos vazias", pensou absurdamente. Achava-o um tanto indefeso, somente com seus olhos para afrontar aquele fogo frio que recebia de todos os lados.

Sem se deter, o 168 entrou nas duas curvas que dão acesso à esplanada que fica na frente do peristilo do cemitério. As mocinhas vieram pelo corredor e se instalaram junto à porta de saída; atrás delas se enfileiraram as margaridas, os gladíolos, os copos-de-leite. Atrás havia um grupo confuso e as flores emitiam seu aroma para Clara, quietinha em sua janela mas tão aliviada ao ver quantos deles desciam, como estariam à vontade no trecho seguinte da viagem. Os cravos negros apareceram no alto, o passageiro havia se levantado para deixar que os cravos negros saíssem e ficou de lado, meio enfiado num assento vazio à frente do de Clara. Era um rapaz muito bonito, simples e franco, talvez um balconista de farmácia, ou um bibliotecário, ou um construtor. O ônibus se deteve suavemente e a porta se abriu com um bafejo. O rapaz esperou que as pessoas descessem para escolher um assento de seu gosto, enquanto Clara participava de sua espera paciente e incitava com o desejo os gladíolos e as rosas a descer de uma vez. Com a porta já aberta e todos em fila, olhando para ela e olhando para o passageiro, sem descer, olhando para eles entre os buquês que balançavam como se houvesse vento, um vento de debaixo da terra que movesse as raízes das plantas e agitasse os buquês em bloco. Saíram os copos-de-leite, os cravos vermelhos, os homens de trás com seus buquês, as duas garotas, o velho das margaridas. Ficaram só os dois e o 168 pareceu subitamente menor, mais cinza, mais bonito. Clara achou correto e quase necessário que o passageiro se sentasse a seu lado, embora tivesse o ônibus inteiro para escolher. Ele se sentou e os dois baixaram a cabeça e olharam para as mãos. Estavam ali, eram simplesmente mãos; nada mais.

— Chacarita! — gritou o cobrador.

Clara e o passageiro responderam a seu olhar insistente com uma simples fórmula: "Nossas passagens são de quinze". Não fizeram mais que pensá-la, e bastava.

A porta continuava aberta. O cobrador se aproximou deles.

— Chacarita — disse, quase explicativamente.

O passageiro nem olhava para ele, mas Clara ficou com pena.

— Vou até Retiro — disse, e mostrou a passagem. Picote, picote, bilheteiro, um bilhete azul ou rosa. O motorista estava quase saindo do assento, olhando para eles; o cobrador ficou indeciso, fez um sinal. Olhou para a porta de trás (ninguém havia subido na frente) e o 168 pegou velocidade com guinadas coléricas, leve e solto numa disparada que largou chumbo no estômago de Clara. Ao lado do motorista, o cobrador agora se segurava na barra cromada e olhava profundamente para eles. Eles devolviam o olhar, mantiveram-se assim até a curva de entrada em Dorrego. Depois Clara sentiu que o rapaz pousava devagar a mão sobre a sua, como aproveitando que não os pudessem ver lá da frente. Era uma mão delicada, muito morna, e ela não retirou a sua, mas começou a movê-la devagar até a ponta da coxa, quase sobre o joelho. Um vento de velocidade envolvia o ônibus em plena marcha.

— Tanta gente — disse ele, quase sem voz. — E de repente desce todo mundo.

— Iam levar flores à Chacarita — disse Clara. — Nos sábados muita gente vai aos cemitérios.

— É, mas...

— Um pouco estranho, é mesmo. O senhor percebeu...?

— Percebi — disse ele, quase não a deixando passar. — E com a senhora foi a mesma coisa, reparei.

— É estranho. Mas agora ninguém mais entra.

O veículo freou brutalmente, barreira do Central Argentino. Deixaram-se ir para diante, aliviados pela surpresa, pelo solavanco que trocava o assunto. O veículo tremia como um corpo enorme.

— Vou até Retiro — disse Clara.

— Eu também.

O cobrador não havia saído do lugar, agora falava iracundo com o motorista. Viram (sem querer reconhecer que estavam atentos à cena) como o motorista se levantava de seu assento e vinha pelo corredor na direção deles, com o cobrador imitando seus passos. Clara percebeu que os dois olhavam para o rapaz e que este ficava rígido, como se estivesse reunindo forças; suas pernas tremiam, o ombro que se apoiava no dela. Então uma locomotiva a todo o vapor uivou horrivelmente, uma fumaça preta cobriu o sol. O fragor do trem rápido encobria as palavras que o motorista devia estar dizendo; a dois assentos do deles ele estacou, agachando-se como quem se prepara para saltar. O cobrador o reteve prendendo uma das mãos em seu ombro, apontou imperioso para as barreiras que já se erguiam enquanto o último vagão passava com um estrépito de ferros. O motorista apertou os

Bestiário 107

lábios e voltou correndo para seu lugar; com um solavanco de raiva o 168 encarou os trilhos, o plano inclinado oposto.

O rapaz afrouxou o corpo e deixou-se escorregar suavemente.

— Nunca me aconteceu uma coisa dessas — disse, como se falasse consigo mesmo.

Clara tinha vontade de chorar. E o choro esperava ali, disponível porém inútil. Sem nem mesmo pensá-lo, tinha consciência de que tudo estava bem, de que viajava num 168 vazio exceto por outro passageiro, e que todo protesto contra aquela ordem podia ser resolvido puxando o cordel da campainha e descendo na primeira esquina. Mas tudo estava bem assim; a única coisa que restava era a ideia de descer, de afastar aquela mão que de novo havia apertado a sua.

— Estou com medo — disse, simplesmente. — Se pelo menos eu tivesse posto umas violetas no suéter.

Ele olhou para ela, olhou para seu suéter liso.

— Eu às vezes gosto de andar com um jasmim-estrela na lapela — disse. — Hoje saí apressado e nem prestei atenção.

— Que pena. Mas na realidade vamos para Retiro.

— Isso, vamos para Retiro.

Era um diálogo, um diálogo. Cuidar dele, alimentá-lo.

— Seria possível abrir um pouco a janela? Estou ficando sufocada aqui dentro.

Ele olhou para ela surpreso porque na verdade estava até com frio. O cobrador os observava de soslaio, falando com o motorista; o 168 não havia tornado a parar depois da barreira e já estavam dando a volta na esquina da Cánning com a Santa Fe.

— A janela deste assento não abre — disse ele. — A senhora pode ver que é o único assento do carro com janela assim, por causa da porta de emergência.

— Ah — disse Clara.

— Podemos trocar de lugar.

— Não, não — ela apertou os dedos dele, detendo seu movimento de levantar-se. — Quanto menos a gente se mexer, melhor.

— Bom, mas podíamos abrir a janela do assento da frente.

— Não, por favor não.

Ele esperou, pensando que Clara ia acrescentar alguma coisa, mas ela se encolheu no assento. Agora o olhava em cheio para fugir da atração de lá da frente, daquela ira que chegava até eles como um silêncio ou um calor. O passageiro pôs a outra mão sobre o joelho de Clara e ela aproximou a dela e os dois se comunicaram obscuramente pelos dedos, pela morna carícia das palmas.

Ônibus

— Às vezes a gente é tão descuidada — disse Clara timidamente. — Acha que está levando tudo e sempre esquece alguma coisa.

— É que não sabíamos.

— Bom, mas mesmo assim. Ficavam me olhando, principalmente aquelas garotas, me senti tão mal.

— Elas eram insuportáveis — declarou ele. — A senhora viu como elas haviam combinado uma com a outra aquilo de cravar os olhos em nós?

— Ao fim e ao cabo, o buquê era de crisântemos e dálias — disse Clara. — Mesmo assim elas se davam ares.

— Porque os outros davam trela — afirmou ele com irritação. — O velho do meu assento com seus cravos amontoados, com aquela cara de pássaro. Os de trás é que não vi direito. A senhora acha que todos...

— Ainda bem que desceram.

Pueyrredón, freada seca. Um policial moreno se abria em cruz acusando-se de alguma coisa em sua guarita elevada. O motorista saiu do assento como se estivesse deslizando, o cobrador quis apanhá-lo pela manga mas ele se soltou com violência e veio pelo corredor, olhando-os alternadamente, encolhido e com os lábios úmidos tremendo. "Por ali dá para passar", gritou o cobrador com uma voz estranha. Dez buzinas se esganiçavam na ré do ônibus e o motorista correu para seu assento, aflito. O cobrador disse-lhe alguma coisa ao ouvido, virando-se a todo momento para olhá-los.

— Se o senhor não estivesse aqui... — murmurou Clara. — Acho que se o senhor não estivesse aqui eu teria resolvido descer.

— Mas a senhora vai a Retiro — disse ele, um tanto surpreso.

— É, preciso fazer uma visita. Não faz mal, mesmo assim eu teria descido.

— Eu comprei passagem de quinze — disse ele. — Até Retiro.

— Eu também. O problema é que se a gente desce, depois, até aparecer outro ônibus...

— Claro, e além disso pode estar lotado.

— É, pode. Hoje em dia o transporte é tão ruim... O senhor viu os metrôs?

— Uma coisa incrível. A viagem é mais cansativa que o emprego.

Um ar verde e claro flutuava no veículo, viram o rosa velho do Museu, a nova Faculdade de Direito, e o 168 acelerou mais ainda na Leandro N. Alem, como se estivesse furioso para chegar. Duas vezes foi parado por algum policial de trânsito e duas vezes o motorista quis se atirar para cima deles; na segunda delas o cobrador ficou na frente dele, impedindo-o com raiva, como a contragosto. Clara sentia seus joelhos subirem na direção do peito, e as mãos de seu companheiro a desertaram bruscamente e se cobriram de ossos salientes, de veias rígidas. Clara nunca havia visto a transformação viril da mão em punho, contemplou aqueles objetos maciços com uma humilde confiança quase perdida sob o terror. E falavam o tempo todo das viagens, das filas que é preciso fazer na Plaza de Mayo, da grosseria das pessoas, da paciência. Depois se calaram, fitando o paredão ferroviário, e seu companheiro tirou a carteira, ficou algum tempo conferindo-a, muito sério, com os dedos um pouco trêmulos.

— Falta pouco — disse Clara, endireitando o corpo. — Chegamos.

— É mesmo. Olhe, quando ele entrar em Retiro a gente levanta depressa para descer.

— Está certo. Quando ele estiver ao lado da praça.

— Isso. A parada fica antes da torre dos Ingleses. A senhora desce primeiro.

— Ah, dá no mesmo.

— Não, eu vou atrás, por via das dúvidas. Assim que a gente dobrar, me levanto e lhe dou passagem. A senhora precisa se levantar depressa e descer um dos degraus da porta; nesse momento eu me posiciono atrás.

— Está bem, obrigada — disse Clara emocionada, e os dois se concentraram no plano, estudando a localização de suas pernas, dos espaços a transpor. Viram que o 168 teria passagem livre na esquina da praça; fazendo tremerem os vidros e quase atingindo o meio-fio da praça, fez a curva a toda a velocidade. O passageiro se levantou do assento num salto e atrás dele passou, veloz, Clara, jogando-se escada abaixo enquanto ele se virava e a ocultava com o corpo. Clara olhava para a porta, para as faixas de borracha preta e os retângulos de vidro sujo; não queria ver outra coisa e tremia horrivelmente. Sentiu no cabelo o arfar do companheiro, a freada brutal jogou-os para um lado, e no mesmo momento em que a porta se abria o motorista correu pelo corredor com as mãos estendidas. Clara já saltava para a praça, e quando se virou o companheiro saltava também e a porta bufou ao fechar-se. As borrachas pretas aprisionaram uma das mãos do motorista, seus dedos rígidos e brancos. Clara viu através das janelas que o cobrador havia se jogado sobre o volante para chegar até a alavanca que fechava a porta.

Ele a tomou pelo braço e os dois avançaram rapidamente pela praça cheia de crianças e sorveteiros. Não disseram nada um para o outro, mas tremiam como se fosse de felicidade e sem se olhar. Clara se deixava guiar, percebendo vagamente a grama, os canteiros, sentindo o cheiro de um ar de rio que crescia de frente. O florista estava num dos lados da praça, e ele foi se posicionar diante do cesto montado sobre cavaletes e escolheu dois buquês de amores-perfeitos. Entregou um deles a Clara, depois a fez segurar os dois enquanto tirava a carteira e pagava. Mas ao continuar andando (ele não voltou a segurá-la pelo braço) cada um deles levava seu buquê, cada um deles ia com o seu e estava contente.

Cefaleia

> *Devemos à dra. Margaret L. Tyler as imagens mais belas deste conto. Seu admirável poema "Sintomas orientadores para os remédios mais comuns para vertigem e cefaleias" saiu na revista* Homeopatía *(publicada pela Associação Médica Homeopática Argentina), ano XIV, nº 32, abril de 1946, pp. 33 e ss. Ao mesmo tempo, agradecemos a Ireneo Fernando Cruz por ter nos iniciado, durante sua viagem a San Juan, no conhecimento das mancúspias.*

Cuidamos das mancúspias até bastante tarde, agora com o calor do verão elas ficam cheias de caprichos e versatilidades, as mais atrasadas reclamam alimentação especial e lhes oferecemos aveia maltada em grandes travessas de louça; as mais velhas estão trocando a pelagem do dorso, de modo que é preciso separá-las, prender nelas uma manta como agasalho e tomar cuidado para que à noite elas não se reúnam às mancúspias que dormem em gaiolas e são alimentadas de oito em oito horas.

Não nos sentimos bem. Começou pela manhã, talvez devido ao vento quente que soprava ao amanhecer, antes de nascer esse sol alcatroado que bateu na casa o dia inteiro. Temos dificuldade para atender os animais doentes — como fazemos às onze horas — e conferir as crias depois da sesta. Parece-nos cada vez mais penoso ir em frente, seguir a rotina; temos a impressão de que uma única noite de desatenção seria funesta para as mancúspias, a derrocada irreparável de nossa vida. Então vamos em frente sem refletir, desempenhando um depois dos outros os atos que o hábito escalona, detendo-nos apenas para comer (há pedaços de pão na mesa e sobre a prateleira do living) ou olhar-nos no espelho que duplica o quarto. À noite caímos repentinamente na cama, e a tendência a escovar os dentes antes de dormir cede ao cansaço, é suficiente apenas para ser substituída por um gesto na direção do abajur ou dos remédios. Lá fora ouvem-se as mancúspias adultas andando em círculos.

Não nos sentimos bem. Um de nós é *Aconitum*, ou seja, deve medicar-se com aconitum em diluições elevadas se, por exemplo, o medo lhe provoca vertigem. *O Aconitum é uma tempestade violenta que passa depressa.* De que outro modo descrever o contra-ataque a uma ansiedade que brota de qualquer insignificância, do nada? Uma mulher encontra repentinamente um cão e começa a sentir-se violentamente nauseada. Então aconitum, e pouco depois resta apenas uma náusea leve, com tendência a recuar (isso aconteceu conosco, mas era um caso *Byronia*, o mesmo que sentir que afundávamos com, ou através da cama).

O outro, em compensação, é nitidamente *Nux Vomica*. Depois de levar a aveia maltada às mancúspias, talvez por muito agachar-se para encher a gamela, tem de pronto a sensação de que o cérebro está girando, não de que tudo ao redor está girando — a vertigem em si —, mas de que é a visão que está girando, dentro dele a consciência gira como um giroscópio em seu aro, e lá fora tudo está tremendamente imóvel, só que fugindo e inapreensível. Ocorreu-nos se não seria mais adequado pensar num quadro de *Phosphorus*, porque também o aterroriza o perfume das flores (ou o das mancúspias pequenas, que têm um leve odor de lilás) e coincide fisicamente com o quadro fosfórico: é alto, fino, anseia por bebidas geladas, sorvetes e sal.

À noite não é tanto, o cansaço e o silêncio nos ajudam — porque o rondar das mancúspias escande docemente o silêncio do pampa — e às vezes dormimos até o amanhecer e somos despertados por um esperançoso sentimento de melhora. Se um de nós pula da cama antes do outro, pode acontecer porém que assistamos consternados à repetição de um fenômeno *Camphora monobromata*, pois acredita avançar numa direção quando na verdade o faz na direção oposta. É terrível, vamos com absoluta certeza para o banheiro e de inopino sentimos no rosto a pele nua do espelho alto. Quase sempre levamos na brincadeira, porque é preciso pensar no trabalho à espera e de nada serviria desanimar tão rápido. Buscam-se as cápsulas gelatinosas, executam-se sem comentários nem desalentos as instruções do dr. Harbín. (Talvez em segredo sejamos um pouco *Natrum muriaticum*. Tipicamente, um natrum chora, mas ninguém deve presenciar. É triste, é reservado; gosta de sal.)

Quem vai pensar em tantas vaidades se a obrigação espera nos currais, no invernadouro e no tambo? Leonor e o Chango já estão lá fora fazendo bagunça, e quando saímos com os termômetros e as bateias para o banho, os dois se precipitam para o trabalho como se quisessem ficar cansados depressa, organizando as preguiças da tarde. Sabemos muito bem disso, portanto ficamos felizes por ter saúde para desempenhar nós mesmos todas as coisas. Enquanto parar por aí e não aparecerem as cefaleias, podemos ir em frente. Estamos em fevereiro, em maio as mancúspias já estarão vendidas e nós a salvo por todo o inverno. Ainda dá para continuar.

As mancúspias nos distraem muito, em parte porque estão repletas de esperteza e malevolência, em parte porque criá-las é um trabalho sutil, que exige uma precisão incessante e minuciosa. Não temos por que exagerar, mas eis um exemplo: um de nós retira as mancúspias mães das gaiolas de invernadouro — são seis e meia da manhã — e as reúne no curral de forragem seca. Deixa-as em seus folguedos por vinte minutos enquanto o outro retira os filhotes dos compartimentos numerados onde cada um tem seu histórico clínico, verifica rapidamente a temperatura retal, devolve para o compartimento os que estão com mais de 37°C, e usando uma bacia de lata leva os demais para que se reúnam às mães para a lactância. Talvez esse seja o momento mais bonito da manhã, comove-nos a alegria das pequenas mancúspias e de suas mães, sua rumorosa tagarelice ininterrupta. Apoiados no parapeito do curral, esquecemos a figura do meio-dia que se aproxima, a dura tarde impreterível. Por momentos sentimos um certo medo de olhar para o chão do curral — um quadro *Onosmodium* acentuadíssimo —, mas depois passa, e a luz nos salva do sintoma suplementar, da cefaleia que se agrava com o escuro.

Às oito chega a hora do banho, um de nós vai jogando punhados de sais Krüschen e farelo nas bateias, a outra dá instruções ao Chango, que vem com baldes de água morna. As mancúspias mães não gostam de banho, é preciso segurá-las com cuidado pelas orelhas e as patas, imobilizando-as como coelhos, e submergi-las repetidas vezes na bateia. As mancúspias se desesperam e se eriçam, e é o que queremos para que os sais penetrem em sua pele tão delicada.

Leonor é a encarregada de alimentar as mães, e o faz muito bem; nunca a vimos errar na distribuição das porções. Recebem aveia maltada e duas vezes por semana leite com vinho branco. Desconfiamos um pouco do Chango, achamos que bebe o vinho; seria melhor guardar o barril dentro de casa, mas há pouco espaço e além disso o cheiro adocicado que rescende nas horas de sol alto.

Talvez o que dizemos fosse monótono e inútil se em sua repetição não estivesse passando lentamente por alterações; nos últimos dias — agora que entramos no período crítico do desmame — um de nós foi obrigado a reconhecer, com que amargo consentimento, o avanço de um quadro *Silica*. Ele tem início no exato instante em que somos dominados pelo sono, é uma perda da estabilidade, um salto para dentro, uma vertigem que escala a coluna vertebral e chega ao interior da cabeça; como a própria escalada rastejante (não há outra forma de descrever) das pequenas mancúspias pelos tocos dos currais. Então, de repente, sobre o poço negro do sono no qual já vamos caindo deliciosamente, somos aquele toco duro e ácido que as mancúspias escalam, brincando. E fechando os olhos é pior. Desse modo o sono se esvai, ninguém dorme de olhos abertos, ficamos morrendo de cansaço mas basta um leve abandono para sentir a vertigem que rasteja, um vaivém no crânio, como se a cabeça estivesse cheia de coisas vivas que giram ao seu redor. Como mancúspias.

E é tão ridículo, ficou provado que os doentes *silica* têm falta de sílica, areia. E nós aqui, rodeados de dunas, num pequeno vale ameaçado por dunas imensas, com falta de areia ao adormecer.

Contra a probabilidade de que a coisa avance, preferimos perder algum tempo dosificando-nos severamente; às doze horas percebemos que a reação é favorável, e a tarde de trabalho decorre sem obstáculos — apenas, talvez, um leve descompasso das coisas, de súbito como se os objetos estacassem à nossa frente, erguendo-se sem se mover; uma sensação de aresta viva em cada plano. Estamos com a suspeita de haver uma passagem para *Dulcamara*, mas não é fácil ter certeza.

Flutuam leves no ar as lanugens das mancúspias adultas; depois da sesta, munidos de tesouras e sacos de borracha, vamos ao curral cercado onde o Chango as reúne para a tosa. Em fevereiro as noites já são frescas; as mancúspias têm necessidade da pelagem porque dormem estiradas e carecem da proteção que fornecem a si mesmos os animais que se enroscam encolhendo as patas. Mesmo assim elas perdem o pelo do lombo, despelam devagar e ao ar livre, o vento levanta do curral uma névoa fina de pelos que fazem cócegas no nariz e nos atormentam até dentro de casa. Então reunimos as mancúspias e lhes tosamos o lombo a média altura, cuidando para não privá-las de calor; quando cai, esse pelo, curto demais para flutuar no ar, vai formando um polvilho amarelado que Leonor molha com a mangueira e recolhe diariamente, formando uma bola de massa que jogamos no poço.

Enquanto isso um de nós tem de cruzar os machos com as mancúspias jovens, pesar os filhotes enquanto o Chango lê em voz alta os pesos da véspera, verificar o progresso de cada mancúspia e separar as atrasadas para submetê-las à superalimentação. Vamos nisso até o anoitecer; só falta a aveia da segunda refeição, que Leonor distribui num instante, e trancar as mancúspias mães enquanto as pequenas guincham e teimam em continuar junto delas. O Chango é quem se encarrega da separação; nós outros já estamos na varanda fazendo o controle. Às oito as portas e janelas são fechadas; às oito ficamos sós, lá dentro.

Antes era um momento doce, a evocação de episódios e esperanças. Mas desde que passamos a não nos sentir bem, temos a sensação de que essa hora ficou mais pesada. Em vão nos iludimos organizando a farmácia — é comum a ordem alfabética dos remédios se alterar por descuido; no fim sempre vamos ficando calados ao redor da mesa, lendo o manual de Álvarez de Toledo (*Estuda-te a ti mesmo*) ou o de Humphreys (*Guia homeopático*). Um de nós teve com intermitências uma fase *Pulsatilla*, vale dizer, com tendência a mostrar-se volúvel, chorona, exigente, irritável. Isso aflora ao anoitecer e coincide com o quadro *Petroleum*, que afeta o outro, um estado em que tudo — coisas, vozes, lembranças — passa por cima dele, intumescendo-o e entorpecendo-o. De modo que não há conflito, somente um sofrer paralelo e tolerável. Depois, às vezes, vem o sono.

114 *Cefaleia*

Também não gostaríamos de dar a estas notas uma ênfase progressiva, um crescer articulando-se até o estalido patético da grande orquestra, por trás da qual decrescem as vozes e se retoma uma calma de saturação. Às vezes essas coisas que registramos já nos aconteceram (como a grande cefaleia *Glonoinum* no dia em que nasceu a segunda ninhada de mancúspias), às vezes é agora ou pela manhã. Julgamos necessário documentar essas fases para que o dr. Harbín as adicione a nosso histórico clínico quando voltarmos para Buenos Aires. Não somos hábeis, sabemos que de repente nos afastamos do tema, mas o dr. Harbín prefere conhecer os detalhes circunstanciais dos quadros. Aquele roçar contra a janela do banheiro que ouvimos à noite pode ser importante. Pode ser um sintoma *Cannabis indica*; já se sabe que um cannabis indica tem sensações exaltadas, com exagero de tempo e distância. Pode ser uma mancúspia que conseguiu fugir e é atraída, como todas, pela luz.

No início éramos otimistas, ainda não perdemos a esperança de ganhar um bom dinheiro com a venda dos filhotes pequenos. Levantamo-nos cedo, medindo o valor crescente do tempo na fase final, e de início a fuga do Chango e de Leonor quase não nos afeta. Sem aviso prévio, sem o menor respeito à legislação, nos deixaram na noite passada, aqueles filhos da puta, levando o cavalo e a charrete, a manta de uma de nós, a lanterna de carbureto, o último número da *Mundo Argentino*. Pelo silêncio nos currais, desconfiamos da ausência deles; é preciso presteza para soltar os filhotes para a lactância, preparar os banhos, a aveia maltada. Pensamos o tempo todo que não se deve pensar no que aconteceu, trabalhamos sem admitir que agora estamos sozinhos, sem cavalo para transpor as seis léguas que nos separam de Puán, com provisões para uma semana e rondados por vagabundos inúteis, agora que nos outros povoados se espalhou o boato idiota de que criamos mancúspias e ninguém chega perto por medo de doenças. Só trabalhando e com saúde conseguimos tolerar uma conspiração que nos inferniza por volta do meio-dia, em pleno horário de almoço (uma de nós prepara bruscamente uma lata de língua e outra de ervilha, frita presunto com ovos), que rechaça a ideia de não dormir a sesta, nos encerra na sombra do quarto com mais rudeza que as portas de ferrolho duplo. Só agora recordamos claramente a noite maldormida, essa vertigem curiosa, transparente, se é que temos permissão para inventar essa expressão. Ao levantar, ao acordar, olhando para diante, qualquer objeto — digamos o roupeiro, por exemplo — é visto girando em velocidade variável e desviando-se de maneira inconstante para um lado (direito); enquanto ao mesmo tempo, através do rodamoinho, observa-se o mesmo roupeiro firmemente em pé, sem se mover. *Cyclamen*, de modo que o tratamento age em poucos minutos e nos equilibra para a marcha e o trabalho. Muito pior é perceber em plena sesta (quando as coisas são tão elas próprias, quando o sol as recolhe duramente em suas arestas) que no curral das mancúspias grandes há agitação e falação, uma renúncia súbita e inquietante ao repouso que as engorda. Não queremos sair, o sol alto seria a cefaleia, como admitir agora a possibilidade de cefaleia quando tudo depende de nosso trabalho. Mas será preciso fazê-lo, cresce a agitação das mancúspias e é impossível continuar na casa quando chega dos currais um rumor jamais ouvido, então nos precipitamos para fora protegidos por cascas de cortiça, nos separamos depois de um precipitado conciliábulo, uma de nós corre para as gaiolas das mães enquanto o outro verifica os cadeados de portões, o nível da água no tanque australiano, a possível irrupção de uma raposa ou de um gato montês. Assim que chegamos à entrada dos currais e o sol já nos ofusca, vacilamos como albinos entre as labaredas brancas, gostaríamos de ir em frente com o trabalho mas ficou tarde, o quadro *Belladona* liquida conosco até nos precipitar esgotados nas profundezas sombrias do galpão. Congestionados, de rosto vermelho e quente; pupilas dilatadas. Pulsação violenta no cérebro e nas carótidas. Violentas fisgadas e pontadas. Cefaleia como sacolejos. A cada passo sacolejo para baixo como se houvesse um peso no occipital. Facadas e fisgadas. Dor de estalo; como se se empurrasse o cérebro; pior agachando-se, como se o cérebro caísse para fora, como se fosse empurrado para a frente, ou os olhos estivessem a ponto de saltar. (*Como* isso, *como* aquilo; mas nunca como é de fato.) Pior com os ruídos, sacudidas, movimento, luz. E de repente cessa, a sombra e o frescor levam-na num instante, deixam-nos uma maravilhada gratidão, um desejo de correr e balançar a cabeça, de assombrar-se com o fato de que um minuto antes... Mas tem o trabalho, e agora supomos que a agitação das mancúspias obedece à falta de água fresca, à ausência de Leonor e do Chango — elas são tão sensíveis que devem sentir essa ausência de alguma forma —, e um pouco a estranharem a alteração nas atividades matutinas, nossa falta de jeito, nossa pressa.

Como nos dias de tosa, um de nós se encarrega do acasalamento pré-fixado e do controle do peso; é fácil perceber que de ontem para hoje as criações tiveram uma piora súbita. As mães comem mal, farejam prolongadamente a aveia maltada antes de dignar-se a morder a morna pasta alimentícia. Desempenhamos em silêncio as últimas tarefas, agora a chegada da noite tem outro sentido que não queremos examinar, já não nos separamos como antes de uma ordem estabelecida e que funciona, de Leonor e do Chango e das mancúspias cada uma em seu lugar. Fechar as portas da casa é deixar a sós um mundo sem legislação, entregue aos sucessos da noite e da aurora. Entramos temerosos e esmerados, demorando-nos no momento, incapazes de retardá-lo e por isso furtivos e esquivando-nos, com a noite inteira à espera como um olho.

Por sorte estamos com sono, a insolação e o trabalho podem mais que uma inquietação não comunicada, vamos ficando adormecidos sobre os restos frios que mastigamos penosamente, os retalhos de ovo frito e pão molhado no leite. Alguma coisa raspa de novo a janela do banheiro, no forro parece que se ouvem corridinhas furtivas; não há vento, é noite de lua cheia e os galos cantariam antes da meia-noite, se galos tivéssemos. Vamos para a cama sem falar, repartindo quase às apalpadelas a última dose do tratamento. De luz apagada — mas isso não é preciso, não há luz apagada, simplesmente está faltando luz, a casa é um fundo de treva e por fora tudo é lua cheia — queremos dizer-nos alguma coisa e não passa de um perguntar-se pelo dia de amanhã, pela forma de conseguir o alimento, de chegar ao povoado. E adormecemos. Uma hora, não mais, o fio cinzento que puxa a janela mal se moveu na direção da cama. De repente estamos sentados no escuro, ouvindo no escuro porque se ouve melhor. Está acontecendo alguma coisa com as mancúspias, o rumor é agora um alarido raivoso ou aterrorizado, é possível distinguir o guincho afiado das fêmeas e o ulular mais tosco dos machos, calam-se de repente e pela casa se move uma espécie de rajada de silêncio, então novamente o alarido se ergue sobre o fundo da noite e da distância. Não nos ocorre sair, já basta estar a ouvi-las, um de nós não sabe bem se a gritaria é lá fora ou aqui, porque há momentos em que ela brota como se fosse de dentro, e no decorrer dessa hora entramos num quadro *Aconitum*, no qual tudo se confunde e nada é menos verdadeiro que seu oposto. Sim, as cefaleias vêm com tal violência que mal é possível descrevê-las. Sensação de ruptura, de ardência no cérebro, no couro cabeludo, com medo, com febre, com angústia. Plenitude e aperto na testa, como se ali houvesse um peso pressionando para fora, como se tudo fosse arrancado pela testa. *Aconitum* é súbito; selvagem; pior com ventos frios; com preocupação, angústia, medo. As mancúspias rondam a casa, é inútil repetir-nos que elas estão nos currais, que os cadeados resistem.

Não nos damos conta do amanhecer, por volta das cinco somos abatidos por um sono sem repouso do qual saem nossas mãos em horário fixo para levar à boca os glóbulos. Faz algum tempo que estão batendo na porta do living, as pancadas aumentam com raiva até que um de nós permite que os chinelos se instalem em seus pés e se arrastem até a chave. É a polícia com a notícia da prisão do Chango; trazem-nos de volta a charrete, desconfiaram do roubo e do abandono. É preciso assinar uma declaração, está tudo bem, o sol alto e um grande silêncio nos currais. Os policiais olham para os currais, um deles tapa o nariz com o lenço, finge tossir. Dizemos depressa o que

Bestiário   117

querem, assinamos e eles partem quase correndo, passam longe dos currais e olham para eles, também olharam para nós, arriscando uma olhadinha para dentro (pela porta sai um ar de lugar fechado), e partem quase correndo. É muito curioso que esses brutos não quisessem espiar mais, fogem como pesteados, já passam a galope pelo caminho do lado.

Um de nós parece decidir pessoalmente que o outro vai sem demora buscar alimento com a charrete enquanto se desempenham as tarefas matinais. Subimos a contragosto, o cavalo está cansado porque o trouxeram sem lhe dar folga, vamos saindo devagar e olhando para trás. Está tudo em ordem, então não eram as mancúspias que estavam fazendo barulho na casa, será preciso fumigar os ratos no forro, é incrível o barulho que um único rato pode fazer durante a noite. Abrimos os currais, reunimos as mães mas resta pouca aveia maltada e as mancúspias lutam ferozmente, arrancam pedaços do lombo e do pescoço uma da outra, o sangue brota e é preciso separá-las à força de chicote e gritos. Depois disso a lactância das crias é penosa e imperfeita, dá para perceber que os filhotes estão famintos, alguns vacilam ao correr ou se apoiam nos arames da cerca. Há um macho morto na entrada de sua gaiola, inexplicavelmente. E o cavalo resiste, não quer trotar, já estamos a dez quadras de casa e sempre a passo, de cabeça caída e bufando. Desanimados empreendemos a volta, chegamos a tempo de ver como os últimos restos de alimento desaparecem num tumulto de refrega.

Voltamos para a varanda sem insistir. No primeiro degrau há um filhote de mancúspia morrendo. Recolhemos o filhote do chão, pusemos numa cesta com palha, gostaríamos de saber o que ele tem, mas ele morre com a morte obscura dos animais. E os cadeados estavam intactos, não se sabe como essa mancúspia conseguiu escapar, se sua morte é resultado da escapada ou se escapou porque estava morrendo. Jogamos dez glóbulos de *Nux Vomica* em seu bico, que ficam ali mesmo como pequenas pérolas, ela já não consegue engolir. De onde estamos dá para ver um macho caído sobre as mãos; tenta levantar-se com um repelão, mas torna a cair como se rezasse.

Temos a impressão de ouvir gritos, tão perto de nós que chegamos a olhar debaixo das cadeiras de palha da varanda; o dr. Harbín nos advertiu quanto às reações animais que atacam pela manhã, não havíamos pensado que pudesse ser uma cefaleia desse tipo. Dor occipital, de vez em quando um grito: quadro de *Apis*, dores que parecem picadas de abelha. Dobramos a cabeça para trás ou a afundamos no travesseiro (em algum momento chegamos até a cama). Sem sede, mas transpirando; urina escassa, gritos penetrantes. Parecemos machucados, sensíveis ao tato; houve um momento em que nos demos as mãos e foi terrível. Até que cessa, paulatina, deixando-nos o temor de uma repetição com variante animal, como já aconteceu uma vez: depois da abelha, o quadro da serpente. São duas e meia.

Preferimos completar estes informes enquanto ainda há luz e estamos bem. Um de nós deveria ir agora até o povoado, se a sesta acaba ficará muito tarde para voltar, e passar toda a noite sozinhos na casa, talvez sem poder nos medicar... A sesta estanca silenciosa, está quente nos aposentos, se vamos até a varanda nos rechaça a cor de giz da terra, os galpões, os telhados. Morreram outras mancúspias mas o resto se cala, só de perto as ouviríamos arfar. Uma de nós acredita que conseguiríamos vendê-las, que deveríamos ir até o povoado. O outro faz estes apontamentos e já não acredita em grande coisa. Que passe o calor, que seja noite. Saímos quase às sete, ainda há alguns punhados de alimento no galpão, sacudindo as sacas cai um pozinho de aveia que recolhemos preciosamente. Elas o farejam e a agitação nas gaiolas é violenta. Não ousamos soltá-las, é melhor pôr uma colherada de massa em cada gaiola, assim parece que ficam mais satisfeitas, que é mais justo. Nem sequer recolhemos as mancúspias mortas, não conseguimos entender como é possível haver dez gaiolas vazias, como parte dos filhotes está misturada com os machos, no curral. Mal dá para ver, agora anoitece de repente e o Chango roubou nossa lanterna de carbureto.

A impressão que se tem é de que no caminho, sobre o fundo da mata de chorões, tem alguém. Seria o momento de chamar para que alguém fosse até o povoado; ainda há tempo. Às vezes achamos que nos espiam, as pessoas são tão ignorantes e nos olham tão de través. Preferimos não pensar e fechamos a porta com deleite, recolhidos à casa onde tudo é mais nosso. Gostaríamos de consultar os manuais para precaver-nos contra um novo *Apis*, ou contra o outro animal ainda pior; deixamos a janta e lemos em voz alta, quase sem escutar. Algumas frases sobem sobre as outras, e lá fora é a mesma coisa, algumas mancúspias uivam mais alto que as demais, persistem e repetem um ulular lancinante. "*Crotalus cascavella* tem alucinações peculiares..." Um de nós repete a citação, alegra-nos compreender tão bem o latim, crótalo cascavel, mas é dizer a mesma coisa, porque cascavel é crótalo. Talvez o manual não queira impressionar os doentes comuns com a menção direta ao animal. E não obstante o nomeia, essa terrível serpente... "cujo veneno age com tremenda intensidade". Temos que forçar a voz para ouvir-nos em meio ao clamor das mancúspias, de novo as sentimos perto da casa, nos telhados, arranhando as janelas, empurrando os lintéis. De alguma forma deixou de ser estranho, à tarde vimos tantas gaiolas abertas, mas a casa está fechada e a luz da sala de jantar nos envolve numa fria proteção enquanto nos ilustramos a gritos. Tudo está claro no manual, uma linguagem direta para doentes sem preconceitos, a descrição do quadro:

cefaleia e grande excitação, causadas por começar a dormir. (Mas por sorte estamos sem sono.) O crânio comprime o cérebro como um capacete de aço — boa descrição. Uma coisa viva anda em círculos dentro da cabeça. (Então a casa é nossa cabeça, sentimos que a rondam, cada janela é uma orelha voltada para o uivo das mancúspias ali fora.) Cabeça e peito comprimidos por uma armadura de ferro. Um ferro em brasa cravado no vértex. Não estamos seguros quanto ao vértex, faz um tempinho que a luz vacila, cede pouco a pouco, esta tarde esquecemos de pôr o moinho para funcionar. Quando fica impossível ler, acendemos uma vela perto do manual para terminar de informar-nos sobre os sintomas, é melhor saber para o caso de mais tarde — dores lancinantes agudas na têmpora direita, essa terrível serpente cujo veneno age com tremenda intensidade (já lemos isso, é difícil iluminar o manual com uma vela), uma coisa viva anda em círculos dentro da cabeça, também já lemos e é verdade, uma coisa viva anda em círculos. Não estamos preocupados, lá fora é pior, se é que há um lá fora. Por sobre o manual estamos olhando um para o outro, e se um de nós alude com um gesto aos uivos que aumentam cada vez mais, voltamos à leitura como se estivéssemos convencidos de que tudo isso está agora ali, onde uma coisa viva anda em círculos uivando de encontro às janelas, de encontro aos ouvidos, os uivos das mancúspias morrendo de fome.

Circe

> *And one kiss I had of her mouth, as I took the apple from her hand. But while I bit it, my brain whirled and my foot stumbled; and I felt my crashing fall through the tangled boughs beneath her feet and saw the dead white faces that welcomed me in the pit.*
>
> Dante Gabriel Rossetti, "The Orchard-Pit"

Porque já não há de fazer diferença para ele, mas daquela vez doeu-lhe a coincidência dos comentários entrecortados, a expressão servil de Mãe Celeste contando a tia Bebé, o incrédulo desconforto no gesto de seu pai. Primeiro foi a do sobrado, seu jeito bovino de girar devagar a cabeça, ruminando as palavras com delícia de bolo vegetal. E ainda a garota da farmácia — "não que eu acredite, mas se fosse verdade, que coisa horrível" — e até d. Emilio, sempre discreto como seus lápis e suas cadernetas de oleado. Todos falavam de Delia Mañara com um resto de pudor, nem um pouco seguros de que pudesse ser assim, mas o rosto de Mario ia sendo tomado por um ar de fúria que avançava sem encontrar obstáculos. Sentiu um ódio súbito pela família, com um estalido ineficaz de independência. Nunca havia gostado deles; só o sangue e o medo de ficar sozinho o prendiam à mãe e aos irmãos. Com os vizinhos foi direto e brutal, d. Emilio foi insultado de cima a baixo na primeira vez que os comentários se repetiram. Negou cumprimento à do sobrado como se isso pudesse aborrecê-la. E quando voltava do trabalho entrava ostensivamente para cumprimentar os Mañara e aproximar-se — às vezes com balas ou um livro — da moça que havia matado seus dois noivos.

Lembro-me mal de Delia, mas ela era fina e loura, muito lenta de gestos (eu estava com doze anos, o tempo e as coisas são lentos nessa idade) e usava vestidos claros de saias rodadas. Mario acreditou por algum tempo que a graça de Delia e seus vestidos corroboravam o ódio das pessoas. Disse-o a Mãe Celeste: "Vocês a odeiam porque ela não é matuta que nem vocês, como eu", e nem pestanejou quando a mãe fez menção de acertar seu rosto com uma toalha. Depois disso foi a ruptura declarada; deixavam-no só, lavavam sua roupa por muito favor, aos domingos iam para Palermo ou faziam piquenique sem nem avisá-lo. Então Mario se aproximava da janela de Delia e jogava uma pedrinha. Às vezes ela aparecia, às vezes ouvia-a rir no interior da casa, um pouco cruelmente e sem lhe dar esperanças.

Chegou o dia da luta Firpo-Dempsey e em todas as casas houve choro e indignações brutais, seguidos de uma humilhada melancolia quase colonial. Os Mañara se mudaram para quatro quadras dali e isso significa muito em Almagro, de modo que outros vizinhos começaram a se relacionar com Delia, as famílias de Victoria e Castro Barros se olvidaram do caso e Mario continuou visitando-a duas vezes por semana quando voltava do banco. Já era verão e Delia queria sair de vez em quando, iam juntos às confeitarias da Rivadavia ou sentar-se na praça Once. Mario completou dezenove anos, Delia viu chegar sem festas — ainda estava de luto — os vinte e dois.

Os Mañara achavam injustificado usar luto por um noivo, até Mario teria preferido uma dor só por dentro. Era penoso presenciar o sorriso velado de Delia ao pôr o chapéu diante do espelho, tão loura contra o fundo do luto. Delia deixava-se adorar vagamente por Mario e os Mañara, deixava-se passear e comprar coisas, voltar com a última luz e receber nos domingos à tarde. Às vezes saía sozinha para ir ao antigo bairro, onde Héctor a festejara. Mãe Celeste a viu passar uma tarde e fechou as persianas com desprezo ostensivo. Um gato acompanhava Delia, todos os animais sempre se mostravam submissos a Delia, não se sabia se era afeto ou dominação, andavam perto dela sem que

Bestiário 121

ela olhasse para eles. Mario uma vez percebeu que um cachorro se afastava quando Delia ia acariciá-lo. Ela o chamou (era no Once, à tarde) e o cachorro veio manso, talvez contente, até os dedos dela. A mãe dizia que Delia havia brincado com aranhas quando pequena. Todos ficavam assombrados, até Mario, que as temia pouco. E as borboletas pousavam no cabelo dela — Mario viu duas numa única tarde, em San Isidro —, mas Delia as afugentava com um gesto leve. Héctor lhe oferecera um coelho branco que logo morrera, antes de Héctor. Mas Héctor se atirou em Puerto Nuevo um domingo de madrugada. Foi nessa época que Mario ouviu os primeiros comentários. A morte de Rolo Médicis não havia interessado a ninguém, visto que meio mundo morre de síncope. Quando Héctor se suicidou, os vizinhos viram coincidências demais, em Mario renascia o rosto servil de Mãe Celeste contando a tia Bebé, o incrédulo desconforto no gesto de seu pai. Para completar, fratura do crânio, porque Rolo caiu de repente ao sair do vestíbulo dos Mañara, e, embora já estivesse morto, a pancada brutal contra o degrau foi outro detalhe horrível. Delia havia ficado dentro da casa, estranho não se despedirem na porta, mas de toda maneira estava perto dele e foi a primeira a gritar. Héctor, em compensação, morreu sozinho, numa noite de geada, cinco horas depois de ter saído da casa de Delia, como todos os sábados.

Lembro-me mal de Mario, mas dizem que ele e Delia formavam um casal bonito. Embora ela ainda estivesse de luto por Héctor (nunca pôs luto por Rolo, sabe-se lá por quê), aceitava a companhia de Mario para passear por Almagro ou ir ao cinema. Até aquele momento Mario se sentira fora de Delia, da vida de Delia, até da casa de Delia. Era sempre uma "visita", e entre nós a palavra tem um sentido exato e divisório. Quanto ele a tomava pelo braço para atravessar a rua ou ao subir a escada da estação Medrano, às vezes olhava para a própria mão apertada contra a seda negra do vestido de Delia. Media aquele branco sobre negro, aquela distância. Mas Delia se aproximaria quando voltasse ao cinza, aos claros chapéus para domingo de manhã.

Agora que os comentários não eram um artifício absoluto, o que era horroroso para Mario era o fato de acrescentarem episódios indiferentes para dar-lhes um sentido. Muita gente morre em Buenos Aires de ataque cardíaco ou asfixia por imersão. Muitos coelhos definham e morrem nas casas, nos pátios. Muitos cachorros se esquivam ou aceitam as carícias. As poucas linhas que Héctor deixou para a mãe, os soluços que a do sobrado disse ter ouvido no vestíbulo dos Mañara na noite em que Rolo morreu (mas antes da pancada), o rosto de Delia nos primeiros dias... As pessoas aplicam tanta inteligência a essas coisas, e assim como da soma de muitos nós acaba nascendo um tapete — Mario veria o tapete, às vezes, com nojo, com terror, quando a insônia entrava em seu quartinho para roubar-lhe a noite.

122   *Circe*

"Perdoe minha morte, é impossível você entender, mas me perdoe, mamãe." Um papelzinho arrancado da borda da página do *Crítica*, retido por uma pedra ao lado do casaco que ficou como um marco para o primeiro marinheiro da madrugada. Até aquela noite ele fora tão feliz, claro que haviam percebido que estava estranho nas últimas semanas; não estranho, mas distraído, olhando o espaço como se visse coisas. Como se tentasse escrever alguma coisa no ar, decifrar um enigma. Todos os rapazes do Café Rubí concordavam com isso. Já Rolo não, seu coração parou de repente. Rolo era um jovem sozinho e tranquilo, com dinheiro e um Chevrolet faetonte duplo, de modo que poucos o haviam confrontado nesse período final. Nos vestíbulos as coisas ecoam tanto, a do sobrado insistiu durante dias e mais dias que o choro de Rolo fora uma espécie de brado sufocado, um grito entre as mãos que desejam afogá-lo e o vão cortando em pedaços. E quase em seguida a pancada atroz da cabeça contra o degrau, Delia correndo e alertando, o alvoroço já inútil.

Sem se dar conta, Mario reunia pedaços de episódios, flagrava-se urdindo explicações paralelas ao ataque dos vizinhos. Nunca perguntou a Delia, esperava vagamente que ela lhe dissesse alguma coisa. Às vezes se perguntava se Delia saberia exatamente o que murmuravam. Até os Mañara eram estranhos, com seu jeito de aludir a Rolo e a Héctor sem violência, como se os dois estivessem de viagem. Delia se calava, protegida por aquele acordo precavido e incondicional. Quando Mario se uniu a eles, discreto também, os três cobriram Delia com uma sombra fina e constante, quase transparente às terças e quintas, mais palpável e solícita de sábado a segunda. Delia recuperava agora uma miúda vivacidade episódica, um dia tocou piano, outra vez jogou ludo; era mais meiga com Mario, fazia-o sentar-se perto da janela da sala e lhe explicava projetos de costura ou de bordado. Nunca lhe dizia nada sobre os doces e bombons, Mario achava esquisito mas atribuía o fato à delicadeza, ao medo de entediá-lo. Os Mañara elogiavam os licores de Delia; uma noite quiseram servir-lhe um copinho, mas Delia disse em tom seco que eram licores para mulheres e que havia derramado o conteúdo de quase todas as garrafas. "Héctor...", começou sua mãe, queixosa, e mais não disse para não deixar Mario triste. Depois se deram conta de que Mario não se incomodava com a evocação dos noivos. Não voltaram a falar de licores enquanto Delia não recuperou a animação e quis experimentar receitas novas. Mario se lembrava daquela tarde porque haviam acabado de promovê-lo e a primeira coisa que fez foi comprar bombons para Delia. Os Mañara esgravataram pacientemente a galena do aparelhinho com fones, e o fizeram ficar na sala de jantar durante algum tempo para escutar Rosita Quiroga cantar. Em seguida ele contou da promoção, e que trazia bombons para Delia.

— Você não devia ter comprado isso, mas vá, leve para ela, ela está na sala. — E o olharam sair e olharam um para o outro até que Mañara retirou os fones dos ouvidos como quem retira uma coroa de louros, e a senhora suspirou desviando os olhos. De repente os dois pareciam infelizes, perdidos. Com um gesto obscuro, Mañara ergueu a alavanquinha da galena.

Delia ficou olhando para a caixa e não deu maior importância aos bombons, mas quando estava comendo o segundo, de menta com uma pequena crista de noz, disse a Mario que sabia fazer bombons. Parecia desculpar-se por não haver confiado tantas coisas a ele antes, começou a descrever com agilidade a maneira de preparar os bombons, o recheio e os banhos de chocolate ou moca. Sua melhor receita eram uns bombons de laranja recheados de licor, perfurou com uma agulha um dos que Mario havia trazido para mostrar-lhe como se manipulavam; Mario via seus dedos brancos demais contra o bombom; olhando-a explicar, ela parecia um cirurgião interrompendo um delicado tempo cirúrgico. O bombom como um pequeno camundongo entre os dedos de Delia, uma coisa diminuta porém viva que a agulha lacerava. Mario sentiu um mal-estar bizarro, uma doçura de abominável repugnância. "Jogue fora esse bombom", teria querido dizer-lhe. "Jogue bem longe, não o ponha na boca porque está vivo, é um rato vivo." Depois recuperou a alegria da promoção, ouviu Delia repetir a receita do licor de chá, do licor de rosa... Mergulhou os dedos na caixa e comeu dois, três bombons, um depois do outro. Delia lhe sorria como se zombasse dele. Ele imaginava coisas e foi temerosamente feliz. "O terceiro noivo", pensou bizarramente. "Dizer-lhe isto: seu terceiro noivo, só que vivo."

Agora já é mais difícil falar nisso, mistura-se a outras histórias que vamos adicionando a partir de esquecimentos menores, de mínimas falsidades que tramam e tramam por trás das lembranças; parece que ele ia mais frequentemente à casa dos Mañara, a volta à vida de Delia o atrelava aos gostos e aos caprichos dela, até mesmo os Mañara lhe pediram um tanto receosos que animasse Delia, e ele comprava as substâncias para os licores, os filtros e funis que ela recebia com uma grave satisfação na qual Mario entrevia um pouco de amor, pelo menos algum esquecimento dos mortos.

Aos domingos ficava para a sobremesa com os seus, e Mãe Celeste lhe agradecia por isso sem sorrir, mas dando-lhe a parte melhor do doce e o café muito quente. Por fim haviam cessado as fofocas, pelo menos não se falava em Delia na sua presença. Quem sabe se os bofetões no mais jovem dos Camiletti ou o azedo confronto na presença de Mãe Celeste contavam para alguma coisa; Mario chegou a acreditar que haviam reconsiderado, que absolviam Delia e até voltavam a respeitá-la. Nunca falou de sua casa na casa dos Mañara, assim como não mencionou sua amiga nas sobremesas de domingo. Começava a julgar possível aquela dupla vida a quatro quadras uma da outra; a esquina da Rivadavia com a Castro Barros era a ponte necessária e eficaz. Teve inclusive esperança de que o futuro aproximasse as casas, as pessoas, surdo ao curso incompreensível que sentia — às vezes, a sós — como intimamente alheio e obscuro.

Ninguém mais visitava os Mañara. Era um pouco assombrosa, aquela ausência de parentes e amigos. Mario não tinha necessidade de inventar um toque especial de campainha para si próprio, todos sabiam que era ele. Em dezembro, com um calor úmido e doce, Delia teve sucesso em fazer o licor de laranja concentrado, beberam-no felizes num entardecer de tempestade. Os Mañara não quiseram prová-lo, convencidos de que lhes faria mal. Delia não se ofendeu, mas parecia transfigurada enquanto Mario sorvia apreciativo o dedalzinho violáceo cheio de luz alaranjada, de aroma ardente. "Isso vai me fazer morrer de calor, mas está delicioso", disse uma ou duas vezes. Delia, que falava pouco quando estava contente, observou: "Fiz para você". Os Mañara olhavam para ela como se quisessem ler-lhe a receita, a alquimia minuciosa de quinze dias de trabalho.

Rolo gostava dos licores de Delia. Mario ficou sabendo disso por algumas palavras pronunciadas de passagem por Mañara num momento em que Delia não estava presente: "Ela fez muitas bebidas para ele. Mas Rolo tinha medo, por causa do coração. O álcool faz mal ao coração". Ter um noivo assim delicado... Mario entendia agora a libertação que transparecia nos gestos, no jeito como Delia tocava piano. Quase perguntou aos Mañara sobre Héctor, do que ele gostava, se Delia fazia licores ou doces para Héctor. Pensou nos bombons que Delia voltava a ensaiar e que se alinhavam para secar numa prateleira da copa. Algo dizia a Mario que Delia ia obter coisas maravilhosas com os bombons. Depois de pedir muitas vezes, conseguiu que ela o deixasse provar um. Já estava de partida quando Delia lhe trouxe uma amostra branca e leve num pratinho de alpaca. Enquanto o saboreava — uma coisa ligeiramente amarga, com uma pitada de menta e noz-moscada fundindo-se de modo insólito —, Delia mantinha os olhos baixos e um ar modesto. Recusou-se a aceitar os elogios, aquilo não passava de ensaio e ainda estava longe de atingir o que pretendia. Mas na visita seguinte — também à noite, já na sombra da despedida junto ao piano — ela permitiu que ele provasse outro ensaio. Era preciso fechar os olhos para adivinhar o sabor, e Mario obediente fechou os olhos e adivinhou um sabor de mandarina, levíssimo, emanando das profundezas do chocolate. Seus dentes moíam pedacinhos crocantes, não chegou a sentir seu sabor e era somente a sensação agradável de encontrar um apoio em meio àquela polpa doce e esquiva.

Bestiário   125

Delia estava feliz com o resultado, disse a Mario que sua descrição do sabor se aproximava do que havia esperado. Ainda faltavam ensaios, havia coisas sutis por equilibrar. Os Mañara disseram a Mario que Delia não tornara a sentar-se ao piano, que passava as horas preparando os licores, os bombons. Não o diziam como crítica, mas também não estavam contentes; Mario adivinhou que os gastos de Delia os afligiam. Então um dia pediu a Delia em segredo uma lista das essências e substâncias necessárias. Ela fez uma coisa que nunca havia feito antes, pendurou-se em seu pescoço e lhe deu um beijo na bochecha. Sua boca cheirava devagarinho a menta. Mario fechou os olhos, levado pela necessidade de sentir o perfume e o sabor desde a parte interna das pálpebras. E o beijo voltou, mais duro e queixando-se.

Não soube se havia devolvido o beijo, talvez tivesse ficado imóvel e passivo, degustador de Delia na penumbra da sala. Ela tocou piano, como quase nunca fazia agora, e pediu-lhe que voltasse no dia seguinte. Eles nunca haviam se falado com aquela voz, nunca haviam se calado assim. Os Mañara desconfiaram de alguma coisa porque entraram agitando os jornais e falando de um aviador perdido no Atlântico. Eram dias em que muitos aviadores ficavam no meio do Atlântico. Alguém acendeu a luz e Delia se afastou irritada do piano, por um momento Mario teve a impressão de que seu gesto diante da luz tinha algo da fuga ofuscada da centopeia, uma carreira enlouquecida pelas paredes. Abria e fechava as mãos, no vão da porta, e depois voltou com ar de envergonhada, olhando de viés para os Mañara; olhava para eles de viés e sorria para si mesma.

Sem surpresa, quase como uma confirmação, Mario avaliou naquela noite a fragilidade da paz de Delia, o peso persistente da dupla morte. Rolo, ainda vá lá; Héctor já era o transbordamento, a trinca que desnuda um espelho. De Delia restavam as manias delicadas, a manipulação de essências e animais, seu contato com coisas simples e obscuras, a proximidade das borboletas e dos gatos, a aura de sua respiração meio na morte. Prometeu-se uma caridade sem limites, uma convalescença de anos em aposentos claros e parques distantes da lembrança; talvez sem se casar com Delia, simplesmente prolongando aquele amor tranquilo até que ela deixasse de ver uma terceira morte andando ao seu lado, outro noivo, o que avança para morrer.

Pensou que os Mañara se alegrariam quando ele começasse a levar os extratos para Delia; em vez disso, se abespinharam e se recolheram, taciturnos, sem comentários, embora acabassem cedendo e se retirando, sobretudo quando chegava a hora das provas, sempre na sala e logo antes da noite, e era preciso fechar os olhos e definir — com quantas vacilações, às vezes, devido à sutileza da matéria — o sabor de um pedacinho de polpa nova, pequeno milagre no prato de alpaca.

126   *Circe*

Em troca dessas atenções, Mario obtinha de Delia a promessa de irem juntos ao cinema ou passear por Palermo. Nos Mañara, percebia gratidão e cumplicidade toda vez que ia buscá-la num sábado à tarde ou numa manhã de domingo. Como se preferissem ficar sozinhos em casa para ouvir rádio ou jogar cartas. Mas também achou que Delia não gostava de sair de casa deixando os velhos para trás. Embora não ficasse triste ao lado de Mario, nas raras vezes em que saíram com os Mañara ela ficou muito mais alegre, divertindo-se para valer na Exposição Rural, queria doces e aceitava brinquedos que ao voltar olhava fixamente, estudando-os até se cansar. O ar puro lhe fazia bem, Mario achou que estava com uma tez mais clara e um andar decidido. Uma pena aquela volta vespertina para o laboratório, o ensimesmamento interminável com a balança e as pequenas pinças. Agora os bombons a absorviam a ponto de esquecer os licores; agora era raro que o deixasse provar suas descobertas. Os Mañara, esses nunca; do nada, Mario desconfiava que os Mañara tivessem se recusado a provar sabores novos; que preferiam as balas comuns e que se Delia deixasse uma caixa sobre a mesa, sem lhes oferecer mas como se lhes oferecesse, eles escolhiam as formas simples, as de antes, e até cortavam os bombons para examinar seu recheio. Mario achava graça na surda insatisfação de Delia junto ao piano, em seu ar falsamente distraído. Reservava as novidades para ele, no último momento vinha da cozinha com o pratinho de alpaca; uma vez tocou piano até tarde e Delia permitiu que ele a acompanhasse até a cozinha para buscar alguns bombons novos. Ao acender a luz, Mario viu o gato dormindo em seu canto e as baratas fugindo pelos azulejos. Lembrou-se da cozinha de sua casa, Mãe Celeste aspergindo pó amarelo nas frestas. Naquela noite os bombons tinham gosto de moca e um fundinho estranhamente salgado (no mais recôndito do sabor), como se no fim do gosto se escondesse uma lágrima; era idiota pensar naquilo, no resto das lágrimas caídas na noite de Rolo no vestíbulo.

— O peixe colorido está tão triste — disse Delia apontando o aquário com pedrinhas e falsas vegetações. Um minúsculo peixe rosa translúcido dormitava com um movimento compassado da boca. Seu olho frio olhava para Mario como uma pérola viva. Mario pensou no olho salgado como uma lágrima que escorregasse entre os dentes ao mascá-lo.

— Precisa trocar a água mais vezes — sugeriu.

— Não adianta, está velho e doente. Vai morrer amanhã.

Para ele aquele anúncio soou como uma volta ao pior, à Delia atormentada pelo luto e pelos primeiros tempos. Ainda tão perto daquilo, do degrau e do cais, com fotos de Héctor aparecendo de repente em meio a pares de meias ou anáguas de verão. E uma flor seca — do velório de Rolo — presa sobre uma gravura na porta do guarda-roupa.

Bestiário 127

Antes de partir pediu-lhe que se casasse com ele no outono. Delia não disse nada, começou a olhar para o chão como se quisesse achar uma formiga na sala. Eles nunca haviam falado a respeito, Delia parecia querer se acostumar com a ideia e pensar antes de responder. Depois olhou para ele brilhantemente, erguendo-se de repente. Estava linda, a boca um pouco trêmula. Fez um gesto como se quisesse abrir uma portinha no ar, um movimento quase mágico.

— Então você é meu noivo — disse. — Que diferente você fica, que mudado.

Mãe Celeste ouviu a notícia sem abrir a boca; afastou o ferro elétrico para um lado e passou o dia inteiro sem sair do quarto, onde os irmãos iam entrando um a um para sair com expressão abatida e copinhos de Hesperidina. Mario foi assistir ao futebol e à noite levou rosas para Delia. Os Mañara esperavam por ele na sala, abraçaram-no e disseram-lhe coisas, foi o momento de desarrolhar uma garrafa de vinho do Porto e comer docinhos. Agora o tratamento era íntimo e ao mesmo tempo mais distante. Perdiam a simplicidade de amigos para olhar-se com os olhos do parente, do que sabe de tudo desde a primeira infância. Mario beijou Delia, beijou mamãe Mañara, e ao abraçar forte o futuro sogro teria querido dizer-lhe que confiassem nele, novo arrimo do lar, mas as palavras não saíam. Também dava para perceber que os Mañara teriam querido dizer-lhe alguma coisa e não ousavam. Agitando os jornais, voltaram para seu quarto e Mario ficou com Delia e o piano, com Delia e o chamado de amor índio.

Uma vez ou duas, durante aquelas semanas de noivado, ficou a um passo de marcar um encontro com papai Mañara fora da casa para lhe falar das mensagens anônimas. Depois achou que isso seria inutilmente cruel porque não havia nada a fazer contra aqueles desgraçados que o atacavam. O pior chegou num sábado ao meio-dia num envelope azul, Mario ficou olhando a fotografia de Héctor no *Última Hora* e os parágrafos sublinhados com tinta azul. "Só um profundo desespero pode tê-lo arrastado ao suicídio, segundo declarações dos familiares." Pensou surpreendentemente que os parentes de Héctor não haviam mais aparecido na casa dos Mañara. Quem sabe tivessem ido uma vez ou outra nos primeiros dias. Lembrava-se agora do peixe colorido, os Mañara haviam dito que fora um presente da mãe de Héctor. Peixe colorido morto no dia anunciado por Delia. Só um profundo desespero pode tê-lo arrastado. Queimou o envelope, o recorte de jornal, fez uma lista de suspeitos e planejou abrir-se com Delia, salvá-la em si mesmo dos fios de baba, da destilação intolerável daqueles boatos. Cinco dias depois (não havia dito nada a Delia nem aos Mañara) chegou o segundo. Na cartolina azul-clara havia primeiro uma estrelinha (não dava para entender por quê) e depois: "Eu no seu lugar tomaria cuidado com o degrau do portão". Do envelope saiu um vago perfume de sabonete de amêndoa. Mario pensou se a do sobrado usaria sabonete de amêndoa, teve mesmo a coragem receosa de revistar a cômoda de Mãe Celeste e da irmã. Queimou também aquela mensagem anônima, mais uma vez não contou nada a Delia. Era dezembro, um calor daqueles dezembros de vinte e tantos, agora depois do jantar ele ia para a casa de Delia e os dois conversavam passeando pelo jardinzinho de trás ou dando a volta no quarteirão. Com o calor comiam menos bombons, não que Delia renunciasse a seus experimentos, mas trazia poucas amostras para a sala, preferia guardá-los em caixas antigas, protegidos por pequenos moldes com um fino gramado de papel verde-claro por cima. Mario a notou inquieta, parecia de prontidão. Às vezes olhava para trás nas esquinas, e na noite em que fez um gesto de repulsa quando chegaram à caixa postal da esquina da Medrano com a Rivadavia, Mario compreendeu que também ela estava sendo torturada de longe; que partilhavam sem dizê-lo um mesmo acuo.

Encontrou papai Mañara no Munich da esquina da Cangallo com a Pueyrredón, entupiu-o de cerveja e batatas fritas sem conseguir arrancá-lo de uma modorra vigilante, como se desconfiasse do encontro. Mario disse a ele, rindo, que não ia pedir dinheiro, e lhe falou sem rodeios das mensagens anônimas, do nervosismo de Delia, da caixa postal da Medrano com a Rivadavia.

— Sei bem que assim que nos casarmos essas infâmias acabam. Mas preciso que vocês me ajudem, que a protejam. Uma coisa dessas pode prejudicá-la. Ela é tão delicada, tão sensível.

— Você está querendo me dizer que ela pode ficar louca, não é mesmo?

— Bem, não é isso. Mas se ela está recebendo mensagens anônimas como eu e não fala nada, e a coisa vai se acumulando...

— Você não conhece Delia. Ela ignora as mensagens anônimas... quero dizer que as mensagens não têm o menor efeito sobre ela. Delia é mais forte do que você imagina.

— Mas observe como ela parece tensa, agoniada com alguma coisa — conseguiu dizer Mario, indefeso.

— Não é por isso, sabe — ele bebia sua cerveja como se quisesse que ela escondesse sua voz. — Antes foi a mesma coisa, conheço bem minha filha.

— Antes do quê?

— Antes de eles morrerem, seu pateta. Pague que estou com pressa.

Fez menção de protestar, mas papai Mañara já se afastava na direção da porta. Com um gesto vago de despedida, afastou-se de cabeça baixa na di-

Bestiário   129

reção do Once. Mario não teve coragem de segui-lo, nem mesmo de pensar muito no que acabava de ouvir. Agora estava outra vez sozinho como no início, diante de Mãe Celeste, da do sobrado e dos Mañara. Até dos Mañara.

Delia desconfiava de alguma coisa porque estava diferente ao recebê-lo, quase tagarela e astuciosa. Talvez os Mañara tivessem mencionado o encontro no Munich, Mario esperou que ela tocasse no assunto para ajudá-la a sair daquele silêncio, mas ela preferia *Rose Marie* e um pouco de Schumann, os tangos de Pacho de ritmo brusco e abusado, até chegarem os Mañara com biscoitinhos e málaga e acenderem todas as luzes. Falaram de Pola Negri, de um crime em Liniers, do eclipse parcial e da descompostura do gato. Delia achava que o gato estava empanturrado de pelos e preconizava um tratamento com óleo de rícino. Os Mañara lhe davam razão sem opinar, mas não pareciam convencidos. Lembraram-se de um veterinário amigo, de umas folhas amargas. Optaram por deixá-lo a sós no jardinzinho, ele que escolhesse por si mesmo as ervas curativas. Mas Delia disse que o gato morreria, que talvez o óleo prolongasse sua vida um pouco mais. Ouviram o pregão de um vendedor de jornais na esquina e os Mañara correram juntos para comprar o *Última Hora*. A uma consulta muda de Delia, Mario foi apagar as luzes da sala. Ficou o abajur na mesa de canto, manchando de amarelo velho o tapete de bordados futuristas. Ao redor do piano havia uma luz velada.

Mario indagou sobre a roupa de Delia, se ela estava trabalhando bem em seu enxoval, se março era melhor que maio para o casamento. Esperava um momento de coragem para mencionar as mensagens anônimas, um resto de medo de enganar-se detinha-o toda vez que se dispunha a fazê-lo. Delia estava ao lado dele no sofá verde-escuro, sua roupa azul-clara a recortava suavemente na penumbra. Uma vez que quis beijá-la, sentiu-a contrair-se pouco a pouco.

— Mamãe vai voltar para se despedir. Espere eles irem se deitar...

Lá fora ouviam-se os Mañara, o barulho do jornal, seu diálogo contínuo. Naquela noite estavam sem sono, onze e meia e continuavam conversando. Delia voltou para o piano, como por teimosia tocava longas valsas crioulas com da capo al fine uma e outra vez, escalas e adornos um pouco cafonas mas que Mario achava lindos, e no piano continuou até os Mañara virem dizer-lhes boa noite, e que não ficassem até muito tarde, agora ele era da família e precisava mais que nunca velar por Delia, para que ela não fosse dormir tarde. Quando saíram, como a contragosto mas vencidos pelo sono, o calor entrava em golfadas pela porta do vestíbulo e pela janela da sala. Mario quis um copo de água gelada e foi até a cozinha embora Delia quisesse servi-lo e tivesse ficado um pouco incomodada. Ao voltar, viu Delia à janela olhando para a rua vazia por onde antes em noites iguais seguiam Rolo e Héctor. Uma ponta de lua já se deitava sobre o assoalho perto de Delia, no prato de alpaca que Delia retinha na mão como outra pequena lua. Não quisera pedir a Mario que provasse na frente dos Mañara, ele precisava entender como ela achava cansativas as reprimendas dos Mañara, eles sempre achavam que ela estava abusando da bondade de Mario ao lhe pedir que provasse os novos bombons. Claro que se não quisesse, mas ninguém merecia sua confiança mais que ele, os Mañara eram incapazes de apreciar um sabor diferente. Oferecia-lhe o bombom como se suplicasse, mas Mario entendeu o desejo que povoava sua voz, agora ele o incluía com uma clareza que não vinha da lua, nem sequer de Delia. Largou o copo de água sobre o piano (não havia bebido na cozinha) e segurou o bombom com dois dedos, Delia ao lado esperando o veredicto, respiração ofegante como se tudo dependesse daquilo, sem falar mas insistindo com ele em seu gesto, com os olhos aumentados — ou seria a sombra da sala —, oscilando de leve o corpo ao arquejar, porque agora era quase um arquejo quando Mario aproximou o bombom da boca, ia morder, baixava a mão e Delia gemia como se em meio de um prazer infinito se sentisse um pouco frustrada. Com a mão livre apertou de leve as laterais do bombom mas sem olhar para ele, tinha os olhos pregados em Delia e no rosto de gesso, um pierrô repugnante na penumbra. Os dedos se separavam, partindo o bombom. A lua caiu em cheio na massa esbranquiçada da barata, o corpo despojado de seu revestimento coriáceo, e em torno, mesclados à menta e ao marzipã, os pedacinhos de patas e asas, o pó da carapaça triturada.

Quando ele atirou os pedaços na cara dela, Delia cobriu os olhos e começou a soluçar, arquejando num soluço que a sufocava, o choro cada vez mais agudo como na noite de Rolo, então os dedos de Mario se cravaram em sua garganta como para protegê-la daquele horror que lhe subia pelo peito, um borborigmo de choro e queixa, com risadas partidas por contorções, mas ele queria apenas que ela se calasse e apertava para que ela se calasse, só isso, a do sobrado já estaria à escuta com medo e delícia de modo que era preciso fazê-la calar-se a qualquer custo. A suas costas, da cozinha onde encontrara o gato com as estilhas cravadas nos olhos, ainda se arrastando para morrer dentro de casa, ouvia a respiração dos Mañara de pé, escondendo-se na sala de jantar para espiá-los, tinha certeza de que os Mañara haviam escutado e estavam ali, junto à porta, na sombra da sala de jantar, escutando como ele forçava Delia a calar-se. Afrouxou o apertão e deixou que ela escorregasse até o sofá, convulsionada e preta mas viva. Ouvia os Mañara ofegantes, sentiu pena deles por tantas coisas, pela própria Delia, por abandoná-la mais uma vez, e viva. Tal como Héctor e Rolo, partia e a deixava para eles. Teve muita pena dos Mañara, que haviam ficado ali encolhidos esperando que ele — alguém, afinal — forçasse Delia, que chorava, a calar-se, fizesse finalmente cessar o choro de Delia.

As portas do céu

Às oito apareceu José María com a notícia, quase sem rodeios me disse que Celina acabava de morrer. Lembro-me de que reparei instantaneamente na frase, Celina acabando de morrer, um pouco como se ela própria tivesse decidido o momento no qual aquilo devia se concluir. Era quase noite e os lábios de José María tremiam ao pronunciar aquelas palavras.

— Mauro ficou tão mal, deixei-o enlouquecido. Melhor irmos.

Eu precisava terminar umas anotações, além de que havia prometido a uma amiga levá-la para jantar. Dei um par de telefonemas e saí com José María em busca de um táxi. Mauro e Celina moravam para os lados da Cánning com a Santa Fe, de modo que calculamos que seriam dez minutos de minha casa até lá. Já ao aproximar-nos vimos pessoas em pé na entrada com ar culposo e abatido; a caminho fiquei sabendo que Celina havia começado a vomitar sangue às seis, que Mauro chegara com o médico e que sua mãe estava junto. Parece que o médico começava a escrever uma longa receita quando Celina abriu os olhos e acabou de morrer com uma espécie de tosse, mais bem um assobio.

— Eu segurei o Mauro, o médico teve que sair porque o Mauro queria partir para cima dele. O senhor sabe como ele é quando fica invocado.

Eu pensava em Celina, no último rosto de Celina que nos esperava na casa. Quase não ouvi os gritos das velhas e a revoada no pátio, mas em compensação me lembro de que o táxi custou dois e sessenta e de que o motorista estava com uma boina encerada. Vi dois ou três amigos da turma de Mauro, lendo o *La Razón* perto da porta; uma garota de vestido azul segurava no colo o gato rajado e alisava minuciosamente os bigodes dele. Mais para o fundo começavam as lamentações e o cheiro de fechado.

— Vá logo ver o Mauro — falei para José María. — Como você sabe, é bom dar bastante alpiste a ele.

Na cozinha já havia mate. O velório se organizava sozinho, por conta própria: os rostos, as bebidas, o calor. Agora que Celina tinha acabado de morrer, era incrível como as pessoas de um bairro largam tudo (até os programas de perguntas e respostas) para comparecer ao local do ocorrido. Quando passei ao lado da cozinha ouvi o barulho nítido de uma bomba de mate sendo sugada depois de a água da cuia ter acabado; em seguida, cheguei à porta da câmara mortuária. *Misia* Martita e outra mulher me olharam da sombra do fundo do aposento, onde a cama parecia flutuar numa geleia de marmelo. Pelo ar superior das duas percebi que tinham acabado de lavar e amortalhar Celina; inclusive dava para sentir um leve cheiro de vinagre.

— Coitadinha da finadinha — disse *Misia* Martita. — Entre, doutor, entre. Vá vê-la. Parece dormir.

Segurando a vontade de mandá-la à merda, mergulhei no caldo quente do aposento. Fazia um tempo que eu olhava para Celina sem vê-la; naquele momento deixei-me avançar para ela, para o cabelo negro e liso brotando de uma testa baixa que brilhava como nácar de violão, para o prato raso branquíssimo de seu rosto sem remédio. Me dei conta de que não tinha nada a fazer ali, que aquele aposento agora era das mulheres, das carpideiras que chegavam na noite. Nem mesmo Mauro poderia entrar em paz para sentar-se ao lado de Celina, nem mesmo Celina estava ali esperando, aquela coisa branca e negra pendia para o lado das chorosas, favorecia-as com seu tema imóvel repetindo-se. Melhor Mauro, sair em busca de Mauro, que continuava de nosso lado.

Do aposento à sala de jantar havia surdos sentinelas fumando no corredor sem luz. Peña, o louco Bazán, os dois irmãos mais jovens de Mauro e um velho indefinível me cumprimentaram respeitosos.

— Obrigado por vir, doutor — disse-me um deles. — O senhor sempre tão amigo do pobre Mauro.

— Amigos são para essas coisas — disse o velho, estendendo-me a mão que me pareceu uma sardinha viva.

Tudo isso estava acontecendo, mas eu estava outra vez com Celina e Mauro no Luna Park, dançando no Carnaval de quarenta e dois, Celina de azul-claro que combinava tão mal com seu tipo meio de índia, Mauro de palm-beach e eu com seis uísques e um puta porre. Eu gostava de sair com Mauro e Celina para assistir de banda à dura e quente felicidade dos dois. Quanto mais me criticavam por essas amizades, mais eu me aproximava deles (nos dias e horas que me convinham) para presenciar sua existência, da qual eles mesmos não faziam ideia.

Me obriguei a sair do baile, um guincho vinha do quarto ao lado, subindo pelas portas.

— Essa deve ser a mãe — disse o louco Bazán, quase satisfeito.

"Silogística perfeita do humilde", pensei. "Celina morta, mãe chega, guincho mãe." Me dava nojo pensar assim, mais uma vez estar pensando tudo o que aos outros bastava sentir. Mauro e Celina não haviam sido minhas cobaias, nada disso. Eu gostava deles, tanto quanto continuo gostando. Só que nunca consegui entrar na simplicidade deles, só que me via forçado a alimentar-me por reflexo do sangue deles; eu sou o dr. Hardoy, um advogado que não se conforma com a Buenos Aires forense ou musical ou hípica, e que avança até onde consegue por outros vestíbulos. Sei que por trás disso está a curiosidade, as anotações que pouco a pouco lotam meu arquivo de dados. Mas Celina e Mauro não, Celina e Mauro não.

— Quem haveria de dizer — ouvi de Peña. — Uma coisa tão rápida...

— Bom, você sabe que ela estava muito mal do pulmão.

— Sei, mas mesmo assim...

Defendiam-se da terra aberta. Muito mal do pulmão, mas com isso e tudo... Nem Celina devia esperar pela própria morte, para ela e Mauro a tuberculose era "fraqueza". Vi-a outra vez girando entusiasmada nos braços de Mauro, a orquestra de Canaro lá no alto e um cheiro de pó de arroz barato. Depois ela dançou um maxixe comigo, a pista estava entupida de gente, um calorão. "Como o senhor dança bem, Marcelo", como se estranhasse um advogado ser capaz de acompanhar um maxixe. Ela e Mauro nunca abandonaram o "senhor" ao falar comigo. Com Mauro eu usava "você", mas com ela eu devolvia o tratamento. Celina teve dificuldade para abandonar o "doutor", vai ver que se orgulhava de usar o título comigo na frente dos outros, meu amigo o doutor. Pedi a Mauro que dissesse a ela, então começou o "Marcelo". Com isso eles se aproximaram um pouco de mim, mas eu continuava tão distante quanto antes. Nem frequentando juntos os bailes populares, o boxe, até o futebol (anos atrás Mauro jogou no Racing), ou tomando mate até tarde na cozinha. Quando acabou o pleito e fiz Mauro ganhar cinco mil pesos, Celina foi a primeira a me pedir que não me afastasse, que fosse visitá-los. Ela já não estava bem, a voz sempre um pouco rouca era cada vez mais fraca. À noite ela tossia, Mauro lhe comprava Neurofosfato Escay, o que era uma idiotice, e também Ferro Quina Bisleri, coisas que saem nas revistas e nas quais as pessoas acabam confiando.

Íamos juntos aos bailes e eu os olhava viver.

— É bom que converse com o Mauro — disse José María, surgindo de repente ao meu lado. — Vai fazer bem a ele.

Fui, mas fiquei o tempo todo pensando em Celina. Era feio reconhecê-lo, na verdade o que eu estava fazendo era reunir e organizar minhas fichas acerca de Celina, nunca escritas mas bem à mão. Mauro chorava sem cobrir o rosto, como todo animal sadio e deste mundo, sem a menor vergonha. Segurava minhas mãos e as umedecia com seu suor febril. Quando José María o obrigava a tomar uma genebra, ele engolia entre dois soluços fazendo um barulho esquisito. E as frases, essa algaravia de tolices com toda a vida dele por dentro, a obscura consciência da coisa irreparável que havia acontecido com Celina mas que apenas ele acusava e ressentia. O grande narcisismo finalmente justificado e livre para dar o espetáculo. Tive nojo de Mauro mas muito mais de mim mesmo, e comecei a beber um conhaque barato que me queimava a boca sem prazer. O velório já estava a pleno vapor, de Mauro para baixo estavam todos perfeitos, até a noite ajudava, quente e tranquila, linda para ficar no pátio falando da finadinha, para deixar vir a madrugada passando em revista a vida de Celina.

Isso foi numa segunda-feira; depois tive de ir a Rosario para um congresso de advogados onde não se fez outra coisa senão aplaudir uns aos outros e beber furiosamente, e voltei no fim de semana. No trem viajavam duas bailarinas do Moulin Rouge e reconheci a mais jovem, que se fez de boba. Eu havia passado a manhã inteira pensando em Celina, não me importava tanto a morte de Celina mas sobretudo a suspensão de uma ordem, de um hábito necessário. Quando vi as jovens pensei na carreira de Celina e no gesto de Mauro ao tirá-la da milonga do grego Kasidis e levá-la consigo. Era preciso coragem para esperar alguma coisa daquela mulher, e foi nessa época que os conheci, quando ele me consultou a respeito de uma ação da mãe dele, que reivindicava uns terrenos em Sanagasta. Na segunda vez, Celina foi com ele, ainda com uma maquiagem quase profissional, movendo-se em amplos requebros, mas presa ao braço dele. Não foi difícil avaliá-los, saborear a simplicidade agressiva de Mauro e seu esforço inconfessado por trazer Celina por inteiro para junto dele. Quando comecei a andar com eles, tive a impressão de que havia conseguido, pelo menos por fora e no comportamento cotidiano. Depois avaliei melhor, Celina se esquivava um pouco pela via dos caprichos, sua paixão pelos bailes populares, seus longos devaneios ao lado do rádio, com um remendo ou um pano nas mãos. Quando a ouvi cantar, numa noite de nebiolo e Racing quatro a um, entendi que ela ainda estava com Kasidis, longe de um lar estável e de Mauro com sua banca no Mercado. Para conhecê-la melhor estimulei seus desejos baratos, fomos os três a uma infinidade de lugares com alto-falantes ofuscadores, lugares de pizza fervente e papeizinhos com gordura pelo chão. Mas Mauro preferia o pátio, as horas de papo com vizinhos e o mate. Aceitava pouco a pouco, se submetia sem ceder. Então Celina fingia conformar-se, talvez já estivesse se conformando em sair menos e pertencer à casa dele. Era eu que conseguia que Mauro fosse aos bailes, e sei que desde o começo ela foi grata por isso. Os dois se amavam e a alegria de Celina era suficiente para os dois, às vezes para os três.

Achei que era o caso de tomar um banho, ligar para Nilda dizendo que iria buscá-la no domingo a caminho do hipódromo e ir logo em seguida procurar Mauro. Ele estava no pátio, fumando entre longos mates. Fiquei enternecido com os dois ou três furinhos de sua camiseta e lhe dei uma palmada no ombro ao cumprimentá-lo. Estava com a mesma cara da última vez, ao lado da sepultura, ao jogar o punhado de terra e atirar-se para trás como se tivesse sido eletrocutado. Mas vi um brilho claro em seus olhos, a mão firme ao cumprimentar.

— Obrigado por vir me ver. O tempo custa a passar, Marcelo.

— Você precisa ir ao Mercado ou tem alguém para substituí-lo?

— Meu irmão, aquele manquinho, vai no meu lugar. Não tenho forças para ir, e isso que os dias não acabam nunca.

— Claro, você precisa se distrair. Vá pôr uma roupa, vamos dar uma volta por Palermo.

— Vamos, para mim tanto faz.

Vestiu um terno azul, lenço bordado, vi quando pôs perfume de um vidro que fora de Celina. Eu gostava do jeito dele de ajeitar o chapéu, com a aba erguida, e de seu passo leve e silencioso, bem compadre. Resignei-me a escutar — "os amigos são para essas horas" — e na segunda garrafa de Quilmes Cristal ele veio para cima de mim com tudo. Estávamos numa mesa do fundo do bar, quase a sós; eu o deixava falar mas de vez em quando derramava cerveja em seu copo. Quase não me lembro de tudo o que falou, acho que na verdade era sempre a mesma coisa. Uma frase ficou em minha lembrança: "Ela está aqui", acompanhada do gesto de cravar o indicador no meio do peito como se mostrasse uma dor ou uma medalha.

— Quero esquecer — dizia também. — Qualquer coisa, tomar um porre, ir para o cabaré, comer uma mulher. O senhor me entende, Marcelo, o senhor... — o indicador subia, enigmático, e dobrava-se de repente, como um canivete. A essa altura ele já estava disposto a aceitar o que pintasse, e quando mencionei o Santa Fe Palace como por acaso, ele deu por entendido que íamos dançar e foi o primeiro a levantar-se e olhar a hora. Fomos andando sem falar, mortos de calor, e o tempo todo eu o imaginava assaltado por alguma lembrança, a repetida surpresa de não sentir contra o braço a quente alegria de Celina a caminho do baile.

As portas do céu

— Eu nunca a levei a esse Palace — disse de repente. — Estive lá antes de conhecê-la, era uma milonga muito muquirana. O senhor frequenta?

Em minhas fichas tenho uma boa descrição do Santa Fe Palace, que não se chama Santa Fe nem fica nessa rua, mesmo estando ao lado. Pena que nada disso possa ser efetivamente descrito, nem a fachada modesta com seus cartazes promissores, nem o guichê escuro e nem, menos ainda, os olheiros que enrolam na entrada e examinam os que chegam de cima a baixo. O que vem em seguida é pior; não que seja ruim, porque ali nada é uma coisa precisa; justamente o caos, a confusão resolvendo-se numa falsa ordem: o inferno e seus círculos. Um inferno de parque japonês a dois e cinquenta o ingresso, senhoras cinquenta centavos. Compartimentos mal isolados, lembrando sucessivos pátios cobertos tendo no primeiro uma orquestra típica, no segundo uma regional, no terceiro uma nortenha com cantores e malambo. Posicionados numa passagem intermediária (eu Virgílio), ouvíamos os três ritmos e víamos os três círculos dançando; então se escolhia o preferido, ou se ia de dança em dança, de genebra em genebra, tentando encontrar mesinhas e mulheres.

— Nada mau — disse Mauro, com seu jeito bisonho. — Pena o calor. Deviam instalar exaustores.

(Para uma ficha: estudar, segundo Ortega, os contatos do homem do povo com a técnica. Ali onde se imaginaria haver um choque encontra-se, em vez disso, assimilação violenta e utilização; Mauro falava em refrigeração ou em super-heteródinos com a autossuficiência portenha que acredita que tudo lhe é devido.) Agarrei-o pelo braço e o encaminhei para uma mesa porque ele continuava distraído, olhando para o palco da orquestra típica, para o cantor que segurava o microfone com as duas mãos e o balançava devagarinho. Instalamo-nos felizes diante de duas aguardentes secas e Mauro bebeu a dele de uma vez só.

— Ajuda a cerveja a descer. Cacete, esta milonga está concorrida!

Fez sinal pedindo outra e me deu espaço para me distrair e olhar. A mesa ficava bem junto da pista, do outro lado havia cadeiras posicionadas ao longo de uma parede comprida; uma grande quantidade de mulheres se revezava com aquele ar abstrato das milongueiras quando estão trabalhando ou se divertindo. Ninguém conversava muito, ouvíamos perfeitamente bem a orquestra típica, bem equipada de foles e tocando com vontade. O cantor insistia no tema da saudade, milagrosa sua maneira de dar dramaticidade a um ritmo mais para rápido e sem pausas. *Las trenzas de mi china las traigo en la maleta...* Pendurava-se ao microfone como aos barrotes de um vomitório, com uma espécie de luxúria cansada, de necessidade orgânica. De vez em quando comprimia os lábios contra a redinha cromada e dos alto-falantes

Bestiário   137

saía uma voz pegajosa — *"yo soy un hombre honrado..."*; me veio à cabeça que uma solução seria uma boneca de borracha com o microfone escondido em seu interior, pois assim o cantor poderia tê-la nos braços e excitar-se à vontade cantando para ela. Mas não serviria para os tangos, para esses melhor o bastão cromado com a pequena caveira brilhante no topo, o sorriso tetânico da redinha.

Creio que a essa altura convém dizer que eu frequentava aquela milonga por causa dos monstros, e que não conheço outra onde haja tantos deles juntos. Aparecem às onze da noite, descem de regiões imprecisas da cidade, pausados e seguros, sós ou em duplas, as mulheres quase anãs e meio caboclas, os homens com jeito de javanês ou mocovi, apertados em ternos quadriculados ou pretos, cabelo duro penteado com denodo, brilhantina em gotinhas contra os reflexos azuis e rosa, as mulheres com enormes penteados altos que as tornam ainda mais anãs, penteados duros e difíceis dos quais guardam o cansaço e o orgulho. Eles agora inventaram de usar cabelo solto e alto no meio, topetes enormes e afrescalhados sem nada a ver com o rosto brutal logo abaixo, o gesto de agressão disponível e esperando sua hora, os torsos eficazes sobre finas cinturas. Reconhecem-se e se admiram em silêncio, sem demonstrá-lo, é o baile deles, o encontro deles, a noite de gala deles. (Para uma ficha: de onde eles saem, que profissões os dissimulam durante o dia, que obscuras servidões os isolam e disfarçam.) Vão para isso, os monstros se enlaçam com grave civilidade, música após música giram morosos sem falar, muitos de olhos fechados gozando por fim a paridade, a completação. Recuperam-se nos intervalos, nas mesas são fanfarrões e as mulheres falam guinchando para serem vistas, então os machos ficam mais invocados e já vi voar um sopapo e entortar para um lado o rosto e metade do penteado de uma cabocla vesga vestida de branco que bebia anis. Além disso tem o cheiro, não se concebem monstros sem esse cheiro de talco molhado contra a pele, de fruta passada, dá para imaginar as higienes apressadas, o pano úmido pelo rosto e pelos sovacos, depois o que importa, loções, rímel, pó de arroz no rosto de todas elas, uma crosta esbranquiçada que não encobre as placas pardas por trás. Além disso se oxigenam, as negras erguem maçarocas rígidas sobre a terra espessa do rosto, chegam a estudar gestos de loura, vestidos verdes, se convencem da própria transformação e desdenham condescendentes as outras que defendem sua cor. Olhando para Mauro com o rabo do olho eu estudava a diferença entre seu rosto de traços italianos, o rosto do portenho suburbano sem mistura de negro nem de provinciano, e me lembrei de repente de Celina, mais próxima dos monstros, muito mais próxima deles que Mauro e eu. Acho que Kasidis a escolhera para atender a parcela acaboclada de sua clientela, os poucos que na época se animavam a frequentar seu cabaré. Eu nunca havia ido ao estabelecimento de Kasidis nos tempos de Celina, mas depois fui até lá uma noite (para conhecer o lugar onde ela trabalhava antes de Mauro tirá-la de lá) e vi apenas brancas, louras ou morenas mas brancas.

— Que vontade de dançar um tango — disse Mauro chateado. Já estava um pouco alto ao entrar na quarta aguardente. Eu pensava em Celina, tão em casa aqui, justamente aqui, aonde Mauro nunca a trouxera. Anita Lozano recebia agora os aplausos fortes do público ao saudar do palco, eu já a ouvira cantar no Novelty, nos tempos em que estava em alta, agora ficara velha e magra mas conservava a voz para os tangos. Melhor ainda, porque seu estilo era canalha, pedia uma voz um pouco rouca e suja para aquelas letras desabusadas. Celina tinha essa voz depois de beber, de repente me dei conta de quanto o Santa Fe era Celina, da presença quase insuportável de Celina.

Ir embora com Mauro fora um erro. Ela tolerou porque o amava e porque ele a tirava da imundície de Kasidis, da promiscuidade e dos copinhos de água com açúcar entre as primeiras joelhadas e o hálito carregado dos clientes sobre seu rosto, mas se não tivesse sido obrigada a trabalhar nas milongas, Celina teria gostado de ficar por lá. Percebia-se em seus quadris e em sua boca, estava equipada para o tango, nascera de cima a baixo para a farra. Por isso era necessário que Mauro a levasse aos bailes, eu a vira transfigurar-se ao entrar, com as primeiras lufadas de ar quente e de foles. Àquela hora, enfiado no Santa Fe sem possibilidade de retrocesso, medi a grandeza de Celina, sua coragem ao retribuir a Mauro com alguns anos de cozinha e mate doce no pátio. Renunciara a seu céu de milongas, a sua quente vocação para o anis e as valsas crioulas. Como quem se condena conscientemente, por Mauro e pela vida de Mauro, limitando-se a forçar de leve o mundo dele para que de vez em quando a levasse a alguma festa.

Mauro já estava pendurado a uma negrinha mais alta que as outras, de cintura fina como poucas e nada feia. Achei graça em sua seleção instintiva mas ao mesmo tempo pensada, a empregadinha era menos igual aos monstros; então fui tomado outra vez pela ideia de que Celina tinha sido, de certa maneira, um monstro como eles, só que fora dali e durante o dia não dava para perceber, como aqui. Perguntei-me se Mauro teria se dado conta, tive um certo receio de que me recriminasse por trazê-lo a um lugar onde a lembrança crescia de cada coisa como pelos num braço.

Dessa vez não houve aplausos e ele se aproximou com a jovem, que parecia subitamente tonta e incerta fora de seu tango.

— Eu lhe apresento um amigo.

Trocamos os "encantados" portenhos e em seguida servimos uma bebida a ela. Eu ficava feliz por ver Mauro entrando na noite e até troquei

Bestiário   139

algumas frases com a mulher, que se chamava Emma, um nome que não combina muito com as magras. Mauro parecia bastante embalado, falando de orquestras com as frases breves e sentenciosas que admiro nele. Emma se dedicava a nomes de cantores, a lembranças de Villa Crespo e de El Talar. A essa altura Anita Lozano anunciou um tango antigo e houve gritos e aplausos entre os monstros, sobretudo entre os índios, que a favoreciam sem restrições. Mauro não estava curtido a ponto de esquecer-se por completo, quando a orquestra abriu caminho com um floreio dos bandoneons, ele me olhou de repente, tenso e rígido, como se lembrando. Também me vi no Racing, Mauro e Celina muito juntos naquele tango que depois ela passou a noite inteira cantarolando, inclusive no táxi de volta.

— Dançamos este? — perguntou Emma, engolindo ruidosamente sua groselha.

Mauro nem olhava para ela. Tenho a impressão de que foi naquele momento que nós dois nos encontramos mais profundamente. Agora (agora que escrevo) só me ocorre uma imagem dos meus vinte anos no Sportivo Barracas, atirar-me na piscina e encontrar outro nadador no fundo, tocar no fundo ao mesmo tempo e entrever-nos na água verde e acre. Mauro empurrou a cadeira para trás e se apoiou na mesa com um cotovelo. Olhava para a pista, tal como eu, e Emma ficou perdida e humilhada entre os dois, mas disfarçava comendo batatas fritas. Agora Anita começava a cantar com torções improvisadas, os casais dançavam quase sem sair do lugar e dava para perceber que escutavam a letra com desejo e desdita e todo o negado prazer da farra. Os rostos se voltavam para o palco e mesmo girando via-se como acompanhavam Anita, inclinada e confidente ao microfone. Alguns moviam a boca repetindo as palavras, outros sorriam estupidamente como de detrás de si mesmos, e quando ela encerrou seu *tanto, tanto como fuiste mío, y hoy te busco y no te encuentro*, à entrada em coro dos foles respondeu a renovada violência da dança, as corridas laterais e os oitos entreverados no meio da pista. Muitos suavam, uma cabocla que teria chegado no máximo ao segundo botão de meu casaco passou raspando em nossa mesa e vi como o suor jorrava da raiz de seu cabelo e lhe escorria pela nuca, onde a gordura criava uma canaleta mais clara. Entrava fumaça do salão contíguo, onde as pessoas comiam parrilladas e dançavam rancheiras, o churrasco e os cigarros criavam uma nuvem baixa que deformava os rostos e as pinturas baratas da parede em frente. Acho que eu contribuía de dentro com minhas quatro doses de aguardente, e Mauro segurava o queixo com o avesso da mão, olhando fixamente para diante. Não chamou nossa atenção o fato de o tango continuar interminavelmente lá em cima, uma ou duas vezes vi Mauro lançar um olhar para o palco, onde Anita fazia de conta que brandia uma batuta, mas depois voltou a cravar os olhos nos casais que dançavam. Não sei como explicar, tenho a sensação de que eu acompanhava o olhar dele e ao mesmo tempo lhe indicava o caminho; sem nos ver, sabíamos (tenho a sensação de que Mauro sabia) a coincidência daquele olhar, fitávamos juntos os mesmos casais, os mesmos cabelos, as mesmas calças. Ouvi Emma dizer alguma coisa, uma desculpa, e o espaço de mesa entre mim e Mauro ficou mais claro, embora não nos olhássemos. Sobre a pista parecia haver descido um momento de imensa felicidade, respirei fundo como se me associasse a ela e creio ter ouvido Mauro fazer o mesmo. A fumaça era tanta que depois do centro da pista os rostos ficavam borrados, de modo que não dava para ver, entre os corpos interpostos e a neblina, a área das cadeiras das que não haviam sido tiradas para dançar. *Tanto como fuiste mío*, curiosa a crepitação que o alto-falante emprestava à voz de Anita, de novo os dançarinos se imobilizavam (sempre se movendo) e Celina, que estava à direita, saindo da fumaça e girando obediente à pressão de seu companheiro, ficou um momento de perfil para mim, depois de costas, depois foi o outro perfil, e ergueu o rosto para ouvir a música. Digo: Celina; mas nesse momento foi mais como saber sem compreender, Celina ali sem estar, claro, como compreender isso naquele momento. A mesa tremeu de repente, eu sabia que era o braço de Mauro que tremia, ou o meu, mas não estávamos com medo, era uma coisa mais próxima do espanto e da alegria e do estômago. Na verdade era idiota, um sentimento de coisa à parte que não nos deixava sair, recompor-nos. Celina continuava sempre ali, sem nos ver, bebendo o tango com toda uma expressão que uma luz amarela de fumaça desmentia e alterava. Qualquer das negras poderia ter se parecido mais com Celina do que ela naquele momento, a felicidade a transformava de uma maneira atroz, eu não teria podido tolerar Celina como a via naquele momento e naquele tango. Restou-me entendimento para avaliar a devastação de sua felicidade, seu rosto alheado e estúpido no paraíso enfim alcançado; não existissem o trabalho e os clientes, quem sabe ela fosse assim na milonga de Kasidis. Agora nada a tolhia em seu céu só dela, entregava-se de pele inteira ao gozo e entrava mais uma vez na ordem aonde Mauro não tinha como segui-la. Era seu duro céu conquistado, seu tango tocando outra vez só para ela e seus iguais, até o aplauso de vidros quebrados que encerrou o refrão de Anita, Celina de costas, Celina de perfil, outros casais encobrindo-a, e a fumaça.

Não quis olhar para Mauro, agora eu me repunha e meu notório cinismo empilhava comportamentos a todo o vapor. Tudo dependia de como ele se posicionasse no assunto, de modo que permaneci como estava, estudando a pista que pouco a pouco se esvaziava.

— Você viu? — perguntou Mauro.

Bestiário   141

— Vi.

— Viu como era parecida?

Não respondi, o alívio contava mais que a pena. Ele estava do lado de cá, o coitado estava do lado de cá e já não conseguia acreditar no que havíamos sabido juntos. Vi-o levantar-se e andar pela pista com passo de bêbado, em busca da mulher que se parecia com Celina. Eu fiquei quieto, fumando sem pressa, olhando-o ir e vir, sabendo que perdia seu tempo, que voltaria atormentado e sedento sem ter encontrado as portas do céu em meio àquela fumaça e àquela gente.

Bestiário

Entre a última colherada de arroz de leite — pouca canela, uma pena — e os beijos antes de subir para dormir, ouviram tocar a campainha na sala do telefone e Isabel ficou enrolando até Inés voltar depois de atender e dizer alguma coisa ao ouvido da mãe. As duas se entreolharam e depois olharam para Isabel, que pensou na gaiola quebrada e nas contas de dividir e um pouco na fúria de d. Lucera por ela ter tocado a campainha da casa dela ao voltar da escola. Não estava tão preocupada, a mãe e Inés pareciam estar olhando para além dela, quase como se a utilizassem como pretexto; mas de fato olhavam para ela.

— Quanto a mim, não me agrada que ela vá, acredite — disse Inés. — Não tanto pelo tigre, afinal cuidam bem desse aspecto. Mas é uma casa tão triste, e só aquele garoto para brincar com ela...

— Também não me agrada — disse a mãe, e Isabel entendeu, como se estivesse no alto de um escorrega, que a mandariam para a casa de Funes durante o verão. Jogou-se na notícia, na enorme onda verde, a casa de Funes, a casa de Funes, claro que a mandariam. Não gostavam de fazer isso, mas convinha. Brônquios delicados, Mar del Plata caríssima, difícil lidar com uma garota mimada, tola, de comportamento regular e isso que a srta. Tania é tão boa, sono inquieto e brinquedos por todo lado, perguntas, botões, joelhos sujos. Sentiu medo, delícia, perfume de chorões, e o *u* de Funes se misturava ao arroz de leite, tão tarde, hora de dormir, já para a cama.

Deitada, luz apagada, coberta de beijos e olhares tristes de Inés e da mãe, não completamente decididas mas já completamente decididas a mandá-la para lá. Antecipava a chegada de charrete, o primeiro café da manhã, a alegria de Nino caçador de baratas, Nino sapo, Nino peixe (lembrança de três anos antes: Nino mostrando-lhe figurinhas coladas com goma arábica num álbum e declarando, sério: "Isto é um sapo e isto é um pei-xe"). Agora Nino no parque esperando-a com a rede de caçar borboletas, e ainda as mãos macias de Rema — viu-as nascendo da penumbra, estava de olhos abertos e em lugar do rosto de Nino, zás, as mãos de Rema, a caçula dos Funes. "Tia Rema me ama tanto", e os olhos de Nino ficavam grandes e molhados, em outra ocasião viu Nino cair flutuando no ar confuso do quarto, olhando feliz para ela. Nino peixe. Adormeceu querendo que a semana passasse naquela mesma noite, e as despedidas, a viagem de trem, a légua na charrete, a porteira, os eucaliptos do caminho de entrada. Antes de adormecer teve um momento de horror ao imaginar que podia estar sonhando. Ao estirar-se bruscamente deu com os pés nas barras de bronze, doeram através das colchas, e na sala de jantar dava para ouvir a mãe e Inés falando, bagagem, ver com o médico a questão do eczema, óleo de bacalhau e hamamélis virginiana. Não era sonho, não era sonho.

Não era sonho. Numa manhã de vento levaram-na até a estação Constitución, com bandeirinhas nas bancas de ambulantes da praça, torta no Tren Mixto e chegada triunfal à plataforma número 14. Foram tantos beijos de Inés e da mãe que seu rosto ficou parecendo pisoteado, mole e com cheiro de ruge e pó Rachel da Coty, úmido ao redor da boca, um nojo que o vento carregou de um só golpe. Não tinha medo de viajar sozinha porque era uma menina grande, com nada menos que vinte pesos na bolsa, a Compañía Sansinena de Carnes Congeladas entrando pela janela do trem com um cheiro adocicado, o Riachuelo amarelo e Isabel já refeita de um choro forçado, contente, morta de medo, ativa no exercício pleno de seu assento, de sua janela, viajante quase única num pedaço de vagão onde dava para experimentar todos os assentos e ver-se nos espelhinhos. Pensou uma ou duas vezes na mãe, em Inés — elas já deviam estar no 97, saindo da estação —, leu proibido fumar, proibido cuspir, capacidade quarenta e dois passageiros sentados, estavam passando por Banfield a toda a velocidade, vuuuum! campo mais campo mais campo misturado com o gosto da barra de chocolate e as balas de menta. Inés a aconselhara a ir tricotando o casaquinho de lã verde, de modo que Isabel o levava no recanto mais escondido da mala, coitada da Inés, cada ideia mais boba.

Na estação ficou com um pouco de medo, porque se a charrete... Mas lá estava ela, com d. Nicanor cortês e respeitoso, menina daqui e menina dali, se a viagem havia sido boa, se d. Elisa continuava bonita, claro que havia chovido — Oh, o avanço da charrete, o vaivém para oferecer-lhe o aquário completo de sua vinda anterior a Los Horneros. Tudo mais miúdo, mais de vidro e rosa, sem o tigre na época, com d. Nicanor menos grisalho, só três

Bestiário   143

anos antes, Nino um sapo, Nino um peixe, e as mãos de Rema que davam vontade de chorar e senti-las eternamente sobre a cabeça, numa carícia quase de morte e de baunilhas com creme, as duas melhores coisas da vida.

Deram-lhe um quarto em cima, inteirinho para ela, lindíssimo. Um quarto de adulto (ideia de Nino, todo caracóis negros e olhos, bonito em seu macacão azul; claro que à tarde Luis o fazia vestir-se muito bem, de cinza-ardósia e gravata vermelha) e dentro outro quarto pequenino com um cardeal enorme e selvagem. O banheiro ficava a duas portas (mas internas, de modo que dava para ir sem antes verificar onde estava o tigre), cheio de torneiras e metais, embora não fosse fácil enganar Isabel e já no banheiro se percebia bem o campo, as coisas não eram tão perfeitas quanto num banheiro de cidade. Tinha cheiro de velho, na segunda manhã encontrou um tatuzinho passeando pela pia. Mal encostou nele e ele virou uma bolinha amedrontada, perdeu o equilíbrio e caiu no buraco gorgolejante.

Querida mamãe tomo da pena para — Comiam na copa dos cristais, onde era mais fresco. Nene se queixava o tempo todo do calor, Luis não dizia nada mas pouco a pouco se via o suor brotar de sua testa e da barba. Só Rema não se abalava, passava os pratos devagar e sempre como se a refeição fosse de aniversário, um pouco solene e emocionante. (Isabel aprendia em segredo seu jeito de trinchar, de instruir as criadinhas.) Luis estava quase sempre lendo, punhos nas têmporas e livro apoiado num sifão. Rema tocava seu braço antes de entregar-lhe um prato, e às vezes Nene o interrompia e o chamava de filósofo. Isabel ficava sentida por Luis ser filósofo, não pelo fato em si mas por Nene, que assim encontrava pretexto para zombar de Luis e dizê-lo.

Na refeição, sentavam-se assim: Luis na cabeceira, Rema e Nino de um lado da mesa, Nene e Isabel do outro, de modo que havia um adulto na cabeceira e nas duas laterais um adulto e uma criança. Quando Nino queria muito dizer alguma coisa a Isabel, batia em sua canela com o sapato. Uma vez Isabel gritou e Nene ficou furioso e a chamou de malcriada. Rema ficou olhando para ela, até Isabel se consolar com seu olhar e a sopa juliana.

Mãezinha, antes de comer é como em todos os outros momentos, é preciso prestar atenção para verificar se — Quase sempre era Rema quem ia verificar se o caminho para a copa dos cristais estava livre. No segundo dia entrou no salão e disse aos outros que esperassem. Passou-se um bom tempo até um peão avisar que o tigre estava no jardim dos trevos, então Rema pegou as crianças pela mão e todos entraram para comer. Nessa manhã as batatas estavam ressecadas, mas só Nene e Nino reclamaram.

Você me disse para não ficar fazendo — Porque Rema parecia deter, com sua suave bondade, toda pergunta. Estavam tão à vontade que não precisavam preocupar-se com a questão dos cômodos. Uma casa enorme, e na pior das hipóteses era preciso não entrar numa peça; nunca em mais de uma, de modo que não fazia diferença. Dois dias depois de chegar, Isabel ficou tão habituada quanto Nino. Os dois brincavam da manhã à noite no bosque de chorões, e quando não podiam brincar no bosque de chorões tinham o jardim dos trevos, o parque das redes e a margem do arroio. Na casa era a mesma coisa, tinham seus quartos, o corredor do meio, a biblioteca de baixo (exceto numa quinta-feira em que não foi possível ir para a biblioteca) e a copa dos cristais. Não iam para o escritório de Luis porque ele lia o tempo todo, às vezes chamava o filho e lhe dava livros com estampas; mas Nino saía de lá com os livros e os dois iam olhá-los na sala ou no jardim da frente. Nunca entravam no escritório de Nene porque tinham medo das brabezas dele. Rema lhes disse que era melhor assim, disse como se os advertisse; eles já sabiam ler em seus silêncios.

Ao fim e ao cabo era uma vida triste. Uma noite Isabel se perguntou por que os Funes a teriam convidado para veranear. Faltou-lhe idade para entender que não era por ela, mas por Nino, um brinquedo estival para alegrar Nino. Por enquanto só se dava conta da casa triste, de que Rema parecia cansada, de que chovia pouco mas as coisas pareciam úmidas e abandonadas. Depois de alguns dias acostumou-se à ordem da casa, à disciplina descomplicada daquele verão em Los Horneros. Nino estava começando a entender o microscópio que ganhara de Luis, os dois passaram uma semana esplêndida criando insetos numa bacia com água estagnada e folhas de copo-de-leite, pingando gotas na lâmina de vidro para olhar os micróbios. "São larvas de mosquito, com esse microscópio vocês não vão conseguir ver micróbios", dizia-lhes Luis com seu sorriso um pouco forçado e distante. Eles não conseguiam acreditar que aquele horror que se contorcia não fosse um micróbio. Rema lhes trouxe um caleidoscópio que guardava em seu guarda-roupa, mas eles sempre preferiam descobrir micróbios e numerar suas patas. Isabel anotava os experimentos numa caderneta, combinava biologia com química e a preparação de uma farmácia. Instalaram a farmácia no quarto de Nino, depois de percorrer a casa em busca de coisas. Isabel declarou a Luis: "Queremos de tudo: coisas". Luis lhes deu pílulas de Andreu, algodão cor-de-rosa, um tubo de ensaio. Nene, um saco de borracha e um frasco com pílulas verdes e rótulo raspado. Rema foi ver a farmácia, leu o inventário na caderneta e lhes disse que estavam aprendendo coi-

Bestiário   145

sas úteis. Ela ou Nino (que sempre se entusiasmava e queria se exibir para Rema), um dos dois, teve a ideia de montar um herbário. Como naquela manhã o jardim dos trevos estava liberado, andaram recolhendo amostras e à noite estavam com o assoalho de seus quartos cheio de folhas e flores sobre papéis, quase não restava espaço onde pisar. Antes de dormir, Isabel anotou: "Folha número 74: verde, formato de coração, com pintinhas marrons". Achava um pouco chato todas as folhas serem verdes, quase todas lisas, quase todas lanceoladas.

No dia em que saíram para caçar formigas, viu os peões da estância. Conhecia bem o capataz e o mordomo porque eles sempre iam até a casa levar as notícias. Mas aqueles outros peões, mais jovens, estavam ali ao lado dos galpões com ar de sesta, bocejando de vez em quando e vendo a brincadeira das crianças. Um deles disse a Nino: "Pra que recolhê esses bicho", e deu um croque na cabeça dele, no meio dos cachos. Isabel teria gostado que Nino ficasse bravo, que demonstrasse ser o filho do patrão. Já estavam com a garrafa fervilhante de formigas e na margem do arroio deram com um besouro enorme e também o jogaram lá para dentro, para ver. A ideia do formigário saíra do *Tesouro da juventude*, e Luis lhes emprestara uma caixa de vidro, grande e funda. Quando já se afastavam carregando a caixa juntos, Isabel ouviu Luis dizer a Rema: "Melhor, assim eles ficam quietos em casa". Também teve a impressão de ouvir Rema suspirar. Lembrou-se, antes de adormecer, na hora dos rostos no escuro, viu outra vez Nene sair para fumar no alpendre, magro e cantarolando, Rema levar o café para ele, e ele pegando a xícara todo atrapalhado, se enganando e apertando os dedos de Rema ao pegar a xícara. Da copa, Isabel vira Rema puxar a mão para trás e Nene salvar por pouco a xícara de cair ao chão e rir da confusão. Melhor formiga preta que vermelha: são maiores, mais ferozes. Soltar depois um montão de formigas vermelhas, acompanhar a guerra do outro lado do vidro, bem protegidos. E se não brigassem? Dois formigueiros, um em cada canto da caixa de vidro. Iriam se consolar estudando os costumes diferentes, uma caderneta especial para cada tipo de formiga. Mas era quase certo que iriam brigar, guerra *sem quartel* para olhar através do vidro, e uma só caderneta.

Rema não gostava de espiá-los, às vezes passava na frente dos quartos e os via com o formigário ao lado da janela, apaixonados e importantes. Nino era especialista em apontar sem demora as novas galerias, e Isabel ia ampliando o mapa desenhado a tinta em página dupla. A conselho de Luis, acaba-

146 *Bestiário*

ram aceitando somente formigas pretas, e o formigário já estava enorme, as formigas pareciam furiosas e trabalhavam até a noite, cavando e removendo com mil ordens e evoluções, douta fricção de antenas e patas, repentinos acessos de fúria ou veemência, concentrações e debandadas sem causa visível. Isabel já não sabia o que anotar, pouco a pouco abandonou a caderneta e os dois passavam horas estudando e esquecendo-se das descobertas. Nino estava começando a querer voltar para o jardim, mencionava as redes e os petiços. Isabel o desprezava um pouco. O formigário era mais importante que Los Horneros inteiro, e ela ficava fascinada com a ideia de que as formigas iam e vinham sem medo de nenhum tigre, às vezes inventava de imaginar um tigrezinho minúsculo como uma borracha de apagar, rondando as galerias do formigário; talvez isso explicasse as debandadas, as concentrações. E gostava de repetir o grande mundo no mundo de vidro, agora que se sentia um pouco presa, agora que estavam proibidos de descer para a copa enquanto Rema não avisasse.

Aproximou o nariz de um dos vidros, subitamente atenta porque gostava de ser respeitada; ouviu Rema deter-se junto à porta, calar, olhar para ela. Essas coisas ela ouvia com absoluta clareza em se tratando de Rema.

— Por que sozinha assim?

— Nino foi para a rede. Tenho a impressão de que aquela deve ser uma rainha, é enorme.

O avental de Rema se refletia no vidro. Isabel viu que uma de suas mãos estava um pouquinho erguida, com o reflexo no vidro até parecia que estava dentro do formigário, de chofre pensou naquela mão entregando a xícara de café a Nene, mas agora eram as formigas que andavam por seus dedos, as formigas em vez da xícara e da mão de Nene apertando as pontas de seus dedos.

— Tire a mão, Rema — pediu.

— A mão?

— Assim está bem. O reflexo estava assustando as formigas.

— Ah. Já dá para descer para a copa.

— Depois. O Nene está zangado com a senhora, Rema?

A mão passou sobre o vidro como um pássaro por uma janela. Isabel teve a impressão de que as formigas ficavam realmente assustadas, que fugiam do reflexo. Agora não se via mais nada, Rema saíra, andava pelo corredor como se fugisse de alguma coisa. Isabel ficou com medo de sua pergunta, um medo surdo e sem sentido, talvez não tanto da pergunta como de ver Rema sair assim, do vidro novamente límpido no qual desembocavam as galerias para dobrar-se como dedos crispados no interior da terra.

Bestiário   147

Uma tarde houve sesta, melancia, pelota basca no paredão junto ao arroio, e Nino teve um desempenho fantástico devolvendo bolas que pareciam impossíveis e subindo no telhado pela glicínia para recuperar a bola presa entre duas telhas. Apareceu um peãozinho vindo do lado dos salgueiros e jogou com eles, mas era lerdo e não acertava a bola. Isabel sentia cheiro de folhas de aroeira e em determinado momento, ao rebater uma bola insidiosa que Nino lhe mandava por baixo, sentiu lá no fundo a felicidade do verão. Pela primeira vez entendia sua presença em Los Horneros, as férias, Nino. Pensou no formigário lá em cima e era uma coisa morta e regurgitante, um horror de patas tentando sair, um ar viciado e venenoso. Acertou a bola com raiva, com alegria, partiu um talo de aroeira com os dentes e cuspiu-o enojada, feliz, por fim verdadeiramente sob o sol do campo.

Os vidros caíram como granizo. Era no escritório de Nene. Viram-no debruçar-se em mangas de camisa, com os grandes óculos pretos.

— Fedelhos de merda!

O peãozinho fugia. Nino foi para junto de Isabel, ela o sentiu tremer com o mesmo vento dos salgueiros.

— Foi sem querer, tio.

— É mesmo, Nene, foi sem querer.

Já se retirara.

Pedira a Rema que retirasse o formigário e Rema prometera se encarregar do assunto. Depois, conversando enquanto a ajudava a pendurar sua roupa e a vestir o pijama, esqueceram. Isabel sentiu a vizinhança das formigas quando Rema apagou a luz de seu quarto e se afastou pelo corredor para dar boa-noite a Nino, ainda choroso e dolorido, mas não teve coragem de chamá-la outra vez, Rema teria pensado que ela era uma menininha. Fez planos de adormecer em seguida e perdeu completamente o sono. Quando chegou o momento dos rostos no escuro, viu a mãe e Inés olhando uma para a outra com um ar sorridente de cúmplices e calçando luvas de um amarelo fosforescente. Viu Nino chorando, a mãe e Inés com as luvas que agora eram gorros roxos que giravam e giravam na cabeça delas, Nino de olhos enormes e ocos — talvez de tanto chorar —, e previu que agora veria Rema e Luis, queria vê-los, e não Nene, mas viu Nene sem os óculos, com o mesmo semblante contraído de quando começara a bater em Nino, e Nino recuando até encontrar o paredão, olhando para Nene como à espera de que aquilo acabasse, e Nene atingindo outra vez o rosto dele com um bofetão frouxo e mole que fazia um barulho de molhado, até Rema parar na frente dele, e ele riu quase encostando o rosto no rosto de Rema, e então ouviram

Luis voltando e dizendo de longe que já podiam ir para a sala de jantar de dentro. Tudo tão rápido, tudo porque Nino estava ali e Rema viera dizer-lhes que não saíssem da sala enquanto Luis não verificasse em que aposento estava o tigre, e ficou com eles olhando-os jogar damas. Nino estava ganhando e Rema o elogiou, então Nino ficou tão feliz que abraçou a cintura dela e quis beijá-la. Rema se inclinara, rindo, e Nino começou a beijar seus olhos, seu nariz, os dois riam e Isabel junto, estavam tão felizes brincando daquele jeito. Não viram Nene se aproximar, quando chegou perto arrancou Nino com um puxão, disse alguma coisa sobre a bolada no vidro de seu quarto e começou a bater nele, olhava para Rema enquanto batia, parecia furioso com Rema e ela o desafiou com os olhos por um momento, Isabel assustada viu que ela o encarava e se posicionava na frente dele para proteger Nino. A cena inteira foi um dissimulação, uma mentira, Luis achava que Nino estava chorando por ter levado uma palmada, Nene olhava para Rema como se a mandasse ficar em silêncio, Isabel via-o agora com a boca travada e bela, de lábios vermelhíssimos; no escuro os lábios eram ainda mais rubros, tinha-se apenas um vislumbre do brilho dos dentes. Dos dentes saiu uma nuvem esponjosa, um triângulo verde, Isabel pestanejava para apagar as imagens e de novo apareceram Inés e a mãe de luvas amarelas; olhou-as por um momento e pensou no formigário: aquilo estava ali e não dava para ver; as luvas amarelas não estavam, e no entanto ela as via como se estivessem em pleno sol. Achou quase curioso, não conseguia fazer aparecer o formigário, percebia-o antes como um peso, um pedaço denso e vivo de espaço. Tanto o sentiu que começou a procurar os fósforos, a vela da noite. O formigário pulou do nada envolto em penumbra oscilante. Isabel se aproximava com a vela. Coitadas das formigas, iam imaginar que era o sol que nascia. Quando pôde olhar um dos lados, sentiu medo; em plena escuridão, as formigas haviam estado trabalhando. Viu-as ir e vir, pulsantes, num silêncio tão visível, tão palpável. Trabalhavam ali dentro como se não tivessem perdido toda esperança de sair.

Quase sempre era o capataz quem avisava sobre os movimentos do tigre; Luis tinha a maior confiança nele, e como passava quase o dia inteiro trabalhando em seu escritório, nunca saía nem permitia que os que vinham do andar de cima se movessem enquanto d. Roberto não enviasse seu informe. Mas eles também precisavam confiar uns nos outros. Rema, ocupada com as tarefas de dentro da casa, sabia bem o que se passava no andar de baixo e em cima. Outras vezes eram as crianças que traziam a notícia a Nene ou a Luis. Não por terem visto alguma coisa, mas se d. Roberto os encontrava do lado de fora informava-os sobre o paradeiro do tigre e eles voltavam para avisar. Acreditavam em tudo que Nino dizia, em Isabel menos, porque era nova e podia se enganar. Depois, como ela andava sempre com Nino pendurado na saia, acabaram acreditando nela também. Isso pela manhã e à tarde; à noite era Nene quem saía para verificar se os cachorros estavam presos ou não havia ficado alguma brasa acesa perto das edificações. Isabel percebeu que ele levava o revólver e às vezes um bastão com punho de prata.

Não queria perguntar a Rema porque Rema parecia encarar aquilo como uma coisa perfeitamente óbvia e necessária; perguntar-lhe teria sido fazer papel de boba, e era ciosa de seu orgulho diante de outra mulher. Com Nino era fácil, ele falava e informava. Tudo tão claro e evidente quando ele explicava. Somente à noite, se quisesse repetir aquela clareza, aquela evidência, Isabel se dava conta de que as razões importantes continuavam ausentes. Aprendeu num instante o que de fato importava: verificar previamente se podiam sair da casa ou descer para a copa dos cristais, para o escritório de Luis, para a biblioteca. "É preciso confiar em d. Roberto", dissera Rema. Nela também, e em Nino. Não perguntava nada a Luis porque ele raramente sabia. A Nene, que sempre sabia, nunca perguntou. E assim tudo era fácil, a vida se organizava para Isabel com algumas obrigações mais no tocante aos movimentos e algumas menos no tocante à roupa, às refeições, à hora de dormir. Férias de verão de verdade, como deveria ser o ano inteiro.

... ver você logo. Eles vão bem. Nino e eu temos um formigário, a gente brinca e temos um herbário muito grande. Rema manda beijos, vai bem. Acho Rema triste, Luis também. Luis é muito bom. Tenho a impressão de que ele tem alguma coisa, e isso que estuda tanto. Rema me deu uns lenços de cores lindas, Inés vai gostar. Mamãe, aqui é uma delícia e eu me divirto com Nino e com d. Roberto, que é o capataz e nos diz quando podemos sair e aonde podemos ir, uma tarde ele quase se engana e nos manda para a margem do arroio, nisso veio um peão dizer que não, se você visse a aflição de d. Roberto e depois de Rema, ela pegou Nino no colo e ficou dando beijos nele, depois me apertou muito. Luis ficou dizendo que a casa não é para crianças e Nino perguntou que crianças e todo mundo riu, até o Nene riu. Dom Roberto é o capataz.

Se você viesse me buscar podia ficar uns dias, conversar com Rema para ela ficar mais alegre. Acho que ela...

Mas dizer à mãe que Rema chorava à noite, que a ouvira chorar passando pelo corredor a passos hesitantes, parar na porta de Nino, ir em frente, descer a escada (devia estar enxugando os olhos) e a voz de Luis, ao longe: "O que você tem, Rema? Está sentindo alguma coisa?", um silêncio, a casa inteira parecendo uma imensa orelha, depois um murmúrio e de novo a voz de Luis: "Ele é um canalha, um canalha...", quase como se comprovasse friamente um fato, uma filiação, talvez um destino.

... está um pouco doente, se você viesse ficar com ela, faria bem a ela. Preciso lhe mostrar o herbário e umas pedras do arroio que os peões me trouxeram. Diga a Inés...

Era uma noite como ela gostava, com insetos, umidade, pão requentado e flã de sêmola com passas de uva. Os cachorros não paravam de latir na margem do arroio, um enorme louva-a-deus chegou voando e pousou na toalha e Nino foi buscar a lupa, cobriram-no com um copo largo e o provocaram para que mostrasse as cores das asas.

— Jogue esse bicho fora — pediu Rema. — Tenho nojo.

— É um belo exemplar — concedeu Luis. — Vejam como ele acompanha minha mão com os olhos. O único inseto que gira a cabeça.

— Que noite insuportável — disse Nene atrás de seu jornal.

Isabel teria querido decapitar o louva-a-deus, dar-lhe uma tesourada e ver o que acontecia.

— Deixe dentro do copo — pediu a Nino. — Amanhã a gente põe no formigário e observa o que acontece.

O calor aumentava, às dez e meia não dava para respirar. As crianças ficaram com Rema na sala de jantar de dentro, os homens foram para seus escritórios. Nino foi o primeiro a dizer que estava com sono.

— Suba sozinho, que depois vou ver você. Lá em cima está tudo bem. — E Rema o prendia pela cintura, com um gesto de que ele gostava muito.

— Você nos conta uma história, tia Rema?

— Outra noite.

Ficaram as duas sozinhas, com o louva-a-deus olhando para elas. Luis veio dar boa-noite, murmurou alguma coisa sobre a hora em que as crianças deviam ir para a cama, Rema sorriu para ele ao beijá-lo.

— Urso resmungão — disse, e Isabel, inclinada sobre o copo do louva-a-deus, pensou que nunca havia visto Rema beijando Nene nem um louva-a-deus de um verde tão verde. Movia um pouco o copo e o louva-a-deus se enfurecia. Rema se aproximou para pedir-lhe que fosse dormir.

— Jogue esse bicho fora, ele é horrível.

— Amanhã, Rema.

Pediu a Rema que subisse para dar boa-noite. Nene estava com a porta do escritório entreaberta e andava lá dentro em mangas de camisa, com o colarinho aberto. Assobiou para ela quando ela passou.

— Estou indo dormir, Nene.

— Ouça, vá dizer a Rema que prepare uma limonada bem gelada para mim e traga aqui. Depois você sobe para seu quarto.

Claro que subiria para seu quarto, não via por que ele precisava ficar mandando. Voltou à sala de jantar para dar o recado a Rema, viu que ela hesitava.

— Não suba ainda. Vou fazer a limonada e você mesma leva para ele.

— Ele disse que...

— Por favor.

Isabel sentou-se ao lado da mesa. Por favor. Havia nuvens de insetos girando sob o lampião de carbureto, poderia passar horas olhando para o nada e repetindo: por favor, por favor. Rema, Rema. Gostava tanto dela, e aquela voz de tristeza sem fundo, sem razão possível, a própria voz da tristeza. Por favor. Rema, Rema... Um calor de febre invadia seu rosto, um desejo de jogar-se aos pés de Rema, de deixar-se levar nos braços de Rema, uma vontade de morrer olhando para ela, e Rema que sentisse pena dela, que passasse finos dedos frescos por seu cabelo, por suas pálpebras...

Agora ela lhe estendia uma jarra verde cheia de limões cortados e gelo.

— Leve para ele.

— Rema...

Teve a impressão de que estava trêmula, de que se punha de costas para a mesa para que ela não visse seus olhos.

— Já joguei fora o louva-a-deus, Rema.

Dorme-se mal com o calor pegajoso e tanto mosquito zunindo. Duas vezes esteve a ponto de levantar, sair para o corredor ou ir até o banheiro molhar os pulsos e o rosto. Mas ouvia os passos de alguém lá embaixo, alguém que andava de um lado para outro na sala de jantar, chegava ao pé da escada, voltava... Não eram os passos sombrios e espaçados de Luis, não era o andar de Rema. Quanto calor sentia Nene aquela noite, devia ter tomado a limonada aos golaços. Isabel o via bebendo da jarra, as mãos sustentando a jarra verde com rodelas amarelas oscilando na água sob o lampião; mas ao mesmo tempo tinha certeza de que Nene não havia bebido a limonada, que continuava olhando para a jarra que ela levara para ele até a mesa como alguém que contempla uma perversidade infinita. Não queria pensar no sorriso de Nene, em seu avanço até a porta como se pretendesse chegar à sala de jantar, em sua volta lenta.

— Ela é que devia ter trazido. Mandei você subir para seu quarto.

E ocorrer-lhe apenas uma resposta tão idiota...

— Está bem gelada, Nene.

E a jarra verde como o louva-a-deus.

Nino foi o primeiro a levantar e sugeriu que fossem procurar caracóis no arroio. Isabel quase não havia dormido, lembrava-se de salões com flores, campainhas, corredores de hospital, irmãs de caridade, termômetros em bocais com bicloreto, imagens de primeira comunhão, Inés, a bicicleta estragada, o Tren Mixto, a fantasia de cigana dos oito anos. No meio disso tudo, como um ar tênue entre folhas de álbum, via-se acordada, pensando em tantas coisas que não eram flores, campainhas, corredores de hospital. Levantou-se de má vontade, lavou as orelhas com gana. Nino disse que eram dez horas e que o tigre estava na sala do piano, de modo que podiam ir sem demora até o arroio. Desceram juntos, cumprimentando rapidamente Luis e Nene que liam com as portas abertas. Os caracóis ficavam na margem, sobre os trigais. Nino se queixou da distração de Isabel, acusou-a de ser má companheira e de não ajudá-lo a montar a coleção. Ela o via de repente menino, tão garotinho entre seus caracóis e suas folhas.

Voltou antes dele, quando na casa içavam a bandeira do almoço. Dom Roberto concluía sua inspeção e Isabel o interrogou, como sempre. Nino já se aproximava devagar, carregando a caixa dos caracóis e os rastelos, Isabel o ajudou a deixar os rastelos no alpendre e entraram juntos. Rema estava lá, branca e calada. Nino pôs um caracol azul na mão dela.

— Para você, o mais bonito.

Nene já estava comendo, jornal ao lado, Isabel quase não tinha onde apoiar o braço. Luis foi o último a chegar de seu quarto, contente como sempre ao meio-dia. Comeram, Nino falava dos caracóis, dos ovos de caracol entre os caniços, da coleção por tamanhos ou cores. Iria matá-los sozinho porque Isabel ficava com pena, poriam para secar sobre uma folha de zinco. Depois veio o café, Luis olhou para eles com a pergunta usual, então Isabel foi a primeira a levantar para ir em busca de d. Roberto, embora d. Roberto já tivesse lhe dito antes. Deu a volta no alpendre e quando entrou de novo, Rema e Nino estavam com as cabeças juntas sobre os caracóis, pareciam uma fotografia de família, só Luis olhou para ela e ela disse: "Está no escritório de Nene", ficou vendo como Nene erguia os ombros, incomodado, e Rema tocava um caracol com a ponta do dedo, tão delicadamente que

Bestiário 153

seu dedo também tinha alguma coisa de caracol. Depois Rema se levantou para ir buscar mais açúcar e Isabel foi atrás dela conversando até que voltaram rindo por causa de uma brincadeira que haviam feito na copa. Como Luis estava sem tabaco e mandou Nino buscar em seu escritório, Isabel o desafiou, dizendo que encontraria os cigarros primeiro, e os dois saíram juntos. Nino venceu, voltaram correndo e se empurrando, quase colidem com Nene, que ia ler o jornal na biblioteca, queixando-se de não poder usar seu escritório. Isabel se aproximou para olhar os caracóis, e Luis, esperando que ela acendesse seu cigarro como sempre, viu-a distraída, estudando os caracóis que começavam devagarinho a aparecer e se mover, olhando de repente para Rema, mas apartando-se dela como uma rajada de vento, e obcecada pelos caracóis, tanto que não se moveu quando Nene começou a gritar, todos já estavam correndo e ela atenta aos caracóis como se não ouvisse o novo grito engasgado de Nene, os murros de Luis na porta da biblioteca, d. Roberto entrando com cachorros, os gemidos de Nene em meio aos latidos furiosos dos cachorros, e Luis repetindo: "Mas se estava no escritório dele! Ela disse que estava no escritório dele!", inclinada sobre os caracóis esguios como dedos, quem sabe como os dedos de Rema, ou era a mão de Rema que segurava seu ombro, forçava-a a erguer a cabeça para olhar para ela, para ficar uma eternidade olhando para ela, vencida por seu choro feroz contra a saia de Rema, sua alterada alegria, e Rema passando a mão pelo cabelo dela, acalmando-a com um suave apertar de dedos e um murmúrio junto a seu ouvido, um balbucio que poderia ser de gratidão, de inominável aquiescência.

154   *Bestiário*

1956

I.

Continuidade dos parques

Começara a ler o romance alguns dias antes. Abandonara-o por negócios urgentes, tornara a abri-lo quando voltava de trem para a estância; deixava-se envolver lentamente pela trama, pelo desenho dos personagens. Naquela tarde, depois de escrever uma carta a seu procurador e de discutir com o mordomo uma questão de parcerias, voltou ao livro na tranquilidade do escritório que dava para o parque dos carvalhos. Refestelado em sua poltrona predileta, de costas para a porta que o teria perturbado como uma possibilidade irritante de intrusões, deixou que sua mão acariciasse uma e outra vez o veludo verde e começou a ler os últimos capítulos. Sua memória retinha sem esforço os nomes e as imagens dos protagonistas; a ilusão romanesca o tomou quase em seguida. Gozava do prazer quase perverso de ir se desgarrando linha a linha do que o cercava, e sentir ao mesmo tempo que sua cabeça descansava comodamente sobre o veludo do espaldar alto, que os cigarros continuavam ao alcance da mão, que para além das janelas dançava o ar do entardecer ao redor dos carvalhos. Palavra por palavra, captado pelo sórdido dilema dos heróis, deixando-se levar na direção das imagens que se concatenavam e adquiriam cor e movimento, foi testemunha do último encontro na cabana da montanha. Primeiro entrava a mulher, receosa; agora chegava o amante, rosto ferido pela chicotada de um galho. Admiravelmente ela estancava o sangue com seus beijos, mas ele repelia as carícias, não estava ali para repetir as cerimônias de uma paixão secreta, protegida por um mundo de folhas secas e trilhas furtivas. O punhal se amornava de encontro a seu peito, e por baixo pulsava a liberdade expectante. Um diálogo palpitante corria pelas páginas como um arroio de serpentes, e dava para perceber que tudo estava decidido desde sempre. Até aquelas carícias que enredavam o corpo do amante como querendo retê-lo e dissuadi-lo delineavam abominavelmente a silhueta de outro corpo que era necessário destruir. Nada fora esquecido: álibis, acasos, possíveis erros. A partir daquela hora, cada instante tinha uma finalidade minuciosamente determinada. O duplo ensaio impiedoso só se interrompia para que uma mão acariciasse um rosto. Começava a anoitecer.

Fim do jogo   157

Já sem olhar um para o outro, atrelados rigidamente à tarefa que os aguardava, separaram-se na porta da cabana. Ela deveria seguir pela trilha que levava ao norte. Da trilha oposta ele se virou por um instante para vê-la correr com o cabelo solto. Correu por sua vez, entrincheirado entre as árvores e as sebes, até distinguir na bruma malva do crepúsculo a alameda que levava à casa. Os cães não deveriam latir, e não latiram. Àquela hora o mordomo não estaria por lá, e não estava. Subiu os três degraus do alpendre e entrou. Do sangue galopando em seus ouvidos lhe chegavam as palavras da mulher: primeiro uma sala azul, depois uma galeria, uma escada acarpetada. No alto, duas portas. Ninguém no primeiro aposento, ninguém no segundo. A porta do salão, e em seguida o punhal na mão, a luz das janelas, o espaldar alto de uma poltrona de veludo verde, a cabeça do homem na poltrona lendo um romance.

A culpa é de ninguém

O frio sempre complica as coisas, no verão estamos tão perto do mundo, tão pele contra pele, mas agora às seis e meia sua mulher o espera numa loja para escolher um presente de casamento, já é tarde e se dá conta de que está fresco, é preciso vestir o pulôver azul, qualquer coisa que combine com o terno cinza, o outono é um vestir e tirar pulôveres, ir se cobrindo, distanciando. Sem vontade assobia um tango enquanto se afasta da janela aberta, procura o pulôver no armário e começa a vesti-lo na frente do espelho. Não é fácil, vai ver que por causa da camisa que adere à lã do pulôver, mas tem dificuldade para fazer passar o braço, pouco a pouco vai avançando a mão até que por fim aparece um dedo do lado de fora do punho de lã azul, mas à luz do entardecer o dedo tem um ar meio enrugado e torto para dentro, com uma unha preta que acaba em ponta. Com um repelão retira o braço da manga do pulôver e olha a mão como se não fosse sua, mas agora que está fora do pulôver dá para ver que aquela é sua mão de sempre e ele a deixa cair na ponta do braço mole e lhe ocorre que o melhor será enfiar o outro braço na outra manga para ver se assim fica mais simples. Tem a sensação de que não é, porque assim que a lã do pulôver gruda outra vez no tecido da camisa, a falta de costume de começar pela outra manga dificulta ainda mais a operação, e embora tenha começado de novo a assobiar para se distrair, sente que a mão avança muito pouco e que sem alguma manobra complementar nunca conseguirá fazê-la chegar à saída.

Melhor tudo ao mesmo tempo, inclinar a cabeça para posicioná-la à altura da gola do pulôver enquanto enfia o braço livre na outra manga estendendo-a e forcejando ao mesmo tempo com os dois braços e a gola. Na repentina penumbra azul que o envolve parece absurdo continuar assobiando, começa a sentir uma espécie de calor no rosto, embora parte da cabeça já devesse estar para fora, mas a testa e o rosto inteiro continuam tampados e as mãos só chegaram à metade das mangas, por mais que faça força nada sai para fora e agora tem a ideia de pensar que vai ver que se enganou naquela espécie de fúria irônica com que recomeçou a tarefa, e que fez a besteira de enfiar a cabeça numa das mangas e uma das mãos na gola do pulôver. Se fosse assim sua mão teria que sair facilmente, mas mesmo forcejando com o máximo empenho não consegue fazer nenhuma das duas mãos avançar, embora em compensação é possível que a cabeça esteja prestes a abrir caminho porque a lã azul agora lhe aperta com uma força quase exasperante o nariz e a boca, sufoca-o mais do que teria podido imaginar, obrigando-o a respirar profundamente enquanto a lã vai se umedecendo contra a boca, provavelmente vai desbotar e manchar seu rosto de azul. Por sorte naquele exato momento sua mão direita aparece no ar, no frio de fora, pelo menos uma já está do lado de fora embora a outra continue aprisionada na manga, talvez fosse verdade que sua mão direita estava enfiada na gola do pulôver, por isso o que ele achava que era a gola está apertando seu rosto daquele jeito, sufocando-o cada vez mais, enquanto a mão, por outro lado, conseguiu sair sem dificuldade. De todo modo e para ter certeza, a única coisa que consegue fazer é continuar abrindo passagem, respirando fundo e deixando o ar sair pouco a pouco, embora seja absurdo porque nada o impede de respirar perfeitamente não fosse o fato de que o ar que aspira está misturado com fiapos de lã da gola ou da manga do pulôver, e além disso tem o gosto do pulôver, esse gosto azul da lã que deve estar manchando seu rosto agora que a umidade do hálito se mistura cada vez mais com a lã, e embora não tenha como vê-lo porque se abre os olhos as pestanas tropeçam dolorosamente com a lã, tem certeza de que o azul vai envolvendo sua boca molhada, os buracos do nariz, chega até as bochechas, e tudo isso o deixa repleto de ansiedade e gostaria de acabar de vestir o pulôver de uma vez, sem contar que deve ser tarde e que sua mulher deve estar impaciente na porta da loja. Diz para si mesmo que o mais sensato é focar a atenção em sua mão direita, porque essa mão fora do pulôver está em contato com o ar frio do quarto, é como um prenúncio de que já falta pouco e além disso pode ajudá-lo, ir subindo pelas costas até agarrar a borda inferior do pulôver com aquele movimento clássico que ajuda a vestir todo pulôver puxando energicamente para baixo. O problema é que, embora a mão apalpe as costas em busca da borda de lã, parece que o pulôver ficou completamente enrolado perto do pescoço e a única coisa que a mão encontra é a camisa cada vez mais amarrotada e até parcialmente para fora da calça, e pouco adianta vir com a mão e querer puxar a parte da frente do pulôver porque sobre o peito a única coisa que se sente é a camisa, o pulôver deve ter passado só um pouquinho pelos ombros e deve estar enrolado naquele ponto, esticado como se ele tivesse os ombros largos demais para aquele pulôver, o que definitivamente prova que de fato se equivocou e enfiou uma das mãos pela gola e a outra numa das mangas, e portanto a distância que vai do pescoço a uma das mangas é exatamente a metade da que vai de uma das mangas até a outra, e isso explica que ele esteja com a cabeça um pouco virada para a esquerda, mesmo lado em que a mão continua prisioneira na manga, se é mesmo a manga, e que em compensação sua mão direita que já está fora se mova com toda a liberdade no ar mesmo não conseguindo puxar para baixo o pulôver que pelo jeito continua como que enrolado no alto de seu corpo. Ironicamente lhe ocorre que se houvesse uma cadeira por perto poderia descansar e respirar melhor até acabar de vestir o pulôver, mas perdeu a orientação depois de haver girado tantas vezes com aquela espécie de ginástica eufórica que sempre inicia a colocação de uma peça de roupa e que tem algo de passo de dança disfarçado, que ninguém pode criticar porque atende a uma finalidade utilitária e não a culposas tendências coreográficas. No fundo a verdadeira solução seria tirar o pulôver, visto que não conseguiu vesti-lo, e comprovar a entrada correta de cada mão nas mangas e da cabeça na gola, mas a mão direita continua indo e voltando desordenadamente como se já tivesse ficado ridículo renunciar àquela altura das coisas, e em algum momento até obedece e sobe até a altura da cabeça e puxa para cima sem que ele entenda a tempo que o pulôver grudou em seu rosto com aquela viscosidade úmida do hálito mesclado ao azul da lã, e quando a mão puxa para cima é uma dor que parece que estão lhe arrancando as orelhas e quisessem tirar-lhe as pestanas. Então mais devagar, então é preciso utilizar a mão enfiada na manga esquerda, se for de fato a manga e não a gola, e para isso com a mão direita ajudar a mão esquerda para que ela consiga avançar pela manga ou retroceder e libertar-se, embora seja quase impossível coordenar os movimentos das duas mãos, como se a mão esquerda fosse um rato preso numa gaiola e de fora outro rato quisesse ajudá-lo a fugir, a menos que em vez de ajudá-lo o esteja mordendo porque de repente a mão prisioneira começa a doer e ao mesmo tempo a outra mão se crava com todas as suas forças naquilo que deve ser sua mão e que está doendo, doendo tanto que renuncia a tirar o pulôver, prefere empreender um último esforço para tirar a cabeça para fora da gola e o rato esquerdo para fora da gaiola e procura fazer isso como o corpo inteiro, jogando-se para a frente e para trás, girando no meio do quarto, se é que está no meio porque agora consegue pensar que a janela ficou aberta e que é perigoso continuar girando às cegas, prefere deter-se embora sua mão direita continue indo e vindo sem se preocupar com o pulôver, embora sua mão esquerda doa cada vez mais como se seus dedos estivessem mordidos ou queimados, e ainda assim aquela mão obedece, contraindo pouco a pouco os dedos lacerados consegue agarrar através da manga a borda do pulôver enrolado no ombro, quase sem forças puxa para baixo, dói muito e seria preciso que a mão direita ajudasse em vez de subir ou baixar inutilmente pelas pernas, em vez de beliscar a coxa do jeito que está fazendo, arranhando-o e beliscando-o através da roupa sem que ele tenha condições de impedir que faça isso porque toda a sua vontade termina na mão esquerda, talvez tenha caído de joelhos e se sinta digamos pendurado na mão esquerda que puxa uma vez mais o pulôver e de repente o frio nas sobrancelhas e na testa, nos olhos, absurdamente não quer abrir os olhos mas sabe que saiu para fora, aquela matéria fria, aquela delícia é o ar livre, e não quer abrir os olhos e espera um segundo, dois segundos, deixa-se viver num tempo frio e diferente, no tempo de fora do pulôver, está de joelhos e é uma maravilha estar assim, até que pouco a pouco agradecidamente entreabre os olhos livres da baba azul da lã de dentro, entreabre os olhos e vê as cinco unhas pretas suspensas apontando para seus olhos, vibrando no ar antes de saltar contra seus olhos, e tem tempo de baixar as pálpebras e jogar-se para trás cobrindo-se com a mão esquerda que é a sua mão, que é tudo o que lhe resta para defendê-lo do interior da manga, para que puxe para cima a gola do pulôver e a baba azul lhe envolva novamente o rosto enquanto ergue o corpo para fugir para outro lugàr, para afinal chegar a algum lugar sem mão e sem pulôver, onde haja somente um ar fragoroso que o envolva e o acompanhe e o acaricie e doze andares.

O rio

E então, parece que é isso, que você saiu dizendo não sei o quê, que ia se atirar no Sena, algo nesse estilo, uma dessas frases de plena noite, misturadas a lençol e boca pastosa, quase sempre no escuro ou com um pedaço de mão ou de pé roçando o corpo de quem mal escuta, porque faz tanto tempo que mal escuto você quando fala esse tipo de coisa, isso vem do outro lado de meus olhos fechados, do sono que outra vez me puxa para baixo. Então está bem, não estou nem aí se você saiu, se se afogou ou continua andando pela beira do rio olhando para a água, e além disso não é verdade porque você continua aqui adormecida e respirando entrecortadamente, mas então você não saiu quando saiu em algum momento da noite antes de eu me perder no sono, porque você havia saído dizendo alguma coisa, que ia se afogar no Sena, ou seja, você ficou com medo, desistiu e de repente está aqui quase encostada em mim, e se mexe ondulando como se alguma coisa se movesse suavemente em seu sono, como se de fato você sonhasse que saiu e que afinal de contas havia chegado aos molhes e se atirado na água. E assim uma vez mais, para depois dormir com o rosto empapado de lágrimas idiotas até as onze da manhã, hora em que chega o jornal com as notícias dos que se afogaram de fato.

Dou risada de você, coitada. Suas decisões trágicas, esse seu jeito de andar batendo as portas como uma atriz de turnê de interior, a gente se pergunta se você de fato acredita em suas ameaças, em suas chantagens repugnantes, em suas inesgotáveis cenas patéticas untadas de lágrimas e adjetivos e inventários. Você mereceria alguém mais capacitado que eu para fornecer a réplica, e nesse caso surgiria o par perfeito, com o fedor refinado do homem e da mulher que se despedaçam olhando-se nos olhos para certificar-se da protelação mais mambembe, para continuar sobrevivendo e começar de novo e perseguir inesgotavelmente sua verdade de terreno baldio e fundo de panela. Mas, como você vê, escolho o silêncio, acendo um cigarro e ouço você falar, ouço você se queixar (com razão, mas o que fazer), ou, o que é melhor ainda, vou caindo no sono, praticamente embalado por suas imprecações previsíveis, de olhos entrecerrados ainda confundo durante algum tempo as primeiras rajadas dos sonhos com seus gestos de camisola ridícula sob a luz do lustre que nos deram quando nos casamos, e acho que no fim adormeço e levo comigo, confesso quase com amor, a parte mais aproveitável de seus movimentos e de suas denúncias, o som estridente que lhe deforma os lábios lívidos de cólera. Para enriquecer meus próprios sonhos, onde ninguém jamais tem a ideia de ir se afogar, isso eu lhe garanto.

Mas, sendo assim, me pergunto o que você está fazendo nesta cama que havia decidido trocar por outra mais vasta e mais fugidia. Agora se constata que você dorme, que de vez em quando move uma perna que vai alterando o desenho do lençol, você parece irritada com alguma coisa, não irritada demais, é como um cansaço amargo, seus lábios esboçam uma careta de desprezo, vão soltando o ar entrecortadamente, colhem-no em lufadas breves, e acho que se eu não estivesse tão exasperado com suas falsas ameaças admitiria que ficou bonita outra vez, como se o sono a devolvesse um pouco para meu lado, onde o desejo é possível e mesmo a reconciliação ou um novo prazo, uma coisa menos sombria que esse amanhecer no qual os primeiros carros já começam a circular e os galos exibem abominavelmente sua horrenda servidão. Não sei, já nem sequer faz sentido perguntar outra vez se em algum momento você havia saído, se foi você que bateu a porta ao sair no instante mesmo em que eu escorregava para o olvido, e vai ver que é por isso que prefiro pôr a mão em você, não porque duvide que você está aqui, provavelmente em nenhum momento você saiu do quarto, talvez uma rajada de vento tenha fechado a porta, sonhei que você havia saído enquanto você, achando que eu estava acordado, me anunciava sua intenção aos gritos junto ao pé da cama. Não é por isso que ponho a mão em você, na penumbra verde do amanhecer é quase doce passar a mão por esse ombro que estremece e me repele. O lençol a cobre em parte, meus dedos começam a descer pela linha esmerada de sua garganta, inclinando-me respiro seu hálito que cheira a noite e a xarope, não sei como meus braços a enlaçaram, ouço um queixume enquanto você arqueia a cintura, negando-se, mas nós dois conhecemos mais que bem esse jogo para acreditar nele, é preciso que você me entregue a boca arfante de palavras soltas, não adianta nada seu corpo modorrento e vencido lutar para esquivar-se, somos a tal ponto uma mesma coisa nesse emaranhado de novelo em que a lã branca e a lã preta lutam como aranhas num frasco. Do lençol que mal a cobria consigo entrever a rajada instantânea que sulca o ar para perder-se na sombra e agora estamos nus, o amanhecer nos envolve e reconcilia numa única matéria trêmula, mas você insiste em lutar, encolhendo-se, lançando os braços por cima de minha cabeça, abrindo as coxas como num relâmpago para tornar a fechar suas tenazes monstruosas que gostariam de me separar de mim mesmo. Sou forçado a dominá-la lentamente (e isso, você sabe, sempre fiz com uma graça cerimoniosa), sem machucá-la vou dobrando os juncos de seus braços, me estreito a seu prazer de mãos crispadas, de olhos enormemente abertos, agora seu ritmo por fim afunda em movimentos lentos de moiré, de profundas borbulhas que ascendem até meu rosto, vagamente acaricio seu cabelo derramado no travesseiro, na penumbra verde olho com surpresa minha mão que escorre, e antes de deslizar para seu lado sei que acabam de tirá-la da água, tarde demais, naturalmente, e que você está caída sobre as pedras do molhe cercada de sapatos e vozes, nua deitada de costas com o cabelo empapado e os olhos abertos.

Os venenos

No sábado o tio Carlos chegou ao meio-dia com a máquina de matar formigas. Na véspera dissera à mesa que ia trazê-la e minha irmã e eu esperávamos a máquina imaginando que fosse enorme, que fosse terrível. Conhecíamos bem as formigas de Banfield, as formigas pretas que vão comendo tudo, que fazem os formigueiros na terra, nos desvãos, ou nesse lugar misterioso onde uma casa afunda no solo, ali fazem buracos disfarçados mas não conseguem esconder sua fileira negra que vai e vem trazendo pedacinhos de folhas, e os pedacinhos de folhas eram as plantas do jardim, por isso a mamãe e o tio Carlos haviam decidido comprar a máquina para acabar com as formigas.

Lembro que minha irmã viu o tio Carlos chegar pela rua Rodríguez Peña, viu de longe que ele vinha chegando no tílburi da estação e entrou correndo pela ruela lateral gritando que o tio Carlos estava chegando com a máquina. Eu estava perto dos ligustros que davam para a casa da Lila, falando com a Lila por cima da cerca, contando a ela que à tarde íamos experimentar a máquina, e a Lila estava interessada mas não muito, porque meninas não se interessam por máquinas nem por formigas, a única coisa que chamava sua atenção era que a máquina soltava fumaça e que isso mataria todas as formigas lá de casa.

Quando ouvi minha irmã falei para a Lila que precisava ir ajudar a descer a máquina e corri pela ruela com o grito de guerra de Sitting Bull, correndo de um modo que eu tinha inventado naquele tempo e que era correr sem dobrar os joelhos, como se viesse chutando uma bola. Cansava pouco e era como um voo, só que nunca como o sonho de voar que eu sempre tinha naquela época, e que consistia em recolher as pernas do chão e com um mero movimento de cintura voar a vinte centímetros do chão, de uma maneira impossível de contar de tão incrível que é, voar por ruas compridas, subindo um pouco às vezes e depois de novo ao rés do chão, com uma sensação tão nítida de estar desperto, fora que nesse sonho o inconveniente era que eu sempre sonhava que estava acordado, que voava de verdade, que antes era sonho mas dessa vez estava voando de verdade, e quando acordava era como cair no chão, tão triste sair andando ou correndo mas sempre pesado, um tombo a cada salto. A única coisa um pouco parecida era aquele jeito de correr que eu havia inventado, com os tênis de borracha Keds Champion com biqueira tinha a sensação do sonho, claro que não dava para comparar.

A mamãe e a vovó já estavam na porta falando com o tio Carlos e o cocheiro. Fui chegando devagar porque às vezes gostava de me fazer esperar, e eu e minha irmã contemplamos o volume embrulhado em papel pardo e amarrado com uma grande quantidade de barbante, que o cocheiro e o tio Carlos estavam tirando do tílburi e pondo na calçada. A primeira coisa que me ocorreu foi que era uma parte da máquina, mas logo depois vi que era a máquina completa, e ela me pareceu tão pequena que minha alma esvaziou feito um balão furado. A melhor parte foi carregá-la para dentro, porque quando fui ajudar o tio Carlos vi que a máquina era muito pesada, e o peso me devolveu a confiança. Eu mesmo a desvencilhei dos barbantes e do papel, porque a mamãe e o tio Carlos precisavam abrir um pacote pequeno onde estava a lata de veneno, e de saída eles já nos anunciaram que ali não poderíamos pôr a mão e que mais de quatro já haviam morrido se contorcendo pelo chão por ter encostado a mão na lata. Minha irmã foi para um canto porque seu interesse pelo assunto estava encerrado e um pouco também por medo, mas eu olhei para a mamãe e nós dois rimos, e todo aquele discurso era por causa da minha irmã, eu receberia permissão para manejar a máquina com veneno e tudo.

Não era bonita, quero dizer que não era uma máquina máquina, pelo menos com uma roda que gira ou um apito que expele um jato de vapor. Parecia uma estufa de ferro preto, com três pés virados para dentro, uma porta para o fogo, outra para o veneno e de cima saía um tubo de metal flexível (como o corpo dos lagartos) onde depois se conectava outro tubo de borracha com um bico. Na hora do almoço a mamãe leu para nós o manual de instruções, e toda vez que ela chegava aos trechos que falavam do veneno todos olhávamos para minha irmã, e a vovó tornou a dizer para ela que em Flores três crianças haviam morrido por ter encostado a mão na lata. Já tínhamos visto a caveira na tampa, e o tio Carlos foi buscar uma colher velha e disse que aquela seria para o veneno e que as coisas da máquina seriam guardadas na prateleira de cima do quartinho das ferramentas. Lá fora fazia calor porque janeiro estava começando e a melancia estava gelada, com as sementes pretas que me lembravam as formigas.

Depois da sesta, a dos adultos, porque minha irmã estava lendo *Billiken* e eu classificando os selos no pátio interno, fomos para o jardim e o tio Carlos instalou a máquina na rótula das redes onde sempre apareciam formigueiros. A vovó preparou braseiros de carvão para abastecer a fornalha e eu fiz um barro lindíssimo numa bacia velha, mexendo com a colher de pedreiro. A mamãe e a minha irmã se sentaram nas cadeiras de palha para assistir, e a Lila olhava pelo meio do ligustro até que gritamos para ela vir e ela disse que a mãe não deixava mas que ia do mesmo jeito. Do outro lado do jardim já estavam aparecendo as dos Negri, que eram uns casos sérios e que por isso não eram do nosso círculo. O pessoal chamava as três de Chola, Ela e

Cufina, coitadas. Eram boas mas patetas, e não dava para brincar com elas. A vovó tinha pena delas, mas a mamãe nunca as convidava para ir a nossa casa porque elas sempre arranjavam uma encrenca com minha irmã ou comigo. Elas queriam comandar a brincadeira mas não sabiam nem amarelinha nem bolinha de gude nem polícia e ladrão nem canoa virou, e a única coisa que sabiam era rir como umas bobas e falar de tantas coisas que nem sei a quem poderiam interessar. O pai era vereador e a família criava galinhas Orpington amarelas. Nós criávamos galinhas Rhode Island, melhores poedeiras.

A máquina parecia maior de tão preta que surgia em meio ao verde do jardim e dos pomares. O tio Carlos a abasteceu com brasas, e enquanto ela aquecia escolheu um formigueiro e aplicou nele o bico do tubo; eu joguei barro ao redor e depois pisoteei o barro só que não com muita força, para evitar o desmoronamento das galerias, como dizia o manual. Então meu tio abriu a porta do veneno e veio com a lata e a colher. O veneno tinha uma cor roxa, incrível, e era preciso jogar uma colherada grande e fechar a porta em seguida. Assim que jogamos o veneno ouvimos uma espécie de bufo e a máquina começou a trabalhar. Era formidável, em toda a volta do bico saía uma fumaça branca e era preciso pôr mais barro e esmagar com as mãos. "Vão morrer todas", disse meu tio, que estava muito feliz com o funcionamento da máquina, e eu me posicionei ao lado dele com as mãos cheias de barro até os cotovelos, e dava para perceber que aquele trabalho só podia ser feito por homens.

— Durante quanto tempo é preciso fumigar cada formigueiro? — a mamãe perguntou.

— Pelo menos meia hora — disse o tio Carlos. — Alguns deles são compridíssimos, mais do que se imagina.

Para mim ele queria dizer dois ou três metros, porque havia tantos formigueiros lá em casa que não era possível que eles fossem assim tão compridos. Mas justo naquele momento a gente ouviu a Cufina começar a guinchar com aquela voz dela, que dava para ouvir até na estação, e toda a família Negri veio para o jardim dizendo que estava saindo fumaça de um canteiro de alfaces. No começo eu não conseguia acreditar, mas era verdade, porque no mesmo instante a Lila, no meio dos ligustros, me avisou que na casa dela também estava saindo fumaça ao lado de um pessegueiro, e o tio Carlos parou para pensar e depois foi até a cerca dos Negri e pediu para a Chola que era a menos preguiçosa deles que pusesse barro no ponto onde estava saindo a fumaça, e eu pulei a cerca para a casa da Lila e vedei o formigueiro. Agora estava saindo fumaça em outros pontos da casa, no galinheiro, para lá da porta branca e ao pé da parede do lado. A mamãe e minha irmã estavam ajudando a enfiar barro, era fantástico pensar que embaixo da terra havia tanta fumaça tentando sair, e que no meio daquela fumaça as formigas estavam se desesperando e se retorcendo como as três crianças de Flores.

Naquela tarde trabalhamos até anoitecer, e mandaram minha irmã perguntar nas casas de outros vizinhos se estava saindo fumaça. Logo antes de ficar escuro a máquina foi desligada, e quando o bico foi retirado do formigueiro eu cavei um pouco com a colher de pedreiro e todo o túnel estava cheio de formigas mortas e de uma cor roxa com cheiro de enxofre. Joguei barro por cima, como nos enterros, e calculei que pelo menos cinco mil formigas haviam morrido. Todo mundo já tinha entrado porque estava na hora de tomar banho e pôr a mesa, mas o tio Carlos e eu ficamos verificando a máquina para guardá-la. Perguntei a ele se podia levar as coisas para o quarto das ferramentas e ele falou que sim. Por via das dúvidas passei uma água nas mãos depois de encostar na lata e na colher, e isso que já havíamos limpado a colher.

O dia seguinte foi domingo e minha tia Rosa chegou com meus primos, e foi um dia em que ficamos o tempo inteiro brincando de polícia e ladrão junto com minha irmã e a Lila, que tinha autorização da mãe. À noite a tia Rosa perguntou para a mamãe se meu primo Hugo podia passar a semana em Banfield porque estava um pouco atacado da pleurisia e precisava de sol. A mamãe disse que podia e todo mundo ficou feliz. Arrumaram uma cama para o Hugo no meu quarto, e na segunda-feira a empregada chegou trazendo a roupa que ele ia usar durante a semana. A gente tomava banho junto e o Hugo sabia mais histórias que eu, mas não conseguia pular tão longe. Dava para ver que ele era de Buenos Aires, com a roupa vieram dois livros de Salgari e um de botânica, porque ele precisava estudar para entrar no primeiro ano. Dentro do livro tinha uma pena de pavão-real, a primeira que eu via, e ele a usava como marcador. Era verde com um olho roxo e azul, toda salpicada de dourado. Minha irmã pediu ao Hugo que a desse para ela, mas o Hugo disse que não porque era um presente da mãe. Não deixou nem mesmo que ela encostasse a mão, mas eu sim, porque tinha confiança em mim e eu segurava a pena pelo cálamo.

Nos primeiros dias, como o tio Carlos estava trabalhando no escritório, não voltamos a ligar a máquina, mesmo eu tendo dito para a mamãe que se ela quisesse eu podia fazê-la funcionar. A mamãe disse que era melhor a gente esperar o sábado, que afinal naquela semana não havia tantas mudinhas e não se viam tantas formigas quanto antes.

— Há umas cinco mil a menos — informei, e ela ria mas concordava comigo. Era quase melhor ela não me deixar ligar a máquina, assim o Hugo não se metia, porque ele era do tipo que sabe tudo e abre as portas para

Fim do jogo 167

olhar o que tem dentro. Principalmente com o veneno, era melhor que ele não me ajudasse.

Na hora da sesta nos mandavam ficar quietos por medo de insolação. Minha irmã, a partir do momento em que o Hugo começou a brincar comigo, passava o tempo todo conosco, e sempre queria brincar em parceria com o Hugo. Quando a gente jogava bolinha de gude eu sempre ganhava deles, mas bilboquê, não sei como o Hugo sabia todas e sempre ganhava de mim. Minha irmã o elogiava o tempo todo e eu percebia que ela estava querendo ser sua namorada, era melhor contar à mamãe para que ela lhe desse uns tapas, só que eu não estava sabendo como contar à mamãe, afinal eles não estavam fazendo nada de mau. O Hugo ria dela mas disfarçando, e eu nessas horas queria dar um abraço nele, mas era sempre no meio das nossas brincadeiras e aí o assunto era ganhar ou perder e nada de abraços.

A sesta ia das duas às cinco e era a melhor hora para ficar em paz e fazer o que a gente tinha vontade de fazer. Eu e o Hugo ficávamos olhando os selos e eu dava a ele os repetidos, ensinava a classificar os selos por país, e ele achava que no outro ano teria uma coleção como a minha, mas só da América. Ia ficar sem os de Camarões, que são de animais, mas ele dizia que assim as coleções ficam mais importantes. Minha irmã dava razão a ele, e isso que não sabia dizer se um selo estava do direito ou do avesso, mas era só para ser do contra. Em compensação, a Lila, que chegava lá pelas três depois de pular a cerca entre os ligustros, estava do meu lado e gostava dos selos da Europa. Uma vez eu tinha dado à Lila um envelope só com selos diferentes, e ela falava disso e dizia que o pai ia ajudá-la com a coleção, mas que a mãe achava que não era coisa de menina e que tinha micróbios, e o envelope estava guardado no aparador.

Para que não ficassem bravos lá em casa com o barulho, quando a Lila chegava a gente ia para o quintal e se instalava embaixo do pomar. As meninas dos Negri também andavam pelo jardim da casa delas, e eu sabia que as três estavam enlouquecidas com o Hugo e falavam umas com as outras aos gritos e sempre pelo nariz, e a Cufina principalmente ficava perguntando: "E onde está a caixa de costura com as linhas?", e a Ela respondia não sei o quê, e aí as duas brigavam, só que de propósito para chamar a atenção, e menos mau que daquele lado os ligustros eram densos e não dava para ver direito. Eu e a Lila morríamos de rir ouvindo as meninas dos Negri e o Hugo tapava o nariz e dizia: "E onde está a chaleirinha do mate?". Aí a Chola, que era a mais velha, dizia: "Meninas, vocês já repararam como este ano apareceu gente grosseira?", e nós enfiávamos grama na boca para não rir muito alto, porque o bom era deixá-las na vontade e interromper a conversa, assim, depois, quando elas nos ouviam brincar de pega-pega, ficavam muito mais furiosas e no fim brigavam umas com as outras até aparecer a tia que puxava o cabelo delas e as três iam para dentro chorando.

Eu gostava de ter a Lila como companheira de brincadeiras, porque irmãos não gostam de brincar entre si quando tem mais gente e minha irmã ficava sempre atrás do Hugo para ele brincar com ela. A Lila e eu ganhávamos deles nas bolinhas de gude, mas o Hugo gostava mais de polícia e ladrão e esconde-esconde, a gente sempre precisava concordar e brincar dessas coisas, mas também era incrível, só que a gente não podia gritar e brincadeiras assim sem gritos não são tão legais. Quando a gente brincava de esconde-esconde era quase sempre eu que tinha de contar, não sei por que eles ficavam sempre me enganando e eu encontrava todo mundo. Às cinco horas aparecia a vovó e nos dava bronca porque estávamos suados e porque havíamos tomado sol demais, mas a gente fazia ela rir e lhe dava beijos, até o Hugo e a Lila que não eram de casa. Na época reparei que a vovó sempre ia olhar a estante das ferramentas, e me dei conta de que ela ficava com medo de que nós estivéssemos mexendo nas coisas da máquina. Mas ninguém teria a ideia de fazer uma burrice dessas, com a história das três crianças de Flores e ainda por cima a surra que a gente ia levar.

De vez em quando eu gostava de ficar sozinho, e nesses momentos não queria nem que a Lila ficasse por perto. Principalmente ao entardecer, um pouco antes da vovó sair com sua túnica branca e começar a regar o jardim. Àquela hora a terra já não estava tão quente, mas as madressilvas ficavam muito cheirosas e também os canteiros de tomates, onde havia canaletas para a água e bichos que só apareciam por lá. Eu gostava de me deitar no chão de barriga para baixo e cheirar a terra, de sentir a terra embaixo de mim, quente com seu cheiro de verão, tão diferente de outras vezes. Pensava em muitas coisas, mas principalmente nas formigas, agora que havia visto o que eram os formigueiros ficava pensando nas galerias que se espalhavam para todos os lados e que ninguém via. Como as veias da minha pele, que mal se conseguia ver por baixo da pele, mas cheias de formigas e mistérios que iam e vinham. Se a pessoa comesse um pouco de veneno, na verdade funcionava como a fumaça da máquina, o veneno andava pelas veias do corpo igualzinho à fumaça na terra, não havia muita diferença.

Depois de algum tempo eu me cansava de ficar sozinho e de estudar os bichos do tomate. Ia até a porta branca, tomava impulso e disparava feito Buffalo Bill, e quando chegava ao canteiro das alfaces pulava direto por cima sem nem encostar na borda de grama. Eu e o Hugo fazíamos tiro ao alvo com a espingarda de ar comprimido, ou brincávamos nas redes quando minha irmã ou às vezes a Lila saíam do banho e vinham para as redes com roupa limpa. O Hugo e eu também íamos tomar banho, e no finzinho da tarde íamos todos para a calçada, ou minha irmã tocava piano na sala e nós nos sentávamos na balaustrada e ficávamos vendo as pessoas voltarem do trabalho até o tio Carlos chegar, e todos íamos ao encontro dele e aproveitávamos para ver se ele trazia algum pacote amarrado com barbante rosa ou o *Billiken*. Foi justamente numa dessas ocasiões que ao correr para a porta a Lila tropeçou num ladrilho e esfolou o joelho. Coitada da Lila, não queria chorar mas as lágrimas pulavam dos olhos dela e eu pensava na mãe que era tão brava e que a chamaria de bêbada e de tudo quanto é coisa quando a visse machucada. O Hugo e eu fizemos cadeirinha e a levamos até junto da porta branca enquanto minha irmã ia buscar um pano e álcool sem que os outros percebessem. O Hugo dava uma de controlado e queria fazer o curativo na Lila, minha irmã idem só para ficar ao lado do Hugo, mas eu tirei os dois aos empurrões e falei para a Lila que aguentasse um segundinho só e que se quisesse podia fechar os olhos. Mas ela não quis e enquanto eu passava o álcool nela ela olhava fixamente para o Hugo só para mostrar como era valente. Eu soprei o machucado com força, e com o curativo ficou muito bem e não doía.

— É melhor você voltar logo para casa — disse minha irmã —, assim sua mãe não fica brava.

Depois que a Lila foi embora eu comecei a me irritar com o Hugo e com minha irmã, que estavam falando sobre orquestras típicas, e o Hugo tinha assistido a De Caro num filme e assobiava tangos para que minha irmã tirasse no piano. Fui para meu quarto pegar o álbum de selos pensando o tempo todo se a mãe da Lila ia dar bronca nela e que talvez ela estivesse chorando ou a ferida infeccionasse, como acontece tantas vezes. Era incrível como a Lila tinha sido valente com o álcool e como olhava para o Hugo sem chorar nem baixar os olhos.

Na mesa de cabeceira estava o livro de botânica do Hugo e aparecia o cálamo da pena de pavão-real. Como ele me deixava olhar, tirei a pena com cuidado e fui para perto da lâmpada para ver bem. Acho que não havia nenhuma pena mais bonita que aquela. Parecia as manchas que se formam na água das poças, mas não dava para comparar, era muitíssimo mais bonita, de um verde brilhante como aqueles animais que vivem nos pés de damasco e têm duas antenas compridas com uma bolinha peluda em cada ponta. No centro da parte mais larga e mais verde se abria um olho azul e roxo todo salpicado de ouro, uma coisa nunca vista antes. Eu de repente me dava conta de por que ele se chamava pavão-real, e quanto mais olhava a pena mais pensava em coisas bizarras, como nos romances, e no fim tive que largar a pena porque senão ia acabar roubando ela do Hugo e isso não estaria certo. Quem sabe a Lila estivesse pensando em nós, sozinha em sua casa (que estava escura e com aqueles seus pais tão severos), enquanto eu

170   *Os venenos*

brincava com a pena e os selos. Melhor guardar tudo e pensar na coitada da Lila tão valente.

À noite tive dificuldade para dormir, não sei por quê. Eu tinha enfiado na cabeça que a Lila não se sentia bem e que estava com febre. Teria gostado de pedir à mamãe que fosse perguntar à mãe dela, mas não era possível, primeiro por causa do Hugo que ia começar a rir, depois que minha mãe ficaria brava se ficasse sabendo do machucado e de que não tínhamos dito nada a ela. Tentei dormir um monte de vezes mas não conseguia, e no fim pensei que seria melhor ir até a casa da Lila de manhã para ver como ela estava, ou chamá-la no ligustro. No fim adormeci pensando na Lila e no Buffalo Bill e também na máquina das formigas, mas principalmente na Lila.

No dia seguinte levantei antes de todo mundo e fui para meu jardim, que ficava perto das glicínias. Meu jardim era um canteiro exclusivamente meu, que a vovó tinha me dado para eu fazer o que quisesse. Uma vez plantei alpiste, depois batatas, mas agora preferia as flores e principalmente meu jasmim do Cabo, que é o que tem cheiro mais forte principalmente à noite, e mamãe sempre dizia que meu jasmim era o mais bonito da casa. Fui cavando devagar com a pá em torno do jasmim, que era a melhor coisa que eu tinha, e no fim o retirei com toda a terra grudada na raiz. Assim fui chamar a Lila, que também já tinha se levantado e que não tinha quase nada no joelho.

— O Hugo vai embora amanhã? — ela me perguntou, e falei que sim, porque ele precisava continuar seus estudos em Buenos Aires para entrar no primeiro ano. Falei para a Lila que tinha um presente para ela e ela me perguntou o que era e então eu lhe mostrei meu jasmim pelo meio do ligustro e disse a ela que era um presente que eu lhe dava e que se ela quisesse eu a ajudaria a fazer um jardim só para ela. A Lila disse que o jasmim era muito lindo e pediu licença à mãe e eu pulei o ligustro para ir ajudá-la a plantá-lo. Escolhemos um canteiro pequeno, arrancamos uns crisântemos meio secos que havia nele e eu comecei a remexer a terra, a dar outra forma ao canteiro, e depois a Lila me mostrou onde gostaria que ficasse o jasmim, que era bem no meio. Plantei, regamos com o regador e o jardim ficou muito bonito. Agora eu precisava conseguir um pouco de grama, mas não havia pressa. A Lila estava muito feliz e o machucado não estava doendo nada. Ela queria que o Hugo e minha irmã vissem imediatamente o que havíamos feito, e eu fui buscá-los bem na hora em que a mamãe me chamava para o café com leite. As dos Negri brigavam no jardim, e a Cufina aos gritos como sempre. Não sei como elas conseguiam brigar numa manhã tão linda.

No sábado à tarde o Hugo precisava voltar para Buenos Aires e eu até que achei bom, porque o tio Carlos não queria ligar a máquina naquele dia

Fim do jogo   171

e deixou para domingo. Era melhor estarmos só ele e eu, vai que desse o azar do Hugo se envenenar ou coisa assim. Naquela tarde senti um pouco de falta dele porque já tinha me acostumado com ele no meu quarto e ele sabia tantas histórias e aventuras de memória. Mas o pior era para minha irmã, que andava pela casa inteira feito uma sonâmbula, e quando a mamãe perguntou o que ela tinha ela disse que nada, mas com uma cara que a mamãe ficou olhando para ela e no fim saiu dizendo que algumas pessoas se achavam mais velhas do que eram e isso sem saber nem mesmo assoar o nariz sozinhas. Eu achava que minha irmã estava se comportando como uma idiota, principalmente quando a vi escrever com giz colorido na lousa do pátio o nome do Hugo, depois apagava e escrevia de novo, sempre com cores e letras diferentes, me olhando com o canto do olho, e depois fez um coração com uma flecha e eu saí para não lhe dar uns tabefes ou ir contar para mamãe. Para piorar as coisas, naquela tarde a Lila tinha voltado para casa cedo, dizendo que a mãe não permitia que ela ficasse mais por causa do machucado. O Hugo lhe disse que às cinco horas viriam de Buenos Aires para buscá-lo, e por que ela não ficava até ele sair, mas a Lila disse que não podia e foi embora correndo e sem se despedir. Por isso quando vieram buscá-lo, o Hugo teve que ir se despedir da Lila e da mãe, e depois se despediu de nós e foi embora todo feliz dizendo que voltava no outro fim de semana. Naquela noite eu me senti um pouco sozinho no meu quarto, mas por outro lado era uma vantagem sentir que tudo era meu de novo e que podia apagar a luz quando tivesse vontade.

No domingo quando me levantei ouvi a mamãe falando por cima da cerca com o sr. Negri. Me aproximei para dizer bom dia e o sr. Negri estava dizendo à mamãe que no canteiro de alfaces por onde estava saindo fumaça no dia em que experimentamos a máquina todas as alfaces estavam murchando. A mamãe disse que era muito estranho porque no prospecto da máquina estava escrito que a fumaça não era daninha para as plantas, e o sr. Negri respondeu que não dá para acreditar nos prospectos, que acontece a mesma coisa com os remédios, que quando a pessoa lê o prospecto pensa que vai se curar de tudo e depois quem sabe acaba entre quatro velas. A mamãe disse a ele que talvez alguma das meninas tivesse jogado água com sabão no canteiro sem querer (mas eu percebi que a mamãe estava querendo dizer de propósito, de encrenqueiras que eram, sempre atrás de briga) e então o sr. Negri disse que ia investigar mas que na verdade se a máquina matava as plantas não via qual era a vantagem de ter tanto trabalho. A mamãe disse a ele que não ia comparar umas porcarias de umas alfaces com o estrago que as formigas fazem nos jardins, e que à tarde íamos ligar a máquina e que se eles vissem fumaça que avisassem, que nós íamos tapar os formigueiros para que

172 *Os venenos*

eles não tivessem nenhum incômodo. A vovó me chamou para tomar café e não sei o que mais eles falaram, mas eu estava entusiasmado pensando que íamos combater as formigas de novo, e passei a manhã lendo Raffles embora não achasse tão bom quanto Buffalo Bill e outros romances.

Minha irmã tinha se curado do ataque de loucura e andava cantando pela casa inteira, e nessas inventou de pintar com os lápis de cor e veio até onde eu estava, e antes que eu me desse conta ela já havia enfiado o nariz no que eu estava fazendo, e por mero acaso eu acabava de escrever meu nome, que eu gostava de escrever em toda parte, e o da Lila, que por mero acaso eu tinha escrito ao lado do meu. Fechei o livro mas ela já havia lido e começou a rir às gargalhadas olhando para mim com cara de pena, e eu fui para cima dela mas ela guinchou e ouvi mamãe chegando perto de nós, então fui para o jardim explodindo de raiva. No almoço ela ficou o tempo todo me olhando com cara de gozação e eu teria adorado acertar um pontapé nela por baixo da mesa, mas ela era capaz de começar a gritar e à tarde íamos ligar a máquina, de modo que me segurei e não falei nada. Na hora da sesta subi no chorão para ler e pensar, e quando o tio Carlos acabou de dormir às quatro e meia e saiu, cevamos mate e depois preparamos a máquina e eu fiz duas bacias com barro. As mulheres estavam dentro de casa e fazia calor, principalmente ao lado da máquina que era a carvão, mas o mate é bom para essas coisas quando é tomado amargo e muito quente.

Havíamos escolhido a parte do fundo do jardim, perto dos galinheiros, porque parecia que as formigas estavam se refugiando naquela área e faziam muito estrago nas sementeiras. Foi só a gente pôr o bico no formigueiro maior e começou a sair fumaça por toda parte, até por entre os tijolos do chão do galinheiro saía fumaça. Eu ia de um lado para outro tampando a terra, gostava de aplicar o barro por cima e esmagá-lo com as mãos até parar de sair fumaça. O tio Carlos se aproximou da cerca das dos Negri e perguntou à Chola, que era a menos pateta, se não estava saindo fumaça no jardim deles, e a Cufina na maior agitação começou a andar por toda parte para verificar, pois elas tinham o maior respeito pelo tio Carlos, mas do lado delas não estava saindo fumaça. Em compensação, ouvi a Lila me chamar e fui correndo para o ligustro e vi que ela estava com o vestido de bolinhas laranja que era o que eu mais gostava, e de joelho vermelho. Gritou para mim que estava saindo fumaça do seu jardim, do jardim que era só dela, e eu já estava pulando a cerca com uma das bacias de barro enquanto a Lila me dizia aflita que quando tinha ido ver seu jardim ouvira a gente falar com as dos Negri e que então bem ao lado do lugar onde havíamos plantado o jasmim começou a sair fumaça. Eu estava ajoelhado jogando barro com todas as minhas forças. Era muito perigoso para o jasmim recém-transplantado,

Fim do jogo   173

e agora com o veneno tão perto, mesmo com o manual dizendo que não. Tive a ideia de interromper a galeria das formigas alguns metros antes do canteiro, mas antes de mais nada apliquei o barro e vedei a saída o melhor que pude. A Lila tinha se sentado à sombra com um livro e me observava trabalhar. Eu gostava que ela ficasse me olhando, e joguei tanto barro que sem dúvida por ali não sairia mais fumaça. Depois me aproximei dela para perguntar onde havia uma pá para ver se conseguia interromper a galeria antes dela chegar ao jasmim com todo o veneno. A Lila se levantou e foi buscar a pá, e como ela estava demorando comecei a olhar o livro, que era de histórias com figuras, e fiquei assombrado ao ver que a Lila também tinha uma pena de pavão-real linda no livro, e que nunca havia me dito nada. O tio Carlos estava me chamando para vedar novos furos, mas eu fiquei olhando a pena que não podia ser a do Hugo mas era tão idêntica que parecia ter saído do mesmo pavão-real, verde com o olho roxo e azul, e as manchinhas de ouro. Quando a Lila voltou com a pá, perguntei de onde ela havia tirado a pena, pensando em contar a ela que o Hugo tinha uma idêntica. Quase não me dei conta do que ela estava dizendo quando ficou muito vermelha e respondeu que o Hugo lhe dera a pena de presente ao se despedir.

— Ele me disse que há muitas na casa dele — acrescentou como se desculpando mas não olhava para mim, e o tio Carlos me chamou mais alto do outro lado dos ligustros e eu joguei a pá que a Lila tinha me dado e voltei para a cerca, embora a Lila estivesse me chamando e dizendo que estava saindo fumaça de novo no jardim dela. Pulei a cerca e lá de casa por entre os ligustros olhei para a Lila, que estava chorando com o livro na mão e a pena só com a pontinha aparecendo, e vi que agora a fumaça estava saindo bem ao lado do jasmim, todo o veneno se misturando com as raízes. Fui até a máquina, aproveitando que o tio Carlos estava falando de novo com as dos Negri, abri a lata de veneno e joguei duas, três colheradas cheias na máquina e depois a fechei; assim a fumaça invadia bem os formigueiros e matava todas as formigas, não deixava nem uma única formiga viva no jardim lá de casa.

A porta condenada

P etrone gostou do Hotel Cervantes por razões que teriam desagradado a outros. Era um hotel sombrio, tranquilo, quase deserto. Um conhecido, de passagem, o recomendara quando cruzava o rio no vapor de carreira, dizendo que estava situado na região central de

Montevidéu. Petrone aceitou um quarto com banheiro no segundo andar, que dava diretamente para a recepção. Pelo quadro de chaves na portaria ficou sabendo que havia pouca gente no hotel; as chaves estavam presas a pesados discos de bronze com o número do quarto, recurso inocente da gerência para impedir que os clientes saíssem com elas no bolso.

Desembarcava-se do elevador na frente da recepção, onde havia um mostruário com os jornais do dia e a central telefônica. Ele só precisava andar uns poucos metros para chegar a seu quarto. A água saía fervendo, e isso compensava a falta de sol e de ar. No quarto havia uma janelinha que dava para o terraço do cinema vizinho; às vezes uma pomba passeava por ali. O banheiro tinha uma janela maior, que se abria tristemente para uma parede e um pedaço de céu distante, quase inútil. Os móveis eram de boa qualidade, havia gavetas e estantes à vontade. E muitos cabides, coisa rara.

O gerente era um homem alto e magro, completamente careca. Usava óculos com armação de ouro e falava com a voz forte e sonora dos uruguaios. Disse a Petrone que o segundo andar era muito tranquilo, e que no único quarto contíguo ao dele morava uma senhora sozinha, que trabalhava em algum lugar e só voltava para o hotel ao anoitecer. Petrone encontrou-se com ela no dia seguinte, no elevador. Deu-se conta de que era ela pelo número da chave que levava na palma da mão, como se oferecesse uma enorme moeda de ouro. O porteiro pegou a chave junto com a de Petrone para pendurá-las no quadro, e ficou falando com a mulher sobre um assunto de cartas. Petrone teve tempo de ver que ela ainda era jovem, insignificante, e que se vestia mal, como todas as uruguaias.

O contrato com os fabricantes de mosaicos levaria mais ou menos uma semana. À tarde Petrone ajeitou a roupa no armário, organizou seus papéis na mesa e depois de tomar um banho saiu para andar pelo centro enquanto não chegava a hora de ir até o escritório dos sócios. O dia se passou em conversas, interrompidas por um drinque em Pocitos e um jantar na casa do sócio principal. Quando o deixaram no hotel já passava da uma. Cansado, deitou-se e adormeceu em seguida. Quando acordou eram quase nove horas, e nesses primeiros minutos em que as sobras da noite e do sono ainda não se dissiparam, pensou que em algum momento fora perturbado pelo choro de uma criança.

Antes de sair, conversou com o empregado que atendia na recepção e que falava com sotaque alemão. Enquanto se informava sobre linhas de ônibus e nomes de ruas, olhava distraído para a grande sala em cuja extremidade ficavam as portas de seu quarto e da senhora sozinha. Entre as duas portas havia um pedestal com uma réplica nefasta da Vênus de Milo. Outra porta, na parede lateral, dava para uma saleta com as indefectíveis poltro-

Fim do jogo   175

nas e revistas. Quando o empregado e Petrone se calavam, o silêncio do hotel dava a impressão de coagular-se, de cair como cinza sobre os móveis e as lajotas. O elevador se tornava quase estrepitoso, o mesmo acontecendo com o ruído produzido pelas páginas de um jornal ou o riscar de um fósforo.

As reuniões terminaram ao anoitecer e Petrone deu uma volta pela 18 de Julio antes de entrar para jantar num dos botecos da praça Independencia. Tudo estava correndo bem, e talvez pudesse voltar para Buenos Aires antes do que imaginara. Comprou um jornal argentino, um maço de cigarros escuros, e foi andando devagar até o hotel. No cinema ao lado estavam passando dois filmes que ele já havia visto, e na verdade não estava com vontade de ir a lugar nenhum. O gerente cumprimentou-o quando ele passou e perguntou-lhe se estava precisando de mais roupa de cama. Conversaram por um momento, fumando um cigarrinho, e se despediram.

Antes de deitar, Petrone organizou os papéis que utilizara durante o dia e leu o jornal sem grande interesse. O silêncio do hotel era quase excessivo, e o barulho de um ou outro bonde descendo a Soriano só fazia pausá-lo, fortalecê-lo para um novo intervalo. Sem ansiedade mas com alguma impaciência, jogou o jornal no cesto e tirou a roupa olhando-se distraído no espelho do armário. Era um armário já velho, que havia sido encostado a uma porta que dava para o quarto contíguo. Petrone ficou surpreso ao descobrir a porta, que não percebera em sua primeira inspeção do quarto. No início imaginara que o edifício fora construído para ser hotel, mas agora se dava conta de que ocorria o mesmo que em tantos hotéis modestos, instalados em antigos prédios de escritório ou familiares. Pensando bem, em quase todos os hotéis que conhecera na vida — e eram muitos — os quartos tinham alguma porta condenada, às vezes à vista mas quase sempre com um guarda-roupa, uma mesa ou um porta-chapéus na frente, que, como no caso, lhes dava uma certa ambiguidade, um envergonhado desejo de disfarçar sua existência, como uma mulher que imagina cobrir-se dispondo as mãos sobre o ventre ou os seios. Fosse como fosse, a porta estava ali, sobressaindo do nível do armário. Algum dia as pessoas haviam entrado e saído por ela, batendo-a, entreabrindo-a, dando-lhe uma vida que ainda estava presente em sua madeira tão diferente das paredes. Petrone imaginou que do outro lado também haveria um guarda-roupa e que a senhora que morava lá pensaria a mesma coisa sobre a porta.

Não estava cansado, mas adormeceu com gosto. Teria dormido três ou quatro horas quando foi acordado por uma sensação de desconforto, como se algo já tivesse acontecido, algo desagradável e irritante. Acendeu a lâmpada de cabeceira, viu que eram duas e meia, e tornou a apagá-la. Então ouviu no quarto ao lado o choro de uma criança.

No primeiro momento não se deu conta direito. Seu primeiro movimento foi de satisfação; então era verdade que na noite anterior uma criança não o deixara descansar. Tudo explicado, era mais fácil adormecer novamente. Mas depois pensou no outro lado da coisa e sentou-se devagarinho na cama, sem acender a luz, escutando. Não estava enganado, o choro vinha do quarto ao lado. Dava para ouvir o barulho através da porta condenada, estava localizado na área do quarto correspondente aos pés da cama. Mas não era possível que no quarto ao lado houvesse uma criança; o gerente dissera claramente que a senhora morava sozinha, que passava quase o dia inteiro no trabalho. Por um segundo Petrone alimentou a ideia de que talvez naquela noite ela estivesse tomando conta do filho de alguma parente ou amiga. Pensou na noite anterior. Agora tinha certeza de que *já* ouvira aquele choro, porque não era um choro fácil de confundir, era mais uma série irregular de gemidos muito fracos, de soluços queixosos seguidos de um choramingo breve, tudo isso inconsistente, mínimo, como se a criança estivesse muito doente. Devia ser um bebê de poucos meses, embora não chorasse com a estridência e os repentinos cacarejos e engasgos de um recém-nascido. Petrone imaginou um menino — uma criança do sexo masculino, não sabia por quê — frágil e doentinho, de feições abatidas e movimentos apagados. *Aquilo* se queixava à noite, chorando com pudor, sem chamar muito a atenção. Se a porta condenada não estivesse ali, o choro não teria vencido as costas robustas da parede, ninguém teria sabido que no quarto ao lado havia um menino chorando.

Pela manhã Petrone refletiu um pouco enquanto tomava o desjejum e fumava um cigarro. Dormir mal não convinha a seu trabalho daquele dia. Duas vezes ele despertara em plena noite, e nas duas vezes devido ao choro. A segunda fora pior, porque além do choro se ouvia a voz da mulher tentando acalmar a criança. A voz era muito baixa, mas tinha um tom ansioso que lhe dava uma qualidade teatral, um sussurro que atravessava a porta com a força que teria se ela estivesse gritando. De vez em quando o menino cedia à fala macia, às instâncias; depois recomeçava com um leve gemido entrecortado, um pesar inconsolável. E mais uma vez a mulher murmurava palavras incompreensíveis, o encantamento da mãe para acalentar o filho atormentado por seu corpo ou sua alma, por estar vivo ou ameaçado de morte.

"Tudo isso é muito bonito, mas o gerente me enrolou", pensava Petrone ao sair do quarto. A mentira o aborrecia, fato que não disfarçou. O gerente ficou olhando para ele.

— Uma criança? Deve ser engano seu. Não há nenhuma criança pequena neste andar. No quarto ao lado do seu mora uma senhora sozinha, tenho a impressão de que já lhe disse isso.

Petrone hesitou antes de falar. Ou bem o outro mentia estupidamente ou a acústica do hotel estava lhe pregando uma peça. O gerente olhava para ele meio de lado, como se por sua vez o protesto o irritasse. "Vai ver que ele acha que eu sou tímido e que estou atrás de um pretexto para sair do hotel", pensou. Era difícil, vagamente absurdo insistir diante de uma negativa tão rotunda. Deu de ombros e pediu o jornal.

— Vai ver que foi sonho — disse, incomodado por ter que dizer aquilo ou qualquer outra coisa.

O cabaré era de um tédio mortal, e seus dois anfitriões não pareciam tão entusiasmados assim, de modo que ficou fácil para Petrone alegar o cansaço do dia e ser deixado no hotel. Combinaram assinar os contratos no dia seguinte à tarde; o negócio estava praticamente fechado.

O silêncio na recepção do hotel era tão grande que Petrone se flagrou andando na ponta dos pés. Alguém havia deixado o jornal da tarde ao lado de sua cama; havia também uma carta de Buenos Aires. Reconheceu a letra de sua mulher.

Antes de deitar ficou olhando o armário e a parte sobressalente da porta. Quem sabe se pusesse as duas malas em cima do armário, bloqueando a porta, os ruídos do aposento ao lado diminuiriam. Como sempre àquela hora, não se escutava nada. O hotel dormia, as coisas e as pessoas dormiam. Mas Petrone, já de mau humor, imaginou que não era nada disso e que estava tudo acordado, veementemente acordado no centro do silêncio. Sua ansiedade inconfessa devia estar se comunicando à casa, às pessoas da casa, emprestando-lhes uma qualidade de espreita, de vigilância disfarçada. Milhões de besteiras.

Quase não acreditou quando o choro da criança o trouxe de volta às três da manhã. Sentando-se na cama, perguntou-se se não seria melhor chamar o vigia para ter uma testemunha de que naquele quarto era impossível dormir. A criança chorava tão baixinho que às vezes nem se escutava, embora Petrone percebesse que o choro estava ali, contínuo, e que não demoraria a crescer outra vez. Dez ou vinte lentíssimos segundos se passavam; então chegava um soluço breve, um gemido que mal se percebia e que se prolongava suavemente até se desfazer no verdadeiro choro.

Acendendo um cigarro, perguntou-se se não deveria bater discretamente na parede para que a mulher fizesse a criança se calar. Só quando imaginou os dois, a mulher e a criança, deu-se conta de que não acreditava neles, de que absurdamente não acreditava que o gerente tivesse mentido para ele. Agora se ouvia a voz da mulher, encobrindo por completo o choro da criança com seu arrebatado — embora tão discreto — consolo. A mulher estava ninando a criança, consolando-a, e Petrone a imaginou sentada ao pé da cama, balançando o berço da criança ou segurando-a no colo. No entanto, por mais que quisesse, não conseguia imaginar a criança, como se a afirmação do homem do hotel fosse mais verdadeira que aquela realidade que ouvia ali. Pouco a pouco, à medida que o tempo passava e os débeis gemidos se alternavam ou cresciam entre os murmúrios de consolo, Petrone começou a desconfiar que aquilo era uma farsa, uma brincadeira ridícula e monstruosa que não tinha como explicar para si mesmo. Pensou em antigas histórias de mulheres sem filhos organizando em segredo um culto de bonecas, uma oculta maternidade inventada, mil vezes pior que os mimos dedicados a cães ou gatos ou sobrinhos. A mulher imitava o choro de seu filho frustrado, consolava o ar entre as mãos vazias, talvez com o rosto molhado de lágrimas porque o choro que fingia era ao mesmo tempo seu verdadeiro choro, sua grotesca dor na solidão de um quarto de hotel, protegida pela indiferença e pela madrugada.

Acendendo a lâmpada de cabeceira, incapaz de voltar a dormir, Petrone se perguntou o que iria fazer. Seu mau humor era maligno, estava contagiado por aquele ambiente onde de repente tudo lhe parecia manipulado, oco, falso: o silêncio, o choro, o acalento, a única coisa real daquela hora entre a noite e o dia e que o enganava com sua mentira insuportável. Bater na parede pareceu-lhe pouco demais. Não estava totalmente acordado, embora adormecer fosse uma coisa impossível; sem saber bem como, viu-se movendo devagarinho o armário até deixar a descoberto a porta empoeirada e suja. De pijama e descalço, colou-se a ela como uma centopeia, e aproximando a boca das tábuas de pinho começou a imitar em falsete, imperceptivelmente, um gemido como o que vinha do outro lado. Subiu o tom, gemeu, soluçou. Do outro lado fez-se um silêncio que haveria de durar toda a noite; mas no instante que o precedeu, Petrone pôde ouvir a mulher correndo pelo quarto com um chicotear de pantufas, soltando um grito seco e instantâneo, um começo de berro que se interrompeu de repente, como uma corda tensionada.

Quando passou pelo balcão da gerência eram mais de dez horas. Entre sonhos, depois das oito, ouvira as vozes do empregado e de uma mulher. Alguém andara pelo quarto ao lado arrastando coisas. Viu um baú e duas malas grandes perto do elevador. O gerente estava com um ar que Petrone classificou como desconcertado.

— Passou bem a noite? — perguntou-lhe no tom profissional que mal dissimulava a indiferença.

Petrone deu de ombros. Não queria insistir, quando só lhe restava uma noite no hotel.

— De todo modo agora o senhor vai ficar mais tranquilo — disse o gerente, olhando para as malas. — A senhora nos deixará ao meio-dia.

Esperava um comentário, e Petrone o ajudou com os olhos.

— Fazia muito tempo que ela estava aqui, e agora vai embora assim de repente. Com as mulheres, nunca se sabe.

— É mesmo — disse Petrone. — Nunca se sabe.

Na rua sentiu-se nauseado, com uma náusea que não era física. Engolindo um café amargo, começou a matutar no assunto, esquecendo-se do negócio, indiferente ao esplêndido sol. Ele é que tinha a culpa de que a mulher deixasse o hotel, louca de medo, de vergonha ou de raiva. *Fazia muito tempo que ela estava aqui...* Era uma pessoa doente, talvez, mas inofensiva. Não era ela, mas ele quem deveria ter resolvido deixar o Cervantes. Tinha o dever de falar com ela, de desculpar-se e pedir-lhe que ficasse, jurando discrição. Deu alguns passos de volta, e no meio do caminho estacou. Tinha medo de fazer um papelão, de que a mulher reagisse de algum modo imprevisível. Já estava na hora de encontrar os dois sócios e não queria deixá-los esperando. Bom, ela que se virasse. Não passava de uma histérica, logo encontraria outro hotel onde cuidar do filho imaginário.

À noite, porém, voltou a sentir-se mal, e o silêncio do quarto pareceu-lhe ainda mais denso. Ao entrar no hotel não pudera deixar de ver o quadro das chaves, onde já faltava a do quarto ao lado. Trocou algumas palavras com o empregado, que esperava bocejando a hora de ir embora, e entrou em seu quarto com pouca esperança de conseguir dormir. Tinha os jornais da tarde e um romance policial. Distraiu-se arrumando as malas, organizando os papéis. Estava quente, e abriu a janelinha de par em par. A cama estava bem estendida, mas achou-a incômoda e dura. Finalmente dispunha de todo o silêncio necessário para dormir até se fartar, e ele lhe pesava. Virando-se de um lado para outro, sentiu-se vencido por aquele silêncio que reclamara com astúcia e que lhe devolviam íntegro e vingativo. Ironicamente, pensou que sentia falta do choro da criança, que aquela calma perfeita não lhe bastava para dormir e menos ainda para ficar desperto. Sentia falta do choro da criança, e quando o escutou, muito mais tarde, fraco mas inconfundível através da porta condenada, por cima do medo, por cima da fuga em plena noite, soube que estava bem e que a mulher não mentira, não mentira para

180 *A porta condenada*

si mesma ao embalar a criança, ao querer que a criança se calasse para que eles conseguissem dormir.

As mênades

Entregando-me um programa impresso em papel creme, d. Pérez me conduziu até meu lugar na plateia. Fila nove, ligeiramente para a direita: o perfeito equilíbrio acústico. Conheço bem o Teatro Corona e sei que tem caprichos de mulher histérica. A meus amigos, aconselho que não aceitem nunca a fila treze, porque ali há uma espécie de poço de ar onde a música não entra; nem o lado esquerdo das tertúlias, porque é igual ao Teatro Comunale de Florença, alguns instrumentos dão a impressão de se destacar da orquestra, flutuar no ar, e é por isso que uma flauta pode começar a tocar a três metros da pessoa enquanto o resto continua corretamente no proscênio, o que pode ser pitoresco mas é muito pouco agradável.

Dei uma olhada no programa. Teríamos *O sonho de uma noite de verão*, *Don Juan*, *O mar* e a *Quinta sinfonia*. Não consegui deixar de rir ao pensar no Maestro. Uma vez mais o velho raposão organizara seu programa de concerto com aquela insolente arbitrariedade estética que encobria um profundo olfato psicológico, traço comum aos régisseurs de music hall, aos virtuosos de piano e aos matchmakers de luta livre. Só eu, de puro tédio, tinha a capacidade de me enfiar num concerto com Strauss, Debussy e logo em seguida Beethoven, contra todos os preceitos humanos e divinos. Mas o Maestro conhecia seu público, montava concertos para os habitués do Teatro Corona, ou seja, pessoas tranquilas e bem-dispostas que preferem o ruim conhecido ao bom que ainda não conhecem, e que antes de mais nada exigem profundo respeito para com sua digestão e sua tranquilidade. Com Mendelssohn ficariam à vontade, depois o *Don Juan*, generoso e redondo, com melodiazinhas assobiáveis. Debussy os faria sentir-se artistas, porque não é qualquer um que entende sua música. E em seguida o prato principal, a grande massagem vibratória beethoveniana, é assim que o destino bate à porta, o V da vitória, o surdo genial, e depois voar para casa que amanhã o trabalho no escritório vai estar uma loucura.

Na realidade eu tinha um enorme carinho pelo Maestro, que trouxe boa música para esta cidade sem arte, afastada dos grandes centros, onde há dez anos não se passava de *La traviata* e da abertura de *O guarani*. O Maestro veio para a cidade contratado por um empresário de iniciativa, e montou essa orquestra, que poderia ser considerada de primeira linha. Pouco a pouco foi nos largando Brahms, Mahler, os impressionistas, Strauss e Mussorgski. No início os assinantes rosnaram para ele e o Maestro foi obrigado a baixar a bola e incluir muitas "seleções de ópera" nos programas; depois começaram a aplaudir o Beethoven duro e parelho que ele nos impingia, e no fim o ovacionavam por qualquer coisa, pelo mero fato de vê-lo, como agora que sua entrada estava provocando um entusiasmo fora do comum. Mas nos inícios de temporada as pessoas estão com as mãos frescas, aplaudem com gosto, e além disso todo mundo gostava do Maestro, que se inclinava secamente, sem excessiva condescendência, e se virava para os músicos com seu ar de chefe de brigantes. Sentada a minha esquerda estava a sra. de Jonatán, a quem não conheço muito mas que passa por melômana, e que me disse enrubescidamente:

— Esse sim, esse sim é um homem que conseguiu o que poucos conseguiram. Não só criou uma orquestra como criou um público. Não é admirável?

— É — falei, com minha condescendência habitual.

— Às vezes penso que ele deveria reger olhando para o público, porque nós também somos um pouco seus músicos.

— Não me inclua, por favor — eu disse. — Em matéria de música eu tenho uma triste confusão mental. Esse programa, por exemplo, me parece horrendo. Mas sem dúvida estou enganado.

A sra. de Jonatán me olhou com dureza e desviou o rosto, embora sua amabilidade tenha sido mais forte, induzindo-a a me oferecer uma explicação.

— É um programa só de obras-primas, e cada uma foi solicitada especialmente por cartas de admiradores. O senhor não sabe que esta noite o Maestro está completando bodas de prata com a música? E que a orquestra comemora cinco anos de formação? Leia a parte de trás do programa, tem um artigo muito sensível do dr. Palacín.

Li o artigo do dr. Palacín no intervalo, depois de Mendelssohn e de Strauss, que valeram as correspondentes ovações ao Maestro. Passeando pelo foyer perguntei-me uma ou duas vezes se as execuções justificavam semelhantes arrebatamentos de um público que, até onde eu sei, não é tão generoso assim. Mas as efemérides são as grandes portas da estupidez, e concluí que os admiradores do Maestro não eram capazes de conter a própria emoção. No bar encontrei o dr. Epifanía com a família e fiquei alguns minutos conversando. As garotas estavam vermelhas e excitadas, me cercaram como franguinhas cacarejantes (fazem pensar em voláteis diversos) para me dizer que Mendelssohn havia sido animal, que sua música parecia de veludo e tule, que ele era de um romantismo maravilhoso. Que a pessoa podia passar a vida inteira ouvindo o noturno, e o scherzo fora tocado por

182   *As mênades*

mãos de fadas. Beba gostava mais de Strauss porque era forte, verdadeiramente um dom Juan alemão, com aqueles cornes e aqueles trombones de arrepiar — coisa que teve sobre mim um efeito surpreendentemente literal. O dr. Epifanía nos escutava com sorridente indulgência.

— Ah, os jovens! Bem se vê que vocês nunca viram Risler tocar, nem Von Bülow reger. Aqueles eram os grandes tempos.

As garotas olhavam para ele furiosas. Rosarito disse que hoje em dia as orquestras são muito mais bem regidas que cinquenta anos atrás, e Beba recusou ao pai todo direito de diminuir a qualidade extraordinária do Maestro.

— Claro, claro — disse o dr. Epifanía. — Considero que esta noite o Maestro está genial. Que fogo, que entusiasmo! Eu mesmo fazia anos que não aplaudia tanto.

E me mostrou duas mãos com as quais até parecia que acabava de esmagar uma beterraba. O curioso é que até aquele momento eu tivera a impressão oposta, achando que o Maestro estava numa daquelas noites em que o fígado o perturba e ele opta por um estilo sucinto e direto, sem maiores efusões. Mas devia ser o único a pensar assim, porque Cayo Rodríguez quase pulou no meu pescoço quando me descobriu e me disse que o *Don Juan* estava um negócio e que o Maestro era um dirigente incrível.

— Você reparou naquele trecho do scherzo de Mendelssohn quando parece que em vez de uma orquestra o que a gente está ouvindo são murmúrios de vozes de duendes?

— A verdade — eu disse — é que primeiro eu teria de ficar sabendo como são as vozes dos duendes.

— Não seja grosso — disse Cayo enrubescendo, e vi que falava com uma raiva sincera. — Como é possível que você não seja capaz de perceber uma coisa dessas? O Maestro está genial, tchê, rege como nunca. Parece mentira que você seja tão obtuso.

Guillermina Fontán vinha em nossa direção toda afogueada. Repetiu os epítetos das garotas de Epifanía, depois ela e Cayo olharam um para o outro com lágrimas nos olhos, comovidos com aquela fraternidade na admiração que por um momento torna os humanos tão bons. Eu os contemplava com assombro, porque não conseguia entender semelhante entusiasmo; é verdade que não vou a concertos todas as noites, como eles, e que às vezes me acontece de confundir Brahms com Bruckner e vice-versa, o que no grupo deles seria considerado de uma ignorância irrecorrível. De todo modo aqueles rostos rubicundos, aqueles pescoços transpirados, aquele desejo latente de continuar aplaudindo nem que fosse no foyer ou no meio da rua, levavam-me a pensar nas influências atmosféricas, na umidade ou nas manchas solares, coisas que costumam afetar os comportamentos huma-

Fim do jogo

nos. Lembro-me de que naquele momento pensei se algum engraçadinho não estaria repetindo o memorável experimento do dr. Ox para inflamar o público. Guillermina me arrancou de minhas cavilações sacudindo meu braço com violência (mal nos conhecemos).

— E agora vem Debussy — murmurou excitadíssima. — Essa rendinha de água, *La Mer*.

— Vai ser magnífico ouvi-la — falei, acompanhando sua corrente marinha.

— O senhor faz uma ideia de como o Maestro vai reger *La Mer*?

— Impecavelmente — avaliei, olhando-a para ver como ela recebia minha observação. Mas era evidente que Guillermina esperava mais fogo, porque se virou para Cayo, que tomava soda como um camelo sedento, e os dois se entregaram a um cálculo beatífico sobre o que seria o segundo movimento de Debussy e a força grandiosa que teria o terceiro. Fui dar uma volta pelos corredores, voltei para o foyer, e em toda parte era entre comovente e irritante ver o entusiasmo do público pelo que acabava de escutar. Um enorme zumbido de colmeia em polvorosa incidia pouco a pouco nos nervos, e eu próprio acabei me sentindo um pouco febril e dupliquei minha dose habitual de soda Belgrano. Me dava uma certa tristeza não estar integralmente no jogo, olhar aquelas pessoas de fora, como se fosse um entomologista. Mas o que fazer... É uma coisa que sempre me acontece na vida e quase cheguei a me valer desse talento para não me comprometer com nada.

Quando voltei para a plateia, todos já estavam em seus lugares e tive que perturbar a fila inteira para chegar ao meu assento. Os músicos iam entrando no proscênio sem muito entusiasmo, e achei curioso como as pessoas haviam se instalado antes deles, ávidas por ouvir. Olhei para o paraíso e as galerias altas; uma massa negra, pareciam moscas num vidro de doce. Nas galerias altas, mais separadas, os ternos dos homens davam a impressão de bandos de corvos, algumas lanternas elétricas se acendiam e apagavam, os melômanos providos de partituras ensaiavam os métodos de iluminação de que dispunham. A luz da grande luminária central foi diminuindo pouco a pouco, e no escuro da sala ouvi brotarem os aplausos que saudavam a entrada do Maestro. Achei curiosa aquela substituição progressiva da luz pelo ruído, e como um de meus sentidos entrava em ação justamente quando o outro se entregava ao descanso. À minha esquerda a sra. de Jonatán batia palmas com força, toda a fileira aplaudia maciçamente; mas à direita, dois ou três assentos adiante, vi um homem que se mantinha imóvel, de cabeça pensa. Cego, sem dúvida; adivinhei o brilho da bengala branca, os óculos inúteis. Só ele e eu nos recusávamos a aplaudir, e a atitude dele me atraiu. Eu teria gostado de sentar-me ao seu lado, falar com ele: alguém que não aplaudia naquela noite era um ser digno de interesse. Duas fileiras à frente as garotas de Epifanía arrebentavam as mãos de aplaudir, e o pai não ficava atrás. O Maestro fez um breve cumprimento, olhando uma ou duas vezes para cima, de onde o ruído descia como uma ondulação para encontrar-se com o da plateia e dos camarotes. Tive a sensação de ver nele um ar entre interessado e perplexo; seu ouvido devia estar lhe mostrando a diferença entre um concerto comum e o das bodas de prata. Nem é preciso dizer que *La Mer* lhe valeu uma ovação só um pouco inferior à obtida com Strauss, coisa altamente compreensível. Eu mesmo me deixei capturar pelo último movimento, com seus fragores e seus imensos vaivéns sonoros, e aplaudi até minhas mãos doerem. A sra. de Jonatán chorava.

— É tão inefável — murmurou ela, virando para meu lado um rosto que parecia estar saindo da chuva. — Tão incrivelmente inefável...

O Maestro entrava e saía, com sua destreza elegante e seu jeito de subir no pódio como quem vai dar início a um leilão. Mandou a orquestra se levantar, e os aplausos e bravos redobraram. À minha direita, o cego aplaudia gentilmente, tomando cuidado com as mãos, era delicioso ver com que parcimônia ele contribuía para a homenagem popular, a cabeça pensa, o ar absorto e quase ausente. Os "bravo!", que sempre ecoam isoladamente e como expressões individuais, pipocavam de todas as direções. Os aplausos haviam começado com menos violência que na primeira parte do concerto, mas agora que a música ficava para trás e que não se aplaudia *Don Juan* nem *La Mer* (ou melhor, seus efeitos), mas unicamente o Maestro e o sentimento coletivo que envolvia a sala, a força da ovação começava a alimentar-se a si mesma, crescia por momentos e se tornava quase intolerável. Irritado, olhei para a esquerda e vi uma mulher vestida de vermelho que corria aplaudindo pelo centro da plateia, e que se detinha ao pé do pódio, praticamente aos pés do Maestro. Ao inclinar-se para uma nova saudação, o Maestro deu com a senhora de vermelho a uma distância tão pequena que endireitou o corpo surpreso. Mas das galerias altas vinha um fragor que o obrigou a erguer a cabeça e saudar, como raras vezes fazia, levantando o braço esquerdo. Aquilo exacerbou o entusiasmo, e aos aplausos se somaram estrondos de sapatos batendo no assoalho das tertúlias e dos palcos. Realmente um exagero.

Não havia intervalo, mas o Maestro se retirou para descansar dois minutos e eu me levantei para apreciar melhor a sala. O calor, a umidade e a excitação haviam transformado a maioria dos assistentes em lamentáveis lagostins suarentos. Centenas de lenços funcionavam como ondas de um mar que prolongava grotescamente o que acabávamos de ouvir. Muitas pessoas corriam até o foyer para engolir a toda a velocidade uma cerveja ou uma laranjada. Com medo de perder alguma coisa, voltavam, mesmo com o risco de tropeçar com outros que saíam, e na porta principal da plateia

Fim do jogo   185

havia uma confusão considerável. Contudo, não se verificavam altercações, as pessoas se sentiam de uma bondade infinita, era antes como um grande amolecimento sentimental em que todos se encontravam fraternalmente e se reconheciam. A sra. de Jonatán, gorda demais para manifestar-se em seu assento, erguia para mim, sempre de pé, um rosto estranhamente semelhante a um rabanete. "Inefável", repetia. "Tão inefável."

Quase me alegrei com a volta do Maestro, porque aquela multidão de que eu fazia parte inapelavelmente me dava uma mistura de pena e nojo. De toda aquela gente, os músicos e o Maestro pareciam ser os únicos dignos. E também o cego a poucos assentos do meu, rígido e sem aplaudir, com uma atenção refinada e sem a menor baixeza.

— A *Quinta* — umedeceu minha orelha a sra. de Jonatán. — O êxtase da tragédia.

Pensei que aquele era um bom título de filme e fechei os olhos. Talvez naquele instante estivesse procurando assimilar-me ao cego, o único ser entre tanta coisa gelatinosa que me cercava. E quando já começava a ver pequenas luzes verdes cruzando minhas pálpebras feito andorinhas, a primeira frase da *Quinta* caiu sobre mim como uma pá de escavadora, obrigando-me a olhar. O Maestro estava quase belo, com seu rosto fino e alerta, fazendo decolar a orquestra, que tinia com todos os seus motores. Um grande silêncio se fizera na sala, sucedendo-se fulminantemente aos aplausos, creio mesmo que o Maestro soltou a máquina antes que acabassem de saudá-lo. O primeiro movimento passou por cima de nossa cabeça com seus fogos de recordação, seus símbolos, seu fácil e involuntário poder de envolvimento. O segundo, magnificamente regido, repercutia numa sala cujo ar dava a impressão de estar incendiado, mas de um incêndio que fosse invisível e frio, que queimasse de dentro para fora. Quase ninguém ouviu o primeiro grito, porque foi sufocado e curto, mas como a moça estava sentada justamente à minha frente, sua convulsão me surpreendeu e ao mesmo tempo a ouvi gritar, no meio de um grande acorde de metais e madeiras. Um grito seco e breve, como o de um espasmo amoroso ou de histeria. Sua cabeça se inclinou para trás, sobre aquela espécie de estranho unicórnio de bronze dos assentos do Corona, e ao mesmo tempo seus pés golpearam furiosamente o assoalho enquanto as pessoas sentadas ao lado a seguravam pelos braços. Em cima, na primeira fila das tertúlias, ouvi outro grito, outra pancada no assoalho. O Maestro encerrou o segundo movimento e partiu imediatamente para o terceiro; me perguntei se um regente consegue ouvir um grito na plateia, prisioneiro como está do primeiro plano sonoro da orquestra. A moça da poltrona da frente agora ia se dobrando pouco a pouco e alguém (talvez a mãe) a sustentava o tempo todo pelo braço. Eu gostaria de ter ajudado, mas envolver-se nas questões da fileira da frente em pleno concerto e com pessoas desconhecidas é uma bela de uma complicação. Eu quis dizer alguma coisa à sra. de Jonatán, relativa ao fato de que as mulheres são mais indicadas para atender a esse tipo de crise, mas ela estava com os olhos fixos nas costas do Maestro, perdida na música; me pareceu que alguma coisa brilhava abaixo de sua boca, no queixo. De repente parei de ver o Maestro, porque as costas rotundas de um senhor de smoking se altearam na fileira da frente. Era muito estranho alguém se levantar na metade do movimento, mas também eram estranhos aqueles gritos e a indiferença das pessoas com relação à moça histérica. Algo que lembrava uma mancha vermelha me obrigou a olhar para o centro da plateia e vi novamente a senhora que no intervalo havia corrido para aplaudir ao pé do pódio. Ela avançava lentamente, eu teria dito que agachada, embora seu corpo se mantivesse ereto, mas era antes o tom de sua marcha, um avanço a passos lentos, hipnóticos, como alguém que se prepara para dar um salto. Ela olhava fixamente para o Maestro, vi por um instante o lume emocionado de seus olhos. Um homem saiu das fileiras de assentos e começou a andar atrás dela; agora eles estavam à altura da quinta fileira e outras três pessoas se somaram a eles. A música chegava à conclusão, brotavam os primeiros grandes acordes finais, desencadeados pelo Maestro com esplêndida secura, como massas esculturais surgindo de uma só vez, altas colunas brancas e verdes, um Karnak de som por cuja nave avançavam passo a passo a mulher vermelha e seus seguidores.

Entre duas explosões da orquestra ouvi outro grito, mas agora o clamor vinha de um dos palcos da direita. E com ele os primeiros aplausos, sobrepondo-se à música, incapazes de conter-se por mais tempo, como se naquele arquejo de amor que vinham mantendo o corpo masculino da orquestra e a enorme fêmea da sala rendida, esta não tivesse querido esperar o gozo viril e se abandonasse ao próprio prazer entre contorções e gemidos e gritos de insuportável voluptuosidade. Incapaz de mover-me da poltrona, eu sentia às minhas costas uma espécie de nascimento de forças, um avanço paralelo ao avanço da mulher de vermelho e seus seguidores pelo centro da plateia, que já chegavam aos pés do pódio no exato momento em que o Maestro, qual toureiro que enfia o estoque no touro, introduzia a batuta na última muralha de som e se dobrava para diante, esgotado, como se o ar vibrante o tivesse espicaçado para o impulso final. Quando ele se endireitou, a sala inteira estava de pé e eu com ela, e o espaço era um vidro instantaneamente trincado por um bosque de lanças agudíssimas, os aplausos e os gritos confundindo-se numa matéria insuportavelmente grosseira e gotejante, mas ao mesmo tempo repleta de certa grandeza, como uma manada de búfalos em disparada ou algo do estilo. O público confluía de toda parte para a plateia e quase sem surpresa vi dois homens saltarem dos palcos para o chão. Gritando como um rato pisoteado, a sra. de Jonatán conseguira se desentalar de seu assento, e com a boca aberta e os braços estendidos para o proscênio vociferava seu entusiasmo. Até aquele instante o Maestro havia permanecido de costas, quase desdenhoso, olhando para seus músicos com provável aprovação. Naquele momento se virou, lentamente, e baixou a cabeça numa primeira saudação. Seu rosto estava muito branco, como se o cansaço o vencesse, e cheguei a pensar (entre tantas outras sensações, retalhos de pensamentos, rajadas instantâneas de tudo o que me rodeava naquele inferno do entusiasmo) que ele talvez desmaiasse. Saudou pela segunda vez, e ao fazê-lo olhou para a direita, onde um homem de smoking e cabelo louro acabava de pular para o proscênio seguido por outros dois. Tive a impressão de que o Maestro estava iniciando um movimento condizente com descer do pódio, mas depois reparei que naquele movimento havia algo de espasmódico, como querendo libertar-se. As mãos da mulher de vermelho se fechavam sobre seu tornozelo direito; o rosto dela estava erguido para o Maestro e ela gritava, ou pelo menos eu via sua boca aberta e suponho que gritasse como os demais, provavelmente como eu mesmo. O Maestro deixou a batuta cair e fez força para se soltar, enquanto dizia alguma coisa impossível de ouvir. Um dos seguidores da mulher abraçava sua outra perna a partir do joelho, e o Maestro se virou para sua orquestra como quem pede socorro. Os músicos estavam de pé numa enorme confusão de instrumentos, sob a luz ofuscante dos spots do proscênio. Os suportes das partituras caíam como espigas à medida que pelos dois lados do palco subiam homens e mulheres da plateia, a tal ponto que já não era possível saber quem era músico e quem não era. Por isso o Maestro, ao ver que um homem estava subindo por trás do pódio, agarrou-se a ele para que ele o ajudasse a se arrancar da mulher e de seus seguidores, que já cobriam suas pernas com as mãos, e naquele momento se deu conta de que o homem não era um de seus músicos e quis repeli-lo, mas o outro o abraçou pela cintura, vi que a mulher de vermelho abria os braços como quem exige, e o corpo do Maestro desapareceu num vórtice de pessoas que o envolviam e o levavam amontoadamente. Até aquele instante eu havia olhado tudo com uma espécie de espanto lúcido, por cima ou por baixo do que acontecia, mas no mesmo instante fui distraído por um grito agudíssimo à minha direita e vi que o cego se levantara e retorcia os braços como pás de moinho, clamando, reclamando, pedindo alguma coisa. Foi demais, a partir dali não consegui mais continuar assistindo, me senti parte, confundido àquele transbordamento do entusiasmo, e corri por minha vez na direção do proscênio e pulei por um dos lados, justamente quando uma multidão delirante cercava os violinistas, tomava-lhes seus instrumentos (ouvia-se como rangiam e se arrebentavam como enormes baratas marrons) e começava a jogá-los do proscênio para a plateia, onde outros esperavam os músicos para abraçá-los e fazê-los desaparecer em confusos redemoinhos. É muito curioso, mas eu não tinha o menor desejo de contribuir para aquelas manifestações, queria apenas estar ali ao lado e ver o que acontecia, abismado com aquela homenagem inaudita. Restava-me lucidez suficiente para perguntar-me por que os músicos não fugiam a toda a velocidade por entre os bastidores, e logo depois vi que isso não era possível porque legiões de ouvintes haviam bloqueado as duas saídas do proscênio, formando um cordão móvel que avançava, pisoteando os instrumentos, jogando para o ar os suportes de partitura, aplaudindo e vociferando ao mesmo tempo, num estrépito tão monstruoso que já começava a parecer-se com o silêncio. Vi correr em minha direção um sujeito gordo com seu clarinete na mão, e tive a tentação de agarrá-lo ao passar ou de dar-lhe um tranco para que o público pudesse capturá-lo. Não me decidi, e uma senhora de rosto amarelento e grande decote onde galopavam montões de pérolas me olhou com ódio e escândalo ao passar ao meu lado e apoderar-se do clarinetista, que soltou um guincho tímido e tentou proteger seu instrumento. Dois homens tomaram-lhe o clarinete e o músico foi obrigado a deixar-se levar para o lado da plateia onde a confusão chegava ao auge.

Agora os gritos eram mais numerosos que os aplausos, as pessoas estavam ocupadas demais abraçando e adulando os músicos para poder aplaudir, de modo que a qualidade do estrépito ia adquirindo um tom cada vez mais agudo, fraturado aqui e ali por verdadeiros alaridos em meio aos quais me pareceu ouvir alguns com a tonalidade especialíssima produzida pelo sofrimento, tanto que me perguntei se nas correrias e nos saltos não haveria indivíduos quebrando braços e pernas, e por minha vez me joguei de volta na plateia, agora que o proscênio estava vazio e os músicos em poder de seus admiradores, que os levavam em todas as direções, parte para os palcos, onde confusamente se adivinhavam movimentos e alvoroços, parte rumo aos estreitos corredores que conduzem lateralmente ao foyer. Era dos palcos que vinham os berreiros mais violentos, como se os músicos, incapazes de resistir à pressão e ao sufoco de tantos abraços, pedissem desesperadamente que os deixassem respirar. As pessoas que estavam na plateia se amontoavam diante das aberturas dos palcos-balcão, e quando eu corri por entre as poltronas para me aproximar deles a confusão parecia maior, as luzes baixaram bruscamente e se reduziram a um reflexo avermelhado que mal permitia que se divisassem os rostos, enquanto os corpos se

Fim do jogo   189

transformavam em sombras epilépticas, num amontoamento de volumes informes dedicados a repelir-se ou a confundir-se uns com os outros. Tive a impressão de distinguir a cabeleira prateada do Maestro no segundo palco do meu lado, mas naquele mesmo instante ele desapareceu como se o tivessem feito cair de joelhos. Perto de mim ouvi um grito seco e violento e vi a sra. de Jonatán e uma das garotas de Epifanía precipitando-se na direção do palco do Maestro, porque agora eu tinha certeza de que naquele palco se encontrava o Maestro cercado pela mulher vestida de vermelho e seus seguidores. Com uma agilidade incrível, a sra. de Jonatán posicionou um pé entre as duas mãos da garota de Epifanía, que cruzava os dedos para lhe oferecer um estribo, e se precipitou de cabeça para dentro do palco. A garota de Epifanía olhou para mim, reconhecendo-me, e gritou alguma coisa, provavelmente pedindo que a ajudasse a subir, mas não lhe dei ouvidos e fiquei distante do palco, pouco inclinado a disputar os direitos de indivíduos absolutamente enlouquecidos de entusiasmo que se agrediam entre si aos empurrões. Cayo Rodríguez, que se destacara no proscênio por seu encarniçamento em obrigar os músicos a descer para a plateia, acabava de ter o nariz partido com um trompaço, e andava trôpego de um lado para outro com o rosto coberto de sangue. Não fiquei com a menor pena, nem mesmo quando vi o cego se arrastando pelo chão, colidindo com os assentos, perdido num bosque simétrico sem pontos de referência. Eu já não me preocupava com nada, somente com saber se os gritos iam parar em algum momento, porque dos palcos continuavam saindo gritos penetrantes que o público da plateia repetia e corroborava incansável, enquanto cada um se esforçava para desalojar os demais e entrar nos palcos dessa ou daquela maneira. Era evidente que os corredores externos estavam abarrotados, pois o assalto mais importante se dava a partir da própria plateia, com as pessoas tentando pular como fizera a sra. de Jonatán. Eu via tudo isso e me dava conta de tudo isso e ao mesmo tempo não sentia o menor desejo de me somar à confusão, de modo que minha indiferença produzia em mim um estranho sentimento de culpa, como se meu comportamento fosse o escândalo final e absoluto daquela noite. Sentando-me numa poltrona solitária, deixei passarem os minutos, enquanto à margem de minha inércia ia registrando o decréscimo do imenso clamor desesperado, a debilitação dos gritos que no fim cessaram, a retirada confusa e murmurante de parte do público. Quando achei que já seria possível sair, deixei para trás a parte central da plateia e atravessei o corredor que dá para o foyer. Um ou outro indivíduo se deslocava com jeito de bêbado, enxugando as mãos ou a boca com o lenço, alisando o terno, ajeitando o colarinho. No foyer vi algumas mulheres em busca de espelhos e revirando as bolsas. Uma delas devia ter se machucado,

190 *As mênades*

pois tinha sangue no lenço. Vi as garotas de Epifanía saírem correndo; pareciam furiosas por não haver chegado até os palcos, e me olharam como se a culpa fosse minha. Quando julguei que elas já estariam do lado de fora, fui andando na direção da escadaria da saída, e naquele momento vi surgirem no foyer a mulher de vermelho e seus seguidores. Os homens marchavam atrás dela como antes, e pareciam cobrir-se mutuamente para que ninguém percebesse o estado lastimável em que suas roupas se encontravam. Mas a mulher de vermelho ia na frente com um olhar altaneiro, e quando cheguei perto dela vi que passava a língua pelos lábios, lenta e gulosamente passava a língua pelos lábios que sorriam.

II.

O ídolo das Cíclades

— **P**ara mim dá no mesmo você me ouvir ou não — disse Somoza. — O fato é esse, e acho justo você saber.

Morand se assustou como quem volta bruscamente de muito longe. Lembrou-se de que antes de se perder num vago devaneio chegara à conclusão de que Somoza estava ficando louco.

— Desculpe, me distraí por um momento — disse. — Você há de concordar que tudo isso... Enfim, chegar aqui e encontrar você no meio de...

Mas dar por entendido que Somoza estava ficando louco era fácil demais.

— É, não há palavras para isso — disse Somoza. — Pelo menos nossas palavras.

Olharam-se por um segundo e Morand foi o primeiro a desviar os olhos, enquanto a voz de Somoza se erguia novamente com o tom impessoal daquelas explicações que se perdiam logo depois, para lá da inteligência. Morand preferia não olhar para ele, mas quando não olhava recaía na contemplação involuntária da estatueta sobre a coluna, e era como voltar àquela tarde dourada de cigarras e perfume de ervas em que inacreditavelmente Somoza e ele haviam-na desenterrado na ilha. Lembrava-se de como Thérèse, alguns metros mais adiante, sobre o penhasco de onde dava para divisar o litoral de Paros, voltara a cabeça para eles ao ouvir o grito de Somoza e depois de um segundo de hesitação correra até eles, esquecida de que tinha na mão o sutiã vermelho de seu *deux pièces*, para inclinar-se sobre o buraco de onde brotavam as mãos de Somoza com a estatueta, quase irreconhecível pelo mofo e pelas aderências calcárias, até que Morand, numa mescla de ira e risadas, gritou com ela para que se cobrisse, e Thérèse endireitara o corpo olhando para ele com uma cara de quem não está entendendo, e de repente lhe deu as costas e escondeu os seios entre as mãos enquanto Somoza estendia a estatueta para Morand e pulava para fora do buraco. Quase sem transição, Morand se recordou das horas seguintes, da noite nas barracas de campanha às margens da torrente, da sombra de Thérèse andando sob a lua entre as oliveiras, e era como se naquele momento a voz de Somoza, rever-

Fim do jogo   193

berando monótona no ateliê de escultura quase vazio, também lhe chegasse vinda daquela noite, fazendo parte de sua recordação, insinuando confusamente sua absurda esperança, e ele, entre dois goles de vinho resinoso, rira alegremente e o chamara de falso arqueólogo e de incurável poeta.

"Não há palavras para isso", acabara de dizer Somoza. "Pelo menos nossas palavras."

Na barraca de campanha no fundo do vale de Skoros suas mãos tinham segurado a estatueta e a haviam acariciado para acabar de retirar aquela falsa roupagem de tempo e olvido (Thérèse, entre as oliveiras, continuava amuada pela repreensão de Morand, por seus preconceitos idiotas), e a noite se desenrolara lentamente enquanto Somoza lhe confiava sua insensata esperança de algum dia chegar à estatueta por outras vias que não as mãos e os olhos e a ciência, enquanto o vinho e o tabaco se somavam ao diálogo, bem como os grilos e a água da torrente, até não restar mais que uma confusa sensação de não ser capaz de entender a si mesmo. Mais tarde, quando Somoza foi para sua barraca levando a estatueta e Thérèse se cansou de ficar sozinha e veio se deitar, Morand lhe falou das ilusões de Somoza e os dois se perguntaram com amável ironia parisiense se no Rio da Prata todo mundo tinha aquela imaginação fácil. Antes de dormir os dois discutiram em voz baixa o que se passara naquela tarde, até que Thérèse aceitou as desculpas de Morand, até que o beijou e foi como sempre na ilha, em toda parte, foram ele e ela e a noite por cima e o vasto olvido.

— Alguém mais sabe? — perguntou Morand.

— Não. Só você e eu. Era justo, na minha opinião — disse Somoza. — Eu quase não saí daqui nesses últimos meses. No começo vinha uma mulher arrumar o ateliê e lavar minha roupa, mas me incomodava.

— Parece incrível que se possa viver assim como você vive, nas proximidades de Paris. O silêncio. Escute, mas pelo menos você desce até o povoado para comprar provisões?

— Antes ia, já falei. Agora não precisa mais. Há tudo o que é necessário ali.

Morand olhou na direção para a qual apontava o dedo de Somoza, para lá da estatueta e das réplicas abandonadas nas estantes. Viu madeira, gesso, pedra, martelos, pó, a sombra das árvores contra os vidros. O dedo parecia indicar um canto do ateliê onde não havia nada, só um pano sujo caído no chão.

Mas no fundo pouco mudara, aqueles dois anos juntos tinham sido também um recanto vazio do tempo com um pano sujo que era como tudo o que não se haviam dito e que talvez devessem ter se dito. A expedição até as ilhas, uma loucura romântica nascida num terraço de café do bulevar Saint-Michel, chegara ao fim tão logo encontraram o ídolo nas ruínas do vale.

194 *O ídolo das Cíclades*

Talvez o receio de serem descobertos tivesse pouco a pouco desgastado a alegria das primeiras semanas, e chegou o dia em que Morand surpreendeu um olhar de Somoza no momento em que os três desciam para a praia, e naquela noite ele conversara com Thérèse e os dois resolveram voltar o mais depressa possível, porque gostavam de Somoza e achavam quase injusto que ele começasse — tão imprevisivelmente — a sofrer. Em Paris continuaram se vendo a intervalos, quase sempre por razões profissionais, mas Morand ia sozinho aos encontros. Na primeira vez Somoza perguntou por Thérèse, depois pareceu não se importar. Tudo o que deveriam ter se dito pesava entre os dois, talvez entre os três. Somoza guardaria a estatueta durante algum tempo, Morand concordou. Era preciso esperar uns dois anos para poder vendê-la; Marcos, o homem que conhecia um coronel que conhecia um inspetor da alfândega de Atenas, impusera esse prazo como condição complementar do suborno. Somoza levou a estatueta para seu apartamento e Morand a via sempre que os dois se encontravam. Nunca se cogitou de Somoza fazer alguma visita aos Morand, como tantas outras coisas que já não se mencionavam e que no fundo eram sempre Thérèse. Somoza parecia preocupar-se exclusivamente com sua ideia fixa, e se acontecia de convidar Morand para beber um conhaque em seu apartamento era sempre para voltar ao mesmo assunto. Nada muito extraordinário, afinal de contas Morand conhecia bem demais os gostos de Somoza por determinadas literaturas marginais para estranhar sua melancolia. A única coisa que o surpreendia era o fanatismo daquela esperança na hora das confidências quase automáticas e nas quais ele se sentia como que desnecessário, a repetida carícia das mãos no corpinho da estátua inexpressivamente bela, as monótonas encantações repetindo até a exaustão as mesmas fórmulas de passagem. Vista a partir de Morand, a obsessão de Somoza era analisável: todo arqueólogo se identifica em algum sentido com o passado que explora e expõe à luz. Daí a acreditar que a intimidade com um desses rastros pudesse alienar, alterar o tempo e o espaço, abrir uma fissura por onde aceder a... Somoza nunca utilizava esse vocabulário; o que ele dizia era sempre mais ou menos que isso, uma espécie de linguagem que aludia e conjurava a partir de planos irredutíveis. Àquela altura ele já começara a trabalhar canhestramente nas réplicas da estatueta; Morand chegou a ver a primeira, antes de Somoza ir embora de Paris, e ouviu com amistosa cortesia seus obstinados lugares--comuns sobre a reiteração dos gestos e das situações como via de aboli-ção, a convicção de Somoza de que seu obstinado avizinhamento o levaria a identificar-se com a estrutura inicial, numa superposição que seria mais que isso porque já não haveria dualidade, mas fusão, contato primordial (as palavras não eram dele, mas de alguma maneira Morand precisava tradu-

Fim do jogo 195

zi-las quando, mais tarde, as reconstruía para Thérèse). Contato que, como Somoza acabava de lhe dizer, ocorrera quarenta e oito horas antes, na noite do solstício de junho.

— Sim — admitiu Morand, acendendo outro cigarro. — Mas eu gostaria que você me explicasse por que tem tanta certeza de que... Bom, de ter batido o pé no fundo.

— Explicar... Mas você não está vendo?

Uma vez mais ele estendia a mão para uma casa do ar, para um canto do ateliê, descrevia um arco que incluía o teto e a estatueta pousada sobre uma fina coluna de mármore, envolta pelo cone brilhante do refletor. Morand se lembrou incongruentemente de que Thérèse cruzara a fronteira levando a estatueta escondida no cachorro de brinquedo fabricado por Marcos num porão de Plaka.

— Era impossível que não acontecesse — disse Somoza quase puerilmente. — A cada nova réplica eu chegava um pouco mais perto. As formas iam me conhecendo. O que estou querendo dizer é que... Ah, eu teria que passar dias e dias lhe explicando... e o absurdo é que ali tudo entra num... Mas quando é isso...

A mão ia e vinha, acentuando o *ali*, o *isso*.

— A verdade é que com isso você virou um escultor — disse Morand, ouvindo-se falar e achando-se idiota. — As duas últimas réplicas são perfeitas. Se algum dia você me deixar ficar com a estátua, nunca vou saber se você me deu o original.

— Não vou lhe dar nunca — disse Somoza com simplicidade. — E não pense que esqueci que ela é de nós dois. Mas não vou lhe dar nunca. A única coisa que eu teria querido é que Thérèse e você me seguissem, que se encontrassem comigo. É, eu teria gostado que vocês estivessem ao meu lado na noite em que cheguei.

Era a primeira vez havia quase dois anos que Morand o ouvia mencionar Thérèse, como se até aquele momento ela houvesse estado morta para ele, mas seu jeito de falar em Thérèse era incuravelmente antigo, era a Grécia naquela manhã em que os três haviam descido para a praia. Pobre Somoza. Ainda. Pobre louco. Porém mais estranho que isso era perguntar-se por que no último momento, antes de entrar no carro depois do telefonema de Somoza, ele sentira quase a necessidade de telefonar para Thérèse no escritório dela para pedir-lhe que mais tarde fosse ao encontro deles no ateliê. Seria preciso perguntar-lhe, saber o que Thérèse havia pensado enquanto ouvia suas instruções para chegar até o pavilhão solitário na colina. Que Thérèse repetisse exatamente o que o ouvira dizer, palavra por palavra. Morand maldisse em silêncio aquela mania de recompor a vida da mesma ma-

196 *O ídolo das Cíclades*

neira como restaurava um vaso grego no museu, colando minuciosamente os caquinhos mais ínfimos, e a voz de Somoza misturada a isso com o ir e vir de suas mãos que também pareciam querer colar pedaços de ar, montar um vaso transparente, suas mãos que designavam a estatueta, obrigando Morand a olhar uma vez mais, contra a vontade, aquele branco corpo lunar de inseto anterior a toda história, trabalhado em circunstâncias inconcebíveis por alguém inconcebivelmente remoto, milhares de anos antes porém num momento ainda mais anterior, numa lonjura vertiginosa de grito animal, de salto, de ritos vegetais alternando-se com marés e sizígias e épocas de cio e toscas cerimônias propiciatórias, o rosto inexpressivo no qual apenas a linha do nariz quebrava seu espelho cego de insuportável tensão, os seios definidos de leve, o triângulo sexual e os braços cingindo o ventre, o ídolo das origens, do primeiro terror sob os ritos do tempo sagrado, do machado de pedra das imolações nos altares das colinas. Era realmente de acreditar que também ele estivesse ficando imbecil, como se ser arqueólogo não bastasse.

— Por favor — disse Morand —, será que você poderia fazer um esforço para me explicar, mesmo acreditando que nada disso pode ser explicado? Em resumo, a única coisa que eu sei é que você passou os últimos meses esculpindo réplicas, e que há duas noites...

— É tão simples — disse Somoza. — Eu sempre senti que a pele ainda estava em contato com o resto. Mas era preciso recuar cinco mil anos de caminhos equivocados. Curioso que eles próprios, os descendentes dos egeus, fossem responsáveis por esse erro. Mas agora não faz diferença. *Olhe, é assim.*

Ao lado do ídolo, ergueu uma das mãos e a pousou delicadamente sobre os seios e no ventre. A outra acariciava o pescoço, subia até a boca ausente da estátua, e Morand ouviu Somoza falar com uma voz surda e opaca, um pouco como se fossem as mãos dela, ou quem sabe aquela boca inexistente que falava da caça nas cavernas, da fumaça, dos cervos encurralados, do nome que só deveria ser pronunciado depois, dos círculos de graxa azul, do jogo dos rios duplos, da infância de Pohk, da marcha rumo às encostas do oeste e às alturas nas sombras nefastas. Perguntou-se se usando o telefone num descuido de Somoza conseguiria avisar a Thérèse que trouxesse o dr. Vernet. Mas Thérèse já devia estar a caminho, e à borda das rochas onde mugia a Múltipla, o chefe dos verdes removia o corno esquerdo do macho mais belo e o oferecia ao chefe dos responsáveis pelo sal, para renovar o pacto com Haghesa.

— Ouça, me deixe respirar — disse Morand, levantando-se e dando um passo à frente. — É fabuloso, e além disso estou com uma sede horrível. Vamos beber alguma coisa, posso ir buscar um...

— O uísque está ali — disse Somoza, retirando lentamente as mãos da estátua. — Eu não vou beber, preciso jejuar antes do sacrifício.

— Pena — disse Morand, pegando a garrafa. — Não gosto nem um pouco de beber sozinho. Que sacrifício?

Encheu o copo de uísque até a borda.

— O da união, para falar com suas palavras. Você não os ouve? A flauta dupla, como a da estatueta que vimos no museu de Atenas. O som da vida à esquerda, o da discórdia à direita. A discórdia é também a vida para Haghesa, mas quando o sacrifício for realizado os flautistas deixarão de soprar pelo bambu da direita e só se ouvirá o silvo da vida nova que bebe o sangue derramado. E os flautistas encherão a boca de sangue e o soprarão pelo bambu da esquerda, e eu untarei o rosto dela com sangue, está vendo, assim, e de debaixo do sangue surgirão seus olhos e sua boca.

— Deixe de besteira — disse Morand, bebendo um gole prolongado. — O sangue não combinaria com nossa bonequinha de mármore. É verdade, que calor.

Somoza despira o pulôver com um gesto lento e pausado. Ao vê-lo desabotoar a calça, Morand disse para si mesmo que havia sido um erro permitir que ele se excitasse, consentir naquela explosão de mania. Magro e moreno, Somoza se ergueu nu sob a luz do refletor e pareceu perder-se na contemplação de um ponto no espaço. De sua boca entreaberta escorria um fio de saliva e Morand, largando precipitadamente o copo no chão, calculou que para chegar à porta teria que enganá-lo de algum modo. Nunca soube de onde havia saído o machado de pedra que oscilava na mão de Somoza. Compreendeu.

— Era previsível — disse, retrocedendo lentamente. — O pacto com Haghesa, hã? O sangue quem fornece é o coitado do Morand, não é mesmo?

Sem olhar para ele, Somoza começou a avançar em sua direção descrevendo um arco de círculo, como a percorrer um trajeto preestabelecido.

— Se você quer mesmo me matar — gritou Morand, retrocedendo para a área em penumbra —, para que essa *mise-en-scène*? Nós dois sabemos muito bem que é por causa de Thérèse. Mas de que adianta, se ela não gostava de você nem nunca vai gostar?

O corpo nu já saía do círculo iluminado pelo refletor. Refugiado na sombra do canto, Morand pisou nos panos úmidos do chão e entendeu que não havia mais como ir para trás. Viu o machado subir e saltou como Nagashi lhe ensinara no ginásio da Place des Ternes. Somoza recebeu o pontapé na metade da coxa e o golpe nishi no lado esquerdo do pescoço. O machado desceu em diagonal, longe demais, e Morand repeliu elasticamente o torso que tombava sobre ele e agarrou o punho indefeso. Somoza

198   *O ídolo das Cíclades*

ainda era um grito sufocado e atônito quando o fio do machado o atingiu no meio da testa.

Antes de voltar a olhar para ele, Morand vomitou no canto do ateliê, sobre os panos sujos. Sentia-se como se estivesse oco, e vomitar lhe fez bem. Pegou o copo do chão e bebeu o que restava do uísque, pensando que Thérèse chegaria a qualquer momento e que seria preciso fazer alguma coisa, avisar a polícia, explicar-se. Enquanto arrastava por um dos pés o corpo de Somoza até expô-lo em cheio à luz do refletor, pensou que não teria dificuldade para demonstrar que agira em legítima defesa. As excentricidades de Somoza, seu afastamento do mundo, a loucura evidente. Agachando-se, molhou as mãos no sangue que escorria pelo rosto e pelo cabelo do morto, olhando ao mesmo tempo o relógio de pulso, que marcava sete e quarenta. Thérèse não podia demorar, o melhor seria sair dali, esperá-la no jardim ou na rua, poupá-la do espetáculo do ídolo com a face encharcada de sangue, os riozinhos rubros que deslizavam por seu pescoço, contornavam seus seios, reuniam-se no fino triângulo do sexo, caíam-lhe pelas coxas. O machado estava profundamente enterrado na cabeça do sacrificado e Morand o empunhou, sopesando-o com as mãos pegajosas. Com um dos pés, empurrou um pouco mais o cadáver até deixá-lo encostado na coluna, farejou o ar e se aproximou da porta. O melhor seria abri-la, para que Thérèse pudesse entrar. Apoiando o machado junto à porta, começou a tirar a roupa porque estava quente e com cheiro de fechado, cheiro de multidão reclusa. Já estava nu quando ouviu o barulho do táxi e a voz de Thérèse sobrepondo-se ao som das flautas; apagou a luz e com o machado na mão esperou atrás da porta, lambendo o fio do machado e pensando que Thérèse era a pontualidade em pessoa.

Uma flor amarela

P arece brincadeira, mas somos imortais. Sei disso pela negativa, sei porque conheço o único mortal. Ele me contou sua história num bistrô da Rue Cambronne, tão bêbado que não encontrava a menor dificuldade em falar a verdade, mesmo com o dono do bar e os velhos clientes do balcão rindo até o vinho lhes sair pelos olhos. Ele deve ter visto algum interesse pintado na minha cara, porque grudou em mim e acabamos nos dando o luxo de uma mesa a um canto, onde dava para beber e conversar em paz. Contou-me que havia sido aposentado pela prefeitura e que a mulher fora passar uma temporada na casa dos pais, um jeito como qualquer outro de admitir que a mulher o abandonara. Era um cara nem um pouco velho e nem um pouco ignorante, de rosto chupado e olhos de tuberculoso. Realmente bebia para esquecer, e o proclamava a partir do quinto copo de tinto. Não senti nele aquele cheiro que é a assinatura de Paris, mas que aparentemente só nós, estrangeiros, somos capazes de sentir. E tinha as unhas cuidadas, e nem um pouco de caspa.

Contou que num ônibus da linha 95 tinha visto um garoto de uns treze anos, e que depois de olhá-lo durante algum tempo concluíra que o garoto se parecia muito com ele, pelo menos se parecia com a lembrança que ele guardava de si mesmo naquela idade. Pouco a pouco foi constatando que o garoto se parecia em tudo com ele, o rosto e as mãos, a mecha de cabelo caindo na testa, os olhos muito separados, e mais ainda na timidez, na forma como se refugiava numa revista em quadrinhos, no gesto de jogar o cabelo para trás, nos movimentos desajeitados. Era de tal forma parecido com ele que ele quase achou graça, mas quando o garoto desceu na Rue de Rennes ele descera também e dera o cano num amigo que o esperava em Montparnasse. Procurou um pretexto para falar com o garoto, perguntou por uma rua e ouviu, já sem surpresa, uma voz que era sua voz da infância. Ele estava indo para aquela rua, foram andando timidamente um ao lado do outro por algumas quadras. Àquela altura uma espécie de revelação caiu sobre ele. Nada estava explicado mas era uma coisa que podia prescindir de explicação, que ficava embaçada ou tola quando se pretendia — como agora — explicá-la.

Resumindo, deu um jeito de saber onde morava o garoto, e com o prestígio que lhe dava um passado de instrutor de escoteiros abriu caminho até essa fortaleza entre as fortalezas, um lar francês. Encontrou uma pobreza digna e uma mãe avantajada, um tio aposentado, dois gatos. Depois não foi tão complicado conseguir que um irmão seu lhe confiasse o filho que andava pelos catorze anos, e os dois garotos ficaram amigos. Começou a ir semanalmente à casa de Luc; a mãe o recebia com café requentado, falavam da guerra, da ocupação, e também de Luc. O que havia começado como uma revelação se organizava geometricamente, ia assumindo esse perfil demonstrativo que as pessoas gostam de chamar de fatalidade. Inclusive era possível expressá-lo com as palavras de todos os dias: Luc era ele outra vez, não havia mortalidade, éramos todos imortais.

— Todos imortais, velho. Veja bem, ninguém havia conseguido comprovar isso e aconteceu logo comigo, num ônibus da linha 95. Um errinho no mecanismo, uma dobra no tempo, um avatar simultâneo e não consecutivo. Luc deveria ter nascido depois da minha morte, porém... Sem contar a fabulosa casualidade de eu encontrá-lo no ônibus. Acho que já lhe falei, foi uma espécie de certeza absoluta, sem palavras. Era isso e pronto. Mas depois começaram as dúvidas, porque nesses casos ou o cara conclui que é um imbecil ou parte para os tranquilizantes. E junto com as dúvidas, matando-as uma por uma, as demonstrações de que eu não estava enganado, de que não havia razão para dúvida. O que vou lhe dizer agora é o que mais faz esses imbecis darem risada, quando às vezes invento de contar a eles. Luc não apenas era eu outra vez, como também ia ser como eu, como este pobre infeliz que lhe fala. Bastava vê-lo brincar, vê-lo cair sempre de mau jeito, torcendo um pé ou deslocando uma clavícula, aqueles sentimentos à flor da pele, aquele rubor que lhe subia ao rosto nem bem se perguntava alguma coisa a ele. A mãe, em compensação, como gosta de falar, como nos conta não importa o quê, mesmo que o garoto esteja ali morrendo de vergonha, as intimidades mais incríveis, as histórias do primeiro dente, os desenhos dos oito anos, as doenças... A boa senhora não desconfiava de nada, claro, e o tio jogava xadrez comigo, eu era como se fosse da família, até emprestei dinheiro a eles para que conseguissem fechar o mês. Não tive o menor trabalho para ficar conhecendo o passado de Luc, bastava intercalar perguntas entre os temas que interessavam aos velhos: o reumatismo do tio, as maldades da zeladora, a política. Assim fui conhecendo a infância de Luc entre xeques ao rei e considerações sobre o preço da carne, e assim a demonstração foi se realizando, infalível. Mas me entenda, enquanto pedimos mais um copo: Luc era eu, aquele que eu fora quando menino, mas não o imagine como um decalque. Mais bem uma figura análoga, entende, ou seja, aos sete anos eu havia deslocado um pulso e Luc a clavícula, e aos nove havíamos tido, respectivamente, sarampo e escarlatina, e além disso a história intervinha, velho, meu sarampo tinha durado quinze dias, enquanto Luc havia sido curado em quatro, os progressos da medicina e coisas do estilo. Tudo era análogo, e por isso, para lhe dar um exemplo, bem podia ser que o padeiro da esquina fosse um avatar de Napoleão, e ele não sabe porque a ordem não se alterou, porque nunca poderá dar com a verdade num ônibus; mas se de alguma maneira ele chegasse a dar-se conta dessa verdade, poderia compreender que repetiu e está repetindo Napoleão, que passar de lavador de pratos a dono de uma boa padaria em Montparnasse é a mesma figura que pular da Córsega para o trono da França, e que cavoucando devagar na história da sua vida ele encontraria os momentos que correspondem à campanha do Egito, ao consulado e a Austerlitz, e até se daria conta de que dentro de alguns anos vai acontecer alguma coisa com sua padaria e ele acabará numa Santa Helena que talvez seja um quartinho num sexto andar, mas também derrotado, também cercado pela água da

Fim do jogo   201

solidão, também orgulhoso da sua padaria que foi como um voo de águias. O senhor se dá conta, não é mesmo?

Eu me dava conta, mas opinei que na infância todos temos doenças típicas com prazo fixo, e que quase todos fraturamos alguma coisa jogando futebol.

— Eu sei, falei apenas das coincidências visíveis. Por exemplo, que Luc fosse parecido comigo não tinha importância, embora tenha tido, sim, para a revelação no ônibus. Verdadeiramente importantes eram as sequências, e isso é difícil de explicar porque elas dizem respeito ao caráter, a lembranças imprecisas, a fábulas da infância. Naquela época, quer dizer, quando eu tinha a idade de Luc, eu havia passado por um período difícil que começou com uma doença interminável, depois, em plena convalescença, fui brincar com meus amigos e fraturei um braço, e mal tinha saído disso me apaixonei pela irmã de um colega e sofri como se sofre quando não se é capaz de olhar nos olhos uma garota que está zombando da gente. Luc também adoeceu, e no começo da convalescença foi convidado para ir ao circo e quando estava descendo as arquibancadas escorregou e deslocou um tornozelo. Pouco depois a mãe o surpreendeu uma tarde chorando junto da janela com um lencinho azul apertado na mão, um lenço que não era da casa.

Como alguém precisa fazer o papel de contraditor nesta vida, falei que os amores infantis são o complemento inevitável dos machucados e das pleurisias. Mas admiti que o assunto do avião já era diferente. Um avião a hélice, de corda, que ele oferecera ao garoto como presente de aniversário.

— No momento em que o entreguei, lembrei-me mais uma vez do Meccano que ganhei da minha mãe ao completar catorze anos, e do que aconteceu comigo. Aconteceu que eu estava no jardim, apesar de que se armava uma tempestade de verão e já se ouviam os trovões, e tinha começado a montar um guindaste em cima da mesa do quiosque, perto do portão. Alguém me chamou de dentro de casa e precisei entrar por um minuto. Quando voltei, a caixa do Meccano havia desaparecido e o portão estava aberto. Gritando, desesperado, corri para a rua, onde já não se via ninguém, e nesse exato momento caiu um raio no chalé em frente. Tudo isso aconteceu como num ato único, e eu rememorava a ocasião enquanto entregava o avião a Luc e ele ficava olhando para o brinquedo com a mesma felicidade com que eu contemplara meu Meccano. A mãe veio me trazer uma xícara de chá e trocávamos as frases de sempre quando ouvimos um grito. Luc correra para a janela como se quisesse atirar-se no vácuo. Tinha o rosto branco e os olhos cheios de lágrimas, conseguiu balbuciar que o avião havia feito um desvio no voo e passara exatamente pela fresta da janela entreaberta. "Não dá mais para ver, não dá mais para ver", repetia chorando. Ouvimos alguém gritar mais embaixo e o tio entrou correndo para avisar

202 *Uma flor amarela*

que havia um incêndio na casa em frente. Entende, agora? Sim, é melhor tomarmos mais um copo.

Depois, como eu não dizia nada, o homem falou que havia começado a pensar somente em Luc, na sorte de Luc. A mãe o enviara a uma escola de artes e ofícios para que ele modestamente abrisse o que ela chamava de caminho na vida, mas esse caminho já estava aberto e somente ele, que não teria podido dizer nada sem que o tomassem por louco e o separassem para sempre de Luc, poderia dizer à mãe e ao tio que tudo aquilo era inútil, que independentemente do que eles fizessem o resultado seria o mesmo, a humilhação, a rotina lamentável, os anos monótonos, os fracassos que vão desgastando a roupa e a alma, o refúgio numa solidão ressentida, num bistrô de bairro. Mas o pior de tudo não era o destino de Luc; o pior era que Luc morreria por sua vez e outro homem repetiria a figura de Luc e sua própria figura, até morrer para que outro homem entrasse na roda por sua vez. Luc já quase não lhe importava; à noite, sua insônia se projetava até mais adiante, até outro Luc, até outros que se chamariam Robert ou Claude ou Michel, uma teoria ao infinito de pobres-diabos repetindo a figura sem sabê-lo, convictos da própria liberdade e do próprio livre-arbítrio. O homem tinha o vinho triste, nada a fazer.

— Agora todo mundo ri de mim quando digo que Luc morreu alguns meses depois, são burros demais para entender que... É, não comece o senhor também a me olhar com esses olhos. Morreu alguns meses depois, começou com uma espécie de bronquite, assim como na mesma idade eu tivera uma enfermidade hepática. Eu havia sido internado num hospital, mas a mãe de Luc fez questão de cuidar dele em casa e eu ia visitá-lo quase todos os dias, às vezes levando meu sobrinho para que brincasse com Luc. Havia tanta miséria naquela casa que minhas visitas eram um consolo em todos os sentidos, a companhia para Luc, o pacote de arenques ou a torta de damascos. Acostumaram-se a que eu me encarregasse de comprar os remédios, depois que lhes falei de uma farmácia onde me faziam um desconto especial... Acabaram por me admitir como enfermeiro de Luc; dá para imaginar que numa casa como a deles, onde o médico entra e sai sem maior interesse, ninguém se liga muito em verificar se os sintomas finais coincidem perfeitamente com o primeiro diagnóstico... Por que o senhor está me olhando desse jeito? Falei alguma coisa errada?

Não, ele não dissera nada errado, ainda mais àquela altura do vinho. Muito pelo contrário, excluindo-se a possibilidade de imaginar alguma coisa horrível, a morte do pobre Luc vinha demonstrar que todo indivíduo propenso à imaginação pode dar início a um devaneio no ônibus 95 e concluí-lo ao lado da cama onde está morrendo, calado, um menino. Para tranquilizá-lo, eu lhe disse isso. Ele ficou olhando o ar por um instante antes de tornar a falar.

Fim do jogo   203

— Bem, como quiser. A verdade é que nas semanas que se sucederam ao enterro eu senti pela primeira vez algo que talvez se parecesse com a felicidade. De vez em quando ainda visitava a mãe de Luc, levava um pacote de biscoitos, mas já pouco me importava com ela ou com a casa deles, estava como que impregnado da certeza maravilhosa de ser o primeiro mortal, de sentir que minha vida continuava se desgastando dia após dia, vinho após vinho, e que no fim se acabaria num lugar qualquer, numa hora qualquer, repetindo em tudo o destino de algum desconhecido morto sabe-se lá onde e quando, mas eu sim estaria morto de verdade, sem um Luc para entrar na roda e repetir estupidamente uma vida estúpida. Compreenda essa plenitude, velho, inveje-me tanta felicidade enquanto durou.

Porque, aparentemente, não havia durado. O bistrô e o vinho barato o comprovavam, e aqueles olhos onde brilhava uma febre que não era do corpo. E não obstante ele vivera alguns meses saboreando cada momento de sua mediocridade cotidiana, de seu fracasso conjugal, de sua rotina aos cinquenta anos, certo de sua mortalidade inalienável. Uma tarde, cruzando o Luxemburgo, viu uma flor.

— Estava à beira de um canteiro, uma flor amarela qualquer. Eu havia parado para acender um cigarro e me distraí olhando para ela. Foi um pouco como se a flor também olhasse para mim, esses contatos, às vezes... O senhor sabe, todo mundo sente, isso que chamam beleza. Justamente isso, a flor era bela, era uma belíssima flor. E eu estava condenado, eu ia morrer um dia para sempre. A flor era linda, sempre haveria flores para os homens futuros. De repente compreendi o nada, isso que eu havia imaginado que era a paz, a ponta da corrente. Eu ia morrer e Luc já estava morto, nunca mais haveria uma flor para alguém como nós, não haveria nada, não haveria absolutamente nada, e o nada era isso, que não houvesse nunca mais uma flor. O fósforo aceso ardeu nos meus dedos. Na praça entrei num ônibus que ia para qualquer lugar e comecei absurdamente a olhar, a olhar tudo o que se via na rua e tudo o que havia no ônibus. Quando chegamos ao ponto-final, desci e entrei em outro ônibus que ia para os subúrbios. A tarde inteira, até depois de anoitecer, entrei e desci dos ônibus pensando na flor e em Luc, procurando alguém entre os passageiros que se parecesse com Luc, alguém que se parecesse comigo ou com Luc, alguém que pudesse ser eu outra vez, alguém a quem olhar sabendo que era eu, para depois deixá-lo partir sem lhe dizer nada, quase protegendo-o para que fosse em frente com sua pobre vida estúpida, com a imbecil da sua vida fracassada rumo a outra imbecil vida fracassada rumo a outra imbecil vida fracassada rumo a outra...

Paguei.

204 *Uma flor amarela*

Sobremesa

O tempo, um menino que brinca
e move os peões.
Heráclito, *fragmento 59*

Carta do dr. Federico Moraes.
Buenos Aires, terça-feira, 15 de julho de 1958.

Sr. Alberto Rojas,
Lobos, F.C.N.G.R.
Meu querido amigo:
Como sempre, a esta altura do ano, me invade um grande desejo de tornar a ver os velhos amigos, já tão distanciados por essas mil razões que pouco a pouco a vida vai nos obrigando a acatar. Também o senhor, creio eu, é sensível à amável melancolia de uma sobremesa na qual alimentamos a ilusão de ter sido menos usados pelo tempo, como se as lembranças comuns nos devolvessem por um instante a juventude perdida.

Naturalmente, conto com o senhor em primeiríssimo lugar, e lhe envio estas linhas com a antecedência suficiente para que possa decidir-se a abandonar por algumas horas sua estância em Lobos, onde o roseiral e a biblioteca têm para o senhor mais atrativos que Buenos Aires inteira. Anime-se, e aceite o duplo sacrifício de tomar o trem e suportar os ruídos da capital. Jantaremos em minha casa, como nos anos anteriores, na companhia dos amigos de sempre, com exceção de... Mas antes prefiro deixar a data bem combinada, para que o senhor possa ir se habituando à ideia; como vê, conheço-o e preparo estrategicamente o terreno. Digamos, então, no dia...

Carta do dr. Alberto Rojas.
Lobos, 14 de julho de 1958.

Sr. Federico Moraes,
Buenos Aires.
Querido amigo:
Talvez o senhor se surpreenda ao receber estas linhas tão poucas horas depois de nossa grata reunião em sua casa, mas um incidente ocorrido durante nossa noitada me afetou de tal modo que sinto a necessidade de lhe confiar minha preocupação. Como sabe, detesto o telefone e tampouco me

entusiasma escrever, porém assim que tive condições de refletir a sós sobre o sucedido pareceu-me que o mais lógico e mesmo o mais elementar seria enviar-lhe esta carta. Para ser franco, se Lobos não ficasse tão distante da capital (um homem velho e doente mede os quilômetros de outra maneira), creio que teria voltado hoje mesmo para Buenos Aires para conversar com o senhor sobre esse assunto. Enfim, chega de preâmbulos e vamos aos fatos. Mas antes, querido Federico, obrigado de novo pela magnífica ceia que nos ofereceu, como só o senhor sabe fazer. Tanto Luis Funes como Barrios e Robirosa concordaram comigo em que o senhor é uma das delícias do gênero humano (Barrios *dixit*) e um anfitrião inigualável. Não estranhará, assim, que apesar do acontecido eu ainda guarde a satisfação um pouco nostálgica dessa noitada que me deu oportunidade de encontrar uma vez mais os velhos amigos e passar em revista tantas lembranças que a solidão vai desgastando inapelavelmente.

O que vou lhe dizer será de fato uma novidade para o senhor? Enquanto lhe escrevo, não posso deixar de pensar que talvez sua condição de dono da casa o tenha levado esta noite a disfarçar o constrangimento que deve ter sentido em decorrência do desagradável incidente entre Robirosa e Luis Funes. No que diz respeito a Barrios, distraído como sempre, não se deu conta de nada; saboreava seu café com grande fruição, atento aos casos e às brincadeiras, sempre pronto a contribuir com aquela graça crioula que todos nós apreciamos tanto nele. Em resumo, Federico, se esta carta não lhe diz nada de novo, mil perdões; de todo modo, penso que faço bem em lhe escrever.

Já ao chegar a sua casa me dei conta de que Robirosa, sempre tão cordial com todo mundo, se mostrava evasivo toda vez que Funes lhe dirigia a palavra. Ao mesmo tempo, notei que Funes era sensível a essa frieza, e que em várias ocasiões insistia em falar com Robirosa, como se quisesse certificar-se de que a atitude de Robirosa não era mero produto de uma distração momentânea. Na presença de comensais brilhantes como Barrios, Funes e o senhor, o relativo silêncio dos demais passa despercebido, e não creio que fosse fácil dar-se conta de que Robirosa só aceitava o diálogo com o senhor, com Barrios e comigo, nas raras ocasiões em que preferi falar a escutar.

Já na biblioteca, preparávamo-nos para sentar ao pé do fogo (enquanto o senhor dava algumas instruções a seu fiel Ordóñez) quando Robirosa se afastou do grupo, foi até uma das janelas e começou a tamborilar a vidraça. Eu havia trocado algumas frases com Barrios — que insiste em defender as abomináveis experiências nucleares — e me preparava para instalar-me confortavelmente perto da lareira; nesse momento virei a cabeça por nenhuma razão em especial e vi que Funes se afastava por sua vez e ia até a janela onde Robirosa ainda se encontrava. Barrios já esgotara seus

206 *Sobremesa*

argumentos e folheava distraidamente um exemplar da *Esquire*, alheado do que ocorria mais adiante. Uma peculiaridade acústica de sua biblioteca me permitiu captar com surpreendente nitidez as palavras que os dois trocavam em voz baixa junto à janela. Visto que tenho a impressão de continuar a ouvi-las, tratarei de repeti-las textualmente. Houve uma pergunta de Funes: "Posso saber o que está acontecendo com você, homem?", e a resposta imediata de Robirosa: "Vá saber qual o nome piedoso que lhe dão naquela embaixada. Para mim só existe um modo de chamá-lo, e não quero pronunciá-lo em casa alheia".

O insólito do diálogo, e sobretudo seu tom, me confundiram a tal ponto que julguei estar cometendo uma indiscrição, e desviei os olhos. Naquele exato momento o senhor concluía sua conversa com Ordóñez e o despachava; Barrios se deleitava com um desenho de Varga. Sem olhar novamente para a janela, ouvi a voz de Funes: "Pelo que você mais preza, lhe peço que...", e a de Robirosa, interrompendo-o como uma chibata: "Já não é possível consertar esse assunto com palavras, homem". O senhor bateu palmas amavelmente, convidando-nos a sentar perto do fogo, e tomou a revista de Barrios, que se dedicava a admirar uma página particularmente atraente. Entre as brincadeiras e risadas, ainda consegui ouvir Funes dizer: "Por favor, Matilde não pode ficar sabendo". Vi vagamente que Robirosa dava de ombros e voltava as costas a Funes. O senhor havia se aproximado deles, e não me surpreenderia que tivesse ouvido o fim do diálogo. Então Ordóñez apareceu com os charutos e o conhaque. Funes veio sentar-se ao meu lado, e a conversa nos envolveu uma vez mais, e até muito tarde.

Eu estaria mentindo, querido Federico, se deixasse de acrescentar que para mim o incidente teve o dom de estragar uma noitada muito agradável. Nestes tempos de ameaças bélicas, fronteiras fechadas e poços de petróleo cobiçáveis, semelhante acusação adquire um peso que não teria tido em épocas mais venturosas; o fato de que proviesse de um homem tão estrategicamente situado nas altas esferas como Robirosa lhe dá um peso que seria pueril negar, sem falar no tom de admissão que, como o senhor há de reconhecer, se depreende do silêncio e da súplica do acusado.

A rigor, o que possa ter acontecido entre nossos amigos só nos diz respeito indiretamente. Nesse sentido, estas linhas suplantam um comentário verbal que as circunstâncias não permitiram que eu fizesse na ocasião. Estimo demais Luis Funes para não desejar ter me enganado, e penso que meu isolamento e a misantropia que todos vocês me recriminam carinhosamente podem ter contribuído para a fabricação de um fantasma, de uma má interpretação que duas linhas suas talvez dissipassem. Torço para que seja assim, torço para que o senhor comece a rir e me demonstre, numa carta que espero desde já, que o que os anos me dão em cabelos brancos retiram-me em inteligência.

Um grande abraço de seu amigo

Alberto Rojas

Buenos Aires, quarta-feira, 16 de julho de 1958.

Sr. Alberto Rojas.

Querido Rojas:

Se sua intenção foi me deixar atônito, alegre-se: triunfo completo. Mesmo resistindo a acreditar, por velho e cético, sou obrigado a reconhecer seus poderes telepáticos a não ser que atribua seu êxito a um acaso ainda mais assombroso. Enfim, sou bom jogador e me parece justo recompensá-lo com a plena admissão de minha surpresa e meu embaraço. Pois sim, amigo meu: sua carta me chegou às mãos no exato instante em que eu rabiscava umas linhas em sua intenção, como faço todos os anos, para convidá-lo a jantar em minha casa daqui a duas semanas. Estava abrindo um parágrafo quando Ordóñez me apareceu com um envelope na mão; reconheci na mesma hora o papel cinza que o senhor utiliza desde que nos conhecemos, e a coincidência me fez largar a esferográfica como se ela fosse uma centopeia. Companheiro, é isso que eu chamo de acertar na mosca de olhos fechados!

Mas, coincidências à parte, confesso que sua brincadeira me deixou perplexo. Para começar, fico maravilhado ao ver que acertou em todos os detalhes. Primeiro, desconfiou que eu não tardaria em enviar-lhe um convite para jantar em minha casa; segundo (e isso já me deixa estupefato), deu por assente que este ano eu não convidaria Carlos Frers. Como o senhor fez para adivinhar minhas intenções? Me ocorre conjecturar que alguém do clube pode ter lhe dito que Frers e eu estávamos distanciados depois da questão do Pacto Agrícola; mas por outro lado o senhor vive isolado e sem socializar com ninguém... Finalmente, inclino-me diante de seu gênio analítico, se de análise se trata. Tenho mais bem uma impressão de bruxaria, admiravelmente ilustrada pelo recebimento de sua carta no momento preciso em que me dispunha a escrever-lhe.

Seja como for, meu querido Alberto, sua habilíssima invenção tem um avesso que me preocupa. Qual é seu objetivo com essa acusação indireta a Luis Funes? Que eu saiba, os senhores sempre foram ótimos amigos, embora a vida vá nos levando a todos por caminhos distintos. Se realmente tem alguma crítica a Funes, por que escrever para mim, e não para ele?

208   *Sobremesa*

Em última análise, por que não incluir Robirosa em sua acusação, dadas as funções especiais que, como amigos mais íntimos, sabemos que ele desempenha na Chancelaria? Em lugar disso o senhor empreende uma complicada carambola em três frequências cujo sentido prefiro não indagar por enquanto. Com toda a sinceridade, confesso estar desarvorado diante de uma manobra que tenho dificuldade em acreditar tratar-se de simples brincadeira, visto que compromete a honra de um de nossos amigos mais queridos. Sempre o julguei um homem íntegro e leal, a quem suas qualidades pessoais levaram, em tempos de corrupção e venalidade, a refugiar-se numa estância solitária, entre livros e flores mais puros que nós. E assim, embora me espante e mesmo me divirta o jogo de casualidades ou acertos de sua carta, toda vez que a releio sou invadido por uma inquietação na qual a própria definição de nossa amizade parece ameaçada. Perdoe a franqueza; ou, se não perdoa, esclareça o mal-entendido e ponhamos um ponto-final na questão.

Desnecessário dizer que nada disso altera minimamente minha intenção de que nos reunamos em minha casa no dia 30 do corrente, tal como lhe anunciava numa carta interrompida pela chegada da sua. Já escrevi a Barrios e a Funes, que andam pelo interior, e Robirosa me telefonou aceitando o convite. Como as obras-primas não devem ficar ignoradas, o senhor não estranhará o fato de eu ter mencionado a Robirosa sua extraordinária brincadeira epistolar. Poucas vezes o ouvi rir com tanto gosto... A mim sua carta diverte menos que a nosso amigo, e creio mesmo que algumas linhas suas me aliviariam disso que se convenciona chamar um peso.

Até essas linhas, pois, ou até que nos vejamos em minha casa.

Muito sinceramente,

Federico Moraes

Lobos, 18 de julho de 1958.

Sr. Federico Moraes.

Querido amigo:

O senhor fala em assombro, em casualidades, em triunfos epistolares. Muito obrigado, mas cumprimentos que não fazem mais que encobrir uma mistificação não são os que prefiro. Se julga o termo um pouco forte, aplique a sua própria pessoa o sentido crítico que tanto o ilustrou no foro e na política, e há de reconhecer que a qualificação não é exagerada. Ou melhor, coisa que eu preferiria, dê por encerrada a brincadeira, se de brincadeira se trata. Posso entender que o senhor — e talvez os outros participantes do jantar em sua casa — procure jogar terra sobre uma coisa de que tomei conhecimento graças a um acaso que deploro profundamente. Também posso compreender que sua velha amizade com Luis Funes o leve a fingir que minha carta é mera brincadeira, enquanto não mordo a isca e não me reduzo ao silêncio. O que não entendo é a necessidade de tantas complicações entre pessoas como o senhor e eu. Bastaria pedir-me para esquecer o que ouvi em sua biblioteca; vocês já deveriam saber que minha capacidade de esquecimento é muito grande, nem bem adquiro a certeza de que ela pode ser útil a alguém.

Enfim, digamos que a misantropia contribua com seu amargor a estes parágrafos; por trás deles, querido Federico, está seu amigo de sempre. Um tanto desconcertado, é verdade, porque não consigo entender a razão de que queira reunir-nos novamente. Além disso, por que levar as coisas a um extremo quase ridículo, e referir-se a um suposto convite, interrompido aparentemente pela chegada de minha carta? Se eu não tivesse o hábito de jogar fora quase todos os papéis que recebo, seria um prazer devolver em anexo sua comunicação de...

Interrompi esta carta para jantar. Pelo noticiário da rádio acabo de tomar conhecimento do suicídio de Luis Funes. Agora o senhor há de compreender, sem necessidade de maiores explicações, por que eu gostaria de não ter sido testemunha involuntária de uma coisa que explica muito claramente uma morte que causará assombro a outras pessoas. Não creio que entre estas últimas esteja nosso amigo Robirosa, apesar da gargalhada provocada por minha carta, conforme seu depoimento. Como vê, Robirosa tinha razões de sobra para sentir-se orgulhoso de sua obra, e suponho que inclusive deva ter ficado feliz com a existência de uma testemunha presencial do penúltimo ato da tragédia. Todos temos nossa vaidade, e talvez Robirosa às vezes se ressinta de que seus altos serviços à nação se desenvolvam no mais indiferente dos segredos; quanto ao demais, sabe muito bem que nesta ocasião pode contar com nosso silêncio. Por acaso o suicídio de Funes não dá a ele absoluta razão?

Mas nem o senhor nem eu temos motivos para partilhar sua alegria até esse ponto. Ignoro as culpas de Funes; em compensação, recordo o bom amigo, o companheiro de outros tempos, melhores e mais felizes. O senhor saberá comunicar à pobre Matilde tudo o que eu, de minha clausura, que talvez não devesse ter violado, sinto diante de sua infelicidade.

Seu,

Rojas

Buenos Aires, segunda-feira 21 de julho de 1958.

Sr. Alberto Rojas.
De minha elevada consideração:
Recebi sua carta de 18 do corrente. Escrevo para informar-lhe que, em sinal de luto pela morte de meu amigo Luis Funes, decidi cancelar a reunião que havia programado para o dia 30 do corrente.
Cumprimenta-o atenciosamente,

Federico Moraes

A banda

À memória de René Crevel,
que morreu por coisas assim.

Em fevereiro de 1947, Lucio Medina me contou um divertido episódio que acabava de se passar com ele. Quando, em setembro daquele ano, eu soube que ele havia renunciado a sua profissão e abandonara o país, pensei confusamente numa conexão entre as duas coisas. Não sei se alguma vez lhe ocorreu a mesma conclusão. Caso lhe seja útil à distância, caso ainda esteja vivo em Roma ou em Birmingham, narro sua história singela com a maior fidelidade possível.

Uma olhada na programação dos cinemas informou a Lucio que no Gran Cine Ópera exibiam um filme de Anatole Litvak que ele havia perdido no período em que o filme ficara em cartaz nas salas do centro. Chamou sua atenção que um cinema como o Ópera exibisse outra vez aquele filme, mas em 1947 Buenos Aires já andava carente de novidades. Às seis, encerrado o trabalho na Sarmiento com a Florida, partiu para o centro com o empenho do bom portenho e chegou ao cinema quando a sessão ia começar. O programa anunciava um noticiário, um desenho animado e o filme de Litvak. Lucio pediu um lugar na plateia, fila doze, e comprou o *Crítica* para não ser obrigado a olhar para a decoração da sala e para os balcõezinhos laterais que lhe davam verdadeiros engulhos. O noticiário começou naquele momento, e muita gente entrou na sala enquanto banhistas em Miami rivalizavam com as sereias, e em Túnis inauguravam uma barragem gigante. À direita de Lucio sentou-se um corpo volumoso que cheirava a *Couro da*

Fim do jogo   211

Rússia, da Atkinson, o que não é pouco cheirar. O corpo vinha acompanhado de dois corpos menores, que durante algum tempo se agitaram inquietos e só se acalmaram na hora do Pato Donald. Tudo isso era usual num cinema de Buenos Aires, principalmente na sessão vermute.

Quando as luzes se acenderam, toldando em parte o indescritível céu estrelado e nebuloso, meu amigo se preparou para a leitura do *Crítica* dando uma olhada na sala. Algo ali estava fora do lugar, algo indefinível. Senhoras preponderantemente obesas se disseminavam pela plateia, e, tal como a que estava ao lado dele, vinham acompanhadas de uma prole mais ou menos numerosa. Achou estranho pessoas assim comprarem ingressos para o Ópera; várias das referidas senhoras tinham a cútis e a indumentária de respeitáveis cozinheiras endomingadas, falavam com fartura de ademanes de nítida índole italiana, e submetiam os filhos a um regime de beliscões e arengas. Senhores com o chapéu sobre as coxas (e seguro com as duas mãos) representavam a contrapartida masculina de um público que deixava Lucio perplexo. Conferiu o programa impresso sem encontrar outra menção que não fosse aos filmes projetados e aos programas vindouros. No exterior, tudo estava em ordem.

Desinteressando-se, começou a ler o jornal e deu cabo dos telegramas do exterior. Quando estava no meio do editorial, sua noção do tempo o alertou de que o intervalo estava anormalmente prolongado e tornou a dar uma olhada na sala. Chegavam casais, grupos de três ou quatro senhoritas paramentadas com o que Villa Crespo ou o parque Lezama julgavam elegante, e havia grandes encontros, apresentações e entusiasmos em diferentes setores da plateia. Lucio começou a se perguntar se não teria cometido um equívoco, embora tivesse dificuldade para localizar seu possível equívoco. Nesse momento as luzes se apagaram, mas ao mesmo tempo flamejaram brilhantes projetores de cena, a cortina subiu e Lucio viu, sem conseguir acreditar, uma imensa banda feminina de música perfilada no palco com um cartaz onde se lia: BANDA DA "ALPARGATAS". E enquanto (lembro-me da expressão em seu rosto ao contar-me) ele arfava de surpresa e maravilha, o regente ergueu a batuta e um estrépito incomensurável atropelou a plateia, pretextando uma marcha militar.

— Entende, aquilo era tão incrível que foi preciso algum tempo para eu conseguir sair do abobamento em que havia entrado — disse Lucio. — Minha inteligência, se você me permite chamá-la assim, sintetizou instantaneamente todas as anomalias dispersas e as transformou na verdade: um espetáculo para empregados e famílias da empresa "Alpargatas", que os safados do Cine Ópera omitiam dos programas para vender os ingressos disponíveis. Sabiam muito bem que se nós, de fora, ficássemos sabendo da banda não entrávamos nem a tiros. Tudo isso eu vi muito bem, mas não imagine que assim meu assombro diminuiu. Primeiro que eu jamais havia imaginado a existência em Buenos Aires de uma banda de mulheres tão fenomenal (me refiro à quantidade). E depois, que a música que elas tocavam era tão terrível que o sofrimento dos meus ouvidos não permitia que eu coordenasse as ideias nem os reflexos. Tinha ao mesmo tempo vontade de rir aos gritos, de distribuir palavrões e de ir embora. Mas ao mesmo tempo não queria perder o filme do velho Anatole, tchê, de modo que não saía do lugar.

A banda concluiu a primeira marcha e as senhoras rivalizaram entre si no mister de celebrá-la. Durante o segundo número (anunciado com um cartazinho), Lucio começou a fazer novas observações. Para começar, a banda era um enorme engodo, pois de suas cento e tantas integrantes apenas uma terça parte tocava os instrumentos. O resto era puro farol, as meninas alçavam trompetes e clarins tal como as verdadeiras executantes, mas a única música que produziam era a de suas belíssimas coxas, que Lucio julgou dignas de culto e louvor, sobretudo depois de algumas lúgubres experiências no Maipo. Em suma, aquela banda descomunal se reduzia a cerca de quarenta sopradoras e tamborileiras, enquanto as demais se apresentavam sob a forma de adereço visual, com a ajuda de lindíssimos uniformes e carinhas de fim de semana. O regente era um jovem totalmente inexplicável quando se pensa que estava afundado num fraque que, recortando-se como uma sombra chinesa contra o fundo ouro e rubro da banda, lhe dava um ar de coleóptero totalmente desvinculado do cromatismo do espetáculo. Aquele jovem movia em todas as direções sua longuíssima batuta e parecia veementemente disposto a ritmar a música da banda, coisa que estava muito longe de conseguir, na opinião de Lucio. Em termos de qualidade, a banda era uma das piores que ele já escutara na vida. Marcha após marcha, a apresentação prosseguia em meio ao beneplácito geral (repito seus termos sarcásticos e esdrúxulos), e a cada número concluído renascia a esperança de que por fim a centena de gatinhas se retirasse e reinasse o silêncio sob a estrelada abóbada do Ópera. Caiu a cortina e Lucio teve uma espécie de ataque de felicidade, até reparar que os holofotes não haviam se apagado, o que o levou a perfilar-se preocupado em seu assento. E aí, tranquilamente, a cortina sobe outra vez, agora mostrando um cartaz diferente: A BANDA EM DESFILE. As garotas estavam posicionadas de perfil, dos metais brotava uma ululante discordância vagamente semelhante à marcha "El Tala", e a banda inteira, imóvel no palco, movia ritmicamente as pernas como se estivesse desfilando. Era suficiente ser a mãe de uma das garotas para ter a perfeita ilusão do desfile, sobretudo quando na dianteira evoluíam oito imponderáveis aviões esgrimindo aqueles bastões com borlas que rodopiam, são jogados para o ar e se entrecruzam.

Fim do jogo   213

O jovem coleóptero abria o desfile, fingindo caminhar com grande aplicação, e Lucio teve que escutar intermináveis *da capo al fine* que em sua opinião foram suficientes para cobrir entre cinco e oito quarteirões. No final houve uma modesta ovação, e a cortina veio como uma imensa pálpebra proteger os maltratados direitos da penumbra e do silêncio.

— Meu assombro havia passado — disse-me Lucio —, mas nem mesmo no decorrer do filme, que era excelente, consegui me libertar de uma sensação de estranhamento. Saí para a rua, com o calor pegajoso e as pessoas das oito da noite, e me enfiei no El Galeón para beber um *gin fizz*. De chofre me esqueci completamente do filme de Litvak, a banda me ocupava como se eu fosse o palco do Ópera. Sentia vontade de rir, mas estava irritado, entende. Primeiro que eu deveria ter me aproximado da bilheteria do cinema para dizer umas boas verdades a eles. Não o fiz, sei muito bem, porque sou portenho. Afinal, tanto faz como tanto fez, você não acha? Mas não era isso o que me irritava, havia outra coisa mais profunda. Na metade do segundo trago comecei a compreender.

Aqui o relato de Lucio se torna de difícil transcrição. Em essência (mas justamente o essencial é o que não se consegue comunicar) seria o seguinte: até aquele momento ele estivera preocupado com uma série de elementos anômalos soltos: o programa enganador, os espectadores inadequados, a banda ilusória na qual a maioria era falsa, o regente fora de tom, o desfile de faz de conta, e ele próprio envolvido numa coisa que não fazia sentido para ele. De repente teve a impressão de entender tudo aquilo em termos que o extrapolavam infinitamente. Sentiu como se lhe tivesse sido dado ver o fim da realidade. Um momento da realidade que lhe parecera falsa porque era a verdadeira, a que agora já não via. O que acabava de presenciar era o real, ou seja, o falso. Deixou de sentir indignação com o fato de estar rodeado por elementos que não estavam em seus lugares, porque na própria consciência de um mundo outro compreendeu que aquela visão poderia se ampliar para a rua, para o El Galeón, para seu terno azul, para seu programa da noite, para seu escritório do dia seguinte, para seu plano de poupança, para seu veraneio de março, para sua amiga, para sua maturidade, para o dia de sua morte. Por sorte deixara de considerar as coisas dessa maneira, por sorte era outra vez Lucio Medina. Mas só por sorte.

Às vezes pensei que isso teria sido realmente interessante se Lucio volta ao cinema, se informa e descobre a inexistência de tal festival. Mas é fato verificável que a banda tocou no Ópera naquela tarde. Na realidade não há por que ficar exagerando as coisas. Quem sabe a mudança de vida e o exílio de Lucio lhe venham do fígado ou de alguma mulher. E além disso não é justo continuar falando mal da banda, pobres garotas.

A banda

Os amigos

Naquele jogo tudo precisava ser rápido. Quando o Número Um resolveu que era preciso liquidar Romero e que o Número Três se encarregaria do trabalho, Beltrán recebeu a informação poucos minutos mais tarde. Tranquilo, mas sem perder um instante, saiu do café da Corrientes com a Libertad e entrou num táxi. Enquanto tomava um banho em seu apartamento ouvindo o noticiário, lembrou-se de que havia visto Romero pela última vez em San Isidro num dia de azar nas corridas. Na época Romero era um tal Romero e ele um tal Beltrán; bons amigos antes que a vida os pusesse em caminhos tão diferentes. Sorriu quase a contragosto, pensando na cara que Romero ia fazer ao se encontrar novamente com ele, mas a cara de Romero não tinha a menor importância e em compensação era preciso pensar com cuidado na questão do café e do carro. Era curioso que o Número Um tivesse tido a ideia de mandar matar Romero no café da Cochabamba com a Piedras, e naquele horário; talvez, se fosse o caso de acreditar em certas informações, o Número Um já estivesse um pouco velho. De toda maneira, a incompetência da ordem lhe dava uma vantagem: podia tirar o carro da garagem, estacioná-lo com o motor ligado para os lados da Cochabamba e ficar esperando que Romero chegasse, como sempre, para encontrar os amigos por volta das sete da noite. Se tudo desse certo, evitaria que Romero entrasse no café e, ao mesmo tempo, que os que estavam no café vissem sua intervenção ou suspeitassem que ela ocorrera. Era questão de sorte e de cálculo, um simples gesto (que Romero não deixaria de ver, porque era um lince), e saber avançar pelo meio do trânsito e fazer a curva a toda a velocidade. Se os dois fizessem as coisas como tinham que ser feitas — e Beltrán estava tão seguro de Romero quanto de si próprio —, tudo ficaria resolvido num instante. Tornou a sorrir, pensando na cara do Número Um quando, mais tarde, bem mais tarde, ligasse para ele de algum telefone público para informá-lo do sucedido.

Vestindo-se devagar, acabou o maço de cigarros e se olhou no espelho por um momento. Depois tirou outro maço do pacote, e antes de apagar as luzes certificou-se de que estava tudo em ordem. Os galegos da garagem mantinham seu Ford como uma seda. Desceu pela Chacabuco devagar, e às dez para as sete estacionou a poucos metros da porta do café, depois de dar duas voltas no quarteirão à espera de que um caminhão de entrega liberasse uma vaga. De onde estava, era impossível que os do café o vissem. De vez em quando pressionava um pouco o acelerador para manter o motor aquecido; não queria fumar, mas sentia a boca seca e ficava com raiva.

Às cinco para as sete viu Romero se aproximando pela calçada em frente; reconheceu-o na mesma hora pelo chapelão cinza e o paletó cruzado. Com uma olhadela para a vidraça do café, calculou o tempo que seria necessário para atravessar a rua e chegar até lá. Mas não podia acontecer nada com Romero a tanta distância do café, era preferível deixá-lo atravessar a rua e subir para a calçada. Exatamente naquele momento, Beltrán deu a partida no carro e pôs o braço para fora da janela. Tal como previsto, Romero o viu e estacou, surpreso.

A primeira bala o acertou no meio dos olhos, depois Beltrán atirou no volume que desmoronava. O Ford saiu em diagonal, passando justo na frente de um bonde, e deu a volta pela Tacuarí. Dirigindo sem pressa, o Número Três pensou que a última visão de Romero fora a de um tal Beltrán, um amigo do hipódromo em outros tempos.

O motivo

Ninguém vai acreditar, é como fita de cinema, as coisas são como acontecem e a gente tem que aceitar, se não gostar vai embora e o dinheiro ninguém devolve. Como quem não quer nada, já se passaram vinte anos e a coisa está mais que prescrita, de modo que vou contar e quem achar que estou inventando que vá fritar bolinhos.

Montes foi morto no baixo numa noite de agosto. Vai ver que era verdade que Montes tinha faltado ao respeito com uma mulher e que o macho dela cobrou com juros. O que eu sei é que Montes foi morto por trás, com um tiro na cabeça, e isso não se perdoa. Montes e eu éramos unha e carne, sempre juntos no carteado e no boteco do negro Padilla, mas vocês não devem estar lembrados do negro. Ele também foi morto; um dia, se quiserem, eu conto.

O fato é que quando me avisaram, Montes já tinha batido as botas e cheguei a duras penas bem na hora de ver a irmã se jogar em cima dele e ter um chilique. Fiquei um tempo olhando pro Montes, que estava com os olhos abertos, e jurei pra ele que o outro não ia sair dessa sem mais nem menos. Naquela noite falei com Barros e é agora que vocês vão achar que minha história não bate. A questão é que Barros tinha sido o primeiro a chegar quando se ouviu o tiro, e encontrou Montes agonizando ao lado de um cinamomo. Barros, que era um azougue, fez o impossível pra que ele falasse quem tinha feito aquilo. Montes queria falar, mas com chumbo na cabeça não deve ser nada fácil, de modo que Barros não conseguiu tirar grande coisa dele. De todo jeito Montes conseguiu lhe dizer, prestem atenção no que é o delírio de um moribundo, algo do tipo "o do braço azul", e depois disse uma palavra que parecia "tatuagem", e disso a gente tirou que o cara era marinheiro e deu. Pensem só, tão fácil dizer López ou Fernández, mas com um balaço na cuca, fazer o quê? Vai ver que Montes não sabia como o outro se chamava, tatuagem dá pra ver, mas um nome é preciso verificar, e numa dessas vai ver que é grupo.

Agora vocês vão achar graça quando eu disser que oito dias depois Barros e eu localizamos o sujeito, enquanto a melhor do mundo dá batidas no porto e pra tudo quanto é lado sem encontrar nada. Tínhamos nossos macetes e não vou dar canseira com detalhes. Mas não é disso que vocês vão rir, vão rir é de que o cagueta não conseguiu nos fornecer a filiação do indivíduo, em compensação nos avisou que ele estava se mandando num navio francês e que não era como marinheiro, mas como passageiro, vejam só que luxo. Daí deduzimos que o cara tinha largado a profissão e que como conhecia meio mundo estava aproveitando pra dar sumiço. A única coisa que a gente sabia era que ele viajava na terceira classe e era argentino. Nada de estranho nisso, um gringo não teria encarado Montes, mas o mais bizarro do caso foi o cagueta não conseguir descobrir o sobrenome do cara. Ou melhor, forneceram um nome pra ele que depois não constava entre os passageiros. A galera às vezes tem medo, tchê, vai ver que o sujeito que cantou o informe pro nosso cagueta por trinta mangos enrolou o nome do outro pra não se dar mal. Ou então vai ver que o indivíduo na última hora arrumou documentos fajutos. O fato é que agora a fita prossegue, porque eu e Barros trocamos ideia a noite inteira e de manhã rumei pro Departamento e dei entrada nos papéis. Naquela época não era tão trabalhoso conseguir o passaporte. Bom, para encurtar a conversa, a questão é que no comitê me facilitaram a passagem e uma noite às dez horas este que vos fala estava a bordo de um navio a caminho de Marselha, que é um apeadeiro dos franças. Estou até vendo a cara de vocês, mas paciência. Se quiserem, fico por aqui. Bom, então toca mais uma cana e façam de conta que estão lendo *O conde de Monte Cristo*. Avisei desde o começo que esses casos não acontecem com todo mundo, sem contar que eram outros tempos.

No navio, que viajava quase vazio, deram pra mim sozinho um camarote com quatro camas, vejam só que luxo. Dava pra eu me espalhar e ainda sobrava espaço. Vocês já viajaram pra Europa, rapazes? Pergunto só pra botar banca. É o seguinte: os camarotes davam pra um corredor, e pelo corredor se chegava a um barzinho que havia numa das pontas; pelo outro lado precisava subir uma escada pra chegar à ponta da frente do navio. Passei a primeira noite no convés, olhando Buenos Aires desaparecer devagarinho.

Mas no dia seguinte comecei a verificar a área. Em Montevidéu ninguém desembarcou, o navio nem chegou a atracar. Quando a gente tocou mar afora, amarguei os pinotes das minhas tripas, coisa que não desejo pra vocês. O assunto não ia ser difícil porque no bar o cara fica sabendo de tudo na mesma hora e ocorre que dos vinte e tantos passageiros da terceira classe uns quinze eram mulheres e o resto quase tudo galego e macarrone. Fora eu, só três argentinos, e não demorou nada pra nós quatro pegarmos firme no truco e na cerveja.

Um dos três já era velho, mas bem que ele era capaz de dar um passa-fora no mais esperto. Os outros dois andavam pelos trinta, como eu. Pereyra e eu ficamos chapas na hora, mas Lamas era mais reservado e parecia meio tristão. Eu ficava de orelha em pé pra ver qual dos três falava o lunfardo dos marinheiros, e volta e meia soltava algum comentário a respeito do navio pra ver se algum deles caía na armadilha. Logo me dei conta de que não ia conseguir nada, porque o envolvido estava mais fechado que baú de solteirona. Diziam cada idiotice sobre o navio que até eu percebia. E com tudo isso fazia um frio horroroso e ninguém tirava o casaco nem o pulôver.

Os três já tinham me dito que iam pra Marselha, de modo que fiquei de olhos bem abertos até a gente sair do Brasil, mas era verdade e nenhum deles se mandou. Quando o calor começou a apertar, fiquei só de camiseta pra dar o exemplo, mas eles andavam de camisa e só arregaçavam as mangas até os cotovelos, não mais que isso. O velho Ferro dava risada quando me via de treta com a camareira e me felicitava por ter todos aqueles colchões no camarote. Pereyra também estava se dando bem, e por causa da Petrona, que era uma galeguinha esperta, andávamos os dois aperreados. E isso sem falar no tanto que o navio balançava e na porcaria da comida que nos serviam.

Quando achei que Pereyra estava levando muito a sério a história de dar em cima da Petrona, tomei minhas providências. Nem bem a encontrei no corredor, falei que estava entrando água no meu camarote. Ela acreditou, e assim que entrou, tranquei a porta. Na minha primeira investida largou uma bofetada, mas rindo. Depois ficou mansinha feito ovelha. Imaginem só, com todas aquelas camas, como dizia o Ferro. Na verdade naquela noite não fizemos grande coisa, mas no dia seguinte mostrei a que vinha e a verdade é que galega ou não galega, ela valia a pena. Puta se valia.

Como quem não quer nada, toquei no assunto com Lamas e Pereyra, que no começo não queriam acreditar ou deram uma de impressionados. Lamas ficou quieto como sempre, mas Pereyra estava passado e percebi suas intenções. Me fiz de desentendido e ele saiu de fininho. Naquela noite a Petrona não apareceu no meu camarote; eu já tinha visto os dois de papo perto dos banheiros. Vocês vão achar estranho a galeguinha me largar assim tão depressa, por isso é melhor eu contar tudo de uma vez. Com uma nota de cem pesos e a promessa de outra se ela me conseguisse a informação que eu desejava, a Petrona topou o negócio na hora. Vocês podem imaginar que eu não falei pra ela por que queria saber se Pereyra tinha alguma marca no braço; mencionei uma aposta, uma besteira dessas. Rimos feito uns loucos.

Na manhã seguinte conversei um tempão com o Lamas, os dois sentados num rolo de cordas na parte da frente do navio. Ele me disse que estava indo para a França trabalhar de ordenança na embaixada, ou algo do estilo. Era um sujeito calado, meio tristão, mas comigo ele se abria bastante. Eu tratava de olhá-lo nos olhos e de repente me passava pela memória o rosto de Montes morto, os gritos da irmã, o velório, depois que o devolveram da autópsia. Eu tinha vontade de botar pressão no Lamas e perguntar na cara se tinha sido ele. Mas qual era a vantagem? Fazendo isso poria tudo a perder. Melhor esperar a Petrona aparecer no meu camarote.

Aí pelas cinco ela bateu na minha porta. Vinha morrendo de rir e de cara me anunciou que Pereyra não tinha nada nos braços. "Tive tempo de sobra pra olhar pra ele por todos os lados", disse, rindo feito louca. Pensei no Lamas, que pra mim era o mais simpático, e me dei conta de como o cara pode ser imbecil quando se deixa levar desse jeito. Que simpático porra nenhuma. Se Ferro e Pereyra estavam fora, não havia dúvida. De pura invocação, tracei ali mesmo a Petrona, que não queria, e tive que aplicar uns tabefes nela pra agilizar o lance de tirar a roupa. Não desgrudei dela até a hora da janta, e só desgrudei pra não comprometê-la com os caras do navio, que já deviam estar atrás dela. Combinamos que ela voltaria no dia seguinte à tarde e fui jantar. Haviam posicionado os quatro conterrâneos na mesma mesa, longe dos galegos e dos macarrones, comigo de frente pro Lamas. Vocês não imaginam a dificuldade que foi olhar pra ele com cara normal, pensando no Montes. Agora eu já não estranhava ele ter enrolado Montes, qualquer um entrava na dele com aquele seu ar todo concentrado que inspirava confiança. Eu nem ligava pro Pereyra, mas acabei achando estranho ele não comentar nada sobre a Petrona, ele que antes ficava o tempo todo alardeando o que ia fazer com a galeguinha na cama. Me ocorreu que ela do lado dela também não tinha me falado muito do rapaz, exceto me dizer o que importava. Por via das dúvidas fiquei de prontidão com a porta entreaberta e lá pela meia-noite eu a vi entrar no camarote de Pereyra. Me deitei e fiquei pensando.

No dia seguinte a Petrona não apareceu. Acuei-a num dos banheiros e perguntei o que estava acontecendo. Falou que nada, que estava com muito trabalho.

Fim do jogo   219

— Esta noite você se encontrou de novo com o Pereyra? — perguntei de supetão.

— Eu? Por quê? Não, não me encontrei com ele de novo — mentiu.

Alguém roubar a mulher do cara não é pouca brincadeira, mas se além disso a culpa é sua mesmo, vocês podem imaginar que eu não estava achando a menor graça. Quando insisti pra que ela fosse me ver naquela mesma noite, ela começou a chorar e disse que o cabo ou o capataz de bordo estava pelas tabelas com ela, desconfiado do que havia acontecido, que não queria perder o trampo e outros lances do tipo. Acho que foi naquele momento que eu saquei do que se tratava e fiquei pensando. O assunto com a galega não era tão grave, mesmo com o amor-próprio azedando meu sangue. Mas havia outras coisas mais sérias, e tive a noite inteira para pensar nelas. A tal noite também me serviu pra ver a Petrona se esgueirando mais uma vez pra dentro do camarote do Pereyra.

No dia seguinte dei um jeito de ficar de charola com o velho Ferro. Fazia um bom tempo que eu não desconfiava dele, mas achei melhor ter certeza. Ele repetiu com todos os detalhes que estava indo para a França visitar a filha que tinha se casado com um frança e era mãe de uma penca de filhos. O velho queria ver os netos antes de esticar as canelas e andava com a carteira cheia de fotos da família. Pereyra apareceu tarde e com cara de sono. Também... E Lamas andava às voltas com um método pra aprender francês. Veja só a companhia que eu arrumei, tchê.

A coisa continuou assim até a véspera da chegada a Marselha. Fora encurralá-la uma ou duas vezes nos corredores, não consegui que a Petrona voltasse ao meu camarote. Ela já nem se lembrava da grana que eu tinha prometido, e isso que toda vez que eu falava com ela, mencionava o assunto. Como ela fazia cara de nojo ao ouvir falar nos pesos que eu lhe devia, me convenci do que estava pensando e vi tudo com muita clareza. Na noite anterior à chegada encontrei-a tomando a fresca no convés. Pereyra estava ao lado dela e quando me viu passar fez cara de inocente. Esperei a ocasião e na hora de ir dormir interpelei a galeguinha, que andava muito atarefada.

— Você não vai me visitar? — perguntei, fazendo um carinho nos quadris dela.

Ela se jogou para trás como se estivesse vendo o diabo, mas depois disfarçou.

— Não posso — disse. — Eu já lhe disse que estou sendo vigiada.

Fiquei com vontade de arrebentar a fuça dela com uma porrada pra ela parar de me fazer de idiota, mas me segurei. Não havia mais tempo pra palhaçada.

— Me diga uma coisa — perguntei. — Você tem certeza mesmo do que me falou sobre o Pereyra? Olhe que é importante e vai ver que você não olhou direito.

Vi nos olhos dela a vontade de rir, misturada ao medo.

— Claro que olhei, já falei pra você que não havia nada. O que você quer, que eu vá pra cama com ele outra vez?

E sorria, a cadela, convencida de que eu estava no mundo da lua. Dei-lhe um tapa de leve e voltei para o camarote. Não estava mais interessado em espiar se a Petrona ia pro quarto do Pereyra.

Pela manhã eu já estava de mala feita e com o necessário na cinta. O fran-ça que servia o café patinava um pouco no espanhol e já tinha me explicado que quando chegássemos a Marselha a polícia subiria a bordo com o objetivo de fazer o controle dos documentos. Só depois as pessoas receberiam permissão pra desembarcar. Todos formamos uma fila e fomos passando um a um pra mostrar os documentos. Deixei Pereyra ir na frente, e quando chegamos ao outro lado peguei-o pelo braço e convidei-o pra uma despedida no meu camarote com um gole de cana. Como ele já tinha provado da cana e gostado, foi sem discutir. Fechei a porta com a tranca e fiquei olhando pra ele.

— E a caninha? — ele perguntou, mas quando viu o que eu tinha na mão ficou branco e recuou. — Não seja besta... Por uma mulher como aquela... — conseguiu dizer.

O camarote ficou apertado, tive que pular por cima do finado para jogar o facão na água. Mesmo sabendo que era inútil, me agachei para verificar se a Petrona não tinha mentido para mim. Peguei a mala, fechei o camarote à chave e saí. Ferro já estava na passarela e me cumprimentou aos gritos. Lamas aguardava sua vez, calado como sempre. Aproximei-me e disse algumas coisas no ouvido dele. Achei que ele ia cair duro no chão, mas foi só impressão. Pensou um pouco e concordou. Eu sabia havia algum tempo que ele ia concordar. Segredo por segredo, nós dois cumprimos o prometido. Dele, nunca mais ouvi falar, exceto que me conseguiu acomodações entre seus amigos franças. Três anos depois, já tive condições de voltar. Estava com uma vontade de ver Buenos Aires...

Torito

À memória de d. Jacinto Cúcaro, que nas aulas de pedagogia do curso Normal "Mariano Acosta", por volta do ano de 1930, nos contava as lutas de Suárez.

Fazer o quê, cara, quando você está por baixo todo mundo dá porrada. Todos, tchê, até o mais cagão. Te sacodem de encontro às cordas, te sentam a mão. Sai, sai, não me vem com consolo, saco. Te conheço, seu mascarado. Toda vez que penso nisso, sai daí, sai. Na sua cabeça estou desesperado, o que acontece é que não aguento mais ficar aqui jogado o dia inteiro. Puta, como são longas as noites de inverno, lembra do guri do armazém, como cantava essa milonga? Puta, como são longas... E é isso, guri. Mais longas que esperança de pobre. Entende, eu quase não conheço a noite — e venho conhecer agora, desse jeito... Sempre cedo na cama, às nove ou às dez. O patrão me dizia: "Menino, já pra cama, amanhã tem muito trabalho". Rara a noite em que eu conseguia dar uma fugida. E agora o tempo inteiro assim, olhando o teto. Outra coisa que eu não sei fazer, olhar pra cima. Todo mundo falou que teria sido melhor, que foi uma enorme besteira levantar dois segundos depois, invocadíssimo. É verdade, se eu ficasse os oito segundos o branquelo não me acertava assim.

Fazer o quê? Deu nisso. E pra piorar, a tosse. Depois eles vêm com o xarope e as injeções. Coitada da irmãzinha, o trabalho que eu lhe dou. Nem mijar sozinho eu consigo. A irmãzinha é só bondade. Me dá leite quente, me conta coisas. Quem diria, menino. O patrão só me chamava de menino. Aplica um uppercut, menino. Pra cozinha, menino. Quando eu enfrentei o negro em Nova York, o patrão ficou preocupado. Estive com ele no hotel, antes de sair. "Você acaba com ele em seis rounds, menino", mas fumava feito um louco. O negro, como era mesmo o nome do negrinho, Flores, um troço assim. Duro na queda, tchê. Um estilo lindo, a cada round me deixava mais pra trás. Uppercut, menino, enfia um uppercut. Tinha razão. No terceiro ele veio abaixo feito um pano velho. Ficou amarelo, o negro. Flores, acho, um troço assim. Olha só como a gente se engana, no começo achei que o branquelo ia ser mais fácil. O que é a autoconfiança, cara. Me acertou um soco que nem te conto. Me pegou de guarda baixa, o maldito. Pobre do patrão, não queria acreditar. Me levantei com uma bronca... Nem sentia as pernas, queria acabar com ele ali mesmo. Azar, menino. Todo mundo apanha, na final. Na noite do Tani, lembra? Coitado do Tani, que tunda. Dava pra ver que o Tani estava acabado. Bonitão, o índio, veio em cima com tudo, dá-lhe que dá-lhe, por cima, por baixo. E eu nem sentia, coitado do Tani. E isso que quando fui cumprimentar o Tani no canto minha cara estava doendo muito, ao fim e ao cabo ele me acertou uma bela de uma cacetada. Coitado do Tani, sabe que ele olhou pra mim, eu botei a luva na cabeça dele rindo de satisfação, eu não queria rir, claro que não era dele, coitado do guri. Ele só olhou pra mim, mas me deu sei lá o quê. Todo mundo me agarrava, garoto lindo, garoto macho, ah, guasca, e o Tani quieto no meio do pessoal dele, mais por baixo que umbigo de cobra. Coitado do Tani. Por que estou me lembrando dele, agora me diz. Vai ver que foi assim que eu olhei pro branquelo naquela noite. Sei lá, entrei nessa de ficar lembrando. Que tunda, mano. Sem chance de querer disfarçar. O cara me deu uma surra e pronto. O pior era que eu não queria acreditar. Estava deitado no hotel, o patrão fumando, fumando, quase não havia luz. Lembro que estava quente. Depois me puseram gelo, imagine só, eu com gelo. O patrão não dizia nada, o pior era que não dizia nada. Te juro que eu estava com vontade de chorar, como na vez que ela... Mas pra que esquentar. Se estou sozinho, juro que choro. "Deu ruim, patrão", falei. O que mais podia dizer? E ele fuma que fuma. Sorte cair no sono. Como agora. Toda vez que eu pego no sono, tiro a sorte grande. De dia tem o rádio que a irmãzinha me trouxe, o rádio que... Parece mentira, cara. Bom, dá pra ouvir uns tanguinhos e as transmissões dos teatros. Você gosta do Canaro? Eu gosto do Fresedo, tchê, também do Pedro Maffia. Vi os dois um monte de vezes no *ringside*, iam me ver todas as vezes. Dá pra pensar nisso, as horas ficam mais curtas. Mas à noite, que roubada, velho. Nem rádio nem irmãzinha, e numa dessas vem a tosse e dá-lhe que dá-lhe, e nessas alguém da outra cama se emputece e grita com a gente. Pensar que antes... Repare que agora me incomoda mais que antes. Os jornais diziam que quando criança eu brigava com os carroceiros no Lixão. Pura mentira, tchê, nunca me ataquei com ninguém na rua. Uma ou duas vezes, nunca por culpa minha, juro. Pode acreditar. Coisas que acontecem, o cara sai com a turma, encontra outro pessoal e de repente, sujou. Eu não gostava, mas quando me envolvi pela primeira vez achei o máximo. Claro, só podia ser o máximo, se quem levava a pior era o outro. Quando menino eu brigava com a canhota, adorava bater com a canhota. Minha velha ficou mal primeira vez que me viu brigar com um cara que devia ter uns trinta anos. Achou que ele ia me matar, coitada da velha. Quando o sujeito desabou, ela não queria acreditar. Pra falar a verdade, nem eu, juro que nas primeiras vezes achei que era sorte. Até que o amigo do patrão foi falar comigo no clube e me disse que eu precisava seguir em frente. Lembra daqueles tempos, guri? Que surras! Tinha cada meliante que *te la voglio dire*. "Senta a mão com vontade", dizia o amigo do patrão. Depois falava de profissionais, do Parque Romano, do River. Eu totalmente por fora, nunca tinha cinquenta mangos pra ir ver coisa nenhuma. Também, na noite em que ele me deu vinte pesos, que alegria. Foi com o Tala, ou com aquele magrelo canhoto, nem me lembro mais. Derrubei em dois rounds, ele nem chegou a encostar a mão em mim. Sabe, eu sempre esquivei a cara. Nunca que eu ia imaginar o lance do branquelo... O cara acredita que tem queixo de ferro e nisso chega alguém e demole ele com um soco. Que ferro uma ova. Vinte pesos, guri, imagine só. Dei cinco pra velha, juro que só pra me mostrar, só pra ela ver. A coitada queria pôr água de flor de laranjeira no meu punho dolorido. Coisas de velha, coitada. Repara bem, foi a única que tinha dessas delicadezas, porque a outra... É isso, é só pensar na outra que já estou de novo em Nova York. De Lanús me lembro muito pouco, tudo se mistura. Um vestido xadrezinho, isso, agora estou vendo, e o saguão do Don Furcio, e mais as mateadas. Como me sacavam, naquela casa, os guris se reuniam pra me olhar pela grade, e ela sempre grudando algum recorte do *Crítica* ou do *Última Hora* no álbum que tinha começado, ou me mostrava as fotos do *El Gráfico*. Nunca se viu em foto? Na primeira vez impressiona, a gente pensa mas esse sou eu, com essa cara. Depois percebe que a foto é bonita, quase sempre é a gente que está atacando, ou então no final, de braço levantado. Eu ia com meu Graham-Paige, pensa bem, botava roupa bonita pra ir visitá-la, o bairro se alvoroçava. Era muito bom matear no pátio, e todos me perguntavam, sei lá, um monte de coisa. Eu às vezes não conseguia acreditar que era verdade, de noite antes de dormir falava pra mim mesmo que estava sonhando. Quando comprei o terreno pra velha, o pessoal surtou. O patrão era o único que não se abalava. "Você está certo, menino", dizia, e dá-lhe fumar. Até parece que estou vendo o patrão na primeira vez, no clube da rua Lima. Não, era em Chacabuco, espera aí, deixa eu me lembrar, mas se era em Lima, infeliz, então não se lembra do vestiário todo verde, todo sujo... Naquela noite o treinador me apresentou ao patrão, ocorre que eram amigos, quando ele me falou o nome dele quase me agarro nas cordas, assim que eu vi que ele estava olhando pra mim, pensei: "Ele veio me ver lutar", e quando o treinador nos apresentou, eu quis morrer. Ele nunca tinha me falado nada, muito raposa, mas fez bem, assim eu ia subindo devagar, sem afobação. Como o coitado do canhotinho, que com um ano foi levado pro River e que em dois meses veio abaixo sem apelação. Na época não era fácil, garoto. Vinha cada macarrone da Itália, cada galego de dar medo, e isso sem falar nos branquelos. Claro que às vezes dava pra curtir, como na vez do príncipe. Aquilo foi um número, juro, o príncipe no *ringside* e o patrão me dizendo no camarim: "Não fica de firula, não deixa ele sacar a tua, que nisso os gringos são bambas", e lembra que diziam que ele era o campeão da Inglaterra, ou sei lá o quê. Coitado do branquelo, garoto bonito. Me deu um negócio quando nos cumprimentamos, o sujeito engrolou uma coisa que não dava pra entender e parecia que ia partir pra cima de você de cartola na cabeça. Não vá pensar que o patrão estava muito tranquilo, posso te dizer que ele nunca se dava conta de como eu sacava ele. Coitado do patrão, achava que eu não percebia. Tchê, e o príncipe na lona, aquilo foi o máximo, na primeira finta que o branquelo me faz, soquei ele com a direita em gancho e acerto em cheio. Juro que até gelei quando ele desmoronou. Que apagada, coitado do sujeito. Daquela vez eu não curti ganhar, teria sido melhor um bom atraco, quatro ou cinco rounds como com o Tani ou com o gringo aquele, o nome era Herman, um que chegava num carro vermelho e na maior pinta. Apanhou, mas foi lindo. Que surra, mama mia. Ele não queria entregar os pontos e tinha mais manhas que... Agora em matéria de manha tinha que ver o Brujo, tchê. De onde foram tirar aquele sujeito? Era uruguaio, sabe, já estava acabado mas era pior que os outros, grudava na gente feito uma sanguessuga e quem disse que a gente consegue tirar ele de cima? Dá-lhe lutar, e o sujeito cobrindo os olhos com a luva, puta, que bronca me dava. No fim acertei ele em cheio, ele abriu a guarda e eu entrei com vontade... Boneco no chão, guri. *Muñeco al suelo fastrás...* Sabe que me fizeram um tango e tudo. Ainda me lembro de um pedaço, *de Mataderos al centro, y del centro a Nueva York...* Cantavam pra mim em toda parte, nos churrascos, pelo rádio... Era lindo ouvir pelo rádio, tchê, a velha ouvia todas as minhas lutas. E sabe que ela também ouvia, uma vez me disse que me conheceu pelo rádio, porque o irmão ligou na luta com um dos macarrones... Lembra dos macarrones? Não sei de onde o patrão tirava os macarrones, aparecia com eles fresquinhos da Itália e era cada pega que se armava no River... Ele chegou a me botar pra lutar com dois irmãos, com o primeiro foi sensacional, no quarto round começa a chover, tchê, e nós querendo ir em frente com a luta porque o italianinho era dos bons e nos socávamos com gosto, e nisso começamos a escorregar e dá-lhe eu na lona, e ele na lona... Não dava pra acreditar, mano. Suspenderam a luta, que besteira. Na segunda luta o italiano levou pelas duas e o patrão me botou com o irmão, e foi outra pauleira... Que tempos aqueles, guri, aí sim, que era bom lutar, com todo o pessoal que ia ver, lembra dos cartazes, das buzinas de automóvel, tchê, que zona que ficava a geral... Uma vez li que o boxeador não escuta nada quando está lutando, que mentira, garoto. Claro que escuta, então eu não ouvia que o barulho dos gringos era diferente, menos mal que o patrão estava ali no canto, *uppercut*, menino, vai de *uppercut*. E no hotel, e nos cafés, que coisa mais estranha, tchê, eu não me achava, ali. Depois o ginásio, com aqueles

Fim do jogo   225

sujeitos dizendo coisas e o cara entendendo picas. E tome língua de sinais, guri, como os mudos. Menos mal que ela e o patrão estavam lá pra engrolar, podíamos matear no hotel e de vez em quando aparecia um patrício e dá-lhe autógrafo, e quero ver dar um pau nesse gringo pra eles aprenderem o que é um argentino. Só queriam falar do campeonato, que remédio, acreditavam em mim, tchê, e eu ficava com vontade de investir, atacar e só parar depois de virar campeão. Mas mesmo assim pensava o tempo todo em Buenos Aires, e o patrão punha pra tocar os discos do Carlitos, do Pedro Maffia, e o tango que fizeram pra mim, sabe que fizeram um tango pra mim? Foi como com o Legui, igualzinho. E uma vez me lembro que a gente foi a uma praia, ela, o patrão e eu, passamos o dia na água, um estouro. Não pense que eu podia me divertir muito, sempre com o treinamento e a alimentação controlada e não tinha jeito, com o patrão sempre de olho. "Aguenta mais um pouco, menino", dizia o patrão. Me lembro da luta com o Mocoroa, aquilo sim foi luta. Sabe que dois meses antes o patrão não me dava folga, força com essa esquerda que não está boa, nada de abrir a defesa desse jeito, e trocava meus *sparrings*, e toma pular corda e bife malpassado... Menos mal que me deixava matear um pouco, e eu sempre com sede de verde. E tudo de novo todos os dias, cuidado com a direita, você está indo com ela muito aberta, olha que o fulano não é de brincadeira. Acha que eu não sabia? Mais de uma vez fui ver ele lutar, eu gostava dele, nunca se mixava, e um estilo, tchê... Sabe como é estilo, a gente está ali e quando é preciso fazer alguma coisa vai e faz direto, não como esses que começam numa nova arrancada, vai que vai, em cima embaixo os três minutos sem parar. Uma vez no *El Gráfico* um fulano escreveu que eu não tinha estilo. Fiquei passado, juro. Não que eu fosse um Rayito, aquilo sim, precisava ver, guri, e o Mocoroa também. Eu, sabe como é, era só começar e já estava vendo tudo vermelho e mandava ver, mas não pense que eu não me dava conta, só que aquilo vinha e dava certo, qual é o problema. Olha como foi com o Rayito, está certo que não nocauteei, mas dei luta. E com o Mocoroa a mesma coisa, não é mesmo? Puta sova, velho, ele se agachava até o chão e lá de baixo me largava cada soco que só vendo. E eu, toca na cara, juro que na metade a gente já estava queimado e dá-lhe bater. Daquela vez não senti nada, o patrão agarrava minha cabeça e dizia menino não abre desse jeito, ataca por baixo, menino, reserva a direita. Eu escutava tudo mas depois a gente saía e dá-lhe biaba nós dois, e até o fim, a gente não aguentava mais, foi um negócio espetacular. Sabe que naquela noite depois da luta a gente se encontrou num boteco, o pessoal todo foi, e foi lindo ver o garoto rindo, e ele me disse que incrível, que soco o seu, e eu disse pra ele ganhei mas pra mim a gente empatou, e todo mundo brindou e foi uma confusão que nem te conto... Que droga essa tosse, te pega desprevenido e te derruba. Bom, agora preciso me cuidar, muito leite, repouso, não tem jeito. Uma coisa que eu lamento é não deixarem a gente levantar, às cinco estou acordado e dá-lhe olhar pra cima. A gente pensa, pensa, e só coisa ruim, claro. Com os sonhos é a mesma coisa, na outra noite lá estava eu lutando de novo com o Peralta. Por que eu precisava cair logo naquela luta, imagina só o que foi, guri, melhor não lembrar. Sabe o que é o pessoal todo lá, tudo de novo como antes, não como em Nova York, com os gringos... E o pessoal do *ringside*, toda a torcida, e uma vontade de ganhar pra que todos vissem que... Outra a vencer, e eu não acertava uma, e sabe como o Víctor socava. Já sei, já sei, eu ganhava dele com uma mão só, mas daquela vez foi diferente. Eu estava sem ânimo, tchê, o patrão mais ainda, como o cara vai conseguir treinar direito se está triste? Tudo bem, eu era o campeão e ele me desafiou, tinha direito. Não vou fugir do cara, não é mesmo? O patrão achava que dava pra vencer por pontos, não abra muito a defesa e não se canse de saída, olha que esse aí vai socar o tempo todo. E claro, ele vinha pra cima de tudo quanto é lado, e além disso eu não estava bem, com o pessoal ali e tudo, juro que sentia um cansaço no corpo... Uma espécie de preguiça, entende, não consigo explicar. Na metade da luta comecei a passar mal, depois não me lembro de quase nada. Melhor não lembrar, não é mesmo? São coisas que afinal. Eu queria esquecer tudo. Melhor dormir, de todo jeito, mesmo que o cara sonhe com as lutas às vezes sai uma boa e é de novo aquela alegria. Como naquela do príncipe, tão bom. Mas é melhor quando a gente não sonha, guri, e dorme com gosto e não tosse nem nada, dá-lhe dormir só isso a noite inteira dá-lhe que dá-lhe.

III.

Relato com um fundo de água

N ão se preocupe, desculpe esse gesto de impaciência. Era perfeitamente natural que você falasse em Lucio, que se lembrasse dele na hora das saudades, quando nos deixamos corromper por essas ausências que denominamos recordações e é preciso remendar com palavras e imagens tanto vazio insaciável. Além disso, sei lá, você deve ter percebido que este bangalô convida, basta instalar-se na varanda e olhar durante algum tempo para o rio e os laranjais e de repente se está incrivelmente longe de Buenos Aires, perdido num mundo elementar. Me lembro de Láinez dizendo que o certo seria chamar o delta de alfa. E daquela outra vez na aula de matemática, quando você... Mas por que você falou em Lucio, era preciso que dissesse: Lucio?

O conhaque está ali, sirva-se. Às vezes me pergunto por que você ainda se dá ao trabalho de vir me visitar. Embarra os sapatos, precisa aguentar os mosquitos e o cheiro do lampião a querosene... Sei, sei, não faça cara de amigo ofendido. Não é isso, Mauricio, mas na verdade você é o único que resta, não vejo mais ninguém, do grupo daquele tempo. Você... A cada cinco ou seis meses recebo carta sua, depois você chega com a lancha trazendo um pacote de livros e garrafas, com notícias desse mundo remoto a menos de cinquenta quilômetros daqui, talvez com a esperança de algum dia me arrancar deste rancho meio caindo aos pedaços. Não se ofenda, mas sua fidelidade amistosa quase me irrita. Entenda, ela tem uma ponta de crítica, quando você vai embora tenho a sensação de ter sido julgado, todas as minhas escolhas definitivas me parecem meras formas de hipocondria que uma viagem até a cidade bastaria para mandar para o diabo. Você faz parte dessa espécie de testemunha carinhosa que até nos piores sonhos nos acompanha sorrindo. E já que estamos falando de sonhos, já que você falou no Lucio, por que deixar de lhe contar o sonho tal como na época contei a ele? Foi aqui mesmo, mas naquele tempo — quantos anos já, velho? — todos vocês vinham passar temporadas no bangalô que herdei dos meus pais, a gente remava, lia poesia até enjoar, se apaixonava desesperadamente pelo mais precário e mais perecível, tudo isso envolto num infinito pedantismo inofensivo, numa ternura de cachorrinhos desorientados. Éramos tão jovens, Mauricio, era tão fácil acreditar-se entediado, acariciar a imagem da morte entre discos de jazz e mate amargo, donos de uma sólida imortalidade de cinquenta ou sessenta anos por viver. Você era o mais retraído, já demonstrava essa cortês fidelidade que não se pode rechaçar como se rechaçam outras fidelidades mais impertinentes. Você olhava para nós um pouco de fora, e já naquele tempo aprendi a admirar em você as qualidades dos gatos. Falar com você é como se ao mesmo tempo se estivesse só, e vai ver que é por isso que se fala com você como estou falando agora. Mas na época havia os outros, e brincávamos de levar-nos a sério. Sabe, o mais terrível daquele momento da juventude é que numa hora sombria e sem nome tudo deixa de ser sério para ceder à suja máscara de seriedade com que é preciso cobrir o rosto, e eu agora sou o doutor fulano, e você o engenheiro sicrano, bruscamente ficamos para trás, começamos a ver-nos de outro modo mesmo se durante algum tempo mantemos os rituais, as brincadeiras comuns, as cenas de camaradagem que arremessam seus últimos salva-vidas em meio à dispersão e ao abandono, e tudo é tão horrivelmente natural, Mauricio, e para alguns é mais doloroso que para outros, há quem seja como você, passando pelas diferentes idades sem sentir, achando normal um álbum de fotografias onde estamos de calça curta, de chapéu de palha ou uniforme de recruta do serviço militar... Enfim, estávamos falando de um sonho que tive naquele tempo, e era um sonho que começava aqui na varanda, comigo olhando a lua cheia sobre os canaviais, ouvindo os sapos que ladravam como nem os cachorros ladram, e depois seguindo por uma vaga trilha até chegar ao rio, andando devagar pela margem com a sensação de estar descalço e de que meus pés afundavam no barro. No sonho eu estava sozinho na ilha, o que era raro naquele tempo; se voltasse a sonhá-lo agora, a solidão não me pareceria tão próxima do pesadelo quanto naquele momento. Uma solidão com a lua surgida havia pouco no céu da outra margem, com o barulho do rio e às vezes a pancada fofa de um pêssego caindo numa vala. Agora até os sapos haviam se calado, o ar estava pegajoso como esta noite ou como quase sempre aqui, e parecia necessário ir em frente, deixar o cais para trás, se enfiar pela curva grande da costa, atravessar os laranjais, sempre com a lua no rosto. Não invento nada, Mauricio, a memória sabe o que deve guardar por completo. Estou lhe contando a mesma coisa que na época contei a Lucio. Vou chegando ao local onde os juncos iam ficando ralos e uma língua de terra avançava para dentro do rio, perigosa por causa do barro e da proximidade do canal, pois no sonho eu sabia que aquilo era um canal profundo e cheio de remansos, e eu me aproximava da ponta passo a passo, afundando no barro amarelo e quente de lua. E assim fiquei junto à borda, vendo do outro lado os canaviais negros nos quais a água se perdia, secreta, enquanto aqui, tão perto, o rio se movia furtivo, em busca de um lugar onde se segurar, resvalando outra vez e insistindo. Todo o canal era lua, uma imensa cutelaria confusa que talhava meus olhos, e por cima um céu que se esborrachava contra minha nuca e meus ombros, obrigando-me a olhar interminavelmente para a água. E quando vi rio acima o corpo do afogado balançando lentamente como para se desvencilhar dos juncos da outra margem, a razão da noite e de que eu estivesse nela se resolveu naquela mancha negra à deriva, que girava muito de leve, retida por um tornozelo, por uma mão, oscilando suavemente para se soltar, saindo dos juncos até ingressar na corrente do canal, se aproximando cadenciosa da margem desnuda sobre a qual a lua ia dar de cheio em pleno rosto.

Você está pálido, Mauricio. Apelemos para o conhaque, se você quiser. Lucio também estava um pouco pálido quando lhe contei o sonho. Me disse apenas: "Incrível como você se lembra dos detalhes". E, ao contrário de você, cortês como sempre, ele parecia adiantar-se ao que eu lhe contava, como receoso de que eu de repente me esquecesse do resto do sonho. Mas ainda faltava alguma coisa, eu estava lhe dizendo que a corrente do canal havia girado o corpo, brincava com ele antes de trazê-lo para meu lado, e à beira da língua de terra eu esperava o momento em que ele passaria quase a meus pés e eu poderia ver seu rosto. Outra volta, um braço frouxamente estendido como se aquilo ainda nadasse, a lua cravando-se no seu peito, mordendo-lhe o ventre, as pernas pálidas, desnudando outra vez o afogado deitado de costas. Tão perto de mim que teria bastado eu me agachar para segurá-lo pelo cabelo, tão perto que o reconheci, Mauricio, vi seu rosto e gritei, acho, uma coisa semelhante a um grito que me arrancou de mim mesmo e me arremessou ao despertar, à jarra de água que bebi ofegante, à assombrada e confusa consciência de que já não conseguia lembrar aquele rosto que acabava de reconhecer. E aquilo já estaria seguindo corrente abaixo, de nada adiantaria fechar os olhos e querer voltar para a beira d'água, para a beira do sonho, lutando para me lembrar, querendo precisamente aquilo que alguma coisa em mim não queria. Enfim, como você sabe, mais tarde a gente se conforma, a máquina diurna está ali com suas bielas bem lubrificadas, seus rótulos satisfatórios. Naquele fim de semana você veio, vieram Lucio e os outros, aquele verão inteiro foi uma festa, lembro-me de que depois você viajou para o norte, choveu muito no delta, e lá pelo fim Lucio se cansou da ilha, da chuva, e muitas coisas o irritavam; de repente começamos a olhar um para o outro como eu nunca teria imaginado que pudéssemos nos olhar. Então começaram os refúgios no jogo de xadrez ou na leitura, o cansaço de tantas concessões inúteis, e quando Lucio voltava para Buenos Aires eu jurava para mim mesmo não esperá-lo mais, incluía numa mesma condenação enfastiada todos os meus amigos e o verde mundo que dia a dia ia se fechando e morrendo. Mas se alguns se davam por entendidos e não apareciam mais depois de um impecável "até breve", Lucio voltava sem vontade, me encontrava no cais à sua espera, olhávamos um para o outro como se nos olhássemos de longe, na verdade era desse outro mundo cada vez mais para trás que nos olhávamos, do pobre paraíso perdido que ele teimosamente tornava a buscar e que eu quase contra a vontade me obstinava em vedar-lhe. Você nunca fez muita ideia disso tudo, Mauricio, veranista imperturbável em alguma quebrada nortenha, mas naquele fim de verão... Está vendo, ali? Ela começa a se erguer entre os juncos, daqui a pouco estará iluminando seu rosto. A essa hora é curioso como o barulho do rio ganha volume, não sei se é porque os pássaros se calaram ou porque a sombra dá mais espaço para determinados sons. Está vendo, seria injusto não concluir o que eu lhe contava, a essa altura da noite em que tudo corresponde cada vez mais àquela outra noite em que contei ao Lucio. Até a situação é simétrica, nessa cadeira preguiçosa você preenche a ausência de Lucio, que chegava naquele fim de verão e ficava como você, sem falar, ele que tanto havia falado, e deixava passarem as horas bebendo, ressentido por nada ou pelo nada, por esse nada repleto que ia nos acossando sem que pudéssemos nos defender. Eu não acreditava que houvesse ódio entre nós, era ao mesmo tempo menos e pior que ódio, um cansaço em pleno centro de uma coisa que havia sido por vezes uma tempestade ou um girassol ou, se você prefere, uma espada, tudo menos aquele tédio, aquele outono pardo e sujo que crescia de dentro para fora como teias nos olhos. Saíamos para percorrer a ilha, corteses e amáveis, tomando cuidado para não nos machucar; andávamos sobre folhas secas, pesados colchões de folhas secas à margem do rio. Às vezes o silêncio me enganava, às vezes uma palavra com o acento de antes, e quem sabe Lucio caísse comigo nas astutas armadilhas inúteis do hábito, até que um olhar ou o desejo excruciante de estar a sós nos pusesse outra vez frente a frente, sempre amáveis e corteses e estranhos um ao outro. Então ele me disse: "A noite está bonita, vamos dar uma volta". E, tal como você e eu poderíamos fazer agora, descemos da varanda e andamos naquela direção, na direção em que surge essa lua que bate nos seus olhos. Não me lembro muito bem do caminho, Lucio ia na frente e eu deixava que meus passos caíssem sobre as pegadas dele e esmagassem pela segunda vez as folhas mortas. Em algum momento devo ter começado a reconhecer a vereda entre as laranjeiras, talvez tenha sido mais adiante, perto dos últimos ranchos e dos juncais. Sei que naquele momento a silhueta de Lucio

232 *Relato com um fundo de água*

passou a ser a única coisa incongruente naquele encontro metro a metro, noite a noite, a tal ponto coincidente que não estranhei quando os juncos se entreabriram para mostrar em plena lua a língua de terra entrando canal adentro, as mãos do rio resvalando sobre o barro amarelo. Em algum ponto atrás de nós um pêssego podre caiu com uma pancada que tinha alguma coisa de bofetada, de moleza indizível.

À beira d'água Lucio se virou e ficou olhando para mim por um momento. Disse: "O lugar é esse, não é mesmo?". Nós nunca havíamos voltado a falar no sonho, mas respondi: "Sim, o lugar é esse". Passou-se algum tempo até ele dizer: "Até isso você me roubou, até meu desejo mais secreto; porque eu desejei um lugar assim, tive necessidade de um lugar assim. Você sonhou um sonho alheio". E ao dizer isso, Mauricio, ao dizer isso com uma voz monótona e dando um passo na minha direção, alguma coisa deve ter se partido no meu esquecimento, fechei os olhos e percebi que ia me lembrar, sem olhar para o rio eu soube que ia ver o fim do sonho, e vi, Mauricio, vi o afogado com a lua ajoelhada sobre o peito, e o rosto do afogado era o meu, Mauricio, o rosto do afogado era o meu.

Por que você se vai? Se precisar, tem um revólver na gaveta da escrivaninha, se quiser pode chamar as pessoas do outro rancho. Mas fique, Mauricio, fique mais um pouco ouvindo o barulho do rio, quem sabe você acaba por sentir que entre todas essas mãos de água e juncos que resvalam no barro e se desmancham em redemoinhos há mãos que a esta hora se cravam nas raízes e não largam, algo sobe para o cais e endireita o corpo coberto de lixo e mordidas de peixes e vem até aqui à minha procura. Ainda posso virar a moeda, ainda posso matá-lo pela segunda vez, mas ele teima e volta, e uma noite ou outra me levará consigo. Me levará, estou lhe dizendo, e o sonho chegará a sua verdadeira imagem. Serei obrigado a ir, a língua de terra e os canaviais me verão passar deitado de costas, magnífico de lua, e o sonho finalmente estará completo, Mauricio, o sonho finalmente estará completo.

Depois do almoço

Depois do almoço eu queria ter ficado no meu quarto lendo, mas papai e mamãe entraram quase em seguida para me dizer que naquela tarde eu precisava levá-lo para passear.

A primeira coisa que eu respondi foi que não, que outra pessoa podia levar, que eles por favor me deixassem estudar no meu quarto. Ia dizer outras

Fim do jogo   233

coisas, explicar por que não gostava de ter que sair com ele, mas papai deu um passo à frente e começou a me olhar daquele jeito a que eu não consigo resistir, crava os olhos em mim e eu sinto que os olhos dele vão entrando cada vez mais fundo na minha cara, até que fico a ponto de gritar e sou obrigado a me virar e responder que sim, claro, imediatamente. Mamãe nesses casos não diz nada e não olha para mim, mas fica um pouco atrás com as duas mãos juntas e eu vejo seu cabelo cinzento que lhe cai sobre a testa e sou obrigado a me virar e responder que sim, claro, imediatamente. Então os dois saíram sem dizer mais nada e eu comecei a me vestir, com o único consolo de que ia estrear uns sapatos amarelos que brilhavam, brilhavam.

Quando saí do meu quarto eram duas horas e tia Encarnación disse que eu podia ir buscá-lo no quarto dos fundos, onde ele sempre gosta de se enfiar à tarde. Tia Encarnación devia estar se dando conta de que eu estava desesperado por ter que sair com ele, porque passou a mão pela minha cabeça e depois se abaixou e me deu um beijo na testa. Senti que punha alguma coisa no meu bolso.

— Compre alguma coisa para você — disse no meu ouvido. — E não esqueça de dar um pouco para ele, é melhor.

Dei um beijo na bochecha dela, mais feliz, e passei na frente da porta da sala onde papai e mamãe jogavam damas. Acho que falei até logo para eles, uma coisa assim, e depois tirei a nota de cinco pesos para alisar bem e guardar na carteira onde já havia outra nota de um peso e moedas.

Ele estava num canto do quarto, segurei-o o melhor que pude e saímos pelo pátio até a porta que dava para o jardim da frente. Uma ou duas vezes senti a tentação de soltá-lo, voltar para dentro e dizer a papai e mamãe que ele não queria sair comigo, mas tinha certeza de que eles acabariam por trazê-lo e por me obrigar a ir com ele até a porta da rua. Nunca haviam me pedido que o levasse ao centro, era injusto que pedissem pois sabiam muito bem que a única vez que me obrigaram a levá-lo para passear na calçada havia acontecido aquela coisa horrível com o gato dos Álvarez. Eu tinha a sensação de ainda ver a cara do vigia falando com papai na porta, e depois papai servindo dois copos de cana e mamãe chorando no quarto dela. Era injusto que pedissem.

Havia chovido pela manhã e as calçadas de Buenos Aires estão cada vez mais arrebentadas, difícil andar sem enfiar os pés em alguma poça. Eu fazia o possível para andar pelas partes mais secas e não molhar os sapatos novos, mas logo vi que ele gostava era de entrar na água, e tive que puxar com todas as minhas forças para obrigá-lo a andar ao meu lado. Mesmo assim ele conseguiu se aproximar de um lugar onde havia um ladrilho um pouco mais afundado que os outros, e quando me dei conta ele já estava

234 *Depois do almoço*

completamente ensopado, com folhas secas por toda parte. Tive que parar, limpá-lo, e o tempo todo sentia que os vizinhos estavam olhando dos seus jardins, sem dizer nada mas olhando. Não quero mentir, na verdade eu não me importava muito com o fato de eles olharem para a gente (que olhassem para ele, e para mim que o levava para passear); o pior era estar ali parado, com um lenço que ia se molhando e se enchendo de manchas de barro e pedaços de folhas secas, e ao mesmo tempo sendo obrigado a segurá-lo para que ele não fosse de novo para junto da poça. Além disso estou acostumado a andar pelas ruas com as mãos nos bolsos da calça, assobiando ou mascando chiclete, ou lendo historinhas enquanto com a parte de baixo dos olhos vou adivinhando os ladrilhos das calçadas que conheço perfeitamente da minha casa até o bonde, de modo que sei quando passo na frente da casa de Tita ou quando vou chegar à esquina da Carabobo. E agora não podia fazer nada disso, e o lenço estava começando a molhar o forro do meu bolso e eu sentia a umidade na perna, não dava para acreditar em tanto azar ao mesmo tempo.

A essa hora o bonde vem bastante vazio, e eu rezava para que a gente pudesse sentar no mesmo assento, com ele do lado da janela para incomodar menos. Não é que ele se mexa tanto, mas as pessoas se incomodam do mesmo jeito e eu entendo. Por isso me preocupei ao subir, porque o bonde estava quase cheio e não havia nenhum assento duplo desocupado. A viagem era longa demais para ficarmos em pé perto da porta do bonde, o cobrador teria me mandado sentar e botá-lo em algum lugar; de modo que o fiz entrar imediatamente e o levei até um assento do meio onde uma senhora ocupava o lado da janela. O melhor teria sido eu me sentar atrás dele para tomar conta, mas o bonde estava cheio e tive que avançar e me sentar bem mais adiante. Os passageiros não prestavam muita atenção, àquela hora as pessoas estão fazendo a digestão e ficam meio que cochilando com os trancos do bonde. O ruim foi que o cobrador parou ao lado do assento onde eu o instalara, batendo com uma moeda no ferro da máquina das passagens, e eu tive que me virar e lhe fazer sinais para que viesse cobrar de mim, mostrando o dinheiro para que entendesse que precisava me entregar as passagens, mas o cobrador era um desses caipirões que estão vendo as coisas e não querem entender, e dá-lhe com a moeda batendo na máquina. Tive que levantar (e agora havia dois ou três passageiros olhando para mim) e me aproximar do outro assento. "Duas passagens", falei. Ele destacou uma, olhou um momento para mim, depois me estendeu a passagem e olhou para baixo, meio de viés. "Duas, por favor", repeti, certo de que o bonde inteiro já estava sabendo. O caipirão destacou a outra passagem e me entregou, ia dizendo alguma coisa mas entreguei o dinheiro contado e voltei para meu assento

Fim do jogo   235

em dois pinotes, sem olhar para trás. O pior era que a todo momento precisava me virar para ver se ele continuava quieto no assento de trás, e com isso comecei a chamar a atenção de alguns passageiros. Primeiro resolvi só me virar ao passar por uma esquina, mas os quarteirões me pareciam terrivelmente longos e a todo momento temia ouvir alguma exclamação ou um grito, como naquela vez do gato dos Álvarez. Aí comecei a contar até dez, como nas lutas, e isso acabava sendo mais ou menos meio quarteirão. Quando chegava a dez, me virava disfarçadamente, por exemplo ajeitando o colarinho da camisa ou enfiando a mão no bolso do casaco, qualquer coisa que desse a impressão de um tique nervoso ou coisa parecida.

Lá pelos oito quarteirões, não sei por quê, tive a impressão de que a senhora que estava do lado da janela ia se levantar. Era o pior que poderia acontecer, porque ela ia dizer alguma coisa para que ele a deixasse passar, e quando ele não entendesse ou não quisesse entender, talvez a senhora se irritasse e quisesse passar à força, mas eu sabia o que aconteceria nesse caso e estava com os nervos à flor da pele, de modo que comecei a olhar para trás antes de chegar a cada esquina, e numa dessas achei que a senhora já estava quase se levantando, e teria jurado que ela lhe dizia alguma coisa porque olhava na direção dele e acho que sua boca estava se mexendo. Bem nesse momento uma velha gorda se levantou de um dos assentos perto do meu e começou a andar pelo corredor, e eu atrás querendo empurrá-la, dar um pontapé nas pernas dela para que andasse logo e me deixasse chegar ao assento onde a senhora havia apanhado uma cesta ou outra coisa que estava no chão e já se levantava para sair. No fim acho que a empurrei, ouvi quando reclamou, não sei como cheguei ao lado do assento e consegui tirá-lo a tempo para que a senhora pudesse descer na esquina. Então o coloquei junto da janela e me sentei ao lado dele, todo feliz embora quatro ou cinco idiotas estivessem olhando para mim dos assentos mais à frente e das duas extremidades do bonde, onde talvez o caipirão tivesse falado alguma coisa.

Já havíamos chegado ao Once, lá fora havia um sol lindo e as ruas estavam secas. Àquela hora, se eu estivesse sozinho teria descido do bonde para continuar a pé até o centro, para mim não custa nada ir a pé do Once até a Plaza de Mayo, uma vez marquei o tempo e contei trinta e dois minutos certinhos, claro que correndo de vez em quando, principalmente no final. Mas agora em compensação precisava tomar conta da janela, porque um dia alguém havia falado que ele era capaz de abrir a janela de repente e se jogar para fora, só pelo gosto de fazer isso, como tantos outros gostos que ninguém consegue entender. Uma ou duas vezes achei que ele estava a ponto de abrir a janela e tive que passar o braço por trás dele e segurar a janela pela moldura. Talvez fossem coisas minhas, também não quero jurar que

236   *Depois do almoço*

ele estivesse a ponto de abrir a janela e se jogar. Por exemplo, quando apareceu o fiscal esqueci completamente do assunto e mesmo assim ele não se jogou. O fiscal era um sujeito alto e magro que entrou pela frente e começou a picotar as passagens com aquele ar amável que têm alguns fiscais. Quando chegou ao meu lugar entreguei as duas passagens e ele picotou uma, olhou para baixo, depois olhou para a outra passagem, ia picotá-la e ficou com a passagem enfiada na ranhura do alicate, e eu o tempo todo rezando para ele picotar a passagem de uma vez e devolver para mim, estava com a impressão de que as pessoas do bonde olhavam cada vez mais para nós. No fim ele picotou a passagem e deu de ombros, me devolveu as duas, e na parte de trás do bonde ouvi alguém soltar uma gargalhada, mas naturalmente não quis me virar, tornei a passar o braço por trás dele para segurar a janela, fazendo de conta que não estava mais vendo o fiscal nem nenhum dos outros. Na esquina da Sarmiento com a Libertad as pessoas começaram a descer, e quando chegamos à Florida não havia mais quase ninguém. Esperei até a San Martín e o fiz sair pela frente, porque não queria passar ao lado do caipirão que podia inventar de me dizer alguma coisa.

Gosto muito da Plaza de Mayo, quando me falam do centro logo penso na Plaza de Mayo. Gosto por causa das pombas, por causa da Casa do Governo e porque traz tantas lembranças da história, das bombas que caíram quando houve revolução e os caudilhos que haviam dito que iam amarrar seus cavalos na Pirâmide. Lá tem vendedores de amendoim e de outras coisas, não é difícil encontrar um banco vazio, e se a pessoa quiser pode andar um pouco mais e logo chega ao porto e vê os navios e os guindastes. Por isso achei que o melhor era levá-lo à Plaza de Mayo, longe dos automóveis e dos coletivos, e ficarmos os dois sentados lá por um tempo até chegar a hora de pensar em voltar para casa. Mas quando a gente desceu do ônibus e começou a andar pela San Martín, senti uma espécie de enjoo, de repente me dava conta de que havia me cansado terrivelmente, quase uma hora de viagem e o tempo todo tendo que olhar para trás, fazer de conta que não percebia que as pessoas estavam olhando para nós, e depois o assunto do cobrador com as passagens, e a senhora que ia descer, e o fiscal. Eu gostaria tanto de poder entrar numa lanchonete e pedir um sorvete ou um copo de leite, mas tinha certeza de que não seria possível, de que ia me arrepender se o fizesse entrar num lugar qualquer onde as pessoas estivessem sentadas e tivessem mais tempo de olhar para nós. Na rua as pessoas passam umas pelas outras e cada uma segue seu caminho, principalmente na San Martín, que está cheia de bancos e escritórios, com todo mundo andando apressado com pastas debaixo do braço. De modo que fomos andando até a esquina da Cangallo, e então, quando íamos passando na frente das vitrines da Casa Peuser, que estavam cheias de tinteiros e outras coisas bonitas, senti que ele não queria continuar, estava ficando cada vez mais pesado e, por mais que eu puxasse (tentando não chamar a atenção), ele quase não conseguia caminhar e no fim tive que parar na frente da última vitrine, fazendo de conta que olhava os jogos de escritório com relevos em couro. Vai ver que ele estava um pouco cansado, vai ver que não era capricho. Afinal estarmos ali parados não tinha nada de mau, mas mesmo assim eu não gostava porque as pessoas que passavam tinham mais tempo para prestar atenção, e duas ou três vezes me dei conta de que alguém fazia algum comentário para outra pessoa, ou dava uma cotovelada para chamar a atenção. No fim não aguentei mais e peguei-o outra vez, fazendo pose de quem caminha com naturalidade, mas cada passo era um caro custo, como nesses sonhos em que a gente está com uns sapatos que pesam toneladas e mal consegue desgrudar do chão. Com o tempo consegui que passasse o capricho dele de ficar ali parado, e fomos em frente pela San Martín até a esquina da Plaza de Mayo. Agora o problema era atravessar, porque ele não gosta de atravessar uma rua. É capaz de abrir a janela do bonde e se jogar, mas não gosta de atravessar a rua. O problema é que para chegar à Plaza de Mayo sempre é preciso atravessar alguma rua com muito tráfego, na Cangallo com a Bartolomé Mitre não havia sido tão difícil, mas agora eu estava a ponto de renunciar, ele me pesava terrivelmente na mão, e duas vezes em que o trânsito fez uma pausa e quem estava ao lado da gente no meio-fio começou a atravessar, me dei conta de que não íamos conseguir chegar ao outro lado porque ele ia se plantar bem no meio, e aí preferi continuar esperando até ele se decidir. E, claro, o cara da banca de revistas da esquina já estava olhando cada vez mais, e dizia alguma coisa a um garoto da minha idade que fazia caretas e respondia sei lá o quê, e os carros continuavam passando e paravam e tornavam a passar, e nós ali plantados. Numa dessas o guarda ia se aproximar, era o pior que poderia nos acontecer porque os guardas são muito bons e por isso estragam tudo, começam a fazer perguntas, querem saber se a pessoa está perdida, e de repente vai que ele tem um dos seus caprichos e não sei como a coisa pode acabar. Quanto mais eu pensava, mais me atormentava, e no fim fiquei com medo de verdade, quase com vontade de vomitar, juro, e num momento em que o tráfego se interrompeu peguei-o com força, fechei os olhos e puxei-o para a frente, quase me dobrando ao meio, e quando chegamos à praça eu o soltei, continuei dando alguns passos sozinho e depois voltei atrás e teria querido que ele morresse, que já estivesse morto, ou que papai e mamãe estivessem mortos, e eu também, ao fim e ao cabo, que todos estivessem mortos e enterrados, menos tia Encarnación.

238   *Depois do almoço*

Mas essas coisas passam logo, vimos que havia um banco muito bonito completamente vazio, e eu o dominei sem ficar puxando e fomos para aquele banco olhar as pombas que por sorte não se deixam apanhar como os gatos. Comprei amendoim e balas, fui dando as duas coisas a ele e ficamos bastante bem com aquele sol que bate à tarde na Plaza de Mayo e as pessoas andando de um lado para outro. Não sei em que momento tive a ideia de abandoná-lo ali, a única coisa de que me lembro é que estava descascando um amendoim para ele e ao mesmo tempo pensando que se eu fizesse de conta que ia atirar alguma coisa para as pombas que passavam mais adiante seria facílimo dar a volta na Pirâmide e perdê-lo de vista. Acho que naquele momento não pensava em voltar para casa nem na cara de papai e mamãe, porque se tivesse pensado não teria feito essa besteira. Deve ser muito difícil ter tudo na cabeça ao mesmo tempo como fazem os sábios e os historiadores, só pensei que poderia abandoná-lo ali e passear sozinho pelo centro com as mãos nos bolsos e comprar uma revista ou entrar para tomar um sorvete em algum lugar antes de voltar para casa. Continuei mais um tempo dando amendoim para ele mas já estava decidido, e numa dessas fiz de conta que me levantava para estender as pernas e vi que ele não se importava em saber se eu continuava ao lado dele ou se me afastava para dar amendoim para as pombas. Comecei a jogar para elas os amendoins que me restavam e as pombas me rodearam por todos os lados, até que meu amendoim acabou e elas cansaram. Da outra ponta da praça só se via o banco; foi coisa de um momento atravessar a Casa Rosada, onde sempre há dois granadeiros de guarda, e pela lateral disparei até o Paseo Colón, aquela rua aonde mamãe diz que os meninos não devem ir sozinhos. Pelo hábito eu me virava a todo momento, mas era impossível ele me seguir, o máximo que poderia estar fazendo era rolar pelo chão em volta do banco até que se aproximasse alguma senhora da beneficência ou algum guarda.

Não me lembro muito bem o que aconteceu naquele momento em que eu andava pelo Paseo Colón, que é uma avenida como qualquer outra. Numa dessas eu estava sentado numa vitrine baixa de uma loja de importações e exportações, e aí meu estômago começou a doer, não como quando a gente precisa ir correndo ao banheiro, era mais em cima, no estômago de verdade, como se ele estivesse se retorcendo devagar, e eu queria respirar e não conseguia, de modo que precisava ficar quieto e esperar que a cãibra passasse, e à minha frente se via uma espécie de mancha verde e pontinhos que dançavam, e a cara de papai, no fim era só a cara de papai porque eu havia fechado os olhos, acho, e no meio da mancha verde estava a cara de papai. Pouco depois consegui respirar melhor, e uns rapazes olharam um tempo para mim e um deles disse para o outro que eu estava passando mal,

Fim do jogo   239

mas eu mexi a cabeça e disse que não era nada, que eu sempre tinha cãibra mas que logo passava. Um deles me perguntou se eu queria que ele fosse buscar um copo d'água e o outro me aconselhou a secar a testa, porque eu estava transpirando. Sorri e falei para ele que já estava bem, e saí andando para que eles fossem embora e me deixassem sozinho. Era verdade que eu estava transpirando porque havia água escorrendo pelas minhas sobrancelhas e uma gota salgada entrou num dos meus olhos, e então puxei o lenço e passei pelo rosto, e senti um arranhão no lábio, e quando olhei era uma folha seca grudada no lenço que havia arranhado minha boca.

Não sei quanto tempo demorei para chegar de novo à Plaza de Mayo. Na metade da subida caí, mas me levantei de novo antes que alguém se desse conta e atravessei correndo entre os carros que passavam na frente da Casa Rosada. De longe vi que ele não havia se movido do banco, mas continuei correndo e correndo até chegar ao banco, e me joguei feito morto enquanto as pombas saíam voando assustadas e as pessoas se viravam com aquela cara que elas fazem para olhar as crianças que correm, como se fosse um pecado. Um tempo depois, limpei-o um pouco e disse que precisávamos voltar para casa. Disse só para escutar minha própria voz e sentir-me ainda mais contente, porque com ele a única coisa que funcionava era segurá-lo bem e levá-lo, as palavras ele não escutava ou fazia de conta que não escutava. Por sorte daquela vez ele não criou dificuldade para atravessar as ruas, e o bonde estava quase vazio no início do trajeto, de modo que o instalei no primeiro assento e me sentei ao lado dele e não me virei nem uma vez na viagem toda, nem mesmo quando descemos. No último quarteirão a gente avançou muito devagar, com ele querendo entrar nas poças e eu lutando para que ele passasse pelos ladrilhos secos. Mas não tinha importância, não tinha a menor importância. Pensava o tempo todo: "Abandonei ele", olhava-o e pensava "Abandonei ele", e mesmo sem ter me esquecido do Paseo Colón me sentia tão bem, quase orgulhoso. Quem sabe de uma outra vez... Não era fácil, mas quem sabe... Sabe-se lá com que olhos papai e mamãe olhariam para mim quando me vissem chegar com ele pela mão. Claro que ficariam contentes com o fato de eu tê-lo levado para passear no centro, os pais sempre ficam contentes com essas coisas; mas não sei por que naquele momento me deu um negócio de pensar que às vezes papai e mamãe também tiravam o lenço para se secar, e que nesse lenço também havia uma folha seca que machucava o rosto deles.

Axolotes

Houve um tempo em que eu pensava muito nos axolotes. Ia vê-los no aquário do Jardin des Plantes e passava horas olhando para eles, observando sua imobilidade, seus obscuros movimentos. Agora sou um axolote.

O acaso me levou até eles numa manhã de primavera em que Paris abria sua cauda de pavão-real depois da lenta invernada. Desci pelo bulevar de Port-Royal, peguei o St. Marcel e o L'Hôpital, vi os verdes em meio a tanto cinza e me lembrei dos leões e das panteras, mas nunca havia entrado no úmido e sombrio prédio dos aquários. Deixei a bicicleta encostada na grade e fui ver as tulipas. Os leões estavam feios e tristes e minha pantera dormia. Optei pelos aquários, vislumbrei peixes vulgares até dar inesperadamente com os axolotes. Passei uma hora olhando-os e saí, incapaz de outra coisa.

Na biblioteca Sainte-Geneviève consultei um dicionário e fiquei sabendo que os axolotes são formas larvais, providas de brânquias, de uma espécie de batráquios do gênero amblistoma. Que eram mexicanos eu já sabia por eles mesmos, por seus pequenos rostos rosados astecas e pela tabuleta no alto do aquário. Li que foram encontrados exemplares na África capazes de viver em terra durante os períodos de seca, e que retomam sua vida na água ao chegar a estação das chuvas. Encontrei seu nome espanhol, *ajolote*, a menção de que são comestíveis e de que seu óleo era usado (aparentemente não se usa mais) como o de fígado de bacalhau.

Não quis consultar obras especializadas, mas voltei no dia seguinte ao Jardin des Plantes. Comecei a ir todas as manhãs, às vezes pela manhã e à tarde. O vigia dos aquários sorria perplexo ao receber o ingresso. Eu me apoiava na barra de ferro que circunda os aquários e ficava olhando para eles. Nada de estranho nisso, porque desde o primeiro momento compreendi que estávamos vinculados, que uma coisa infinitamente perdida e remota continuava a nos unir, apesar de tudo. Bastara eu me deter naquela primeira manhã diante do vidro onde algumas bolhas se moviam na água. Os axolotes estavam amontoados no exíguo e estreito (só eu posso saber quão estreito e exíguo) chão de pedra e musgo do aquário. Havia nove exemplares, e a maioria apoiava a cabeça de encontro ao vidro, olhando com seus olhos de ouro aqueles que se aproximavam. Abalado, quase envergonhado, senti uma espécie de impudicícia ao debruçar-me sobre aquelas figuras silenciosas e imóveis aglomeradas no fundo do aquário. Isolei mentalmente uma delas, posicionada à direita e um pouco separada das demais, para estudá-la melhor. Vi um pequeno corpo rosado e quase translúcido (pensei nas

Fim do jogo 241

estatuetas chinesas de vidro leitoso), semelhante a um pequeno lagarto de quinze centímetros, que terminava numa cauda de peixe de uma delicadeza extraordinária, a parte mais sensível de nosso corpo. Uma aleta transparente que se fundia à cauda percorria seu dorso, mas o que me fascinou foram as patas, de uma fineza sutilíssima, arrematadas por pequenos dedos, por unhas minuciosamente humanas. E então descobri seus olhos, seu semblante. Um rosto inexpressivo cujo único traço eram os olhos, dois orifícios do tamanho de cabeças de alfinete, inteiramente de um ouro transparente, isentos de toda vida mas olhando, deixando-se penetrar por meu olhar que parecia passar através do ponto áureo e perder-se num diáfano mistério interior. Um finíssimo halo negro circundava o olho e o inscrevia na carne rosa, na pedra rosa da cabeça vagamente triangular mas com lados curvos e irregulares que lhe davam total semelhança com uma estatueta corroída pelo tempo. A boca ficava dissimulada pelo plano triangular do semblante, só de perfil era possível adivinhar seu tamanho considerável; de frente, uma fina fissura rasgava de leve a pedra sem vida. Dos dois lados da cabeça, onde deveriam estar as orelhas, cresciam três raminhos rubros da cor do coral, uma excrescência vegetal, as brânquias, suponho. E era a única coisa viva nele, a cada dez ou quinze segundos os raminhos se aprumavam rigidamente e tornavam a se abaixar. Às vezes uma pata se movia de leve, eu via os minúsculos dedos pousando com suavidade sobre o musgo. É que não gostamos de nos mexer muito, e o aquário é tão exíguo; é só avançar um pouco e topamos com a cauda ou a cabeça de outro de nós; surgem dificuldades, lutas, cansaço. Sente-se menos o tempo se ficamos quietos.

Foi sua imobilidade que me levou a inclinar-me fascinado na primeira vez que vi os axolotes. Imprecisamente tive a sensação de compreender seu desejo secreto: abolir o espaço e o tempo com uma imobilidade indiferente. Depois soube melhor, a contração das brânquias, os ensaios das finas patas nas pedras, a repentina natação (alguns deles nadam com a mera ondulação do corpo) me mostraram que eles eram capazes de fugir àquele torpor mineral em que passavam horas inteiras. Seus olhos, sobretudo, me obcecavam. Ao lado deles, nos demais aquários, diversos peixes me apresentavam a singela estupidez de seus belos olhos semelhantes aos nossos. Os olhos dos axolotes falavam-me da presença de uma vida diferente, de outra maneira de olhar. Colando meu rosto ao vidro (às vezes o vigia tossia, inquieto), eu procurava ver melhor os minúsculos pontos áureos, aquela entrada ao mundo infinitamente lento e remoto das criaturas rosadas. Era inútil bater com o dedo no vidro diante da cara deles; jamais se percebia a menor reação. Os olhos de ouro continuavam ardendo com sua doce, terrível luz; de uma profundeza insondável, que me dava vertigem, continuavam me olhando.

242 *Axolotes*

E contudo estavam perto. Fiquei sabendo antes disso, antes de ser um axolote. Soube-o no dia em que me aproximei deles pela primeira vez. Os traços antropomórficos de um macaco revelam, ao contrário do que acredita a maioria, a distância que os separa de nós. A absoluta falta de semelhança de um axolote com um ser humano me provou que meu reconhecimento era válido, que eu não estava me apoiando em analogias fáceis. Só as mãozinhas... Mas uma lagartixa também tem mãos assim, e não se parece em nada conosco. Acho que era a cabeça dos axolotes, aquela forma triangular rosada com os olhinhos de ouro. Aquilo olhava e sabia. Aquilo reclamava. Não eram *animais*.

Parecia fácil, quase óbvio, cair na mitologia. Comecei vendo nos axolotes uma metamorfose que não conseguia cancelar uma misteriosa humanidade. Imaginei-os conscientes, escravos de seu corpo, infinitamente condenados a um silêncio abissal, a uma reflexão desesperada. Seu olhar cego, o diminuto disco de ouro inexpressivo e ao mesmo tempo terrivelmente lúcido, me penetrava como uma mensagem: "Nos salve, nos salve". Eu me surpreendia sussurrando palavras de consolo, transmitindo pueris esperanças. Eles continuavam olhando para mim, imóveis; de repente os raminhos rosados das brânquias se perfilavam. Nesse momento eu sentia uma espécie de dor surda; talvez eles me vissem, talvez captassem meu esforço por penetrar no impenetrável de sua vida. Não eram seres humanos, mas eu não encontrara em nenhum animal uma relação tão profunda comigo. Os axolotes pareciam testemunhas de alguma coisa, e às vezes juízes horríveis. Eu me sentia ignóbil diante deles; havia uma pureza tão tremenda naqueles olhos transparentes. Eram larvas, mas larva significa máscara e também fantasma. Por trás daqueles rostos astecas, inexpressivos e ao mesmo tempo de uma crueldade implacável, que imagem esperava sua vez?

Eu os temia. Creio que se não tivesse sentido a proximidade de outros visitantes e do vigia, não teria me atrevido a ficar a sós com eles. "O senhor os come com os olhos", dizia-me, rindo, o vigia, que decerto me achava um pouco desequilibrado. Não se dava conta de que eram eles que me devoravam lentamente pelos olhos, num canibalismo de ouro. Longe do aquário eu não fazia outra coisa senão pensar neles, era como se eles me controlassem à distância. Cheguei a ir todos os dias, e à noite os imaginava imóveis no escuro, adiantando lentamente uma mão que de repente encontrava a de outro. Talvez seus olhos vissem em plena noite, e o dia continuasse para eles indefinidamente. Os olhos dos axolotes não têm pálpebras.

Agora sei que não houve nada de estranho, que isso tinha de acontecer. A cada manhã, quando eu me inclinava sobre o aquário, o reconhecimento era maior. Eles sofriam, cada fibra de meu corpo chegava até aquele sofrimento amordaçado, aquela tortura rígida no fundo da água. Espiavam alguma coisa, um remoto senhorio aniquilado, um tempo de liberdade no qual o mundo pertencera aos axolotes. Não era possível que uma expressão tão terrível, capaz de vencer a inexpressividade forçada de seus rostos de pedra, não fosse portadora de uma mensagem de dor, a prova daquela condenação eterna, daquele inferno líquido que padeciam. Inutilmente eu queria provar para mim mesmo que minha própria sensibilidade projetava nos axolotes uma consciência inexistente. Eles e eu sabíamos. Por isso não houve nada de estranho no que aconteceu. Meu rosto estava colado ao vidro do aquário, meus olhos tentavam uma vez mais penetrar no mistério daqueles olhos de ouro sem íris e sem pupila. Via de muito perto o rosto de um axolote imóvel junto ao vidro. Sem transição, sem surpresa, vi meu rosto contra o vidro, em vez de axolote vi meu rosto contra o vidro, vi-o fora do aquário, vi-o do outro lado do vidro. Então meu rosto se afastou e eu compreendi.

Só uma coisa era estranha: continuar pensando como antes, saber. Dar-me conta disso foi, num primeiro momento, como o horror do enterrado vivo que desperta para seu destino. Do lado de fora, meu rosto se aproximava novamente do vidro; eu via minha boca de lábios apertados no esforço de compreender os axolotes. Eu era um axolote e sabia agora instantaneamente que nenhuma compreensão era possível. Ele estava fora do aquário, seu pensamento era um pensamento fora do aquário. Conhecendo-o, sendo ele mesmo, eu era um axolote e estava em meu mundo. O horror decorria — soube-o no mesmo instante — de acreditar-me prisioneiro num corpo de axolote, transmigrado para ele com meu pensamento de homem, enterrado vivo num axolote, condenado a mover-me lucidamente entre criaturas insensíveis. Mas aquilo cessou quando uma pata veio roçar meu rosto, quando ao mover-me de leve para um lado vi um axolote a meu lado olhando para mim, e soube que também ele sabia, sem comunicação possível mas tão claramente. Ou eu também estava nele, ou todos nós pensávamos como um homem, incapazes de expressão, limitados ao reflexo dourado de nossos olhos que olhavam o rosto do homem colado ao aquário.

Ele voltou muitas vezes, mas agora vem menos. Passa semanas sem aparecer. Ontem o vi, me olhou durante muito tempo e foi embora bruscamente. Tive a impressão de que já não se interessava tanto por nós, de que obedecia a um hábito. Como a única coisa que faço é pensar, pude pensar muito nele. Me ocorre que no início mantivemos a comunicação, que ele se sentia mais que nunca unido ao mistério que o obcecava. Mas as pontes entre mim e ele estão cortadas, porque o que era sua obsessão agora é um axolote, alheio a sua vida de homem. Acho que no início eu era capaz de voltar a ele, de certo modo — ah, só de certo modo —, e manter vivo seu desejo de conhecer-nos melhor. Agora sou definitivamente um axolote, e se penso como um homem é só porque todo axolote pensa como um homem no interior de sua imagem de pedra rosa. Parece-me que consegui comunicar-lhe um pouco disso tudo nos primeiros dias, quando eu ainda era ele. E nessa solidão final a que ele já não volta, consola-me pensar que talvez escreva sobre nós, que acreditando imaginar um conto escreve tudo isso sobre os axolotes.

A noite de barriga para cima

E saíam em certas épocas caçando inimigos; chamavam-na a guerra florida.

N a metade do amplo saguão do hotel pensou que devia ser tarde e apressou-se em sair para a rua e tirar a motocicleta do canto onde o zelador do prédio ao lado o deixava guardá-la. Na joalheria da esquina viu que eram dez para as nove; chegaria com folga a seu destino. O sol se filtrava entre os edifícios altos do centro, e ele — porque para si mesmo, para ir pensando, não tinha nome — montou na máquina saboreando o passeio. A moto ronronava entre suas pernas e um vento fresco chicoteava sua calça.

Deixou passar os ministérios (o rosa, o branco) e a sequência de lojas com brilhantes vitrines da rua Central. Agora entrava na parte mais agradável do trajeto, o verdadeiro passeio: uma rua larga, bordejada de árvores, com pouco trânsito e amplos casarões com jardins que vinham até as calçadas, demarcadas apenas por sebes baixas. Talvez um pouco distraído, mas circulando pela direita como se deve, deixou-se levar pela pureza, pela leve crispação daquele dia que mal começava. Quem sabe seu involuntário relaxamento o tenha impedido de evitar o acidente. Quando viu que a mulher parada na esquina se precipitava para a rua apesar do sinal verde, já era tarde para as soluções fáceis. Freou com o pé e com a mão, desviando para a esquerda; ouviu o grito da mulher, e simultaneamente à pancada perdeu a visão. Foi como adormecer de repente.

Voltou a si do desmaio de supetão. Quatro ou cinco homens jovens o retiravam de debaixo da moto. Sentia gosto de sal e sangue, doía-lhe um joelho, e quando o ergueram gritou, porque não conseguia aguentar a pressão no braço direito. Vozes que não pareciam pertencer aos rostos suspensos sobre

Fim do jogo 245

ele o alentavam com brincadeiras e certezas. Seu único alívio foi ouvir que o sinal estava verde para ele ao cruzar a esquina. Perguntou pela mulher, tentando dominar a náusea que tomava sua garganta. Enquanto o levavam de barriga para cima até uma farmácia próxima, soube que a causadora do acidente não sofrera mais que arranhões nas pernas. "O senhor pegou ela de leve, mas a pancada fez o senhor cair de lado da moto..." Opiniões, lembranças, devagar, entrem com ele de costas, assim está bem, e alguém de guarda-pó dando-lhe uma bebida que o aliviou, na penumbra de uma pequena farmácia de bairro.

A ambulância policial chegou cinco minutos depois e ele foi posto numa maca macia onde pôde se estender à vontade. Com toda a lucidez, mas sabendo que estava sob os efeitos de um choque terrível, forneceu seus dados ao policial que o acompanhava. O braço quase não doía; de um corte na sobrancelha gotejava sangue pelo rosto todo. Uma ou duas vezes lambeu os lábios para bebê-lo. Sentia-se bem, era um acidente, falta de sorte, algumas semanas imóvel, só isso. O guarda lhe disse que a motocicleta não parecia muito avariada. "Claro", disse ele. "Fiquei por baixo e amorteci..." Os dois riram, e o guarda apertou sua mão ao chegar ao hospital e lhe desejou boa sorte. A náusea estava voltando pouco a pouco; enquanto o levavam numa maca de rodas até um pavilhão do fundo, passando por baixo de árvores cheias de pássaros, fechou os olhos e desejou estar dormindo ou cloroformizado. Mas ficaram com ele por muito tempo num aposento com cheiro de hospital, preenchendo uma ficha, tirando sua roupa e vestindo-lhe uma camisa acinzentada e dura. Moviam seu braço com cuidado, sem que doesse. As enfermeiras brincavam o tempo todo, e se não fossem as contrações do estômago ele teria se sentido muito bem, quase feliz.

Levaram-no para a sala do raio X, e vinte minutos depois, com a chapa ainda úmida apoiada sobre o peito como uma lápide negra, passou para a sala de operações. Alguém de branco, alto e magro, aproximou-se dele e começou a olhar a radiografia. Mãos de mulher acomodavam sua cabeça, sentiu que o passavam de uma maca para outra. O homem de branco veio de novo para perto dele, sorrindo, tendo na mão direita uma coisa que brilhava. Deu-lhe tapinhas na bochecha e fez um sinal para alguém de pé atrás dele.

Como sonho era curioso, porque era cheio de odores e ele nunca sonhava odores. Primeiro um cheiro de pântano, já que à esquerda da faixa começavam os manguezais, os tremedais de onde ninguém volta. Mas o odor cessou, e em seu lugar veio uma fragrância composta e escura como a noite em que se movia, fugindo dos astecas. E tudo era tão natural, ele precisava

246   *A noite de barriga para cima*

fugir dos astecas que andavam à caça de homem, e sua única probabilidade era esconder-se na parte mais densa da floresta, tomando cuidado para não se afastar da faixa estreita que só eles, os motecas, conheciam.

O que mais o torturava era o cheiro, como se mesmo na absoluta aceitação do sonho algo se rebelasse contra aquilo que não era habitual, que até então não entrara no jogo. "Cheiro de guerra", pensou, tocando instintivamente o punhal de pedra preso no cinto de lã tramada. Um ruído inesperado o fez agachar-se e ficar imóvel, trêmulo. Ter medo não era estranho, seus sonhos estavam recheados de medo. Esperou, encoberto pelos galhos de um arbusto e pela noite sem estrelas. Muito longe, provavelmente do outro lado do grande lago, deviam estar ardendo fogueiras de acampamento; um reflexo avermelhado tingia aquele setor do céu. O ruído não se repetiu. Havia sido como um galho quebrado. Talvez um animal que como ele fugia do cheiro da guerra. Ergueu-se devagar, farejando o vento. Não se ouvia nada, mas o medo continuava ali tal como o odor, aquele incenso adocicado da guerra florida. Era preciso continuar, chegar ao coração da selva evitando os pântanos. Tateando, agachando-se a todo momento para tocar o solo mais duro da faixa, deu alguns passos. Gostaria de ter largado a correr, mas os tremedais palpitavam ao lado. Na trilha envolta pelas trevas, tentou se orientar. Então sentiu uma lufada pavorosa do cheiro que mais temia, e saltou desesperado para a frente.

— Não vá cair da cama — disse o doente ao lado. — Não se mexa tanto, amigão.

Abriu os olhos e era de tarde, com o sol já baixo nos janelões da ampla sala. Enquanto tratava de sorrir para o vizinho, desprendeu-se quase fisicamente da última visão do pesadelo. O braço, engessado, pendia de um aparelho com pesos e polias. Sentiu sede, como se tivesse corrido quilômetros, mas não queriam lhe dar muita água, só para molhar os lábios e fazer um bochecho. A febre ia tomando conta dele devagar e teria podido adormecer de novo, mas saboreava o prazer de ficar acordado, olhos semiabertos, ouvindo a conversa dos outros doentes, respondendo de vez em quando a alguma pergunta. Viu chegar um carrinho branco que puseram ao lado de sua cama, uma enfermeira loura esfregou com álcool a face anterior de sua coxa e lhe cravou uma grossa agulha conectada a um tubo que subia até um frasco cheio de líquido opalino. Um médico jovem veio com um aparelho de metal e couro que ajustou a seu braço bom para verificar alguma coisa. A noite caía e a febre o arrastava suavemente para um estado onde as coisas tinham um destaque de binóculo de teatro, eram reais e suaves e ao mesmo tempo levemente repugnantes; como estar vendo um filme chato e pensar que apesar de tudo na rua é pior; e ficar.

Veio uma xícara de um maravilhoso caldo dourado cheirando a alho-poró, a aipo, a salsinha. Um pedacinho de pão, mais precioso que todo um banquete, foi se esfarelando pouco a pouco. O braço não estava doendo nada e só na sobrancelha, onde haviam suturado, rangia às vezes uma fisgada quente e rápida. Quando os janelões da frente viraram manchas de um azul-escuro, pensou que não teria dificuldade para adormecer. Um pouco incômodo, de costas, mas ao passar a língua pelos lábios ressecados e quentes sentiu o sabor do caldo e suspirou de felicidade, abandonando-se.

Primeiro foi uma confusão, um puxar para si todas as sensações, por um instante embotadas ou embaralhadas. Compreendia que estava correndo em plena escuridão, embora no alto o céu cortado por copas de árvores fosse menos negro que o resto. "A faixa", pensou. "Me afastei da faixa." Seus pés se afundavam num colchão de folhas e barro e já não conseguia dar um passo sem que os ramos dos arbustos lhe açoitassem o torso e as pernas. Ofegante, sabendo-se encurralado apesar da escuridão e do silêncio, se agachou para escutar. Talvez a faixa estivesse perto, com a primeira luz do dia poderia voltar a vê-la. Naquele momento nada podia ajudá-lo a encontrá-la. A mão que, sem saber, ele aferrava ao cabo do punhal, subiu como o escorpião dos pântanos até seu pescoço, de onde pendia o amuleto protetor. Movendo de leve os lábios, sussurrou a oração do milho que traz as luas felizes, e a súplica à Altíssima, dispensadora dos bens motecas. Mas sentia ao mesmo tempo que seus tornozelos estavam afundando devagar no barro, e a espera na escuridão do matagal desconhecido estava ficando insuportável. A guerra florida havia começado com a lua e já se estendia por três dias e três noites. Se conseguisse refugiar-se nas profundezas da selva, abandonando a faixa situada depois da região dos pântanos, talvez os guerreiros não seguissem seu rastro. Pensou nos muitos prisioneiros que eles já teriam feito. Mas a quantidade não importava, só o tempo sagrado. A caça continuaria até que os sacerdotes dessem o sinal do regresso. Tudo tinha seu número e seu fim, e ele estava dentro do tempo sagrado, do outro lado dos caçadores.

Ouviu os gritos e se levantou num salto, punhal na mão. Como se o céu se incendiasse no horizonte, viu tochas movendo-se entre os ramos, muito perto. O cheiro de guerra era insuportável, e quando o primeiro inimigo saltou em seu pescoço quase sentiu prazer em lhe enterrar a lâmina de pedra em pleno peito. Já o cercavam as luzes, os gritos alegres. Chegou a cortar o ar uma ou duas vezes, quando uma corda o apanhou por trás.

— É a febre — disse o da cama ao lado. — Comigo foi a mesma coisa quando operei o duodeno. Tome água e vai ver que dorme bem.

Em comparação com a noite de onde voltava, a penumbra morna da sala lhe pareceu deliciosa. Uma lâmpada violeta velava no alto da parede do fundo, como um olho protetor. Ouviam-se tosses, respirações fundas, às vezes um diálogo em voz baixa. Tudo era grato e seguro, sem aquele assédio, sem... Mas não queria continuar pensando no pesadelo. Havia tantas coisas com que se distrair. Começou a olhar o gesso do braço, as polias que o sustentavam no ar com tanta comodidade. Haviam deixado uma garrafa de água mineral sobre sua mesa de cabeceira. Bebeu no gargalo, sequiosamente. Agora conseguia distinguir as formas da sala, as trinta camas, os armários com portas de vidro. Não devia mais estar com tanta febre, sentia o rosto fresco. A sobrancelha doía só um pouquinho, era como uma lembrança. Viu-se outra vez saindo do hotel, pegando a moto. Quem teria imaginado que a coisa ia acabar assim? Procurava determinar o momento do acidente e se irritou ao perceber que havia ali uma espécie de buraco, um vazio que não conseguia preencher. Entre o choque e o momento em que o haviam tirado do chão, um desmaio ou o que fosse não o deixava ver nada. E ao mesmo tempo tinha a sensação de que aquele buraco, aquele nada, durara uma eternidade. Não, nem mesmo tempo, era como se nesse buraco ele tivesse passado através de alguma coisa ou percorrido distâncias imensas. O choque, a pancada brutal contra o pavimento. De todo modo, ao sair do poço negro sentira quase um alívio enquanto os homens o erguiam do chão. Com a dor do braço partido, o sangue da sobrancelha ferida, a contusão no joelho; com tudo isso, um alívio ao regressar ao dia e sentir-se amparado e ajudado. E era estranho. Algum dia perguntaria ao médico do escritório. Agora o sono voltava a tomá-lo, a puxá-lo para baixo devagar. O travesseiro era tão macio, e em sua garganta febril o frescor da água mineral. Talvez conseguisse descansar de verdade, sem os malditos pesadelos. A luz violeta da lâmpada no alto ia se apagando pouco a pouco.

Como dormia de costas, não se surpreendeu com a posição em que tornava a reconhecer-se, mas em compensação o cheiro de umidade, de pedra exsudando infiltrações, bloqueou sua garganta e o obrigou a compreender. Inútil abrir os olhos e olhar em todas as direções; envolvia-o uma escuridão absoluta. Quis erguer o corpo e sentiu as cordas nos pulsos e nos tornozelos. Estava estaqueado no chão, num piso de lajotas, gelado e úmido. O frio tomava suas costas nuas, suas pernas. Desajeitado, procurou fazer o queixo entrar em contato com o amuleto e constatou que o haviam arrancado. Agora estava perdido, nenhuma oração poderia salvá-lo no final. Remotamente, como que se infiltrando entre as pedras do calabouço, ouviu os atabaques da festa. Haviam-no trazido para o teocalli, estava nas masmorras do templo à espera de sua vez.

Ouviu um grito, um grito rouco que ricocheteava nas paredes. Outro grito, que acabava num gemido. Era ele gritando nas trevas, gritando porque estava vivo, todo o seu corpo se defendia, com o grito, do que estava por vir, do final inevitável. Pensou em seus companheiros enchendo outras masmorras e nos que já galgavam os degraus do sacrifício. Gritou de novo sufocadamente, quase não conseguia abrir a boca, suas mandíbulas estavam travadas e ao mesmo tempo era como se fossem de borracha e se abrissem lentamente, com um esforço interminável. O ranger dos ferrolhos sacudiu-o como uma chibatada. Convulso, contorcendo-se, lutou para livrar-se das cordas que se enterravam em sua carne. Seu braço direito, o mais forte, forcejava, até que a dor ficou intolerável e ele foi obrigado a ceder. Viu abrir-se a porta dupla, e o cheiro das tochas atingiu-o antes da luz. Envergando apenas as tangas cerimoniais, os acólitos dos sacerdotes se aproximaram, olhando para ele com desprezo. As luzes se refletiam nos torsos suados, nos cabelos negros repletos de plumas. Folgaram as cordas e em seu lugar agarraram-no mãos quentes, duras como bronze; sentiu-se erguido, sempre de barriga para cima, puxado pelos quatro acólitos que o transportavam pela galeria. Os homens com as tochas iam à frente, iluminando vagamente o corredor de paredes molhadas e teto tão baixo que os acólitos precisavam inclinar a cabeça. Agora o levavam, levavam, era o fim. Barriga para cima, a um metro do teto de rocha viva que por momentos se iluminava com um reflexo de tocha. Quando em vez do teto nascessem as estrelas e se erguesse diante dele a escadaria incendiada de gritos e danças, seria o fim. A galeria não acabava nunca, mas já ia acabar, de repente respiraria o ar cheio de estrelas, mas ainda não, avançavam levando-o sem fim na penumbra vermelha, puxando-o com brutalidade, e ele não queria, mas como impedir aquilo se haviam arrancado seu amuleto que era seu verdadeiro coração, o centro da vida?

Saiu num pinote para a noite do hospital, para o forro alto e aconchegante, para a sombra amena que o rodeava. Pensou que devia ter gritado, porque seus vizinhos dormiam calados. Na mesa de cabeceira a garrafa de água tinha alguma coisa de bolha, de imagem translúcida contra a sombra azulada dos janelões. Arquejou, em busca do alívio dos pulmões, tentando esquecer aquelas imagens que continuavam grudadas a suas pálpebras. Toda vez que fechava os olhos, via-as formar-se imediatamente e erguia o torso aterrado mas ao mesmo tempo gozando do fato de saber que agora estava desperto, que a vigília o protegia, que em breve amanheceria e viria o bom sono profundo que se tem nessa hora, sem imagens, sem nada... Difícil manter os olhos abertos, o torpor era mais forte que ele. Fez um último esforço, com a mão boa esboçou um gesto na direção da garrafa de água; não chegou a tomá-la, seus dedos se fecharam sobre um vazio novamente negro, e a galeria continuava interminável, rocha atrás de rocha, com súbitas fulgurações avermelhadas, e ele de barriga para cima gemeu sem ruído

250 *A noite de barriga para cima*

porque o teto ia acabar, subia, abrindo-se como uma boca de sombra, e os acólitos endireitavam o corpo e das alturas uma lua minguante caiu-lhe sobre o rosto onde os olhos não queriam vê-la, desesperadamente se fechavam e se abriam tentando passar para o outro lado, descobrir de novo o forro protetor da sala. E a cada vez que se abriam era a noite e a lua enquanto subiam com ele pela escadaria, agora com a cabeça pendendo para baixo, e no alto estavam já as fogueiras, as rubras colunas de fumaça perfumada, e de repente viu a pedra vermelha, brilhante de sangue que escorria, e o vaivém dos pés do sacrificado que arrastavam para jogá-lo rolando pelas escadarias do norte. Com uma última esperança apertou as pálpebras, gemendo para despertar. Durante um segundo acreditou que conseguiria, porque uma vez mais estava imóvel na cama, a salvo do balanço de cabeça para baixo. Mas sentia o cheiro da morte, e quando abriu os olhos viu a figura ensanguentada do sacrificador vindo em sua direção com a faca de pedra na mão. Conseguiu fechar novamente as pálpebras, apesar de agora saber que não ia despertar, que estava desperto, que o sonho maravilhoso fora o outro, absurdo como todos os sonhos; um sonho em que percorrera estranhas avenidas de uma cidade assombrosa, com luzes verdes e vermelhas que ardiam sem chama nem fumaça, com um enorme inseto de metal zumbindo sob suas pernas. Na mentira infinita daquele sonho também fora erguido do chão, alguém também se aproximara com uma faca na mão, com ele estendido de barriga para cima, com ele de barriga para cima de olhos fechados em meio às fogueiras.

Fim do jogo

Nos dias de calor, Leticia, Holanda e eu íamos brincar nos trilhos do Central Argentino, esperando que mamãe e tia Ruth começassem a sesta para escapar pela porta branca. Mamãe e tia Ruth estavam sempre cansadas depois de lavar a louça, principalmente quando Holanda e eu enxugávamos os pratos, porque nesses dias havia discussões, colherinhas pelo chão, frases que só nós entendíamos, e em geral um ambiente no qual o cheiro de gordura, os miados de José e a penumbra da cozinha acabavam numa violentíssima briga e na consequente comoção. Holanda se especializava em armar esse tipo de encrenca, por exemplo deixando cair um copo já lavado na bacia de água suja ou relembrando como quem não quer nada que na casa das de Loza havia duas empregadas para todo o serviço. Eu adotava outros sistemas, preferia dar a entender a tia Ruth que suas mãos iam descamar se ela continuasse areando panelas em vez de se dedicar aos copos ou aos pratos, que era precisamente o que mamãe gostava de lavar, com o que contrapunha as duas surdamente numa disputa de saber quem fazia a tarefa mais fácil. O recurso heroico, se os conselhos e as longas rememorações familiares começassem a nos saturar, era derramar água fervente no lombo do gato. É uma grande mentira, aquilo do gato escaldado, a não ser que seja o caso de tomar a referência à água fria ao pé da letra; porque da quente José nunca se distanciava, e até dava a impressão de se oferecer, pobre bichinho, a que derramássemos em cima dele meia xícara de água a cem graus de temperatura ou um pouco menos, bastante menos, provavelmente, porque o pelo dele nunca caía. A coisa é que Troia pegava fogo, e na confusão, coroada pelo esplêndido si bemol de tia Ruth e a disparada de mamãe em busca da vara dos castigos, Holanda e eu desaparecíamos na galeria coberta rumo aos aposentos vazios do fundo, onde Leticia nos esperava lendo Ponson du Terrail, leitura inexplicável.

O normal era mamãe nos perseguir por um bom trecho, mas seu desejo de quebrar nossa cabeça acabava com enorme rapidez, e no fim (havíamos trancado a porta e pedíamos desculpas com emocionantes falas teatrais) se cansava e ia embora, repetindo a mesma frase.

— Essas mal-educadas ainda acabam na rua.

Íamos era para os trilhos do Central Argentino, quando a casa ficava em silêncio e víamos o gato se esticar debaixo do limoeiro para fazer também ele sua sesta perfumada sob os zumbidos das vespas. Abríamos devagarinho a porta branca, e ao tornar a fechá-la era como um vento, uma liberdade que nos levava pelas mãos, pelo corpo inteiro e nos lançava para diante. Então corríamos procurando ganhar impulso para escalar de uma vez só o breve talude da ferrovia, e empoleiradas sobre o mundo contemplávamos silenciosas nosso reino.

Nosso reino era assim: uma grande curva dos trilhos acabava sua inflexão bem na frente dos fundos da nossa casa. Não havia nada além do cascalho, dos dormentes e das duas vias; grama rala e bobinha entre os pedaços de paralelepípedo onde a mica, o quartzo e o feldspato — que são os componentes do granito — brilhavam como diamantes legítimos ao sol das duas da tarde. Quando nos agachávamos para pôr a mão nos trilhos (sem perda de tempo, pois teria sido perigoso ficar muito tempo por ali, não tanto pelos trens como pelo pessoal de casa, caso chegassem a nos ver), subia ao nosso rosto o fogo das pedras, e quando ficávamos de frente para o vento que vinha do rio era um calor molhado que se grudava a nossa face e a nossas orelhas. Gostávamos de flexionar as pernas e descer, subir, descer de novo,

252   *Fim do jogo*

entrando numa e noutra zona de calor, estudando nosso rosto para apreciar a transpiração, com o que, passado um tempo, tínhamos virado uma sopa. E sempre caladas, olhando para o fundo dos trilhos ou para o rio, do outro lado, o pedacinho de rio cor de café com leite.

Depois dessa primeira inspeção do reino, descíamos do talude e entrávamos pela sombra ruim dos salgueiros que acompanhavam a cerca de nossa casa, onde se abria a porta branca. Era ali a capital do reino, a cidade silvestre e a central de nosso jogo. A primeira a começar o jogo era Leticia, a mais feliz das três e a mais privilegiada. Leticia não precisava secar os pratos nem fazer as camas, podia passar o dia lendo ou colando figurinhas, e à noite a deixavam ficar acordada até mais tarde quando ela pedia, isso sem falar no quarto que era só dela, no caldo de osso e todo tipo de vantagem. Pouco a pouco ela fora se aproveitando dos privilégios e desde o verão anterior comandava o jogo, acho que na verdade comandava o reino; pelo menos tomava a iniciativa de dizer as coisas e Holanda e eu aceitávamos sem discutir, quase felizes. É provável que os longos discursos de mamãe sobre como devíamos nos comportar com Leticia houvessem tido efeito, ou simplesmente que gostávamos muito dela e não nos importávamos que ela fosse a chefa. Pena que não tivesse aparência de chefa, era a mais baixa das três, e tão magra. Holanda era magra e eu nunca pesei mais de cinquenta quilos, mas Leticia era a mais magra das três, e para piorar as coisas era uma dessas magrezas que se veem de fora, no pescoço e nas orelhas. Talvez o enrijecimento das costas a fizesse parecer mais magra, como quase não conseguia mexer a cabeça para os lados ela dava a impressão de ser uma tábua de passar roupas em pé, daquelas forradas com tecido branco, como as que havia na casa das de Loza. Uma tábua de passar roupas com a parte mais larga para cima, em pé contra a parede. E nos comandava.

Para mim, a satisfação mais profunda era imaginar que mamãe ou tia Ruth algum dia tomassem conhecimento do jogo. Se chegassem a tomar conhecimento do jogo ia haver uma confusão dos infernos. O si bemol e os desmaios, os imensos protestos de devoção e sacrifício mal retribuídos, a coleção de invocações aos castigos mais célebres, para concluir com o anúncio de nossos destinos, que consistiam em que nós três acabaríamos na rua. Esta última parte sempre nos deixara perplexas, porque terminar na rua nos parecia uma coisa bastante normal.

Primeiro Leticia nos sorteava. Usávamos pedrinhas escondidas na mão, contar até vinte e um, qualquer sistema. Se usássemos o de contar até vinte e um, imaginávamos mais duas ou três garotas e as incluíamos na conta para evitar tramoias. Se o vinte e um caísse para uma delas, a garota era excluída do grupo e fazíamos um novo sorteio, até uma de nós ser sorteada.

Aí Holanda e eu levantávamos a pedra e abríamos a caixa dos enfeites. Supondo que Holanda tivesse ganhado, Leticia e eu escolhíamos os enfeites. O jogo incluía duas formas: estátuas e poses. As poses não precisavam de enfeites mas era preciso muita expressividade; para a inveja, mostrar os dentes, crispar as mãos e dar um jeito de ficar com um ar amarelo. Para a caridade, o ideal era um rosto angelical, com os olhos voltados para o céu, enquanto as mãos ofereciam alguma coisa — um pedaço de pano, uma bola, um ramo de salgueiro — a um pobre orfãozinho invisível. A vergonha e o medo eram fáceis de fazer; o rancor e o ciúme exigiam estudos mais demorados. Quase todos os enfeites se destinavam às estátuas, para as quais reinava liberdade absoluta. Para que uma estátua desse certo, era preciso refletir muito bem sobre cada detalhe da indumentária. O jogo determinava que a escolhida não podia fazer parte da seleção; as duas restantes debatiam o assunto e em seguida aplicavam os enfeites. A escolhida tinha que inventar sua estátua utilizando o que haviam posto nela, e assim o jogo era muito mais complicado e excitante, porque às vezes havia alianças adversas, e a vítima se via ataviada com enfeites que não combinavam nem um pouco com ela; de sua esperteza dependia, assim, inventar uma boa estátua. Em geral, quando o jogo determinava poses, a escolhida se dava bem, mas houve vezes em que as estátuas foram terríveis fracassos.

O que estou contando começou sabe-se lá quando, mas as coisas se modificaram no dia em que o primeiro papelzinho caiu do trem. Claro que as poses e as estátuas não eram para nós mesmas, porque teríamos enjoado em seguida. O jogo determinava que a escolhida precisava se posicionar ao pé do talude, saindo da sombra dos salgueiros, e esperar o trem das duas e oito, que vinha do Tigre. Naquele ponto de Palermo os trens passam bem depressa, e não ficávamos envergonhadas de fazer estátua ou pose. Quase não víamos as pessoas que estavam nas janelas, mas com o tempo adquirimos prática e sabíamos que alguns passageiros esperavam ver-nos. Um senhor de cabelo branco e óculos de tartaruga punha a cabeça para fora da janela e cumprimentava a estátua ou a pose com o lenço. As crianças que voltavam da escola sentadas nos estribos gritavam coisas ao passar, mas algumas ficavam sérias olhando para nós. Na realidade a estátua ou a pose não via nada, no esforço de manter-se imóvel, mas as outras duas, embaixo dos salgueiros, analisavam muito detalhadamente o bom êxito ou a indiferença produzidos. O papelzinho caiu numa terça-feira, durante a passagem do segundo vagão. Caiu muito perto de Holanda, que naquele dia era a maledicência, quicou e foi até perto de mim. Era um papelzinho muito dobrado e preso a uma porca. Com letra de homem e bastante ruim, dizia: "Muito lindas, as estátuas. Viajo na terceira janela do segundo vagão.

254 *Fim do jogo*

Ariel B.". Achamos um pouco seco, com todo aquele trabalho de prender o bilhete a uma porca e arremessá-lo, mas adoramos. Tiramos a sorte para ver quem ficaria com o bilhete e eu ganhei. No dia seguinte nenhuma queria jogar, para poder ver como era Ariel B., mas tivemos medo de que ele interpretasse mal nossa interrupção, de modo que fizemos o sorteio e caiu para Leticia. Holanda e eu ficamos muito felizes, porque Leticia era ótima como estátua, pobre criatura. Quando ela estava imóvel, não dava para perceber a paralisia, e ela era capaz de gestos de uma imensa nobreza. Em matéria de pose, sempre escolhia a generosidade, a piedade, o sacrifício e a renúncia. Em matéria de estátua preferia o estilo da Vênus da sala, que tia Ruth chamava de Vênus do Nilo. Por isso escolhemos enfeites especiais para ela, para que Ariel tivesse boa impressão. Pusemos nela um pedaço de veludo verde à maneira de túnica e no cabelo uma coroa de salgueiro. Como estávamos de mangas curtas, o efeito grego era grande. Leticia ensaiou um pouco na sombra e decidimos que as outras duas também apareceriam para cumprimentar Ariel, de forma ao mesmo tempo discreta e muito amável.

Leticia esteve magnífica; quando o trem chegou, não movia nem um dedo. Como não conseguia girar a cabeça, jogava-a para trás, colando os braços ao corpo, quase como se não os tivesse; fora o verde da túnica, era como olhar a Vênus do Nilo. Na terceira janela vimos um rapaz de cabelo louro e olhos claros, que nos dirigiu um grande sorriso ao descobrir que Holanda e eu o estávamos cumprimentando. O trem o levou num segundo, mas às quatro e meia ainda discutíamos se ele usava roupa escura, se sua gravata era vermelha e se ele era detestável ou simpático. Na quinta-feira fiz a pose do desânimo e recebemos outro papelzinho que dizia: "As três me agradam muito. Ariel". Agora ele punha a cabeça e um braço para fora da janela e nos cumprimentava rindo. Achamos que devia ter dezoito anos (convencidas de que não tinha mais que dezesseis) e concordamos em que devia vir diariamente de alguma escola inglesa. A parte sobre a qual estávamos mais seguras era a da escola inglesa: não podíamos aceitar um admirador qualquer. Via-se que Ariel era pessoa de posses.

Acontece que Holanda teve a sorte incrível de ganhar três dias seguidos. Superando-se, fez as atitudes do desengano e do latrocínio e uma estátua dificílima de bailarina, equilibrando-se num pé desde que o trem entrou na curva. No dia seguinte eu ganhei, no seguinte de novo; quando estava fazendo a atitude do horror, recebi no nariz um papelzinho de Ariel que no início não entendemos: "A mais bonita é a mais preguiçosa". Leticia foi a última a entender, vimos como ela ficou vermelha e foi para um lado, e Holanda e eu nos olhamos com um pouco de raiva. A primeira coisa que nos ocorreu sentenciar foi que Ariel era um idiota, mas não podíamos dizer

Fim do jogo   255

isso a Leticia, pobre anjo, com sua sensibilidade e a cruz que era obrigada a carregar. Ela não disse nada, mas pareceu entender que o papelzinho era dela e o guardou. Naquele dia voltamos para casa muito caladas, e à noite não brincamos juntas. À mesa Leticia estava muito alegre, seus olhos brilhavam, e mamãe olhou uma ou duas vezes para tia Ruth, como se a tomasse por testemunha da própria alegria. Por aqueles dias experimentavam um novo tratamento fortificante para Leticia, e pelo visto era uma maravilha o bem que lhe fazia.

Antes de dormir, Holanda e eu discutimos o assunto. Não nos importávamos com o papelzinho de Ariel; de um trem andando veem-se as coisas do jeito que se veem, mas achávamos que Leticia estava se aproveitando demais da vantagem adquirida sobre nós. Sabia que não íamos comentar nada com ela e que numa casa onde há alguém com algum defeito físico e muito orgulho, todos brincam de ignorar o assunto, a começar pelo doente, ou então todos fingem que não sabem que o outro sabe. Mas também não era o caso de exagerar, e a forma como Leticia se comportara na mesa, ou seu jeito de guardar o papelzinho, aí já era demais. Naquela noite tornei a sonhar meus pesadelos com trens, percorri de madrugada enormes depósitos ferroviários recobertos de trilhos cheios de engates, vendo à distância as luzes vermelhas de locomotivas que se aproximavam, calculando angustiada se o trem passaria à minha esquerda, e ao mesmo tempo ameaçada pela possível chegada de um rápido por trás de mim ou — o que era pior — que no último momento um dos trens entrasse por um dos desvios e viesse para cima de mim. Pela manhã, porém, esqueci, pois Leticia amanheceu muito dolorida e tivemos que ajudá-la a se vestir. Achamos que ela estava um pouco arrependida do que ocorrera ontem e fomos muito boas com ela, dizendo-lhe que aquilo estava acontecendo com ela por andar demais, e que talvez o melhor fosse ficar lendo no quarto. Ela não disse nada, mas foi almoçar na mesa, e quando mamãe perguntava dizia que já estava muito bem e que suas costas quase não doíam. Dizia isso e olhava para nós.

Essa tarde eu ganhei, mas na hora me deu um não sei o quê e falei para Leticia que cedia meu lugar a ela, claro que sem dar a entender a razão. Já que o outro a preferia, que olhasse para ela até cansar. Como o jogo determinava estátua, escolhemos coisas simples, para não complicar a vida dela, e ela inventou uma espécie de princesa chinesa, de ar envergonhado, olhando para o chão e juntando as mãos como fazem as princesas chinesas. Quando o trem passou, Holanda ficou de costas embaixo dos salgueiros, mas eu olhei e vi que Ariel só tinha olhos para Leticia. Continuou olhando para ela até o trem desaparecer na curva e Leticia imóvel, sem saber que ele acabava de olhar para ela daquele jeito. Mas quando ela foi descansar debaixo dos

256   *Fim do jogo*

salgueiros vimos que sim, sabia, e que teria gostado de continuar com os enfeites a tarde inteira, a noite inteira.

Na quarta-feira só Holanda e eu tiramos a sorte, porque Leticia nos disse que era justo que não participasse. Holanda ganhou, com sua maldita sorte, mas a carta de Ariel caiu a meu lado. Ao pegá-la tive o impulso de entregá-la para Leticia, que não dizia nada, mas pensei que também não era o caso de fazer todos os gostos dela e a abri devagar. Ariel anunciava que no dia seguinte desceria na estação ao lado e viria pelo aterro para conversar um pouco. Tudo estava terrivelmente escrito, mas a frase final era linda: "Cumprimento as três estátuas muito atenciosamente". A assinatura parecia um garrancho, embora desse para perceber que tinha personalidade.

Enquanto retirávamos os enfeites de Holanda, Leticia olhou uma ou duas vezes para mim. Eu havia lido a mensagem para elas e nenhuma fez comentários, o que ficava esquisito porque ao fim e ao cabo Ariel estava para vir e era preciso pensar nessa novidade e decidir alguma coisa. Se lá em casa ficassem sabendo, ou se por desgraça alguma das de Loza tivesse a ideia de nos espiar, invejosas que eram aquelas anãs, com certeza haveria encrenca. Sem falar que era muito estranho a gente ficar em silêncio com uma coisa daquelas, quase sem nos olhar, enquanto guardávamos os enfeites e voltávamos pela porta branca.

Tia Ruth pediu a Holanda e a mim que déssemos banho em José, levou Leticia para fazer o tratamento, e finalmente pudemos desabafar em paz. Achávamos maravilhoso Ariel nos visitar, nunca havíamos tido um amigo assim, nosso primo Tito não contava, um bobalhão que colecionava figurinhas e acreditava na primeira comunhão. Estávamos nervosíssimas com a expectativa e José pagou o pato, pobre anjo. Holanda foi mais valente que eu e puxou o assunto de Leticia. Eu não sabia o que pensar; de um lado achava horrível Ariel ficar sabendo, mas também era justo que as coisas ficassem esclarecidas, pois ninguém tem por que se prejudicar por causa de outro. O que eu teria querido é que Leticia não sofresse, já bastava a cruz que ela tinha de carregar, e agora com o novo tratamento e tantas coisas.

À noite mamãe estranhou ver a gente tão calada e disse que milagre, se os ratos tinham comido nossa língua, depois olhou para tia Ruth e com certeza as duas acharam que havíamos aprontado alguma e que a consciência nos torturava. Leticia comeu muito pouco e disse que estava dolorida, que a deixassem ir para o quarto ler Rocambole. Holanda deu-lhe o braço embora ela não quisesse muito, e eu comecei a tricotar, que é uma coisa que me dá quando fico nervosa. Duas vezes pensei em ir até o quarto de Leticia, não entendia o que as duas podiam estar fazendo lá sozinhas, mas Holanda voltou com um ar da maior importância e ficou a meu lado sem falar até mamãe e tia Ruth levantarem da mesa. "Amanhã ela não vai. Escreveu uma carta e disse que se ele perguntar muito, a gente lhe entregue a carta." Revirando o bolso da blusa, me fez ver um envelope roxo. Depois nos chamaram para secar os pratos, e naquela noite adormecemos quase imediatamente por causa de todas as emoções e do cansaço e de dar banho em José.

No dia seguinte foi minha vez de fazer compras no mercado, e passei a manhã toda sem ver Leticia, que continuava em seu quarto. Antes que nos chamassem para a mesa, entrei um momento e a encontrei ao lado da janela, com muitas almofadas e o nono volume de Rocambole. Dava para perceber que estava mal, mas começou a rir e me contou de uma abelha que não encontrava a saída e de um sonho hilário que havia tido. Eu lhe disse que era uma pena ela não ir até os salgueiros, mas achei muito difícil dizer aquilo direito. "Se você quiser, podemos explicar ao Ariel que você não estava bem", sugeri, mas ela dizia que não e ficava em silêncio. Eu insisti um pouco para ela ir, e no fim criei coragem e lhe disse que não tivesse medo, dando o exemplo de que o verdadeiro amor não conhece obstáculos e outras ideias lindas que havíamos aprendido no *Tesouro da juventude*, mas era cada vez mais difícil dizer-lhe alguma coisa porque ela olhava para a janela e dava a impressão de que ia começar a chorar. No fim saí, dizendo que mamãe estava precisando de mim. O almoço durou dias, e Holanda levou um sopapo de tia Ruth por salpicar a toalha com molho de tomate. Nem me lembro de como secamos os pratos, de repente estávamos nos salgueiros e nos abraçamos as duas cheias de felicidade e nem um pouco enciumadas uma da outra. Holanda me explicou tudo o que tínhamos de dizer sobre nossos estudos para que Ariel ficasse com uma boa impressão, porque os do secundário desprezam as garotas que só fizeram o primário e estudam apenas corte e costura e refogado no azeite. Quando o trem das duas e oito passou, Ariel pôs os braços para fora com entusiasmo e nós fizemos sinais de boas-vindas com nossos lenços estampados. Uns vinte minutos depois, vimos que ele chegava pelo aterro, e era mais alto do que havíamos imaginado e estava todo de cinza.

Não me lembro direito o que a gente falou no início, ele era bastante tímido apesar de estar ali e dos papeizinhos, e dizia coisas muito pensadas. Quase na mesma hora elogiou muito nossas estátuas e atitudes e perguntou como nos chamávamos e por que a terceira não estava conosco. Holanda explicou que Leticia não tinha podido vir, e ele disse que era uma pena e que Leticia era um nome lindo. Depois nos contou coisas do Industrial, que por desgraça não era uma escola inglesa, e quis saber se íamos lhe mostrar os enfeites. Holanda levantou a pedra e mostramos as coisas a ele. Pelo jeito ele ficou muito interessado, e várias vezes pegou algum dos enfeites, dizendo: "Uma vez, Leticia estava com este", ou "Este era o da estátua oriental", querendo se referir à princesa chinesa. Sentamos à sombra de um salgueiro e ele estava contente, mas distraído, dava para perceber que só não ia embora por uma questão de educação. Holanda olhou para mim duas ou três vezes quando a conversa desanimava e aquilo fez muito mal a nós duas, ficamos com vontade de sair dali ou de que Ariel nunca tivesse vindo. Ele perguntou outra vez se Leticia estava doente, e Holanda olhou para mim e achei que ela ia contar para ele, mas em vez disso ela respondeu que Leticia não tinha podido vir. Com um graveto, Ariel desenhava corpos geométricos na terra e de vez em quando olhava para a porta branca e nós sabíamos o que ele estava pensando, por isso Holanda fez bem em pegar o envelope roxo e lhe estender, e ele ficou surpreso com o envelope na mão, depois muito vermelho enquanto lhe explicávamos que aquilo quem mandava era Leticia, e guardou a carta no bolso de dentro do casaco sem querer lê-la na nossa frente. Quase em seguida disse que tinha sido um grande prazer e que estava encantado por ter vindo, mas a mão dele era mole e antipática, de modo que foi melhor a visita se encerrar, embora mais tarde não tivéssemos feito mais que pensar nos olhos cinzentos dele e naquele jeito triste que ele tinha de sorrir. Também nos lembramos de como ele se despedira dizendo "Até sempre", uma forma que nunca havíamos ouvido em casa e que nos pareceu muito linda e poética. Contamos tudo para Leticia, que esperava por nós debaixo do limoeiro do quintal, e eu queria ter lhe perguntado o que estava escrito na carta, mas me deu não sei o quê, porque ela havia fechado o envelope antes de entregá-lo a Holanda, de modo que não falei nada e só contamos como era Ariel e quantas vezes ele havia perguntado por ela. Aquilo não era nada fácil de dizer, porque era uma coisa bonita e ruim ao mesmo tempo, percebíamos que Leticia se sentia muito feliz e que ao mesmo tempo estava quase chorando, até que saímos dali dizendo que tia Ruth estava precisando de nós e a deixamos olhando as vespas do limoeiro.

Quando fomos para a cama naquela noite, Holanda me disse: "Você vai ver que a partir de amanhã o jogo acaba". Mas estava enganada, embora não por muito tempo, e no dia seguinte Leticia fez o sinal combinado na hora da sobremesa. Fomos lavar a louça muito assombradas e com um pouco de raiva, porque aquilo era uma pouca-vergonha de Leticia e não era direito. Ela nos esperava na porta e quase morremos de medo quando, ao chegar aos salgueiros, a vimos tirar do bolso o colar de pérolas de mamãe e todos os anéis, até o grande, de rubi, da tia Ruth. Se as de Loza espiassem e nos vissem com as joias, não havia dúvida de que mamãe ficaria sabendo na mesma hora e nos mataria, anãs asquerosas. Mas Leticia não estava assustada e disse que se alguma coisa acontecesse ela era a única responsável.

"Eu gostaria que hoje vocês me deixassem fazer o papel", acrescentou, sem olhar para nós. Pegamos logo os enfeites, de repente ficamos com vontade de ser muito boas com Leticia, de fazer todas as vontades dela, e isso que no fundo ainda estávamos um pouco bravas. Como o jogo determinava estátua, escolhemos para ela coisas muito bonitas, que combinassem com as joias: muitas penas de pavão-real para prender no cabelo, uma pele que de longe parecia uma raposa prateada, e um véu rosado que ela usou como turbante. Vimos que ela ficou pensando, ensaiando a estátua mas sem se mexer, e quando o trem apareceu na curva foi se posicionar junto ao talude com todas as joias brilhando ao sol. Ergueu os braços como se em vez de estátua fosse fazer atitude, e com as mãos apontou para o céu enquanto jogava a cabeça para trás (que era a única coisa que conseguia fazer, coitada) e dobrava o corpo até nos deixar com medo. Achamos que ficou maravilhosa, a estátua mais sensacional que já havíamos feito, e então vimos Ariel olhando para ela, debruçado para fora da janela ele olhava só para ela, girando a cabeça e olhando para ela sem nos ver, até o trem levá-lo de repente. Não sei por que nós duas corremos ao mesmo tempo para amparar Leticia, que estava com os olhos fechados e o rosto coberto por enormes lágrimas. Ela nos empurrou sem raiva, mas a ajudamos a esconder as joias no bolso e ela se afastou sozinha para casa enquanto guardávamos os enfeites pela última vez em sua caixa. Quase sabíamos o que ia acontecer, mas mesmo assim no dia seguinte fomos as duas até os salgueiros, depois que tia Ruth exigiu que fizéssemos silêncio absoluto para não incomodar Leticia, que estava dolorida e queria dormir. Quando o trem chegou, vimos sem nenhuma surpresa a terceira janela vazia, e enquanto sorríamos uma para a outra aliviadas e furiosas ao mesmo tempo, imaginamos Ariel viajando do outro lado do vagão, quieto em seu assento, olhando para o rio com seus olhos cinzentos.

1959

Cartas de mamãe

Poderia muito bem chamar-se liberdade condicional. Toda vez que a zeladora lhe entregava um envelope, Luis só precisava reconhecer o minúsculo semblante familiar de José de San Martín para compreender que uma vez mais cruzaria a ponte. San Martín, Rivadavia, mas esses nomes também eram imagens de ruas e de coisas, Rivadavia, 6500, o casarão de Flores, mamãe, o café da San Martín com a Corrientes onde às vezes os amigos o esperavam, onde o mazagrã tinha um leve sabor de óleo de rícino. Com o envelope na mão, depois do *Merci bien, madame Durand*, sair para a rua já não era como no dia anterior, como em todos os dias anteriores. Cada carta de mamãe (mesmo antes do que acabara de acontecer, daquele absurdo erro ridículo) mudava de chofre a vida de Luis, devolvia-o ao passado como um rijo repique de bola. Mesmo antes do que acabara de ler — e que agora relia no ônibus entre furioso e perplexo, sem se convencer inteiramente —, as cartas de mamãe eram sempre uma alteração do tempo, um pequeno escândalo inofensivo dentro da ordem de coisas que Luis havia desejado e planejado e conseguido, uma ordem que aceitara em sua vida como aceitara Laura em sua vida e Paris em sua vida. Cada nova carta insinuava por um instante (porque depois ele as apagava, no próprio ato de respondê-las carinhosamente) que sua liberdade duramente conquistada, aquela nova vida recortada a ferozes tesouradas na meada de lã que os demais haviam denominado sua vida, deixava de justificar-se, perdia o pé, se apagava como o fundo das ruas enquanto o ônibus trafegava pela Rue de Richelieu. Não restava mais que uma patética liberdade condicional, a irrisão de viver à maneira de uma palavra entre parênteses, divorciada da frase principal da qual mesmo assim é quase sempre sustentáculo e explicação. E desgosto, e uma necessidade de responder na mesma hora, como quem torna a fechar uma porta.

Aquela manhã fora uma das tantas manhãs em que chegava carta de mamãe. Ele e Laura pouco falavam do passado, quase nunca do casarão de Flores. Não que Luis não gostasse de lembrar-se de Buenos Aires. Era antes uma questão de eliminar nomes (as pessoas, eliminadas havia tanto tempo já, mas os nomes, os verdadeiros fantasmas que são os nomes, aquela duração pertinaz). Um dia se atrevera a dizer a Laura: "Se fosse possível rasgar e jogar fora o passado como o rascunho de uma carta ou de um livro. Mas ele permanece o tempo todo, maculando a cópia passada a limpo, e eu acho que isso é o verdadeiro futuro". Na verdade, por que não haveriam de falar de Buenos Aires, onde morava a família, onde os amigos de vez em quando

As armas secretas · 263

decoravam um postal com frases carinhosas. E a rotogravura do *La Nación* com os sonetos de tantas senhoras entusiásticas, a sensação de já lido, de para quê. E de vez em quando uma crise de gabinete, um coronel irritado, um boxeador estupendo. Por que ele e Laura não haveriam de falar de Buenos Aires? Mas ela também não voltava ao tempo de antes, só ao sabor de algum diálogo, e, sobretudo quando chegavam cartas de mamãe, deixava cair um nome ou uma imagem como se fossem moedas fora de circulação, objetos de um mundo caduco na distante margem do rio.

— *Eh oui, fait lourd* — disse o operário sentado diante dele.

"Soubesse ele o que é calor", pensou Luis. "Se pudesse andar numa tarde de fevereiro pela avenida de Mayo, por alguma ruela de Liniers."

Tirou novamente a carta do envelope, sem ilusões: o parágrafo estava ali, bem claro. Era perfeitamente absurdo, mas ali estava. Sua primeira reação depois da surpresa, da pancada em plena nuca, era, como sempre, de defesa. Laura não deveria ler a carta de mamãe. Por mais ridículo que fosse o erro, a confusão de nomes (mamãe devia ter querido escrever "Víctor" e pusera "Nico"), de todo modo Laura ficaria aflita, seria besteira. De vez em quando cartas desaparecem; pena que aquela não tivesse ido parar no fundo do mar. Agora seria obrigado a jogá-la na privada do escritório, e obviamente alguns dias depois Laura estranharia: "Que esquisito, não chegou carta da sua mãe". Ela nunca dizia *mamãe*, talvez por ter perdido a dela ainda menina. Então ele responderia: "É mesmo, esquisito. Vou mandar um bilhete para ela hoje mesmo", e mandaria, preocupado com o silêncio de mamãe. A vida continuaria sem alterações, o escritório, o cinema à noite, Laura sempre tranquila, bondosa, atenta a seus desejos. Ao desembarcar do ônibus na Rue de Rennes perguntou-se bruscamente (não era uma pergunta, mas como dizê-lo de outro modo) por que não queria mostrar a carta de mamãe a Laura. Não era por ela, pelo que ela pudesse sentir. Não estava tão preocupado com o que ela pudesse sentir, desde que ela disfarçasse. (Não estava tão preocupado com o que ela pudesse sentir, desde que ela disfarçasse?) Não, não estava tão preocupado. (Não estava preocupado?) Mas a verdade primeira, supondo que houvesse outra por trás, a verdade mais imediata, por assim dizer, era que se preocupava com a cara que Laura faria, com a atitude de Laura. E se preocupava por causa dele, naturalmente, pelo efeito que a forma como Laura pudesse se preocupar com a carta de mamãe teria sobre ele. Em algum momento os olhos dela dariam com o nome de Nico e ele sabia que o queixo de Laura começaria a tremer de leve, e que depois ela diria: "Mas que estranho... que será que aconteceu com sua mãe?". E ele teria sabido o tempo todo que Laura estava se segurando para não gritar, para não esconder entre as mãos um rosto já desfigurado pelas lágrimas, pelo desenho do nome de Nico tremendo em sua boca.

* * *

Na agência de publicidade onde trabalhava como desenhista releu a carta, uma das tantas cartas de mamãe, sem nada de extraordinário a não ser o parágrafo no qual trocava o nome. Pensou em apagar a palavra, substituir Nico por Víctor, simplesmente substituir o erro pela verdade, e voltar para casa com a carta para que Laura a lesse. As cartas de mamãe sempre interessavam a Laura, embora de modo indefinível não se destinassem a ela. Mamãe escrevia para ele; no fim, às vezes na metade da carta, acrescentava lembranças muito carinhosas para Laura. Não fazia diferença, ela as lia com o mesmo interesse, vacilando ao encontrar alguma palavra já deformada pelo reumatismo e pela miopia. "Estou tomando Saridon, e o médico me deu um pouco de salicilato..." As cartas passavam dois ou três dias sobre a prancheta; Luis teria gostado de jogá-las fora logo depois de respondê-las, mas Laura as relia, as mulheres gostam de reler as cartas, de olhá-las de um e de outro lado, parecem extrair um segundo sentido toda vez que as retiram novamente do envelope e as examinam. As cartas de mamãe eram breves, com notícias domésticas, uma ou outra referência à ordem nacional (mas essas coisas já eram sabidas pelos telegramas do *Le Monde*, pela mão dela chegavam sempre tarde). Até seria possível pensar que as cartas eram sempre a mesma, breve e medíocre, sem nada de interessante. O melhor de mamãe era que ela nunca se abandonara à tristeza que devia causar-lhe a ausência do filho e da nora, nem mesmo à dor — tantos gritos, tantas lágrimas no início — pela morte de Nico. Nunca, nos dois anos que já tinham de Paris, mamãe mencionara Nico em suas cartas. Era como Laura, que tampouco falava o nome dele. Nenhuma das duas falava o nome dele, e fazia mais de dois anos que Nico morrera. A repentina menção ao nome dele na metade da carta era quase um escândalo. Começava pelo mero fato de que o nome de Nico aparecia de repente numa frase, com o *N* longo e trêmulo, o *o* com um rabinho torto; mas era pior, porque o nome estava localizado numa frase incompreensível e absurda, em algo que só podia ser um anúncio de senilidade. De repente mamãe perdia a noção do tempo, imaginava que... O parágrafo vinha depois do breve aviso de recebimento de uma carta de Laura. Uma parte escrita de leve com a tinta azul desmaiada adquirida no armazém do bairro, e à queima-roupa: "Esta manhã Nico perguntou por vocês". O resto prosseguia como sempre: a saúde, a prima Matilde levara um tombo e estava com uma clavícula deslocada, os cachorros iam bem. Mas Nico perguntara por eles.

Na verdade teria sido fácil trocar Nico por Víctor, que era quem sem dúvida perguntara por eles. O primo Víctor, sempre tão atencioso. Víctor tinha duas letras mais que Nico, mas com uma borracha e habilidade dava para fazer a troca dos nomes. Esta manhã Víctor perguntou por vocês. Tão natural que Víctor fosse visitar mamãe e perguntasse pelos ausentes.

Quando voltou para o almoço, levava a carta intacta no bolso. Continuava inclinado a não dizer nada a Laura, que o esperava com seu sorriso amistoso, o rosto que parecia ter se esbatido um pouco desde os tempos de Buenos Aires, como se o ar cinzento de Paris lhe retirasse cor e relevo. Fazia mais de dois anos que estavam em Paris, haviam saído de Buenos Aires somente dois meses depois da morte de Nico, mas na realidade Luis se considerava ausente desde o próprio dia de seu casamento com Laura. Uma tarde, depois de falar com Nico, que já estava doente, jurara para si mesmo dar o fora da Argentina, do casarão de Flores, de mamãe e dos cachorros e de seu irmão (que já estava doente). Naqueles meses tudo havia girado em torno dele, como os protagonistas de uma dança: Nico, Laura, mamãe, os cachorros, o jardim. Seu juramento fora o gesto brutal de quem estilhaça uma garrafa na pista, interrompe a dança com um chicotear de vidros quebrados. Tudo fora brutal naqueles dias: seu casamento, a partida sem escrúpulos nem considerações para com mamãe, o abandono de todos os deveres sociais, dos amigos entre surpresos e desencantados. Não se abalara com nada, nem mesmo com o começo de protesto de Laura. Mamãe ficava para trás no casarão, sozinha com os cachorros e os vidros de remédio, com a roupa de Nico ainda pendurada no armário. Ela que ficasse, que fossem todos para o diabo. Parecia que mamãe havia entendido, já não chorava por Nico e andava como antes pela casa, com a fria e decidida recuperação dos velhos diante da morte. Mas Luis não queria lembrar-se do que havia sido a tarde da despedida, as malas, o táxi na porta, a casa ali, com toda a infância, o jardim onde Nico e ele haviam brincado de guerra, os dois cachorros indiferentes e bobalhões. Agora era quase capaz de esquecer tudo aquilo. Ia à agência, desenhava cartazes, voltava para o almoço, bebia a xícara de café que Laura lhe entregava sorrindo. Iam muito ao cinema, muito aos bosques, conheciam Paris cada vez melhor. Haviam tido sorte, a vida era supreendentemente simples, o trabalho passável, o apartamento bonito, os filmes excelentes. Aí chegava carta de mamãe.

Não as detestava; se lhe tivessem faltado, teria sentido a liberdade cair sobre ele como um peso insuportável. As cartas de mamãe lhe ofereciam um tácito perdão (mas não havia nada a perdoar-lhe), estendiam a ponte que permitia continuar passando. Cada uma delas o tranquilizava ou o inquietava quanto à saúde de mamãe, lembrava-o da economia familiar, da permanência de uma ordem. E ao mesmo tempo odiava aquela ordem e a odiava por Laura, porque Laura estava em Paris, mas cada carta de mamãe a definia como de fora, como cúmplice daquela ordem que ele havia repudiado certa noite no jardim, depois de ouvir uma vez mais a tosse apagada, quase humilde de Nico.

Não, não lhe mostraria a carta. Era ignóbil substituir um nome por outro, era intolerável que Laura lesse a frase de mamãe. Aquele erro grotesco, a tola inépcia de um instante — via mamãe lutando com uma pena velha, com o papel que saía do lugar, com a visão insuficiente —, cresceria em Laura como uma semente fácil. Melhor jogar fora a carta (jogou-a naquela mesma tarde) e à noite, ao ir ao cinema com Laura, esquecer-se tão depressa quanto possível de que Víctor havia perguntado por eles. Mesmo tratando-se de Víctor, o primo tão bem-educado, esquecer-se de que Víctor havia perguntado por eles.

Diabólico, agachado, lambendo os bigodes, Tom esperava que Jerry caísse na armadilha. Jerry não caiu, e choveram sobre Tom catástrofes incontáveis. Depois Luis comprou sorvetes, comeram-nos enquanto olhavam distraidamente os anúncios coloridos. Quando o filme começou, Laura afundou um pouco mais em seu assento e retirou a mão do braço de Luis. Ele a sentia outra vez distante, sabe-se lá se o que estavam olhando juntos continuava sendo a mesma coisa para os dois, embora mais tarde comentassem o filme na rua ou na cama. Perguntou-se (não era uma pergunta, mas como dizer de outra forma) se Nico e Laura haviam estado assim distantes nos cinemas, quando Nico a distraía e saíam juntos. Provavelmente haviam conhecido todos os cinemas de Flores, todo o passeio idiota da rua Lavalle, o leão, o atleta que bate o gongo, os subtítulos em espanhol por Carmen de Pinillos, os personagens deste filme são ficcionais, e toda relação... Então, depois que Jerry escapava de Tom e ia chegando a hora de Barbara Stanwyck ou de Tyrone Power, a mão de Nico se acomodaria devagar sobre a coxa de Laura (pobre Nico, tão tímido, tão noivo), e os dois se sentiriam culpados sabe-se lá do quê. Luis sabia muito bem que eles não haviam sido culpados de nada definitivo; mesmo não tendo recebido a mais deliciosa das provas, o veloz desapego de Laura por Nico teria bastado para ver naquele noivado um mero simulacro urdido pelo bairro, pela vizinhança, pelos círculos culturais e recreativos que são a graça de Flores. Bastara o capricho de ter ido uma noite ao mesmo local de dança frequentado por Nico, o acaso de uma apresentação fraternal. Talvez por isso, pela facilidade do começo, todo o resto fora inesperadamente duro e amargo. Mas não queria lembrar-se agora, a comédia acabara com a branda derrota de Nico, seu melancólico refú-

As armas secretas   267

gio numa morte de tísico. O estranho era Laura nunca pronunciar o nome dele, razão pela qual ele tampouco o pronunciava, estranho Nico não ser nem mesmo o defunto, nem mesmo o cunhado morto, o filho de mamãe. No início isso lhe trouxera alívio, depois do sombrio intercâmbio de recriminações, do choro e dos gritos de mamãe, da estúpida intervenção de tio Emilio e do primo Víctor (Víctor perguntou por vocês esta manhã), o casamento apressado cuja única cerimônia fora um táxi chamado por telefone e três minutos diante de um funcionário com caspa nas lapelas. Refugiados num hotel de Adrogué, longe de mamãe e de toda a parentela desenfreada, Luis agradecera a Laura o fato de nunca fazer referência ao pobre fantoche que tão vagamente passara de noivo a cunhado. Mas agora, com um mar pelo meio, com a morte e dois anos pelo meio, Laura continuava sem pronunciar o nome dele e ele se submetia a seu silêncio por covardia, sabendo que no fundo aquele silêncio o ofendia pelo que continha de crítica, de arrependimento, de alguma coisa que começava a parecer-se com traição. Mais de uma vez ele falara explicitamente de Nico, mas compreendia que isso não contava, que a resposta de Laura tendia apenas a desviar a conversa. Um lento território proibido fora se formando pouco a pouco na linguagem deles, isolando-os de Nico, envolvendo o nome e a memória de Nico num algodão manchado e pegajoso. E do outro lado mamãe fazia o mesmo, confabulava inexplicavelmente com o silêncio. As cartas falavam dos cachorros, de Matilde, de Víctor, do salicilato, do pagamento da pensão. Luis imaginara que algum dia mamãe haveria de aludir ao filho para assim fazer uma aliança com Laura, obrigá-la carinhosamente a aceitar a existência póstuma de Nico. Não porque fosse necessário, quem se importava com Nico vivo ou morto, mas a tolerância de sua memória no panteão do passado teria sido a prova obscura, irrefutável de que Laura o esquecera verdadeiramente e para sempre. Invocado à plena luz de seu nome, o íncubo teria esmaecido, tão fraco e insignificante quanto na época em que pisava a terra. Mas Laura continuava calando o nome de Nico, e toda vez que o calava, no momento preciso em que teria sido natural que o dissesse e exatamente o calava, Luis sentia outra vez a presença de Nico no jardim de Flores, ouvia sua tosse discreta preparando o mais perfeito presente de casamento que se possa imaginar, sua morte em plena lua de mel daquela que fora sua noiva, daquele que fora seu irmão.

Uma semana mais tarde, Laura achou estranho não ter chegado carta de mamãe. Examinaram as hipóteses usuais e Luis escreveu naquela mesma tarde. A resposta não o preocupava muito, mas teria desejado (sentia-o ao descer as escadas pela manhã) que a zeladora lhe entregasse a carta em vez de subir com ela até o terceiro andar. Quinze dias depois reconheceu o envelope familiar, o rosto do almirante Brown e uma vista das cataratas do Iguaçu. Guardou o envelope antes de sair para a rua e responder ao aceno de Laura debruçada na janela. Achou ridículo ter de virar a esquina antes de abrir a carta. Boby havia escapado para a rua e alguns dias depois começara a se coçar, contágio de algum cachorro sarnento. Mamãe ia consultar um veterinário amigo de tio Emilio, porque imagine se Boby passa a peste para o Negro. Na opinião de tio Emilio era preciso dar banho nos dois com creolina, mas ela já não tinha energia para essas providências e seria melhor que o veterinário receitasse um pó inseticida ou alguma coisa para misturar na comida. A senhora da casa ao lado tinha um gato sarnento, sabe-se lá se os gatos não eram capazes de contagiar os cachorros, mesmo que fosse através do alambrado. Mas que interesse teria para eles esse papo de velha, mesmo Luis tendo sido sempre muito carinhoso com os cachorros e quando pequeno até dormisse com um aos pés da cama, o oposto de Nico, que não gostava muito deles. A senhora da casa ao lado a aconselhara a polvilhar os cachorros com dedetê, para o caso de não ser sarna, os cachorros pegam todo tipo de peste quando andam pela rua; na esquina da Bacacay se instalara um circo com animais esquisitos, quem sabe havia micróbios no ar, essas coisas. Mamãe não estava para sustos, entre o filho da costureira que queimara o braço com leite fervente e Boby sarnento...

Depois havia uma espécie de estrelinha azul (a pena-colherinha que enganchava no papel, a exclamação irritada de mamãe) e depois algumas reflexões melancólicas sobre como ficaria sozinha se Nico também fosse para a Europa como estava parecendo, mas esse era o destino dos velhos, os filhos são andorinhas que um dia partem, é preciso ter resignação enquanto o corpo aguentar. A senhora da casa ao lado...

Alguém empurrou Luis, recitou para ele uma rápida declaração de direitos e obrigações com sotaque marselhês. Vagamente compreendeu que estava atrapalhando a passagem das pessoas que entravam pelo corredor estreito do *métro*. O resto do dia foi igualmente vago, telefonou para Laura para avisar que não iria almoçar, passou duas horas num banco de praça relendo a carta de mamãe, perguntando-se o que deveria fazer diante da demência. Falar com Laura, antes de mais nada. Por que (não era uma pergunta, mas como dizê-lo de outro modo) continuar escondendo de Laura o que estava acontecendo. Já não podia fingir que aquela carta havia se extraviado como a outra, já não podia continuar supondo que mamãe se enganara e que escrevera Nico em vez de Víctor, e que era tão penoso que estivesse ficando gagá. Decididamente aquelas cartas eram Laura, eram o

As armas secretas 269

que ia acontecer com Laura. Nem mesmo isso: o que já havia acontecido a partir do dia de seu casamento, a lua de mel em Adrogué, as noites em que haviam se amado desesperadamente no navio que os trazia para a França. Tudo era Laura, tudo ia ser Laura agora que Nico queria vir para a Europa no delírio de mamãe. Cúmplices como nunca, mamãe estava falando de Nico para Laura, estava anunciando para ela que Nico viria para a Europa, e o dizia assim, só Europa, sabendo tão bem que Laura compreenderia que Nico ia desembarcar na França, em Paris, numa casa onde estranhamente se fingia que ele fora esquecido, pobrezinho.

Fez duas coisas: escreveu para tio Emilio mencionando os sintomas que o inquietavam e pedindo-lhe que visitasse mamãe imediatamente para verificar a situação e tomar as medidas condizentes. Bebeu um conhaque atrás do outro e foi a pé até em casa para ir pensando no caminho o que dizer a Laura, porque ao fim e ao cabo precisava falar com Laura e informá-la da situação. De rua em rua foi sentindo como era difícil para ele situar-se no presente, no que teria de acontecer meia hora depois. A carta de mamãe jogava-o, afogava-o na realidade daqueles dois anos de vida em Paris, na mentira de uma paz traficada, de uma felicidade da porta para fora, sustentada por diversões e espetáculos, de um pacto involuntário de silêncio em que os dois se desuniam pouco a pouco, como em todos os pactos negativos. Sim, mamãe, sim, pobre Boby sarnento, mamãe. Pobre Boby, pobre Luis, quanta sarna, mamãe. Um baile no clube de Flores, mamãe, fui porque ele insistia, imagino que quisesse se mostrar com sua conquista. Pobre Nico, mamãe, com aquela tosse seca em que ninguém acreditava ainda, com aquele terno trespassado riscadinho, aquele penteado feito com brilhantina, aquelas gravatas de raiom tão metidas a besta. O cara conversa um pouco, simpatiza, como não vai dançar aquela música com a noiva do irmão, ah, noiva é exagero, Luis, suponho que não preciso chamá-lo de senhor, não é mesmo... Claro que não, estranho Nico ainda não tê-la apresentado em casa, mamãe vai gostar tanto da senhora... Esse Nico é muito atrapalhado, como é possível que ele nem mesmo tenha conversado com seu pai... Tímido, é verdade, ele sempre foi assim. Como eu. Por que está rindo, não acredita em mim? É que eu não sou o que pareço... Que calor, não é mesmo? É verdade, a senhora precisa ir lá em casa, mamãe vai ficar encantada. Somos só nós três e os cachorros, lá em casa. Nico, tchê, que vergonha, você fazendo segredo, que malandro! Com a gente é assim, Laura, falamos de tudo um para o outro. Se você permite, Nico, eu gostaria de dançar esse tango com a senhorita.

Tão pouca coisa, tão fácil, tão verdadeiramente brilhantina e gravata de raiom. Ela havia rompido com Nico por engano, por cegueira, porque o irmão espertinho fora capaz de derrotar o outro no impulso e virar a cabeça dela. Nico não joga tênis, imagine se vai jogar, ninguém consegue tirar Nico do xadrez e da filatelia, francamente. Calado, tão sem brilho o pobrezinho, Nico fora ficando para trás, perdido num canto do pátio, consolando-se com o xarope expectorante e o mate amargo. Quando caiu de cama e receitaram repouso, coincidiu exatamente com um baile no Gimnasia y Esgrima de Villa del Parque. Como perder uma coisa assim, ainda mais quando Edgardo Donato vai tocar e a coisa promete? Mamãe achou adequado que ele acompanhasse Laura, passeasse com ela, bastou levá-la até lá em casa uma tarde para que ela virasse uma filha. Veja bem, mamãe, o garoto está fraco e pode ser que fique chateado se a gente contar a ele. Quem está doente como ele imagina cada coisa, aposto que ele vai pensar que estou passando a conversa em Laura. Melhor ele não saber que a gente vai ao Gimnasia. Mas não falei isso a mamãe, lá em casa nunca ninguém ficou sabendo que saíamos juntos. Isso enquanto o doentinho não melhorasse, claro. E assim o tempo, os bailes, dois ou três bailes, as radiografias de Nico, depois o carro do baixinho Ramos, a noite da farra na casa da Beba, os tragos; o passeio de carro até a ponte do arroio, uma lua, aquela lua lá em cima parecendo uma janela de hotel, e Laura no carro negando-se, um pouco alta, as mãos hábeis, os beijos, os gritos abafados, a manta de vicunha, a volta em silêncio, o sorriso de perdão.

O sorriso era quase o mesmo quando Laura abriu a porta para ele. Tinha carne ao forno, salada, pudim. Às dez apareceram uns vizinhos que eram companheiros de canastra. Muito tarde, enquanto se preparavam para ir para a cama, Luis puxou a carta e a depositou sobre a mesa de cabeceira.

— Não falei antes porque não queria que você ficasse chateada. Estou achando que mamãe...

Deitado, de costas para ela, esperou. Laura guardou a carta no envelope, apagou a luz da mesinha. Sentiu-a de encontro a si, não exatamente de encontro, mas ouvia-a respirar perto de sua orelha.

— Você se dá conta? — disse Luis, controlando a voz.

— Sim. Você não acha que ela pode ter se enganado de nome?

Tinha de ser. Peão quatro rei, peão quatro rei. Perfeito.

— Vai ver que ela queria escrever Víctor — disse, cravando lentamente as unhas na palma da mão.

— Ah, claro. Quem sabe — disse Laura. Cavalo rei três bispo.

Começaram a fingir que dormiam.

Laura achava que tudo bem o tio Emilio ser o único a saber, e os dias se passaram sem que voltassem a tocar no assunto. Sempre que chegava em

As armas secretas   271

casa, Luis esperava uma frase ou um gesto insólito em Laura, uma brecha naquela defesa perfeita de calma e de silêncio. Iam ao cinema como sempre, faziam amor como sempre. Para Luis, o único mistério que ainda havia em Laura era o de sua resignada adesão àquela vida em que nada havia chegado a ser o que eles talvez esperassem dois anos antes. Agora ele a conhecia bem, na hora dos confrontos definitivos era forçado a admitir que Laura era como Nico havia sido, dessas que ficam para trás e só agem por inércia, embora às vezes se valesse de uma determinação quase terrível em não fazer nada, em não viver de verdade para nada. Ela teria combinado muito mais com Nico que com ele, e os dois sabiam disso desde o dia de seu casamento, desde as primeiras tomadas de posição que se seguem à branda aquiescência da lua de mel e do desejo. Agora Laura voltava a ter o pesadelo. Sonhava muito, mas o pesadelo era diferente, Luis o reconhecia entre muitos outros movimentos de seu corpo, palavras confusas ou breves gritos de animal que se afoga. Começara a bordo, na época em que ainda falavam de Nico porque Nico tinha acabado de morrer e eles haviam embarcado poucas semanas depois. Uma noite, depois de lembrar-se de Nico e quando já se insinuava o tácito silêncio que em seguida se instalaria entre os dois, Laura tivera o pesadelo. Repetia-se de vez em quando e era sempre o mesmo, Laura o acordava com um gemido rouco, um estremecimento convulsivo das pernas, e de repente um grito que era uma negação total, uma recusa com as duas mãos e o corpo inteiro e toda a voz de algo horrível que caía sobre ela vindo do sonho como um pedaço enorme de matéria pegajosa. Ele a sacudia, acalmava, trazia água, que ela bebia soluçando, ainda semiacossada pelo outro lado de sua vida. Dizia não se lembrar de nada, era uma coisa horrível só que impossível de explicar, e acabava por adormecer levando seu segredo consigo, porque Luis sabia que ela sabia, que acabava de confrontar aquele que entrava em seu sonho, sabe-se lá sob que horrenda máscara, e cujos joelhos Laura abraçaria numa vertigem de espanto, quem sabe de amor inútil. Era sempre a mesma coisa, ele lhe estendia um copo d'água, esperando em silêncio que ela tornasse a apoiar a cabeça no travesseiro. Talvez um dia o espanto fosse mais forte que o orgulho, se é que aquilo era orgulho. Talvez nesse dia ele pudesse lutar ao lado dela. Talvez nem tudo estivesse perdido, talvez a nova vida chegasse de fato a ser outra coisa que não aquele simulacro de sorrisos e de cinema francês.

Diante da prancheta, cercado de pessoas com quem não tinha intimidade, Luis recuperava o sentido da simetria e o método que gostava de aplicar à vida. Visto que Laura não tocava no assunto, esperando com aparente indiferença a resposta de tio Emilio, cabia a ele lidar com mamãe. Respondeu a sua carta limitando-se às miúdas notícias das últimas sema-

272 *Cartas de mamãe*

nas, e deixou para o pós-escrito uma frase retificadora: "De modo que o Víctor fala em vir para a Europa. Todo mundo querendo viajar, deve ser a propaganda das agências de turismo. Diga a ele para escrever, podemos mandar todos os dados de que precise. Diga a ele também que desde já pode contar com nossa casa".

Tio Emilio respondeu quase em seguida, secamente como convém a um parente tão próximo e tão ressentido com o que no velório de Nico qualificara como inqualificável. Sem manifestar o desagrado diretamente com Luis, demonstrara seus sentimentos com a sutileza habitual em casos semelhantes, abstendo-se de comparecer às despedidas no navio e esquecendo-se por dois anos consecutivos da data de seu aniversário. Agora se limitava a cumprir com seu dever de cunhado de mamãe e enviava sucintamente os resultados. Mamãe estava muito bem mas quase não falava, o que era compreensível considerando-se os muitos desgostos dos últimos tempos. Percebia-se que estava muito só na casa de Flores, o que era lógico visto que nenhuma mãe que morou a vida inteira com os dois filhos pode sentir-se à vontade numa enorme casa cheia de recordações. Quanto às frases em questão, tendo em vista tratar-se de assunto tão delicado, tio Emilio procedera com o tato necessário, mas lamentava dizer-lhes que não esclarecera grande coisa porque mamãe não estava inclinada a conversas e chegara a recebê-lo na sala, coisa que nunca fazia com o cunhado. A uma insinuação de caráter terapêutico, respondera que tirando o reumatismo sentia-se perfeitamente bem, embora naqueles dias se cansasse por precisar passar tantas camisas a ferro. Tio Emilio se interessara por saber que camisas seriam essas, mas ela se limitara a inclinar a cabeça e a oferecer-lhe xerez e bolachinhas Bagley.

Mamãe não lhes deu muito tempo para discutir a carta de tio Emilio e sua ineficácia manifesta. Quatro dias depois chegou um envelope registrado, embora mamãe estivesse cansada de saber que não é preciso registrar as cartas aéreas para Paris. Laura telefonou para Luis e pediu-lhe que voltasse para casa o mais depressa possível. Meia hora depois ele a encontrou respirando pesadamente, perdida na contemplação de flores amarelas sobre a mesa. A carta estava no rebordo da lareira, e Luis deixou-a no mesmo lugar depois da leitura. Foi sentar-se ao lado de Laura, esperou. Ela deu de ombros.

— Ficou louca — disse.

Luis acendeu um cigarro. A fumaça o fez lacrimejar. Compreendeu que a partida prosseguia, que era sua vez de jogar. Só que aquela partida estava sendo jogada por três jogadores, quem sabe quatro. Agora tinha certeza de que mamãe também se encontrava à beira do tabuleiro. Pouco a pouco

As armas secretas   273

resvalou pela poltrona e deixou que seu rosto se revestisse da máscara inútil das mãos juntas. Ouvia Laura chorar, na rua os filhos da zeladora corriam aos gritos.

A noite é boa conselheira etc. A eles coube um sono pesado e surdo, depois que os corpos se encontraram numa monótona batalha que no fundo não haviam desejado. Uma vez mais se fechava o tácito acordo: pela manhã falariam do tempo, do crime de Saint-Cloud, de James Dean. A carta continuava sobre o rebordo e enquanto tomavam chá não puderam deixar de vê-la, mas Luis sabia que quando voltasse do trabalho já não a encontraria. Laura apagava os rastros com sua diligência fria, eficaz. Um dia, outro dia, outro dia mais. Uma noite os dois riram muito com as histórias dos vizinhos, com um programa de Fernandel. Cogitaram assistir a uma peça de teatro, passar um fim de semana em Fontainebleau.

Os dados desnecessários se acumulavam sobre a prancheta, tudo coincidia com a carta de mamãe. O navio chegava efetivamente ao Havre na manhã do dia 17, uma sexta-feira, e o trem especial entrava em Saint-Lazare às onze e quarenta e cinco. Na quinta foram assistir à peça de teatro e se divertiram muito. Duas noites antes Laura tivera outro pesadelo mas ele não se dera ao trabalho de lhe buscar água e deixou que ela se acalmasse sozinha, dando-lhe as costas. Depois Laura havia dormido em paz, passava o dia ocupada cortando e costurando um vestido de verão. Falaram em comprar uma máquina de costura elétrica quando terminassem de pagar a geladeira. Luis encontrou a carta de mamãe na gaveta da mesa de cabeceira e levou-a para o escritório. Telefonou para a companhia marítima, mesmo estando seguro de que mamãe fornecia as datas exatas. Era sua única certeza, porque não dava nem para pensar em todo o resto. E aquele imbecil do tio Emilio. Era melhor escrever para Matilde, por mais que estivessem afastados Matilde compreenderia a urgência de intervir, de proteger mamãe. Mas era mesmo preciso (não era uma pergunta, mas como dizê-lo de outro modo) proteger mamãe, justamente mamãe? Por um momento pensou em pedir um longa distância e conversar com ela. Lembrou-se do xerez e das bolachinhas Bagley e deu de ombros. Além disso, não havia tempo de escrever para Matilde, embora na verdade houvesse tempo, mas talvez fosse preferível esperar sexta-feira 17 antes de... O conhaque já não ajudava nem mesmo a não pensar, ou pelo menos a pensar sem sentir medo. Lembrava-se cada vez mais claramente do semblante de mamãe nas últimas semanas de Buenos Aires, depois do enterro de Nico. O que ele entendera como dor agora lhe aparecia como outra coisa, algo onde havia uma rancorosa desconfiança, uma expressão de animal que sente que vão abandoná-lo num terreno baldio distante de casa para livrar-se dele. Agora começava a ver de fato o semblante de mamãe. Só agora a via de verdade naqueles dias em que a família inteira se revezava para visitá-la, para dar-lhe os pêsames por Nico, para fazer-lhe companhia à tarde, e em que Laura e ele também vinham de Adrogué para fazer-lhe companhia, para estar com mamãe. Ficavam só um pouco, porque depois aparecia tio Emilio, ou Víctor, ou Matilde, e todos eram uma mesma fria repulsa, a família indignada pelo sucedido, por Adrogué, porque eles eram felizes enquanto Nico, pobrezinho, enquanto Nico. Nunca desconfiariam a que ponto haviam colaborado para despachá-los no primeiro navio disponível; como se tivessem se associado para pagar as passagens deles, para levá-los carinhosamente a bordo com presentes e lenços.

Claro que seu dever de filho o obrigava a escrever sem demora para Matilde. Ainda era capaz de pensar coisas assim antes do quarto conhaque. No quinto pensava-as novamente e ria (cruzava Paris a pé para estar mais sozinho e esvaziar a cabeça), ria de seu dever de filho, como se os filhos tivessem deveres, como se os deveres fossem de quarto grau, os sagrados deveres para a sagrada senhorita do imundo quarto grau. Porque seu dever de filho não era escrever para Matilde. Para que fingir (não era uma pergunta, mas como dizê-lo de outro modo) que mamãe estava louca? A única coisa a fazer era não fazer nada, deixar passar os dias, exceto sexta-feira. Quando se despediu como sempre de Laura, dizendo-lhe que não iria almoçar porque precisava se dedicar a uns cartazes urgentes, estava tão convencido do resto que teria podido acrescentar: "Se você quiser, podemos ir juntos". Refugiou-se no café da estação, menos por dissimulação do que para contar com a pobre vantagem de ver sem ser visto. Às onze e trinta e cinco localizou Laura pela saia azul, acompanhou-a à distância, viu-a conferir o painel, consultar um funcionário, comprar um tíquete de acesso à plataforma, passar para a área onde já se reuniam as pessoas com o ar de quem espera. De trás de um carrinho de carga repleto de caixotes de fruta fitava Laura, que parecia estar na dúvida entre posicionar-se perto da saída da plataforma ou avançar plataforma adentro. Fitava-a sem surpresa, como a um inseto cujo comportamento poderia ser interessante. O trem chegou pouco depois e Laura se misturou às pessoas que se aproximavam das janelas dos vagões em busca cada um do seu, entre gritos e mãos que se projetavam como se dentro do trem as pessoas estivessem se afogando. Contornou o carrinho de carga e entrou na plataforma entre mais caixotes de fruta e manchas de óleo. Do lugar onde estava veria a saída dos passageiros, veria Laura passar novamente, seu rosto tomado de alívio — porque o rosto de Laura não estaria tomado de alívio? (Não era uma pergunta, mas como dizê-lo de outro modo.) E então, dando-se ao luxo de ser o último depois da passagem dos últimos viajantes e dos últimos carregadores, sairia por sua vez, desceria até a praça repleta de sol para ir tomar conhaque no café da esquina. E naquela mesma tarde escreveria para mamãe sem a menor referência ao episódio ridículo (mas o episódio não era ridículo) e depois criaria coragem e falaria com Laura (mas não criaria coragem e não falaria com Laura). Fosse como fosse, conhaque, isso sem a menor dúvida, e que tudo fosse para o diabo. Vê-los passar assim aos cachos, abraçando-se com gritos e lágrimas; as parentelas desatadas, um erotismo barato como um carrossel de parque de diversões varrendo a plataforma, entre malas e pacotes e até que enfim, até que enfim, há quanto tempo, como você está bronzeada, Ivette, pois é, fez um sol espetacular, querida. Dedicado a procurar semelhanças, pelo prazer de aliar-se à imbecilidade, dois dos homens que passavam perto deviam ser argentinos, pelo corte de cabelo, pelos casacos, pelo ar de autossuficiência disfarçando a insegurança de chegar a Paris. Um, sobretudo, era parecido com Nico, dedicado a procurar semelhanças. O outro não, e na realidade o primeiro também não quando se olhava o pescoço muito mais grosso e a cintura mais larga. Mas dedicado a procurar semelhanças só pelo prazer da coisa, aquele outro que já havia passado e avançava para a catraca da saída levando só uma mala na mão esquerda, Nico era canhoto como ele, tinha aquelas costas um pouco encurvadas, aquele desenho de ombros. E Laura devia ter pensado a mesma coisa porque ia atrás olhando para ele tendo no rosto uma expressão que Luis conhecia bem, o rosto de Laura quando acordava do pesadelo e sentava na cama olhando fixamente para o espaço, olhando, agora sabia, para aquele que se distanciava dando-lhe as costas, consumada a inominável vingança que a fazia gritar e debater-se em sonhos.

Dedicados a procurar semelhanças, naturalmente o homem era um desconhecido, viram-no de frente quando largou a mala no chão para localizar o bilhete e entregá-lo ao encarregado da catraca. Laura foi a primeira a sair da estação, esperou que ela se distanciasse e se perdesse no ponto do ônibus. Entrou no café da esquina e se jogou numa banqueta. Mais tarde não conseguiu se lembrar se havia pedido alguma coisa para beber, se aquilo que lhe queimava a boca era o ranço do conhaque barato. Trabalhou a tarde inteira nos cartazes sem parar para descansar. De quando em quando pensava que teria de escrever a mamãe, mas foi deixando para depois até a hora da saída. Cruzou Paris a pé, quando chegou em casa encontrou a zeladora no saguão e conversou um pouco com ela. Teria gostado de ficar conversando com a zeladora ou com os vizinhos, mas todos iam entrando nos apartamentos e a hora do jantar estava se aproximando. Subiu as esca-

276   *Cartas de mamãe*

das devagar (na verdade sempre subia devagar para não fatigar os pulmões e não tossir) e quando chegou ao terceiro andar se apoiou na porta antes de tocar a campainha, para descansar um momento na atitude daquele que escuta o que está se passando no interior de uma casa. Depois tocou com os dois toques curtos de sempre.

— Ah, é você — disse Laura, oferecendo-lhe uma face fria. — Eu já estava começando a me perguntar se você teria sido obrigado a ficar até mais tarde. A carne deve ter passado do ponto.

A carne estava no ponto, mas em compensação não tinha gosto de nada. Se naquele momento ele tivesse sido capaz de perguntar a Laura por que havia ido à estação, talvez o café tivesse recuperado o sabor, ou o cigarro. Mas Laura não saíra de casa o dia inteiro, disse-o como se precisasse mentir ou esperasse que ele fizesse um comentário brincalhão sobre a data, as manias lamentáveis de mamãe. Mexendo o café, cotovelos apoiados na toalha, deixou passar o momento uma vez mais. A mentira de Laura já não tinha importância para ele, mais uma entre tantos beijos que não eram dele, tantos silêncios nos quais tudo era Nico, nos quais não havia nada nela ou nele que não fosse Nico. Por que (não era uma pergunta, mas como dizê-lo de outro modo) não pôr um terceiro talher na mesa? Por que não partir, por que não fechar o punho e acertar aquele rosto triste e sofrido que a fumaça do cigarro deformava, fazia ir e vir como entre duas águas, parecia encher pouco a pouco de ódio como se fosse o próprio rosto de mamãe? Talvez ele estivesse no outro aposento, talvez esperasse apoiado na porta como ele havia esperado, ou já se instalara onde sempre fora o senhor, no território branco e morno dos lençóis onde comparecera tantas vezes nos sonhos de Laura. Esperaria ali, deitado de costas, fumando também ele seu cigarro, tossindo um pouco, rindo com uma cara de palhaço, como a dos últimos dias, quando já não lhe restava uma só gota de sangue sadio nas veias.

Foi para o outro aposento, aproximou-se da prancheta, acendeu a lâmpada. Não precisava reler a carta de mamãe para respondê-la como devia. Começou a escrever, querida mamãe. Escreveu: querida mamãe. Jogou fora o papel, escreveu: mamãe. Sentia a casa como um punho que fosse se fechando. Tudo era mais estreito, mais sufocante. O apartamento bastara para dois, havia sido planejado exatamente para dois. Quando ergueu os olhos (acabava de escrever: mamãe), Laura estava na porta, olhando para ele. Luis largou a caneta.

— Você não acha que ele emagreceu muito? — disse.

Laura fez um gesto. Um brilho paralelo lhe descia pela face.

— Um pouco — disse. — A pessoa vai mudando...

As armas secretas   277

Os bons serviços

Para Marta Mosquera, que me me falou
em Paris de madame Francinet

Já faz algum tempo que tenho dificuldade para acender o fogo. Os fósforos não são mais como os de antigamente, agora é preciso virá-los de cabeça para baixo e esperar que a chama crie força; a lenha vem úmida, e por mais que eu recomende a Frédéric que me traga troncos secos, eles sempre estão com cheiro de molhado e não se inflamam direito. Desde que minhas mãos começaram a tremer, tudo ficou muito mais difícil. Antes eu fazia uma cama em dois segundos e os lençóis ficavam parecendo recém-passados. Agora preciso dar voltas e mais voltas ao redor da cama, e madame Beauchamp se irrita e diz que se me paga por hora é para que eu não perca tempo alisando uma ruga aqui e outra ali. Tudo porque minhas mãos tremem e porque os lençóis de agora não são mais como os de antigamente, firmes e grossos. O dr. Lebrun falou que não tenho nada, a única coisa é que preciso me cuidar bem, não apanhar friagem e ir deitar cedo. "E esse copo de vinho de vez em quando, hein, madame Francinet? Seria melhor suprimirmos... E o pernod ao meio-dia também..." O dr. Lebrun é um médico jovem, com ideias muito boas para os jovens. No meu tempo ninguém teria acreditado que vinho faz mal. E depois que eu nunca bebo, propriamente, como a Germaine, do terceiro andar, ou aquele grosseirão do Félix, o carpinteiro. Não sei por que agora estou me lembrando do coitado do monsieur Bébé, da noite em que me obrigou a beber um copo de uísque. Monsieur Bébé! Monsieur Bébé! Na cozinha do apartamento de madame Rosay, na noite da festa. Eu saía muito, naquele tempo, ainda andava de casa em casa, trabalhava horas a fio. Na casa de monsieur Renfeld, na casa das irmãs que davam aulas de piano e violino, em tantas casas, todas muito boas. Agora mal posso ir três vezes por semana à casa de madame Beauchamp e acho que não vai ser por muito tempo. Minhas mãos tremem tanto, e madame Beauchamp se irrita comigo. Agora ela já não me recomendaria a madame Rosay e madame Rosay não viria me buscar, agora monsieur Bébé não me encontraria na cozinha. Não, monsieur Bébé de jeito nenhum.

Quando madame Rosay apareceu lá em casa já era tarde e ela só ficou por um momento. Na verdade minha casa é um cômodo só, mas como ali dentro há a cozinha e o que sobrou dos móveis quando Georges morreu e foi preciso vender tudo, tenho a sensação de que é meu direito chamá-la de minha casa. De todo modo há três cadeiras, e madame Rosay tirou as luvas, sentou-se e disse que o cômodo era pequeno mas simpático. Eu não me senti impressionada por causa de madame Rosay, só teria gostado de estar com uma roupa melhor. Ela me pegou de surpresa, eu estava com a saia verde que me deram na casa das irmãs. Madame Rosay não olhava nada, ou melhor, olhava mas logo desviava o olhar, como se quisesse se desgrudar do que havia olhado. O nariz dela estava um pouco franzido; talvez não gostasse do cheiro de cebola (eu gosto muito de cebola) ou do xixi do coitado do Minouche. Mas eu estava feliz com a visita de madame Rosay e falei isso a ela.

— Ah, claro, madame Francinet. Eu também estou muito contente por ter encontrado a senhora, porque ando tão ocupada... — franzia o nariz, como se as ocupações cheirassem mal. — Quero lhe pedir que... Quer dizer, madame Beauchamp achou que talvez a senhora dispusesse da noite de domingo.

— Mas com toda a certeza — eu disse. — Que mais eu iria fazer no domingo depois da missa? Dou uma passadinha na casa de Gustave e...

— É, claro — disse madame Rosay. — Se a senhora estiver disponível no domingo, eu gostaria de uma ajudinha lá em casa. Vamos dar uma festa.

— Uma festa? Parabéns, madame Rosay.

Mas madame Rosay pareceu não gostar dessa parte, e se levantou de repente.

— A senhora ajudaria na cozinha, haverá muito trabalho. Se puder ir às sete, meu mordomo lhe explica o necessário.

— Com certeza, madame Rosay.

— Aqui está meu endereço — disse madame Rosay, e me deu um cartãozinho creme. — Quinhentos francos está bem?

— Quinhentos francos.

— Digamos seiscentos. Poderá sair à meia-noite, assim terá tempo de pegar o último *métro*. Madame Beauchamp me disse que a senhora é de confiança.

— Oh, madame Rosay!

Quando ela foi embora me deu vontade de rir pensando que por pouco não lhe ofereci uma xícara de chá (teria sido preciso achar alguma que não estivesse lascada). Às vezes não me dou conta da pessoa com quem estou falando. Só quando vou à casa de alguma senhora me seguro e falo como empregada. Deve ser porque na minha casa não sou empregada de ninguém, ou porque ainda tenho a sensação de morar em nossa casinha de três cômodos de quando Georges e eu trabalhávamos na fábrica e não passávamos necessidade. Vai ver que é porque de tanto ralhar com o coitado do Minouche, que faz xixi debaixo do fogão, acho que também sou uma senhora, como madame Rosay.

* * *

Quando eu ia entrar na casa, por pouco não perdi o salto de um dos sapatos. Falei na hora: "Boa sorte quero ver-te e querer-te, diabo afasta-te". E toquei a campainha.

Apareceu um senhor de costeletas grisalhas como no teatro, e me disse para entrar. Era um apartamento imenso com cheiro de cera de assoalho. O senhor de costeletas era o mordomo e tinha cheiro de benjoim.

— Até que enfim — disse ele, e depressa me mandou seguir por um corredor que levava aos quartos dos empregados. — Numa outra vez, toque na porta da esquerda.

— Madame Rosay não tinha me dito nada.

— A senhora não se preocupa com essas coisas. Alice, esta é madame Francinet. Dê a ela um dos seus aventais.

Alice me levou até seu quarto, depois da cozinha (e que cozinha), e me deu um avental grande demais. Parece que madame Rosay a deixara encarregada de me explicar tudo, mas no começo achei que o assunto dos cachorros era um engano e fiquei olhando para Alice, para a verruga que Alice tinha embaixo do nariz. Ao passar pela cozinha, tudo o que eu havia conseguido ver era tão luxuoso e reluzente que a mera ideia de ficar aquela noite ali, limpando coisas de cristal e preparando as bandejas com as guloseimas que se comem nas casas daquele tipo, me pareceu melhor que ir a qualquer teatro ou ao campo. Vai ver que foi por isso que no início não entendi direito o assunto dos cachorros e fiquei olhando para Alice.

— Eh, sim — disse Alice, que era bretã e bem que se percebia. — A senhora falou.

— Mas como? E esse senhor de costeletas, não pode tomar conta dos cachorros?

— O sr. Rodolos é o mordomo — disse Alice, com santo respeito.

— Bom, se não ele, alguém. Não entendo por que eu.

Alice ficou insolente de chofre.

— E por que não, madame...?

— Francinet, para servi-la.

— ... madame Francinet? Não é um trabalho difícil. O pior é o Fido, a srta. Lucienne o educou muito mal...

Me explicava, de novo amável como uma gelatina.

— Açúcar a todo momento, e atrás da gente o tempo todo. Monsieur Bébé também estraga o Fido sempre que aparece, é tanto mimo, a senhora sabe... Mas a Médor é muito obediente, e a Fifine se enfia num canto e de lá não sai.

— Então — falei, sem me recuperar de meu espanto — são muitíssimos cachorros.

— Eh, sim, muitíssimos.

— Num apartamento! — falei, indignada e sem conseguir disfarçar. — Não sei qual é sua opinião, senhora...

— Senhorita.

— Desculpe. Mas no meu tempo, senhorita, os cachorros viviam nos canis, e falo porque sei, pois meu falecido esposo e eu tínhamos uma casa ao lado do palacete do monsieur... — mas Alice não permitiu que eu explicasse. Não que dissesse alguma coisa, mas dava para perceber que ela estava impaciente e quando isso acontece eu percebo na mesma hora. Fiquei quieta, e ela começou a me dizer que madame Rosay adorava os cachorros e que o senhor respeitava todos os seus gostos. E além disso havia a filha, que herdara o mesmo gosto.

— A senhorita é louca pelo Fido, e com certeza vai comprar uma cadela da mesma raça para que tenham filhotes. São só seis: Médor, Fifine, Fido, Petite, Chow e Hannibal. O pior é o Fido, a srta. Lucienne o educou muito mal. Não está ouvindo? Com toda certeza é ele latindo na recepção.

— E onde vou precisar ficar, para tomar conta deles? — perguntei com ar despreocupado, não queria que Alice imaginasse que eu havia ficado ofendida.

— Monsieur Rodolos lhe mostrará como se chega ao quarto dos cachorros.

— Quer dizer que os cachorros têm um quarto? — falei, sempre com muita naturalidade. Não era culpa de Alice, no fundo, mas devo dizer a verdade e a verdade é que eu a teria enchido de bofetadas ali mesmo.

— Claro que eles têm o quarto deles — disse Alice. — A senhora quer que os cachorros durmam cada um no seu colchão, e mandou preparar um quarto só para eles. Daqui a pouco a gente leva uma cadeira para que a senhora possa se sentar e cuidar deles.

Ajeitei o avental o melhor possível e voltamos para a cozinha. Justamente naquele momento uma outra porta se abriu e madame Rosay entrou. Estava com um *robe de chambre* azul com peles brancas e o rosto coberto de creme. Parecia um pastel, com o perdão da palavra. Mas estava muito amável, e dava para perceber que minha chegada tirava um peso de cima dela.

— Ah, madame Francinet. Alice já deve ter lhe explicado do que se trata. Talvez mais tarde a senhora possa ajudar em alguma outra coisa leve, secar os copos ou algo assim, mas o principal é fazer meus tesouros ficarem calminhos. Eles são deliciosos, mas não sabem ficar juntos, ainda mais sozinhos; logo brigam, e não consigo *tolerar* a ideia de que o Fido morda o Chow, coitadinho, ou que o Médor... — baixou a voz e se aproximou um pouco. — Além disso, a senhora vai precisar ficar muito atenta para a Petite,

As armas secretas   281

ela é uma pomerânia de olhos lindos. Tenho a impressão de que... está chegando a hora... e não gostaria que o Médor, ou o Fido... a senhora entende? Amanhã vou mandá-la para nosso sítio, mas até lá, não quero que aconteça nada. E não saberia onde enfiá-la se não for com os outros no quarto deles. Pobre do meu tesouro, tão mimosa! Ela ia passar a noite inteira grudada em mim. A senhora vai ver que eles não vão lhe dar trabalho. Pelo contrário, vai se divertir vendo como eles são inteligentes. Vou até lá de vez em quando para ver como as coisas estão andando.

Me dei conta de que essa não era uma frase amável, e sim uma advertência, mas madame Rosay continuava sorrindo embaixo do creme com cheiro de flores.

— Lucienne, minha filha, também vai, claro. Ela não consegue ficar longe do seu Fido. Até dorme com ele, imagine só... — mas esta última parte ela estava dizendo a alguém que lhe passava pela cabeça, porque ao mesmo tempo se virou para sair e não a vi mais. Alice, encostada na mesa, me olhava com cara de idiota. Não é que eu despreze as pessoas, mas ela me olhava com cara de idiota.

— A que horas é a festa? — perguntei, dando-me conta de que sem querer continuava falando no tom de madame Rosay, aquele jeito de fazer as perguntas um pouco para o lado da pessoa, como se a pergunta fosse dirigida a um cabide ou a uma porta.

— Já vai começar — disse Alice, e monsieur Rodolos, que entrava naquele momento retirando uma partícula de pó do terno preto, confirmou com ar importante.

— Isso, já vão chegar — disse, fazendo um sinal para Alice para que se encarregasse de umas lindas bandejas de prata. — Monsieur Fréjus e monsieur Bébé já chegaram e querem drinques.

— Esses dois sempre chegam cedo — disse Alice. — Assim, também, podem beber... Já expliquei tudo a madame Francinet, e madame Rosay conversou com ela sobre o que precisa fazer.

— Ah, perfeitamente. Então o melhor será levá-la até o quarto onde ela vai ter que ficar. Logo levo os cachorros; o senhor e monsieur Bébé estão brincando com eles na sala.

— A srta. Lucienne estava com Fido no quarto — disse Alice.

— Isso. Ela mesma o entregará a madame Francinet. Mas agora, se quiser me acompanhar...

Foi assim que me vi sentada numa velha cadeira vienense exatamente no centro de um enorme quarto cheio de colchões pelo chão e onde havia uma casinha com teto de palha igual às choças dos negros, que, segundo me explicou o sr. Rodolos, era um capricho da srta. Lucienne para seu Fido. Os seis colchões estavam jogados por todos os lados e havia tigelas com água e comida. A única lâmpada elétrica pendia exatamente em cima da minha cabeça, e fornecia uma luz muito fraca. Mencionei o fato ao sr. Rodolos, e também que tinha medo de adormecer quando estivesse sozinha com os cachorros.

— Ah, a senhora não vai adormecer, madame Francinet — ele respondeu. — Os cachorros são muito carinhosos mas são mal-educados, a senhora vai ter que se ocupar deles o tempo inteiro. Espere aqui um momento.

Quando ele fechou a porta e me deixou sozinha, sentada no centro daquele quarto tão esquisito, com cheiro de cachorro (um cheiro limpo, é verdade) e todos os colchões pelo chão, me senti um pouco estranha porque era quase como estar sonhando, principalmente com aquela luz amarela no alto da cabeça, e o silêncio. Claro que o tempo passaria depressa e não seria tão desagradável, mas a todo momento eu tinha a sensação de que havia alguma coisa errada. Não exatamente que tivessem me chamado para aquilo sem avisar, mas talvez a estranheza de ter que fazer aquele trabalho, ou vai ver que eu realmente achava que havia alguma coisa errada com aquilo. O assoalho brilhava de tão lustrado e dava para perceber que os cachorros faziam suas necessidades em outro lugar, porque não havia nenhum cheiro, exceto o deles mesmos, que não é tão ruim depois de um tempinho. Mas o pior era estar sozinha e esperando, e quase me alegrei quando a srta. Lucienne entrou com Fido no colo, um pequinês horrível (não suporto os pequineses), e o sr. Rodolos apareceu gritando e chamando os outros cinco cachorros até entrarem todos no aposento. A srta. Lucienne estava linda, toda de branco, e tinha um cabelo platinado que lhe chegava aos ombros. Beijou e acariciou Fido durante muito tempo, sem prestar atenção nos outros, que tomavam água e brincavam, e depois veio com ele e me entregou, e olhou para mim pela primeira vez.

— A senhora é a pessoa que vai cuidar deles? — indagou. Tinha uma voz um pouco esganiçada, mas não se pode negar que era muito bonita.

— Sou madame Francinet, para servi-la — eu disse, como cumprimento.

— O Fido é muito delicado. Segure. Sim, no colo. Não vai sujar a senhora, eu mesma dou banho nele todas as manhãs. Como eu disse, ele é muito delicado. Não deixe que ele se misture com *esses aí*. De vez em quando lhe ofereça água.

O cachorro ficou quieto sobre minha saia, mas mesmo assim eu sentia um certo nojo. Um dinamarquês imenso cheio de manchas pretas se aproximou e começou a cheirá-lo, como fazem os cachorros, e a srta. Lucienne soltou um guincho e encheu-o de pontapés. O sr. Rodolos não se afastava da porta, e dava para ver que estava acostumado.

— Está vendo, está vendo — gritava a srta. Lucienne. — É isso que eu não quero que aconteça, e a senhora não deve permitir. Mamãe já lhe explicou, não é mesmo? A senhora não vai sair daqui enquanto a *party* não acabar. E se o Fido se sentir mal e começar a chorar, bata na porta para que *ele* me avise.

Saiu sem olhar para mim, depois de pegar o pequinês de novo no colo e beijá-lo até que o cachorro ganiu. Monsieur Rodolos ficou um momento mais.

— Os cachorros não são bravos, madame Francinet — ele me disse. — De todo modo, se tiver alguma dificuldade, bata na porta que eu venho. Fique calma — acrescentou, como se isso tivesse lhe ocorrido no último momento, e saiu, fechando a porta com todo o cuidado. Me pergunto se não passou o ferrolho por fora, mas resisti à tentação de ir verificar, porque acho que teria me sentido muito pior.

Na realidade, cuidar dos cachorros não foi difícil. Eles não brigavam, e o que madame Rosay dissera sobre a Petite não era verdade, pelo menos ainda não havia começado. É claro, assim que a porta se fechou larguei o pequinês asqueroso e deixei que se enroscasse tranquilamente com os outros. Ele era o pior, ficava provocando o tempo todo, mas os outros não faziam nada com ele e até dava para perceber que o convidavam para brincar. De vez em quando tomavam água ou comiam a deliciosa carne das tigelas. Com o perdão da palavra, quase me dava fome ver aquela carne tão deliciosa nas tigelas.

Às vezes, muito longe, ouvia-se alguém rir e não sei se era porque eu estava informada de que iam fazer música (Alice mencionara na cozinha), mas tive a impressão de ouvir um piano, embora vai ver era em outro apartamento. O tempo ia ficando longuíssimo, sobretudo por causa da única luz que pendia do teto, tão amarela. Quatro dos cachorros adormeceram logo, e o Fido e a Fifine (não sei se aquela era a Fifine, mas achei que devia ser ela) brincaram um pouco mordendo as orelhas um do outro e terminaram bebendo muita água e deitando-se um perto do outro num dos colchões. Às vezes eu tinha a impressão de ouvir passos do lado de fora e corria para pegar o Fido no colo, vai que a srta. Lucienne entrasse... Mas ninguém apareceu e muito tempo se passou, até que comecei a cochilar na cadeira, e quase teria gostado de apagar a luz e dormir de verdade num dos colchões vazios.

Não direi que não fiquei contente quando Alice apareceu para me buscar. Alice estava com o rosto muito vermelho e dava para perceber que ainda estava tomada pela excitação da festa e de tudo o que teriam comentado na cozinha, ela, as outras criadas e monsieur Rodolos.

— Madame Francinet, a senhora é uma maravilha — disse. — Tenho certeza de que a patroa vai ficar encantada e vai chamá-la sempre que houver uma festa. A última que veio não conseguiu que eles ficassem quietos, e até a srta. Lucienne teve que parar de dançar e vir tomar conta deles. Olhe só como eles dormem!

— Os convidados já foram embora? — perguntei, um pouco envergonhada dos elogios.

— Os convidados já foram, mas há outros que são de casa e sempre ficam
mais um pouco. Todos beberam muito, isso eu garanto. Até o senhor, que
nunca bebe em casa, veio até a cozinha muito contente e fez brincadeiras
com Ginette e comigo sobre como a janta havia sido bem servida, e deu cem
francos para cada uma de nós. Acho que a senhora também vai receber uma
gorjeta. A srta. Lucienne e o namorado ainda estão dançando, e monsieur
Bébé e seus amigos estão brincando de se fantasiar.

— Então preciso ficar mais?

— Não, a patroa falou que quando o deputado e os outros fossem embora
era para soltar os cachorros. Adoram brincar com eles no salão. Eu levo o
Fido e a senhora só precisa me acompanhar até a cozinha.

Fui atrás dela, cansadíssima e morta de sono, mas cheia de curiosidade
para ver alguma coisa da festa, mesmo que fosse só os cálices e os pratos
na cozinha. E vi mesmo, porque havia montões empilhados por toda parte,
bem como garrafas de champanhe e de uísque, algumas ainda com um
fundo de bebida. Na cozinha usavam lâmpadas de luz azul, e fiquei des-
lumbrada ao ver tantos armários brancos, tantas estantes onde reluziam os
talheres e as panelas. Ginette era uma ruiva pequenina, que também estava
muito excitada e recebeu Alice com risinhos e gestos. Parecia bastante de-
savergonhada, como tantas nos tempos que correm.

— Continuam do mesmo jeito? — perguntou Alice, olhando para a porta.

— Continuam — disse Ginette, contorcendo-se. — Essa é a senhora que
ficou cuidando dos cachorros?

Eu estava com sede e sono, mas não me ofereciam nada, nem sequer um
lugar para sentar. Estavam entusiasmadas demais com a festa, por tudo o
que haviam visto enquanto serviam a mesa ou recebiam os agasalhos na
entrada. Soou uma campainha e Alice, que continuava com o pequinês no
colo, saiu correndo. Entrou monsieur Rodolos e passou sem me olhar, voltando logo depois com os cinco cachorros que pulavam e faziam-lhe festas.
Vi que a mão dele estava cheia de torrões de açúcar e que os distribuía para
que os cachorros o seguissem até o salão. Me apoiei na grande mesa do centro, fazendo força para não olhar muito para Ginette, que assim que Alice
voltou continuou falando de monsieur Bébé e das fantasias, de monsieur
Fréjus, da pianista que parecia tuberculosa, e de como a srta. Lucienne tivera uma discussão com o pai. Alice pegou uma das garrafas semivazias e a
levou à boca, com uma grosseria que me deixou tão desconcertada que eu
não sabia para onde olhar; mas o pior foi que logo depois ela passou a garrafa para a ruiva, que acabou de esvaziá-la. As duas riam como se também

tivessem bebido demais durante a festa. Talvez por isso nem se lembravam de que eu estava com fome, principalmente com sede. Com toda certeza, se estivessem em seu juízo perfeito teriam se dado conta. As pessoas não são más, e muitas descortesias são cometidas porque estão com a cabeça em outro lugar; o mesmo acontece no ônibus, nos mercados e nos escritórios.

A campainha soou de novo e as duas criadas saíram correndo. Ouviam-se grandes gargalhadas, e de vez em quando o piano. Eu não entendia por que me faziam esperar; só precisavam pagar e me deixar ir embora. Sentei-me numa cadeira e apoiei os cotovelos na mesa. Meus olhos estavam pesados de sono, por isso não me dei conta de que alguém acabara de entrar na cozinha. Primeiro ouvi um barulho de copos se batendo e um assobio muito baixo. Pensei que era Ginette e me virei para perguntar quais eram os planos deles em relação a mim.

— Ah, desculpe, senhor — falei, levantando-me. — Não sabia que o senhor estava aqui.

— Não estou, não estou — disse o senhor, que era muito jovem. — Loulou, venha ver!

Estava um pouco trôpego, apoiando-se numa das estantes. Enchera o copo com uma bebida branca, e olhava para ele contra a luz, como se estivesse desconfiado. A convocada Loulou não aparecia, de modo que o jovem senhor veio para o meu lado e falou para eu me sentar. Era louro, muito pálido, e estava vestido de branco. Quando me dei conta de que ele estava vestido de branco em pleno inverno, perguntei a mim mesma se estava sonhando. Isso não é maneira de dizer, quando vejo uma coisa estranha sempre me pergunto com todas as letras se estou sonhando. Talvez estivesse, porque às vezes sonho coisas estranhas. Mas o senhor estava ali, sorrindo com ar de cansaço e quase de tédio. Me dava pena ver como era pálido.

— A senhora deve ser a cuidadora dos cachorros — disse, e começou a beber.

— Sou madame Francinet, para servi-lo — falei. Ele era tão simpático, e não me dava o menor medo. Antes, o desejo de ser útil, de ter alguma delicadeza com ele. Agora ele olhava de novo para a porta entreaberta.

— Loulou! Você vem? Aqui tem vodca. Por que a senhora andou chorando, madame Francinet?

— Ah, não, senhor. Devo ter bocejado um pouco antes de o senhor entrar. Estou um pouco cansada, e a luz no quarto dos... no outro quarto não era muito boa. Quando a gente boceja...

— ... os olhos choram — disse ele. Tinha dentes perfeitos, e as mãos mais brancas que já vi num homem. Endireitando-se de repente, foi ao encontro de um jovem que entrava cambaleante.

— Esta senhora — explicou a ele — é que nos livrou daqueles bichos asquerosos. Loulou, diga boa noite.

Levantei-me outra vez e cumprimentei com a cabeça. Mas o senhor de nome Loulou nem mesmo olhava para mim. Encontrara uma garrafa de champanhe na geladeira e estava tentando extrair a rolha. O jovem de branco se aproximou para ajudá-lo e os dois começaram a rir e a tentar abrir a garrafa. Rir faz a pessoa ficar sem forças, e nenhum dos dois conseguia desarrolhar a garrafa. Aí os dois tentaram fazer isso juntos e começaram a puxar cada um de um lado, até que acabaram se apoiando um no outro, cada vez mais contentes mas sem conseguir abrir a garrafa. Monsieur Loulou dizia: "Bébé, Bébé, por favor, vamos embora agora...", e monsieur Bébé ria cada vez mais e o empurrava de brincadeira, até que no fim desarrolhou a garrafa e deixou um grande jato de espuma cair pelo rosto de monsieur Loulou, que soltou um palavrão e esfregou os olhos, andando de um lado para outro.

— Pobre querido, você está muito bêbado — dizia monsieur Bébé, apoiando as mãos nas costas dele e empurrando-o para que saísse. — Vá fazer companhia à coitada da Nina, que está muito triste... — e ria, só que já sem vontade.

Depois voltou, e achei que estava mais simpático que nunca. Tinha um tique nervoso que o fazia levantar uma das sobrancelhas. Repetiu esse gesto duas ou três vezes, me olhando.

— Pobre madame Francinet — disse, tocando minha cabeça com muita delicadeza. — Deixaram a senhora sozinha, e certamente não lhe deram nada para beber.

— Daqui a pouco eles vêm, para me dizer que já posso voltar para casa, senhor — respondi. Não me incomodava ele ter tomado a liberdade de tocar minha cabeça.

— Que pode voltar, que pode voltar... Que necessidade alguém pode ter de que lhe deem licença para fazer alguma coisa? — disse monsieur Bébé, sentando-se diante de mim. Havia erguido novamente o copo, mas largou-o na mesa, foi buscar outro limpo e encheu-o de uma bebida cor de chá.

— Madame Francinet, vamos beber juntos — disse, estendendo o copo. — A senhora gosta de uísque, claro.

— Deus meu, senhor — falei, assustada. — Fora vinho, e aos sábados um pernodzinho na casa de Gustave, não sei o que é beber.

— É verdade que a senhora nunca tomou uísque? — disse monsieur Bébé, maravilhado. — Só um gole. Vai ver como é bom. Vamos, madame Francinet, coragem. O primeiro gole é o mais difícil... — e começou a declamar uma poesia de que não me lembro que falava de uns navegantes de

As armas secretas   287

algum lugar estranho. Tomei um gole de uísque e achei tão perfumado que tomei outro, depois mais outro. Monsieur Bébé saboreava sua vodca e me olhava encantado.

— Com a senhora é um prazer, madame Francinet — dizia. — Sorte que a senhora não é jovem, dá para ser seu amigo... É só olhar para a senhora para ver que é uma pessoa boa, uma espécie de tia do interior, alguém que se pode mimar e que pode nos mimar, mas sem perigo, sem perigo... Veja, por exemplo, Nina. Tem uma tia no Poitou que lhe manda frangos, cestas de legumes e até mel ... Não é uma maravilha?

— Claro que é, senhor — falei, deixando que ele me servisse mais um pouco, já que lhe dava tanto gosto. — Sempre é agradável ter alguém que tome conta de nós, principalmente sendo tão jovem. Na velhice só nos resta pensar em nós mesmos, porque os outros... Veja eu, por exemplo. Quando meu Georges morreu...

— Beba mais um pouco, madame Francinet. A tia de Nina mora longe e a única coisa que faz é mandar frangos... Não há risco de assuntos de família...

Eu estava tão enjoada que nem estava mais com medo do que aconteceria se monsieur Redolos entrasse e me surpreendesse sentada na cozinha, falando com um dos convidados.

Eu estava encantada olhando para monsieur Bébé, ouvindo sua risada tão aguda, provavelmente por efeito da bebida. E ele gostava que eu olhasse para ele, embora primeiro me parecesse um pouco desconfiado, mas depois não fez mais que sorrir e beber, me olhando o tempo todo. Sei que ele estava terrivelmente bêbado porque Alice me dissera tudo o que eles haviam bebido e também pelo modo como brilhavam os olhos de monsieur Bébé. Se ele não estivesse bêbado, o que estava fazendo na cozinha com uma velha como eu? Mas os outros também estavam bêbados, porém monsieur Bébé era o único que me fazia companhia, o único que havia me oferecido uma bebida e que acariciara minha cabeça, mesmo não sendo certo. Por isso eu me sentia tão contente na companhia de monsieur Bébé, e olhava cada vez mais para ele, e ele gostando de ser olhado, porque uma ou duas vezes ficou um pouco de perfil, e tinha um nariz belíssimo, de estátua. Todo ele era como uma estátua, principalmente com aquele terno branco. Até a bebida dele era branca, e estava tão pálido que me dava um pouco de medo por ele. Via-se que ele passava a vida trancado, como tantos jovens de hoje. Eu teria gostado de dizer isso a ele, mas quem era eu para dar conselhos a um senhor como ele, e além disso não deu tempo porque se ouviu uma pancada na porta e monsieur Loulou entrou arrastando o dinamarquês, amarrado com uma cortina que ele havia torcido para formar uma espécie de corda. Estava muito mais alto que monsieur Bébé, e quase caiu quando o

288   *Os bons serviços*

dinamarquês deu uma volta e enrolou a cortina nas pernas dele. Ouviam-se vozes no corredor, e apareceu um senhor de cabelo grisalho, que devia ser monsieur Rosay, e logo depois madame Rosay muito vermelha e excitada, e um jovem magro com o cabelo mais preto que eu já vi. Todos queriam socorrer monsieur Loulou, cada vez mais enrolado com o dinamarquês e a cortina, sem parar de rir e fazer piada aos gritos. Ninguém prestou atenção em mim, até que madame Rosay me viu e ficou séria. Não consegui ouvir o que ela estava dizendo ao senhor de cabelo grisalho, que olhou para meu copo (estava vazio, mas com a garrafa ao lado), e monsieur Rosay olhou para monsieur Bébé e dirigiu a ele um gesto de indignação, enquanto monsieur Bébé piscava um olho para ele e começou a rir às gargalhadas, jogando-se para trás em sua cadeira. Eu estava muito atrapalhada, de modo que achei melhor me levantar e cumprimentar a todos com uma inclinação, depois ir para um lado e esperar. Madame Rosay havia saído da cozinha, e um instante depois entraram Alice e monsieur Rodolos, que se aproximaram de mim e me disseram para acompanhá-los. Cumprimentei a todos os presentes com uma inclinação, mas não acredito que alguém tenha reparado porque estavam acalmando monsieur Loulou, que de repente havia começado a chorar e dizia coisas incompreensíveis apontando para monsieur Bébé. A última coisa de que me lembro foi a risada de monsieur Bébé, jogado para trás em sua cadeira.

Alice esperou que eu tirasse o avental e monsieur Rodolos me entregou seiscentos francos. Lá fora estava nevando e já fazia um bom tempo que o último metrô havia passado. Tive de andar mais de uma hora até chegar a minha casa, porque o calor do uísque me protegia, e também a lembrança de tantas coisas e do muito que eu havia me divertido na cozinha no fim da festa.

O tempo voa, como diz Gustave. A gente pensa que é segunda-feira e já está na quinta-feira. O outono chega ao fim e de repente é pleno verão. Toda vez que o Robert aparece para me perguntar se não estou precisando limpar a chaminé (o Robert é muito bom, me cobra a metade do que cobra dos outros inquilinos), me dou conta de que o inverno está por assim dizer à porta. Por isso não lembro direito quanto tempo se passou até eu encontrar de novo monsieur Rosay. Ele chegou ao cair da noite, quase na mesma hora de madame Rosay na primeira vez. Também ele começou por dizer que estava ali por recomendação de madame Beauchamp, e se sentou na cadeira com ar confuso. Ninguém se sente à vontade na minha casa, nem eu mesma quando tenho visitas que não são íntimas. Começo a esfregar as mãos como se estivessem sujas, depois penso que os outros vão imaginar

As armas secretas   289

que elas estão realmente sujas, e fico sem saber onde me enfiar. Menos mau que monsieur Rosay estava tão atrapalhado quanto eu, embora disfarçasse mais. Com a bengala, batia devagar no assoalho, assustando muitíssimo Minouche, e olhava para todos os lados para não encontrar meus olhos. Eu não sabia para que santo me encomendar, porque era a primeira vez que um senhor ficava constrangido daquele jeito na minha frente, e não sabia o que se costuma fazer em casos desse tipo, exceto oferecendo uma xícara de chá.

— Não, não, obrigado — disse ele, impaciente. — Vim da parte da minha esposa... A senhora certamente está lembrada de mim.

— Claro, monsieur Rosay. Aquela festa na sua casa, tão animada...

— Isso. Aquela festa. Justamente... Quer dizer, o de agora não tem nada a ver com a festa, mas naquela vez a senhora nos foi de grande utilidade, madame...

— Francinet, para servi-lo.

— Madame Francinet, isso mesmo. Minha mulher teve a ideia... A senhora vai ver, é uma coisa delicada. Mas antes de mais nada, desejo tranquilizá-la. O que vou lhe propor não é... como dizer... ilegal.

— Ilegal, monsieur Rosay?

— Oh, a senhora sabe, nos tempos que correm... Porém repito: trata-se de uma coisa muito delicada, mas perfeitamente correta no fundo. Minha esposa está a par de tudo e deu seu consentimento. Digo isso para tranquilizá-la.

— Se madame Rosay está de acordo, para mim é como pão bento — falei, para deixá-lo à vontade, embora não soubesse grande coisa sobre madame Rosay e até a achasse antipática.

— Enfim, a situação é a seguinte, madame... Francinet, quer dizer, madame Francinet. Um dos nossos amigos... talvez fosse melhor dizer um dos nossos conhecidos, acaba de falecer em circunstâncias muito especiais.

— Oh, monsieur Rosay! Meus mais sentidos pêsames.

— Obrigado — disse monsieur Rosay, e fez uma careta muito esquisita, quase como se fosse gritar de fúria ou começar a chorar. Uma careta de verdadeiro louco, que me deu medo. Sorte que a porta estava entreaberta e que a oficina de Fresnay fica ao lado. — Esse senhor... trata-se de um modista muito conhecido... vivia sozinho, quer dizer, afastado da família, a senhora entende? Não tinha ninguém, fora os amigos, pois os clientes, a senhora sabe como é, esses não contam nesses casos. Pois bem, por uma série de razões que seria longo explicar-lhe, nós, amigos dele, pensamos que para efeitos do sepultamento...

Como ele falava bem! Escolhia cada palavra, batendo devagar no assoalho com a bengala, e sem olhar para mim. Era como ouvir os comentários pelo rádio, só que monsieur Rosay falava mais devagar, sem contar que dava para ver muito bem que não estava lendo. O mérito, portanto, era muito maior. Senti tanta admiração que perdi a desconfiança e aproximei um pouco mais minha cadeira. Sentia uma espécie de calor no estômago, pensando que um senhor importante como aquele estava ali para me pedir um favor, fosse ele qual fosse. E estava morta de medo, e esfregava as mãos sem saber o que fazer.

— Achamos — dizia monsieur Rosay — que uma cerimônia que só contasse com a presença dos amigos, uns poucos... enfim, não teria nem a importância necessária no caso desse senhor... nem traduziria a consternação (foi o que ele disse) causada por sua perda. A senhora entende? Achamos que se a senhora fizesse ato de presença no velório e, naturalmente, no enterro... digamos, na qualidade de parente próxima do morto... a senhora percebe o que estou querendo lhe dizer? Uma parente muito próxima... digamos uma tia... e até ousaria sugerir...

— Sim, monsieur Rosay? — disse eu, mais maravilhada impossível.

— Bom, tudo depende da senhora, é claro... Mas se recebesse uma compensação adequada..., pois não se trata, naturalmente, de que a senhora tenha o menor incômodo... Nesse caso, não é mesmo, madame Francinet?..., se a gratificação lhe conviesse, como veremos agora mesmo... pensamos que a senhora poderia estar presente como se fosse... a senhora entende... digamos que a mãe do falecido... Deixe que eu lhe explique bem... A mãe que acaba de chegar da Normandia, informada do falecimento, e que acompanhará seu filho até a sepultura... Não, não, antes que a senhora diga alguma coisa... Minha esposa pensou que talvez a senhora aceitasse ajudar-nos por amizade... e da minha parte, meus amigos e eu acertamos oferecer-lhe dez mil... estaria bem assim, madame Francinet?, dez mil francos pela sua ajuda... Três mil agora mesmo e o resto quando sairmos do cemitério, uma vez que...

Abri a boca, simplesmente porque ela se abrira sozinha, mas monsieur Rosay não me deixou dizer nada. Estava muito vermelho e falava rapidamente, como se quisesse terminar o mais depressa possível.

— Se a senhora aceitar, madame Francinet... como tudo nos leva a esperar, visto que confiamos na sua ajuda e não estamos lhe pedindo nada... irregular, por assim dizer... nesse caso dentro de meia hora estarão aqui minha esposa e sua criada, com os trajes adequados... e o carro, naturalmente, para levá-la até a casa... É claro que será necessário que a senhora... como dizer?, que a senhora se habitue à ideia de que é... a mãe do falecido... Minha esposa lhe dará as explicações necessárias e a senhora, naturalmente, deverá dar a impressão, uma vez na casa... A senhora entende... A dor, o desespero... É questão principalmente dos clientes — acrescentou. — Na nossa frente será suficiente que fique em silêncio.

Não sei como havia aparecido na mão dele um maço de notas novíssimas, e quero cair morta agora mesmo se sei como de repente senti que elas estavam na minha mão, e monsieur Rosay se levantava e saía murmurando e se esquecendo de fechar a porta, como todos os que saem da minha casa.

Deus que me perdoe isso e tantas outras coisas, eu sei. Não era correto, mas monsieur Rosay havia me garantido que não era ilegal e que daquela forma eu estaria prestando uma ajuda muito valiosa (creio que foram exatamente essas as palavras que ele usou). Não era correto eu me fazer passar pela mãe do senhor que havia morrido, e que era modista, porque não é coisa que se faça, nem enganar os outros. Mas era preciso pensar nos clientes, e se no enterro estava faltando a mãe, ou pelo menos uma tia ou uma irmã, a cerimônia não teria a importância necessária nem daria a sensação de dor produzida pela perda. Era o que monsieur Rosay acabava de afirmar, exatamente com essas palavras, e ele sabia melhor que eu. Não era correto eu fazer aquilo, mas Deus sabe que ganho só três mil francos por mês, me desancando na casa de madame Beauchamp e em outros lugares, e agora ia receber dez mil só para chorar um pouco, para lamentar a morte daquele senhor que seria meu filho até que o enterrassem.

A casa ficava perto de Saint-Cloud, e me levaram num carro que eu nunca havia visto por dentro, só por fora. Madame Rosay e a criada haviam me vestido e eu sabia que o falecido se chamava monsieur Linard, de nome Octave, e que era filho único de sua mãe idosa que vivia na Normandia e acabara de chegar no trem das cinco. A mãe idosa era eu, mas eu estava tão excitada e confusa que ouvi muito pouco de tudo o que madame Rosay me dizia e recomendava. Lembro-me de que ela me suplicou muitas vezes no carro (suplicou, foi o que eu disse, mudara muitíssimo da noite da festa para aquele momento) que não exagerasse minha dor e que antes desse a impressão de estar terrivelmente cansada e à beira de um ataque.

— Infelizmente não poderei estar a seu lado — disse ela quando estávamos chegando. — Mas faça o que lhe indiquei, e além disso meu esposo se ocupará de tudo o que é necessário. Por favor, *por favor*, madame Francinet, principalmente quando vir jornalistas e senhoras... em especial os jornalistas...

— A senhora não vai estar presente, madame Rosay? — perguntei, assombradíssima.

— Não. A senhora não tem como compreender, seria longo explicar-lhe. Meu esposo estará presente, ele tem participação no comércio de monsieur Linard... Naturalmente, estará presente por conveniência... uma questão comercial e humana... Mas eu não entrarei, não faz sentido que eu... Não se preocupe com isso.

Na porta vi monsieur Rosay e vários outros senhores. Eles se aproximaram e madame Rosay me fez uma última recomendação, depois se jogou para trás no assento para que não a vissem. Eu deixei que monsieur Rosay abrisse a porta, e chorando a gritos desci para a rua enquanto monsieur Rosay me abraçava e me levava para dentro, seguido por alguns dos outros senhores. Eu não conseguia ver grande coisa da casa porque estava com um lencinho que quase me cobria os olhos, e além disso chorava tanto que não dava para ver nada, mas pelo cheiro dava para perceber o luxo, e também pelos tapetes muito puídos. Monsieur Rosay murmurava frases de consolo, com uma voz que dava a impressão de que também estava chorando. Era um salão imenso com lustres de pingentes, havia alguns senhores que olhavam para mim com muita compaixão e simpatia, e tenho certeza de que teriam se aproximado para me consolar se monsieur Rosay não tivesse me feito seguir em frente, segurando-me pelos ombros. Num sofá consegui ver um senhor muito jovem, de olhos fechados e com um copo na mão. Ele nem se moveu ao me ouvir entrar, e isso que eu chorava muito alto naquele momento. Abriram uma porta, e dois senhores saíram lá de dentro com o lenço na mão. Monsieur Rosay me empurrou um pouco e eu entrei num dormitório e em passos trôpegos me deixei levar até onde estava o morto, e vi o morto que era meu filho, vi o perfil de monsieur Bébé mais louro e mais pálido que nunca, agora que estava morto.

Acho que me agarrei na borda da cama, porque monsieur Rosay levou um susto, e outros senhores me rodearam e me seguraram, enquanto eu olhava para o rosto tão lindo de monsieur Bébé morto, suas longas pestanas negras e seu nariz que parecia de cera, e não conseguia acreditar que ele fosse monsieur Linard, o senhor que era modista e acabara de morrer, não conseguia me convencer de que aquele morto ali na frente fosse monsieur Bébé. Sem me dar conta, juro, eu havia começado a chorar de verdade, agarrada na borda da cama de alto luxo e de carvalho maciço, lembrando-me de como monsieur Bébé havia acariciado minha cabeça na noite da festa, e enchera meu copo de uísque, falando comigo e tomando conta de mim enquanto os outros se divertiam. Quando monsieur Rosay murmurou alguma coisa tipo: "Fale filho, filho...", não tive a menor dificuldade em mentir, e acho que chorar por ele me fazia tanto bem quanto se fosse uma recompensa por todo o medo que eu já sentira até aquele momento. Nada me parecia estranho, e quando ergui os olhos e vi monsieur Loulou a um lado da cama com os olhos avermelhados e os lábios trêmulos, comecei a chorar aos gritos olhando direto para ele, e ele também chorava apesar da surpresa, chorava porque eu estava chorando, e cheio de surpresa ao compreender que eu chorava como ele, de verdade, porque os dois gostávamos de monsieur Bébé, e era quase um desafio entre nós, cada um a um lado da cama, sem que monsieur Bébé pudesse rir e fazer troça como quando estava vivo, sentado na mesa da cozinha e rindo de todos nós.

Me levaram até um sofá do grande salão com lustres, e uma senhora que estava lá tirou do bolso um frasco com sais, e um criado pôs ao meu lado uma mesinha de rodas com uma bandeja onde havia café fervente e um copo de água. Monsieur Rosay estava muito mais tranquilo agora que percebia que eu era capaz de fazer o que me haviam pedido. Vi quando ele se afastou para falar com outros senhores e passou-se um longo momento sem que ninguém entrasse ou saísse da sala. No sofá da frente continuava sentado o jovem que eu havia visto ao entrar, e que chorava com o rosto entre as mãos. De vez em quando ele puxava o lenço e assoava o nariz. Monsieur Loulou apareceu na porta e olhou para ele por um momento, antes de vir sentar-se a meu lado. Eu sentia tanta pena dos dois, dava para perceber que haviam sido muito amigos de monsieur Bébé, e eram tão jovens e sofriam tanto. Monsieur Rosay também olhava para eles de seu canto na sala, onde havia estado falando em voz baixa com dois senhores que já estavam de saída. E assim se passavam os minutos, até que monsieur Loulou soltou uma espécie de guincho e se afastou do outro jovem que olhava para ele furioso, e ouvi quando monsieur Loulou disse alguma coisa do tipo: "Você nunca deu a mínima, Nina", e me lembrei de alguém que se chamava Nina e que tinha uma tia no Poitou que mandava frangos e legumes. Monsieur Loulou ergueu os ombros e tornou a dizer que Nina era um mentiroso, e acabou se levantando, com caretas e gestos de raiva. Então monsieur Nina também se levantou e os dois foram quase correndo para o quarto onde estava monsieur Bébé, e ouvi que discutiam, mas logo depois entrou monsieur Rosay para fazê-los silenciar e não se ouviu mais nada, até que monsieur Loulou veio sentar-se no sofá com um lenço molhado na mão. Logo atrás do sofá havia uma janela que dava para o pátio interno. Acho que de tudo o que havia naquela casa, o de que mais me lembro é da janela (e também dos lustres, tão luxuosos), porque no fim da noite vi como ela foi mudando pouco a pouco de cor e ficou cada vez mais cinzenta e por fim rosa, antes de o sol nascer. E todo aquele tempo fiquei pensando em monsieur Bébé, e às vezes não conseguia me segurar e chorava, embora só monsieur Rosay e monsieur Loulou estivessem presentes, porque monsieur Nina havia ido embora ou estava em outro lugar da casa. E assim passou a noite, e de vez em quando eu não conseguia me segurar pensando em monsieur Bébé tão jovem, e começava a chorar, embora também fosse um pouco por causa do

294   *Os bons serviços*

cansaço; então monsieur Rosay vinha sentar-se ao meu lado com uma expressão muito esquisita e me dizia que não era preciso continuar fingindo e que eu me preparasse para o momento do enterro, quando as pessoas e os jornalistas chegassem. Só que às vezes era difícil saber quando se chora de verdade ou não, e pedi a monsieur Rosay que me deixasse velando monsieur Bébé. Ele parecia achar muito estranho eu não querer ir dormir um pouco, e me ofereceu várias vezes acompanhar-me até um dos quartos, mas acabou se convencendo e me deixou em paz. Aproveitei um momento em que ele havia saído, provavelmente para ir ao banheiro, e entrei de novo no quarto onde estava monsieur Bébé.

Havia imaginado encontrá-lo sozinho, mas monsieur Nina estava lá, olhando para ele, junto aos pés da cama. Como não nos conhecíamos (quero dizer que ele sabia que eu era a senhora que estava fazendo de conta que era a mãe de monsieur Bébé, mas nunca havíamos nos visto antes), nós dois nos olhamos com desconfiança, embora ele não tenha dito nada quando me aproximei e fiquei ao lado de monsieur Bébé. Ficamos assim durante algum tempo e eu via como as lágrimas escorriam pelo rosto dele, e que elas haviam formado uma espécie de sulco perto do nariz.

— O senhor também estava presente na noite da festa — falei, querendo distraí-lo. — Monsieur Bébé... monsieur Linard me disse que o senhor estava muito triste, e pediu a monsieur Loulou que fosse lhe fazer companhia.

Monsieur Nina olhou para mim sem entender. Balançava a cabeça, e sorri para ele para distraí-lo.

— Na noite da festa na casa de monsieur Rosay — falei. — Monsieur Linard foi até a cozinha e me ofereceu uísque.

— Uísque?

— É. Foi a única pessoa que me ofereceu alguma coisa para beber naquela noite... E monsieur Loulou abriu uma garrafa de champanhe e aí monsieur Linard jogou um jato de espuma na cara dele e...

— Ah, cale-se, cale-se — murmurou monsieur Nina. — Não pronuncie o nome desse... Bebé estava louco, realmente louco...

— E era por isso que o senhor estava triste? — perguntei, só para dizer alguma coisa, mas ele já não me ouvia, olhava para monsieur Bébé como se lhe perguntasse alguma coisa, e movia a boca repetindo sempre as mesmas palavras, até que não consegui continuar olhando para ele. Monsieur Nina não era tão bonito quanto monsieur Bébé ou monsieur Loulou, e me pareceu muito pequeno, embora as pessoas de preto sempre pareçam menores, como diz Gustave. Eu teria querido consolar monsieur Nina, tão aflito, mas monsieur Rosay entrou naquele momento e fez sinais para que eu voltasse para a sala.

As armas secretas 295

— Já está amanhecendo, madame Francinet — disse ele. O rosto dele estava verde, coitado. — A senhora deveria descansar um pouco. Não vai poder resistir ao cansaço, e daqui a pouco começam a chegar as pessoas. O enterro é às nove e meia.

Realmente eu estava caindo de cansaço, e era melhor que dormisse uma hora. É incrível como uma hora de sono me tira o cansaço. Por isso deixei que monsieur Rosay me levasse pelo braço, e quando cruzamos a sala dos lustres a janela já estava de uma cor rosa vivo, e senti frio apesar da lareira acesa. Naquele momento monsieur Rosay me soltou de repente e ficou olhando para a porta que dava para a saída da casa. Havia entrado um homem com um cachecol enrolado no pescoço, e me assustei por um momento pensando que talvez tivessem nos descoberto (embora não fosse nada ilegal) e que o homem do cachecol era um irmão de monsieur Bébé, ou algo assim. Mas não podia ser, com aquele jeito rústico que ele tinha, como se Pierre ou Gustave tivessem podido ser irmãos de alguém tão refinado como monsieur Bébé. Atrás do homem do cachecol vi de repente monsieur Loulou que aparentava estar com medo, mas tive a sensação de que ao mesmo tempo ele parecia contente com alguma coisa que ia acontecer. Então monsieur Rosay me fez sinal para ficar onde estava, e deu dois ou três passos na direção do homem do cachecol, acho que meio a contragosto.

— O senhor vem?... — começou a dizer, com a mesma voz que usava para falar comigo, e que no fundo não era nada amável.

— Onde está Bébé? — perguntou o homem, com voz de alguém que tivesse bebido ou gritado. Monsieur Rosay fez um gesto vago, querendo impedir que ele entrasse, mas o homem se adiantou e o afastou para um lado só com o olhar. Eu estava muito escandalizada com aquela atitude tão grosseira num momento triste como aquele, mas monsieur Loulou, que ficara na porta (acho que tinha sido ele quem deixara aquele homem entrar), começou a rir às gargalhadas, e então monsieur Rosay se aproximou dele e o esbofeteou como se ele fosse um menino, realmente como se ele fosse um menino. Não ouvi direito o que eles falaram, mas monsieur Loulou parecia contente apesar das bofetadas, dizendo alguma coisa do tipo: "Agora ela vai ver... agora ela vai ver, aquela puta...", embora eu não devesse repetir as palavras dele, e as disse várias vezes, até que de repente começou a chorar e cobriu o rosto, enquanto monsieur Rosay o empurrava e o levava até o sofá, onde ele ficou, gritando e chorando, e todos haviam se esquecido de mim, como sempre acontece.

Monsieur Rosay parecia muito nervoso e não se decidia a entrar no quarto mortuário, mas depois de um momento ouviu-se a voz de monsieur Nina reclamando de alguma coisa, e monsieur Rosay se decidiu e correu para a

Os bons serviços

porta justamente quando monsieur Nina saía reclamando, e eu teria jurado que o homem do cachecol havia dado uns trancos nele para obrigá-lo a sair. Monsieur Rosay retrocedeu, olhando para monsieur Nina, e os dois começaram a falar em voz muito baixa, mas que mesmo assim era estridente, e monsieur Nina chorava de despeito e fazia gestos, tanto que me dava muita pena. No fim ele se acalmou um pouco e monsieur Rosay o levou para o sofá onde estava monsieur Loulou, que estava rindo de novo (era assim, às vezes eles riam, às vezes choravam), mas monsieur Nina fez uma careta de desprezo e foi se sentar em outro sofá perto da lareira. Eu fiquei num canto da sala, esperando chegarem as senhoras e os jornalistas, como madame Rosay mandara, e no fim o sol bateu nos vidros da janela e um criado de libré introduziu dois senhores muito elegantes e uma senhora que olhou primeiro para monsieur Nina talvez pensando que ele fosse da família, depois olhou para mim, e eu tinha coberto o rosto com as mãos, mas podia vê-la muito bem por entre os dedos. Os senhores, e outros que entraram em seguida, iam até lá dentro ver monsieur Bébé, depois se reuniam na sala, e alguns vinham até onde eu estava, acompanhados por monsieur Rosay, e me davam os pêsames e apertavam minha mão com muito sentimento. As senhoras também eram muito amáveis, principalmente uma delas, muito jovem e bonita, que se sentou um momento ao meu lado e disse que monsieur Linard fora um grande artista e que sua morte era uma desgraça irreparável. Eu concordava com tudo e chorava de verdade embora fingisse o tempo todo, mas me emocionava pensar em monsieur Bébé lá dentro, tão bonito e tão bom, e no grande artista que ele havia sido. A senhora jovem me acariciou as mãos várias vezes e me disse que ninguém jamais esqueceria monsieur Linard, e que estava convencida de que monsieur Rosay daria continuidade à casa de modas tal como monsieur Linard sempre desejara, para que seu estilo não desaparecesse, e muitas outras coisas de que agora não me lembro, mas sempre cheias de elogios para monsieur Bébé. E então monsieur Rosay veio me buscar, e depois de olhar para os que me rodeavam para que compreendessem o que ia acontecer, me disse que estava na hora de me despedir de meu filho, porque dali a pouco iam fechar o caixão. Eu senti um medo horrível, pensando que naquele momento teria de fazer a cena mais difícil, mas ele me segurou e me ajudou a me levantar, e entramos no quarto onde estava somente o homem do cachecol aos pés da cama, olhando para monsieur Bébé, e monsieur Rosay fez um sinal de súplica para ele como se quisesse fazê-lo entender que deveria deixar-me a sós com meu filho, mas o homem respondeu com uma careta e encolheu os ombros e não saiu do lugar. Monsieur Rosay não sabia o que fazer e tornou a olhar para o homem como se implorasse que saísse, porque outros senhores, que deviam ser os

As armas secretas   297

jornalistas, acabavam de entrar atrás de nós, e realmente o homem destoava ali com aquele cachecol e aquele jeito de olhar para monsieur Rosay como se estivesse prestes a insultá-lo. Não consegui esperar mais, sentia medo de todos, estava convencida de que ia acontecer uma coisa terrível, e, embora monsieur Rosay não estivesse tomando conta de mim e continuasse fazendo sinais para convencer o homem a sair, me aproximei de monsieur Bébé e comecei a chorar aos gritos, e então monsieur Rosay me segurou porque eu realmente queria ter beijado a testa de monsieur Bébé, que continuava sendo quem me tratava melhor, mas ele não deixava e me pedia para me acalmar, e no fim me obrigou a voltar para a sala, consolando-me enquanto apertava meu braço até machucar, mas esta última parte ninguém além de mim podia sentir e eu não me incomodava. Depois que cheguei ao sofá o criado trouxe água e duas senhoras me arejaram com o lenço, houve uma grande movimentação no outro aposento, e novas pessoas entraram e se aproximaram de mim até eu não conseguir mais ver grande coisa do que estava acontecendo. Entre os que acabavam de chegar estava o senhor sacerdote, e fiquei tão feliz por ele ter vindo acompanhar monsieur Bébé... Dali a pouco chegaria a hora de sair para o cemitério, e estava certo o senhor sacerdote ir conosco, com a mãe e com os amigos de monsieur Bébé. Com certeza eles também deviam estar contentes com a presença do senhor sacerdote, principalmente monsieur Rosay, que estava tão aflito por causa do homem do cachecol, e que se preocupava tanto para que tudo saísse direito do jeito que deve ser, para que as pessoas soubessem como o enterro fora correto e o tanto que todos gostavam de monsieur Bébé.

As babas do diabo

Nunca se saberá como se conta isso, se na primeira pessoa ou na segunda, usando a terceira do plural ou inventando continuamente formas que não servirão para nada. Se fosse possível dizer: eu viram subir a lua, ou: nos me dói o fundo dos olhos, e principalmente assim: tu a mulher loura eram as nuvens que continuam correndo diante de meus teus seus nossos vossos seus rostos. Que diabo.

Depois de começar a contar, se desse para ir beber uma bock por aí e a máquina prosseguisse sozinha (porque escrevo à máquina), seria a perfeição. E não se trata de maneira de dizer. A perfeição, sim, porque aqui o furo que é preciso contar também é uma máquina (de outra espécie, uma Contax 1.1.2), e vai ver que uma máquina sabe mais sobre outra máquina que eu, tu, ela — a mulher loura — e as nuvens. Mas de bobo só tenho a sorte, e sei que, caso eu saia, esta Remington ficará petrificada sobre a mesa com aquele ar duplamente imóvel que têm as coisas móveis quando não se movem. De modo que preciso escrever. Um dentre todos nós precisa escrever, se é que isso vai ser contado. Melhor que seja eu, que estou morto, que estou menos comprometido que os demais; eu que vejo somente as nuvens e consigo pensar sem me distrair, escrever sem me distrair (lá vai outra, de bordas cinza) e lembrar-me sem me distrair, eu que estou morto (e vivo, não se trata de enganar ninguém, já se verá quando chegar o momento, porque de alguma maneira preciso dar a partida e comecei por esta ponta, a de antes, a do começo, que ao fim e ao cabo é a melhor das pontas quando se quer contar alguma coisa).

De repente me pergunto por que necessito contar isso, mas se começássemos a nos perguntar a razão pela qual fazemos tudo o que fazemos, se nos perguntássemos até mesmo por que aceitamos um convite para jantar (agora está passando uma pomba, e acho que um pardal) ou por que, quando alguém nos conta uma boa história, logo depois começamos a sentir uma cosquinha no estômago e não sossegamos enquanto não entramos no escritório ao lado para contar a história também; só sossegamos depois de fazê-lo, ficamos satisfeitos e podemos voltar para nosso trabalho. Que eu saiba, ninguém explicou isso até agora, de modo que o melhor a fazer é deixar os pruridos de lado e contar, porque ao fim e ao cabo ninguém se envergonha de respirar ou de calçar os sapatos; são coisas que todo mundo faz, e quando alguma coisa sai errado, quando dentro do sapato encontramos uma aranha ou ao respirar sentimos uma espécie de vidro quebrado, então é preciso contar o que se passa, contar para os rapazes do escritório ou para o médico. Ai, doutor, toda vez que eu respiro... Contar sempre, sempre afastar essa cosquinha incômoda do estômago.

E já que vamos contar, organizemos um pouco, desçamos pela escada deste edifício até o domingo 7 de novembro, exatamente um mês atrás. É só descer cinco andares e já se chega ao domingo, com um sol inesperado para novembro em Paris, morrendo de vontade de sair por aí, de ver coisas, de tirar fotos (porque éramos fotógrafos, sou fotógrafo). Tenho consciência de que o mais difícil será encontrar o modo de contar, e não tenho medo de me arrepender. Vai ser difícil porque ninguém sabe direito quem verdadeiramente está contando, se sou eu, ou o que aconteceu, ou o que estou vendo (nuvens, e às vezes uma pomba), ou se simplesmente conto uma verdade que é somente minha verdade, e nesse caso não se trata da verdade salvo para meu estômago, para essa vontade de sair correndo e acabar de alguma maneira com isso, seja lá o que for.

As armas secretas   299

Contaremos devagar, e iremos vendo o que acontece à medida que escrevo. Se me substituírem, se eu ficar sem saber o que dizer, se as nuvens se acabarem e começar alguma outra coisa (porque não é possível que isso seja estar continuamente vendo nuvens que passam, e às vezes uma pomba), se alguma coisa disso tudo... E depois do "se", o que vou pôr, como vou encerrar corretamente a oração? Mas se começo a fazer perguntas não conto nada; melhor contar, talvez contar seja uma espécie de resposta, pelo menos para alguém que venha a ler isto.

Roberto Michel, franco-chileno, tradutor e eventualmente fotógrafo amador, saiu do número 11 da Rue Monsieur-le-Prince no domingo 7 de novembro do ano em curso (agora vão passando duas menores, de bordas prateadas). Fazia três semanas que estava trabalhando na versão para o francês do tratado sobre interpelações e recursos de José Norberto Allende, professor na Universidade de Santiago. É estranho haver vento em Paris, sobretudo um vento que rodopiava nas esquinas e subia, castigando as velhas persianas de madeira por trás das quais surpresas senhoras comentavam de diferentes maneiras a instabilidade do tempo nestes últimos anos. Mas o sol também estava presente, cavalgando o vento e amigo dos gatos, razão pela qual nada me impediria de dar uma volta pelos cais do Sena e tirar algumas fotos da Conciergerie e da Sainte-Chapelle. Não passava das dez horas e calculei que por volta das onze haveria boa luz, a melhor possível no outono; para ganhar tempo derivei até a ilha Saint-Louis e comecei a andar pelo Quai d'Anjou, fiquei algum tempo olhando o Hôtel de Lauzun, recitei para mim mesmo alguns versos de Apollinaire que sempre me vêm à cabeça quando passo na frente do Hôtel de Lauzun (e isso que deveria me lembrar de outro poeta, mas Michel é um insistente), e quando de repente o vento parou e o sol ficou pelo menos duas vezes maior (quero dizer mais cálido, mas na realidade dá no mesmo), sentei no parapeito e me senti terrivelmente feliz na manhã de domingo.

Entre as muitas maneiras de combater o nada, uma das melhores é tirar fotografias, atividade que deveria ser ensinada desde cedo às crianças, pois exige disciplina, educação estética, bom olho e dedos seguros. Não se trata de estar à espreita da mentira, como qualquer repórter, e de capturar a estúpida silhueta do figurão que sai do número 10 da Downing Street, mas de todo modo quando se anda com a câmera temos uma espécie de dever de estar atentos, de não perder o brusco e delicioso rebote de um raio de sol numa velha pedra, ou a corrida de tranças ao ar de uma garotinha que volta para casa com um pão ou uma garrafa de leite. Michel sabia que o fotógrafo realiza sempre uma espécie de substituição de sua maneira pessoal de ver o mundo por outra que a câmera lhe impõe, insidiosa (agora passa uma gran-

300   *As babas do diabo*

de nuvem quase preta), mas não desconfiava, sabendo que bastava sair sem a Contax para recuperar o tom distraído, a visão sem enquadramento, a luz sem diafragma nem 1/250. Agora mesmo (que palavra, *agora*, que mentira idiota) eu poderia ficar ali sentado no peitoril junto ao rio, olhando passar as barcaças pretas e vermelhas, sem que me ocorresse pensar fotograficamente as cenas, apenas me deixando levar no deixar-se levar das coisas, correndo imóvel com o tempo. E já não havia vento.

Depois segui pelo Quai de Bourbon até chegar à ponta da ilha, onde a íntima pracinha (íntima por ser pequena e não por ser recatada, pois oferece em cheio o peito ao rio e ao céu) me jubila e rejubila. Encontrei apenas um casal e, claro, pombas; quem sabe alguma das que agora passam pelo que estou vendo. De um salto me instalei no parapeito e me deixei envolver e amarrar pelo sol, oferecendo-lhe o rosto, as orelhas, as duas mãos (guardei as luvas no bolso). Não estava com vontade de tirar fotos, e acendi um cigarro só para fazer alguma coisa; acho que no momento em que ia aproximando o fósforo do tabaco vi pela primeira vez o rapazinho.

O que eu havia tomado por um casal parecia muito mais um garoto com a mãe, embora ao mesmo tempo eu me desse conta de que não era um garoto com a mãe, de que era um casal no sentido que sempre damos aos casais quando os vemos apoiados aos parapeitos ou abraçados nos bancos das praças. Como não tinha nada para fazer, dispunha de tempo de sobra para me perguntar por que o rapazinho estava tão nervoso, tão semelhante a um potro ou uma lebre, enfiando as mãos nos bolsos, retirando-as em seguida, uma e depois a outra, passando os dedos pelo cabelo, mudando de posição, e principalmente por que estava com medo, pois isso se adivinhava em cada gesto seu, um medo sufocado pela vergonha, um impulso de jogar-se para trás que dava a sensação de que seu corpo estava no limite da fuga, contendo-se num último e comovente decoro.

Tão claro era tudo aquilo, ali a cinco metros — e estávamos só nós contra o parapeito, na ponta da ilha —, que no início o medo do garoto não me deixou ver direito a mulher loura. Agora, ao refletir, vejo-a muito melhor naquele primeiro momento em que li seu rosto (de repente ela havia girado como um cata-vento de cobre e os olhos, os olhos estavam ali) e compreendi vagamente o que poderia estar acontecendo com o menino e disse para mim mesmo que valia a pena ficar e olhar (o vento carregava as palavras, os meros murmúrios). Acho que sei olhar, se é que sei alguma coisa, e que todo ato de olhar destila falsidade, pois é o que nos projeta mais para fora de nós mesmos, sem a menor garantia, assim como farejar, ou (mas Michel se bifurca facilmente, não se pode deixar que declame o que bem entender). De todo modo, se podemos prever de antemão a provável falsidade, olhar se

As armas secretas   301

torna possível; talvez seja suficiente escolher bem entre o olhar e o olhado, despir as coisas de tanta roupa alheia. E, claro, tudo isso é bastante difícil.

Do garoto, lembro-me da imagem, mais que do corpo propriamente dito (mais adiante haverá uma explicação para isso, ao passo que agora tenho certeza de que me lembro muito melhor do corpo da mulher que de sua imagem. Ela era magra e esbelta, duas palavras injustas para dizer o que ela era, e vestia um casaco de pele quase preto, quase longo, quase bonito. Todo o vento daquela manhã (agora soprava muito de leve e não fazia frio) havia passado por seu cabelo louro, que emoldurava seu rosto branco e sombrio — duas palavras injustas — e deixava o mundo de pé e horrivelmente só diante de seus olhos negros, seus olhos que pousavam sobre as coisas como duas águias, dois saltos no vazio, duas rajadas de lodo verde. Não estou descrevendo nada, na verdade estou tentando entender. E falei duas rajadas de lodo verde.

Sejamos justos, o garoto estava bastante bem-vestido e calçava umas luvas amarelas que eu teria jurado que pertenciam a seu irmão mais velho, estudante de direito ou de ciências sociais; era simpático ver os dedos das luvas saindo do bolso da jaqueta. Passou-se muito tempo sem que eu visse seu rosto, apenas um perfil nada tolo — pássaro sobressaltado, anjo de Fra Filippo, arroz de leite — e umas costas de adolescente que quer fazer judô e que se bateu uma ou duas vezes por uma ideia ou uma irmã. Uns catorze, talvez quinze anos, adivinhava-se que vestido e alimentado pelos pais mas sem um centavo no bolso, precisando debater com os companheiros antes de optar por um café, um conhaque, um maço de cigarros. Decerto percorria as ruas pensando nas colegas, em como seria bom ir ao cinema assistir ao filme mais recente, ou comprar romances ou gravatas ou garrafas de bebida com rótulos verdes e brancos. Em sua casa (a casa devia ser respeitável, almoço ao meio-dia e paisagens românticas nas paredes, com um saguão sombrio e um porta-guarda-chuvas de mogno ao lado da porta) choveria devagar o tempo de estudar, de ser a esperança de mamãe, de ser parecido com papai, de escrever à tia de Avignon. Por isso tanta rua, todo o rio para ele (mas sem um centavo) e a cidade misteriosa dos quinze anos, com seus signos nas portas, seus gatos aterradores, o saco de batatas fritas a trinta francos, a revista pornográfica dobrada em quatro, a solidão feito um vazio nos bolsos, os encontros felizes, o fervor por tanta coisa incompreendida mas iluminada por um amor total, pela disponibilidade semelhante ao vento e às ruas.

Essa biografia era a do garoto e a de qualquer garoto, mas aquele eu agora via isolado, tornado único pela presença da mulher loura que continuava falando com ele. (Me cansa insistir, mas acabam de passar duas grandes nu-

302   *As babas do diabo*

vens esfiapadas. Penso que naquela manhã não olhei nem uma vez sequer para o céu, porque assim que pressenti o que se passava com o garoto e com a mulher, não consegui fazer outra coisa senão olhar para eles e...) Resumindo, o garoto estava inquieto e dava para adivinhar sem muito esforço o que acabava de ocorrer poucos minutos antes, meia hora no máximo. O garoto chegara à ponta da ilha, vira a mulher e a achara admirável. A mulher esperava que isso acontecesse porque estava ali justamente para esperar por tal coisa, ou quem sabe o garoto chegara antes e ela o vira de uma sacada ou de um automóvel e saíra a seu encontro, provocando o diálogo sob um pretexto qualquer, segura desde o início de que ele sentiria medo dela e quereria fugir, e que naturalmente ficaria, paralisado e sombrio, fingindo experiência e prazer na aventura. O resto era fácil, porque estava acontecendo a cinco metros de mim e qualquer um teria podido acompanhar as etapas do jogo, a esgrima irrisória; seu maior encanto não era o presente, mas a previsão do desenlace. O rapaz acabaria por dar uma desculpa, um encontro, uma obrigação qualquer, e se afastaria tropeçando, confuso, querendo caminhar com desenvoltura, nu sob o olhar zombeteiro que o acompanharia até o final. Ou então ficaria, fascinado ou simplesmente incapaz de tomar a iniciativa, e a mulher começaria a acariciar seu rosto, a despenteá-lo, falando-lhe já sem usar a voz, e de chofre o tomaria pelo braço para levá-lo consigo, a menos que ele, com um desconforto que talvez começasse a temperar o desejo, o risco da aventura, tomasse coragem e passasse o braço pela cintura dela e a beijasse. Tudo isso podia acontecer mas ainda não estava acontecendo, e Michel esperava perversamente, sentado no peitoril, aprontando a câmera quase sem se dar conta para tirar uma foto pitoresca num canto da ilha com um casal nada comum falando e se olhando.

Curioso que a cena (o nada, quase: dois que estão ali, desigualmente jovens) tivesse uma espécie de aura inquietante. Pensei que essa parte era responsabilidade minha e que minha foto, se eu a tirasse, devolveria as coisas a sua tola verdade. Eu teria gostado de saber o que pensava o homem do chapéu cinza sentado ao volante do carro parado junto ao molhe que leva à passarela, e que lia o jornal ou dormia. Eu acabara de avistá-lo, porque as pessoas dentro de um carro parado praticamente desaparecem, somem na mísera gaiola desprovida da beleza que lhe dão o movimento e o perigo. E contudo o carro estivera ali o tempo todo, fazendo parte (ou deformando aquela parte) da ilha. Um carro: é o mesmo que dizer um poste de iluminação, um banco de praça. Nunca o vento, a luz do sol, essas matérias sempre novas para a pele e para os olhos, e também o garoto e a mulher, únicos, ali postados para alterar a ilha, para mostrá-la a mim de outra maneira. Enfim, até podia ser que o homem do jornal também estivesse atento ao que se passava e sentisse como eu aquele ranço maligno de toda expectativa. Agora a mulher havia girado suavemente até posicionar o rapazinho entre ela própria e o parapeito, eu os via quase de perfil, e ele era mais alto, mas não muito mais alto, e mesmo assim ela o dominava, dava a impressão de pairar sobre ele (sua risada, de repente, um chicote de plumas), esmagando-o pelo mero fato de estar ali, de rir, de mover a mão pelo ar. Por que esperar mais? Com um diafragma dezesseis, com um enquadramento que não incluísse o horrível carro preto mas sim certa árvore, necessária para quebrar um espaço excessivamente cinzento...

Ergui a câmera, fingi que estudava uma perspectiva que não os incluía e fiquei à espreita, certo de que iria capturar por fim o gesto revelador, a expressão que resume tudo, a vida a que o movimento dá ritmo mas que uma imagem rígida destrói ao seccionar o tempo, se não escolhermos a imperceptível fração essencial. Não foi preciso esperar muito. A mulher avançava em sua tarefa de imobilizar suavemente o garoto, de retirar dele, fibra por fibra, os últimos restos de liberdade, numa lentíssima tortura deliciosa. Imaginei os finais possíveis (agora surge uma nuvenzinha espumosa, quase sozinha no céu), previ a chegada em casa (no térreo, provavelmente, um apartamento que ela teria saturado de almofadas e gatos) e entrevi o constrangimento do garoto e sua determinação desesperada em dissimular e deixar-se levar fingindo que nada daquilo era novidade para ele. Fechando os olhos, se é que os fechei, organizei a cena, os beijos brincalhões, a mulher repelindo com meiguice as mãos que pretenderiam despi-la como nos romances, sobre uma cama coberta com um edredom lilás, e obrigando-o em compensação a permitir que ela o despisse, verdadeiramente mãe e filho sob a luz amarela do abajur de opalina, e tudo acabaria como sempre, talvez, mas talvez tudo acontecesse de outra maneira, e a iniciação do adolescente não passasse, não a deixassem passar, de um longo preâmbulo em que as inépcias, as carícias exasperantes, o açodamento das mãos se resolvessem sabe lá como, num prazer em separado e solitário, numa petulante negativa misturada à arte de cansar e desconcertar tanta inocência ferida. Podia ser assim, podia muito bem ser assim; aquela mulher não buscava um amante no garoto, e ao mesmo tempo se apossava dele para um fim impossível de entender se não o imaginasse como um jogo cruel, desejo de desejar sem satisfação, de excitar-se para algum outro, alguém que de maneira nenhuma podia ser aquele garoto.

Michel é culpado de praticar literatura, de invenções irreais. Nada lhe dá tanto prazer quanto imaginar exceções, indivíduos fora da espécie, monstros nem sempre repugnantes. Mas aquela mulher era um convite à invenção, talvez fornecendo as chaves suficientes para adivinhar a verdade. Antes

304   *As babas do diabo*

que ela fosse embora, e agora que preencheria minha lembrança durante muitos dias, porque tenho inclinação a ruminar, decidi não perder nem um momento mais. Incluí tudo no visor (com a árvore, o peitoril, o sol das onze) e bati a foto. A tempo de entender que os dois haviam percebido e estavam olhando para mim, o garoto surpreso e com um ar interrogativo, mas ela irritada, decididamente hostis tanto o corpo como o rosto que se sabiam roubados, ignominiosamente presos numa pequena imagem química.

Eu poderia contar em detalhes, mas não vale a pena. A mulher falou que ninguém tinha o direito de tirar fotos sem autorização e exigiu que eu lhe entregasse o rolo de filme. Tudo isso numa voz seca e clara, com sólido sotaque parisiense, que ia subindo de cor e tom a cada frase. Quanto a mim, dar ou deixar de dar o rolo de filme a ela praticamente não tinha importância, mas quem me conhece sabe que é preciso me pedir as coisas com bons modos. O resultado é que me limitei a formular a opinião de que a fotografia não só não é proibida nos lugares públicos, como conta com o mais decidido favorecimento oficial e privado. E ao mesmo tempo que dizia isso a ela, me divertia sem dar na vista observando como o garoto se retraía, ia ficando para trás — simplesmente não saindo do lugar —, e de repente (parecia quase incrível) se virava e largava a correr, imaginando, coitado, que caminhava e na verdade fugindo a toda a velocidade, passando ao lado do carro, perdendo-se como um fio da Virgem no ar da manhã.

Mas os fios da Virgem também se chamam babas do diabo, e Michel teve de suportar minuciosas imprecações, ouvir-se chamar de intrometido e imbecil, enquanto se esmerava deliberadamente em sorrir e declinar, com simples movimentos de cabeça, todos aqueles insultos baratos. Quando eu estava começando a me cansar, ouvi bater a porta de um carro. O homem do chapéu cinzento estava ali, olhando para nós. Só então compreendi que ele desempenhava um papel na comédia.

Começou a andar em nossa direção, segurando o jornal que havia pretendido ler. Do que me lembro melhor é da careta que entortava a boca daquele homem, cobrindo seu rosto de rugas, alguma coisa trocava de lugar e de formato, porque a boca do homem tremia e a careta ia de um lado para outro nos lábios, como uma coisa independente e viva, alheia à vontade. Mas todo o resto era fixo, palhaço enfarinhado ou homem sem sangue, de pele apagada e seca, olhos afundados e buracos do nariz negros e visíveis, mais negros que as sobrancelhas ou o cabelo ou a gravata negra. Andava cautelosamente, como se o calçamento lhe ferisse os pés; vi sapatos de verniz, de sola tão fina que devia acusar cada aspereza da rua. Não sei por que eu havia descido do peitoril, não sei bem por que tomei a decisão de não entregar a foto a eles, de furtar-me àquela exigência em que adivinhava medo e covardia. O palhaço e a mulher se consultavam em silêncio: formávamos um perfeito triângulo intolerável, algo que forçosamente se romperia com um clique. Ri na cara deles e saí andando, suponho que um pouco mais devagar que o garoto. À altura dos primeiros prédios, do lado da passarela de ferro, me virei para olhar para eles. Não se moviam, mas o homem deixara cair o jornal; tive a impressão de que a mulher, de costas para o parapeito, passava as mãos pela pedra, com o gesto clássico e absurdo do acossado que tenta encontrar a saída.

O que se segue aconteceu aqui, quase agora mesmo, num cômodo de um quinto andar. Passaram-se vários dias até Michel revelar as fotos do domingo, suas tomadas da Conciergerie e da Sainte-Chapelle eram o que deveriam ser. Encontrou duas ou três focalizações experimentais já esquecidas, uma tentativa malograda de registrar um gato assombrosamente encarapitado no teto de um mictório público e também a foto da mulher loura e do adolescente. O negativo ficou tão bom que ele preparou uma ampliação, a ampliação ficou tão boa que ele fez outra muito maior, quase do tamanho de um pôster. Não lhe veio à mente (agora se perguntava, se perguntava) que só as fotos da Conciergerie mereciam tanto trabalho. Da série inteira, o instantâneo na ponta da ilha era o único que o interessava; prendeu a ampliação numa parede do quarto, e no primeiro dia ficou algum tempo olhando para ela e recordando, nessa operação comparativa e melancólica da recordação diante da perdida realidade; recordação petrificada, como toda foto, onde nada faltava, nem mesmo e principalmente o nada, verdadeiro fixador da cena. Viam-se a mulher, o garoto, a árvore imóvel sobre a cabeça deles, o céu tão assentado quanto as pedras do parapeito, nuvens e pedras confundidas numa única matéria indissociável (agora passa uma de bordas aguçadas, corre como num anúncio de tempestade). Nos dois primeiros dias aceitei o que havia feito, da foto em si até a ampliação na parede, e não me perguntei nem mesmo por que interrompia a todo momento a tradução do tratado de José Norberto Allende para reencontrar o rosto da mulher, as manchas escuras no peitoril. A primeira surpresa foi idiota; nunca havia me ocorrido imaginar que quando olhamos uma foto de frente, os olhos repetem exatamente a posição e a visão do objetivo; são essas coisas que se dão por entendidas e que não ocorre a ninguém pôr em questão. De minha cadeira, com a máquina de escrever à frente, eu olhava a foto a três metros de mim, e então me ocorreu que eu havia me instalado exatamente no ponto de foco do objetivo. Estava muito bem assim; sem dúvida era a maneira mais perfeita de apreciar uma foto, embora a visão em diagonal pudesse ter

306 *As babas do diabo*

seus encantos e mesmo suas descobertas. De poucos em poucos minutos, por exemplo quando não encontrava a maneira de dizer em bom francês o que José Alberto Allende dizia em tão bom espanhol, erguia os olhos e olhava para a foto; às vezes era a mulher que atraía minha atenção, às vezes o garoto, às vezes o calçamento, onde uma folha seca se posicionara admiravelmente para valorizar um setor lateral. Então fazia uma pausa em meu trabalho e me inseria outra vez com prazer naquela manhã que empapava a foto, recordava ironicamente a imagem colérica da mulher exigindo que eu lhe desse a fotografia, a fuga ridícula e patética do garoto, a entrada em cena do homem de rosto branco. No fundo estava satisfeito comigo mesmo; minha partida não fora muito brilhante, pois se os franceses receberam o dom da resposta imediata, não via muito bem por que optara por me retirar sem antes fazer uma demonstração cabal de privilégios, prerrogativas e direitos do cidadão. O importante, o verdadeiramente importante era ter ajudado o garoto a escapar a tempo (isso caso minhas teorias estivessem corretas, o que não estava suficientemente comprovado, mas a fuga em si parecia demonstrá-lo). Só de intrometido eu lhe dera a oportunidade de encontrar uma finalidade útil para seu medo; agora devia estar arrependido, humilhado, sentindo-se pouco homem. Melhor isso que a companhia de uma mulher capaz de olhar como o haviam olhado na ilha; de vez em quando Michel é puritano, acha que não está certo corromper pela força. No fundo, aquela foto fora uma boa ação.

Não era pela boa ação que eu a fitava entre um e outro parágrafo de meu trabalho. Naquele momento eu não sabia por que a fitava, por que havia pendurado a ampliação na parede; talvez seja assim com todos os atos fatais, e seja essa a condição para seu cumprimento. Creio que o tremor quase furtivo das folhas da árvore não me alertou, que prossegui uma frase iniciada e que a concluí redonda. Os hábitos são como grandes herbários, ao fim e ao cabo uma ampliação de oitenta por sessenta lembra uma tela onde se projetam filmes, onde na ponta de uma ilha uma mulher fala com um garoto e uma árvore agita folhas secas sobre a cabeça deles.

Mas as mãos já eram demais. Tinha acabado de escrever: *Donc, la seconde clé réside dans la nature intrinsèque des difficultés que les sociétés* — e vi a mão da mulher começando a fechar-se devagar, dedo por dedo. De mim não restou nada, uma frase em francês que jamais irá se concluir, uma máquina de escrever que cai ao chão, uma cadeira que range e treme, uma névoa. O garoto havia inclinado a cabeça, como os boxeadores quando não aguentam mais e esperam o golpe de desgraça; havia levantado a gola do sobretudo, parecia mais que nunca um prisioneiro, a perfeita vítima que contribui para a catástrofe. Agora a mulher lhe falava ao ouvido, e a mão se abria novamente para pousar na face dele, acariciá-la, acariciá-la, queiman-do-a sem pressa. O garoto estava menos perturbado que receoso, uma ou duas vezes espiou por cima do ombro da mulher e ela continuava falando, explicando alguma coisa que o levava a olhar a todo momento para a área onde Michel sabia muito bem que estava o carro com o homem do chapéu cinza, cuidadosamente omitido da fotografia mas refletido nos olhos do garoto e (como duvidá-lo agora) nas palavras da mulher, na presença vicária da mulher. Quando vi o homem se aproximar, estacar perto deles e olhar para eles, mãos nos bolsos e um ar entre entediado e exigente, patrão que vai assobiar para seu cão depois das estripulias na praça, compreendi, sim, aquilo era compreender, o que tinha de acontecer, o que tinha de haver acontecido, o que haveria tido de acontecer naquele momento, entre aque-las pessoas, ali aonde eu chegara para subverter uma ordem, inocentemente imiscuído naquilo que não acontecera mas que agora ia acontecer, ia se cumprir. E o que eu havia imaginado naquele momento era muito menos horrível que a realidade, aquela mulher que não estava ali por si mesma, não acariciava nem propunha nem estimulava para seu próprio prazer, para apropriar-se do anjo despenteado e brincar com seu terror e sua graça dese-josa. O verdadeiro amo esperava, sorrindo petulante, já seguro da obra; não era o primeiro que mandava uma mulher na vanguarda para trazer-lhe os prisioneiros manietados com flores. O resto seria tão simples, o carro, um local qualquer, as bebidas, as imagens excitantes, as lágrimas tarde demais, o despertar no inferno. E eu não podia fazer nada, daquela vez não podia fazer absolutamente nada. Minha força fora uma fotografia, aquela, ali, na qual eles se vingavam de mim mostrando-me sem disfarces o que iria acon-tecer. A foto fora tirada, o tempo transcorrera; estávamos tão distantes uns dos outros, a corrupção certamente consumada, as lágrimas derramadas, e o mais, conjectura e tristeza. De repente a ordem se invertia, eles estavam vivos, movendo-se, decidiam e eram decididos, avançavam para seu futuro; e eu do lado de cá, prisioneiro de outro tempo, de um cômodo num quinto andar, de não saber quem eram aquela mulher e aquele homem e aquele menino, de ser nada mais que a lente de minha câmera, uma coisa rígida, incapaz de intervenção. Jogavam-me na cara a mais terrível gozação, a de decidir diante de minha impotência, a de que o garoto olhasse uma vez mais o palhaço enfarinhado e eu compreendesse que ele ia aceitar, que a pro-posta envolvia dinheiro ou engodo, e que eu não tinha como gritar para ele que fugisse, ou simplesmente lhe facilitasse uma vez mais o caminho com outra foto, uma pequena e quase humilde intervenção que desmanchasse os andaimes de baba e perfume. Tudo iria resolver-se ali mesmo, naquele instante; havia uma espécie de imenso silêncio que não tinha nada a ver com o silêncio físico. Aquilo se compunha, se armava. Acho que gritei, que gritei terrivelmente, e que naquele mesmo segundo soube que começava a me aproximar, dez centímetros, um passo, outro passo, a árvore girava compassadamente seus galhos em primeiro plano, uma mancha do peitoril saía do quadro, o rosto da mulher, voltada para mim como se estivesse surpresa, crescendo, e então girei um pouco, quero dizer que a câmera girou um pouco, e sem perder a mulher de vista começou a se aproximar do homem, que me olhava com os buracos negros que possuía no lugar dos olhos, entre surpreso e irado olhava querendo cravar-me no ar, e naquele instante consegui ver uma espécie de grande pássaro fora de foco passando num só voo diante da imagem, e me apoiei na parede de meu quarto e fui feliz porque o garoto acabava de fugir, eu o via correndo, outra vez em foco, fugindo com todo o cabelo ao vento, aprendendo por fim a voar sobre a ilha, a chegar à passarela, a voltar para a cidade. Pela segunda vez escapava das mãos deles, pela segunda vez eu o ajudava a fugir, devolvia-o a seu paraíso precário. Ofegante, fiquei diante deles; não havia necessidade de avançar mais, o jogo estava jogado. Da mulher via-se apenas um ombro e um pouco do cabelo, brutalmente cortado pelo enquadramento da imagem; mas de frente estava o homem, entreaberta a boca onde eu via fremir uma língua negra, e erguia lentamente as mãos, aproximando-se do primeiro plano, ainda por um instante perfeitamente no foco, e depois todo ele um espectro que apagava a ilha, a árvore, e eu fechei os olhos e não quis continuar olhando, e escondi o rosto e comecei a chorar feito um idiota.

Agora passa uma grande nuvem branca, como em todos esses dias, como em todo esse tempo incontável. O que fica por dizer é sempre uma nuvem, duas nuvens, ou longas horas de um céu perfeitamente limpo, retângulo puríssimo cravado com alfinetes na parede de meu quarto. Foi o que vi ao abrir os olhos e enxugá-los com os dedos: o céu limpo, e depois uma nuvem entrando pela esquerda, que passeava lentamente sua graça para perder-se à direita. E depois outra, e às vezes, em compensação, tudo fica cinzento, tudo é uma enorme nuvem, e de repente explodem os salpicos da chuva, por muito tempo vê-se chover sobre a imagem, uma espécie de choro ao contrário, e pouco a pouco o quadro clareia, quem sabe sai o sol, e novamente vêm as nuvens, de duas em duas, de três em três. E as pombas, às vezes, e um ou outro pardal.

O perseguidor

In memoriam Ch. P.

Sê fiel até a morte.
Apocalipse 2,10

O make me a mask.
Dylan Thomas

Dédée me telefonou à tarde dizendo que Johnny não estava bem, e na mesma hora fui para o hotel. Faz alguns dias que Johnny e Dédée estão instalados num hotel da Rue Lagrange, num aposento do quarto andar. Bastou ver a porta do cômodo para perceber que Johnny está na pior das misérias; a janela dá para um pátio quase completamente escuro, e à uma da tarde ele tem que ficar de luz acesa se quiser ler o jornal ou enxergar a própria cara. Não está frio, mas encontrei Johnny enrolado num cobertor, encaixado numa poltrona encardida que larga pedaços de estopa amarelada por todos os lados. Dédée está envelhecida e o vestido vermelho lhe cai muito mal; é um vestido de trabalho, para as luzes do palco; naquele quarto de hotel vira uma espécie de coágulo repugnante.

— O companheiro Bruno é fiel como o mau hálito — disse Johnny à guisa de cumprimento, encolhendo os joelhos até apoiar o queixo neles. Dédée me passou uma cadeira e puxei um maço de Gauloises. No bolso eu trazia uma garrafinha de rum, mas não queria mostrá-la antes de fazer uma ideia do que está acontecendo. Acho que o mais irritante era a lâmpada com seu bocal pendurada no fio sujo de moscas. Depois de olhar para ela uma ou duas vezes e de proteger os olhos com a mão, perguntei a Dédée se não podíamos apagar a lâmpada e ficar só com a luz da janela. Johnny acompanhava minhas palavras e meus gestos com uma grande atenção distraída, como um gato que olha fixo mas que se percebe que está inteiro em outra coisa; que é outra coisa. Finalmente Dédée se levantou e apagou a luz. No que restava, uma mistura de cinza e preto, pudemos nos reconhecer melhor. Johnny tirou uma das longas mãos magras de debaixo do cobertor e senti a flacidez morna de sua pele. Então Dédée disse que ia preparar uns nescafés. Fiquei feliz em saber que pelo menos eles têm uma lata de nescafé. Sempre que uma pessoa tem uma lata de nescafé me dou conta de que ela não está na última lona; ainda há como resistir um pouco.

— Já faz um tempo que não nos vemos — eu disse a Johnny. — Pelo menos um mês.

— Você só quer saber de contar o tempo — respondeu ele de mau humor. — Dia 1º, 2, 3, 21. Em tudo você põe um número. E essa aí é a mesma coisa. Quer saber por que ela está furiosa? Porque perdi o sax. Bom, na verdade ela tem razão.

— Mas como você conseguiu perder o sax? — perguntei, percebendo no mesmo instante que aquele era exatamente o tipo de pergunta que não se pode fazer a Johnny.

— No metrô — disse Johnny. — Para maior segurança eu tinha posto ele debaixo do assento. Era sensacional andar de metrô sabendo que o sax estava debaixo das minhas pernas, bem seguro.

— Ele só se deu conta quando estava subindo a escada do hotel — disse Dédée com a voz um pouco rouca. — E eu tive de sair feito uma maluca para avisar o pessoal do metrô, a polícia.

Pelo silêncio que se seguiu, percebi que fora tempo perdido. Mas Johnny começou a rir daquele jeito dele, com um riso por trás dos dentes e dos lábios.

— Algum pobre coitado deve estar tentando tirar algum som dele — falou. — Era um dos piores saxes que eu já tive; dava para perceber que Doc Rodríguez tinha tocado nele, estava completamente deformado pelo lado da alma. Como instrumento em si até que não era ruim, mas o Rodríguez é capaz de estragar um Stradivarius simplesmente afinando-o.

— E você tem como conseguir outro?

— É o que estamos vendo — disse Dédée. — Parece que o Rory Friend tem um. O problema é o contrato do Johnny...

— O contrato — arremedou Johnny. — O que tem o contrato? É só tocar e pronto, e não tenho sax nem dinheiro para comprar um sax, e os companheiros estão na mesma.

Esta última parte não é verdade, e nós três sabemos. Ninguém mais se anima a emprestar um instrumento a Johnny porque ele o perde ou destrói na mesma hora. Perdeu o sax de Louis Rolling em Bordeaux, partiu em três o sax que Dédée havia comprado quando o contrataram para uma turnê pela Inglaterra, pisoteando-o e golpeando as coisas com ele. Ninguém mais sabe quantos instrumentos ele já perdeu, empenhou ou destruiu. E em todos tocava como acredito que um deus é capaz de tocar sax alto, supondo-se que os deuses tenham renunciado às liras e flautas.

— Quando você começa, Johnny?

— Não sei. Hoje, eu acho, não é, Dé?

— Não, depois de amanhã.

As armas secretas 311

— Todo mundo sabe as datas menos eu — resmunga Johnny, cobrindo-se até as orelhas com o cobertor. — Eu teria jurado que era esta noite, e que hoje à tarde precisava ensaiar.

— Dá no mesmo — disse Dédée. — A questão é que você não tem sax.

— Como assim, dá no mesmo? Não dá no mesmo. Depois de amanhã é depois de amanhã, e amanhã é muito depois de hoje. E mesmo hoje é bem depois de agora, que é quando estamos falando com o companheiro Bruno, e eu me sentiria muito melhor se conseguisse esquecer o tempo e tomar alguma coisa quente.

— A água já vai ferver, espere um pouco.

— Não era de calor por ebulição que eu estava falando — disse Johnny. Aí mostrei a garrafinha de rum e foi como se tivéssemos acendido a luz, porque Johnny escancarou a boca, maravilhado, e seus dentes começaram a brilhar, e até Dédée teve de sorrir ao vê-lo tão surpreso e satisfeito. O rum com o nescafé até que caiu bem, e nós três nos sentimos muito melhor depois da segunda rodada e de um cigarro. A essa altura comecei a me dar conta de que Johnny estava pouco a pouco se retraindo e que continuava fazendo alusões ao tempo, tema que o preocupa desde que o conheço. Poucas vezes vi um homem tão preocupado com tudo o que se refere ao tempo. É uma mania, a pior de suas manias, que são tantas. Mas ele discorre sobre essa sua mania e a explica com tanta graça que quase ninguém consegue resistir. Lembrei-me de um ensaio antes de uma gravação, em Cincinnati, uma coisa que aconteceu muito antes de ele vir para Paris, em 49 ou 50. Na época Johnny estava em grande forma e eu havia ido ao ensaio só para escutá-lo, a ele e também a Miles Davis. Todos queriam tocar, todos estavam felizes, andavam bem-vestidos (pode ser que eu me lembre disso por causa do contraste, de tão malvestido e sujo que Johnny anda agora), tocavam com prazer, sem a menor impaciência, e o técnico de som fazia sinais de contentamento atrás de sua janelinha, como um babuíno satisfeito. E justo nesse momento, quando Johnny parecia estar perdido em sua alegria, de repente ele parou de tocar e deu um soco em alguém que estava por ali, dizendo: "Estou tocando isso amanhã", e os caras travaram, só dois ou três tocaram mais alguns compassos, como um trem que demora a frear, e Johnny dava tapas na testa e repetia: "Isso eu já toquei amanhã, é horrível, Miles, isso eu já toquei amanhã", e ninguém conseguia fazê-lo sair disso, e a partir dali tudo deu errado, Johnny tocava sem empenho e querendo ir embora (para se drogar de novo, disse o técnico de som, morto de raiva), e quando o vi sair, cambaleante e de cara cinzenta, perguntei-me se aquilo ainda duraria muito tempo.

312 *O perseguidor*

— Acho que vou telefonar para o dr. Bernard — disse Dédée, olhando de viés para Johnny, que toma seu rum aos golinhos. — Você está com febre e não quer comer nada.

— O dr. Bernard é um pobre idiota — disse Johnny, lambendo o copo. — Vai receitar aspirina, depois dizer que aprecia jazz imensamente, por exemplo Ray Noble. Sabe como é, Bruno. Se eu estivesse com o sax, recebia o doutor com uma música que o faria descer os quatro andares de bunda, degrau por degrau.

— De todo modo não vai lhe fazer mal nenhum tomar as aspirinas — falei, olhando Dédée com o rabo do olho. — Se você quiser, eu telefono quando descer, assim a Dédée não precisa sair. Olhe, quanto ao tal contrato... Se você começar depois de amanhã, acho que a gente consegue fazer alguma coisa. Eu, do meu lado, também posso tentar conseguir um sax com o Rory Friend. E na pior das hipóteses... A questão é que você vai ter que tomar mais cuidado, Johnny.

— Mas não hoje — disse Johnny, contemplando a garrafinha de rum. — Amanhã, quando eu estiver com o sax. De modo que não há por que falar nisso agora, Bruno. Cada vez me dou mais conta de que o tempo... Acho que a música sempre ajuda a compreender um pouco essa questão. Bom, não a compreender, porque na verdade não compreendo nada. A única coisa que faço é me dar conta de que ali tem coisa. Como nesses sonhos, sabe, em que você começa a desconfiar que vai dar tudo errado e fica com um pouco de medo por antecipação; mas ao mesmo tempo não tem a menor certeza, e às vezes tudo dá uma reviravolta, como uma panqueca, e de repente você está na cama com uma mulher incrível e tudo é divinamente perfeito.

Dédée está lavando as xícaras e os copos num canto do quarto. Me dei conta de que naquele quarto eles nem sequer têm água corrente; vejo uma bacia decorada com flores cor-de-rosa e uma vasilha que me faz pensar num animal embalsamado. E Johnny continua falando com a boca meio tapada pelo cobertor e também parece um embalsamado com os joelhos contra o queixo e seu rosto negro e liso que o rum e a febre pouco a pouco começam a umedecer.

— Li algumas coisas sobre essa história toda, Bruno. É muito estranho, e na verdade tão difícil... Acho que a música ajuda, sabe? Não a entender, porque na verdade eu não entendo nada. — Bate na cabeça com o punho cerrado. A cabeça faz um barulho de coco. — Não tem nada aqui dentro, Bruno, rigorosamente nada. Isso aqui não pensa nada, não entende nada. Nunca me fez a menor falta, para falar a verdade. Eu começo a entender dos olhos para baixo, e quanto mais para baixo, mais eu entendo. Só que não é exatamente entender, nesse ponto estamos de acordo.

As armas secretas 313

— Sua febre vai subir — resmungou Dédée do fundo do aposento.

— Ah, cale a boca. É verdade, Bruno. Nunca pensei em nada, de repente percebo que pensei determinada coisa, só isso, mas desse jeito não tem graça, não é mesmo? Qual é a graça de perceber de repente uma coisa que a gente pensou? No caso dá no mesmo se você ou qualquer outra pessoa tivesse pensado aquela coisa. Não sou eu, eu. Simplesmente me beneficio do que penso, mas sempre com atraso, e é isso que acaba comigo. Ah, é difícil, é tão difícil... Não sobrou nem um gole?

Dei a ele as últimas gotas de rum, justamente quando Dédée acendia outra vez a luz; quase não se via mais nada no aposento. Johnny está transpirando, mas continua enrolado no cobertor, e de vez em quando estremece e faz a poltrona ranger.

— Eu era muito pequeno quando me dei conta disso, foi logo depois de aprender a tocar sax. Minha casa era um inferno, só se falava em dívidas, hipotecas... Você sabe o que é uma hipoteca? Deve ser uma coisa terrível, porque a velha arrancava os cabelos toda vez que o velho falava da hipoteca e a coisa sempre acabava em porrada. Eu tinha treze anos... mas já lhe contei essa história.

Contou milhares de vezes; milhares de vezes procurei escrevê-la bem e fielmente em minha biografia de Johnny.

— Por isso na minha casa o tempo nunca acabava, sabe? De briga em briga, quase sem comer. E para completar, a religião. Ah, essa parte você não é capaz de imaginar. Quando o professor me conseguiu um sax que você, se visse, morreria de rir, foi ali que eu acho que me dei conta da coisa. A música me tirava do tempo. Sei muito bem que isso é só maneira de dizer. Se você quer saber o que eu verdadeiramente sinto... acho que a música me fazia entrar no tempo. Só que aí é preciso acreditar que esse tempo não tem nada a ver com... bom, conosco, por assim dizer.

Como há um bom tempo conheço as alucinações de Johnny e de todos os que levam a vida que ele leva, escuto-o com atenção mas sem me preocupar muito com o que diz. Pergunto-me, porém, de que jeito ele obteve a droga aqui em Paris. Será preciso interrogar Dédée, suprimir sua possível cumplicidade. Johnny não vai aguentar muito tempo no estado em que está. Droga e miséria não sabem andar juntas. Penso na música que está se perdendo, nas dúzias de gravações nas quais Johnny poderia continuar deixando sua marca, nessa sua fantástica supremacia em relação a todos os outros músicos. "Estou tocando isso amanhã" adquire para mim de repente um sentido claríssimo, porque Johnny sempre está tocando amanhã e o resto vem atrás, nesse hoje que ele deixa para trás sem esforço com as primeiras notas de sua música.

314   *O perseguidor*

Sou um crítico de jazz com sensibilidade suficiente para ter consciência de minhas limitações, e me dou conta de que o que estou pensando está num plano inferior àquele em que o pobre Johnny procura avançar com suas frases truncadas, seus suspiros, suas fúrias repentinas e suas lágrimas. Ele não está nem um pouco interessado no fato de que eu o acho genial, e nunca se envaideceu por saber que sua música está muito à frente da que tocam seus companheiros. Penso melancolicamente que ele está no ponto inicial de seu sax enquanto eu vivo obrigado a me conformar com o final. Ele é a boca e eu a orelha, para não dizer que ele é a boca e eu... Todo crítico, ai, é o triste arremate de uma coisa que começou como sabor, como delícia de morder e mastigar. E a boca se move outra vez, gulosamente a grande língua de Johnny recolhe um fiozinho de saliva dos lábios. As mãos fazem um desenho no ar.

— Bruno, se um dia você conseguisse escrever isso... Não por mim, entende, para mim não faz diferença. Mas deve ser lindo, sinto que deve ser lindo. Eu estava lhe dizendo que quando comecei a tocar, ainda criança, me dei conta de que o tempo ficava diferente. Uma vez contei isso ao Jim e ele me disse que todo mundo se sente desse jeito, e que quando a gente desliga... Foi assim que ele falou, quando a gente desliga. Mas não, eu não desligo quando toco. Só que vou para outro lugar. É como estar no elevador, você fica no elevador falando com as pessoas e não sente nada de diferente, e enquanto isso passa o primeiro andar, o décimo, o vigésimo primeiro, e a cidade ficou lá embaixo, e você está terminando a frase que havia começado ao entrar, e entre as primeiras palavras e as últimas há cinquenta e dois andares. Quando comecei a tocar, me dei conta de que estava entrando num elevador, só que era um elevador de tempo, por assim dizer. Não vá imaginar que eu esquecia a hipoteca, que esquecia a religião. Só que naqueles momentos a hipoteca e a religião eram como uma roupa que a gente não está vestindo; sei que a roupa está no armário, mas não venha me dizer que naquele momento a tal roupa existe. A roupa existe quando a visto, e a hipoteca e a religião existiam quando eu acabava de tocar e minha velha entrava de cabelo solto, com os cachos pendurados, se queixando de que eu estava arrebentando os ouvidos dela com essa-música-do-diabo.

Dédée trouxe outra xícara de nescafé, mas Johnny olha tristemente para o copo vazio.

— Esse negócio do tempo é complicado, me pega por todos os lados. Pouco a pouco começo a me dar conta de que o tempo não é como uma sacola que você vai enchendo. O que estou querendo dizer é que mesmo que você modifique o que está dentro, na sacola só cabe uma determinada quantidade, nada mais. Está vendo minha mala ali, Bruno? Cabem dois ternos e dois pares de sapatos. Bom, agora imagine que esvaziou a mala e depois vai pôr outra vez os dois ternos e os dois pares de sapatos, e nesse momento se dá conta de que só entram um terno e um par de sapatos. Porém o mais incrível não é isso. O mais incrível é quando você se dá conta de que pode enfiar uma loja inteira na mala, centenas e mais centenas de ternos, do jeito que eu enfio a música no tempo quando estou tocando, às vezes. A música e as coisas que eu penso quando viajo de metrô.

— Quando você viaja de metrô.

— É, isso mesmo, a coisa é essa — disse Johnny, provocador. — O metrô é uma grande invenção, Bruno. Viajando no metrô você se dá conta de tudo o que poderia caber na mala. Vai ver que eu não perdi o sax no metrô, vai ver...

Começa a rir, tosse, e Dédée olha para ele preocupada. Mas ele faz gestos, e ri e tosse misturando tudo, sacudindo-se embaixo do cobertor como um chimpanzé. Lágrimas escorrem por seu rosto e ele as engole, sempre rindo.

— É melhor não confundir as coisas — diz, depois de algum tempo. — Perdi, ponto. Mas o metrô serviu para que eu me desse conta do lance da mala. Olhe, esse negócio das coisas elásticas é muito esquisito, percebo por todo lado. Tudo é elástico, menino. As coisas que parecem duras têm uma elasticidade...

Pensa, concentrando-se.

— ... uma elasticidade retardada — acrescenta, surpreendentemente. Faço um gesto de admiração aprovativa. Bravo, Johnny. O homem que diz que não é capaz de pensar. Esse Johnny é demais. E agora estou realmente interessado no que ele vai dizer, e ele se dá conta e seu olhar é mais provocador que nunca.

— Você acha que vou conseguir outro sax para tocar depois de amanhã, Bruno?

— Acho, mas você vai ter que tomar cuidado.

— Lógico, vou ter que tomar cuidado.

— Um contrato de um mês — explica a pobre Dédée. — Quinze dias na boate de Rémy, dois concertos e os discos. A gente ia conseguir se virar tão bem...

— Um contrato de um mês — arremeda Johnny com grandes gestos. — A boate de Rémy, dois concertos e os discos. Be-bata-bop bop bop, chrrr. O que ele tem é sede, uma sede, uma sede. E uma vontade de fumar, de fumar. Principalmente uma vontade de fumar.

Ofereço-lhe um maço de Gauloises, mesmo sabendo muito bem que ele está pensando na droga. Já anoiteceu, no corredor começa um vaivém de gente, diálogos em árabe, uma canção. Dédée saiu, provavelmente foi comprar alguma coisa para o jantar. Sinto a mão de Johnny em meu joelho.

316   *O perseguidor*

— A garota é boa gente, sabe. Mas estou por aqui com ela. Faz um bom tempo que não gosto mais dela, estou farto. De vez em quando ela ainda me excita, sabe fazer amor como... — junta os dedos à italiana. — Mas preciso me ver livre dela, voltar para Nova York. Para mim o mais importante é voltar para Nova York, Bruno.

— Para quê? Aqui você está se virando melhor que lá. Não me refiro ao trabalho, mas a sua vida propriamente dita. Tenho a impressão de que aqui você tem mais amigos.

— É, tem você e a marquesa, mais os caras do clube... Você nunca fez amor com a marquesa, Bruno?

— Não.

— Bom, é uma coisa que... Mas eu estava lhe falando do metrô e não sei por que mudamos de assunto. O metrô é uma grande invenção, Bruno. Um dia comecei a sentir um negócio no metrô, depois esqueci... E aí a coisa se repetiu, dois ou três dias depois. Acabei sacando. É fácil de explicar, sabe, mas é fácil porque na realidade não é a verdadeira explicação. A verdadeira explicação simplesmente é impossível de explicar. Você teria que pegar o metrô e esperar que acontecesse com você, apesar de que tenho a impressão de que só acontece comigo. É um pouco assim, olhe. É verdade mesmo que você nunca fez amor com a marquesa? Você precisa lhe pedir que suba no tamborete dourado do canto do quarto dela, ao lado de um abajur muito bonito, e aí... Pô, olha a mulher aí... já voltou.

Dédée entra com um pacote e olha para Johnny.

— A febre subiu. Já telefonei para o doutor, ele vem às dez. Falou para você ficar quieto.

— Bom, está bem, mas antes vou contar ao Bruno a história do metrô. No outro dia me dei conta do que estava acontecendo. Comecei a pensar na minha mãe, depois na Lan e nas crianças, e, claro, na hora eu tinha a sensação de estar caminhando pelo meu bairro, e via a cara dos companheiros, do pessoal daquele tempo. Não era bem pensar, acho que já lhe falei muitas vezes que nunca penso; a sensação que eu tenho é de estar parado numa esquina vendo as coisas que eu penso passarem na minha frente, mas não penso as coisas que vejo. Entende? O Jim garante que acontece com todo mundo, que em geral (é o que ele diz) a pessoa não pensa porque quer pensar. Digamos que seja verdade, a questão é que eu havia embarcado no metrô na estação Saint-Michel e logo depois comecei a pensar na Lan e nas crianças e a ver o bairro. Assim que me sentei, comecei a pensar neles. Mas ao mesmo tempo eu me dava conta de que estava no metrô, e vi que mais ou menos um minuto depois chegávamos à estação Odéon e que as pessoas estavam embarcando e desembarcando. Aí continuei pensando na

Lan e vi minha mãe voltando das compras e comecei a ver todos eles, a estar com eles de um jeito maravilhoso, como havia muito tempo não sentia. As lembranças sempre são uma merda, mas daquela vez eu estava gostando de pensar nas crianças e de vê-las. Se eu começar a lhe contar tudo o que vi, você não vai acreditar porque ia levar um tempão. E isso sem entrar em detalhes. Por exemplo, só para você ter uma ideia, eu estava vendo a Lan com um vestido verde que ela usava quando ia ao Club 33, onde eu tocava com o Hamp. Via o vestido com umas fitas, um laço, uma espécie de enfeite do lado, e uma gola... Não ao mesmo tempo, na verdade eu estava fazendo um passeio ao redor do vestido da Lan, olhando para ele bem devagar. E depois olhei para o rosto da Lan, para os dos meninos, e depois me lembrei do Mike, que morava no quarto ao lado, e de como o Mike tinha me contado a história de uns cavalos selvagens no Colorado, ele que trabalhava num rancho e falava estufando o peito como os domadores de cavalo...

— Johnny — falou Dédée de seu canto.

— E olhe que só estou lhe contando um pedacinho de tudo o que ia pensando e vendo. Há quanto tempo, na sua opinião, estou lhe contando esse pedacinho?

— Não sei, uns dois minutos, talvez.

— Uns dois minutos, talvez — arremeda Johnny. — Dois minutos e só lhe contei um pedacinho. Se eu lhe contasse tudo o que vi as crianças fazerem, e de como o Hamp tocava "Save It, Pretty Mamma", e eu escutando cada nota, entende, cada nota, e o Hamp não é desses que se cansam, e se eu lhe contasse que também ouvi minha mãe rezando uma oração longuíssima na qual falava em repolhos, acho, pedia perdão por causa do meu pai e por minha causa e dizia alguma coisa sobre uns repolhos... Bom, se eu lhe contasse tudo isso em detalhes levaria mais que dois minutos, não é mesmo, Bruno?

— Se você realmente escutou e viu tudo isso, levaria um bom quarto de hora — falei, dando uma risada.

— Levaria um bom quarto de hora, não é, Bruno? Então você vai me dizer como é possível que de repente eu percebo que o metrô parou e me retiro da minha mãe e da Lan e daquela coisa toda e vejo que estamos em Saint-Germain-des-Prés, que fica só um minuto e meio depois de Odéon.

Nunca me preocupo muito com as coisas que Johnny diz, mas agora, com aquele jeito dele de olhar para mim, senti frio.

— Só um minuto e meio medido pelo seu tempo, pelo tempo daquela ali — disse Johnny com rancor. — E também pelo do metrô e pelo do meu relógio, malditos sejam. Então, como é possível que eu tenha passado um quarto de hora pensando, hem, Bruno? Como é possível pensar um quarto de hora num minuto e meio? Juro que naquele dia eu não tinha fumado

318 *O perseguidor*

nem um toquinho, nem uma folhinha — acrescenta, como um menino que se desculpa. — E depois aconteceu de novo, agora deu para acontecer em tudo quanto é lugar. Mas — acrescenta, astuto — é só no metrô que eu consigo me dar conta, porque andar de metrô é como estar dentro de um relógio. As estações são os minutos, entende, esse tempo de vocês, de agora; mas sei que existe um outro, e que fiquei pensando, pensando...

Cobre o rosto com as mãos e estremece. Eu gostaria de já ter ido embora e não sei como fazer para me despedir sem magoar Johnny, porque ele é terrivelmente suscetível com os amigos. Se continuar assim isso vai fazer mal a ele, pelo menos com Dédée ele não vai falar dessas coisas.

— Bruno, se eu conseguisse viver apenas como nesses momentos, ou como quando estou tocando e o tempo também se altera... Você se dá conta de quantas coisas poderiam acontecer num minuto e meio? E aí um sujeito, não só eu, mas também aquela dali e você e todas as pessoas, poderiam viver centenas de anos. Se descobríssemos como fazer, poderíamos viver mil vezes mais do que estamos vivendo por culpa dos relógios, dessa mania de minutos e de depois de amanhã...

Sorrio o melhor que posso, compreendendo vagamente que ele tem razão, mas que o que ele suspeita e o que eu pressinto acerca de sua suspeita se dissipará, como sempre, assim que eu pisar na rua e voltar a minha vida de todos os dias. Neste momento tenho certeza de que Johnny está dizendo uma coisa que não nasce apenas do fato de ele estar meio louco, de que está perdendo o contato com a realidade, que para ele vira uma espécie de paródia que ele transforma numa esperança. Tudo o que Johnny me diz em momentos assim (e faz mais de cinco anos que Johnny me diz e diz a todo mundo coisas semelhantes) não pode ser ouvido com a intenção de voltar a pensar naquilo mais tarde. Assim que se pisa na rua, assim que aquelas palavras começam a ser repetidas pela lembrança, e não por Johnny, tudo se transforma num delírio provocado pela maconha, numa gesticulação monótona (porque há outros que dizem coisas parecidas, a todo momento tomamos conhecimento de testemunhos semelhantes), e depois da maravilha nasce a irritação, e comigo pelo menos acontece que fico com a sensação de que Johnny estava tirando sarro da minha cara. Mas isso sempre acontece no dia seguinte, não quando Johnny está me dizendo aquilo, porque na hora o que eu sinto é que há alguma coisa querendo ceder em algum lugar, uma luz tentando se acender, ou melhor, como se houvesse necessidade de quebrar alguma coisa, de rachá-la de cima a baixo como um tronco, enfiando uma cunha e martelando até o fim. E Johnny já não tem forças para martelar coisa nenhuma, e eu nem sequer sei qual seria o martelo necessário para enfiar uma cunha que também não consigo imaginar.

As armas secretas   319

De modo que no fim fui embora daquele quarto, mas antes aconteceu uma dessas coisas que têm de acontecer — essa ou outra parecida —, e foi que quando eu estava me despedindo de Dédée, de costas para Johnny, senti que estava acontecendo alguma coisa, vi que estava acontecendo nos olhos de Dédée, e me virei depressa (porque vai ver que sinto um pouco de medo de Johnny, daquele anjo que é como um irmão para mim, daquele irmão que é como um anjo para mim) e vi Johnny, que afastou com um gesto brusco o cobertor em que estava enrolado, vi-o sentado na poltrona completamente nu, com as pernas erguidas e os joelhos encostados no queixo, tremendo mas dando risada, nu em pelo na poltrona encardida.

— Está começando a esquentar — disse Johnny. — Bruno, olhe que linda cicatriz eu tenho entre as costelas.

— Cubra-se — ordenou Dédée, envergonhada e sem saber o que dizer. Nos conhecemos bem e um homem nu não passa de um homem nu, mas de toda maneira Dédée ficou envergonhada e eu não sabia o que fazer para não dar a impressão de que o que Johnny estava fazendo me chocava. E ele sabia disso e riu, abrindo bem aquela bocarra dele, mantendo, obscenamente, as pernas erguidas, o sexo pendurado na borda da poltrona feito um macaco no zoológico, e a pele das coxas com manchas bizarras que me deram um nojo infinito. Aí Dédée pegou o cobertor e embrulhou-o depressa, enquanto Johnny ria e dava a impressão de estar muito feliz. Despedi-me contrafeito, prometendo voltar no dia seguinte, e Dédée me acompanhou até o vestíbulo, fechando a porta para que Johnny não ouça o que vai me dizer.

— Ele está assim desde que voltamos da turnê na Bélgica. Tinha tocado tão bem em todos os shows, eu estava tão contente...

— Me pergunto de onde foi que ele tirou a droga — falei, olhando-a nos olhos.

— Não sei. Passou quase o tempo inteiro bebendo vinho e conhaque. Mas também fumou, só que menos que lá...

Lá é Baltimore e Nova York, são os três meses no hospital psiquiátrico de Bellevue e a longa temporada em Camarillo.

— É verdade que Johnny tocou bem na Bélgica, Dédée?

— É, Bruno, acho que melhor que nunca. As pessoas enlouqueceram, e os caras da orquestra me disseram isso muitas vezes. De repente aconteciam coisas estranhas, como sempre com Johnny, mas por sorte nunca na frente do público. Eu achei... mas você está vendo, ele está pior que nunca.

— Pior que em Nova York? Vocês não se conheciam, naquele tempo.

Dédée não é tola, mas nenhuma mulher gosta que lhe falem de seu homem na época em que ela ainda não fazia parte da vida dele, e isso que Dédée agora é obrigada a aguentá-lo e o que aconteceu antes não passa de palavras. Não sei como lhe dizer isso, inclusive não confio inteiramente nela, mas no fim me decido.

— Imagino que vocês tenham ficado sem dinheiro.

— Temos esse contrato para começar depois de amanhã — disse Dédée.

— Você acha que ele consegue gravar e se apresentar em público?

— Ah, consegue — disse Dédée um pouco surpresa. — O Johnny vai tocar melhor que nunca se o dr. Bernard der um jeito na gripe dele. O problema é o sax.

— Vou resolver isso. Tome, Dédée. Só que... Seria melhor o Johnny não saber.

— Bruno...

Com um gesto, e começando a descer a escada, cortei as palavras imagináveis, a gratidão inútil de Dédée. Separado dela por quatro ou cinco degraus ficou mais fácil dizer-lhe.

— Ele não pode de jeito nenhum fumar antes do primeiro concerto. Deixe que ele beba um pouco, mas não lhe dê dinheiro para o outro lance.

Dédée não respondeu nada, embora eu tenha visto como suas mãos dobravam e voltavam a dobrar as cédulas, até fazê-las desaparecer. Uma coisa pelo menos me tranquiliza: sei que Dédée não fuma. Sua única cumplicidade pode nascer do medo ou do amor. Se Johnny se ajoelha, como o vi fazer em Chicago, e suplica, chorando... Mas é um risco como tantos outros em se tratando de Johnny, e por enquanto eles terão dinheiro para comer e comprar os remédios. Na rua levantei a gola da gabardina porque estava começando a chuviscar e respirei até meus pulmões doerem; tive a sensação de que Paris estava com cheiro de limpo, de pão quente. Só agora me dei conta do cheiro do quarto de Johnny, com o corpo de Johnny suando debaixo do cobertor. Entrei num café para tomar um conhaque e lavar a boca, talvez também a memória, que insiste e torna a insistir nas palavras de Johnny, em suas histórias, sua maneira de ver o que não vejo e no fundo não quero ver. Comecei a pensar em depois de amanhã, e era como uma tranquilidade, como uma ponte bem esticada do balcão para a frente.

Quando não se tem muita certeza de nada, o melhor é criar para si mesmo deveres que funcionem como boias. Dois ou três dias depois pensei que tinha o dever de verificar se a marquesa está passando maconha para Johnny Carter e fui até o estúdio de Montparnasse. A marquesa é verdadeiramente uma marquesa, tem montanhas de dinheiro fornecido pelo marquês, embora já faça bastante tempo que os dois se divorciaram por causa da maconha e outras razões do tipo. Sua amizade com Johnny data de Nova

York, provavelmente do ano em que Johnny ficou famoso da noite para o dia simplesmente porque alguém lhe deu a oportunidade de reunir quatro ou cinco rapazes que apreciavam seu estilo, e pela primeira vez Johnny pôde tocar do jeito que queria, deixando a todos assombrados. Este não é o momento de fazer crítica de jazz, e os interessados podem ler meu livro sobre Johnny e o novo estilo do pós-guerra, mas posso muito bem dizer que o ano de 1948 — digamos que até 1950 — foi como uma explosão da música, mas uma explosão fria, silenciosa, uma explosão na qual cada coisa ficou em seu lugar sem gritos nem escombros, mas a crosta do hábito se estilhaçou em milhares de pedaços e até seus defensores (nas orquestras e no público) transformaram algo que já não sentiam como antes em questão de amor-próprio. Porque depois da passagem de Johnny pelo sax alto não é mais possível continuar ouvindo os músicos anteriores e acreditar que são o non plus ultra; é preciso conformar-se com aplicar essa espécie de resignação disfarçada que chamamos senso histórico e dizer que todos esses músicos foram estupendos e continuam a sê-lo nos respectivos momentos específicos. Johnny passou pelo jazz como uma mão que vira a página e fim de papo.

A marquesa, que tem ouvidos de cão de fila para tudo o que se relaciona a música, sempre teve enorme admiração por Johnny e seus amigos do grupo. Imagino que tenha lhes dado uns bons dólares nos tempos do Club 33, quando a maioria dos críticos reclamava das gravações de Johnny e julgava seu jazz recorrendo a critérios mais que superados. Provavelmente foi também nessa época que a marquesa começou a ir para a cama de vez em quando com Johnny, e a puxar fumo com ele. Muitas vezes vi os dois juntos antes das sessões de gravação ou nos intervalos dos concertos, e Johnny parecia imensamente feliz ao lado da marquesa, embora Lan e as crianças estivessem à sua espera em casa ou em alguma outra plateia. Mas Johnny nunca teve a menor noção do que seja esperar por alguma coisa, por isso também é incapaz de imaginar que alguém possa estar esperando por ele. Até seu jeito de abandonar Lan é um retrato seu de corpo inteiro. Vi o postal que ele mandou para ela de Roma, depois de quatro meses de ausência (havia embarcado num avião com dois outros músicos sem que Lan soubesse). O postal mostrava Rômulo e Remo, que Johnny sempre achou muito divertidos (uma de suas gravações tem esse título), e dizia: "Ando só numa multidão de amores", que é um fragmento de um poema de Dylan Thomas, que Johnny lê o tempo inteiro. Os agentes de Johnny nos Estados Unidos deram um jeito de deduzir parte de seus royalties e passá-los para Lan, que de seu lado logo entendeu que não havia feito tão mau negócio assim se livrando de Johnny. Alguém me disse que a marquesa também deu dinheiro

322 *O perseguidor*

a Làn sem que ela soubesse de onde o dinheiro tinha saído. Não acho nem um pouco estranho, porque a marquesa é descabeladamente boa e entende o mundo um pouco como as tortilhas que produz em seu estúdio quando os amigos começam a chegar aos magotes, e que consiste em manter uma espécie de tortilha permanente em que joga diversas coisas e da qual vai tirando pedaços e oferecendo-os conforme se faça necessário.

Encontrei a marquesa com Marcel Gavoty e Art Boucaya, e estavam justamente comentando as gravações feitas por Johnny na tarde anterior. Os três vieram para cima de mim como se vissem chegar um arcanjo, a marquesa só parou de me dar beijinhos depois que se cansou e os rapazes me aplicaram tapinhas como só um contrabaixista e um sax barítono são capazes de fazer. Tive que me refugiar atrás de uma poltrona, defendendo-me do jeito que podia, e tudo isso porque tomaram conhecimento de que sou o fornecedor do magnífico sax com o qual Johnny acaba de gravar quatro ou cinco de seus melhores improvisos. A marquesa afirmou logo depois que Johnny era um rato imundo, e que como estava brigado com ela (não disse por quê) o rato imundo sabia muito bem que só se lhe pedisse desculpas na devida forma teria podido obter o cheque para ir comprar um sax. Naturalmente, desde que voltou a Paris Johnny nem pensou em pedir desculpas — parece que a briga foi em Londres, dois meses atrás —, e sendo assim ninguém tinha como saber que ele havia perdido o maldito sax no metrô etc. Quando a marquesa começa a falar, o sujeito se pergunta se o estilo de Dizzy não ficou grudado em seu idioma, pois é uma série interminável de variações nos registros mais inesperados, até que no fim a marquesa se aplica uma vigorosa palmada nas coxas, escancara a boca e começa a rir como se alguém a estivesse matando de cócegas. Nesse momento Art Boucaya aproveitou para me fornecer detalhes da sessão de ontem, que perdi por causa da pneumonia de minha mulher.

— A Tica está de prova — disse Art, apontando a marquesa que se torce de rir. — Bruno, você não imagina o que foi aquilo: precisa ouvir os discos. Se ontem Deus estava em algum lugar, pode ter certeza de que era naquela maldita sala de gravação, onde fazia um calor de mil diabos, diga-se de passagem. Lembra como foi "Willow Tree", Marcel?

— Se me lembro — disse Marcel. — O imbecil pergunta se eu me lembro. Estou tatuado da cabeça aos pés com "Willow Tree".

Tica apareceu trazendo *highballs* e nos acomodamos para conversar. Na verdade pouco falamos da sessão de ontem, porque todo músico sabe que não se pode falar dessas coisas, mas o pouco que eles me disseram me devolveu alguma esperança e pensei que talvez meu sax dê sorte a Johnny. De todo modo não faltaram histórias para arrefecer um pouco essa esperança, como por exemplo que Johnny tirou os sapatos entre uma e outra gravação e passeou descalço pelo estúdio. Por outro lado, fez as pazes com a marquesa e prometeu aparecer no estúdio para tomar um drinque antes da apresentação desta noite.

— Você conhece a moça com quem o Johnny está no momento? — quis saber Tica. Fiz uma descrição tão sucinta quanto possível, mas Marcel completou-a à francesa, com alusões e nuances de todo tipo, divertindo muitíssimo a marquesa. Não houve a menor referência à droga, embora eu esteja tão apreensivo que tive a sensação de farejá-la no ar do estúdio de Tica, sem falar que Tica ri de uma maneira que às vezes também percebo em Johnny e em Art, e que denuncia os dependentes. Me pergunto como Johnny terá conseguido a maconha se estava brigado com a marquesa; minha confiança em Dédée caiu por terra bruscamente, se é que de fato eu tinha alguma confiança nela. No fundo são todos iguais.

Invejo um pouco essa igualdade que os aproxima, que os torna cúmplices com tamanha facilidade; instalado em meu mundo puritano — não é preciso confessar isso: todos os que me conhecem sabem de meu horror à desordem moral —, vejo-os como anjos enfermos, irritantes de tanta irresponsabilidade mas pagando as atenções com coisas como os discos de Johnny, a generosidade da marquesa. E não estou dizendo tudo, e quisera forçar-me a dizer: invejo-os, invejo Johnny, esse Johnny do outro lado, sem que ninguém saiba exatamente o que é esse outro lado. Invejo tudo menos sua dor, coisa que ninguém deixará de entender, mas mesmo na dor que ele sente deve haver vestígios de algo que me é negado. Invejo Johnny e ao mesmo tempo me irrito porque ele está se destruindo com o uso errado que faz de seus talentos, com esse acúmulo idiota de insensatez exigido por sua pressão de vida. Acho que se Johnny conseguisse dar um rumo a sua vida, inclusive sem sacrificar nada, nem mesmo a droga, e se pilotasse melhor esse avião que há cinco anos voa às cegas, talvez desse tudo errado, talvez ele acabasse completamente louco ou morresse, mas não sem antes ter tocado a fundo o que busca em seus tristes monólogos a posteriori, em suas lembranças de experiências fascinantes que ficam pelo meio do caminho. E tudo isso eu afirmo sem sair de minha posição de covardia pessoal, e talvez no fundo eu quisesse que Johnny acabasse de uma vez, como uma estrela que se parte em mil pedaços e deixa os astrônomos bestificados durante uma semana, e depois é só ir dormir e amanhã é outro dia.

Até parece que de alguma maneira Johnny captou o que eu estava pensando, porque ao entrar me cumprimentou com um gesto alegre e quase na mesma hora veio se sentar a meu lado, depois de beijar a marquesa e fazê-la rodopiar pelo ar, e trocar com ela e com Art um complicado ritual onomatopaico que proporcionou imenso divertimento a todos.

— Bruno — disse Johnny, instalando-se no melhor sofá —, o instrumento é uma maravilha, pode perguntar a esse pessoal aí o que eu consegui puxar lá do fundo, ontem. A Tica parecia uma fábrica de lágrimas, e acho que não era por estar devendo dinheiro à costureira... O que você acha, Tica?

Tentei obter mais informações sobre a sessão, mas Johnny se dá por satisfeito com esse extravasamento de orgulho. Quase imediatamente começou a falar com Marcel sobre o programa da noite e sobre como os dois ficam bem com os novos ternos cinza com que irão se apresentar no teatro. Johnny está mesmo muito bem, dá para perceber que há vários dias não fuma demais; deve estar consumindo a dose exata de que precisa para tocar com gosto. E justo quando estou pensando essas coisas, Johnny planta a mão no meu ombro e se inclina para me dizer:

— A Dédée me contou que no outro dia me comportei mal com você.

— Ah, para que lembrar disso?

— Mas eu me lembro muito bem. E quer saber? Acho que na verdade me comportei maravilhosamente. Você devia ficar contente por eu ter me comportado daquele jeito com você; não faço isso com ninguém, pode acreditar. É só porque tenho muita estima por você. Precisamos ir juntos a algum lugar para conversar sobre um monte de coisas. Aqui... — estica o lábio inferior, com menosprezo, e solta uma risada, dá de ombros, parece estar dançando no sofá. — Velho Bruno. Segundo a Dédée, me comportei muito, mas muito mal.

— Era a gripe. Está melhor?

— Não era gripe. O médico chegou e na mesma hora começou a me dizer que é maluco por jazz, e que uma noite dessas preciso ir à casa dele escutar discos. A Dédée me contou que você deu dinheiro a ela.

— Para tirar vocês do aperto enquanto não sai seu pagamento. Como vai ser hoje à noite?

— Bom, estou com vontade de tocar e tocaria agora mesmo se estivesse com o sax, mas a Dédée enfiou na cabeça que ele vai com ela para o teatro. É um sax incrível, ontem fiquei com a sensação de estar fazendo amor enquanto tocava. Se você visse a cara da Tica quando acabei. Era ciúme, Tica?

E começaram de novo a rir aos gritos, e Johnny julgou conveniente correr pelo estúdio dando grandes saltos de contentamento, e ele e Art dançaram sem música, levantando e baixando as sobrancelhas para marcar o compasso. É impossível perder a paciência com Johnny ou com Art; seria como se encolerizar com o vento porque nos despenteia. Em voz baixa, Tica, Marcel e eu trocamos impressões sobre a apresentação da noite. Marcel está convencido de que Johnny vai repetir o sucesso incrível de 1951, quando veio a Paris pela primeira vez. Depois da sessão de ontem, está convencido de que vai

As armas secretas   325

dar tudo certo. Eu gostaria de estar sentindo a tranquilidade dele, mas seja como for não tenho outra saída senão sentar nas primeiras filas e assistir ao concerto. Já é um alívio saber que Johnny não está drogado como naquela noite em Baltimore. Quando falei isso a Tica, ela apertou minha mão como se estivesse a ponto de cair n'água. Art e Johnny foram para junto do piano e Art está mostrando um novo tema a Johnny, que balança a cabeça e cantarola. Os dois estão elegantíssimos em seus ternos cinza, embora Johnny fique um pouco prejudicado pela gordura acumulada nos últimos tempos.

Tica e eu falamos da noite de Baltimore, que foi quando Johnny teve a primeira grande crise violenta. Enquanto falávamos, olhei Tica nos olhos, porque queria ter certeza de que ela está me entendendo, de que desta vez não fraquejará. Se por acaso Johnny beber conhaque demais ou fumar droga, por pouco que seja, o concerto será um fracasso e vai tudo para o espaço. Paris não é um cassino do interior e todo mundo está com os olhos voltados para Johnny. E enquanto penso isso não consigo evitar um gosto ruim na boca, uma fúria que não se dirige a Johnny nem às coisas que se passam com ele; é antes uma fúria voltada a mim e às pessoas que o rodeiam: a marquesa e Marcel, por exemplo. No fundo somos um bando de egoístas: com a desculpa de tomar conta de Johnny, o que fazemos é salvar a ideia que temos dele, preparar-nos para os novos prazeres que Johnny vai nos proporcionar, dar um lustro na estátua que construímos juntos e defendê-la a todo custo. O fracasso de Johnny seria prejudicial para meu livro (as traduções inglesa e italiana sairão a qualquer momento), e provavelmente esse tipo de coisa contribui para que eu tome conta de Johnny. Art e Marcel precisam dele para ganhar o pão de cada dia, e a marquesa... sabe-se lá o que a marquesa vê em Johnny além de seu talento. Tudo isso não tem nada a ver com o outro Johnny, e de repente me dei conta de que talvez fosse isso o que Johnny estava querendo me dizer ao arrancar o cobertor e mostrar-se nu como uma lagarta, Johnny sem sax, Johnny sem roupa nem dinheiro, Johnny obcecado por algo que sua pobre inteligência não consegue entender mas que flutua lentamente em sua música, acaricia sua pele, quem sabe o prepara para um salto imprevisível que jamais compreenderemos.

E quando pensamos coisas assim acabamos por sentir realmente um gosto ruim na boca, e toda a sinceridade do mundo não paga a súbita constatação de que somos uma porcariazinha ao lado de um sujeito como Johnny Carter, que agora veio tomar seu conhaque no sofá e olha para mim com ar divertido. Já está na hora de sairmos todos para a sala Pleyel. Que a música salve pelo menos o restante da noite e realize plenamente uma de suas piores missões, a de pôr um bom biombo diante de nosso espelho, apagando-nos do mapa durante cerca de duas horas.

* * *

Como é natural, amanhã escreverei para a *Jazz Hot* uma resenha do concerto desta noite. Mas aqui, com essa taquigrafia rabiscada sobre um joelho nos intervalos, não sinto a menor vontade de falar como crítico, ou seja, de sancionar comparativamente. Sei muito bem que para mim Johnny deixou de ser um jazzista e que seu gênio musical é uma espécie de fachada, uma coisa que qualquer pessoa pode entender e admirar mas que encobre outra coisa, e essa outra coisa é a única que deveria me interessar, talvez porque é a única que realmente interessa a Johnny.

É fácil dizer, enquanto ainda sou a música de Johnny. Quando ela esfria... Por que não posso fazer como ele, por que não posso me jogar de cabeça contra a parede? Anteponho minuciosamente as palavras à realidade que elas pretendem descrever para mim, escudo-me em considerações e suspeitas que não passam de dialética obtusa. Tenho a sensação de compreender a razão pela qual a súplica exige instintivamente que se caia de joelhos. A mudança de posição é o símbolo de uma mudança na voz, no que a voz vai articular, no articulado propriamente dito. Quando chego ao ponto de vislumbrar essa mudança, as coisas que até um segundo antes me pareciam arbitrárias adquirem um sentido profundo, simplificam-se extraordinariamente e ao mesmo tempo afundam. Nem Marcel nem Art perceberam, ontem, que Johnny não estava louco quando tirou os sapatos na sala de gravação. Johnny naquele instante precisava tocar o chão com a pele, prender-se à terra da qual sua música era uma confirmação, e não uma fuga. Porque eu também sinto isso em Johnny, sinto que ele não está fugindo de nada, que não se droga para fugir, como a maioria dos viciados, que não toca sax para se entrincheirar atrás de um fosso de música, que não passa semanas trancafiado nas clínicas psiquiátricas para sentir-se protegido das pressões que é incapaz de tolerar. Até seu estilo, o que há de mais autêntico nele, esse estilo que recebe nomes absurdos sem necessitar de nenhum, prova que a arte de Johnny não é uma substituição nem uma forma de completar-se. Johnny abandonou a linguagem *hot* mais ou menos em voga até dez anos atrás porque essa linguagem violentamente erótica era passiva demais para ele. Em seu caso, o desejo se antepõe ao prazer e o frustra, porque o desejo exige dele que avance, busque, repelindo por antecipação os achados fáceis do jazz tradicional. Por isso, acho, Johnny não tem maior interesse pelos blues, em que o masoquismo e a nostalgia... Mas já falei disso tudo em meu livro, mostrando como a renúncia à satisfação imediata induziu Johnny a elaborar uma linguagem que ele e outros músicos estão levando hoje às últimas possibilidades. Esse jazz descarta todo erotismo fácil, todo wagnerismo, por assim dizer, para situar-se num plano aparentemente despojado em que a música encontra absoluta liberdade, assim como a pintura subtraída ao representativo encontra liberdade para não ser mais que pintura. Mas nesse momento, dono de uma música que não facilita os orgasmos nem a nostalgia, de uma música que eu gostaria de poder chamar de metafísica, Johnny parece contar com ela para explorar-se, para morder a realidade que todos os dias se esquiva a ele. Vejo aí o alto paradoxo de seu estilo, sua agressiva eficácia. Incapaz de satisfazer-se, ele funciona como um estímulo contínuo, uma construção infinita cujo prazer não está no arremate, mas na reiteração exploradora, no uso de faculdades que deixam para trás o imediatamente humano sem perder humanidade. E quando Johnny se perde, como esta noite, na criação contínua de sua música, sei muito bem que não está fugindo de nada. Ir a um encontro nunca pode significar fugir, mesmo que releguemos repetidas vezes o local do encontro; quanto ao que possa ficar para trás, Johnny o ignora ou despreza soberanamente. A marquesa, por exemplo, está convencida de que Johnny teme a miséria, sem se dar conta de que a única coisa que Johnny pode temer é não encontrar uma chuleta ao alcance da faca quando sente vontade de comê-la, ou uma cama quando tem sono, ou cem dólares na carteira quando acha natural possuir cem dólares. Johnny não se move num mundo de abstrações, como nós; por isso sua música, essa admirável música que ouvi esta noite, não tem nada de abstrata. Mas só ele pode fazer o inventário do que colheu enquanto tocava, e provavelmente já terá passado a outra coisa, perdendo-se numa nova conjectura ou numa nova suspeita. Suas conquistas são como um sonho, ele as esquece ao despertar, quando os aplausos o trazem de volta, a ele, que está tão longe vivendo seu quarto de hora de um minuto e meio.

Seria como viver atado a um para-raios em plena tempestade e acreditar que não vai acontecer nada. Quatro ou cinco dias depois, encontrei Art Boucaya no Dupont do Quartier Latin e ele não perdeu tempo em revirar os olhos e me anunciar as más notícias. No primeiro momento senti uma espécie de satisfação que só posso classificar como maligna porque eu bem sabia que a calma não podia durar muito; mas depois pensei nas consequências, e meu afeto por Johnny começou a embrulhar meu estômago; então tomei dois conhaques enquanto Art me contava o que acontecera. Em resumo, parece que naquela tarde Delaunay preparara uma sessão de gravação para apresentar um novo quinteto com Johnny à frente, Art, Marcel Gavoty e dois rapazes muito bons de Paris ao piano e na bateria. A coisa tinha que começar às três da tarde, com isso teriam o dia inteiro e parte da noite para esquen-

328　*O perseguidor*

tar e gravar algumas coisas. E o que acontece? Acontece que Johnny começa por chegar às cinco, quando Delaunay já estava fervendo de impaciência, e depois se atira numa cadeira dizendo que não está se sentindo bem e que só veio para não estragar o dia dos rapazes, mas que não está com a menor vontade de tocar.

— O Marcel e eu tentamos convencê-lo a descansar um pouco, mas ele não parava de falar de uns campos com urnas que havia encontrado, ficou meia hora falando das tais urnas. No fim começou a puxar montes de folhas que havia recolhido em algum parque e enfiado nos bolsos. O resultado foi que o chão do estúdio ficou parecendo o jardim botânico, os empregados andavam de um lado para outro com cara de fúria, e o tempo passando sem que a gente gravasse nada; imagine que fazia três horas que o técnico de som estava na cabine, fumando, e olhe que em Paris isso já é muito para um técnico de som.

"No fim o Marcel convenceu o Johnny de que o melhor a fazer era ver no que dava, e os dois começaram a tocar e nós fomos entrando um a um, mais para sair do cansaço de não fazer nada. Fazia um bom tempo que eu tinha percebido que o Johnny estava com uma espécie de contratura no braço direito, e quando ele começou a tocar garanto a você que era horrível de ver. O rosto cinzento, sabe, e de vez em quando algo que parecia um calafrio; eu estava convencido de que a qualquer momento ele ia despencar no chão. E de repente ele solta um berro, olha para nós, um por um, bem devagar, e pergunta o que estamos esperando para começar a tocar 'Amorous'. Sabe, aquele tema de Alamo. Bom, Delaunay faz um sinal para o técnico, a gente começa caprichando, e Johnny abre as pernas, se firma como num bote que dança enfrentando as ondas, e começa a tocar de um jeito que juro que nunca tinha ouvido antes. Isso durante três minutos, até que de repente ele solta um sopro capaz de destruir a própria harmonia celestial, e vai para um canto, deixando nós todos em plena função: nós que déssemos um jeito de acabar como pudéssemos.

"Mas agora vem a pior parte, e é que quando a gente acabou, a primeira coisa que o Johnny disse foi que tudo tinha saído horrível e que aquela gravação não estava valendo. É óbvio que nem o Delaunay nem nós demos a menor importância às palavras dele, porque apesar de todos os defeitos o solo do Johnny valia por mil dos que você ouve todos os dias. Uma coisa diferente, que não sei como explicar... Logo você vai ouvir, lógico que nem o Delaunay nem os técnicos pretendem destruir a gravação. Mas o Johnny insistia feito um louco, ameaçava arrebentar os vidros da cabine se não lhe provassem que o disco tinha sido inutilizado. No fim o técnico mostrou a ele uma coisa qualquer e ele se convenceu, aí o Johnny sugeriu que a gente gravasse 'Streptomycine', que saiu muito melhor e ao mesmo tempo muito

As armas secretas   329

pior, ou seja, saiu um disco impecável e redondo, só que sem aquela coisa incrível que Johnny havia soprado em 'Amorous'."

Suspirando, Art acabou de tomar sua cerveja e olhou para mim com ar soturno. Perguntei o que Johnny fez depois dessas coisas e ele me disse que depois de encher o saco de todo mundo com suas histórias sobre as folhas e os campos cheios de urnas, ele se negou a continuar tocando e saiu cambaleante do estúdio. Marcel tirou-lhe o sax para que ele não o perdesse ou pisoteasse outra vez, e com a ajuda de um dos rapazes franceses levou-o para o hotel.

Que mais posso fazer senão ir vê-lo agora mesmo? Mas de todo jeito deixei o assunto para amanhã. E na manhã seguinte dei com Johnny no noticiário policial do *Figaro*, porque durante a noite parece que Johnny tocou fogo no quarto do hotel e saiu correndo nu pelos corredores. Tanto ele como Dédée saíram ilesos, mas Johnny está no hospital sob vigilância. Mostrei a notícia a minha mulher para animá-la em sua convalescença e logo depois fui até o hospital, onde minhas credenciais de jornalista não tiveram a menor serventia. A única coisa que consegui saber foi que Johnny está delirando e entupido de maconha suficiente para enlouquecer dez pessoas. A coitada da Dédée foi incapaz de resistir, de convencê-lo a continuar sem fumar; todas as mulheres de Johnny acabam sendo suas cúmplices, e estou mais que convencido de que quem conseguiu a droga para ele foi a marquesa.

Enfim, o fato é que fui imediatamente para a casa de Delaunay para pedir-lhe que me deixasse escutar "Amorous" quanto antes. Vai saber se "Amorous" não acaba sendo o testamento do coitado do Johnny; e, nesse caso, meu dever profissional...

Mas não, ainda não. Cinco dias depois Dédée me telefona dizendo que Johnny está muito melhor e quer falar comigo. Achei melhor não fazer críticas, primeiro porque imagino que seria perda de tempo, segundo porque a voz da coitada da Dédée parece sair de um bule rachado. Prometi ir até lá na mesma hora, e falei que talvez quando Johnny estiver melhor seja possível organizar uma turnê pelas cidades do interior. Desliguei no momento em que Dédée começava a chorar.

Johnny está sentado na cama, num quarto onde há outros dois doentes que por sorte dormem. Não deu tempo nem de abrir a boca, ele agarrou minha cabeça com aquelas duas mãozonas dele e me deu muitos beijos, na testa e nas bochechas. Está terrivelmente abatido, embora tenha me dito que lhe dão muita comida e que está com apetite. No momento o que mais o preocupa é saber se os rapazes estão falando mal dele, se sua crise prejudicou alguém, coisas assim. É quase inútil responder, pois ele sabe muito

330   *O perseguidor*

bem que os concertos foram cancelados e que isso prejudica Art, Marcel e os outros; mas faz a pergunta como se acreditasse que no ínterim pudesse ter acontecido alguma coisa boa, alguma coisa capaz de consertar a situação. E ao mesmo tempo não consegue me enganar, porque no fundo de tudo aquilo está sua soberana indiferença; Johnny não está nem aí se for tudo para o espaço, conheço-o bem demais para não perceber.

— O que você quer que eu lhe diga, Johnny. As coisas poderiam ter saído melhor, mas você tem o talento de conseguir estragar tudo.

— É, isso eu não posso negar — disse Johnny com ar cansado. — E tudo por causa das urnas.

Lembrei do que Art me dissera, fiquei olhando para ele.

— Campos cheios de urnas, Bruno. Montões de urnas invisíveis, enterradas num campo imenso. Eu ficava andando por ali e de vez em quando tropeçava em alguma coisa. Você vai dizer que foi sonho, não é mesmo? Era o seguinte, preste atenção: de vez em quando eu tropeçava numa urna, até que me dei conta de que o campo inteiro estava cheio de urnas, havia milhares e milhares delas, e dentro de cada urna estavam as cinzas de um morto. Nesse ponto me lembro de que me abaixei e comecei a cavar com as unhas até que uma das urnas ficou visível. Disso eu me lembro. Me lembro de ter pensado: "Essa vai estar vazia porque é a minha". Mas não, estava cheia de um pó cinzento, como sei muito bem que as outras estavam, mesmo sem ter visto. Aí... bom, foi aí que começamos a gravar "Amorous", se não me engano.

Discretamente, dei uma olhada no registro da temperatura. Bastante normal, quem diria. Um médico jovem apareceu na porta e me cumprimentou com uma inclinação da cabeça, depois fez um gesto de estímulo para Johnny, um gesto quase esportivo, de rapaz do bem. Mas Johnny não respondeu, e quando o médico se afastou sem transpor a porta, vi que Johnny tinha os punhos cerrados.

— É isso que eles nunca vão entender — disse. — Parecem macacos de espanador na mão, ou então as meninas do conservatório de Kansas City, que achavam que estavam tocando Chopin, só isso. Bruno, em Camarillo me puseram num quarto com mais três, e de manhã entrava um residente todo lavadinho, todo cor-de-rosa, dava gosto ver aquilo. Parecia filho de Kleenex com Tampax, juro. Uma espécie de imenso idiota que vinha se sentar a meu lado e ficava me animando, logo a mim, que queria morrer, que já não me lembrava mais da Lan nem de ninguém. E o pior era que o sujeito se ofendia porque eu não prestava atenção nele. Parecia achar que eu ia sentar na cama, maravilhado com seu rosto branco e seu cabelo bem penteado e suas unhas cuidadas, e que ia melhorar como os caras que chegam a Lourdes e jogam fora as muletas e saem pulando...

"Bruno, aquele cara e todos os outros caras de Camarillo tinham absoluta certeza. Quer saber do quê? Não sei, juro, mas eles tinham absoluta certeza. Do que eram, suponho, do que valiam, do diploma deles. Não, não é isso. Alguns eram modestos e não se achavam infalíveis. Mas até o mais modesto deles estava convencido. Era isso que me deixava louco, Bruno, *o fato de eles estarem convencidos*. Convencidos do quê, agora me diga, quando eu, um pobre-diabo mais ferrado que o demônio debaixo da minha pele, tinha consciência suficiente para perceber que tudo era uma espécie de geleia, que tudo balançava ao meu redor, que era só prestar um pouco de atenção, sacar um pouco, ficar um pouco em silêncio, para descobrir os buracos. Na porta, na cama: buracos. Na mão, no jornal, no tempo, no ar: tudo cheio de buracos, tudo uma esponja, tudo parecendo um coador, coando a si mesmo... Mas eles eram a ciência americana, entende, Bruno? O avental os protegia dos buracos; eles não viam nada, aceitavam o que outros já haviam visto, imaginavam que estavam vendo. E é claro que eram incapazes de ver os buracos e que se sentiam muito seguros de si, convencidíssimos das suas receitas, suas seringas, sua maldita psicanálise, seus não fume e seus não beba... Ah, no dia em que eu consegui sair dali, embarcar no trem, olhar pela janela e ver tudo ficar para trás, ver como tudo se despedaçava, não sei se você já reparou como a paisagem se quebra quando a gente olha ela sumir na distância..."

Fumamos Gauloises. Johnny tem autorização para tomar um pouco de conhaque e fumar oito ou dez cigarros por dia, mas dá para perceber que quem fuma é seu corpo, que ele mesmo está fazendo outra coisa, quase como se recusando a sair do poço. Me pergunto o que ele viu, o que sentiu nesses últimos dias. Não quero excitá-lo, mas se ele resolvesse falar por vontade própria... Fumamos, calados, e de vez em quando Johnny estende o braço e passa os dedos por meu rosto, como se quisesse me identificar. Depois brinca com o relógio de pulso, olha para ele com carinho.

— O fato é que eles se acham sábios — diz de repente. — Se acham sábios porque juntaram um montão de livros, que depois comeram. Eu acho graça, porque na verdade eles são bons sujeitos e vivem convencidos de que o que estudam e o que fazem são coisas muito difíceis e profundas. No circo é a mesma coisa, Bruno, e conosco é a mesma coisa. As pessoas imaginam que algumas coisas são o cúmulo da dificuldade, por isso aplaudem os trapezistas, ou a mim. Não sei o que passa pela cabeça delas, se acham que a gente está se estraçalhando para tocar bem, ou que o trapezista arrebenta os tendões toda vez que dá um salto. Na realidade as coisas verdadeiramente difíceis são outras muito diferentes: tudo o que as pessoas imaginam que conseguem fazer em todos os momentos. Olhar, por exemplo, ou compreender um cachorro ou um gato. São essas as dificuldades, as grandes dificuldades. Ontem à noite tive a ideia de me olhar neste espelhinho, e pode acreditar que a coisa era tão tremendamente difícil que quase me joguei da cama. Imagine que está vendo a si mesmo; só isso basta para ficar congelado durante meia hora. Realmente esse sujeito não sou eu, no primeiro momento senti perfeitamente que não era eu. Peguei-o de surpresa, de esguelha, e vi que não era eu. Era isso que eu estava sentindo, e quando se sente alguma coisa... Mas é como em Palm Beach, em cima de uma onda vem a segunda e depois outra... Você mal sentiu e já vem outra coisa, vêm as palavras... Não, não são as palavras, é o que está nas palavras, essa espécie de grude, essa baba. E a baba vem e cobre você e o convence de que o sujeito do espelho é você. Claro, como não perceber. Lógico que aquele ali sou eu, com meu cabelo, com aquela cicatriz. E as pessoas não se dão conta de que na verdade estão concordando com a baba, e por isso acham tão fácil se olhar no espelho. Ou cortar um pedaço de pão com uma faca. Você já cortou um pedaço de pão com uma faca?

— De vez em quando acontece — falei, rindo.

— E ficou na maior calma. Eu não consigo, Bruno. Uma noite joguei tudo tão longe que a faca quase arrancou um olho do japonês da mesa ao lado. Foi em Los Angeles, uma confusão monumental... Quando eu quis explicar, me prenderam. E eu que achei que seria tão simples explicar tudo a eles... Foi nessa ocasião que conheci o dr. Christie. Um cara sensacional, e isso que eu, em se tratando de médicos...

Passou uma das mãos pelo ar, tocando-o por toda parte, deixando-o como que marcado por sua passagem. Sorri. Tenho a impressão de que está só, completamente só. Sinto-me oco a seu lado. Se Johnny tivesse a ideia de passar a mão através de mim, me cortaria como manteiga, como fumaça. Vai ver que é por isso que de vez em quando ele roça meu rosto com os dedos, cautelosamente.

— O pão está ali, em cima da toalha — diz Johnny, olhando o espaço. — É uma coisa sólida, não se pode negar, com uma cor belíssima, um perfume. Uma coisa que não sou eu, uma coisa diferente, fora de mim. Mas se encosto nele, se estendo os dedos e o pego, aí alguma coisa muda, você não acha? O pão está fora de mim, mas eu o toco com os dedos, sinto-o, sinto que ele é o mundo, mas se sou capaz de tocá-lo e senti-lo, então não dá para dizer verdadeiramente que ele é outra coisa... ou será que dá para dizer, o que você acha?

— Querido, há milhares de anos um montão de barbudos está quebrando a cabeça para resolver esse problema.

— No pão é dia — murmura Johnny, cobrindo o rosto. — E eu tenho a ousadia de tocá-lo, de parti-lo ao meio, de enfiá-lo na boca. Não acontece nada, já sei: o terrível é isso. Você se dá conta de que é terrível não acontecer

As armas secretas   333

nada? Você corta o pão, crava a faca nele, e tudo continua como antes. Não entendo, Bruno.

A expressão de Johnny, sua excitação, começaram a me preocupar. Cada vez fica mais difícil fazê-lo falar de jazz, de suas lembranças, de seus planos, trazê-lo de volta à realidade. (À realidade; mal escrevo isso, fico enojado. Johnny tem razão, a realidade não pode ser isso, não é possível que ser crítico de jazz seja a realidade, porque nesse caso alguém está de gozação com a gente. Mas ao mesmo tempo ele não pode continuar nessa toada porque vamos acabar todos loucos.)

Agora ele adormeceu, ou pelo menos fechou os olhos e faz de conta que está dormindo. Uma vez mais percebo como é difícil saber o que ele está fazendo, o que *é* Johnny. Se está dormindo, se faz de conta que está dormindo, se acha que dorme. Me sinto muito mais fora de Johnny que de qualquer outro amigo. Ninguém pode ser mais vulgar, mais comum, mais atado às circunstâncias de uma pobre vida; acessível por todos os lados, aparentemente. Não é nenhuma exceção, aparentemente. Qualquer um pode ser como Johnny, desde que aceite ser um pobre-diabo doente e viciado e sem força de vontade e repleto de poesia e de talento. Aparentemente. Eu que passei a vida admirando os gênios, os Picassos, os Einsteins, toda a santa lista que qualquer um pode elaborar num minuto (e Gandhi, e Chaplin, e Stravinsky), estou disposto como qualquer um a admitir que esses fenômenos andam nas nuvens e que em se tratando deles não é o caso de estranhar nada. Eles são diferentes, ponto-final. Só que a diferença de Johnny é secreta, irritante por ser misteriosa, porque não tem nenhuma explicação. Johnny não é um gênio, não descobriu coisa nenhuma, toca jazz como vários milhares de negros e de brancos, e, embora toque jazz melhor que todos eles, é preciso reconhecer que isso depende um pouco dos gostos do público, das modas, do tempo, em suma. Panassié, por exemplo, acha que Johnny é francamente ruim, e, embora a gente ache que quem é francamente ruim é Panassié, isso não impede que o assunto permaneça em aberto, passível de discussão. Tudo isso prova que Johnny não é nem um pouco do outro mundo, mas nem bem penso isso e me pergunto se justamente não há algo em Johnny que é do outro mundo (algo que ele é o primeiro a desconhecer). Provavelmente ele acharia muita graça se lhe dissessem isso. Sei bastante bem o que ele pensa, como ele vive dessas coisas. Digo: como ele vive dessas coisas, porque Johnny... Mas não vou entrar nisso, o que eu queria explicar para mim mesmo é que a distância que há entre Johnny e nós não tem explicação, não decorre de diferenças explicáveis. E tenho a sensação de que ele

334 *O persequidor*

é o primeiro a sofrer as consequências disso, disso que o afeta tanto quanto a nós. Dá vontade de dizer na mesma hora que Johnny parece um anjo entre os homens, até que uma honradez elementar nos obriga a engolir a frase, a invertê-la com capricho e reconhecer que talvez o que se passa é que Johnny é um homem entre os anjos, uma realidade entre as irrealidades que somos todos nós. E vai ver que é por isso que Johnny toca meu rosto com os dedos e me faz sentir tão infeliz, tão transparente, tão pouca coisa, com minha boa saúde, minha casa, minha mulher, meu prestígio. Meu prestígio, principalmente. Principalmente meu prestígio.

Mas é o de sempre, saí do hospital e assim que olhei em volta, que me dei conta da hora, que me lembrei de tudo o que preciso fazer, a tortilha rodopiou molemente no ar e fez a volta completa. Pobre Johnny, tão fora da realidade. (É isso, é isso. Para mim é mais fácil acreditar que é isso, agora que estou num café e que duas horas me separam de minha visita ao hospital, do que tudo o que escrevi mais acima, obrigando-me como um condenado a ser pelo menos um pouco decente comigo mesmo.)

Por sorte ficou tudo certo com o assunto do incêndio, pois, como seria de imaginar, a marquesa deu um jeito para que ficasse tudo certo com o assunto do incêndio. Dédée e Art Boucaya passaram pelo jornal para me buscar, e fomos os três até a Vix para escutar a já famosa — embora ainda secreta — gravação de "Amorous". No táxi Dédée me contou sem muito empenho como a marquesa safou Johnny da encrenca do incêndio, que aliás não havia passado de um colchão chamuscado e um susto terrível de todos os argelinos que vivem no hotel da Rue Lagrange. Multa (já paga), outro hotel (já conseguido por Tica), e Johnny está convalescendo numa cama imensa e muito bonita, toma baldes de leite e lê a *Paris Match* e a *New Yorker*, às vezes misturadas a seu famoso (e castigado) livrinho de bolso com poemas de Dylan Thomas e anotações a lápis por todos os lados.

Com essas notícias e um conhaque no café da esquina, nos instalamos na sala de audições para escutar "Amorous" e "Streptomycine". Art pediu que apagassem as luzes e deitou no chão para escutar melhor. E aí entrou Johnny e nos passou sua música na cara, entrou ali embora esteja em seu hotel enfiado na cama, e nos varreu com sua música durante um quarto de hora. Entendo que se enfureça com a ideia de que publiquem "Amorous", porque qualquer um se dá conta das falhas, do sopro perfeitamente perceptível que acompanha alguns finais de frase, e principalmente da selvagem queda final, aquela nota surda e breve que me pareceu um coração que se parte, uma faca entrando num pão (e há alguns dias ele estava falando do

As armas secretas   335

pão). Mas por outro lado Johnny não se daria conta do que para nós é terrivelmente belo, a ansiedade que procura saída nesse improviso cheio de fugas em todas as direções, de interrogação, de pancadas desesperadas com as mãos. Johnny não consegue compreender (porque o que para ele é fracasso para nós parece um caminho, pelo menos a marca de um caminho) que "Amorous" vai ficar como um dos momentos mais altos do jazz. O artista que há nele ficará frenético de fúria toda vez que ouvir esse arremedo de seu desejo, de tudo o que ele quis dizer enquanto lutava, cambaleando, com a saliva escorrendo da boca junto com a música, mais do que nunca sozinho diante do que persegue, do que se esquiva dele quanto mais ele o persegue. É curioso, foi preciso escutar isso, embora tudo já estivesse convergindo para isso, escutar "Amorous", para que eu me desse conta de que Johnny não é uma vítima, de que não é um perseguido como todo mundo imagina, como eu mesmo dei a entender em minha biografia (inclusive a edição inglesa acaba de ser lançada e vende feito coca-cola). Agora sei que não é isso, que Johnny persegue em vez de ser perseguido, que tudo o que está acontecendo com ele na vida são contratempos do caçador e não do animal acossado. Ninguém pode saber o que Johnny persegue, mas a verdade é essa, é só olhar, está em "Amorous", na maconha, em seus discursos absurdos sobre tantas coisas, nas recaídas, no livrinho de Dylan Thomas, em todo o pobre-diabo que é Johnny e que o engrandece e o transforma num absurdo vivente, num caçador sem braços nem pernas, numa lebre que corre atrás de um tigre que dorme. E me vejo compelido a dizer que no fundo "Amorous" me deu vontade de vomitar, como se assim pudesse me libertar dele, de tudo o que nele investe contra mim e contra todos, essa massa negra informe sem mãos e sem pés, esse chimpanzé enlouquecido que me passa os dedos pelo rosto e sorri para mim, enternecido.

Art e Dédée não veem (tenho a sensação de que não querem ver) nada além da beleza formal de "Amorous". Dédée inclusive prefere "Streptomycine", em que Johnny improvisa com seu desembaraço habitual, aquilo que o público entende por perfeição e que a meus olhos em Johnny é, antes, distração, deixar a música correr, estar em outro lugar. Já na rua perguntei a Dédée por seus planos, e ela me disse que assim que Johnny puder deixar o hotel (por enquanto a polícia o impede) um novo selo de discos vai fazê-lo gravar tudo o que ele quiser, pagando muito bem. Art afirma que Johnny está cheio de ideias fantásticas e que ele e Marcel Gavoty vão "trabalhar" as novidades junto com Johnny, embora a partir das últimas semanas dê para perceber que Art não as tem todas consigo, e eu de meu lado sei que ele está de conversa com um agente para voltar a Nova York assim que possível. Coisa que entendo perfeitamente bem, pobre rapaz.

— A Tica está se comportando muito bem — disse Dédée com rancor. — Claro, para ela é tão fácil. Sempre chega no último momento e é só abrir a bolsa e dar um jeito em tudo. Eu, em compensação...

Art e eu nos entreolhamos. Que poderíamos dizer? As mulheres passam a vida dando voltas em torno de Johnny e dos que são como Johnny. Nada de estranho nisso, não é preciso ser mulher para sentir-se atraído por Johnny. O difícil é girar em torno dele sem perder a distância, como um bom satélite, um bom crítico. Na época Art não estava em Baltimore, mas me lembro dos tempos em que conheci Johnny, ele vivia com Lan e os meninos. Dava pena ver Lan. Mas depois de chegar mais perto de Johnny, de aceitar pouco a pouco o império de sua música, de seus terrores diurnos, de suas explicações inconcebíveis sobre coisas que nunca haviam acontecido, de seus repentinos acessos de ternura, aí a pessoa compreendia o porquê daquela cara de Lan e como era impossível que ela tivesse outra cara e ao mesmo tempo vivesse com Johnny. Tica é outra coisa, ela se liberta dele graças à promiscuidade, à vida em alto estilo, e além disso tem o dólar preso pelo rabo e isso é mais eficaz que uma metralhadora, pelo menos é o que diz Art Boucaya quando está magoado com Tica ou com dor de cabeça.

— Venha quanto antes — pediu Dédée. — Ele gosta de falar com o senhor.

Eu teria gostado de lhe fazer um sermão pela história do incêndio (pela causa do incêndio, de que ela certamente é cúmplice), mas isso seria tão inútil quanto dizer ao próprio Johnny que ele tem de se transformar num cidadão útil. Por enquanto tudo corre bem, e é curioso (inquietante) que nem bem as coisas comecem a funcionar para o lado de Johnny eu me sinta imensamente feliz. Não sou ingênuo a ponto de acreditar numa simples reação amistosa. É antes uma espécie de trégua, um respiro. Não tenho necessidade de procurar explicações quando sinto isso tão claramente quanto sinto meu nariz grudado no rosto. Me irrita ser o único a sentir isso, a padecer isso o tempo todo. Me irrita que Art Boucaya, Tica e Dédée não se deem conta de que toda vez que Johnny sofre, vai preso, quer se matar, toca fogo num colchão ou corre nu pelos corredores de um hotel está pagando alguma coisa por eles, está morrendo por eles. Sem ter noção disso, e não como os que proferem discursos grandiosos no patíbulo ou escrevem livros para denunciar os males da humanidade ou tocam piano com o ar de quem está lavando os pecados do mundo. Sem ter noção disso, pobre saxofonista, com tudo o que essa palavra tem de ridículo, de coisa pouca, de mais um entre tantos saxofonistas.

O ruim é que, se eu continuar assim, vou acabar escrevendo mais sobre mim mesmo que sobre Johnny. Estou começando a parecer um evangelizador, e não acho a menor graça nisso. No caminho para casa pensei, com o cinismo necessário para recuperar a confiança, que em meu livro sobre Johnny eu só menciono de passagem, discretamente, o lado patológico de sua pessoa. Não me pareceu necessário explicar que Johnny acredita percorrer campos repletos de urnas, ou que as pinturas se mexem quando ele olha para elas; fantasmas da maconha, afinal, que desaparecem com a cura de desintoxicação. Mas até parece que Johnny me deixa esses fantasmas como penhor, que os enfia em meu bolso como se fossem lenços, enquanto não chega o momento de recuperá-los. E acho que sou o único que consegue tolerá-los, que convive com eles e os teme; e ninguém sabe disso, nem mesmo Johnny. Não é possível confessar coisas desse tipo a Johnny, como se confessaria a um homem realmente notável, ao mestre diante de quem nos humilhamos em troca de um conselho. Que mundo é esse que devo carregar como um fardo? Que espécie de evangelizador eu sou? Em Johnny não há a menor grandeza, sei disso desde que o conheci, desde que comecei a admirá-lo. Já faz tempo que isso não me surpreende, embora no início eu achasse desconcertante essa falta de grandeza, talvez porque essa é uma dimensão que não estamos dispostos a aplicar ao primeiro que chega, principalmente aos jazzistas. Não sei por que (não *sei* por que) cheguei a acreditar que em Johnny havia uma grandeza que ele desmente todos os dias (ou que nós desmentimos, e na verdade não é a mesma coisa; porque, sejamos honestos, em Johnny há como que o fantasma de outro Johnny que não chegou a existir, e esse outro Johnny está repleto de grandeza; percebe-se no fantasma a ausência dessa dimensão que, no entanto, negativamente ele evoca e contém).

Digo isso porque as tentativas de Johnny no sentido de mudar de vida, desde seu suicídio abortado até a maconha, são as que se poderiam esperar de alguém tão sem grandeza quanto ele. Acho que o admiro ainda mais por isso, porque ele realmente é o chimpanzé querendo aprender a ler, um pobre coitado que bate a cabeça nas paredes e não se convence, e começa de novo.

Ah, mas se um dia o chimpanzé começar a ler, que falência em massa, que balbúrdia generalizada, que salve-se quem puder, eu em primeiro lugar. É terrível que um homem tão sem grandeza se atire desse jeito contra a parede. Ele denuncia a todos nós com o choque de seus ossos, nos estraçalha com a primeira frase de sua música. (Os mártires, os heróis... quanto a isso estamos de acordo: ao lado deles estamos seguros. Mas Johnny!)

Sequências. Não sei me expressar melhor, é uma espécie de impressão de que bruscamente se montam sequências terríveis ou idiotas na vida de um homem sem que se saiba qual lei alheia às leis classificadas decide que determinado telefonema será imediatamente sucedido pela chegada de nossa irmã que vive na Auvergne, ou que o leite vai derramar, ou que vamos ver da sacada uma criança ser atropelada. Como nos times de futebol e nas diretorias, até parece que o destino sempre aponta alguns suplentes para o caso de faltarem os titulares. E foi assim que esta manhã, quando ainda perdurava meu contentamento por saber que Johnny Carter havia melhorado e estava bem, recebo um telefonema urgente no jornal e quem está telefonando é Tica, com a notícia de que, em Chicago, Bee, a filha mais moça de Lan e Johnny, acaba de morrer, e que evidentemente Johnny está fora de si e que seria bom eu ir até lá dar uma força aos amigos.

Subi mais uma escada de hotel — e elas já são tantas em minha amizade com Johnny — para encontrar Tica tomando chá, Dédée molhando uma toalha, Art, Delaunay e Pepe Ramírez falando em voz baixa das últimas notícias de Lester Young, e Johnny muito quieto na cama, uma toalha na testa e um ar perfeitamente tranquilo e quase desdenhoso. Na mesma hora desmanchei a expressão solene, limitando-me a apertar com força a mão de Johnny, acender um cigarro e esperar.

— Bruno, estou com dor aqui — disse Johnny depois de um momento, tocando o lugar convencional do coração. — Bruno, ela era uma pedrinha branca na minha mão. E eu não passo de um pobre cavalo amarelo, e ninguém, ninguém, limpará as lágrimas dos meus olhos.

Tudo isso dito solenemente, quase recitado, e Tica olhando para Art, e os dois fazendo sinais indulgentes um para o outro, aproveitando que Johnny está com o rosto coberto pela toalha molhada e não pode vê-los. Eu pessoalmente detesto as frases baratas, mas tudo o que Johnny falou, fora a sensação de ter lido aquilo em algum lugar, me pareceu uma espécie de máscara que tivesse desandado a falar, tão oco quanto, tão inútil quanto. Dédée veio com outra toalha e trocou a compressa dele, e entre uma e outra pude dar uma olhada no rosto de Johnny, de um tom cinzento, com a boca torta e os olhos que de tão apertados estavam franzidos. E, como sempre com Johnny, as coisas aconteceram de um modo diferente do esperado, e Pepe Ramírez, que não o conhece direito, ainda está sob os efeitos da surpresa e acho que também do escândalo, porque algum tempo depois Johnny se sentou na cama e começou a insultar lentamente, mastigando cada palavra e soltando-a depois como um pião, começou a insultar os responsáveis pela gravação de "Amorous", sem olhar para ninguém mas espetando-nos a todos como insetos numa cartolina somente com a incrível obscenidade de suas palavras, e assim ele ficou dois minutos insultando a todo o pessoal de "Amorous", começando por Art e Delaunay, passando por mim (embora eu...) e acabando com Dédée, com Cristo onipotente e com a puta que os pariu a todos sem a menor exceção. E no fundo foi isso, isso e aquela história da pedrinha branca, a oração fúnebre de Bee, morta em Chicago de pneumonia.

Haverá quinze dias vazios; trabalho aos montes, artigos jornalísticos, visitas aqui e ali — um bom resumo da vida de um crítico, esse homem que só pode viver por empréstimo, das novidades e das decisões alheias. Por falar nisso, certa noite estaremos Tica, Baby Lennox e eu no Café de Flore, cantarolando muito satisfeitos "Out of Nowhere" e comentando um solo de piano de Billy Taylor que nós três achamos bom, principalmente Baby Lennox, que além do mais está com uma roupa estilo Saint-Germain-des-Prés, sensacional. Com o arrebatamento de seus vinte anos, Baby verá surgir Johnny e Johnny olhará para ela sem vê-la e passará ao largo, até sentar-se em outra mesa, completamente bêbado ou dormindo. Sentirei a mão de Tica em meu joelho.

— Olhe ele ali, fumou de novo ontem à noite. Ou hoje à tarde. Aquela mulher...

Respondi sem muita ênfase que Dédée é tão culpada quanto qualquer outra, a começar por ela, que fumou dúzias de vezes com Johnny e que voltará a fumar no dia em que lhe der na santa veneta. Sentirei um enorme desejo de ir embora e ficar sozinho, como sempre que é impossível chegar perto de Johnny, ficar com ele e a seu lado. Verei Johnny desenhar na mesa com o dedo, ficar olhando para o garçom que quer saber o que ele vai beber, e finalmente Johnny desenhará no ar uma espécie de flecha e a segurará com as duas mãos como se ela pesasse uma tonelada, e nas outras mesas as pessoas começarão a achar graça com muita discrição, como convém no Flore. Então Tica dirá: "Merda", passará para a mesa de Johnny, e depois de dar uma ordem ao garçom começará a falar no ouvido de Johnny. Nem é preciso dizer que Baby desatará a confiar-me suas mais caras esperanças, mas eu lhe direi sem maiores detalhes que hoje à noite temos de deixar Johnny quietinho e que as boas meninas vão cedo para a cama, se possível na companhia de um crítico de jazz. Baby rirá amavelmente, sua mão acariciará meu cabelo e depois ficaremos quietos, vendo passar a moça que cobre o rosto com uma camada de alvaiade e pinta os olhos de verde e até a boca. Baby dirá que em sua opinião não está nada mau, e eu lhe pedirei que cante baixinho para mim um desses blues que a estão tornando famosa em Londres e Estocolmo. E depois voltaremos a "Out of Nowhere", que esta noite nos persegue interminavelmente como um cachorro que também fosse de alvaiade e tivesse olhos verdes.

340 *O perseguidor*

Passarão pelo Flore dois dos rapazes do novo quinteto de Johnny e eu aproveitarei para perguntar-lhes como foi o assunto esta noite; assim ficarei sabendo que Johnny mal conseguiu tocar, mas que o que tocou valia por todas as ideias de um John Lewis juntas, isso supondo que este último seja capaz de ter alguma ideia, porque, como disse um dos rapazes, a única coisa que ele sempre tem à mão são notas para tapar um buraco, o que não é o mesmo. E enquanto isso eu me perguntarei até onde Johnny vai conseguir resistir, e principalmente o público que acredita em Johnny. Os rapazes não aceitarão uma cerveja, Baby e eu ficaremos de novo sozinhos e acabarei por ceder a suas perguntas e explicar a Baby, que realmente merece esse apelido, por que Johnny está doente e acabado, por que os rapazes do quinteto estão cada dia mais sem saco, por que a coisa vai estourar uma hora dessas, como já estourou meia dúzia de vezes em San Francisco, em Baltimore e em Nova York.

Entrarão outros músicos que tocam por ali e alguns deles irão até a mesa de Johnny para cumprimentá-lo, mas Johnny olhará para eles como se estivesse longe, com um rosto horrivelmente aparvoado, os olhos úmidos e mansos, a boca incapaz de reter a saliva que brilha entre seus lábios. Será divertido observar as duplas manobras de Tica e Baby, Tica apelando para seu domínio sobre os homens para afastá-los de Johnny com uma rápida explicação e um sorriso, Baby soprando em meu ouvido sua admiração por Johnny e como seria bom levá-lo a um sanatório para uma desintoxicação, e tudo isso simplesmente porque está no cio e gostaria de ir para a cama com Johnny naquela mesma noite, coisa aliás impossível como se pode ver, e que me alegra bastante. Como acontece comigo desde que a conheço, pensarei em como seria bom poder acariciar as coxas de Baby e estarei a um passo de convidá-la para tomar alguma coisa num lugar mais tranquilo (ela não vai querer, e no fundo eu também não, porque a outra mesa nos manterá constrangidos e infelizes), até que de repente, sem nada que anuncie o que vai acontecer, veremos Johnny levantar-se lentamente, olhar para nós, reconhecer-nos e vir em nossa direção — digamos que vir em minha direção, porque Baby não conta — e, ao chegar à mesa, irá dobrar-se um pouco com toda a naturalidade, como quem vai pegar uma batata frita do prato, e o veremos ajoelhar-se diante de mim, com toda a naturalidade ele ficará de joelhos e me olhará nos olhos, e eu verei que está chorando, e saberei sem palavras que Johnny chora pela pequena Bee.

Minha reação é tão natural, tentei erguer Johnny, evitar que fizesse papel ridículo, e no fim quem fez papel ridículo fui eu, porque não há nada mais lamentável que um homem se esforçando para mover outro que está muito bem como está, que se sente ótimo na posição que lhe dá vontade,

As armas secretas   341

de modo que os frequentadores do Flore, que não se abalam por qualquer coisinha, me olharam pouco amavelmente, mesmo sem saber, em sua maioria, que aquele negro ajoelhado é Johnny Carter, me olharam como olhariam alguém que tivesse escalado um altar para ficar puxando Jesus Cristo para tirá-lo da cruz. O primeiro a criticar minha atitude foi Johnny, simplesmente chorando em silêncio ele ergueu os olhos e olhou para mim, e sua atitude, somada à censura evidente dos circunstantes, não me deixou alternativa senão me sentar outra vez diante de Johnny, sentindo-me pior que ele, querendo estar em qualquer lugar menos naquela cadeira diante de Johnny ajoelhado.

O resto não foi tão ruim, embora eu não saiba quantos séculos se passaram sem que ninguém se movesse, sem que as lágrimas parassem de escorrer pelo rosto de Johnny, sem que seus olhos estivessem ininterruptamente fixos nos meus enquanto eu tratava de oferecer-lhe um cigarro, acendia outro para mim, dirigia um gesto tranquilizador a Baby, que estava, acho, a ponto de sair correndo ou de começar a chorar também. Como sempre, foi Tica quem resolveu a situação sentando-se conosco à mesa com sua absurda tranquilidade, puxando uma cadeira para perto de Johnny e apoiando a mão no ombro dele, sem forçá-lo, até que no fim Johnny se endireitou um pouco e passou daquele horror à atitude conveniente do amigo sentado, graças à simples manobra de erguer os joelhos alguns centímetros e permitir que entre suas nádegas e o chão (já ia dizer a cruz, realmente isso é contagioso) se interpusesse a consensualíssima comodidade de uma cadeira. As pessoas ficaram cansadas de olhar para Johnny, ele se cansou de chorar, e nós nos cansamos de nos sentir uns cachorros. De chofre entendi o afeto que alguns pintores têm pelas cadeiras, qualquer uma das cadeiras do Flore de repente me pareceu um objeto maravilhoso, uma flor, um perfume, o perfeito instrumento da ordem e da honradez dos homens em sua cidade.

Johnny puxou um lenço, pediu desculpas sem forçar a coisa, e Tica mandou vir um café duplo e entregou a ele para que o tomasse. Baby foi maravilhosa, renunciando de repente a toda a sua insensatez no que se referia a Johnny, e começou a cantarolar "Mamie's Blues" sem dar a impressão de que fazia isso de propósito, e Johnny olhou para ela e sorriu e tenho a impressão de que Tica e eu pensamos ao mesmo tempo que a imagem de Bee se esfumava pouco a pouco no fundo dos olhos de Johnny, e que uma vez mais Johnny aceitava voltar por algum tempo para nosso lado, acompanhar-nos até a próxima fuga. Como sempre, assim que passou o momento em que me sinto um cachorro, minha superioridade diante de Johnny me permitiu mostrar-me indulgente, falar de tudo um pouco sem entrar em áreas pessoais demais (teria sido horrível ver Johnny escorregar da cadeira,

342   *O perseguidor*

voltar a...), e por sorte Tica e Baby se comportaram como anjos e o pessoal do Flore foi se renovando no decorrer de uma hora, razão pela qual os frequentadores da uma da manhã não chegaram nem sequer a suspeitar do que acabara de acontecer, embora, pensando bem, na verdade não tenha acontecido grande coisa. Baby foi a primeira a ir embora (Baby é uma garota estudiosa, às nove da manhã já estará ensaiando com Fred Callender para gravar à tarde), e Tica tomou seu terceiro copo de conhaque e se ofereceu para nos levar em casa. Então Johnny disse que não, que preferia continuar conversando comigo, e Tica concluiu que estava muito bem e foi embora, não sem antes pagar o consumo de todos, como convém a uma marquesa. E Johnny e eu tomamos um copinho de chartreuse, visto que essas fraquezas são permitidas aos amigos, e começamos a caminhar por Saint-Germain-des-Prés, porque Johnny insistiu que caminhar lhe fará bem e não sou do tipo que abandona um companheiro nessas circunstâncias.

Vamos descendo pela Rue de l'Abbaye até a praça Furstenberg, que para Johnny evoca perigosamente um teatro de brinquedo que ao que parece o padrinho lhe deu de presente quando ele tinha oito anos. Trato de fazê-lo tomar o rumo da Rue Jacob, temendo que as lembranças o devolvam a Bee, mas a impressão que se tem é de que Johnny encerrou o capítulo pelo que resta da noite. Avança tranquilo, sem hesitar (outras vezes o vi cambalear pela rua, e não por estar bêbado; alguma coisa em seus reflexos que não funciona direito), e o calor da noite e o silêncio das ruas fazem bem a nós dois. Fumamos Gauloises, vamos andando na direção do rio, e diante de uma das caixas de metal dos livreiros do Quai de Conti uma lembrança qualquer ou um assobio de algum estudante nos traz à boca um tema de Vivaldi, e nós dois começamos a cantá-lo com muito sentimento e entusiasmo, e Johnny diz que se estivesse com o sax passaria a noite tocando Vivaldi, coisa que considero exagerada.

— Enfim, eu também tocaria um pouco de Bach e de Charles Ives — diz Johnny, condescendente. — Não sei por que os franceses não se interessam por Charles Ives. Você conhece as canções dele? A do leopardo, você precisava conhecer a canção do leopardo. *A leopard*...

E com sua voz fraca de tenor se estende sobre o tema do leopardo, e nem é preciso dizer que muitas das frases que canta não são em absoluto de Ives, coisa que Johnny considera sem importância desde que esteja seguro de estar cantando alguma coisa boa. No fim nos sentamos na mureta, na frente da Rue Gît-le-Coeur, e fumamos outro cigarro porque a noite está magnífica e daqui a pouco o tabaco nos obrigará a tomar cerveja num café, fato que agrada desde já tanto a Johnny como a mim. Quase não presto atenção nele quando menciona meu livro pela primeira vez, porque logo depois volta a falar de Charles Ives e de como se divertiu citando inúmeras vezes temas de

As armas secretas 343

Ives em seus discos sem que ninguém se desse conta (nem o próprio Ives, suponho), mas pouco depois começo a pensar no assunto do livro e procuro conduzi-lo para o tema.

— Ah, li algumas páginas — diz Johnny. — Na casa da Tica todo mundo falava muito no seu livro, mas eu não entendia nem o título. Ontem o Art me trouxe a edição inglesa e foi aí que tomei conhecimento de algumas coisas. Seu livro é ótimo.

Adoto a atitude natural nesses casos, associando um ar de displicente modéstia a certa dose de interesse, como se a opinião dele fosse me revelar — a mim, o autor — a verdade sobre meu livro.

— É como num espelho — diz Johnny. — No começo eu achava que ler o que escrevem sobre a gente era mais ou menos como olhar a nós mesmos, e não no espelho. Admiro muito os escritores, é incrível, as coisas que eles dizem. Toda aquela parte sobre as origens do bebop...

— Bom, eu simplesmente transcrevi literalmente o que você me contou em Baltimore — digo, defendendo-me não sei do quê.

— É, está tudo ali, mas na verdade é como num espelho — empaca Johnny.

— Que mais você quer? Os espelhos são fiéis.

— Ficam faltando coisas, Bruno — diz Johnny. — Você está muito mais informado que eu, mas na minha opinião ficam faltando coisas.

— As que você tiver esquecido de me contar — respondo, bastante irritado. Esse macaco selvagem é capaz de... (Vai ser preciso falar com Delaunay, seria lamentável que uma declaração imprudente acabasse com um saudável esforço crítico que... *Por exemplo, o vestido vermelho da Lan* — está dizendo Johnny. E em todo caso aproveitar as novidades desta noite para acrescentá-las numa próxima edição; seria uma boa ideia. — *Tinha um cheiro que parecia de cachorro* — está dizendo Johnny —, *e é a única coisa que presta no disco*. Sim, ouvir atentamente e agir com rapidez, porque nas mãos de outras pessoas esses possíveis desmentidos poderiam ter consequências lamentáveis. — *E a urna maior, a do meio, cheia de um pó quase azul* — está dizendo Johnny —, *e tão parecida com uma caixa de pó de arroz que era da minha irmã*. Enquanto ele ficar nas alucinações, tudo bem, o pior seria que desmentisse as ideias de fundo, o sistema estético que tantos elogios... — *E além disso o cool não é nem de perto o que você escreveu* — está dizendo Johnny. Atenção.)

— Como, não é o que eu escrevi? Johnny, é verdade que as coisas mudam, mas não faz nem seis meses que você...

— Faz seis meses — diz Johnny, descendo da mureta e apoiando nela os cotovelos para descansar a cabeça entre as mãos. — *Six months ago*. Ah, Bruno, o que eu poderia tocar neste momento se estivesse com os rapazes... Aliás, muito engenhoso o que você escreveu sobre o sax e o sexo, muito bo-

344   *O perseguidor*

nito o jogo de palavras. *Six months ago. Six, sax, sex*. Realmente lindo, Bruno. Vá para o inferno, Bruno.

Não vou começar a dizer a ele que sua idade mental não o deixa compreender que esse inocente jogo de palavras encobre um sistema de ideias bastante profundo (Leonard Feather considerou-o impecável quando lhe expliquei a coisa, em Nova York) e que o paraerotismo do jazz vem evoluindo desde os tempos do *washboard* etc. É o de sempre, de repente me dá prazer poder pensar que os críticos são muito mais necessários do que eu mesmo estou disposto a reconhecer (em particular, nisto que escrevo), porque os criadores, do inventor da música até Johnny, passando por toda a maldita série, são incapazes de extrair as consequências dialéticas de sua obra, de postular os fundamentos e a transcendência do que estão escrevendo ou improvisando. Eu deveria me lembrar disso nos momentos de depressão, em que lamento não ser mais que um crítico. — *O nome da estrela é Absinto* — está dizendo Johnny, e de repente ouço sua outra voz, a voz de quando ele está... como dizer isso, como descrever Johnny quando está por conta própria, já sozinho outra vez, já fora? Preocupado, desço da mureta, olho-o de perto. E o nome da estrela é Absinto, nada a fazer quanto a isso.

— O nome da estrela é Absinto — diz Johnny, falando para suas duas mãos. — E seus corpos serão jogados nas praças da grande cidade. Há seis meses.

Embora ninguém esteja me vendo, embora ninguém o saiba, dou de ombros para as estrelas (o nome da estrela é Absinto). Voltamos ao de sempre: "Estou tocando isso amanhã". O nome da estrela é Absinto e seus corpos serão jogados há seis meses. Nas praças da grande cidade. Fora, longe. E eu enfurecido, simplesmente porque ele não quis me dizer mais nada sobre o livro, e na verdade não fiquei sabendo o que ele pensa do livro que tantos milhares de fãs estão lendo em dois idiomas (muito em breve em três, e já falam na edição espanhola, parece que em Buenos Aires as pessoas não se limitam a tocar tangos).

— Era um vestido lindo — diz Johnny. — Nem queira saber como ele ficava bem na Lan, vai ser melhor eu lhe explicar na frente de um uísque, se é que você está com dinheiro. A Dédée me deixou só com trezentos francos.

Ri, brincalhão, olhando o Sena. Como se não soubesse ir atrás da bebida e da maconha. Começa a me explicar que Dédée é uma pessoa muito boa (e do livro, nada) e que faz isso por bondade, mas que por sorte existe o companheiro Bruno (que escreveu um livro, mas nada), e o melhor será irem sentar-se num café do bairro árabe, onde deixam a pessoa em paz assim que percebem que ela tem alguma ligação com a estrela chamada Absinto (isso quem pensa sou eu, estamos entrando pelo lado de Saint-Sévérin e

As armas secretas   345

são duas da manhã, hora em que minha mulher costuma acordar e ensaiar tudo o que vai me dizer com seu café com leite). É assim com Johnny, assim bebemos um péssimo conhaque barato, assim duplicamos a dose e nos sentimos tão contentes. Mas do livro, nada, só a caixa de pó de arroz em forma de cisne, a estrela, pedaços de coisas que vão passando por pedaços de frases, por pedaços de olhar, por pedaços de sorriso, por gotas de saliva sobre a mesa, grudadas à borda do copo (do copo de Johnny). Sim, há momentos em que eu gostaria que ele já tivesse morrido. Suponho que muita gente em meu lugar pensaria a mesma coisa. Mas como aceitar que Johnny morra levando o que não quer me dizer esta noite, que na morte continue caçando, continue fora (não sei mais como escrever isso tudo), mesmo que para mim isso signifique a paz, a cátedra, essa autoridade conferida pelas teses inquestionáveis e os enterros bem conduzidos.

De vez em quando Johnny para um pouco de tamborilar na mesa, olha para mim, faz um gesto incompreensível e volta a tamborilar. O dono do café nos conhece desde os tempos em que frequentávamos o local na companhia de um guitarrista árabe. Faz um bom tempo que Ben Aifa tem vontade de ir dormir, somos os únicos fregueses do café sujo com cheiro de pimentão e salgados engordurados. Também estou caindo de sono, mas a cólera me segura, uma raiva surda que não se dirige contra Johnny, é mais como quando se passou a tarde inteira fazendo amor se tem necessidade de tomar uma chuveirada, de que a água e o sabão retirem aquilo que começa a criar ranço, a expor com excessiva clareza algo que no início... E Johnny batucando teimoso sobre a mesa, de vez em quando cantarola, quase sem olhar para mim. Pode muito bem acontecer que ele não faça mais nenhum comentário sobre o livro. As coisas o carregam de um lado para outro, amanhã será uma mulher, alguma outra confusão, uma viagem. O mais prudente seria subtrair-lhe disfarçadamente a edição em inglês, e com tal objetivo falar com Dédée e pedir-lhe o favor em troca de tantos outros. É absurda essa inquietação, essa quase cólera. Não era o caso de esperar nenhum entusiasmo da parte de Johnny; na realidade nunca havia me ocorrido pensar que ele leria o livro. Sei muito bem que o livro não diz a verdade sobre Johnny (assim como não mente), que se limita à música de Johnny. Por discrição, por bondade, eu não quis desnudar sua incurável esquizofrenia, o sórdido pano de fundo da droga, a promiscuidade daquela vida lamentável. Impus-me a tarefa de mostrar as linhas essenciais, enfatizando o que verdadeiramente conta, a arte incomparável de Johnny. Que mais poderia dizer? Mas talvez seja precisamente aí que ele está à minha espera, como sempre à espreita, aguardando alguma coisa, agachado para dar um daqueles saltos absurdos dos quais todos saímos machucados. E é talvez aí que ele está à minha espera para desmentir todas as bases estéticas sobre as quais fundei a razão última de sua música, a grande teoria do jazz contemporâneo que tantos elogios me granjeou por toda parte.

Sinceramente, por que eu me preocuparia com a vida dele? A única coisa que me inquieta é que ele se deixe levar por esse comportamento que sou incapaz de acompanhar (digamos que não quero acompanhar) e acabe desmentindo as conclusões de meu livro. Que saia por aí espalhando que minhas afirmações são falsas, que sua música é outra coisa.

— Ouça, ainda há pouco você disse que estavam faltando coisas no livro. (Atenção, agora.)

— Que estão faltando coisas, Bruno? Ah, sei, eu lhe disse que faltavam coisas. Olhe, não é só o vestido vermelho da Lan. Tem ainda... Será que aquilo são mesmo urnas, Bruno? Esta noite eu as vi de novo, um campo imenso, mas já não estavam tão enterradas. Algumas tinham inscrições e desenhos, havia gigantes com capacetes, como no cinema, com porretes enormes nas mãos. É terrível andar entre as urnas e saber que não há mais ninguém, que sou o único a andar pelo meio delas, procurando. Não se aflija, Bruno, não faz mal que você tenha esquecido de incluir tudo isso. Mas, Bruno — e ergue um dedo que não treme —, você se esqueceu foi de mim.

— Que é isso, Johnny...

— De mim, Bruno, de mim. E não é culpa sua não ter conseguido escrever o que eu também não sou capaz de tocar. Quando você sai por aí dizendo que minha verdadeira biografia está nos meus discos, sei que você acredita nisso de verdade, e além do mais o efeito é excelente, só que não é verdade. E se eu mesmo não soube tocar como devia, tocar o que sou de verdade... como você está vendo, ninguém pode lhe pedir que faça milagres, Bruno. Está muito quente aqui dentro, vamos embora.

Sigo-o quando ele sai; andamos alguns metros, até que numa ruela um gato branco cruza nosso caminho e Johnny o acaricia durante um longo tempo. Bom, agora chega; na praça Saint-Michel encontrarei um táxi para deixá-lo no hotel e depois ir para casa. Até que não foi tão terrível assim; por um momento temi que Johnny tivesse elaborado uma espécie de antiteoria do livro e quisesse testá-la comigo antes de espalhá-la por aí a mil. Pobre Johnny, acariciando um gato branco. No fundo a única coisa que ele disse foi que ninguém sabe nada de ninguém, o que não é nenhuma novidade. Toda biografia dá isso por entendido e vai em frente, que diabo. Vamos, Johnny, vamos para casa que está tarde.

— Não vá imaginar que é só isso — diz Johnny, endireitando o corpo de repente como se soubesse o que estou pensando. — Tem Deus, meu querido. Aí sim é que você não pescou coisa nenhuma.

— Vamos, Johnny, vamos para casa que está tarde.

— Tem isso que você e os que são como meu amigo Bruno chamam de Deus. O tubo de pasta de dentes pela manhã, vocês chamam de Deus. O latão do lixo, vocês chamam de Deus. O medo de explodir, vocês chamam de Deus. E você teve a pouca-vergonha de me misturar com essa porcaria, escreveu que minha infância, que minha família, e sei lá que heranças ancestrais... Uma pilha de ovos podres e você cacarejando no meio, muito satisfeito com seu Deus. Não quero seu Deus, ele nunca foi o meu.

— A única coisa que eu disse foi que a música negra...

— Não quero seu Deus — repete Johnny. — Por que você me fez aceitar seu Deus no seu livro? Não sei se Deus existe. Toco minha música, faço meu Deus, não preciso das suas invenções, deixe suas invenções para Mahalia Jackson e o papa, e agora mesmo você vai cortar essa parte do seu livro.

— Se você faz questão — digo, para dizer alguma coisa. — Na segunda edição.

— Estou tão sozinho quanto esse gato; muito mais sozinho, porque sei disso e ele não. Maldito gato, está enfiando as unhas na minha mão. Bruno, o jazz não é só música, eu não sou só Johnny Carter.

— É exatamente isso que eu estava querendo dizer quando escrevi que às vezes você toca como...

— Como se estivesse chovendo no meu rabo — diz Johnny, e é a primeira vez na noite que o sinto furioso. — Não se pode dizer nada que na mesma hora você traduz para seu idioma sujo. Se quando eu toco você vê os anjos, a culpa não é minha. Se os outros abrem a boca para dizer que atingi a perfeição, a culpa não é minha. E o pior é isso, o que você verdadeiramente esqueceu de dizer no seu livro, Bruno, é que eu não valho nada, que o que eu toco e o que as pessoas aplaudem em mim não vale nada, realmente não vale nada.

Estranha modéstia, na verdade, a esta hora da noite. Esse Johnny...

— Como é que eu vou lhe explicar? — grita Johnny, apoiando as mãos em meus ombros, sacudindo-me para a direita e para a esquerda. (*La paix!*, berram de uma janela.) — Não é uma questão de mais música ou menos música, é outra coisa... por exemplo, é a diferença entre a Bee ter morrido e estar viva. O que eu toco é a Bee morta, sabe, enquanto o que eu quero, o que eu quero... E por isso às vezes pisoteio o sax e as pessoas ficam achando que passei dos limites na bebida. Claro que na verdade sempre que eu faço isso estou bêbado, porque ao fim e ao cabo um sax custa um dinheirão.

— Vamos por aqui. Vou levar você de táxi até o hotel.

— Você é um exemplo de bondade, Bruno — zomba Johnny. — O companheiro Bruno anota no caderninho dele tudo o que o cara fala, só não anota o que é importante. Nunca imaginei que você pudesse errar tanto,

Bruno. Só depois que o Art me passou o livro. No começo achei que você estivesse falando de alguma outra pessoa, do Ronnie ou do Marcel, depois foi Johnny para cá e Johnny para lá, ou seja, era de mim que se tratava, e eu me perguntando, mas esse aí sou eu?, e dê-lhe eu em Baltimore, e o negócio do *Birdland*, e meu estilo... Ouça — acrescenta quase com frieza —, não é que eu não me dê conta de que você escreveu um livro para o público. Está muito bem, e tudo que você diz sobre minha maneira de tocar e de sentir o jazz me parece perfeitamente o.k. Para que vamos continuar discutindo o livro? Um lixo no Sena, aquela palha boiando ao lado do cais, seu livro. E eu sou aquela outra palha, e você é aquela garrafa que está passando agora, pulando na água. Bruno, vou morrer sem ter encontrado... sem...

Seguro-o por baixo dos braços, encosto-o na mureta do cais. Está submergindo no delírio de sempre, murmura pedaços de palavras, cospe.

— Sem ter encontrado — repete. — Sem ter encontrado...

— O que você queria encontrar, irmão? — digo a ele. — Não se deve pedir o impossível, o que você encontrou seria suficiente para...

— Para você, já sei — diz Johnny rancorosamente. — Para o Art, para a Dédée, para a Lan... Você não faz ideia como... É, uma ou outra vez a porta começou a se abrir... Olhe as duas palhas, se encontraram, estão dançando uma na frente da outra... Bonito, não é? Começou a se abrir... O tempo... eu já lhe disse, acho, que esse negócio de tempo... Bruno, a vida inteira andei atrás, na minha música, de que no fim essa porta se abrisse. Um nada, uma frestinha... Me lembro em Nova York, uma noite... Um vestido vermelho. É, vermelho, e ficava lindo nela. Bom, uma noite a gente estava com o Miles, com o Hal... acho que fazia uma hora que a gente estava tocando a mesma coisa, só nós, tão felizes... O Miles tocou uma coisa tão bonita que quase me derruba da cadeira, e aí me entreguei, fechei os olhos, comecei a voar. Bruno, eu juro que estava voando... Ouvia a mim mesmo como se estivesse num lugar muitíssimo afastado, mas dentro de mim, junto de mim, houvesse alguém em pé... Não exatamente alguém... Olhe a garrafa, é incrível como ela pula... Não era alguém, estou procurando comparações... Era a segurança, o encontro, como em alguns sonhos, você não acha?, quando tudo ficou solucionado, a Lan e as meninas à sua espera com um peru no forno, no carro você não encontra nenhum sinal fechado, tudo rola com a suavidade de uma bola de bilhar. E o que havia junto de mim era como se fosse eu mesmo só que sem ocupar nenhum espaço, sem estar em Nova York, e principalmente sem tempo, sem que depois... sem que houvesse depois... Por um momento houve apenas sempre... E eu não sabia que era mentira, que aquilo só acontecia porque eu estava perdido na música e que assim que acabasse de tocar, porque ao fim e ao cabo em algum momento

As armas secretas   349

eu teria de deixar o pobre do Hal matar seu desejo de tocar piano, no mesmíssimo instante eu cairia de cabeça em mim mesmo...

Chora mansamente, esfrega os olhos com as mãos sujas. Não sei mais o que fazer, está tão tarde, do rio sobe a umidade, nós dois vamos nos resfriar.

— Acho que eu estava querendo nadar sem água — murmura Johnny. — Acho que quis ficar com o vestido vermelho da Lan, só que sem a Lan. E a Bee morreu, Bruno. Acho que você tem razão, que seu livro é ótimo.

— Ora, Johnny, não tenho a intenção de me ofender com o que você achar ruim.

— Não é isso, seu livro é bom porque... porque não tem urnas, Bruno. É como o que o Satchmo toca, tão limpo, tão puro. Você não acha que o que o Satchmo toca parece um aniversário, ou uma boa ação? Nós... Como estou lhe dizendo, eu quis nadar sem água. Achei... mas é preciso ser uma besta... achei que um dia encontraria outra coisa. Não estava satisfeito, achava que as coisas boas, o vestido vermelho da Lan, e até a Bee, eram como ratoeiras, não sei explicar de outro jeito... Ratoeiras para que nos conformemos, sabe, para que digamos que está tudo bem. Bruno, eu acho que a Lan e o jazz, é, até o jazz, eram como anúncios numa revista, coisas bonitas para que eu me conformasse, como você se conforma porque tem Paris e sua mulher e seu trabalho... Eu tinha meu sax... e meu sexo, como diz o livro. Não precisava de mais nada. Ratoeiras, meu querido... porque não é possível que não exista outra coisa, não é possível que estejamos tão perto, tão do outro lado da porta...

— A única coisa que conta é dar tudo de si — digo, sentindo-me insuperavelmente idiota.

— E ganhar todos os anos o referendo da *Down Beat*, claro — concorda Johnny. — Claro que sim, claro que sim, claro que sim. Claro que sim.

Aos poucos, levo-o até a praça. Por sorte há um táxi na esquina.

— Principalmente, não aceito seu Deus — murmura Johnny. — Não me venha com essa história, não autorizo. E se ele realmente está do outro lado da porta, não me interessa. Não há mérito nenhum em passar para o outro lado porque ele abriu a porta para você. Derrubar a porta a pontapés, aí sim. Demolir a murros, ejacular nela, passar um dia inteiro mijando na porta. Aquela vez em Nova York acho que abri a porta com minha música, até que fui obrigado a parar, e aí o maldito fechou-a na minha cara pela simples razão de que nunca rezei para ele, de que nunca vou rezar para ele, de que não quero conversa com esse porteiro de libré, esse abridor de portas em troca de gorjetas, esse...

Pobre Johnny, depois se queixa de que não ponham essas coisas num livro. Três da madrugada, minha mãe.

350 *O perseguidor*

* * *

Tica havia voltado para Nova York, Johnny havia voltado para Nova York (sem Dédée, agora muito bem instalada na casa de Louis Perron, que promete como trombonista). Baby Lennox havia voltado para Nova York. A temporada em Paris não estava grande coisa e eu sentia falta de meus amigos. Meu livro sobre Johnny estava vendendo muito bem em toda parte, e naturalmente Sammy Pretzal já falava numa possível adaptação em Hollywood, coisa sempre interessante quando se calcula a relação franco-dólar. Minha mulher continuava furiosa comigo por causa de minha história com Baby Lennox, nada de muito grave, aliás, afinal de contas Baby é acentuadamente promíscua e qualquer mulher inteligente deveria entender que essas coisas não comprometem o equilíbrio conjugal, fora o fato de que Baby já havia voltado para Nova York com Johnny, finalmente tivera o gostinho de partir com Johnny no mesmo navio. Já estaria fumando maconha com Johnny, perdida como ele, pobre moça. E "Amorous" acabava de sair em Paris, bem quando a segunda edição de meu livro ia para o prelo e falavam em tradução para o alemão. Eu havia pensado muito nas possíveis modificações da segunda edição. Honesto na medida em que a profissão o permite, me perguntava se não teria sido necessário mostrar a personalidade de meu biografado sob outra luz. Discuti o assunto várias vezes com Delaunay e com Hodeir, eles na verdade não sabiam o que me aconselhar porque achavam o livro sensacional e diziam que as pessoas gostavam dele do jeito que estava. Tive a impressão de perceber que os dois temiam um contágio literário, que eu acabasse tingindo a obra com matizes que pouco ou nada tinham a ver com a música de Johnny, pelo menos tal como todos nós a entendíamos. Tive a impressão de que a opinião de pessoas autorizadas (e minha decisão pessoal, seria tolice negar esse fato a esta altura dos acontecimentos) justificava deixar a segunda edição sem modificações. A leitura minuciosa das revistas especializadas dos Estados Unidos (quatro reportagens dedicadas a Johnny, notícias sobre uma nova tentativa de suicídio, dessa vez com tintura de iodo, sonda gástrica e três semanas de hospital, tocando de novo em Baltimore como se nada tivesse acontecido) me tranquilizou bastante, fora a pena que me davam essas recaídas lamentáveis. Johnny não dissera nem uma palavra comprometedora sobre o livro. Exemplo (na *Stomping Around*, uma revista musical de Chicago, entrevista de Teddy Rogers com Johnny): "Você leu o que Bruno V... escreveu em Paris sobre você?". "Li. Gostei muito." "Algum comentário sobre o livro?" "Nenhum, a não ser que é muito bom. O Bruno é um ótimo sujeito." Restava saber o que Johnny seria capaz de dizer quando estivesse bêbado ou drogado, mas pelo menos não havia sinais de nenhum desmentido de sua parte. Resolvi não mexer na segunda edição do livro, continuar apresentando Johnny como o que ele era no fundo: um pobre-diabo de inteligência apenas medíocre, dotado, como tantos músicos, tantos enxadristas, tantos poetas, do dom de criar coisas fantásticas sem ter a menor consciência (no máximo um orgulho de boxeador que se sabe forte) das dimensões de sua obra. Tudo me induzia a manter tal qual esse retrato de Johnny; não era o caso de arrumar complicações com um público que quer muito jazz mas nada de análises musicais ou psicológicas, nada que não seja a satisfação instantânea e bem recortada, as mãos que marcam o ritmo, os rostos que se distendem beatificamente, a música que percorre a pele, se incorpora ao sangue e à respiração, e depois fim, nada de razões profundas.

Primeiro chegaram os telegramas (para Delaunay, para mim, à tarde já estavam saindo os jornais com comentários idiotas), vinte dias depois recebi carta de Baby Lennox, que não se esquecera de mim. "Ele recebeu um ótimo tratamento em Bellevue, fui buscá-lo lá quando saiu. A gente estava morando no apartamento do Mike Russolo, em turnê na Noruega. O Johnny estava muito bem, não queria tocar em público mas aceitou gravar discos com os rapazes do Club 28. A você eu posso dizer, na verdade ele estava muito fraco (posso imaginar o que Baby queria dar a entender com isso, depois de nossa aventura em Paris), e à noite a respiração e os gemidos dele me deixavam assustada. A única coisa que me consola — acrescentava Baby deliciosamente — é que ele morreu contente e sem se dar conta. Estava vendo tevê e de repente caiu no chão. Me disseram que foi instantâneo." De onde se deduzia que Baby não presenciara a coisa, e não presenciara mesmo porque pouco depois soubemos que Johnny estava morando na casa de Tica e que havia passado cinco dias com ela, preocupado e abatido, falando em abandonar o jazz, ir morar no México e trabalhar no campo (todo mundo tem essa ideia em algum momento da vida, não tem nem graça), e que Tica ficava de olho nele e fazia o possível para tranquilizá-lo e obrigá-lo a pensar no futuro (foi o que Tica contou logo depois, como se ela ou Johnny alguma vez tivessem tido a menor ideia do futuro). No meio de um programa de televisão de que Johnny gostava muito ele começou a tossir, de repente se dobrou bruscamente etc. Não tenho tanta certeza de que a morte tivesse sido instantânea como Tica declarou à polícia (tentando livrar-se da confusão monumental em que estava envolvida pelo fato de Johnny ter morrido em seu apartamento, a maconha ao alcance da mão, algumas confusões anteriores da pobre Tica, e os resultados não de todo convincentes da autópsia. Dá para imaginar tudo o que um médico poderia encontrar no fígado e nos pulmões de Johnny). "Nem queira saber meu sofrimento com a morte dele, eu ainda poderia lhe contar outras coisas", acrescentava meigamente a

352 *O perseguidor*

querida Baby, "mas algum dia, quando eu estiver mais forte, lhe escrevo ou conto em pessoa (parece que Rogers quer me contratar para Paris e Berlim) tudo o que você precisa saber, você que era o melhor amigo do Johnny." E depois de uma página inteira dedicada a insultar Tica, a qual, segundo Baby, não só seria responsável pela morte de Johnny como também pelo ataque a Pearl Harbour e pela Peste Negra, a pobrezinha concluía: "Antes que eu me esqueça, um dia em Bellevue ele perguntou muito por você, suas ideias estavam meio misturadas e ele achava que você estava em Nova York e não queria ir visitá-lo, não parava de falar nuns campos cheios de coisas, e depois chamava por você e até dizia palavrões, coitado. Você sabe como é a febre. A Tica disse ao Bob Carey que as últimas palavras do Johnny foram algo tipo: 'Ah, me faça uma máscara', mas você pode muito bem imaginar que numa hora dessas...". Imaginava, e como. "Ele havia engordado muito", acrescentava Baby no fim da carta, "e ficava ofegante quando andava." Eram os detalhes que cabia esperar de uma pessoa delicada como Baby Lennox.

Tudo isso coincidiu com a saída da segunda edição de meu livro, mas por sorte tive tempo de acrescentar uma nota necrológica redigida a todo o vapor e uma fotografia do enterro, onde se viam muitos jazzistas famosos. Desse modo a biografia ficou, por assim dizer, completa. Talvez não fique bem eu dizer isso, mas, como é natural, eu me situo num plano meramente estético. Já estão falando em nova tradução, acho que para o sueco ou o norueguês. Minha mulher está encantada com a notícia.

As armas secretas

C urioso que as pessoas acreditem que arrumar uma cama corresponde exatamente a arrumar uma cama, que um aperto de mão é sempre idêntico a um aperto de mão, que abrir uma lata de sardinhas é abrir ao infinito a mesma lata de sardinhas. "Mas se tudo é excepcional", pensa Pierre, alisando desajeitadamente o puído cobertor azul. "Ontem chovia, hoje fez sol, ontem eu estava triste, hoje Michèle virá. A única coisa invariável é que nunca vou conseguir que esta cama tenha um aspecto apresentável." Não faz mal, as mulheres gostam da desordem de um quarto de solteiro, podem sorrir (vê-se a mãe em todos os seus dentes) e ajeitar as cortinas, mudar um vaso ou uma cadeira de lugar, dizer só você para ter a ideia de pôr essa mesa num lugar onde não há luz. Michèle provavelmente dirá coisas assim, se movimentará tocando e deslocando livros e lâmpadas, e ele a deixará à vontade olhando-a o tempo todo, jogado na cama ou afundado no velho sofá, olhando-a através da fumaça de um Gauloise e desejando-a.

"Seis, a hora grave", pensa Pierre. A hora dourada em que todo o bairro de Saint-Sulpice começa a mudar, a preparar-se para a noite. Não demora e sairão as meninas do escritório do notário, o marido de madame Lenôtre arrastará sua perna pelas escadas, serão ouvidas as vozes das irmãs do sexto andar, inseparáveis na hora de comprar o pão e o jornal. Michèle só pode estar por chegar, a menos que se perca ou que se demore pelo caminho, com seu talento especial para parar em qualquer lugar e começar a viajar pelos mundinhos particulares das vitrines. Depois contará a ele: um urso de corda, um disco de Couperin, uma corrente de bronze com uma pedra azul, as obras completas de Stendhal, a moda de verão. Razões tão compreensíveis para chegar um pouco tarde. Mais um Gauloise, então, mais um gole de conhaque. Fica com vontade de ouvir canções de MacOrlan, procura sem muito esforço entre montanhas de papéis e cadernos. Com certeza Roland ou Babette levaram o disco; bem que eles poderiam avisar, quando levam alguma coisa que lhe pertence. Por que Michèle não chega? Senta-se à beira da cama, enrugando o cobertor. Pronto, agora vai ser preciso puxar de um lado e depois do outro, a maldita borda do travesseiro vai ficar aparecendo outra vez. O maldito cheiro de cigarro está horrível, Michèle vai franzir o nariz e dizer-lhe que o cheiro de cigarro está horrível. Centenas e mais centenas de Gauloises fumados em centenas e mais centenas de dias: uma tese, algumas amigas, duas crises hepáticas, romances, tédio. Centenas e mais centenas de Gauloises? Sempre fica surpreso ao descobrir-se debruçado sobre o irrisório, dando importância aos detalhes. Lembra-se de velhas gravatas que jogou no lixo há dez anos, da cor de um selo do Congo Belga, orgulho de uma infância filatélica. Como se no fundo da memória soubesse exatamente quantos cigarros já fumou na vida, que gosto tinha cada um deles, em que momento o acendeu, onde jogou a bagana. Quem sabe os números absurdos que às vezes aparecem em seus sonhos sejam vislumbres dessa implacável contabilidade. "Mas então é porque Deus existe", pensa Pierre. O espelho do armário lhe devolve seu sorriso, obrigando-o como sempre a rearrumar o rosto, a jogar para trás a mecha de cabelo negro que Michèle ameaça cortar. Por que Michèle não chega? "Porque não quer entrar no meu quarto", pensa Pierre. Mas para um dia poder cortar a mecha que lhe cai na testa ela vai ter que entrar no quarto dele e deitar-se na cama dele. Alto preço paga Dalila, não se chega assim sem mais ao cabelo de um homem. Pierre diz para si mesmo que é um tolo por ter pensado que Michèle não quer subir para o quarto dele. Pensou-o surdamente, como de longe. Às vezes o pensamento parece precisar abrir caminho por incontáveis barreiras, até se apresentar e ser ouvido. É idiota ter pensado que Michèle não quer subir até seu quarto. Se não chega é porque está absorta diante da vitrine de uma loja de ferragens ou de um empório, encantada com a visão de uma pequena foca de porcelana ou uma litografia de Zao-Wu-Ki. Tem a sensação de vê-la, e ao mesmo tempo se dá conta de que está imaginando uma espingarda de cano duplo, justamente quando traga a fumaça do cigarro e tem a sensação de ter sido perdoado de sua tolice. Uma espingarda de cano duplo, e aquela sensação de estranhamento. Não gosta dessa hora em que tudo tende ao lilás, ao cinza. Estende indolentemente o braço para acender a lâmpada de cabeceira. Por que Michèle não chega? Não vem mais, é inútil continuar esperando. Será preciso concluir que ela realmente não quer ir até seu quarto. Enfim, enfim. Nada de levar para o lado da tragédia; outro conhaque, o romance iniciado, descer para comer alguma coisa no café do Leon. As mulheres são todas iguais, em Enghien ou em Paris, jovens ou maduras. Sua teoria dos casos excepcionais começa a desmoronar, a ratinha recua antes de entrar na ratoeira. Mas que ratoeira? Um dia ou outro, antes ou depois... Está esperando por ela desde as cinco, mesmo ela devendo chegar às seis; alisou especialmente para ela o cobertor azul, subiu feito um idiota numa cadeira de espanador na mão para desprender uma insignificante teia de aranha que não fazia mal a ninguém. E seria tão natural que naquele exato momento ela descesse do ônibus em Saint-Sulpice e se aproximasse de seu prédio, parando nas vitrines ou olhando as pombas da praça. Não há nenhuma razão para que não queira subir até seu quarto. Claro que também não há nenhuma razão para pensar numa espingarda de cano duplo ou decidir que naquele momento Michaux seria melhor leitura que Graham Greene. A opção instantânea sempre preocupa Pierre. Não é possível que tudo seja gratuito, que um mero acaso decida Greene contra Malraux, Michaux contra Enghien, ou seja, contra Greene. Inclusive confundir uma localidade como Enghien com um escritor como Greene... "Não é possível que tudo seja tão absurdo", pensa Pierre jogando fora o cigarro. "E se ela não vier é porque aconteceu alguma coisa com ela; nada a ver com a gente."

Desce até a rua, espera um pouco na porta. Vê acenderem-se as luzes da praça. No café do Leon não há quase ninguém quando se senta a uma mesa da rua e pede uma cerveja. De onde está pode ver a entrada de seu prédio, de modo que se ainda... Leon fala da Volta da França; chegam Nicole e sua amiga, a florista da voz rouca. A cerveja está gelada, será coisa de pedir umas salsichas. Na entrada de seu prédio o filho da zeladora brinca de pular num pé só. Quando se cansa, troca de pé sem sair da frente da porta.

— Que besteira — diz Michèle. — Por que eu não ia querer ir a sua casa, se a gente tinha combinado?

Edmond traz o café das onze da manhã. Não há quase ninguém àquela hora, e Edmond se demora ao lado da mesa para comentar a Volta da França. Depois Michèle explica o provável, o que Pierre devia ter pensado. Os frequentes desmaios da mãe, papai que se assusta e telefona para o escritório, correr para um táxi e depois não ser nada, uma náusea sem maior importância. Não é a primeira vez que tudo isso acontece, mas precisa ser Pierre para...

— Que bom que ela está bem — diz Pierre tolamente.

Põe a mão sobre a mão de Michèle. Michèle põe a outra mão sobre a de Pierre. Pierre põe a outra mão sobre a de Michèle. Michèle tira a mão de baixo e a põe em cima. Pierre tira a mão de baixo e a põe em cima. Michèle tira a mão de baixo e apoia a palma no nariz de Pierre.

— Fria como a de um cachorrinho.

Pierre admite que a temperatura de seu nariz é um enigma insondável.

— Bobo — diz Michèle, resumindo a situação.

Pierre beija sua testa, por cima do cabelo. Como ela inclina a cabeça, ele segura seu queixo e a obriga a olhar para ele antes de beijá-la na boca. Beija-a uma, duas vezes. Cheira a coisa fresca, à sombra que há sob as árvores. *Im wunderschonen Monat Mai*, ouve nitidamente a melodia. Sente-se vagamente admirado por se lembrar tão bem das palavras, que só depois de traduzidas adquirem pleno sentido para ele. Mas gosta da melodia, as palavras soam tão bem contra o cabelo de Michèle, contra sua boca úmida. *Im wunderschonen Monat Mai, als...*

A mão de Michèle agarra seu ombro, crava-lhe as unhas.

— Você está me machucando — diz Michèle repelindo-o, passando os dedos sobre os lábios.

Pierre vê a marca de seus dentes na borda do lábio. Acaricia a face dela e a beija outra vez, bem de leve. Michèle está zangada? Não, não está. Quando, quando, quando vão se encontrar a sós? Tem dificuldade para entender, as explicações de Michèle parecem referir-se a outra coisa. Obcecado pela ideia de vê-la chegar um dia a seu apartamento, de que vai subir os cinco andares e entrar em seu quarto, não entende que tudo se desanuviou de repente, que os pais de Michèle vão passar quinze dias no sítio. Que viajem, melhor assim, porque aí Michèle... De repente se dá conta, fica olhando para ela. Michèle ri.

— Você vai passar esses quinze dias sozinha na sua casa?

— Que bobo você é — diz Michèle. Estende um dedo e desenha invisíveis estrelas, losangos, suaves espirais. É óbvio que sua mãe conta com que a fiel Babette lhe faça companhia durante aquelas duas semanas, já houve tantos

356 *As armas secretas*

roubos e assaltos nos subúrbios... Mas Babette ficará em Paris todo o tempo que eles quiserem.

Pierre não conhece o pavilhão, embora já o tenha imaginado tantas vezes que é como se já estivesse nele, entra com Michèle num salãozinho acanhado de móveis vetustos, sobe uma escada depois de roçar com os dedos a bola de vidro no lugar onde nasce o corrimão. Não sabe por que a casa lhe desagrada, tem vontade de sair para o jardim, embora seja difícil acreditar que um pavilhão tão pequeno possa ter um jardim. Desprende-se com esforço da imagem, descobre que é feliz, que está no café com Michèle, que a casa deve ser diferente disso que imagina e que o sufoca um pouco com seus móveis e seus tapetes puídos. "Preciso pedir ao Xavier que me empreste a motocicleta", pensa Pierre. Virá esperar Michèle e em meia hora estarão em Clamart, terão dois fins de semana para fazer passeios, vai ser preciso arrumar uma térmica e comprar nescafé.

— Na escada da sua casa tem uma bola de vidro?

— Não — diz Michèle —, você está confundindo com...

Cala-se, como se algo a incomodasse na garganta. Afundado no sofá, a cabeça apoiada no alto espelho com que Edmond pretende multiplicar as mesas do café, Pierre admite vagamente que Michèle é como uma gata ou um retrato anônimo. Faz tão pouco tempo que a conhece, talvez ela também o julgue difícil de entender. Para começar, amar-se nunca é uma explicação, assim como não é uma explicação ter amigos comuns ou partilhar opiniões políticas. Sempre se começa por acreditar que não há mistério em ninguém, é tão fácil acumular notícias: Michèle Duvernois, vinte e quatro anos, cabelo castanho, olhos cinzentos, trabalha num escritório. E ela também sabe que Pierre Jolivet, vinte e três anos, cabelo louro... Mas amanhã irá com Michèle à casa dela, em meia hora de viagem estarão em Enghien. "Enghien de novo", pensa Pierre, afastando o nome como se fosse uma mosca. Terão quinze dias para ficar juntos, e na casa há um jardim, provavelmente tão diferente do que imagina, terá de perguntar a Michèle como é o jardim, mas Michèle está chamando Edmond, já passa das onze e meia e o gerente franzirá o nariz se a vir voltar tarde.

— Fique um pouquinho mais — diz Pierre. — Lá vêm Roland e Babette. É incrível como nunca conseguimos ficar sozinhos neste café.

— Sozinhos? — diz Michèle. — Mas se viemos até aqui para nos encontrar com eles!

— Eu sei, mas mesmo assim.

Michèle dá de ombros, e Pierre sabe que ela o entende e que no fundo também lamenta que os amigos apareçam tão pontualmente. Babette e Roland trazem seu ar habitual de plácida felicidade, que daquela vez o irrita e impacienta. Estão do outro lado, protegidos pelo quebra-mar do tempo; suas iras e insatisfações pertencem ao mundo, à política ou à arte, nunca a eles mesmos, à relação mais profunda dos dois. Salvos pelo hábito, pelos gestos mecânicos. Tudo alisado, passado a ferro, guardado, numerado. Porquinhos contentes, pobres rapazes tão bons amigos. Está a ponto de não apertar a mão que Roland lhe estende, engole cuspe, olha-o nos olhos, depois aperta seus dedos como se quisesse quebrá-los. Roland ri e se senta na frente deles; traz notícias de um cineclube, será preciso ir sem falta na segunda-feira. "Porquinhos contentes", rumina Pierre. É idiota, é injusto. Mas um filme de Pudovkin, francamente, está na hora de encontrar alguma novidade.

— Novidade — zomba Babette. — Novidade. Que velho você está, Pierre. Nenhuma razão para não querer apertar a mão de Roland.

— E estava usando uma blusa laranja que ficava tão bem nela — conta Michèle.

Roland oferece Gauloises e pede café. Nenhuma razão para não querer apertar a mão de Roland.

— Sim, é uma menina inteligente — diz Babette.

Roland olha para Pierre e pisca um olho. Tranquilo, sem problemas. Absolutamente sem problemas, porquinho tranquilo. Pierre sente nojo dessa tranquilidade, que Michèle possa estar falando de uma blusa laranja, distante dele como sempre. Não tem nada a ver com eles, entrou por último no grupo, toleram-no e ponto.

Enquanto fala (agora sobre certos sapatos), Michèle passa um dedo pela borda do lábio. Nem sequer é capaz de beijá-la direito, machucou-a, e Michèle se lembra. E todo mundo o machuca, piscam um olho para ele, sorriem para ele, adoram-no. É como um peso no peito, uma necessidade de partir e de estar sozinho em seu quarto perguntando-se por que Michèle não apareceu, por que Babette e Roland levaram um de seus discos sem avisar.

Michèle olha o relógio e se sobressalta. Combinam o assunto do cineclube, Pierre paga o café. Sente-se melhor, gostaria de conversar mais um pouco com Roland e Babette, saúda-os com afeto. Porquinhos bons, tão amigos de Michèle.

Roland vê quando se afastam, saem para a rua sob o sol. Bebe seu café devagar.

— Eu me pergunto — diz Roland.

— Eu também — diz Babette.

— Por que não, ao fim e ao cabo?

— Por que não, claro. Mas seria a primeira vez desde aquela outra.

— Já está em tempo de Michèle fazer alguma coisa da vida — diz Roland.
— E se você quer saber minha opinião, está muito apaixonada.

— Os dois estão muito apaixonados.

Roland fica pensando.

Marcou encontro com Xavier num café da praça Saint-Michel, mas chega cedo. Pede cerveja e folheia o jornal; não se lembra bem do que fez desde que deixou Michèle na porta do escritório. Os últimos meses são tão confusos quanto a manhã que ainda não transcorreu e já é uma mistura de falsas recordações, de equívocos. Nessa vida remota que leva, a única certeza é a de haver estado o mais perto possível de Michèle, esperando e se dando conta de que isso não basta, de que tudo é vagamente assombroso, de que não sabe nada de Michèle, absolutamente nada na verdade (tem olhos cinzentos, tem cinco dedos em cada mão, é solteira, usa um penteado de menina), absolutamente nada na verdade. Então, se não se sabe nada de Michèle, é só deixar de vê-la por um momento para que o vácuo se transforme num emaranhado espesso e amargo; ela tem medo de você, tem nojo de você, às vezes o repele no momento mais perdido de um beijo, não quer ir para a cama com você, tem horror de alguma coisa, esta manhã mesmo o repeliu com violência (e como estava encantadora, como se agarrou a você no momento de despedir--se, e como preparou tudo para ir ao seu encontro amanhã e irem juntos até sua casa em Enghien), e você deixou em sua boca a marca dos dentes, você a estava beijando e a mordeu e ela reclamou, passou os dedos pela boca e reclamou sem ficar brava, um pouco assombrada apenas, *als alle Knospen sprangen*, você cantava Schumann por dentro, seu animal, cantava enquanto mordia sua boca e agora se lembra, além disso você subia uma escada, sim, subia, roçava com a mão a bola de vidro no lugar onde nasce o corrimão, mas depois Michèle falou que na casa dela não existe nenhuma bola de vidro.

Pierre desliza na banqueta, pega os cigarros. Afinal Michèle também não sabe grande coisa dele, não é nada curiosa embora tenha aquele jeito atento e grave de escutar as confidências, aquela capacidade de partilhar um momento de vida, qualquer coisa, um gato que sai de um portal, uma tempestade na Cité, uma folha de árvore, um disco de Gerry Mulligan. Atenta, entusiasta e grave ao mesmo tempo, tão igual para ouvir como para fazer-se ouvir. É assim que de encontro em encontro, de papo em papo, derivaram para a solidão do casal na multidão, um pouco de política, romances, ir ao cinema, beijar-se cada vez mais profundamente, permitir que a mão dele desça pelo pescoço, roce os seios, repita a interminável pergunta sem resposta. Chove, é preciso refugiar-se num portal; o sol cai sobre a cabeça, entremos nessa livraria, amanhã apresento você a Babette, é uma velha amiga, você vai gostar dela. E depois se verificará que o amigo de Babette é um antigo colega de Xavier que é o melhor amigo de Pierre, e o círculo irá se fechando, às vezes na casa de Babette e Roland, às vezes no consultório de Xavier ou nos cafés do bairro latino à noite. Pierre se sentirá grato, sem atinar com a causa de sua gratidão, pelo fato de Babette e Roland serem tão amigos de Michèle e darem a impressão de protegê-la discretamente, sem que Michèle precise ser protegida. Ninguém fala muito dos outros nesse grupo; preferem os grandes temas, a política ou os processos, e principalmente gostam de olhar-se satisfeitos, trocar cigarros, sentar-se nos cafés e viver sentindo-se rodeados de companheiros. Sorte ter sido aceito e poder entrar, não são fáceis, conhecem os métodos mais seguros para desanimar os que se aproximam. "Gosto deles", diz Pierre para si mesmo, bebendo o resto da cerveja. Vai ver que imaginam que já é amante de Michèle, pelo menos Xavier deve imaginar; não entraria na cabeça dele que Michèle tenha podido negar-se todo esse tempo sem razões precisas, simplesmente se negar e continuar se encontrando com ele, saindo juntos, deixando-o falar ou falando ela. É possível habituar-se até à estranheza, acreditar que o mistério se explica por si mesmo e que acabamos vivendo nele, aceitando o inaceitável, despedindo-se nas esquinas ou nos cafés quando tudo seria tão simples, uma escada com uma bola de vidro no lugar onde nasce o corrimão que leva ao encontro, ao verdadeiro. Mas Michèle falou que não existe nenhuma bola de vidro.

Alto e magro, Xavier traz seu semblante dos dias de trabalho. Fala de certas experiências, da biologia como uma incitação ao ceticismo. Olha para um dos dedos, manchado de amarelo. Pierre lhe pergunta:

— Acontece de você pensar de repente em coisas que não têm nada a ver com o que estava pensando?

— Que não têm nada a ver é uma hipótese de trabalho, só isso — diz Xavier.

— Estou me sentindo muito esquisito ultimamente. Você devia me dar alguma coisa, uma espécie de objetivador.

— Objetivador? — diz Xavier. — Isso não existe, velho.

— Penso demais em mim mesmo — diz Pierre. — É idiota.

— E Michèle, não objetiva você?

— Justamente, ontem me ocorreu que...

Ouve-se falar, vê Xavier que o está vendo, vê a imagem de Xavier num espelho, a nuca de Xavier, vê-se a si mesmo falando com Xavier (mas por que preciso imaginar que há uma bola de vidro no lugar onde nasce o corrimão), e de quando em quando assiste ao movimento de cabeça de Xavier, o gesto profissional tão ridículo quando não se está num consultório e o médico não veste o jaleco que o situa em outro plano e lhe confere outra autoridade.

— Enghien — diz Xavier. — Não se preocupe com isso, eu sempre confundo Le Mans com Menton. Deve ser culpa de alguma professora, lá na infância remota.

Im wunderschonen Monat Mai, cantarola a memória de Pierre.

— Se você não estiver dormindo bem, me avise que lhe dou alguma coisa — diz Xavier. — De todo modo, tenho certeza de que esses quinze dias no paraíso serão suficientes. Nada como partilhar um travesseiro, clareia completamente as ideias; às vezes até dá fim nelas, o que é uma tranquilidade.

Quem sabe se trabalhasse mais, se se cansasse mais, se pintasse seu quarto ou fizesse a pé o trajeto até a faculdade, em vez de tomar o ônibus. Se tivesse que ganhar os setenta mil francos que os pais lhe enviam. Apoiado no peitoril do Pont Neuf vê passarem as barcaças e sente o sol de verão no pescoço e nos ombros. Um grupo de garotas ri e brinca, ouve-se o trote de um cavalo; um ciclista ruivo assobia prolongadamente ao passar pelas garotas, que riem ainda mais alto, e é como se as folhas secas se levantassem e comessem sua face numa única e horrível dentada negra.

Pierre esfrega os olhos, se endireita devagar. Não foram palavras, também não foi uma visão: uma coisa intermediária, uma imagem decomposta em tantas palavras quantas folhas secas há no chão (que se levantou para atacar em cheio seu rosto). Vê que sua mão direita treme sobre o peitoril. Cerra o punho, luta até dominar o tremor. Xavier já deve estar longe, seria inútil correr atrás dele, acrescentar uma nova historinha ao mostruário insensato. "Folhas secas", dirá Xavier. "Mas não há folhas secas no Pont Neuf." Como se ele não soubesse que não há folhas secas no Pont Neuf, que as folhas secas estão em Enghien.

Agora vou pensar em você, querida, só em você a noite inteira. Vou pensar só em você, é a única maneira de sentir-me a mim mesmo, ter você no centro de mim como uma árvore, desprender-me pouco a pouco do tronco que me ampara e me guia, flutuar ao seu redor cautelosamente, tateando o ar com cada folha (verdes, verdes, eu mesmo e você mesma, tronco de seiva e folhas verdes: verdes, verdes), sem me afastar de você, sem permitir que o resto se infiltre entre mim e você, que me distraia de você, me prive por um só segundo de saber que esta noite está girando no rumo do amanhecer e que lá do outro lado, onde você vive e dorme, será de novo noite quando chegarmos juntos e entrarmos em sua casa, subirmos os degraus da entrada, acendermos as luzes, acariciarmos seu cachorro, tomarmos café, nos olharmos tanto antes que eu a abrace (tê-la no próprio centro de mim mesmo como uma árvore) e a conduza até a escada (mas não há nenhuma bola de vidro) e começarmos a subir, subir, a porta está fechada mas a chave está em meu bolso...

As armas secretas   361

Pierre pula da cama, enfia a cabeça debaixo da torneira da pia. Pensar só em você, mas como é possível que o que está pensando seja um desejo obscuro e surdo no qual Michèle já não é Michèle (ter você no centro de mim como uma árvore), no qual não consegue senti-la nos braços enquanto sobe a escada, porque assim que apoiou o pé num degrau viu a bola de vidro e está sozinho, está subindo sozinho a escada e Michèle lá em cima, trancada, está atrás da porta sem saber que ele tem outra chave no bolso e que está subindo.

Enxuga o rosto, abre de par em par a janela à fresca da madrugada. Um bêbado monologa amistosamente na rua, oscilando como se flutuasse numa água pegajosa. Cantarola, vai e vem executando uma espécie de dança suspensa e cerimoniosa na grisalha que pouco a pouco morde as pedras do calçamento, os portais fechados. *Als alle Knospen sprangen*, as palavras se delineiam nos lábios ressecados de Pierre, se colam ao cantarolar lá embaixo, que não tem nada a ver com a melodia, mas as palavras tampouco têm a ver com coisa alguma, vêm como todo o resto, se colam à vida por um momento e depois vem uma espécie de ansiedade rancorosa, buracos virando do avesso para revelar retalhos que se prendem a qualquer outra coisa, uma espingarda de cano duplo, um colchão de folhas secas, o bêbado que dança ritmadamente uma espécie de pavana, com reverências que se desdobram em farrapos e tropeções e vagas palavras resmungadas.

A moto ronrona ao longo da Rue d'Alésia. Pierre sente os dedos de Michèle apertarem um pouco mais sua cintura toda vez que passam rente a um ônibus ou viram uma esquina. Quando o sinal vermelho os detém, inclina a cabeça para trás e espera uma carícia, um beijo no cabelo.

— Não estou mais com medo — diz Michèle. — Você dirige muito bem. Agora temos que entrar à direita.

O pavilhão está perdido entre dezenas de casas semelhantes, numa colina depois de Clamart. Para Pierre a palavra "pavilhão" evoca um refúgio, a segurança de que tudo será tranquilo e isolado, de que haverá um jardim com cadeiras de vime e talvez, durante a noite, algum vagalume.

— Tem vagalumes no seu jardim?

— Acho que não — diz Michèle. — Você tem cada ideia absurda.

É difícil falar na moto, o tráfego exige concentração e Pierre está cansado, só dormiu umas poucas horas pela manhã. Terá que se lembrar de tomar os comprimidos que Xavier lhe deu, mas naturalmente não se lembrará de tomá-los e além disso não vai precisar deles. Inclina a cabeça para trás e grunhe porque Michèle demora a beijá-lo, Michèle ri e passa a mão por seu cabelo. Sinal verde. "Deixe de besteira", disse Xavier, evidentemente

362   *As armas secretas*

desconcertado. Claro que vai passar, dois comprimidos antes de dormir, um gole d'água. Será que Michèle dorme bem?

— Michèle, você dorme bem?

— Muito bem — diz Michèle. — Às vezes tenho pesadelos, como todo mundo.

Claro, como todo mundo, só que ao acordar sabe que o sonho ficou para trás, sem se misturar aos ruídos da rua, aos rostos dos amigos, aquilo que se infiltra nas ocupações mais inocentes (mas Xavier disse que com dois comprimidos tudo sairá bem), deve dormir com o rosto afundado no travesseiro, as pernas um pouco encolhidas, respirando suavemente, e assim é que a verá agora, vai tê-la contra seu corpo assim adormecida, ouvindo-a respirar, indefesa e nua quando ele segurar seu cabelo com uma das mãos, e sinal amarelo, sinal vermelho, stop.

Freia tão violentamente que Michèle grita e depois fica muito quieta, como se estivesse envergonhada de seu grito. Com um pé no chão, Pierre vira a cabeça, sorri para alguma coisa que não é Michèle e fica como que perdido no ar, sempre sorrindo. Sabe que o sinal vai ficar verde, atrás da moto há um caminhão e um carro, alguém toca a buzina, duas, três vezes.

— O que você tem? — pergunta Michèle.

O do carro o insulta ao ultrapassá-lo e Pierre dá a partida lentamente. Havíamos chegado ao ponto em que ele a veria tal como é, indefesa e nua. Dissemos isso, havíamos chegado exatamente ao momento em que a víamos dormir indefesa e nua, quer dizer, não há razão alguma para supor, por um momento que seja, que vai ser preciso... Sim, já ouvi, primeiro à esquerda e depois de novo à esquerda. Lá, aquele telhado de ardósia? Tem pinheiros, que bonito, mas que bonito seu pavilhão, um jardim com pinheiros e seus pais que viajaram para o sítio, quase não dá para acreditar, Michèle, quase não é possível acreditar numa coisa dessas.

Bobby, que os recebeu com um grande sortimento de latidos, salva as aparências cheirando minuciosamente a calça de Pierre, que empurra a motocicleta até o alpendre. Michèle já entrou na casa, abre as persianas, volta para receber Pierre, que olha as paredes e descobre que nada daquilo se parece com o que havia imaginado.

— Aqui deveria haver três degraus — diz Pierre. — E esse salão, mas claro... Não ligue para mim, a gente sempre imagina outra coisa. Até os móveis, cada detalhe. Com você também é assim?

— Às vezes — diz Michèle. — Pierre, estou com fome. Não, Pierre, escute, me ajude, vá! Vamos ter que cozinhar alguma coisa.

— Querida — diz Pierre.

— Abra essa janela, deixe o sol entrar. Fique quieto, Bobby vai achar que...

As armas secretas 363

— Michèle — diz Pierre.

— Não, deixe eu subir para me trocar. Tire o casaco, se quiser, nesse armário você vai encontrar bebidas, eu não entendo disso.

Ele a vê correr, sumir escada acima, desaparecer no patamar. No armário há bebidas, ela não entende disso. O salão é profundo e escuro, a mão de Pierre acaricia o lugar onde nasce o corrimão. Michèle havia dito, mas é uma espécie de surdo desencanto, quer dizer que não existe bola de vidro.

Michèle volta vestindo uma calça velha e uma blusa inverossímil.

— Você está parecendo um cogumelo — diz Pierre, com a ternura de todo homem para com uma mulher que veste roupas grandes demais. — Não vai me mostrar a casa?

— Se você quiser — diz Michèle. — Não encontrou as bebidas? Espere, você não serve para nada.

Levam os copos para o salão e se sentam no sofá diante da janela aberta. Bobby faz festa para eles, se joga no tapete e os contempla.

— Ele aceitou você na mesma hora — diz Michèle, lambendo a borda do copo. — Gostou da minha casa?

— Não — diz Pierre. — É sombria, terrivelmente burguesa, cheia de móveis abomináveis. Mas tem você, com essa calça horrível.

Acaricia a garganta dela, puxa-a para si, beija-a na boca. Beijam-se na boca, em Pierre se delineia o calor da mão de Michèle, beijam-se na boca, escorregam um pouco, mas Michèle geme e procura desvencilhar-se, murmura alguma coisa que ele não entende. Pensa confusamente que o mais difícil é tapar sua boca, não quer que desmaie. Solta-a bruscamente, olha para as mãos como se não fossem suas, ouvindo a respiração acelerada de Michèle, o surdo grunhido de Bobby no tapete.

— Você vai me enlouquecer — diz Pierre, e o ridículo da frase é menos penoso que o que acaba de acontecer. Como uma ordem, um desejo incontrolável, tapar sua boca sem que ela desmaie. Estende a mão, acaricia de longe a face de Michèle, concorda com tudo, comer alguma coisa improvisada, que deverá escolher o vinho, que faz um calor pavoroso ao lado da janela.

Michèle come à sua maneira, misturando o queijo com as anchovas em azeite, a salada e os pedaços de caranguejo. Pierre bebe vinho branco, olha para ela, sorri para ela. Se se casasse com ela beberia todos os dias seu vinho branco naquela mesa e olharia para ela e sorriria para ela.

— É curioso — diz Pierre. — Nunca falamos sobre os anos da guerra.

— Quanto menos falarmos... — diz Michèle, limpando o prato com o pão.

— Eu sei, mas as lembranças às vezes voltam. Para mim não foi tão ruim,

364 *As armas secretas*

ao fim e ao cabo na época a gente era pequeno. Uma espécie de férias intermináveis, um absurdo total e quase divertido.

— Para mim não houve férias — diz Michèle. — Chovia o tempo todo.

— Chovia?

— Aqui — diz ela, tocando a testa com o dedo. — Diante dos meus olhos, por trás dos meus olhos. Tudo estava úmido, tudo parecia suado e úmido.

— Você morava nesta casa?

— No começo, morava. Depois, durante a ocupação, fui levada para a casa de uns tios, em Enghien.

Pierre não percebe que o fósforo arde entre seus dedos, abre a boca, sacode a mão e praguja. Michèle sorri, feliz de poder falar de outra coisa. Quando se levanta para buscar a fruta, Pierre acende o cigarro e traga a fumaça como se estivesse se afogando, mas já passou, tudo tem uma explicação, basta procurar, quantas vezes Michèle terá mencionado Enghien nas conversas de café, essas frases que parecem insignificantes e esquecíveis, até que depois acabam sendo o tema central de um sonho ou de um devaneio. Um pêssego, sim, mas sem casca. Ah, lamenta muito, mas as mulheres sempre descascaram os pêssegos para ele e Michèle não tem por que ser uma exceção.

— As mulheres. Se descascavam os pêssegos para você, eram umas bobas como eu. É melhor você moer o café.

— Quer dizer então que você morou em Enghien — diz Pierre, olhando as mãos de Michèle com o leve nojo que sempre sente ao ver alguém descascar uma fruta. — O que é que seu pai fazia durante a guerra?

— Ah, não fazia grande coisa. A gente vivia esperando que aquilo acabasse de uma vez.

— Os alemães nunca incomodaram vocês?

— Não — diz Michèle, girando o pêssego entre os dedos úmidos.

— É a primeira vez que você me diz que vocês moraram em Enghien.

— Não gosto de falar daquela época — diz Michèle.

— Mas você deve ter mencionado — diz Pierre, contraditoriamente. — Não sei como, mas eu sabia que você tinha morado em Enghien.

O pêssego cai no prato e os pedaços de casca tornam a grudar-se à polpa. Michèle limpa o pêssego com uma faca e Pierre sente nojo outra vez, gira com todas as suas forças a manivela moendo o café. Por que ela não lhe diz nada? Dá a impressão de sofrer, dedicada à limpeza do horrível pêssego gotejante. Por que ela não diz nada? Está cheia de palavras, basta olhar para as mãos dela, para o pestanejar nervoso que às vezes acaba numa espécie de tique, todo um lado do rosto se ergue um pouco e depois volta para o lugar; em outra ocasião, num banco do Luxemburgo, percebeu aquele tique que sempre coincide com um desconforto ou um silêncio.

As armas secretas   365

Michèle prepara o café de costas para Pierre, que acende um cigarro no outro. Voltam para o salão levando as xícaras de porcelana com pintas azuis. O perfume do café lhes faz bem, olham-se como surpresos com aquela trégua e com tudo o que a precedera; trocam palavras avulsas, olhando-se e sorrindo, bebem o café distraídos, como se bebem as poções que amarram para sempre. Michèle abriu as persianas e do jardim entra uma luz esverdeada e cálida que os envolve como a fumaça dos cigarros e o conhaque que Pierre degusta perdido num mole abandono. Bobby dorme sobre o tapete, estremecendo e suspirando.

— Ele sonha o tempo todo — diz Michèle. — Às vezes chora e acorda de repente, olha para nós todos como se acabasse de sofrer uma imensa dor. E é quase filhote...

A delícia de estar ali, de sentir-se tão bem naquele instante, de fechar os olhos, de suspirar como Bobby, de passar a mão pelo cabelo uma, duas vezes, sentindo a mão que se move pelo cabelo quase como se não fosse sua, a cosquinha ao chegar à nuca, o repouso. Quando abre os olhos vê o rosto de Michèle, sua boca entreaberta, uma expressão que parece que de repente ficou sem uma gota de sangue. Olha-a sem entender, um copo de conhaque rola pelo tapete. Pierre está de pé na frente do espelho; quase acha graça em ver que tem o cabelo repartido no meio, como os galãs do cinema mudo. Por que Michèle precisa chorar? Não está chorando, mas um rosto entre as mãos é sempre alguém que chora. Afasta-as bruscamente, beija-lhe o pescoço, procura sua boca. Nascem as palavras, as dele, as dela, como bichinhos que se procuram, um encontro que se demora em carícias, um cheiro de sesta, de casa sozinha, de escada esperando com a bola de vidro no lugar onde nasce o corrimão. Pierre quer erguer Michèle no ar, subir correndo, está com a chave no bolso, vai entrar no quarto, vai deitar de encontro a ela, vai senti-la estremecer, vai começar desajeitadamente a procurar fitas, botões, mas não existe bola de vidro no lugar onde nasce o corrimão, tudo é remoto e horrível, Michèle ali ao lado dele está tão longe e chorando, o rosto chorando entre os dedos molhados, seu corpo que respira e sente medo e o repele.

Ajoelhando-se, apoia a cabeça no colo de Michèle. Passam-se horas, passa-se um minuto ou dois, o tempo é uma coisa cheia de chicotes e baba. Os dedos de Michèle acariciam o cabelo de Pierre e ele vê de novo o rosto dela, a sombra de um sorriso, Michèle o penteia com os dedos, machuca-o quase, à força de jogar o cabelo dele para trás, e então se inclina e o beija e sorri para ele.

— Você me fez ficar com medo, por um momento achei... Que boba eu sou, mas você estava tão diferente.

— Quem você viu?

— Ninguém — diz Michèle.

Pierre se agacha esperando, agora tem uma coisa que parece uma porta que oscila e vai se abrir. Michèle respira pesadamente, tem uma coisa de nadador à espera do tiro da largada.

— Me assustei porque... Não sei, você me fez pensar que...

Oscila, a porta oscila, a nadadora espera o disparo para mergulhar. O tempo se alonga como um pedaço de borracha, então Pierre estende os braços e aprisiona Michèle, levanta-se até ela e a beija profundamente, busca os seios dela por baixo da blusa, ouve-a gemer e geme também enquanto a beija, venha, venha agora, tentando erguê-la no ar (são quinze degraus e uma porta à direita), ouvindo o queixume de Michèle, seu protesto inútil, endireita-se com ela nos braços, incapaz de continuar esperando, agora, neste instante mesmo, será inútil que ela queira segurar-se na bola de vidro, no corrimão (mas não há nenhuma bola de vidro no corrimão), de todo modo vai levá-la para cima e então como com uma cadela, todo ele é um nó de músculos, como a cadela que ela é, para que aprenda, oh, Michèle, oh, meu amor, não chore assim, não fique triste, amor meu, não me deixe cair outra vez nesse poço negro, como fui capaz de pensar uma coisa dessas, não chore, Michèle.

— Me largue — diz Michèle em voz baixa, lutando para soltar-se. Consegue afastá-lo, olha-o por um instante como se não fosse ele e corre para fora do salão, fecha a porta da cozinha, ouve-se girar uma chave, Bobby late no jardim.

O espelho mostra a Pierre uma fisionomia lisa, inexpressiva, uns braços que pendem como pedaços de pano, uma fralda da camisa para fora da calça. Mecanicamente ajeita as roupas, sempre olhando para o próprio reflexo. Sua garganta está tão apertada que o conhaque queima sua boca recusando-se a passar, basta obrigar-se e continua bebendo da garrafa, um gole interminável. Bobby parou de latir, há um silêncio de sesta, a luz no pavilhão é cada vez mais esverdeada. Com um cigarro entre os lábios ressecados sai para o alpendre, desce para o jardim, passa ao lado da moto e ruma para os fundos. Cheira a zumbido de abelhas, a colchão de agulhas de pinheiro, e agora Bobby começou a latir entre as árvores, late para ele, de repente começou a rosnar e a latir sem se aproximar dele, cada vez mais perto e para ele.

A pedrada o acerta no lombo; Bobby gane e foge, de longe torna a latir. Pierre mira devagar e acerta numa pata traseira. Bobby se esconde no meio do matagal. "Preciso encontrar um lugar para pensar", diz Pierre a si mesmo. "Neste instante mesmo, preciso encontrar um lugar onde me esconder e pensar." Suas costas resvalam no tronco de um pinheiro, deixa-se cair pouco a pouco. Michèle olha para ele da janela da cozinha. Deve ter visto

As armas secretas   367

quando apedrejou o cachorro, olha para mim como se não me visse, está olhando para mim e não chora, não diz nada, está tão sozinha na janela, preciso me aproximar e ser bom com ela, quero ser bom, quero segurar a mão dela e beijar os dedos dela, um por um, aquela pele tão macia.

— Estamos brincando do quê, Michèle?

— Espero que você não o tenha machucado.

— Joguei uma pedra nele para assustá-lo. Parece que me estranhou, como você.

— Não diga besteira.

— E você, não feche as portas à chave.

Michèle o deixa entrar, aceita sem resistência o braço que enlaça sua cintura. O salão está mais escuro, quase não se vê o lugar onde nasce a escada.

— Me perdoe — diz Pierre. — Não consigo lhe explicar, é uma coisa tão maluca.

Michèle recolhe o copo caído e põe a tampa na garrafa de conhaque. Está cada vez mais quente, é como se a casa respirasse pesadamente por suas bocas. Um lenço com cheiro de musgo limpa o suor da testa de Pierre. Ah, Michèle, como continuar assim, sem nos falar, sem querer entender isso que está nos estraçalhando no momento mesmo em que... Sim, querida, vou me sentar ao seu lado e não serei bobo, beijarei você, me perderei em seu cabelo, em sua garganta, e você vai entender que não há razão... é, vai entender que quando quero pegar você no colo e levar você comigo, subir para seu quarto sem machucar você, apoiando sua cabeça em meu ombro...

— Não, Pierre, não. Hoje não, querido, por favor.

— Michèle, Michèle...

— Por favor.

— Por quê? Me diga por quê.

— Não sei, me desculpe... Não se recrimine por nada, a culpa é toda minha. Mas a gente tem tempo, tanto tempo...

— Chega de esperar, Michèle. Agora.

— Não, Pierre, hoje não.

— Mas você prometeu — diz Pierre estupidamente. — Viemos... Depois de tanto tempo, de tanto esperar que você gostasse um pouco de mim... Não sei o que digo, tudo fica sujo quando eu digo...

— Se você pudesse me perdoar, se eu...

— Como posso perdoar se você não fala, se mal conheço você? O que devo perdoar?

Bobby rosna no alpendre. O calor gruda as roupas neles, gruda neles o tique-taque do relógio, o cabelo na testa de Michèle afundada no sofá olhando para Pierre.

368   *As armas secretas*

— Eu também não conheço você direito, mas não é isso... Você vai achar que eu estou doida.

Bobby rosna de novo.

— Há anos... — diz Michèle, e fecha os olhos. — A gente morava em Enghien, já lhe contei. Acho que lhe disse que a gente morava em Enghien. Não olhe para mim desse jeito.

— Não estou olhando para você — diz Pierre.

— Está sim, e me deixa chateada.

Mas não é verdade, não pode ser que a deixe chateada por esperar suas palavras, imóvel esperando que prossiga, vendo os lábios dela se moverem de leve, e agora vai acontecer, ela vai unir as mãos e suplicar, uma flor de delícia que se abre enquanto ela implora, debatendo-se e chorando entre os braços dele, uma flor úmida que se abre, o prazer de senti-la debater-se em vão... Bobby entra se arrastando, vai deitar-se num canto. "Não olhe para mim desse jeito", Michèle falou, e Pierre respondeu: "Não estou olhando para você", e então ela disse que estava sim, que fica chateada por sentir-se olhada daquele jeito, mas não pode continuar falando porque agora Pierre se endireita olhando para Bobby, olhando-se no espelho, passa a mão pelo rosto, respira com uma longa queixa, um assobio que não termina, e de repente cai de joelhos ao lado do sofá e enterra o rosto entre os dedos, convulso e ofegante, lutando para arrancar as imagens que grudam em cheio em seu rosto como uma teia de aranha, como folhas secas que grudam em seu rosto empapado.

— Oh, Pierre — diz Michèle num fio de voz.

O choro passa entre os dedos que não conseguem retê-lo, enche o ar de uma matéria espessa, teimosamente renasce e prossegue.

— Pierre, Pierre — diz Michèle. — Por quê, querido, por quê?

Lentamente acaricia o cabelo dele, oferece-lhe o lenço com seu cheiro de musgo.

— Eu sou um pobre imbecil, me perdoe. Você esta... estava me di...

Ele se endireita, deixa-se cair na outra ponta do sofá. Não percebe que Michèle se encolheu bruscamente, que olha para ele outra vez como olhou antes de fugir. Repete: "Você esta... estava me dizendo", com esforço, sua garganta está fechada, e o que é isso, Bobby rosna outra vez, Michèle de pé, recuando passo a passo sem se virar, olhando para ele e recuando, que é isso, por que isso agora, por que você vai embora, por quê? A porta batendo o deixa indiferente. Sorri, vê o próprio sorriso no espelho, sorri outra vez, *als alle Knospen sprangen*, cantarola com os lábios cerrados, há um silêncio, o clique do telefone que alguém tira do gancho, o zumbido do dial, uma letra, outra letra, o primeiro algarismo, o segundo. Pierre cambaleia, vagamente diz para si mesmo que deveria ir se explicar com Michèle, mas já está fora da casa ao lado da moto. Bobby rosna no alpendre, a casa devolve com violência o ruído da partida, primeira, rua acima, segunda, sob o sol.

— Era a mesma voz, Babette. E então percebi que...

— Bobagem — responde Babette. — Se eu estivesse aí, acho que lhe dava uma surra.

— Pierre foi embora — diz Michèle.

— Eu diria que é o melhor que ele poderia fazer.

— Babette, se você pudesse vir até aqui.

— Para quê? Claro que vou, mas é idiota.

— Ele estava balbuciando, Babette, juro... Não é uma alucinação, já lhe contei que antes... Foi como se de novo... Venha depressa, assim por telefone não consigo explicar... E agora acabo de ouvir a moto, ele foi embora e eu fico com uma pena tão horrível, como ele vai entender o que está acontecendo comigo, coitadinho, mas ele também parece louco, Babette, é tão estranho.

— Achei que você tinha ficado curada daquilo tudo — diz Babette com uma voz bastante desligada. — Enfim, Pierre não é bobo e há de entender. Eu achava que ele estava sabendo havia algum tempo já.

— Eu ia contar para ele, queria contar para ele e aí... Babette, juro que ele falou comigo balbuciando, e antes, antes...

— Você já me falou, mas é exagero seu. Roland também se penteia às vezes do jeito que lhe dá na telha e nem por isso você o confunde, que diabo.

— E agora ele foi embora — repete Michèle monotonamente.

— Daqui a pouco volta — diz Babette. — Bom, prepare alguma coisa gostosa para Roland, que ele está cada dia mais faminto.

— Você está me difamando — diz Roland da porta. — O que aconteceu com Michèle?

— Vamos — diz Babette. — Estamos indo.

O mundo é controlado por um cilindro de borracha que cabe na mão; girando só para a direita, todas as árvores são uma única árvore caída na beira da estrada; aí a gente gira só um pouquinho para a esquerda e o gigante verde se desmancha em centenas de álamos que correm para trás, as torres de alta tensão avançam pausadamente, uma a uma, a marcha é uma cadência feliz na qual podem entrar palavras, fieiras de imagens que não são as da rodovia, o cilindro de borracha gira para a direita e o som sobe, sobe, uma

370   *As armas secretas*

corda de som se estende insuportavelmente, mas já não se pensa mais, tudo é máquina, corpo grudado à máquina e vento no rosto como um olvido, Corbeil, Arpajon, Linas-Montlhéry, de novo os álamos, a guarita do guarda de trânsito, a luz cada vez mais roxa, um ar fresco que enche a boca entreaberta, mais devagar, mais devagar, nessa encruzilhada virar para a direita, Paris a dezoito quilômetros, Cinzano, Paris a dezessete quilômetros. "Não me matei", pensa Pierre entrando lentamente na estrada da esquerda. "É incrível eu não ter me matado." O cansaço pesa como um passageiro a suas costas, uma coisa cada vez mais doce e necessária. "Acho que ela vai me perdoar", pensa Pierre. "Nós dois somos tão absurdos, é preciso que ela entenda, que entenda, que entenda, nunca se sabe nada de verdade enquanto não se amou, quero o cabelo dela entre minhas mãos, o corpo dela, eu a amo, a amo..." O bosque nasce ao lado da estrada, as folhas secas invadem a rodovia, trazidas pelo vento. Pierre olha as folhas que a moto vai engolindo e agitando; o cilindro de borracha começa de novo a girar para a direita, cada vez mais. E de repente é a bola de vidro que brilha um pouco no lugar onde nasce o corrimão. Não há a menor necessidade de deixar a moto longe do pavilhão, mas Bobby vai latir e por isso a gente a esconde entre as árvores e chega a pé com as últimas luzes, entra no salão em busca de Michèle que deve estar lá, mas Michèle não está sentada no sofá, só a garrafa de conhaque e os copos usados, a porta que dá para a cozinha ficou aberta e por ali entra uma luz avermelhada, o sol se pondo no fundo do jardim, e apenas silêncio, de modo que o melhor a fazer é ir até a escada orientando-se pela bola de vidro que brilha, ou são os olhos de Bobby estendido no primeiro degrau de pelo eriçado rosnando baixinho, não é difícil passar por cima de Bobby, subir lentamente os degraus para que não ranjam e Michèle não se assuste, a porta aberta, não é possível que a porta esteja aberta e que ele não esteja com a chave no bolso, mas se a porta está aberta não há necessidade da chave, é um prazer passar as mãos pelo cabelo enquanto se avança na direção da porta, entra-se apoiando de leve o pé direito, empurrando um pouquinho a porta que se abre sem ruído, e Michèle sentada na beira da cama ergue os olhos e o fita, leva as mãos à boca, até parece que vai gritar (mas por que não está de cabelo solto, por que não veste a camisola azul-clara, agora veste uma calça e parece mais velha), e então Michèle sorri, suspira, se apruma estendendo os braços para ele, diz: "Pierre, Pierre", em lugar de unir as mãos e suplicar e resistir diz seu nome e está à espera dele, olha para ele e treme como se fosse de felicidade ou de vergonha, como a cadela dedo-duro que é, como se a estivesse vendo apesar do colchão de folhas secas que mais uma vez recobre seu rosto e que ele arranca com as duas mãos enquanto Michèle recua, tropeça na beira da cama, olha deses-

As armas secretas   371

peradamente para trás, grita, grita, todo o prazer que sobe e o submerge, grita, assim, o cabelo entre os dedos, assim, mesmo que suplique, assim então, cadela, assim.

— Por Deus, mas se essa questão está mais que esquecida — diz Roland, fazendo uma curva a toda a velocidade.

— Era o que eu pensava. Quase sete anos. E de repente aparece, justo agora...

— Nisso você se engana — diz Roland. — Se é que tinha de aparecer, precisava ser agora; no meio do absurdo até que é bastante lógico. Eu mesmo... Às vezes sonho com aquilo tudo, sabe? A forma como a gente matou o cara não é coisa que se esqueça. Enfim, naquele tempo não dava para agir de outro jeito — diz Roland, acelerando ao máximo.

— Ela não sabe de nada — diz Babette. — Só sabe que o mataram pouco depois. Seria justo contar a ela pelo menos isso.

— Sem dúvida. Mas ele não achou nada justo. Lembro da cara dele quando a gente o tirou do carro em pleno bosque, percebeu imediatamente que estava liquidado. Agora, ele era valente.

— Ser valente é sempre mais fácil que ser homem — diz Babette. — Abusar de uma criança que... Quando eu penso em quanto tive que lutar para que Michèle não se matasse. Aquelas primeiras noites... Não estranha que ela agora volte a se sentir a mesma de antes, é quase natural.

O carro entra a toda na rua que leva ao pavilhão.

— Sim, ele era um porco — diz Roland. — Ariano puro, como eles se viam naquele tempo. Pediu um cigarro, naturalmente, a cerimônia completa. Também quis saber por que íamos liquidá-lo, e nós explicamos, e como explicamos. Quando sonho com ele é sobretudo com aquele momento, o ar de surpresa desdenhosa dele, seu jeito quase elegante de balbuciar. Me lembro de como caiu, com o rosto estraçalhado entre as folhas secas.

— Não prossiga, por favor — diz Babette.

— Ele merecia, e além disso aquelas eram as únicas armas que a gente tinha. Um cartucho de caça bem utilizado... É à esquerda, lá no fundo?

— É, à esquerda.

— Espero que tenha conhaque — diz Roland, começando a frear.

1962

Manual de instruções

Manual de instruções

A tarefa de amaciar o tijolo todos os dias, a tarefa de abrir caminho na massa pegajosa que se proclama mundo, toda manhã topar com o paralelepípedo de nome repugnante, com a satisfação canina de que tudo esteja em seu lugar, a mesma mulher ao lado, os mesmos sapatos, o mesmo gosto do mesmo dentifrício, a mesma tristeza das casas defronte, do sujo tabuleiro de janelas de tempo com seu letreiro "Hotel de Belgique".

Enfiar a cabeça como um touro apático contra a massa transparente em cujo centro tomamos café com leite e abrimos o jornal para saber o que aconteceu em qualquer dos recantos do tijolo de cristal. Negar-se a que o ato delicado de girar a maçaneta, esse ato devido ao qual tudo poderia se transformar, se complete com a fria eficácia de um reflexo cotidiano. Até logo, querida. Tudo de bom.

Apertar uma colherinha entre os dedos e sentir seu pulso de metal, seu alerta duvidoso. Como dói negar uma colherinha, negar uma porta, negar tudo o que o hábito lambe até lhe dar suavidade satisfatória. Tanto mais simples aceitar a fácil solicitude da colher, utilizá-la para mexer o café.

E não que esteja errado que as coisas nos encontrem novamente todos os dias e sejam as mesmas. Que a nosso lado haja a mesma mulher, o mesmo relógio, e que o romance aberto sobre a mesa se ponha a andar novamente na bicicleta de nossos óculos, por que haveria de estar errado? Mas como um touro triste é preciso baixar a cabeça, do centro do tijolo de cristal empurrar para fora, para o outro tão próximo de nós, impalpável como o picador tão próximo do touro. Castigar os próprios olhos olhando isso que anda pelo céu e aceita astutamente seu nome de nuvem, sua réplica catalogada na memória. Não imagine que o telefone vai lhe fornecer os números que busca. Por que os forneceria? Virá apenas o que você preparou e resolveu, o triste reflexo de sua esperança, esse macaco que se coça sobre uma mesa e treme de frio. Arrebente a cabeça desse macaco, corra do centro até a parede e abra caminho. Oh, como cantam nesse andar de cima! Há um andar de cima neste prédio, com outras pessoas. Há um andar de cima onde vivem pessoas que não suspeitam de seu andar de baixo, e estamos todos no tijolo de cristal. E se de repente uma mariposa pousa na borda de um lápis e vibra como um fogo cinzento, olhe para ela, eu estou olhando para ela, estou apalpando seu coração pequeníssimo, e a ouço, essa mariposa ressoa na pasta de cristal congelado, nem tudo está perdido. Quando eu abrir a porta e me aproximar da escada, saberei que lá embaixo começa a rua; não o modelo já aceito, não as casas já sabidas, não o hotel defronte: a rua, a viva floresta onde cada instante pode se precipitar sobre mim como uma magnólia, em que os rostos vão nascer quando eu olhar para eles, quando eu avançar um pouco mais, quando com os cotovelos e as pestanas e as unhas eu me arrebentar minuciosamente contra a massa do tijolo de cristal, e jogar minha vida enquanto avanço passo a passo para ir comprar o jornal na esquina.

Instruções para chorar

Deixando de lado os motivos, atenhamo-nos à maneira correta de chorar, entendendo por isso um choro que não ingresse no escândalo nem insulte o sorriso com sua paralela e inepta semelhança. O choro médio ou comum consiste numa contração geral do rosto e num som espasmódico acompanhado de lágrimas e ranhos, estes últimos no final, pois o choro acaba no momento em que a pessoa assoa energicamente o nariz.

Para chorar, dirija a imaginação para si mesmo, e se isso lhe for impossível por haver contraído o hábito de acreditar no mundo exterior, pense num pato coberto de formigas ou nesses golfos do estreito de Magalhães nos quais *não entra ninguém, nunca.*

Atingido o choro, trate de cobrir com decoro o rosto usando as duas mãos com a palma para dentro. As crianças chorarão com a manga do casaco apoiada no rosto, e de preferência num canto do quarto. Duração média do choro, três minutos.

Instruções para cantar

Comece por quebrar os espelhos de sua casa, deixe caírem os braços, olhe vagamente para a parede, *esqueça*. Cante uma única nota, escute por dentro. Caso ouça (mas isso acontecerá muito depois) algo semelhante a uma paisagem submersa no medo, com fogueiras entre as pedras, com silhuetas seminuas de cócoras, penso que estará bem encaminhado, e da mesma maneira caso ouça um rio pelo qual descem barcas pintadas de amarelo e preto, caso ouça um sabor de pão, um roçar de dedos, uma sombra de cavalo.

Depois compre solfejos e um fraque, e por favor não cante pelo nariz e deixe Schumann em paz.

Instruções-exemplos sobre a forma de sentir medo

Num povoado da Escócia vendem livros com uma página em branco perdida em algum lugar do volume. Se um leitor desemboca nessa página às três da tarde, morre.

Na praça do Quirinal, em Roma, há um ponto conhecido pelos iniciados até o século XIX, e a partir do qual, na ocorrência de lua cheia, se veem movimentar-se lentamente as estátuas dos Dióscuros que lutam sobre seus cavalos empinados.

Em Amalfi, no final da área costeira, há um trapiche que entra no mar e na noite. Ouve-se um cão ladrar para além do último farol.

Um senhor aplica dentifrício na escova de dentes. De repente vê, deitada de costas, uma diminuta imagem de mulher, de coral ou quem sabe de miolo de pão pintado.

Ao abrir o guarda-roupa para tirar uma camisa, cai um velho almanaque que se desmancha, se desfolha, cobre a roupa branca com milhares de sujas borboletas de papel.

Sabe-se de um viajante do comércio cujo punho esquerdo começou a doer, justamente embaixo do relógio de pulso. Quando ele arrancou o relógio, o sangue pulou: a ferida mostrava a marca de uns dentes muito agudos.

O médico acaba de examinar-nos e nos acalma. Sua voz grave e cordial precede os remédios cuja receita escreve agora, sentado diante de sua escrivaninha. De quando em quando ele ergue a cabeça e sorri, animando-nos. Nada de grave, em uma semana estaremos bem. Não é o momento de acomodar-nos em nossa poltrona, felizes, e olhar distraidamente em torno. De repente, na penumbra embaixo da mesa vemos as pernas do médico. Enrolou a calça até as coxas e está com meias de mulher.

Instruções para entender três pinturas famosas

O amor sagrado e o amor profano
POR TICIANO

E ssa detestável pintura representa um velório às margens do Jordão. Poucas vezes a incompetência de um pintor foi capaz de aludir com mais abjeção às esperanças do mundo num Messias que *brilha por sua ausência*; ausente do quadro que é o mundo, brilha horrivelmente no obsceno bocejo do sarcófago de mármore, enquanto o anjo encarregado de proclamar a ressurreição de sua carne patibular espera inobjetável que os sinais se cumpram. Não será necessário explicar que o anjo é a figura desnuda, prostituindo-se em sua gordura maravilhosa, e que se disfarçou de Madalena, irrisão das irrisões na hora em que a verdadeira Madalena avança pelo caminho (onde em compensação cresce a venenosa blasfêmia de dois coelhos).

O menino que enfia a mão no sarcófago é Lutero, ou seja, o diabo. Da figura vestida se disse que representa a Glória no momento de anunciar que todas as ambições humanas cabem num alguidar; mas está mal pintada e leva a pensar num artifício de jasmins ou num relâmpago de sêmola.

Dama com unicórnio
POR RAFAEL

Saint-Simon acreditou ver nesse retrato uma confissão herética. O unicórnio, o narval, a obscena pérola do medalhão que pretende ser uma pera e o olhar de Maddalena Strozzi terrivelmente fixo num ponto onde haveria flagelações ou posturas lascivas: Rafael Sanzio mentiu aqui sua mais terrível verdade.

A intensa cor verde da fisionomia do personagem foi atribuída durante muito tempo à gangrena ou ao *solstício de primavera*. O unicórnio, animal fálico, tê-lo-ia contaminado: em seu corpo dormem os pecados do mundo. Depois se verificou que bastava retirar as falsas camadas de pintura aplicadas pelos três empedernidos inimigos de Rafael: Carlos Hog, Vincent Grosjean, conhecido como "Mármore", e Rubens, o Velho. A primeira camada era verde, a segunda verde, a terceira branca. Não é difícil vislumbrar aqui o triplo símbolo da falena letal, que a seu corpo cadavérico une as asas que a confundem com as folhas da rosa. Quantas vezes Maddalena Strozzi cortou uma rosa branca e a sentiu gemer entre seus dedos, contorcer-se e gemer baixinho como uma pequena mandrágora ou um desses lagartos que cantam como as liras quando lhes mostram um espelho. E já era tarde e a falena a teria picado: Rafael tomou conhecimento e a sentiu morrer. Para pintá-la com verdade adicionou o unicórnio, símbolo da castidade, cordeiro e narval ao mesmo tempo, que bebe da mão de uma virgem. Mas pintava a falena em sua imagem, e esse unicórnio mata sua dona, penetra em seu seio majestoso com o corno lavrado de impudicícia, repete a operação de todos os princípios. O que essa mulher abriga em suas mãos é o cálice misterioso de que bebemos sem saber, a sede que saciamos por outras bocas, o vinho vermelho e leitoso de onde saem as estrelas, os vermes e as estações ferroviárias.

Retrato de Henrique VIII da Inglaterra
POR HOLBEIN

Quiseram ver nesse quadro uma caça de elefantes, um mapa da Rússia, a constelação da Lira, o retrato de um papa disfarçado de Henrique VIII, uma tempestade no mar dos Sargaços ou esse pólipo dourado que cresce nas latitudes de Java e que sob a influência do limão espirra de leve e sucumbe com um pequeno sopro.

Cada uma dessas interpretações é correta, atendendo à configuração geral da pintura, tanto se a olhamos na posição em que está pendurada, de cabeça para baixo ou de lado. As diferenças são redutíveis a detalhes; resta o centro que é OURO, o número SETE, a OSTRA observável nas partes chapéu-cordão, com a PÉROLA-cabeça (centro irradiante das pérolas da indumentária ou país central) e o GRITO geral absolutamente verde que brota do conjunto.

Faça-se a singela experiência de ir a Roma e apoiar a mão sobre o coração do rei, e compreender-se-á a gênese do mar. Menos difícil ainda é aproximar

Histórias de cronópios e de famas 379

dele à altura dos olhos uma vela acesa; então se verá que *isso não é um rosto* e que a lua, ofuscada de simultaneidade, corre por um fundo de rodinhas e rolamentos transparentes, decapitada na lembrança das hagiografias. Não erra aquele que vê nessa petrificação tempestuosa um combate de leopardos. Mas também há lentas adagas de marfim, pajens que se consomem de tédio em largas galerias, e um diálogo sinuoso entre a lepra e as alabardas. O reino do homem é uma página de histórico, mas ele não sabe disso e brinca displicente com luvas e corças. Esse homem que olha para você regressa do inferno; afaste-se do quadro e o verá sorrir pouco a pouco, porque *está oco*, está cheio de ar, mãos secas sustentam-no por trás, como uma figura de baralho quando se começa a construir o castelo e tudo treme. E sua moral é assim: "Não existe terceira dimensão, a terra é plana, o homem rasteja. Aleluia!". Talvez seja o diabo quem diz essas coisas e talvez você acredite nelas porque as ouve da boca de um rei.

Instruções para matar formigas em Roma

As formigas comerão Roma, está dito. Entre os ladrilhos, elas andam; loba, que carreira de pedras preciosas secciona sua garganta? Por algum lugar saem as águas das fontes, as ardósias vivas, os camafeus trêmulos que em plena noite balbuciam a história, as dinastias e as comemorações. Seria preciso encontrar o coração que faz pulsar as fontes para precavê-lo das formigas, e organizar nesta cidade de sangue intumescido, de cornucópias eriçadas como mãos de cego, um rito de salvação para que o futuro lime seus dentes nos montes, se arraste manso e sem forças, completamente sem formigas.

Primeiro procuraremos a orientação das fontes, o que é fácil porque nos mapas coloridos, nas plantas monumentais, as fontes têm também bombas e cascatas azul-celeste, somente é preciso procurá-las bem e envolvê-las num círculo de lápis azul, não vermelho porque um bom mapa de Roma é vermelho como Roma. Sobre o vermelho de Roma o lápis azul assinalará um círculo roxo em torno de cada fonte, e agora temos certeza de tê-las todas e de conhecer a folhagem das águas.

Mais difícil, mais recolhido e sigiloso é o mister de verrumar a pedra opaca sob a qual serpenteiam as veias de mercúrio, entender à força de paciência o número de cada fonte, fazer em noites de lua penetrante uma vigília enamorada junto aos vasos imperiais, até que de tanto sussurro verde, de tanto gorgolejar que parece de flores, vão nascendo as direções, as confluências, *as outras ruas*, as vivas. E sem dormir segui-las, com varas de aveleira em forma de forquilha, de triângulo, com duas varetas em cada mão, com uma apenas, retida entre os dedos frouxos, mas tudo isso invisível para os carabineiros e a população amavelmente receosa, andar pelo Quirinal, subir ao Campidoglio, correr aos gritos pelo Pincio, aterrorizar com uma aparição imóvel como um globo de fogo a ordem da Piazza della Essedra, e assim extrair dos surdos metais do solo a nomenclatura dos rios subterrâneos. E não pedir ajuda a ninguém, nunca.

Depois se irá vendo como nessa mão de mármore desolado as veias vagam harmoniosas, por prazer de águas, por artifício de jogo, até pouco a pouco aproximar-se, confluir, enlaçar-se, intumescer as artérias, derramar-se duras na praça central onde palpita o tambor de vidro líquido, a raiz de copas pálidas, o cavalo profundo. E já saberemos onde está, em que lençol de abóbadas calcáreas, entre miúdos esqueletos de lêmur, bate seu tempo o coração da água.

Será difícil sabê-lo, mas será sabido. Então mataremos as formigas que cobiçam as fontes, calcinaremos as galerias que esses mineiros horríveis tramam para aproximar-se da vida secreta de Roma. Mataremos as formigas meramente chegando antes à fonte central. E partiremos num trem noturno, fugindo de lâmias vingadoras, obscuramente felizes, confundidos com soldados e freiras.

Instruções para subir uma escada

Ninguém terá deixado de observar que com frequência o chão se dobra de maneira tal que uma parte sobe em ângulo reto com o plano do chão, e logo depois a parte seguinte se posiciona paralela a esse plano, para dar vez a uma nova perpendicular, conduta que se repete em espiral ou em linha quebrada até alturas sumamente variáveis. Agachando-se e apoiando a mão esquerda numa das partes verticais, e a direita na horizontal correspondente, entramos em possessão temporária de um degrau ou escalão. Cada um desses degraus, formados, como se vê, por dois elementos, se situa um pouco mais acima e mais adiante que o anterior, princípio que dá sentido à escada, já que qualquer outra combinação produziria formas quiçá mais belas ou pitorescas, mas incapazes de transferir de um andar térreo para um primeiro piso.

Histórias de cronópios e de famas 381

As escadas são subidas de frente, pois para trás ou de lado se tornam especialmente incômodas. A atitude natural consiste em manter-se de pé, braços pensos sem esforço, cabeça erguida, embora não tanto que os olhos deixem de ver os degraus imediatamente superiores àquele em que se pisa, e respirando lenta e regularmente. Para subir uma escada se começa por erguer a parte do corpo situada à direita embaixo, quase sempre envolta em couro ou camurça, e que salvo exceções cabe exatamente no escalão. Posta no primeiro degrau a mencionada parte, que para abreviar chamaremos pé, recolhe-se a parte equivalente da esquerda (também chamada pé, mas que não deve ser confundida com o pé antes citado), e, levando-a até a altura do pé, faz-se com que prossiga até posicioná-la no segundo degrau, com o que nele repousará o pé, e no primeiro repousará o pé. (Os primeiros degraus são sempre os mais difíceis, até que se adquira a coordenação necessária. A coincidência de nomes entre o pé e o pé dificulta a explicação. Atente-se em especial para não levantar ao mesmo tempo o pé e o pé.)

Atingido dessa maneira o segundo degrau, basta repetir alternadamente os movimentos até chegar ao final da escada. Sai-se dela facilmente, com um leve bater de calcanhar que a fixa em seu lugar, do qual não se moverá até o momento da descida.

Preâmbulo às instruções
para dar corda no relógio

P ense nisto: quando o presenteiam com um relógio, o presenteiam com um pequeno inferno florido, uma corrente de rosas, uma prisão de vento. Não lhe dão apenas o relógio, que as datas sejam muito queridas e esperamos que dure porque é de boa marca, suíço com âncora de rubi; não o presenteiam apenas com esse mínimo pedreiro que você prenderá ao pulso e levará a passeio consigo. Presenteiam-no — não sabem que o fazem, o terrível é que não sabem que o fazem —, presenteiam-no com um novo pedaço frágil e precário de você mesmo, uma coisa que é sua mas não é seu corpo, que é preciso prender a seu corpo com uma pulseira como um bracinho desesperado pendurado em seu punho. Presenteiam-no com a necessidade de dar-lhe corda todos os dias, a obrigação de dar-lhe corda para que continue sendo um relógio; presenteiam-no com a obsessão de atentar para a hora exata nas vitrines das joalherias, para o anúncio pelo rádio, pelo serviço telefônico. Presenteiam-no com o medo de que o perca, de que o roubem, de que caia no chão e quebre. Presenteiam-no com sua marca, e a segurança de que é uma marca melhor que as outras, presenteiam-no com a tendência a comparar seu relógio com os outros relógios. Não o presenteiam com um relógio, é você o presente, é você o presente no aniversário do relógio.

Instruções para dar corda no relógio

Lá no fundo está a morte, mas não tenha medo. Imobilize o relógio com uma das mãos, agarre com dois dedos a chave da corda, torça-a suavemente. Agora se abre outra órbita, as árvores desfraldam suas folhas, os barcos correm regatas, o tempo como um leque vai se enchendo de si mesmo e dele brotam o ar, as brisas da terra, a sombra de uma mulher, o perfume do pão.

O que mais você quer, o que mais você quer? Prenda-o depressa a seu punho, deixe-o pulsar em liberdade, imite-o anelante. O medo enferruja as âncoras, cada uma das coisas que poderíamos ter obtido e foi esquecida vai corroendo as veias do relógio, gangrenando o frio sangue de seus pequenos rubis. E lá no fundo está a morte, se não corremos e chegamos antes e compreendemos que já não faz diferença.

Ocupações bizarras

Simulacros

Somos uma família bizarra. Neste país, onde as coisas são feitas por obrigação ou exibicionismo, gostamos das ocupações livres, das tarefas porque sim, dos simulacros que não servem para nada.

Temos um defeito: nos falta originalidade. Quase tudo o que decidimos fazer se inspira — digamos francamente, é cópia — em modelos famosos. Se é que contribuímos com alguma novidade, é sempre inevitável: os anacronismos ou as surpresas, os escândalos. Meu tio mais velho diz que somos como as cópias em papel-carbono, idênticas ao original só que em outra cor, outro papel, outra finalidade. Minha irmã número três se compara com o rouxinol mecânico de Andersen; seu romantismo beira a náusea.

Somos muitos e moramos na rua Humboldt.

Fazemos coisas, mas contar o que fazemos é difícil porque falta o mais importante, a ansiedade e a expectativa de estar fazendo as coisas, as surpresas tão mais importantes que os resultados, os fracassos em que toda a família desmorona no chão feito um castelo de cartas e durante dias inteiros não se ouvem mais que deplorações e gargalhadas. Contar o que fazemos é simplesmente uma maneira de rechear os lapsos inevitáveis, porque às vezes estamos pobres ou presos ou doentes, às vezes morre algum de nós ou (me dói mencionar isso) algum de nós trai, renuncia ou entra na Direção Impositiva. Mas não é o caso de deduzir daí que as coisas não vão bem ou que somos melancólicos. Moramos no bairro de Pacífico e fazemos coisas sempre que podemos. Somos muitos tendo ideias e com vontade de pô-las em prática. Por exemplo o patíbulo; até hoje ninguém chegou a um acordo sobre a origem da ideia, minha irmã número cinco afirma que foi de um de meus primos de sangue, que são muito filósofos, mas meu tio mais velho garante que ele é que teve a ideia depois de ler um romance de capa e espada. No fundo tanto se nos dá, a única coisa que nos interessa é fazer coisas, e por isso as conto quase sem vontade, só para não sentir tão de perto a chuva desta tarde vazia.

A casa tem jardim na frente, coisa rara na rua Humboldt. Não é maior que um pátio, mas fica três degraus acima da calçada, o que lhe dá um vistoso aspecto de plataforma, localização ideal para um patíbulo. Como a cerca é de ferro e alvenaria, dá para trabalhar sem que os transeuntes estejam por assim dizer enfiados dentro de casa; eles podem se encostar na cerca e ficar horas, mas isso não nos incomoda. "Começamos com a lua cheia", determinou meu pai. De dia íamos buscar madeiras e ferros nos depósitos da avenida Juan B. Justo, mas minhas irmãs ficavam na sala praticando o uivo dos lobos, depois que minha tia mais moça teimou que os patíbulos atraem os lobos e os estimulam a uivar para a Lua. O abastecimento de pregos e ferramentas ficava por conta de meus primos; meu tio mais velho desenhava os projetos, discutia com minha mãe e meu tio número dois a variedade e qualidade dos instrumentos de suplício. Lembro-me do fim da discussão: decidiram-se adustamente por uma plataforma bastante alta, sobre a qual seriam construídas uma forca e uma roda, com um espaço livre destinado a supliciar ou decapitar, conforme o caso. Meu tio mais velho achava muito mais pobre e mesquinho que sua ideia original, mas as dimensões do jardim da frente e o custo dos materiais sempre restringem as ambições da família.

Começamos a construção num domingo à tarde, depois dos raviólis. Embora nunca tenhamos nos preocupado com o que os vizinhos possam pensar, era evidente que os poucos curiosos imaginavam que íamos construir um ou dois aposentos para aumentar a casa. O primeiro a se surpreender foi d. Cresta, o velhinho da frente, que veio perguntar para que estávamos instalando aquelas plataformas. Minhas irmãs se reuniram num canto do jardim e soltaram alguns uivos de lobo. Juntou muita gente, mas continuamos nosso trabalho até a noite e aprontamos a plataforma e as duas escadinhas (para o sacerdote e o condenado, que não devem subir ao mesmo tempo). Na segunda-feira uma parte da família rumou para seus respectivos empregos e ocupações, já que de alguma coisa é preciso morrer, e os demais, inclusive eu, começamos a erguer a forca enquanto meu tio mais velho consultava desenhos antigos para a roda. A ideia dele consistia em posicionar a roda o mais alto possível sobre uma viga levemente irregular, por exemplo um tronco de choupo bem desbastado. Para agradá-lo, meu irmão número dois e meus primos de sangue saíram com a caminhonete em busca de um choupo; enquanto isso meu tio mais velho e minha mãe encaixavam os raios da roda no cubo e eu preparava uma braçadeira de ferro. Nesses momentos nos divertíamos enormemente porque se ouviam marteladas de todo lado, minhas irmãs uivavam na sala, os vizinhos se amontoavam na cerca trocando impressões, e em meio ao solferino e o roxo do entardecer subia o perfil da forca e se via meu tio mais moço a cavalo na travessa para fixar o gancho e preparar o nó corrediço.

386 *Simulacros*

Àquela altura dos acontecimentos as pessoas da rua não podiam continuar ignorando o que estávamos fazendo, e um coro de protestos e ameaças nos estimulou agradavelmente a arrematar a jornada com a ereção da roda. Alguns descontrolados haviam pretendido impedir que meu irmão número dois e meus primos pusessem para dentro de casa o magnífico tronco de choupo que traziam na caminhonete. Uma tentativa de cabo de guerra foi ganha de ponta a ponta pela família em cheio que, puxando disciplinadamente o tronco, o dispôs no jardim juntamente com uma criança de pouca idade agarrada às raízes. Meu pai em pessoa devolveu a criança aos exasperados pais, passando-a cortesmente pela cerca, e enquanto a atenção se concentrava nessas alternativas sentimentais, meu tio mais velho, ajudado por meus primos de sangue, calçava a roda numa das extremidades do tronco e passava a erguê-la. A polícia chegou na ocasião em que a família, reunida na plataforma, comentava favoravelmente o belo aspecto do patíbulo. Só minha irmã número três permanecia perto da porta, e coube a ela dialogar com o subcomissário em pessoa; não teve dificuldade em convencê-lo de que estávamos trabalhando nos limites de nossa propriedade, numa obra que apenas o uso poderia revestir de um caráter anticonstitucional, e que os comentários da vizinhança eram filhos do ódio e fruto da inveja. O cair da noite nos salvou de outras perdas de tempo.

À luz de um lampião, jantamos na plataforma, observados por uma centena de vizinhos rancorosos; nunca o leitão marinado nos pareceu mais delicioso, ou mais negro e suave o nebiolo. Uma brisa do norte balançava suavemente a corda da forca; uma ou duas vezes a roda rangeu, como se os corvos já tivessem pousado para comer. Os curiosos começaram a se afastar, ruminando vagas ameaças; agarrados à cerca ficaram vinte ou trinta, que pareciam à espera de alguma coisa. Depois do café apagamos o lampião para dar lugar à lua que subia pelos balaústres do terraço, minhas irmãs uivaram e meus primos e tios percorreram lentamente a plataforma, fazendo tremer as bases com seus passos. No silêncio que se seguiu, a lua veio se posicionar à altura do nó corrediço e na roda pareceu se estender uma nuvem de bordas prateadas. Olhávamos para elas, felizes de dar gosto, mas os vizinhos murmuravam na cerca, como se estivessem à beira de uma decepção. Acenderam cigarros e foram saindo, uns de pijama e outros mais devagar. Ficaram a rua, um ou outro apito de guarda ao longe, e o ônibus 108, que passava a intervalos; nós já havíamos ido dormir e sonhávamos com festas, elefantes e vestidos de seda.

Histórias de cronópios e de famas

Etiqueta e preleções

S empre me pareceu que o traço distintivo de nossa família é o recato. Levamos o pudor a extremos incríveis, tanto em nossa maneira de vestir-nos e comer como na forma de expressar-nos e de embarcar nos bondes. Os apelidos, por exemplo, que se conferem tão despreocupadamente no bairro de Pacífico, são para nós motivo de cuidado, reflexão e mesmo inquietação. Achamos que não se pode atribuir uma alcunha qualquer a alguém que será obrigado a absorvê-la e tolerá-la como um atributo ao longo da vida inteira. As senhoras da rua Humboldt chamam os filhos de Toto, Coco ou Cacho, e as filhas de Negra, ou Beba, mas em nossa família esse tipo usual de apelido não existe, e muito menos outros rebuscados e estapafúrdios como Chirola, Cachuzo ou Matagatos, frequentes para os lados da Paraguay com a Godoy Cruz. Como exemplo do cuidado que tomamos com essas coisas, será suficiente citar o caso de minha tia número dois. Visivelmente dotada de um traseiro de imponentes dimensões, jamais teríamos nos permitido ceder à fácil tentação dos apelidos habituais; assim, em vez de dar-lhe a alcunha brutal de Ânfora Etrusca, concordamos em chamá-la pela mais decente e familiar de Bunduda. Sempre procedemos com o mesmo tato, embora nos ocorra ter de enfrentar vizinhos e amigos que insistem em usar os motes tradicionais. Sempre recusamos a meu primo número dois mais moço, acentuadamente cabeçudo, o apelido de Atlas, que lhe haviam dado na *parrilla* da esquina, preferindo o infinitamente mais delicado Cacuça. E assim sempre.

Eu gostaria de esclarecer que não fazemos essas coisas para nos diferenciar do resto do bairro. Simplesmente gostaríamos de modificar, gradualmente e sem ofender os sentimentos de ninguém, as rotinas e tradições. Não gostamos de vulgaridade em nenhuma de suas formas, e basta algum de nós ouvir na cantina frases como "Foi uma partida de índole violenta", ou "Os arremates de Faggioli se caracterizaram por um notável trabalho de infiltração preliminar do eixo médio", para que imediatamente façamos constar as formas mais castiças e aconselháveis na emergência, ou seja: "Foi um festival de porrada que nem te conto", ou "Primeiro acabamos com eles, depois foi a goleada". As pessoas nos olham com surpresa, mas nunca falta alguém para extrair a lição oculta nessas frases delicadas. Meu tio mais velho, que lê os escritores argentinos, diz que com muitos deles seria possível fazer algo do gênero, mas nunca nos explicou a coisa em detalhe. Uma pena.

Correios e Telecomunicações

Uma vez que um parente para lá de distante chegou a ministro, nos entendemos para que ele nomeasse parte da família para a sucursal dos correios da rua Serrano. Durou pouco, é verdade. Dos três dias que ocupamos o posto, dois passamos atendendo ao público com uma celeridade extraordinária, que nos valeu a atônita visita de um inspetor do Correio Central e uma menção elogiosa no *La Razón*. No terceiro dia estávamos seguros de nossa popularidade, pois as pessoas já vinham de outros bairros despachar sua correspondência e dar umas voltas em Purmamarca e outros lugares igualmente absurdos. Então meu tio mais velho soltou o lá vou eu e a família começou a desempenhar com capricho seus princípios e predileções. No guichê de postagem, minha irmã número dois oferecia uma bexiga colorida a cada comprador de selos. A primeira a receber sua bexiga foi uma senhora gorda que ficou estaqueada, com a bexiga na mão e o selo de um peso já umedecido que ia se enroscando pouco a pouco em seu dedo. Um jovem cabeludo se recusou categoricamente a receber sua bexiga e minha irmã o admoestou com severidade enquanto na fila do guichê começavam a circular opiniões conflitantes. Ao lado, vários interioranos, empenhados em fazer remessas insensatas de parte de seus salários para os familiares distantes, recebiam com certo assombro copinhos de grapa e de vez em quando uma empanada de carne, tudo isso por iniciativa de meu pai, que além do mais recitava para eles aos gritos os melhores conselhos do velho Vizcacha. Enquanto isso meus irmãos, responsáveis pelo guichê de encomendas, untavam-nas com alcatrão e as enfiavam num balde cheio de penas. Depois as apresentavam ao estupefato expedidor e o faziam dar-se conta da alegria com que seriam recebidos os pacotes assim incrementados. "Sem barbante à vista", diziam. "Sem o lacre tão vulgar, e com o nome do destinatário parecendo estar escondido debaixo da asa de um cisne, repare." Nem todos se mostravam encantados, é preciso ser sincero.

Quando os curiosos e a polícia invadiram o local, minha mãe encerrou o ato da maneira mais bonita, fazendo voar sobre o público uma infinidade de aviõezinhos coloridos fabricados com os formulários dos telegramas, das remessas bancárias e das cartas registradas. Cantamos o hino nacional e nos retiramos em boa ordem; vi chorar uma menina que era a terceira da fila das postagens e sabia que agora não ia mais ganhar uma bexiga.

Perda e recuperação do cabelo

Para lutar contra o pragmatismo, a horrível tendência à consecução de finalidades úteis, meu primo mais velho advoga o procedimento de arrancar um bom cabelo da cabeça, dar um nó no meio e deixá-lo cair suavemente pelo ralo da pia. Se esse cabelo ficar preso na redinha que costuma existir nos mencionados ralos, bastará abrir um pouco a torneira para que ele desapareça da vista.

Sem perder um instante, é preciso dar início à tarefa de recuperação do cabelo. A primeira operação se limita a desmontar o sifão da pia para ver se o cabelo ficou preso em alguma das rugosidades do cano. Caso não o encontremos, é preciso desencaixar o pedaço de cano que vai do sifão ao encanamento central de deságue. É certo que nesse local aparecerão muitos cabelos, e será preciso contar com a ajuda do resto da família para examiná-los um a um, na tentativa de encontrar o nó. Se ele não aparecer, estaremos diante do interessante problema de ir abrindo o encanamento até o andar de baixo, mas isso significa um esforço maior, pois durante oito ou dez anos será preciso trabalhar em algum ministério ou estabelecimento comercial para reunir o dinheiro necessário para comprar os quatro apartamentos situados embaixo do de meu primo mais velho, tudo isso com a desvantagem extraordinária de que enquanto se trabalha esses oito ou dez anos não será possível evitar a penosa sensação de que o cabelo não está mais no encanamento e de que só por um remoto acaso ele continua preso a alguma saliência enferrujada do cano.

Chegará o dia de poder quebrar os canos de todos os apartamentos, e durante meses viveremos rodeados de bacias e outros recipientes cheios de cabelos molhados, bem como de assistentes e mendigos a quem pagaremos generosamente para que procurem, separem, classifiquem e nos tragam os cabelos possíveis a fim de obter a desejada certeza. Se o cabelo não aparecer, entraremos numa etapa muito mais nebulosa e complicada, porque o estágio seguinte nos leva às cloacas mais significativas da cidade. Depois de comprar uma vestimenta especial, aprenderemos a deslizar pelo sistema de esgotos a altas horas da noite, armados de uma lanterna potente e de uma máscara de oxigênio, e exploraremos as galerias maiores e menores, ajudados se possível por indivíduos do submundo, com quem teremos travado relação e a quem seremos obrigados a entregar boa parte do dinheiro que ganhamos durante o dia num ministério ou num estabelecimento comercial.

Com muita frequência teremos a impressão de ter chegado ao término da tarefa, porque encontraremos (ou nos trarão) cabelos semelhantes ao que buscamos; mas como não se conhece nenhum caso em que um cabelo tenha um nó no meio sem a intervenção de mão humana, acabaremos quase sempre por comprovar que o nó em questão é um simples engrossamento do calibre do cabelo (embora tampouco tenhamos conhecimento de nenhum caso parecido) ou de um depósito de um silicato ou óxido qualquer produzido pela prolongada permanência em contato com uma superfície úmida. É provável que avancemos desse modo por diversos sistemas de canos menores e maiores, até chegar ao lugar onde já ninguém se resolveria a penetrar em algum lugar: o cano mestre posicionado na direção do rio, a reunião torrentosa dos detritos na qual dinheiro algum, embarcação alguma, suborno algum nos permitiria prosseguir a busca.

Mas antes disso, e talvez muito antes, por exemplo a poucos centímetros do ralo da pia, à altura do apartamento do segundo andar, ou no primeiro encanamento subterrâneo, pode acontecer de encontrarmos o cabelo. Basta pensar na alegria que isso nos proporcionaria, no assombrado cálculo dos esforços poupados por pura boa sorte, para justificar, para escolher, para praticamente exigir semelhante tarefa, que todo professor consciente deveria aconselhar a seus alunos desde a mais tenra infância, em lugar de secar a alma deles com a regra de três composta ou as tristezas de Cancha Rayada.

Tia em dificuldades

Por que haveríamos de ter uma tia tão receosa de cair de costas? Faz anos que a família luta para curá-la de sua obsessão, mas chegou a hora de confessar nosso fracasso. Por mais que nos esforcemos, a tia tem medo de cair de costas e sua inocente mania afeta a nós todos, começando por meu pai, que fraternalmente vai com ela a todos os lugares e fica olhando o chão para que a tia possa caminhar sem preocupações, enquanto minha mãe se esmera em varrer o pátio várias vezes por dia, minhas irmãs recolhem as bolas de tênis com que se divertem inocentemente no terraço e meus primos apagam todo rastro imputável aos cães, gatos, tartarugas e galinhas que proliferam em nossa casa. Mas de nada adianta, a tia só se decide a cruzar os aposentos depois de longa hesitação, intermináveis observações oculares e palavras destemperadas dirigidas a qualquer criança que passe por ali naquele momento. Depois, põe-se em marcha apoiando primeiro um pé e movendo-o como um boxeador na caixa de resina, depois o outro, trasladando o corpo num deslocamento que na infância considerávamos majestoso, e demorando vários minutos para ir de uma porta a outra. É uma coisa horrível.

Inúmeras vezes a família se esforçou para que minha tia explicasse com alguma coerência seu medo de cair de costas. Em determinada ocasião foi recebida com um silêncio que teria sido possível cortar a gadanho; mas uma noite, depois de seu copinho de hesperidina, a tia condescendeu em insinuar que se caísse de costas não conseguiria voltar a levantar-se. À observação elementar de que trinta e dois membros da família estavam dispostos a acudi-la, respondeu com um olhar lânguido e duas palavras: "Mesmo assim". Dias depois, meu irmão mais velho me chamou até a cozinha à noite e me mostrou uma barata caída de costas embaixo da pia. Sem falar nada um para o outro assistimos à longa e inútil luta do animal para virar-se, enquanto outras baratas, dominando a intimidação da luz, circulavam pelo piso e passavam roçando a que jazia em posição de decúbito dorsal. Fomos para a cama com acentuada melancolia, e por uma razão ou por outra ninguém tornou a interrogar a tia; limitamo-nos a amenizar seu medo na medida do possível, a ir com ela a toda parte, a dar-lhe o braço e comprar-lhe um sem-número de sapatos com solas antiderrapantes e outros dispositivos estabilizadores. A vida foi em frente assim, e não era pior que outras vidas.

Tia explicada ou não

Nada mais, nada menos que meus quatro primos de sangue se dedicam à filosofia. Leem livros, discutem entre si e são admirados à distância pelo restante da família, fiel ao princípio de não se meter nas preferências alheias e inclusive de favorecê-las na medida do possível. Esses rapazes, que merecem todo o meu respeito, meditaram mais de uma vez no problema do medo de minha tia, chegando a conclusões obscuras mas quem sabe dignas de consideração. Como costuma ocorrer em casos semelhantes, minha tia era quem estava menos a par dessas cavilações, mas daquele tempo para cá a deferência da família aumentou ainda mais. Acompanhamos por anos a fio as titubeantes expedições de minha tia da sala ao pátio, do quarto ao banheiro, da cozinha à despensa. Nunca nos pareceu inadequado ela se deitar de lado, e durante a noite observar a imobilidade mais absoluta, nos dias pares do lado direto, e nos ímpares do esquerdo. Nas cadeiras da sala de jantar e do pátio, minha tia se instala muito ereta; nada a faria aceitar a comodidade de uma cadeira de balanço ou de uma poltrona Morris. Na noite do Sputnik a família se atirou no chão do pátio para observar o satélite, mas minha tia permaneceu sentada e no dia seguinte teve um torcicolo pavoroso. Pouco a pouco fomos nos convencendo, e hoje estamos conformados. Contamos com a ajuda de nossos primos de sangue, que aludem à questão com olhares de entendidos e dizem coisas como: "Ela tem razão". Mas por quê? Não sabemos, e eles não querem nos explicar. Para mim, por exemplo, deitar de costas é uma coisa comodíssima. O corpo todo se apoia no colchão ou nos ladrilhos do pátio, sentimos os calcanhares, as panturrilhas, as coxas, as nádegas, o dorso, os ombros, os braços e a nuca, que repartem entre si o peso do corpo e o difundem, por assim dizer, pelo chão, aproximam-no tão bem e tão naturalmente dessa superfície que nos atrai vorazmente e que dá a impressão de querer nos engolir. É curioso que, para mim, estar deitado de costas pareça a posição mais natural, e às vezes suspeito que é por isso que minha tia a abomina. Para mim ela é perfeita, e acredito que no fundo seja a mais cômoda. Sim, é isto mesmo: no fundo, bem no fundo, de costas. Chego a ficar com um pouco de medo, uma coisa que não consigo explicar. Como eu gostaria de ser como ela, e como não consigo.

Os pousa-tigres

M uito antes de pôr nossa ideia em prática sabíamos que o pouso dos tigres apresentava um duplo problema, sentimental e moral. O primeiro não se referia tanto ao pouso em si como ao tigre propriamente dito, na medida em que esses felinos não gostam de ser pousados e recorrem a todas as suas energias, que são imensas, para opor resistência. Nessas circunstâncias, seria o caso de fazer frente às idiossincrasias dos mencionados animais? Mas a pergunta nos transportava para o plano moral, no qual toda ação pode ser causa ou efeito de esplendor ou de infâmia. À noite, em nossa casinha da rua Humboldt, meditávamos diante das tigelas de arroz de leite, esquecidos de polvilhá-las com canela e açúcar. Não estávamos verdadeiramente convencidos de conseguir pousar um tigre, o que nos entristecia.

Finalmente ficou decidido que pousaríamos um, somente para efeitos de acionar o mecanismo em toda a sua complexidade, para mais tarde avaliar os resultados. Não falarei aqui da obtenção do primeiro tigre: foi um trabalho sutil e penoso, um percorrer consulados e drogarias, uma complicada urdidura de bilhetes, cartas aéreas e trabalho de dicionário. Uma noite meus primos chegaram cobertos de tintura de iodo: era o sucesso. Bebemos tanto nebiolo que minha irmã mais moça acabou tirando a mesa com o rastelo. Naquela época éramos mais jovens.

Agora que a experiência produziu os resultados que conhecemos, posso facilitar detalhes do pouso. Talvez o mais difícil seja tudo o que se refere ao ambiente, pois é necessário um aposento com o mínimo de móveis, coisa rara na rua Humboldt. No centro se coloca o dispositivo: duas tábuas cruzadas, um jogo de varetas elásticas e algumas jarras de cerâmica com leite e água. Pousar o tigre não é assim tão difícil, embora possa acontecer de a operação fracassar e de ser necessário repeti-la; a verdadeira dificuldade começa no momento em que, já pousado, o tigre recupera a liberdade e opta — de múltiplas maneiras possíveis — por exercitá-la. Nessa etapa, que chamarei intermediária, as reações de minha família são fundamentais; tudo depende de como se comportem minhas irmãs, da habilidade com que meu pai torne a pousar o tigre, utilizando-o ao máximo como um oleiro sua argila. A menor falha seria o desastre, os fusíveis queimados, o leite espalhado pelo chão, o horror de uns olhos fosforescentes riscando a escuridão, os jatos mornos a cada golpe de garras; não quero nem imaginar isso, visto que até agora pousamos o tigre sem consequências perigosas. Tanto o dispositivo como as diferentes funções que todos devemos desempenhar, desde o tigre até meus primos segundos, parecem eficazes e se articulam harmoniosamente. Para nós o fato em si, de pousar o tigre, não é importante, e sim que a cerimônia se realize até o final sem transgressão. É preciso que o tigre aceite ser pousado, ou que o seja de maneira tal que sua aceitação ou sua recusa careçam de importância. Nos instantes que poderíamos ter a tentação de chamar cruciais — talvez por causa das duas tábuas, talvez por um mero lugar-comum —, a família se sente tomada por uma exaltação extraordinária; minha mãe não disfarça as lágrimas e minhas primas de sangue trançam e destrançam convulsivamente os dedos. Pousar o tigre tem alguma coisa de total encontro, de alinhamento diante de um absoluto; o equilíbrio depende de tão pouco e o pagamos a um preço tão alto que os breves instantes que se seguem ao pouso e que determinam sua perfeição como que nos retiram de nós mesmos, aniquilam a tigredade e a humanidade num só movimento imóvel que é vertigem, pausa e chegada. Não existe tigre, não existe família, não existe pouso. Impossível saber o que existe: um tremor que não é desta carne, um tempo central, uma coluna de contato. E depois saímos todos para o pátio coberto e nossas tias trazem a sopa como se alguma coisa cantasse, como se fôssemos a um batismo.

Comportamento nos velórios

Não é pelo anis que vamos, nem porque é preciso ir. Alguém já deve ter desconfiado: vamos porque não conseguimos tolerar as formas mais encobertas da hipocrisia. Minha prima segunda mais velha se encarrega de verificar a índole do luto, e se ele é verdadeiro, se choram porque chorar é só o que resta àqueles homens e àquelas mulheres em meio ao aroma de nardos e de café, nesse caso ficamos em casa e os acompanhamos de longe. No máximo minha mãe dá uma passadinha e cumprimenta em nome da família; não gostamos de interpor insolentemente nossa própria vida a esse diálogo com a sombra. Mas se da detida investigação de minha prima surge a suspeita de que num pátio coberto ou na sala montaram-se os trípodes da falsidade, então a família enverga seus melhores trajes, espera que o velório esteja no ponto e vai se apresentando aos poucos, mas implacavelmente.

Em Pacífico as coisas quase sempre se passam num pátio com vasos de plantas e música de rádio. Para essas ocasiões os vizinhos condescendem em apagar os rádios e ficam apenas os jasmins e os parentes, alternando-se contra as paredes. Chegamos um a um, ou dois a dois, cumprimentamos os familiares, fáceis de reconhecer porque choram assim que veem alguém entrar, e vamos nos inclinar diante do defunto, escoltados por algum parente próximo. Uma ou duas horas depois toda a família está na casa mortuária, mas embora os vizinhos nos conheçam bem, comportamo-nos como se cada um tivesse vindo por sua conta e pouco falamos entre nós. Um método preciso ordena nossos atos, determina os interlocutores com quem trocamos ideias na cozinha, debaixo da laranjeira, nos quartos, no vestíbulo, e de quando em quando saímos para fumar no pátio ou na rua ou damos uma volta no quarteirão para debater opiniões políticas e esportivas. Não precisamos de muito tempo para sondar os sentimentos dos familiares mais chegados; os copinhos de aguardente, o mate doce e os Particulares light são a ponte confidencial; antes da meia-noite já estamos confiantes, podemos agir sem remorsos. Quase sempre minha irmã mais moça se encarrega da primeira escaramuça; habilmente posicionada aos pés do ataúde, ela cobre os olhos com um lenço roxo e começa a chorar, primeiro em silêncio, empapando o lenço a um ponto inimaginável, depois com soluços e arquejos, e finalmente é tomada por um ataque terrível de choro que obriga as vizinhas a levá-la para a cama preparada para essas emergências, fazê-la cheirar água de flor de laranjeira e consolá-la, enquanto outras vizinhas se encarregam dos parentes próximos bruscamente contaminados pela crise. Durante algum tempo verifica-se um amontoamento de pessoas à porta da capela-ardente, perguntas e notícias em voz baixa, encolhimentos de ombros por parte dos vizinhos. Esgotados por um esforço em que tiveram de empenhar-se a fundo, os familiares arrefecem em suas manifestações, e nesse exato momento minhas três primas segundas desatam a chorar sem afetação, sem gritos, mas tão comovedoramente que os familiares e vizinhos sentem a emulação, compreendem que não é possível ficar ali descansando enquanto gente estranha proveniente do outro quarteirão se aflige daquela maneira, e mais uma vez se associam à deploração geral, mais uma vez é preciso abrir espaço nas camas, abanar as senhoras mais velhas, afrouxar o cinto de velhinhos convulsos. Em geral meus irmãos e eu esperamos por esse momento para entrar na sala mortuária e nos posicionar ao lado do ataúde. Por estranho que pareça, estamos realmente desolados, somos incapazes de ouvir nossas irmãs chorar sem que um pesar infinito nos tome o peito e nos faça pensar em coisas da infância, nuns campos perto de Villa Albertina, num bonde que rangia ao fazer a curva na rua General Rodríguez, em Banfield, coisas assim, sempre tão tristes. Para nós é suficiente ver as mãos cruzadas do defunto para que o pranto nos domine numa única onda, nos obrigue a cobrir o rosto envergonhados, e somos cinco homens que choram de verdade no velório, enquanto os familiares recuperam desesperadamente o fôlego para fazer como nós, sentindo que custe o que custar têm de demonstrar que o velório pertence a eles, que só eles têm direito a chorar assim naquela casa. Mas são poucos, e mentem (isso sabemos por minha prima segunda mais velha, e nos dá forças). Em vão acumulam os soluços e os desmaios, inutilmente os vizinhos mais solidários os apoiam com seus consolos e suas reflexões, levando-os e trazendo-os para que descansem e se reintegrem à luta. Meus pais e meu tio mais velho nos substituem agora, há algo que impõe respeito na dor daqueles velhos que saíram da rua Humboldt para ir até ali, cinco quadras contando a partir da esquina, para velar o finado. Os vizinhos mais coerentes começam a perder pé, deixam de lado os familiares, vão para a cozinha beber grapa e fofocar; alguns parentes, extenuados por uma hora e meia de choro ininterrupto, dormem estertorosamente. Nós nos revezamos em ordem, porém sem dar a impressão de uma coisa ensaiada; antes das seis da manhã nos transformamos nos donos incontestes do velório, a maioria dos vizinhos foi para casa dormir, os parentes jazem em diferentes posições e graus de letargia, o dia nasce no pátio. A essa altura minhas tias organizam enérgicas merendas na cozinha, tomamos café fervendo, olhamo-nos brilhantemente ao atravessar o vestíbulo ou os quartos; temos algo de formigas que vão e vêm, esfregando as antenas ao passar. Quando chega o carro fúnebre, as providências estão tomadas, minhas irmãs levam os parentes para que se despeçam do finado antes do fechamento do caixão, suportam-nos e confortam-nos enquanto mi-

396   *Comportamento nos velórios*

nhas primas e meus irmãos vão se aproximando até deslocá-los, abreviando o último adeus e ficando sozinhos ao lado do morto. Subjugados, desorientados, compreendendo vagamente mas incapazes de reagir, os familiares se deixam levar e trazer, bebem qualquer coisa que lhes aproximem dos lábios e reagem com vagos protestos inconsistentes às carinhosas atenções de minhas primas e minhas irmãs. Quando chega a hora de partir e a casa está repleta de parentes e amigos, uma organização invisível mas sem fissuras determina cada movimento, o diretor da funerária acata as ordens de meu pai, a remoção do ataúde é feita de acordo com as indicações de meu tio mais velho. Uma vez ou outra os parentes chegados no último momento externam uma reivindicação despropositada; os vizinhos, já convencidos de que tudo é como deve ser, olham para eles escandalizados e os obrigam a calar-se. No carro enlutado se instalam meus pais e meus tios, meus irmãos embarcam no segundo e minhas primas condescendem em aceitar alguns dos familiares no terceiro, onde se acomodam envoltas em grandes lenços pretos e roxos. O resto embarca onde consegue, e há parentes que se veem obrigados a chamar um táxi. E se alguns deles, refrescados pelo ar matinal e o longo trajeto, tramam uma reconquista na necrópole, amargo é seu dissabor. Assim que o caixão chega ao peristilo, meus irmãos cercam o orador designado pela família ou pelos amigos do defunto e facilmente identificável pela expressão cerimoniosa e pelo rolinho fazendo volume no bolso do casaco. Apertando as mãos dele, empapam suas lapelas com as lágrimas que lhes rolam pelo rosto, dão-lhe palmadinhas com um leve som de tapioca, e o orador não consegue impedir que meu tio mais moço suba na tribuna e dê andamento aos discursos com uma fala que é sempre um modelo de verdade e discrição. Leva três minutos, refere-se exclusivamente ao defunto, desfia suas virtudes e aponta seus defeitos sem despojar de humanidade nada do que diz; está profundamente emocionado, e às vezes tem dificuldade para concluir. Assim que ele desce, meu irmão mais velho ocupa a tribuna e se encarrega do panegírico em nome da vizinhança, enquanto o vizinho designado para tal fim procura abrir caminho entre minhas primas e irmãs, que choram penduradas em seu colete. Um gesto afável mas imperioso de meu pai mobiliza o pessoal da funerária; o catafalco começa a rolar suavemente e os oradores oficiais ficam ao pé da tribuna, olhando uns para os outros e amassando os discursos nas mãos úmidas. De modo geral não nos damos ao trabalho de acompanhar o defunto até a cripta ou sepultura; em vez disso, damos meia-volta e saímos todos juntos, comentando os acontecimentos do velório. De longe vemos como os parentes correm desesperados para empunhar uma das alças do ataúde e brigam com os vizinhos, que no ínterim se apropriaram das alças e preferem encarregar-se delas eles mesmos, no lugar dos parentes.

Material plástico

Trabalhos de escritório

Minha fiel secretária é das que levam sua função ao-pé-da-letra e, como sabemos, isso significa passar para o outro lado, invadir territórios, enfiar os cinco dedos no copo de leite para retirar um pobre cabelinho.

Minha fiel secretária toma conta ou gostaria de tomar conta de tudo em meu escritório. Passamos o dia travando uma cordial batalha de jurisdições, um sorridente intercâmbio de minas e contraminas, de saídas e retiradas, de prisões e resgates. Só que ela tem tempo para tudo, não apenas tenta se adonar do escritório como executa escrupulosa suas funções. As palavras, por exemplo; não há dia em que não as lustre, escove, ponha na estante correspondente, prepare e arrume para suas obrigações cotidianas. Se me vem à boca um adjetivo prescindível — porque todos eles nascem fora da órbita de minha secretária e, de certo modo, de mim mesmo —, lá vem ela de lápis em punho capturá-lo e matá-lo sem lhe dar tempo de soldar-se ao resto da frase e sobreviver por descuido ou hábito. Se eu permitisse, se neste instante mesmo permitisse, ela jogaria estas páginas no cesto, enfurecida. Está tão decidida a que eu viva uma vida ordenada que qualquer movimento imprevisto a leva a se aprumar, toda orelhas, toda cauda em riste, tremendo como um arame ao vento. Sou obrigado a dissimular, e com a desculpa de estar redigindo um informe, encher algumas folhinhas de papel rosa ou verde com as palavras de que gosto, com seus jogos e brincadeiras e suas raivosas rixas. Enquanto isso minha fiel secretária arruma o escritório, distraída na aparência mas pronta para o salto. Na metade de um verso que nascia tão feliz, coitado, ouço-a dar início a seu horrível guincho de censura, e então meu lápis volta a galope para as palavras vetadas, risca-as pressuroso, arruma o desarrumado, fixa, limpa e dá brilho, e o que resta provavelmente está muito bom, mas essa tristeza, esse gosto pela traição na língua, essa cara de chefe com sua secretária.

Maravilhosas ocupações

Que maravilhosa ocupação cortar uma das pernas de uma aranha, enfiar num envelope, escrever Senhor Ministro das Relações Exteriores, adicionar o endereço, descer a escada aos pulos, despachar a carta no correio da esquina.

Que maravilhosa ocupação ir andando pelo bulevar Arago contando as árvores, e a cada cinco castanheiras ficar um momento em pé sobre uma perna só e esperar alguém olhar, e então soltar um grito seco e breve e girar feito uma piorra, de braços bem abertos, idêntico à ave cacuy, que se lamenta nas árvores do norte argentino.

Que maravilhosa ocupação entrar num café e pedir açúcar, outra vez açúcar, três ou quatro vezes açúcar, e ir formando um montão no meio da mesa, enquanto cresce a fúria nos balcões e debaixo dos aventais brancos, e exatamente no meio do montão de açúcar cuspir delicadamente, depois acompanhar o descenso do pequeno glaciar de saliva, ouvir o barulho de pedras partidas que o acompanha e que nasce nas gargantas contraídas de cinco paroquianos e do patrão, homem honesto em seus momentos.

Que maravilhosa ocupação tomar o ônibus, descer na frente do Ministério, abrir caminho a golpes de envelopes selados, deixar para trás o último secretário e entrar, firme e sério, no vasto gabinete com espelhos, exatamente no instante em que um contínuo vestido de azul entrega ao ministro uma carta, e ver o ministro abrir o envelope com um dobrador de origem histórica, enfiar os dedos delicados e retirar a perna de aranha, ficar olhando para ela, depois imitar o zumbido de uma mosca e ver como o ministro empalidece, quer jogar fora a perna mas não consegue, foi capturado pela perna, e dar-lhe as costas e sair, assobiando, anunciar nos corredores a renúncia do ministro, e saber que no dia seguinte chegarão as tropas inimigas e tudo irá para o diabo e será uma quinta-feira de um mês ímpar de um ano bissexto.

Vietato introdurre biciclette

Nos bancos e estabelecimentos comerciais deste mundo ninguém está minimamente interessado em que alguém entre com um repolho debaixo do braço, ou um tucano, ou soltando pela boca como se fossem um barbantinho as canções aprendidas com minha mãe ou levando pela mão um chimpanzé de pulôver listrado. Mas é só uma pessoa entrar com uma bicicleta que se verifica uma revoada excessiva, e o veículo é expulso com violência para a rua enquanto seu proprietário recebe admoestações veementes dos empregados da casa.

Para uma bicicleta, ente dócil e de comportamento modesto, constitui uma humilhação e um insulto a presença de cartazes que a detêm altaneiros diante das belas portas envidraçadas da cidade. É sabido que as bicicletas buscaram por todos os meios remediar sua triste condição social. Em absolutamente todos os países da Terra, porém, *é proibido entrar com bicicletas*. Alguns acrescentam: "e cães", o que duplica nas bicicletas e nos cães seu complexo de inferioridade. Um gato, uma lebre, uma tartaruga podem em princípio entrar na Bunge & Born ou nos escritórios dos advogados da rua San Martín sem ocasionar mais que surpresa, grande encantamento entre telefonistas ansiosas, ou no máximo uma instrução ao porteiro para que jogue na rua os supramencionados animais. Esta última hipótese pode se verificar, mas não é humilhante, primeiro porque só constitui uma probabilidade entre muitas, e depois porque nasce como efeito de uma causa, e não de uma fria maquinação preestabelecida, horrendamente impressa em placas de bronze ou de esmalte, tábuas da lei inexorável que esmagam a singela espontaneidade das bicicletas, seres inocentes.

Seja como for, cuidado, gerentes! As rosas também são ingênuas e doces, mas é possível que saibais que numa guerra de duas rosas morreram príncipes que eram como raios negros, cegados por pétalas de sangue. Que não aconteça de as bicicletas amanhecerem um dia cobertas de espinhos, de as manoplas do guidão crescerem e investirem, de, blindadas de furor, arremeterem em bloco contra os vidros das companhias de seguros, e que esse dia enlutado se encerre com uma queda geral das ações, com luto em vinte e quatro horas, com remessas de cartões de pêsames.

Comportamento dos espelhos na ilha de Páscoa

Quando se põe um espelho na parte oeste da ilha de Páscoa, ele atrasa. Quando se põe um espelho na parte leste da ilha de Páscoa, ele adianta. Recorrendo a delicadas medições, é possível encontrar o ponto em que esse espelho estará na hora, mas o ponto que serve para esse espelho não é garantia de que sirva para outro, pois os espelhos são afetados por diferentes materiais e reagem conforme lhes dá na real veneta.

Assim Salomón Lemos, o antropólogo bolsista da Fundação Guggenheim, viu-se morto de tifo quando olhou para seu espelho de fazer a barba, tudo isso a leste da ilha. E ao mesmo tempo um espelhinho que ele havia esquecido a oeste da ilha de Páscoa refletia para ninguém (estava jogado entre as pedras) Salomón Lemos de calça curta indo para a escola; depois Salomón Lemos nu numa banheira, sendo entusiasticamente ensaboado pelo pai e pela mãe, depois Salomón Lemos dizendo agu para emoção de sua tia Remeditos numa estância do distrito de Trenque Lauquen.

Possibilidades da abstração

Trabalho há anos na Unesco e em outros organismos internacionais, mas apesar disso conservo um certo senso de humor e especialmente uma notável capacidade de abstração, ou seja, quando não gosto de um sujeito risco-o do mapa simplesmente tomando essa decisão, e enquanto ele fala e fala eu passo para Melville e o coitado acredita que estou escutando o que ele diz. Da mesma forma, se gosto de uma garota posso abstrair sua roupa assim que ela entra em meu campo visual, e enquanto ela comenta que a manhã está fria eu passo longos minutos admirando seu umbiguinho. Às vezes essa minha faculdade é quase malsã.

Na segunda-feira passada foram as orelhas. Na hora de entrar era extraordinário o número de orelhas que se deslocavam na galeria da entrada. Em meu escritório encontrei seis orelhas; na cantina, ao meio-dia, havia mais de quinhentas, simetricamente dispostas em fileiras duplas. Era divertido ver como de vez em quando duas orelhas subiam, saíam da fileira e se afastavam. Pareciam asas.

Na terça-feira escolhi uma coisa que julgava menos frequente: os relógios de pulso. Me enganei, porque na hora do almoço tive ocasião de ver cerca de duzentos deles sobrevoando as mesas com um movimento para trás e para a frente que remetia em especial à ação de seccionar um bife. Na quarta-feira preferi (com certo constrangimento) uma coisa mais fundamental, e escolhi os botões. Oh, espetáculo! O ar da galeria cheio de cardumes de olhos opacos que se deslocavam horizontalmente, enquanto aos lados de cada pequeno batalhão horizontal oscilavam pendularmente dois, três ou quatro botões. No elevador, a saturação era indescritível: centenas de botões imóveis, ou movendo-se de leve, num assombroso cubo cristalográfico. Lembro-me em especial de uma janela (era à tarde) contra o céu azul. Oito botões vermelhos

402 *Possibilidades da abstração*

desenhavam uma delicada vertical, e aqui e ali se moviam suavemente pequenos discos nacarados e secretos. Aquela mulher devia ser tão bela...

A Quarta-Feira era de Cinzas, dia em que os processos digestivos me pareceram ilustração adequada à circunstância, razão pela qual às nove e meia fui o bisonho espectador da chegada de centenas de saquinhos contendo uma papa grisácea resultante da mistura de cornflakes, café com leite e croissants. Na cantina, vi como uma laranja se dividia em esmerados gomos, que num dado momento perdiam sua forma e desciam um depois do outro até formar, em determinada altura, um depósito esbranquiçado. Nesse estado a laranja percorreu o corredor, desceu quatro andares, e, depois de entrar numa sala, foi imobilizar-se num ponto situado entre os dois braços de uma cadeira. Um pouco mais adiante via-se em análogo repouso um quarto de litro de chá forte. Como curioso parêntese (minha capacidade de abstração costuma ser exercida arbitrariamente), eu também podia ver uma golfada de fumaça entubar-se verticalmente, dividir-se em duas translúcidas bexigas, subir outra vez pelo tubo e, depois de uma graciosa voluta, dispersar-se em barrocos resultados. Mais tarde (eu estava em outra sala) achei um pretexto para visitar novamente a laranja, o chá e a fumaça. Mas a fumaça havia desaparecido, e em vez da laranja e do chá havia dois desagradáveis tubos retorcidos. Até a abstração tem seu lado penoso; cumprimentei os tubos e voltei para meu escritório. Minha secretária chorava, lendo a portaria mediante a qual eu era exonerado. Para consolar-me resolvi abstrair suas lágrimas, e por um momento me deliciei com aquelas minúsculas fontes cristalinas que nasciam no ar e se esborrachavam nos impressos, no mata-borrão e no boletim oficial. A vida está repleta de encantos como esses.

O jornal diário

Um senhor toma o bonde depois de comprar o jornal e de posicioná-lo debaixo do braço. Meia hora depois, desce com o mesmo jornal debaixo do mesmo braço.

Só que já não é o mesmo jornal, agora é um monte de páginas impressas que o senhor abandona num banco de praça.

Assim que fica a sós no banco, o monte de páginas se transforma novamente num jornal, até que um rapaz o vê, o lê e o larga transformado num monte de páginas impressas.

Histórias de cronópios e de famas   403

Assim que fica a sós no banco, o monte de páginas impressas se transforma novamente num jornal, até que uma senhora de idade o encontra, o lê e o larga transformado num monte de páginas impressas. Em seguida leva-o para sua casa e no caminho utiliza-o para empacotar meio quilo de acelgas, que é para o que servem os jornais depois dessas excitantes metamorfoses.

Pequena história propensa a ilustrar o precário da estabilidade dentro da qual acreditamos existir, ou seja, que as leis poderiam abrir espaço para as exceções, acasos ou improbabilidades, e aí é que eu quero ver

Informe confidencial CVN/475 a/W
do Secretário da OCLUSIOM
ao Secretário da VERPERTUIT

Confusão pavorosa. Tudo corria perfeitamente bem e nunca houve dificuldades com os regulamentos. Agora de repente resolvem reunir o Comitê Executivo em sessão extraordinária e começam as dificuldades, o senhor já vai ver que tipo de encrencas inesperadas. Embaraço absoluto nas fileiras. Incerteza quanto ao futuro. Acontece que o Comitê se reúne e passa a eleger os novos membros do organismo, em substituição aos seis membros titulares falecidos em trágicas circunstâncias quando o helicóptero no qual sobrevoavam a paisagem se precipitou nas águas, perecendo todos eles no hospital da região em decorrência de a enfermeira ter se equivocado e aplicado neles injeções de sulfamida em doses inaceitáveis pelo organismo humano. Reunido o Comitê, composto do único membro titular sobrevivente (retido em seu domicílio no dia da catástrofe em razão de resfriado) e por seis membros suplentes, passa-se a votar os candidatos propostos pelos diferentes Estados-membros da OCLUSIOM. É eleito por unanimidade o sr. Félix Voll (Aplausos). É eleito por unanimidade o sr. Félix Romero (Aplausos). É efetuada nova votação, e acaba eleito por unanimidade o sr. Félix Lupescu (Constrangimento). O presidente interino toma a palavra e faz uma observação jocosa sobre a coincidência dos nomes escolhidos. Pede a palavra o delegado da Grécia e declara que, embora lhe pareça ligeiramente estrambótico, está encarregado por seu governo de apresentar a candidatura do sr. Félix Paparemólogos. É procedida a votação e o candidato é eleito por maioria. Passa-se à votação seguinte e triunfa o candidato do Paquistão, sr. Félix Abib. A essa altura reina grande confusão no Comitê, o qual se dá pressa em realizar a votação final, sendo eleito o candidato da Argentina, sr. Félix Camusso. Entre os aplausos acentuadamente desconcertados dos presentes, o decano do Comitê dá as boas-vindas aos seis novos membros, a quem qualifica cordialmente como xarás (Estupefação). É lida a composição do Comitê, que fica assim definida: presidente e membro mais antigo sobrevivente do desastre, sr. Félix Smith. Membros, srs. Félix Voll, Félix Romero, Félix Lupescu, Félix Paparemólogos, Félix Abib e Félix Camusso.

Pois bem, as consequências dessa eleição são cada vez mais comprometedoras para a OCLUSIOM. Os jornais vespertinos reproduzem com comentários jocosos e impertinentes a composição do Comitê Executivo. O ministro do Interior falou esta manhã por telefone com o diretor-geral. Este, por falta de coisa melhor, mandou preparar uma nota informativa contendo o curriculum vitae dos novos membros do Comitê, todos eles eminentes personalidades no campo das ciências econômicas.

O Comitê deve realizar sua primeira sessão na próxima quinta-feira, mas corre que os srs. Félix Camusso, Félix Voll e Félix Lupescu encaminharão suas renúncias nas últimas horas da tarde de hoje. O sr. Camusso solicitou instruções sobre a redação de sua renúncia; com efeito, não dispõe de nenhuma razão válida para afastar-se do Comitê e somente o move, tal como aos srs. Voll e Lupescu, o desejo de que o Comitê seja integrado por pessoas que não respondam ao nome Félix. É provável que as renúncias invoquem razões de saúde e que sejam aceitas pelo diretor-geral.

Fim do mundo do fim

Visto que os escribas seguirão existindo, os poucos leitores que no mundo havia vão mudar de ofício e passarão também a escribas. Cada vez mais, os países serão de escribas e de fábricas de papel e tinta, os escribas de dia e as máquinas à noite, para imprimir o trabalho dos escribas. Primeiro as bibliotecas transbordarão das casas; então as municipalidades decidem (já estamos nessa fase) sacrificar os terrenos das brincadeiras infantis para ampliar as bibliotecas. Depois caem os teatros, as maternidades, os matadouros, as cantinas, os hospitais. Os pobres utilizam os livros como tijolos, grudam-nos com cimento e fazem paredes de livros e vivem em cabanas de livros. Então ocorre que os livros sobrepujam as cidades e adentram os campos, vão esmagando os trigais e os campos de girassol, a coordenação do trânsito mal consegue manter as estradas desobstruídas entre duas altíssimas paredes de livros. Às vezes uma parede cede e ocorrem tremendas catástrofes automobilísticas. Os escribas trabalham sem trégua porque a humanidade respeita as vocações, e os impressos já atingem a beira do mar. O presidente da República fala por telefone com os presidentes das Repúblicas e propõe inteligentemente jogar no mar o sobejo de livros, o que é concretizado ao mesmo tempo em todos os litorais do mundo. Assim os escribas siberianos veem seus impressos precipitados ao mar glacial e os escribas indonésios etc. Isso permite que os escribas aumentem sua produção, porque na terra volta a haver espaço para armazenar os livros. Não lhes ocorre que o mar tem fundo e que no fundo do mar começam a amontoar-se os impressos, primeiro sob a forma de pasta aglutinante, depois sob a forma de pasta consolidante, e por fim como um piso resistente embora viscoso que sobe alguns metros diariamente e que acabará por chegar à superfície. Então muitas águas invadem muitas terras, produz-se uma nova distribuição de continentes e oceanos, e presidentes de diversas repúblicas são substituídos por lagos e penínsulas, presidentes de outras repúblicas veem abrir-se imensos territórios para suas ambições etc. A água marinha, posta com tanta violência a expandir-se, se evapora mais que antes, ou busca repouso misturando-se aos impressos para formar a pasta aglutinante, a ponto que um dia os capitães dos navios das grandes rotas percebem que os navios avançam lentamente, de trinta nós baixam para vinte, para quinze, e os motores arquejam e os hélices se deformam. Por fim todos os navios se detêm em diferentes pontos dos mares, presos na pasta, e os escribas do mundo inteiro escrevem milhares de impressos explicando o fenômeno, tomados por uma grande alegria. Os presidentes e os capitães resolvem transformar os navios em ilhas e cassinos onde orquestras típicas e características amenizam o ambiente climatizado e as pessoas dançam até avançadas horas da madrugada. Novos impressos se amontoam à beira do mar, mas é impossível mergulhá-los na pasta, e assim crescem muralhas de impressos e nascem montanhas nas margens dos antigos mares. Os escribas compreendem que as fábricas de papel e tinta vão quebrar, e escrevem com letra cada vez mais miúda, aproveitando até os cantinhos mais imperceptíveis de cada papel. Quando a tinta acaba, escrevem a lápis etc.; quando o papel acaba, escrevem em tábuas e ladrilhos etc. Começa a se disseminar o hábito de intercalar um texto em outro para aproveitar as entrelinhas, ou se apagam as letras impressas com

Fim do mundo do fim

lâminas de barbear com o fito de reutilizar o papel. Os escribas trabalham lentamente, mas seu número é tão imenso que os impressos já separam por completo as terras dos leitos dos antigos mares. Na terra vive precariamente a raça dos escribas, condenada a se extinguir, e no mar estão as ilhas e os cassinos, ou seja, os transatlânticos onde se refugiaram os presidentes das Repúblicas e onde se celebram grandes festas e se trocam mensagens de ilha para ilha, de presidente para presidente, e de capitão para capitão.

Acefalia

C ortaram a cabeça de um senhor, mas como depois estourou uma greve e não houve como enterrá-lo, esse senhor teve que continuar vivendo sem cabeça e se virando do jeito que conseguia.

Logo depois ele percebeu que quatro dos cinco sentidos haviam desaparecido junto com a cabeça. Dotado unicamente de tato, mas cheio de boa vontade, o senhor se sentou num banco da praça Lavalle tocando as folhas das árvores uma por uma, procurando distingui-las e identificá-las. Assim, ao cabo de vários dias pôde ter a certeza de que havia reunido sobre os joelhos uma folha de eucalipto, uma de plátano, uma de magnólia fuscata e uma pedrinha verde.

Quando o senhor percebeu que este último item era uma pedra verde, passou um par de dias muito perplexo. Pedra era correto e possível, mas não verde. Para experimentar, imaginou que a pedra era vermelha, e no mesmo instante sentiu uma espécie de profunda repulsa, uma recusa àquela mentira flagrante, de uma pedra vermelha absolutamente falsa, já que a pedra era inteiramente verde e em forma de disco, muito doce ao tato.

Quando se deu conta de que além do mais a pedra era doce, o senhor passou algum tempo tomado por grande surpresa. Depois optou pela alegria, o que sempre é preferível, pois dava para ver que, à semelhança de certos insetos que regeneram suas partes cortadas, era capaz de sentir diversamente. Estimulado pelo fato, abandonou o banco da praça e desceu pela rua Libertad até a avenida de Mayo, onde, como é sabido, proliferam as frituras originadas nos restaurantes espanhóis. A par desse detalhe que lhe restituía um novo sentido, o senhor se encaminhou vagamente para leste ou para oeste, pois disso não tinha certeza, e andou infatigável, esperando de um momento para outro ouvir alguma coisa, já que a audição era a única coisa que lhe faltava. Com efeito, via um céu pálido como o céu do amanhecer, tocava as próprias mãos com dedos úmidos e unhas que se cravavam na pele, sentia um odor semelhante ao do suor, e na boca gosto de metal e de conhaque. Só lhe faltava ouvir, e justo nesse momento ouviu, e foi como uma lembrança, porque o que ouvia eram de novo as palavras do capelão da penitenciária, palavras de consolo e esperança muito lindas em si, pena que com certo ar de usadas, de ditas muitas vezes, de gastas à força de soar e soar.

Esboço de um sonho

Bruscamente sente forte desejo de ver o tio e se apressa por ruelas tortas e empinadas que parecem esforçar-se por distanciá-lo da velha casa ensolarada. Depois de muito andar (mas seus sapatos parecem pregados ao solo), vê o portão e ouve vagamente um cachorro latir, se é que se trata de um cachorro. No momento de subir os quatro gastos degraus e quando estende a mão para a aldrava, que é outra mão que aperta uma esfera de bronze, os dedos da aldrava se movem, primeiro o mindinho e pouco a pouco os outros, que vão soltando interminavelmente a bola de bronze. A bola cai como se fosse de penas, quica sem ruído no umbral e salta para seu peito, só que agora é uma pujante aranha negra. Afasta-a com um repelão desesperado e nesse instante a porta se abre: o tio está de pé, sorrindo sem expressão, como se havia muito o esperasse sorrindo do outro lado da porta fechada. Trocam algumas frases que parecem ensaiadas, um xadrez elástico. "Agora preciso responder..." "Agora ele dirá que..." E tudo acontece exatamente assim. Já estão num aposento profusamente iluminado, o tio puxa cigarros enrolados em papel prateado e lhe oferece um. Passa um longo tempo procurando os fósforos, mas na casa inteira não há fósforos nem fogo de nenhum tipo; não podem acender os cigarros, o tio parece ansioso para que a visita acabe, e por fim ocorre uma confusa despedida num corredor cheio de gavetas semiabertas e onde quase não resta espaço para movimento.

Ao sair da casa, sabe que não deve olhar para trás, *porque*... Sabe apenas isso, mas sabe, e se retira rapidamente, de olhos fixos na ponta da rua. Pouco a pouco vai se sentindo mais aliviado. Quando chega em casa está tão exausto que se deita em seguida, quase sem se despir. Então sonha que está no Tigre e que passa o dia inteiro remando na companhia da namorada e comendo linguiça no recreio Nuevo Toro.

E aí, López

Um senhor encontra um amigo e o cumprimenta estendendo-lhe a mão e inclinando um pouco a cabeça.

É assim que ele imagina que o cumprimenta, mas o cumprimento já foi inventado e esse bom senhor não faz mais que calçá-lo.

Chove. Um senhor se refugia embaixo de uma arcada. Quase nunca esses senhores sabem que acabam de deslizar por um escorrega pré-fabricado desde a primeira chuva e a primeira arcada. Um úmido escorrega de folhas murchas.

E os gestos do amor, esse doce museu, essa galeria de figuras de fumaça. Que sirva de consolo para sua vaidade: a mão de Antonio buscou o que a sua busca, e nem aquela nem a sua buscavam nada que já não tivesse sido encontrado desde a eternidade. Mas as coisas invisíveis precisam se encarnar, as ideias caem no chão como pombas mortas.

O verdadeiramente novo dá medo ou maravilha. Essas duas sensações igualmente perto do estômago sempre acompanham a presença de Prometeu; o resto é a comodidade, aquilo que sempre sai mais ou menos bem; os verbos ativos contêm o repertório completo.

Hamlet não duvida: procura a solução autêntica e não as portas da casa ou os caminhos trilhados — por mais atalhos e encruzilhadas que proponham. Quer a tangente que estilhaça o mistério, a quinta folha do trevo. Entre sim e não, que infinita rosa dos ventos. Os príncipes da Dinamarca, esses falcões que preferem morrer de fome a comer carne morta.

Quando os sapatos apertam, bom sinal. Algo se altera nisso, algo que nos mostra, que surdamente nos põe, nos propõe. Por isso os monstros são tão populares e os jornais ficam extasiados com os bezerros bicéfalos. Que oportunidades, que esboço de um grande salto na direção do outro!

Lá vem o López.

— E aí, López?

— E aí, tchê?

E é assim que eles imaginam que se cumprimentam.

Geografias

Já que está provado que as formigas são as verdadeiras rainhas da criação (o leitor pode encarar o que antecede como uma hipótese ou como uma fantasia; de todo modo, um pouco de antropofuguismo lhe fará bem), eis aqui uma página de sua geografia:

(p. 84 do livro; entre parênteses são apontados os possíveis equivalentes de certas expressões, de acordo com a clássica interpretação de Gaston Loeb.)

"... mares paralelos (rios?). A água infinita (um mar?) cresce em certos momentos como uma hidra-hidra-hidra (ideia de uma parede muito alta, que expressaria a maré?). Caso se vá-vá-vá (noção análoga aplicada à distância?), chega-se à Grande Sombra Verde (um campo semeado, uma mata ripária, um bosque?) onde o Grande Deus erige o celeiro contínuo para suas Melhores Operárias. Nessa região abundam os Horríveis Imensos Seres (homens?) que destroem nossos caminhos. Do outro lado da Grande Sombra Verde começa o Céu Duro (uma montanha?). E tudo é nosso, mas com ameaças."

Essa geografia foi objeto de outra interpretação (Dick Fry e Niels Peterson Jr.). O trecho corresponderia topograficamente a um jardinzinho da rua Laprida, 628, Buenos Aires. Os mares paralelos são duas canaletas de deságue; a água infinita, um tanque para patos; a Grande Sombra Verde, um canteiro de alfaces. Os Horríveis Imensos Seres sugeririam patos ou galinhas, embora não se deva descartar a possibilidade de que realmente se trate dos homens. Sobre o Céu Duro já está em andamento uma polêmica que não terminará tão cedo. À opinião de Fry e Peterson, que veem nele uma parede cega de tijolos, contrapõe-se a de Guillermo Sofovich, que considera a possibilidade de um bidê abandonado entre as alfaces.

Avanço e retrocesso

Inventaram um vidro que deixava passar as moscas. A mosca vinha, empurrava um pouco com a cabeça e, pop, já estava do outro lado. Alegria enormíssima da mosca.

Um sábio húngaro estragou tudo quando descobriu que a mosca podia entrar mas não sair, ou vice-versa, devido a não se sabe que maluquice na flexibilidade das fibras do mencionado vidro, que era muito fibroso. Logo depois inventaram o caça-moscas com um torrão de açúcar no interior, e muitas moscas morriam desesperadas. Assim acabou toda possível confraternidade com esses animais dignos de melhor sorte.

História verídica

Os óculos de um senhor caem no chão, fazendo um barulho terrível ao se chocar com os ladrilhos. O senhor se acocora aflitíssimo porque as lentes dos óculos são muito caras, mas descobre com assombro que por milagre elas não se partiram.

Agora esse senhor se sente profundamente grato, e compreende que o ocorrido funciona como um aviso amistoso, de modo que se dirige a uma óptica e adquire sem tardar um estojo de couro alfmofadado dupla proteção, a fim de recuperar-se na saúde. Uma hora mais tarde deixa cair o estojo e ao acocorar-se sem maior preocupação constata que os óculos viraram pó. Esse senhor leva algum tempo para entender que os desígnios da Providência são inescrutáveis, e que na realidade o milagre aconteceu agora.

História com um urso fofo

Olhe só essa bola de coaltar que exsuda esticando-se e crescendo pela junção janela de duas árvores. Para além das árvores há uma clareira e é lá que o coaltar medita e planeja seu ingresso na forma bola, na forma bola e patas, na forma coaltar pelos patas que depois o dicionário URSO.

Agora o coaltar bola emerge úmido e mole sacudindo de si formigas infinitas e redondas, as vai jogando em cada pegada que se posiciona harmoniosa à medida que anda. Ou seja, o coaltar projeta uma pata urso sobre as agulhas de pinheiro, fende a terra lisa e ao soltar-se marca uma pantufa em frangalhos adiante e deixa nascente um formigueiro múltiplo e redondo, fragrante de coaltar. E assim dos dois lados do caminho, fundador de impérios simétricos, vai a forma pelos patas aplicando uma construção para formigas redondas que se sacode úmido.

Histórias de cronópios e de famas

Por fim o sol aparece e o urso fofo ergue uma cara transitada e pueril para o gongo de mel pelo qual inutilmente anseia. O coaltar começa a emitir um odor veemente, a bola cresce ao nível do dia, pelos e patas unicamente coaltar, pelos patas coaltar que murmura uma súplica e vislumbra a resposta, a profunda ressonância do gongo no alto, o mel do céu em sua língua focinho, em sua alegria pelos patas.

Tema para uma tapeçaria

O general tem apenas oitenta homens, e o inimigo cinco mil. Em sua tenda, o general blasfema e chora. Então escreve uma proclamação inspirada, que pombas mensageiras esparramam sobre o acampamento inimigo. Duzentos infantes passam para o general. Segue-se uma escaramuça que o general vence facilmente, e dois regimentos passam para seu bando. Três dias depois, o inimigo tem apenas oitenta homens e o general, cinco mil. Então o general escreve outra proclamação e setenta e nove homens passam para seu bando. Resta apenas um inimigo, cercado pelo exército do general, que espera em silêncio. Transcorre a noite e o inimigo não passou para seu bando. O general blasfema e chora em sua tenda. Ao nascer do dia o inimigo desembainha lentamente a espada e avança para a tenda do general. Entra e olha para ele. O exército do general debanda. Sai o sol.

Propriedades de uma poltrona

Na casa de Jacinto há uma poltrona para morrer.
Quando a pessoa fica velha, um dia a convidam a sentar-se na poltrona que é uma poltrona como qualquer outra mas com uma estrelinha prateada no centro do encosto. A pessoa convidada suspira, movimenta um pouco as mãos como se quisesse afastar o convite, depois vai se sentar na poltrona e morre.

As crianças, sempre travessas, se divertem enganando as visitas na ausência da mãe e as convidam a sentar-se na poltrona. Como as visitas estão a par mas sabem que não se deve falar no assunto, olham para as crianças muito atarantadas e se desculpam com palavras que nunca se utilizam ao falar com crianças, coisa que produz nas crianças um extraordinário regozijo. No fim as visitas se valem de qualquer pretexto para não se sentar, porém mais tarde a mãe se dá conta do ocorrido e na hora de dormir distribui tremendas surras. Nem por isso as crianças se corrigem, de vez em quando conseguem enganar alguma visita inocente e a fazem sentar na poltrona. Nesses casos os pais disfarçam, pois receiam que os vizinhos tomem conhecimento das propriedades da poltrona e venham pedi-la emprestada para nela fazer sentar-se uma ou outra pessoa de sua família ou amizade. Enquanto isso as crianças vão crescendo e chega o dia em que, sem saber por quê, elas deixam de interessar-se pela poltrona e pelas visitas. Na verdade evitam entrar na sala, fazem um desvio pelo pátio, e os pais, que já estão muito velhos, fecham a porta da sala à chave e olham atentamente para os filhos como se quisessem ler os pensamentos deles. Os filhos desviam o olhar e dizem que já está na hora do jantar ou de ir para a cama. Pela manhã o pai é o primeiro a se levantar e sempre vai ver se a porta da sala continua fechada à chave ou se algum dos filhos abriu a porta para que da sala de jantar se veja a poltrona, porque a estrelinha de prata brilha até mesmo no escuro e dá para vê-la perfeitamente de qualquer ponto da sala de jantar.

Sábio com buraco na memória

S ábio eminente, história romana em vinte e três volumes, candidato garantido prêmio Nobel, grande entusiasmo em seu país. Súbita consternação: rato de biblioteca em *fulltime* lança grosseiro panfleto denunciando omissão Caracala. Relativamente pouco importante, omissão mesmo assim. Admiradores estupefatos consultam Pax Romana que artista perde o mundo Varo me devolva minhas legiões homem de todas as mulheres e mulher de todos os homens (cuidado com os Idos de março) o dinheiro não tem cheiro com este signo vencerás. Ausência incontestável de Caracala, consternação, telefone desconectado, sábio impossibilitado de comparecer perante o rei Gustavo da Suécia mas o tal rei nem pensa em telefonar para ele, na verdade outra pessoa disca e disca em vão o número maldizendo numa língua morta.

Projeto para um poema

Que seja Roma a que Faustina, que o vento aponte os lápis de chumbo do escriba sentado, ou por trás de trepadeiras centenárias apareça escrita certa manhã esta frase convincente: Não há trepadeiras centenárias, a botânica é uma ciência, para o diabo os inventores de imagens supostas. E Marat em sua banheira.

Também vejo a perseguição de um grilo por uma bandeja de prata, com a sra. Delia aproximando delicadamente a mão que lembra um substantivo, e quando está a ponto de apanhá-lo o grilo está no sal (então atravessaram sem molhar os pés e Faraó praguejando na margem) ou salta para o delicado mecanismo que da flor do trigo extrai a mão seca da torrada. Senhora Delia, sra. Delia, deixe esse grilo andar por pratos praios. Um dia ele cantará com tão terrível vingança que seus relógios de pêndulo se enforcarão nos caixões eretos, ou a donzela que cuida da roupa branca dará à luz um monograma vivo, que correrá pela casa repetindo suas iniciais como um tamboreiro. Senhora Delia, os convidados se mortificam porque está frio. E Marat em sua banheira.

Por fim que seja Buenos Aires num dia nascido e refiado, com panos ao sol e todas as rádios do quarteirão vociferando ao mesmo tempo a cotação do mercado livre de girassóis. Por um girassol sobrenatural pagaram-se em Liniers oitenta e oito pesos, e o girassol fez manifestações oprobiosas ao repórter Esso, um pouco por cansaço, concluída a contagem de seus grãos, em parte porque seu destino ulterior não constava da nota de venda. Ao entardecer haverá uma concentração de forças vivas na Plaza de Mayo. As forças seguirão por diferentes ruas até se equilibrar na pirâmide, e se verificará que vivem graças a um sistema de reflexos instalado pela municipalidade. Ninguém duvida que os atos se realizarão com o máximo brilhantismo, o que, como é de supor, provocou extraordinária expectativa. Venderam-se camarotes, comparecerão o senhor cardeal, as pombas, os presos políticos, os empregados da companhia de bondes, os relojoeiros, as dádivas, as rotundas senhoras. E Marat em sua banheira.

Camelo declarado indesejável

A ceitam todas as solicitações de passagem de fronteira mas Guk, camelo, inesperadamente declarado indesejável. Comparece Guk à central de polícia onde lhe dizem nada a fazer, volte para o oásis, declarado indesejável inútil tramitar solicitação. Tristeza de Guk, regresso às terras da infância. E os camelos da família, e os amigos, rodeando-o e o que você tem, e não é possível, e por que justamente você. Então uma delegação ao Ministério do Trânsito recorrer por Guk, com escândalo de funcionários de carreira: isso nunca se viu, os senhores voltem imediatamente para o oásis, será feito um relatório.

Guk no oásis come grama um dia, grama no outro dia. Todos os camelos passaram a fronteira, Guk continua esperando. Assim se vão o verão, o outono. Depois Guk de volta à cidade, de pé numa praça vazia. Muito fotografado por turistas, respondendo a reportagens. Vago prestígio de Guk na praça. Aproveitando, tenta sair, na porta tudo muda: declarado indesejável. Guk baixa a cabeça, procura as ralas graminhas da praça. Um dia é chamado pelo alto-falante e entra feliz na central. Ali é declarado indesejável. Guk volta para o oásis e se deita. Come um pouco de grama e depois apoia o focinho na areia. Vai fechando os olhos enquanto o sol se põe. De seu nariz brota uma bolha que dura um segundo mais que ele.

Discurso do urso

S ou o urso dos canos da casa, subo pelos canos nas horas de silêncio, pelos tubos da água quente, da calefação, do ar fresco, vou pelos tubos de apartamento em apartamento e sou o urso que anda pelos canos.

Acho que me apreciam porque meu pelo mantém os dutos limpos, incessantemente corro pelos tubos e nada me agrada mais que passar de um andar para outro deslizando pelos canos. Às vezes estendo uma pata pela torneira e a jovem do terceiro grita que se queimou, ou grunho à altura do forno do segundo e a cozinheira Guillermina se queixa de que o ar puxa mal. À noite ando calado e é quando mais depressa ando, apareço no telhado pela chaminé para ver se a lua dança no alto e me vejo deslizar como o vento até as caldeiras do porão. E no verão nado à noite

Histórias de cronópios e de famas   415

na cisterna pontilhada de estrelas, lavo a cara primeiro com uma mão depois com a outra, depois com as duas juntas, e isso me proporciona grandíssima alegria.

Então deslizo por todos os canos da casa, grunhindo feliz, e os casais se agitam em suas camas e deploram a instalação dos encanamentos. Alguns acendem a luz e escrevem um papelzinho para não esquecer de reclamar quando encontrarem o zelador. Eu procuro uma torneira que sempre fica aberta em algum andar, por ali ponho o nariz para fora e olho o escuro dos aposentos onde vivem esses seres que não conseguem andar pelos canos, e tenho um pouco de pena deles ao vê-los tão incompetentes e grandes, ao ouvir como roncam e sonham em voz alta e estão tão sozinhos. Quando pela manhã lavam o rosto, acaricio suas bochechas, lambo seus narizes e me vou, vagamente convencido de ter agido bem.

Retrato do casuar

A primeira coisa que faz o casuar é olhar para a pessoa com desconfiada altivez. Limita-se a olhar sem se mover, olhar de uma maneira tão dura e continuada que é quase como se estivesse nos inventando, como se graças a um terrível esforço nos tirasse do nada que é o mundo dos casuares e nos pusesse diante dele, no ato inexplicável de estar a contemplá-lo.

Dessa dupla contemplação, que talvez seja uma só e quem sabe no fundo nenhuma, nascemos, o casuar e eu, nos situamos, aprendemos a desconhecer-nos. Não sei se o casuar me recorta e me inscreve em seu simples mundo; de minha parte, só posso descrevê-lo, aplicar a sua presença um capítulo de gostos e desgostos. Principalmente de desgostos, porque o casuar é antipático e repugnante. Imagine-se um avestruz com um abafador de bule córneo na cabeça, uma bicicleta esmagada entre dois carros e que se amontoa sobre si mesma, uma decalcomania mal aplicada onde predominam um roxo sujo e uma espécie de crepitação. Agora o casuar dá um passo à frente e adota um ar mais seco; é como um par de óculos cavalgando um pedantismo infinito. Vive na Austrália, o casuar; é covarde e temível ao mesmo tempo; os tratadores entram em sua jaula com altas botas de couro e um lança-chamas. Quando o casuar deixa de correr espavorido em torno da panela de farelo que lhe trazem, precipita-se com saltos de camelo sobre o tratador, não lhe deixando outro recurso senão acionar o lança-chamas.

Nesse momento, eis o que se desenrola: o rio de fogo o envolve e o casuar, com todas as penas em chamas, avança seus últimos passos enquanto prorrompe num guincho abominável. Seu corno, porém, não pega fogo: a seca matéria escamosa, que é seu orgulho e seu desprezo, entra em fusão fria, se inflama num azul prodigioso, num escarlate que parece um punho esfolado, e por fim coalha no verde mais transparente, na esmeralda, pedra da sombra e da esperança. O casuar se desfolha, rápida nuvem de cinza, e o tratador corre ávido para apropriar-se da gema recém-nascida. O diretor do zoológico sempre aproveita esse instante para abrir contra ele um processo por maus-tratos aos animais, e despedi-lo.

Que mais podemos dizer do casuar, depois dessa dupla desgraça?

Esmagamento das gotas

Sei lá, olhe, é terrível como chove. Chove o tempo todo, lá fora encoberto e cinza, aqui junto à sacada com grandes gotas coaguladas e duras, que fazem plaf como bofetadas uma atrás da outra, que tédio. Agora aparece uma gotinha no alto do marco da janela, fica tremelicando contra o céu que a estilhaça em mil brilhos foscos, vai crescendo e cambaleia, já vai cair e não cai, ainda não cai. Está presa com todas as unhas, não quer cair e dá para ver como se prende com os dentes enquanto sua barriga cresce, já virou um gotão que pende majestoso, e de repente zup, lá vai, plaf, se desfez, nada, uma viscosidade no mármore.

Mas algumas delas se suicidam e se entregam sem demora, brotam no marco e se atiram no mesmo instante, tenho a sensação de ver a vibração do salto, suas perninhas se desprendendo e o grito que as embriaga nesse nada ao cair e aniquilar-se. Tristes gotas, redondas inocentes gotas. Adeus, gotas. Adeus.

História sem moral

Um homem vendia gritos e palavras e era bem-sucedido, embora encontrasse muitas pessoas que discutiam os preços e pediam descontos. O homem quase sempre concordava, e assim conseguiu vender muitos gritos de vendedores ambulantes, alguns suspiros comprados por senhoras que viviam de rendas, e palavras para tabuletas, slogans, lembretes e falsas ocorrências.

Por fim o homem percebeu que havia chegado a hora e pediu audiência ao tiranete do país, que se parecia com todos os seus colegas e os recebia cercado de generais, secretários e xícaras de café.

— Venho vender-lhe suas últimas palavras — disse o homem. — São muito importantes porque o senhor nunca vai conseguir que elas saiam direito na hora, e por outro lado é conveniente que as diga no duro transe para configurar facilmente um destino histórico retrospectivo.

— Traduza o que ele diz — ordenou o tiranete a seu intérprete.

— Está falando argentino, Excelência.

— Argentino? E por que não entendo nada?

— O senhor entendeu muito bem — disse o homem. — Repito que venho vender-lhe suas últimas palavras.

O tiranete se pôs de pé, como é de praxe nessas circunstâncias, e, reprimindo um tremor, mandou prender o homem, a quem enfiaram nas masmorras especiais que sempre existem nesses ambientes governativos.

— É pena — disse o homem, enquanto o levavam. — Na realidade o senhor vai querer dizer suas últimas palavras quando chegar o momento, e precisaria dizê-las para configurar facilmente um destino histórico retrospectivo. O que eu ia lhe vender é o que o senhor vai querer dizer, de modo que não há erro. Mas como não aceita o negócio, como não vai aprender antecipadamente essas palavras, quando chegar o momento em que elas queiram brotar pela primeira vez e naturalmente, o senhor não conseguirá dizê-las.

— Por que não conseguirei dizê-las, se são as que vou querer dizer? — perguntou o tiranete, já diante de outra xícara de café.

— Porque o medo não vai deixar — disse tristemente o homem. — Como estará com uma corda no pescoço, em mangas de camisa e trêmulo de terror e de frio, seus dentes se entrechocarão e não conseguirá articular palavra. O carrasco e a assistência, em meio à qual estarão alguns desses senhores, aguardarão por decoro um par de minutos, mas quando de sua boca brotar somente um gemido entrecortado por soluços e súplicas por perdão (porque isso sim o senhor conseguirá articular sem esforço), perderão a paciência e o enforcarão.

Muito indignados, os presentes, e em especial os generais, cercaram o tiranete para pedir-lhe que mandasse fuzilar imediatamente o homem. Mas o tiranete, que estava-pálido-como-a-morte, os pôs para fora aos empurrões e se trancou com o homem para comprar dele suas últimas palavras.

Enquanto isso, os generais e secretários, humilhadíssimos com o tratamento recebido, prepararam um levante, e na manhã seguinte prenderam

418 *História sem moral*

o tiranete enquanto ele comia uvas em seu coreto predileto. Para que não conseguisse pronunciar suas últimas palavras, mataram-no no ato com um tiro. Depois começaram a procurar o homem, que havia desaparecido da casa do governo, e não demoraram a encontrá-lo, pois passeava pelo mercado vendendo pregões aos saltimbancos. Enfiaram-no num camburão e o levaram para a fortaleza e o torturaram para que revelasse quais poderiam ter sido as últimas palavras do tiranete. Como não conseguiram arrancar dele a confissão, mataram-no a pontapés.

Os vendedores ambulantes que haviam comprado gritos do homem continuaram a gritá-los nas esquinas, e um desses gritos, mais adiante, serviu de santo e senha da contrarrevolução que acabou com os generais e os secretários. Alguns, antes de morrer, pensaram confusamente que na verdade tudo aquilo fora uma desastrada cadeia de equívocos, e que as palavras e os gritos eram coisas que a rigor podem ser vendidas, mas não compradas, embora pareça absurdo.

E todos foram apodrecendo, o tiranete, o homem, e os generais e secretários, mas os gritos ecoavam de quando em quando nas esquinas.

As linhas da mão

D e uma carta jogada sobre a mesa sai uma linha que percorre a tábua de pinho e desce por uma das pernas. Basta olhar bem para verificar que a linha prossegue pelo chão de parquê, sobe pela parede, entra numa estampa que reproduz um quadro de Boucher, desenha as costas de uma mulher reclinada num divã, e por fim escapole do aposento pelo teto e desce pela corrente do para-raios até a rua. Na rua é difícil acompanhá-la por causa do trânsito, mas com atenção será possível vê-la subir pela roda do ônibus estacionado na esquina e que vai até o porto. Lá, desce pela meia de náilon cristal da passageira mais loura, entra no território hostil da alfândega, rampeia e rasteja e ziguezagueia até o cais central, e ali (mas é difícil vê-la, só os ratos a acompanham a fim de subir para bordo) entra no navio de turbinas sonoras, corre pelas tábuas do convés da primeira classe, transpõe com dificuldade a escotilha central, e, numa cabine onde um homem triste bebe conhaque e escuta a sirene da partida, sobe pela costura da calça, pelo colete de malha, desliza até o cotovelo e com um último esforço se refugia na palma da mão direita, que nesse instante começa a se fechar em torno da culatra de uma pistola.

Histórias de cronópios e de famas

Histórias de cronópios e de famas

I. Primeira e ainda incerta aparição dos cronópios, famas e esperanças. Fase mitológica

COSTUMES DOS FAMAS

Sucedeu que um fama dançava trégua e dançava catala na frente de um armazém cheio de cronópios e esperanças. As mais irritadas eram as esperanças, porque estão sempre querendo que os famas não dancem trégua nem catala e sim espera, que é a dança que os cronópios e as esperanças conhecem.

Os famas se posicionam de propósito na frente dos armazéns, e daquela vez o fama dançava trégua e dançava catala para incomodar as esperanças. Uma das esperanças largou no chão seu peixe de flauta — pois as esperanças, tal como o Rei do Mar, estão sempre acompanhadas de peixes de flauta — e começou a invectivar o fama, dizendo-lhe assim:

— Fama, não dances trégua nem catala na frente desse armazém.

O fama continuava dançando e dava risada.

A esperança chamou outras esperanças, e os cronópios fizeram um círculo para ver o que ia acontecer.

— Fama — disseram as esperanças. — Não dances trégua nem catala na frente desse armazém.

Mas o fama dançava e ria, para fazer pouco das esperanças.

Então as esperanças se jogaram sobre o fama e o machucaram. Deixaram-no caído ao lado de um palanque, e o fama gemia, envolto em seu sangue e em sua tristeza.

Os cronópios vieram furtivamente, esses objetos verdes e úmidos. Cercaram o fama e o confortavam, dizendo assim:

— Cronópio cronópio cronópio.

E o fama compreendia, e sua solidão era menos amarga.

A DANÇA DOS FAMAS

Os famas cantam ao redor
os famas cantam e se movem

— CATALA TRÉGUA TRÉGUA ESPERA

Os famas dançam no quarto
com lanterninhas e cortinas
dançam e cantam de um modo tal

— CATALA TRÉGUA ESPERA TRÉGUA

Vigias das praças, como permitem que os famas circulem, que
andem soltos cantando e dançando, os famas, cantando
catala trégua trégua, dançando trégua espera trégua,
como podem?
Se ainda os cronópios (esses verdes, eriçados, úmidos
objetos)
andassem pelas ruas, seria possível evitá-los
com um cumprimento: — Boas salenas cronópios cronópios.
Mas os famas.

ALEGRIA DO CRONÓPIO

Encontro de um cronópio e de um fama na liquidação da loja La Mondiale.
   — Buenas salenas cronópio cronópio.
   — Boa tarde, fama. Trégua catala espera.
   — Cronópio cronópio?
   — Cronópio cronópio.
   — Fio?
   — Dois, mas um azul.
   O fama considera o cronópio. Nunca há de falar enquanto não souber
que suas palavras são as que convêm, receoso de que as esperanças sempre
alertas venham deslizando pelo ar, esses micróbios reluzentes, e aprovei-
tando uma palavra equivocada invadam o coração bondoso do cronópio.
   — Lá fora chove — diz o cronópio. — O céu inteiro.
   — Não te preocupes — diz o fama. — Iremos no meu carro. Para proteger
os fios.

I. Primeira e ainda incerta aparição dos cronópios, famas e esperanças

E olha o ar, mas não vê nenhuma esperança e suspira satisfeito. Além disso, gosta de observar a comovedora alegria do cronópio, que segura de encontro ao peito os dois fios — um azul — e espera ansioso que o fama o convide a entrar em seu carro.

TRISTEZA DO CRONÓPIO

Na saída do Luna Park um cronópio percebe
    que seu relógio atrasa, que seu relógio atrasa, que seu relógio.
Tristeza do cronópio diante de uma multidão de famas
    que sobe a Corrientes às onze e vinte
    e ele, objeto verde e úmido, caminha às onze e quinze.
Meditação do cronópio: "Está tarde, mas menos tarde para
                    [mim que para os famas,
    para os famas são cinco minutos mais tarde,
    chegarão em casa mais tarde,
    se deitarão mais tarde.
Eu tenho um relógio com menos vida, com menos casa e menos
deitar-me,
    eu sou um cronópio desventurado e úmido".
Enquanto toma café no Richmond da Florida,
    molha o cronópio uma torrada com suas lágrimas naturais.

II. Histórias de cronópios e de famas

VIAGENS

Quando os famas saem de viagem, seus hábitos ao pernoitar numa cidade são os seguintes: um fama vai até o hotel e verifica cautelosamente os preços, a qualidade dos lençóis e a cor dos tapetes. O segundo vai à delegacia e lavra uma ata declarando os móveis e imóveis dos três, bem como o inventário do conteúdo de suas malas. O terceiro fama vai até o hospital e copia as listas dos médicos de plantão e suas especialidades.

Concluídas essas diligências, os viajantes se reúnem na praça central da cidade, comunicam suas observações e entram no bar para tomar um aperitivo. Mas antes se dão as mãos e dançam em roda. Essa dança recebe o nome de "Alegria dos famas".

Quando os cronópios partem em viagem, encontram os hotéis lotados, os trens já partiram, chove a gritos, e os táxis não querem levá-los ou cobram preços altíssimos. Os cronópios não desanimam porque acreditam firmemente que essas coisas acontecem com todo mundo, e na hora de dormir dizem uns para os outros: "A linda cidade, a lindíssima cidade". E sonham a noite inteira que na cidade há grandes festas e que são convidados. No dia seguinte levantam-se felicíssimos, e assim viajam os cronópios.

As esperanças, sedentárias, deixam-se viajar pelas coisas e pelos homens, e são como as estátuas que é preciso ir ver porque elas não se dão ao trabalho.

CONSERVAÇÃO DAS LEMBRANÇAS

Para conservar suas lembranças, os famas tratam de embalsamá-las da seguinte maneira: depois de fixada a lembrança com cabelos e sinais, envolvem-na dos pés à cabeça num lençol negro e a dispõem de pé encostada na parede da sala, com um cartazinho dizendo: "Excursão a Quilmes", ou: "Frank Sinatra".

Os cronópios, em compensação, esses seres desorganizados e relapsos, deixam as lembranças soltas pela casa, entre alegres gritos, e andam pelo meio, e quando uma passa correndo, acariciam-na suavemente e lhe dizem: "Não vá se machucar", e também: "Cuidado com os degraus". É por isso que as casas dos famas são arrumadas e silenciosas, enquanto nas dos cronópios há grande alaúza e portas que batem. Os vizinhos sempre se queixam dos cronópios e os famas balançam a cabeça compreensivos e vão ver se as etiquetas estão todas no lugar.

RELÓGIOS

Um fama tinha um relógio de parede e todas as semanas dava corda nele COM GRANDE CUIDADO. Passou um cronópio e ao vê-lo começou a rir, foi até em casa e inventou o relógio-alcachofra ou cinara, que de uma e de outra maneira se pode e deve dizer.

O relógio-alcachofra desse cronópio é uma alcachofra da espécie grande, preso pelo talo a um furo na parede. As incontáveis folhas da alcachofra marcam a hora presente e também todas as horas, de modo que o cronópio não faz mais que arrancar uma das folhas e já sabe uma hora. Como vai retirando as folhas da esquerda para a direita, sempre a folha da hora exata, a cada dia o cronópio começa a retirar uma nova volta de folhas. Quando chega ao coração, não é mais possível medir o tempo, e na infinita rosa violeta do centro o cronópio encontra uma grande alegria, então come-a com azeite, vinagre e sal, e põe outro relógio no buraco.

O ALMOÇO

Não sem dificuldade, um cronópio conseguiu inventar um relógio de vidas. Uma coisa entre o termômetro e o topômetro, entre o arquivo e o curriculum vitae.

Por exemplo, o cronópio em sua casa recebia um fama, uma esperança e um professor de idiomas. Aplicando suas descobertas, verificou que o fama era infravida, a esperança paravida, e o professor de idiomas intervida. Quanto ao próprio cronópio, este se considerava ligeiramente supervida, porém mais por poesia que por verdade.

Na hora do almoço esse cronópio se deliciava em ouvir seus contertúlios falar, porque todos acreditavam estar se referindo às mesmas coisas e não era assim. A intervida lidava com abstrações tais como espírito e consciência, que a paravida ouvia como quem ouve chover — tarefa delicada. Claro que a infravida pedia a todo instante o queijo ralado, e a supervida trinchava o frango em quarenta e dois movimentos, método Stanley Fitzsimmons. Na sobremesa, as vidas se cumprimentavam e se dirigiam a suas ocupações, e na mesa ficavam apenas pedacinhos soltos da morte.

LENÇOS

Um fama é muito rico e tem empregada. Esse fama utiliza um lenço e o joga no cesto de papéis. Utiliza outro, e o joga no cesto. Vai jogando todos os lenços usados no cesto. Quando acabam, compra outra caixa.

A empregada recolhe os lenços e os guarda para si. Como está muito surpresa com o comportamento do fama, um dia não consegue se segurar e pergunta a ele se realmente é para jogar fora os lenços.

— Grande idiota — diz o fama —, *não era para perguntar*. De agora em diante, você lava meus lenços e eu economizo dinheiro.

COMÉRCIO

Os famas haviam aberto uma fábrica de mangueiras, e contrataram inúmeros cronópios para o enrolamento e o depósito. Nem bem os cronópios compareceram ao local do fato, uma grandíssima alegria. Havia mangueiras verdes, vermelhas, azuis, amarelas e roxas. Eram transparentes, e ao ser experimentadas via-se a água escorrer, com todas as suas bolhas e às vezes um surpreso inseto. Os cronópios começaram a dar grandes gritos e queriam dançar trégua e dançar catala em vez de trabalhar. Os famas se enfureceram e aplicaram na hora os artigos 21, 22 e 23 do regulamento interno. A fim de evitar a repetição dos mencionados fatos.

Como os famas são muito descuidados, os cronópios esperaram *circunstâncias favoráveis* e carregaram um caminhão com muitíssimas mangueiras. Quando encontravam uma menina, cortavam um pedaço de mangueira azul e lhe davam de presente, para que pudesse pular mangueira. Assim, em todas as esquinas viram-se nascer belíssimas bolhas azuis transparentes com uma menina dentro que parecia um esquilo em sua gaiola. Os pais da menina desejavam tirar dela a mangueira para regar o jardim, mas ficou notório que os astutos cronópios haviam furado as mangueiras de modo que nelas a água se despedaçava e não servia para nada. No fim os pais se cansavam e a menina ia para a esquina e pulava e pulava.

Com as mangueiras amarelas, os cronópios enfeitaram diversos monumentos, e com as mangueiras verdes montaram armadilhas em pleno roseiral, para ver como as esperanças caíam uma a uma. Em torno das esperanças caídas, os cronópios dançavam trégua e dançavam catala, e as esperanças recriminavam seus atos dizendo assim:

— Cruéis cronópios cruentos. Cruéis!

Os cronópios, que não desejavam mal nenhum às esperanças, ajudavam-nas a se levantar e lhes ofereciam pedaços de mangueira vermelha. Assim as esperanças puderam ir para suas casas e realizar o mais intenso de seus anseios: regar os jardins verdes com as mangueiras vermelhas.

Os famas fecharam a fábrica e ofereceram um banquete cheio de discursos fúnebres e garçons servindo peixe em meio a grandes suspiros. E não convidaram nenhum cronópio, somente as esperanças que não haviam caído nas armadilhas do roseiral, porque as outras haviam ficado com seus pedaços de mangueira e os famas estavam zangados com essas esperanças.

FILANTROPIA

Os famas são capazes de gestos de uma grande generosidade, como por exemplo quando aquele fama encontra uma pobre esperança caída ao pé de um coqueiro e, transportando-a em seu automóvel, leva-a para sua casa e trata de alimentá-la e proporcionar-lhe distrações até a esperança criar forças e ter coragem de subir outra vez no coqueiro. O fama se sente muito bom depois desse gesto, e na realidade é mesmo muito bom, só que não lhe ocorre pensar que dentro de poucos dias a esperança vai cair outra vez do coqueiro. Então, enquanto a esperança está novamente caída ao pé do coqueiro, aquele fama, em seu clube, se sente muito bom e pensa em como ajudou a pobre esperança quando a encontrou caída.

Os cronópios não são generosos por princípio. Passam ao lado das coisas mais comovedoras, digamos uma pobre esperança que não sabe amarrar o sapato e geme, sentada no meio-fio. Esses cronópios nem olham para a esperança, ocupadíssimos em acompanhar com a vista uma baba do diabo. Com seres assim não dá para praticar coerentemente a beneficência, por isso nas sociedades filantrópicas as autoridades são todas famas, e a bibliotecária é uma esperança. De seus lugares, os famas ajudam muitíssimo os cronópios, que estão se lixando.

O CANTO DOS CRONÓPIOS

Quando os cronópios cantam suas canções preferidas, se entusiasmam de tal maneira que com frequência se deixam atropelar por caminhões e ciclistas, caem janela afora e perdem o que levavam nos bolsos e mesmo a conta dos dias.

Quando um cronópio canta, as esperanças e os famas correm para escutá-lo, mesmo que não compreendam muito seu enlevo e em geral se mostrem um tanto escandalizados. No meio do círculo, o cronópio levanta os bracinhos como se elevasse o sol, como se o céu fosse uma bandeja e o sol a cabeça do Batista, de modo que a canção do cronópio é Salomé nua dançando para os famas e as esperanças que estão ali boquiabertos e se perguntando se o senhor padre, se as conveniências. Mas como no fundo são bons (os famas são bons e as esperanças, bobas), acabam aplaudindo o cronópio, que se recupera sobressaltado, olha em torno e começa também a aplaudir, coitadinho.

HISTÓRIA

Um cronópio pequenino procurava a chave da porta da rua na mesa de cabeceira, a mesa de cabeceira no quarto, o quarto na casa, a casa na rua. Nesse ponto o cronópio se detinha, pois para sair à rua precisava da chave da porta.

A COLHERADA ESTREITA

Um fama descobriu que a virtude era um micróbio redondo e cheio de patas. Instantaneamente fez a sogra tomar uma grande colherada de virtude. O resultado foi horrível; aquela senhora renunciou a seus comentários mordazes, fundou um clube para a proteção dos alpinistas extraviados, e em menos de dois meses passou a comportar-se de maneira tão exemplar que os defeitos de sua filha, até então despercebidos, passaram para primeiro plano, com grande sobressalto e estupefação do fama. Não lhe restou outro remédio senão dar à mulher uma colherada de virtude, e ela o abandonou naquela mesma noite por achá-lo grosseiro, insignificante e em tudo diferente dos arquétipos morais que flutuavam rutilando diante de seus olhos.

O fama meditou longamente no assunto e no fim tomou um frasco de virtude. Mesmo assim, continua vivendo só e triste. Quando cruza na rua com a sogra ou a mulher, cumprimentam-se respeitosamente e de longe. Não ousam nem mesmo falar-se, tamanha é a respectiva perfeição e o medo que têm de contaminar-se.

A FOTO SAIU TREMIDA

Um cronópio vai abrir a porta da rua e ao enfiar a mão no bolso para pegar a chave o que pega é uma caixa de fósforos, então o cronópio se aflige muito e começa a pensar que se em vez da chave encontra os fósforos, seria horrível se de repente o mundo tivesse mudado de lugar e, quem sabe, se os fósforos estão onde a chave deveria estar, pode acontecer de encontrar a carteira cheia de fósforos, e o açucareiro cheio de dinheiro, e o piano cheio de açúcar, e a lista telefônica cheia de música, e o armário cheio de assinantes, e a cama cheia de ternos, e os vasos cheios de lençóis, e os bondes cheios de rosas, e os campos cheios de bondes. De modo que o cronópio se aflige horrivelmente e corre para se olhar no espelho, mas como o espelho está meio torto, o que vê é o porta-guarda-chuvas do vestíbulo, e suas hipóteses se confirmam e ele rompe em soluços, cai de joelhos e junta as mãozinhas

II. Histórias de cronópios e de famas

não sabe para quê. Os famas vizinhos correm para consolá-lo, bem como as esperanças, mas horas se passam até o cronópio sair de seu desespero e aceitar uma xícara de chá, que olha e examina muito antes de beber, não vá acontecer que em vez de uma xícara de chá aquilo seja um formigueiro ou um livro de Samuel Smiles.

EUGENIA

Acontece que os cronópios não querem ter filhos porque a primeira coisa que um cronópio recém-nascido faz é insultar grosseiramente o pai, em quem vê obscuramente o acúmulo de desgraças que um dia serão as suas.

Dadas essas razões, os cronópios recorrem aos famas para que fecundem suas mulheres, coisa que os famas estão sempre dispostos a fazer por tratar--se de seres libidinosos. Acreditam, além disso, que dessa maneira irão minando a superioridade moral dos cronópios, mas se equivocam tontamente pois os cronópios educam os filhos a sua maneira e em poucas semanas os privam de toda semelhança com os famas.

SUA FÉ NA CIÊNCIA

Uma esperança acreditava nos tipos fisionômicos, por exemplo nariz de batata, cara de peixe morto, boca de caçapa, melancólico e sobrancelhudo, cara de intelectual, estilo cabeleireiro etc. Disposta a classificar esses grupos de forma definitiva, começou por fazer grandes listas de conhecidos e os distribuiu pelos grupos acima citados. Separou então o primeiro grupo, formado por oito narizes de batata, e viu com surpresa que na realidade aqueles rapazes se subdividiam em três grupos, a saber: os narizes de batata bigodudos, os narizes de batata tipo boxeador e os narizes de batata estilo funcionário de ministério, compostos respectivamente de três, três e dois narizes de batata. Assim que os distribuiu por seus novos grupos (no Paulista da San Martín, onde os reunira com grande trabalho e não pouco mazagrã bem frappé), se deu conta de que o primeiro subgrupo não era homogêneo, porque dois dos narizes de batata bigodudos pertenciam ao tipo capivara, enquanto o remanescente era sem sombra de dúvida um nariz de batata de feitio japonês. Chegando para um lado com a ajuda de um bom sanduíche de anchova e ovo duro, organizou o subgrupo dos dois capivaras e estava prestes a registrá-lo em sua caderneta de trabalhos científicos quando um dos capivaras olhou para um lado e o outro capivara olhou para o lado oposto, em decorrência do que a esperança e os demais circunstantes puderam verificar que enquanto o primeiro capivara era evidentemente um nariz de batata braquicéfalo, o outro nariz de batata produzia um crânio muito mais apropriado para pendurar um chapéu que para ser encasquetado. Foi assim que esse subgrupo se desintegrou, e quanto aos restantes, melhor não falar porque os demais indivíduos haviam passado do mazagrã para a cana queimada, e àquela altura dos acontecimentos a única coisa em que se pareciam era em sua firme determinação de continuar bebendo a expensas da esperança.

INCONVENIENTES NOS SERVIÇOS PÚBLICOS

Veja o que acontece quando se confia nos cronópios. Assim que foi nomeado diretor-geral de Radiodifusão, aquele cronópio chamou alguns tradutores da rua San Martín e os fez traduzir todos os textos, avisos e canções para o romeno, língua não muito popular na Argentina.

Às oito da manhã, os famas começaram a ligar seus radinhos, ansiosos por escutar os boletins, bem como os anúncios de Geniol e do Azeite Cocinero, *que es de todos el primero.*

E os escutaram, só que em romeno, de modo que entendiam apenas a marca do produto. Profundamente assombrados, os famas sacudiam os radinhos, mas tudo continuava em romeno, até o tango "Esta noche me emborracho", e o telefone da diretoria-geral de Radiodifusão era atendido por uma senhorita que respondia em romeno às clamorosas reclamações, com o que se fomentava uma tremenda confusão.

Informado desses fatos, o Superior Governo mandou fuzilar o cronópio que assim maculava as tradições da pátria. Por desgraça o pelotão era formado por cronópios recrutas, que em vez de atirar no ex-diretor-geral, atiraram na multidão reunida na Plaza de Mayo, com tão boa pontaria que deram baixa em seis oficiais da Marinha e um farmacêutico. Apareceu um pelotão de famas, o cronópio foi devidamente fuzilado, e para substituí-lo se designou um ilustre autor de canções folclóricas e de um ensaio sobre a matéria cinzenta. O mencionado fama restabeleceu o idioma nacional na radiotelefonia, mas o fato é que os famas haviam perdido a confiança e quase não ligavam os radinhos. Muitos famas, pessimistas por natureza, haviam comprado dicionários e manuais de romeno, assim como vidas do rei Carol e da sra. Lupescu. O romeno entrou na moda, apesar da fúria do Superior Governo, e à sepultura do cronópio iam furtivamente delegações que deixavam cair suas lágrimas e seus cartões de visita, nos quais proliferavam nomes conhecidos em Bucareste, cidade de filatelistas e atentados.

FAÇA DE CONTA QUE ESTÁ NA SUA CASA

Uma esperança mandou fazer uma casa e instalou um ladrilho com o letreiro: *Bem-vindos os que chegam a este lar*.

Um fama mandou fazer uma casa e não instalou sobretudo ladrilhos.

Um cronópio mandou fazer uma casa e, obedecendo ao costume, instalou na entrada diversos ladrilhos que comprou ou mandou fabricar. Os ladrilhos estavam posicionados de modo a poder ser lidos em ordem. O primeiro dizia: *Bem-vindos os que chegam a este lar*. O segundo dizia: *A casa é pequena, mas o coração é grande*. O terceiro dizia: *A presença do hóspede é macia como a relva*. O quarto dizia: *Somos pobres de verdade, mas não de vontade*. O quinto dizia: *Este cartaz anula todos os precedentes. Se manda, seu cachorro*.

TERAPIAS

Um cronópio se forma em medicina e abre um consultório na rua Santiago del Estero. Logo depois chega um doente e lhe conta como certas coisas lhe doem e como de noite não consegue dormir e de dia não come.

— Compre um grande ramo de rosas — diz o cronópio.

O doente se retira surpreso, mas compra o ramo e se cura instantaneamente. Cheio de gratidão, procura o cronópio e além de pagar lhe oferece, fino testemunho, um lindo ramo de rosas. Assim que ele sai, o cronópio adoece, sente dores pelo corpo todo, de noite não dorme e de dia não come.

O PARTICULAR E O UNIVERSAL

Um cronópio ia escovar os dentes ao lado de sua sacada, e tomado por uma grandíssima alegria ao ver o sol da manhã e as lindas nuvens que passavam pelo céu, apertou enormemente o tubo de pasta de dentes e a pasta começou a cair numa longa fita rosa. Depois de cobrir a escova com uma verdadeira montanha de pasta, o cronópio verificou que ainda restava bastante pasta, então começou a sacudir o tubo na janela e os pedaços de pasta rosa iam caindo da sacada para a rua, onde vários famas haviam se reunido para comentar as novidades municipais. Os pedaços de pasta rosa caíam sobre os chapéus dos famas, enquanto no alto o cronópio cantava e esfregava os dentes, cheio de contentamento. Os famas se indignaram diante dessa incrível inconsciência do cronópio e resolveram nomear uma delegação

Histórias de cronópios e de famas   431

para imprecá-lo imediatamente, com o que a delegação formada por três famas subiu até a casa do cronópio e o increpou, dizendo-lhe assim:

— Cronópio, estragaste nossos chapéus e vais ter que pagar por isso.

E depois, com muito mais força:

— Cronópio, não deverias desperdiçar a pasta de dentes desse jeito!

OS EXPLORADORES

Três cronópios e um fama se associam espeleologicamente para descobrir as fontes subterrâneas de um manancial. Chegando à boca da caverna, um cronópio desce sustentado pelos outros, levando nas costas um pacote com seus sanduíches preferidos (de queijo). Os dois cronópios-cabrestante deixam-no baixar pouco a pouco, e o fama escreve num grande caderno os detalhes da expedição. Sem demora chega uma primeira mensagem do cronópio: furioso porque se enganaram e mandaram sanduíche de presunto. Sacode a corda e exige que o icem. Os cronópios-cabrestante confabulam aflitos e o fama se ergue em toda a sua terrível estatura e diz: NÃO, com tamanha violência que os cronópios soltam a corda e correm para acalmá-lo. Estão nessa quando chega outra mensagem, porque o cronópio caiu justamente sobre as fontes do manancial e de lá comunica que está tudo dando errado, entre insultos e lágrimas informa que os sanduíches são todos de presunto, que por mais que olhe e volte a olhar, entre os sanduíches de presunto não há um único de queijo.

EDUCAÇÃO DE PRÍNCIPE

Os cronópios quase nunca têm filhos, mas quando têm, perdem a cabeça e acontecem coisas extraordinárias. Por exemplo, um cronópio tem um filho e é imediatamente invadido pela maravilha e tem certeza de que seu filho é o para-raios da beleza e de que por suas veias corre a química completa, com aqui e ali ilhas cheias de belas-artes e poesia e urbanismo. Então esse cronópio não consegue ver o filho sem se inclinar profundamente diante dele e dizer-lhe palavras de respeitosa homenagem.

O filho, como é natural, odeia minuciosamente o pai. Quando chega à idade escolar, o pai matricula o filho no primeiro ano e o garoto está feliz entre outros pequenos cronópios, famas e esperanças. Mas vai piorando à medida que se aproxima o meio-dia, porque sabe que na saída o pai estará à espera, o qual ao vê-lo erguerá as mãos e dirá diversas coisas, a saber:

432   *II. Histórias de cronópios e de famas*

— Buenas salenas cronópio cronópio, o melhor e mais crescido e mais alvorecido, o mais asseado e mais respeitoso e mais aplicado dos filhos!

Diante do que os famas e as esperanças juniores morrem de dar risada junto ao meio-fio, e o pequeno cronópio odeia rigorosamente o pai e acabará sempre por aprontar alguma para ele entre a primeira comunhão e o serviço militar. Mas os cronópios não sofrem muito com isso, porque também eles odiavam seus pais, e até poderia parecer que esse ódio é outro nome da liberdade ou do vasto mundo.

COLE O SELO NO CANTO SUPERIOR DIREITO DO ENVELOPE

Um fama e um cronópio são muito amigos e vão juntos ao correio despachar cartas para as esposas que viajam pela Noruega graças à diligência de Thos. Cook & Son. O fama cola seus selos com esmero, aplicando-lhes batidinhas para que fiquem bem grudados, mas o cronópio solta um grito terrível, assustando os empregados da agência, e com imensa cólera declara que o mau gosto das imagens dos selos é revoltante e que ninguém poderá obrigá-lo a prostituir suas cartas de amor conjugal com semelhantes horrores. O fama fica muito constrangido porque já colou seus selos, mas como é muito amigo do cronópio gostaria de solidarizar-se e se arrisca a dizer que de fato o aspecto do selo de vinte centavos é bastante vulgar e *repetido*, mas que o de um peso tem uma cor de borra de vinho adequada. Nada disso acalma o cronópio, que agita sua carta e interpela os empregados, que o contemplam estupefatos. Vem o gerente do correio e nem vinte segundos mais tarde o cronópio está na rua, com a carta na mão e uma grande amargura. O fama, que furtivamente enfiou a sua na caixa postal, corre para consolá-lo e lhe diz:

— Sorte que nossas esposas estão viajando juntas e que na minha carta eu comentei que tu vais bem, de modo que tua senhora ficará sabendo pela minha.

TELEGRAMAS

Uma esperança trocou com a irmã os seguintes telegramas, de Ramos Mejía para Viedma:

ESQUECESTE SÉPIA CANÁRIO. BURRA. INÉS.
BURRA TU. TENHO RESERVA. EMMA.

Três telegramas de cronópios:

INESPERADAMENTE ERRO DE TREM EM VEZ 7.12 TOMEI 8.24 ESTOU EM LUGAR ESQUISITO. HOMENS SINISTROS CONTAM SELOS. LUGAR ALTAMENTE LÚGUBRE. NÃO CREIO QUE APROVEM TELEGRAMA. PROVAVELMENTE CAIREI DOENTE. TE FALEI QUE DEVIA TRAZER BOLSA DE ÁGUA QUENTE. MUITO DE-PRIMIDO ME SENTO NO DEGRAU PARA ESPERAR TREM DE VOLTA. ARTURO.

NÃO. QUATRO PESOS E SESSENTA OU NADA. SE DEREM DESCONTO, COMPRA DOIS PARES, UM LISO E OUTRO LISTRADO.

ENCONTREI TIA ESTHER CHORANDO, TARTARUGA DOENTE. RAIZ VENENO-SA, PARECE, OU QUEIJO ESTRAGADO. TARTARUGAS ANIMAIS DELICADOS. UM POUCO BOBOS, NÃO VEEM A DIFERENÇA. PENA.

SUAS HISTÓRIAS NATURAIS

LEÃO E CRONÓPIO
Um cronópio que anda pelo deserto encontra um leão e tem lugar o seguin-te diálogo:

Leão. — Vou te comer.

Cronópio (aflitíssimo mas com dignidade). — Tudo bem.

Leão. — Ah, isso não. Nada de mártires comigo. Cai no choro, ou luta, uma das duas. Desse jeito não posso te comer. Vamos, estou esperando. Não dizes nada?

O cronópio não diz nada e o leão está perplexo, até que uma ideia lhe ocorre.

Leão. — Menos mal que estou com um espinho na pata esquerda, que me incomoda muito. Tira o espinho que eu te perdoo.

O cronópio tira o espinho e o leão se afasta, grunhindo de má vontade:

— Obrigado, Ândrocles.

CONDOR E CRONÓPIO
Um condor desce como um raio sobre um cronópio que passeia por Tino-gasta, encurrala-o contra uma parede de granito e diz com grande petulân-cia, a saber:

Condor. — Ousa afirmar que eu não sou lindo.

Cronópio. — O senhor é o pássaro mais lindo que eu já vi.

Condor. — Mais.

II. Histórias de cronópios e de famas

Cronópio. — O senhor é mais lindo que a ave-do-paraíso.

Condor. — Ousa dizer que eu não voo alto.

Cronópio — O senhor voa em alturas vertiginosas, e é em tudo supersônico e estratosférico.

Condor. — Ousa dizer que tenho mau cheiro.

Cronópio. — O senhor cheira melhor que um litro inteiro de colônia Jean-Marie Farina.

Condor. — Sujeito de merda. Não deixa nem uma frestinha para eu aplicar uma bicada.

FLOR E CRONÓPIO

Um cronópio encontra uma flor solitária no meio dos campos. Primeiro vai arrancá-la,

depois pensa que é uma crueldade inútil

e se ajoelha ao lado dela e brinca alegremente com a flor, a saber; acaricia suas pétalas, sopra-a para que dance, zumbe feito uma abelha, aspira seu perfume, e por fim se deita embaixo da flor e adormece envolto numa grande paz.

A flor pensa: "Ele parece uma flor".

FAMA E EUCALIPTO

Um fama anda pelo bosque e embora não precise de lenha olha avidamente para as árvores. As árvores sentem um medo horrível porque conhecem os costumes dos famas e temem o pior. No meio de todas está um belo eucalipto, e ao vê-lo o fama dá um grito de alegria e dança trégua e dança catala em torno do perturbado eucalipto, dizendo assim:

— Folhas antissépticas, inverno com saúde, grande higiene.

Puxa um machado e atinge o eucalipto no estômago, sem se importar a mínima. O eucalipto geme, ferido de morte, e as outras árvores ouvem o que ele diz entre suspiros:

— Pensar que era só esse imbecil comprar pastilhas Valda.

TARTARUGAS E CRONÓPIOS

Agora ocorre que as tartarugas são grandes admiradoras da velocidade, como é natural.

As esperanças sabem disso e não se preocupam.

Os famas sabem disso e fazem troça.

Os cronópios sabem disso e toda vez que encontram uma tartaruga puxam a caixa de gizes coloridos e sobre a lousa redonda da tartaruga desenham uma andorinha.

III. Histórias (inesperadas) de cronópios*

SISTEMA VIÁRIO

Um pobre cronópio segue em seu automóvel e quando chega a uma esquina os freios falham e ele colide com outro carro. Um guarda se aproxima terrivelmente e puxa uma caderneta de capa azul.

— O senhor não sabe dirigir? — grita o guarda.

O cronópio olha um instante para ele, depois pergunta:

— Quem é o senhor?

O guarda fica duro, dá uma olhada no próprio uniforme como para certificar-se de que não há erro.

— Como assim, quem sou eu? O senhor não está vendo?

— Estou vendo um uniforme de guarda — explica o cronópio muito aflito. — O senhor está dentro do uniforme, mas o uniforme não me diz quem é o senhor.

O guarda levanta uma das mãos para bater no outro, mas tem na mão a caderneta e na outra mão o lápis, de modo que não bate e anda até a frente para copiar o número da placa. O cronópio está muito aflito e gostaria de não ter batido o carro, pois agora vão continuar a fazer-lhe perguntas e ele não poderá respondê-las já que não sabe quem as está fazendo e entre desconhecidos não há entendimento possível.

1952

ALMOÇOS

No restaurante dos cronópios acontecem dessas coisas, a saber, que um fama pede com grande concentração um bife com batatas fritas e fica embasbacado quando o cronópio garçom lhe pergunta quantas batatas fritas vai querer.

— Como, quantas? — vocifera o fama. — O senhor me traga batatas fritas e fim de papo, que merda!

— É que aqui servimos porções de sete, trinta e duas ou noventa e oito — explica o cronópio.

---

* Completamos esta edição de *Histórias de cronópios e de famas* com as três peças que seguem, publicadas pela primeira vez postumamente em *Papeles inesperados* (2009). (N. E.)

O fama reflete um momento e o resultado de sua meditação consiste em dizer para o cronópio:

— Vê, meu amigo, vai para o caralho.

Para imensa surpresa do fama, o cronópio obedece instantaneamente, ou seja, some como se o vento o tivesse tragado. Claro que o fama nunca ficará sabendo onde fica o tal caralho, nem o cronópio, provavelmente, mas em todo caso o almoço fica longe de ser um sucesso.

1952-6

NEVER STOP THE PRESS

Um fama trabalhava tanto no ramo da erva-mate que não-tinha-tempo-pa-ra-mais-nada. Assim, às vezes esse fama ficava prostrado, e erguendo-os--olhos-para-os-céus exclamava com frequência: "Como eu sofro! Sou a vítima do trabalho, e mesmo sendo exemplo de laboriosidade, minha-vida-é-um--martírio!".

Ciente de seu padecimento, uma esperança que trabalhava como datiló-grafa no escritório do fama ousou dirigir-se a ele, dizendo-lhe assim:

— Buenas salenas fama fama. Se o senhor incomunicável devido traba-lho, eu solução bolso esquerdo casaco agora mesmo.

O fama, com a amabilidade característica de sua raça, franziu as sobran-celhas e estendeu a mão. Oh, milagre! Entre seus dedos ficou emaranhado o mundo, e o fama não teve motivos para queixar-se de sua sorte. Todas as manhãs chegava a esperança com uma nova ração do milagre e o fama, ins-talado em sua cadeira, recebia uma declaração de guerra, e/ou uma declara-ção de paz, um bom crime, uma vista escolhida do Tirol e/ou de Bariloche e/ou de Porto Alegre, uma novidade em motores, um discurso, uma foto de uma atriz e/ou de um ator etc. Tudo isso lhe custava dez mangos, que não é tanto dinheiro para comprar o mundo.

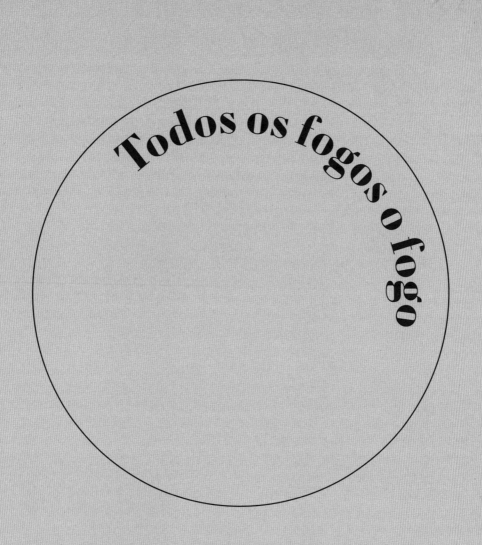

Para Francisco Porrúa

A autoestrada do sul

Gli automobilisti accaldati sembrano non avere storia...
Come realtà, un ingorgo automobilistico impressiona
ma non ci dice gran che.

Arrigo Benedetti, *L'Espresso*,
Roma, 21 de junho de 1964

No começo a garota do Dauphine insistira em contabilizar o tempo, embora para o engenheiro do Peugeot 404 isso já não fizesse diferença. Qualquer um podia consultar o relógio mas era como se aquele tempo preso ao pulso direito ou o *bip bip* do rádio medissem outra coisa, fossem o tempo dos que não fizeram a besteira de querer voltar para Paris pela autoestrada do sul num domingo à tarde e, logo depois de sair de Fontainebleau, foram obrigados a diminuir a velocidade, parar, seis filas de cada lado (é sabido que nos domingos a autoestrada fica inteiramente reservada aos que regressam à capital), ligar o motor, avançar três metros, parar, conversar com as duas freiras do 2HP da direita, com a garota do Dauphine à esquerda, olhar pelo retrovisor o homem pálido ao volante de um Caravelle, invejar ironicamente a felicidade avícola do casal do Peugeot 203 (atrás do Dauphine da garota), que se distrai com a filhinha e faz brincadeiras e come queijo, ou tolerar de tanto em tanto as manifestações exasperadas dos dois rapazinhos do Simca que precede o Peugeot 404, e mesmo descer do carro no topo da ladeira e explorar sem se afastar muito (porque nunca se sabe em que momento os carros lá da frente recomeçarão a avançar e será preciso correr para que os de trás não disparem a guerra das buzinas e dos insultos), e assim chegar à altura de um Taunus na frente do Dauphine da garota que verifica a hora a todo momento, e trocar algumas frases desalentadas ou espirituosas com os dois homens que viajam com o menino louro cujo maior divertimento nessas precisas circunstâncias consiste em fazer circular livremente seu carrinho de brinquedo sobre os assentos e o rebordo posterior do Taunus, ou ousar avançar mais um pouco, embora não pareça que os carros da frente estejam prestes a retomar a marcha, e contemplar com um pouco de pena o casal de velhos do ID Citroën que parece uma gigantesca banheira roxa na qual sobrenadam os dois idosos, ele descansando os antebraços sobre o volante com ar de paciente cansaço, ela mordiscando uma maçã com mais aplicação que vontade.

Na quarta ocasião em que deu com tudo isso, em que fez tudo isso, o engenheiro havia decidido não sair mais de seu carro, à espera de que a

Todos os fogos o fogo   443

polícia desse um jeito de desmanchar o engarrafamento. O calor de agosto se somava àquele tempo ao rés de pneus para que a imobilidade fosse cada vez mais enervante. Tudo era cheiro de gasolina, gritos desabridos dos rapazinhos do Simca, brilho do sol ricocheteando nos vidros e nos perfis cromados, e, para rematar, a sensação contraditória de estar trancado em plena selva de máquinas pensadas para correr. O 404 do engenheiro ocupava a segunda posição da pista da direita contando a partir da faixa divisória entre as duas pistas, portanto tinha outros quatro carros à sua direita e sete à sua esquerda, embora na verdade só conseguisse distinguir com clareza os oito carros que o rodeavam e seus ocupantes, que já estava cansado de examinar em todos os detalhes. Havia conversado com todos, exceto com os rapazes do Simca, com quem antipatizara; entre um e outro trecho a situação fora discutida nos menores detalhes, e a impressão geral era de que até Corbeil-Essonnes avançariam a passos de tartaruga, mas que entre Corbeil e Juvisy o ritmo começaria a se acelerar quando os helicópteros e os motociclistas conseguissem interferir no pior do engarrafamento. Ninguém tinha a menor dúvida de que algum acidente muito grave devia ter ocorrido na área, única explicação para uma lentidão incrível daquelas. E com isso o governo, o calor, os impostos, a rede viária, um tema depois do outro, três metros, outro lugar-comum, cinco metros, uma frase sentenciosa ou uma praga entre os dentes.

Para as duas freirinhas do 2HP o ideal teria sido chegar a Milly-la-Forêt antes das oito, já que estavam levando uma cesta de legumes para a cozinheira. A grande preocupação do casal do Peugeot 203 era não perder os jogos televisionados das nove e meia; a garota do Dauphine dissera ao engenheiro que para ela não fazia diferença chegar mais tarde a Paris, mas que estava se queixando por princípio, porque achava um absurdo submeter milhares de pessoas a uma situação de caravana de camelos. Nas últimas horas (já deviam ser quase cinco, mas o calor os assolava insuportavelmente) haviam avançado uns cinquenta metros, na opinião do engenheiro, embora um dos homens do Taunus, que se aproximara para conversar trazendo pela mão o menino com seu carrinho, apontasse ironicamente a copa de um plátano solitário e a garota do Dauphine recordasse que aquele plátano (se não fosse uma amendoeira) ficara alinhado com seu carro durante tanto tempo que nem valia mais a pena olhar o relógio de pulso para perder-se em cálculos inúteis.

Nunca entardecia, a vibração do sol sobre o asfalto e os capôs dilatava a vertigem até a náusea. Os óculos escuros, os lenços com água-de-colônia na cabeça, os estratagemas improvisados para proteção, com o objetivo de evitar um reflexo torturante ou para não engolir a fumaça dos canos de descarga a cada avanço, se organizavam e aperfeiçoavam, eram objeto de comunicação e comentário. O engenheiro desceu de novo do carro para estender as pernas, trocou algumas palavras com o casal com jeito de agricultores do Ariane que estava na frente do 2HP das freiras. Atrás do 2HP havia um Volkswagen com um soldado e uma mulher jovem que pareciam recém-casados. A terceira fileira na direção da beirada ficava fora de sua área de interesse porque teria sido preciso afastar-se perigosamente do 404; via cores, formas, Mercedes-Benz, ID, 4R, Lancia, Skoda, Morris Minor, o catálogo completo. À esquerda, sobre a pista oposta, desdobrava-se outra multidão interminável de Renault, Anglia, Peugeot, Porsche, Volvo; uma coisa tão monótona que no fim, depois de trocar ideias com os dois homens do Taunus e de tentar inutilmente um intercâmbio de impressões com o solitário motorista do Caravelle, o melhor a fazer foi voltar para o 404 e retomar a mesma conversa sobre a hora, as distâncias e o cinema com a garota do Dauphine.

Às vezes chegava um forasteiro, alguém que andava por entre os carros vindo do outro lado da pista ou das fileiras exteriores da direita, e que trazia alguma notícia provavelmente falsa repetida de carro para carro ao longo de quilômetros candentes. O forasteiro saboreava o sucesso de suas novidades, as batidas das portas quando os passageiros se precipitavam para comentar o sucedido, mas passado um tempo ouvia-se uma buzina ou um motor arrancando e o forasteiro saía correndo, todos o viam ziguezaguear por entre os automóveis para se reinstalar no seu e não ficar exposto à justa cólera dos demais. Dessa maneira, no decorrer da tarde se tomara conhecimento da colisão de um Floride com um 2HP perto de Corbeil, três mortos e uma criança ferida, da dupla colisão de um Fiat 1500 com um furgão Renault que destroçara um Austin cheio de turistas ingleses, da capotagem de um ônibus de Orly entupido de passageiros procedentes do voo de Copenhague. O engenheiro tinha certeza de que tudo aquilo, ou quase tudo, era falso, embora alguma coisa grave devesse ter ocorrido perto de Corbeil e mesmo nas cercanias de Paris para que a circulação estivesse paralisada daquele jeito. Os agricultores do Ariane, proprietários de uma granja para os lados de Montereau e que conheciam bem a região, contavam de um outro domingo em que o trânsito ficara interrompido durante cinco horas, mas aquele lapso de tempo começava a parecer quase irrisório agora que o sol, que se punha do lado esquerdo da rodovia, derramava sobre cada automóvel uma última avalanche de geleia alaranjada que fazia ferver os metais e ofuscava a vista, sem que jamais uma copa de árvore desaparecesse completamente a suas costas, sem que outra sombra entrevista à distância se aproximasse a ponto de mostrar sem a menor

Todos os fogos o fogo   445

dúvida que a massa de automóveis estava se movendo nem que fosse um pouquinho, nem que fosse preciso parar e arrancar e pisar no freio e nunca sair da primeira marcha, do desencanto insultante de passar uma vez mais da primeira para o ponto morto, pedal de freio, freio de mão, stop, e assim uma e outra vez, e mais outra ainda.

Em algum momento, farto de inação, o engenheiro se decidira a aproveitar uma parada especialmente interminável para percorrer as fileiras da esquerda, e, deixando para trás o Dauphine, encontrara um DKW, outro 2HP, um Fiat 600, e se detivera ao lado de um De Soto para trocar impressões com o transtornado turista de Washington que não entendia praticamente nada de francês mas que precisava estar às oito da noite na Place de l'Opéra sem falta *you understand, my wife will be awfully anxious, damn it*, e falavam disso e daquilo quando um homem com cara de representante comercial saiu do DKW para contar-lhes que alguém havia chegado um pouco antes com a notícia de que um Piper Cub se esborrachara em plena autoestrada, vários mortos. Para o americano a história do Piper Cub era profundamente indiferente, bem como para o engenheiro, que ouviu um coro de buzinas e voltou correndo para o 404, aproveitando para comunicar as novidades aos dois homens do Taunus e ao casal do 203. Reservou uma explicação mais detalhada para a garota do Dauphine, enquanto dois carros avançavam lentamente alguns poucos metros (agora o Dauphine estava um pouquinho recuado em relação ao 404, e mais tarde se verificaria o oposto, mas na verdade as doze fileiras se moviam praticamente em bloco, como se um gendarme invisível no fundo da autoestrada ordenasse o avanço simultâneo sem que ninguém pudesse se beneficiar de favorecimentos). Piper Cub, senhorita, é um aviãozinho de passeio. Ah. E a péssima ideia de se espatifar em plena autoestrada num domingo à tarde. Dessas coisas. Se pelo menos não fizesse tanto calor dentro dos malditos automóveis, se as árvores à direita da pista ficassem finalmente na retaguarda, se o último algarismo do conta-quilômetros acabasse de cair em sua casinha preta em vez de continuar pendurado pela cauda, interminavelmente.

Em algum momento (começava de leve a anoitecer, o horizonte de tetos de automóveis se tingia de lilás), uma grande borboleta branca pousou no para-brisa do Dauphine, e a garota e o engenheiro admiraram suas asas na breve e perfeita suspensão de seu repouso; com exasperada nostalgia viram-na afastar-se, sobrevoar o Taunus, o ID roxo do casal de velhos, ir na direção do Fiat 600, já invisível a partir do 404, voltar na direção do Simca, onde uma mão caçadora tentou inutilmente apanhá-la, adejar amavelmente sobre o Ariane dos agricultores que davam a impressão de estar comendo alguma coisa, e depois voar para a direita e desaparecer. Ao anoitecer a coluna

446   *A autoestrada do sul*

fez um primeiro avanço importante, de quase quarenta metros; quando o engenheiro olhou distraidamente para o conta-quilômetros, a metade do 6 havia desaparecido e um pedacinho do 7 começava a desprender-se do alto. Quase todo mundo escutava rádio; os do Simca haviam ligado o seu a todo o vapor e cantavam com empenho um twist, com sacudidas que faziam o capô trepidar; as freiras desfiavam as contas de seus rosários, o menino do Taunus pegara no sono com o rosto colado a um dos vidros, sem largar o carrinho de brinquedo. Em algum momento (já era noite fechada) chegaram forasteiros com mais notícias, tão contraditórias quanto as outras já esquecidas. Não fora um Piper Cub, mas um planador pilotado pela filha de um general. Era correto que um furgão Renault havia destruído um Austin, mas não em Juvisy e sim quase às portas de Paris; um dos forasteiros explicou ao casal do 203 que o asfalto da autoestrada cedera na altura de Igny e que cinco automóveis haviam capotado ao enfiar as rodas dianteiras na fenda. A ideia de uma catástrofe natural se disseminou até o engenheiro, que deu de ombros sem fazer comentários. Mais tarde, pensando naquelas primeiras horas de escuridão em que haviam respirado um pouco mais livremente, lembrou-se de que em algum momento estendera o braço para fora da janela para tamborilar sobre o capô do Dauphine e acordar a garota, que adormecera reclinada sobre o volante, sem se preocupar com um novo avanço. Talvez já fosse meia-noite quando uma das freiras lhe ofereceu timidamente um sanduíche de presunto, imaginando que estaria com fome. O engenheiro aceitou por cortesia (na realidade estava com enjoo) e pediu permissão para dividi-lo com a garota do Dauphine, que aceitou e comeu avidamente o sanduíche e o tablete de chocolate que o representante do DKW, seu vizinho da esquerda, lhe ofereceu. Muitas pessoas haviam desembarcado dos carros superaquecidos, porque mais uma vez havia horas que não avançavam; esgotadas as garrafas de limonada, coca-cola e mesmo os vinhos de bordo, as pessoas começavam a sentir sede. A primeira a reclamar foi a menina do 203, e o soldado e o engenheiro saíram de seus carros junto com o pai da menina para ir em busca de água. Na frente do Simca, onde o rádio parecia ser alimento suficiente, o engenheiro encontrou um Beaulieu ocupado por uma mulher de meia-idade de olhos inquietos. Não, água ela não tinha, mas podia ceder algumas balas para a menina. O casal do ID se entreolhou por um instante antes que a senhora enfiasse a mão numa bolsa e tirasse uma latinha de suco de fruta. O engenheiro agradeceu e perguntou se estavam com fome e se podia ser-lhes útil; o velho moveu a cabeça negativamente, mas a mulher pareceu assentir sem palavras. Mais tarde a garota do Dauphine e o engenheiro exploraram juntos as fileiras da esquerda, sem se afastar muito; voltaram com alguns biscoitos e os levaram para a idosa do ID, com o tempo justo para voltar correndo para seus carros sob uma saraivada de buzinas.

Além dessas saídas mínimas, era tão pouco o que se podia fazer que as horas acabavam por se sobrepor, por ser sempre a mesma na lembrança; em algum momento o engenheiro pensou em riscar aquele dia de sua agenda e conteve uma gargalhada, porém mais adiante, quando começaram os cálculos contraditórios das freiras, dos homens do Taunus e da garota do Dauphine, verificou-se que teria sido preferível fazer melhor a conta. As rádios locais haviam suspendido a emissão e só o representante do DKW dispunha de um aparelho de ondas curtas que transmitia com afinco notícias da bolsa. Lá pelas três da madrugada aparentemente se estabeleceu um acordo tácito para descansar, e até o amanhecer a coluna não se moveu. Os rapazes do Simca tiraram colchões infláveis e se deitaram ao lado do automóvel; o engenheiro baixou o encosto dos assentos dianteiros do 404 e ofereceu as instalações às freiras, que recusaram; antes de se deitar um pouco, o engenheiro pensou na garota do Dauphine, muito quieta apoiada ao volante, e como se não desse importância ao assunto sugeriu-lhe que trocassem de carro até o dia clarear; ela se recusou, argumentando que podia dormir muito bem de qualquer jeito. Por um momento se ouviu o menino do Taunus chorar, deitado no assento traseiro, onde devia estar sentindo muito calor. As freiras ainda rezavam quando o engenheiro se reclinou no assento transformado em cama e foi adormecendo, mas seu sonho continuava muito próximo da vigília e ele acabou acordando agitado e coberto de suor, sem entender, num primeiro momento, onde estava; endireitando o corpo, começou a perceber os confusos movimentos do exterior, um deslocamento de sombras por entre os carros, e viu um vulto que se afastava para a beira da autoestrada; adivinhou a razão, e mais tarde também ele saiu do carro sem fazer barulho e foi se aliviar à beira da rodovia; não havia moitas nem árvores, somente o campo escuro e sem estrelas, uma coisa que parecia um muro abstrato limitando a faixa branca do asfalto com seu rio imóvel de veículos. Quase tropeçou no agricultor do Ariane, que balbuciou uma frase ininteligível; ao cheiro de gasolina, ainda presente na autoestrada aquecida, somava-se agora a presença mais ácida do homem, e o engenheiro voltou para seu carro o mais depressa que pôde. A garota do Dauphine dormia apoiada no volante, uma mecha de cabelo sobre os olhos; antes de entrar no 404 o engenheiro se divertiu explorando seu perfil na sombra, adivinhando a curva dos lábios que expiravam suavemente. Do outro lado, o homem do DKW também olhava a garota dormir, fumando em silêncio.

Na manhã seguinte o avanço foi muito pequeno, mas suficiente para dar-lhes a esperança de que naquela tarde a estrada para Paris ficaria livre. Às

448 *A autoestrada do sul*

nove chegou um forasteiro com boas notícias: haviam remendado as fendas e em breve seria possível circular normalmente. Os rapazes do Simca ligaram o rádio e um deles subiu no teto do automóvel e começou a gritar e cantar. O engenheiro disse para si mesmo que a informação era tão duvidosa quanto as da véspera, e que o forasteiro se aproveitara da alegria do grupo para pedir e obter uma laranja fornecida pelo casal do Ariane. Mais tarde chegou outro forasteiro com a mesma história, mas ninguém quis dar nada a ele. O calor começava a aumentar e as pessoas preferiam ficar dentro dos carros à espera de que as boas notícias se concretizassem. Ao meio-dia a menina do 203 começou de novo a chorar, e a garota do Dauphine foi brincar com ela e fez amizade com o casal. Os do 203 estavam sem sorte: tinham à direita o homem silencioso do Caravelle, indiferente a tudo o que se passava ao seu redor, e à esquerda eram obrigados a aguentar a verbosa indignação do motorista de um Floride, para quem o engarrafamento era uma afronta exclusivamente pessoal. Quando a menina tornou a reclamar de sede, o engenheiro teve a ideia de ir falar com os agricultores do Ariane, certo de que aquele carro estava repleto de provisões. Para sua surpresa, os agricultores foram muito amáveis; compreendiam que numa situação daquelas era preciso ajudar-se mutuamente, e achavam que se alguém se encarregasse de dirigir o grupo (a mulher fazia um gesto circular com a mão, abarcando a dúzia de carros que os rodeava) não haveria maiores dificuldades até chegarem a Paris. O engenheiro não gostava da ideia de assumir a posição de organizador e preferiu chamar os homens do Taunus para conferenciar com eles e com o casal do Ariane. Um pouco depois, consultaram sucessivamente todos os do grupo. O jovem soldado do Volkswagen concordou imediatamente, e o casal do 203 ofereceu as poucas provisões que lhes restavam (a garota do Dauphine conseguira um copo de xarope de framboesa com água para a menina, que ria e brincava). Um dos homens do Taunus, que fora trocar ideias com os rapazes do Simca, obteve uma anuência debochada; o homem pálido do Caravelle deu de ombros e disse que para ele dava no mesmo, que fizessem o que achassem melhor. O casal de idosos do ID e a senhora do Beaulieu ficaram manifestamente alegres, como se se sentissem mais protegidos. Os pilotos do Floride e do DKW não comentaram nada, e o americano do De Soto olhou para eles assombrado e disse alguma coisa sobre a vontade de Deus. O engenheiro achou fácil propor que um dos ocupantes do Taunus, em quem depositava uma confiança instintiva, se encarregasse de coordenar as atividades. Por enquanto ninguém ficaria sem se alimentar, mas era preciso conseguir água; o chefe, que só de brincadeira os rapazes do Simca chamavam de Taunus, pediu ao engenheiro, ao soldado e a um dos rapazes que explorassem a área circundante da autoestrada e oferecessem alimentos

Todos os fogos o fogo   449

em troca de bebidas. Taunus, que manifestamente sabia mandar, calculara que deveriam tratar de cobrir as necessidades de um dia e meio no máximo, assumindo a posição menos otimista. No 2HP das freiras e no Ariane dos agricultores havia provisões suficientes para esse período, e se os exploradores voltassem com água o problema estaria resolvido. Mas só o soldado voltou com um cantil cheio, cujo dono exigia, em troca, comida para duas pessoas. O engenheiro não encontrou ninguém que lhe fornecesse água, mas a excursão serviu para que percebesse que à frente de seu grupo estavam se constituindo outras células com problemas semelhantes; em certa ocasião o ocupante de um Alfa Romeo se negou a abordar o assunto com ele e lhe disse que procurasse o representante de seu grupo, cinco carros atrás, na mesma fileira. Mais tarde viram o rapaz do Simca voltar sem ter conseguido água, mas Taunus calculou que já tinham o suficiente para as duas crianças, a idosa do ID e o resto das mulheres. O engenheiro estava relatando seu circuito pela periferia à garota do Dauphine (era uma da tarde e o sol os encurralava nos carros) quando ela o interrompeu com um gesto e apontou para o Simca. Em dois saltos o engenheiro se aproximou do carro e segurou pelo cotovelo um dos rapazes, que se esparramava em seu assento para beber a grandes goles do cantil que trouxera escondido no agasalho. A seu gesto iracundo o engenheiro respondeu aumentando a pressão no braço; o outro rapaz desceu do carro e partiu para cima do engenheiro, que deu dois passos atrás e ficou à espera deles quase penalizado. O soldado já vinha correndo, e os gritos das freiras chamaram a atenção de Taunus e de seu companheiro; Taunus tomou conhecimento do que sucedera, aproximou-se do rapaz do cantil e lhe aplicou duas bofetadas. O rapaz gritou e protestou, choramingando, enquanto o outro resmungava sem coragem de intervir. O engenheiro se apossou do cantil e o entregou a Taunus. Começaram a soar buzinas e cada um voltou para seu carro, aliás inutilmente, visto que a coluna avançou apenas cinco metros.

Na hora da sesta, sob um sol ainda mais inclemente que o da véspera, uma das freiras tirou o toucado e sua companheira molhou-lhe as têmporas com água-de-colônia. As mulheres improvisavam pouco a pouco suas atividades samaritanas, indo de um carro para outro, tomando conta das crianças para que os homens ficassem mais liberados; ninguém se queixava, mas o bom humor era forçado, baseava-se sempre nos mesmos jogos de palavras, num ceticismo de bom-tom. Para o engenheiro e a garota do Dauphine, sentir-se suados e sujos era o maior dos vexames; chegava quase a enternecê-los a rotunda indiferença do casal de agricultores ao cheiro que lhes brotava das axilas toda vez que vinham conversar com eles ou repetir alguma notícia de última hora. Ia entardecendo quando o engenheiro olhou

450 *A autoestrada do sul*

casualmente pelo retrovisor e deu, como sempre, com o rosto pálido e de traços tensos do homem do Caravelle, que, tal como o gordo motorista do Floride, se mantivera alheio a todas as atividades. Pareceu-lhe que suas feições estavam ainda mais afiladas, e perguntou-se se ele não estaria doente. Depois, porém, quando, ao ir conversar com o soldado e sua mulher, teve oportunidade de olhá-lo mais de perto, disse para si mesmo que aquele homem não estava doente; o problema era outro, uma separação, para dar-lhe algum nome. O soldado do Volkswagen contou-lhe mais tarde que sua mulher sentia medo daquele homem silencioso que nunca se afastava do volante e que parecia estar dormindo acordado. Surgiam hipóteses, criava-se um folclore para combater a inação. As crianças do Taunus e do 203 haviam feito amizade e depois brigado e em seguida se reconciliado; seus pais se visitavam, e a garota do Dauphine ia a intervalos ver como estavam se sentindo a idosa do ID e a senhora do Beaulieu. Quando, ao entardecer, sopraram bruscamente algumas lufadas de tempestade e o sol sumiu no meio das nuvens que subiam a oeste, as pessoas se alegraram pensando que ia refrescar. Caíram algumas gotas, coincidindo com um avanço extraordinário de quase cem metros; ao longe brilhou um relâmpago e o calor aumentou ainda mais. Havia tanta eletricidade no ar que Taunus, com uma intuição que o engenheiro admirou sem comentários, deixou o grupo em paz até a noite, como se temesse os efeitos do cansaço e do calor. Às oito as mulheres se encarregaram de distribuir as provisões; ficara decidido que todos os mantimentos seriam armazenados no Ariane dos agricultores e que o 2HP das freiras serviria de depósito suplementar. Taunus fora pessoalmente parlamentar com os chefes dos quatro ou cinco grupos vizinhos; depois, com a ajuda do soldado e do homem do 203, levara uma boa quantidade de alimentos para os outros grupos, voltando com mais água e um pouco de vinho. Ficou decidido que os rapazes do Simca cederiam seus colchões infláveis à idosa do ID e à senhora do Beaulieu; a garota do Dauphine levou para elas duas mantas xadrezes de lã, e o engenheiro ofereceu seu carro, que chamava espirituosamente de vagão-dormitório, a quem tivesse necessidade dele. Para sua surpresa, a garota do Dauphine aceitou o oferecimento e naquela noite partilhou os assentos-cama do 404 com uma das freiras; a outra foi dormir no 203 com a menina e sua mãe, enquanto o marido passava a noite sobre o asfalto, enrolado num cobertor. O engenheiro estava sem sono e jogou dados com Taunus e seu amigo; em algum momento reuniu-se a eles o agricultor do Ariane e todos falaram de política enquanto tomavam uns tragos da aguardente que o agricultor entregara a Taunus naquela manhã. A noite não foi má; refrescara e brilhavam algumas estrelas por entre as nuvens.

Pouco antes de clarear o dia foram vencidos pelo sono, aquela necessidade de estar em lugar coberto que nascia com a luz cinzenta do alvorecer. Enquanto Taunus dormia ao lado do menino no assento traseiro, seu amigo e o engenheiro descansaram um pouco no dianteiro. Entre duas imagens de sonho, o engenheiro teve a impressão de ouvir gritos à distância e viu um clarão indistinto; o chefe de outro grupo veio lhes dizer que trinta carros à frente houvera um princípio de incêndio num Estafette, provocado por alguém que pretendia cozinhar clandestinamente alguns legumes. Taunus fez uma brincadeira sobre o sucedido enquanto ia de carro em carro ver como todos haviam passado a noite, mas ninguém ignorou o que ele estava querendo dizer. Naquela manhã bem cedo a coluna começou a se mover, e foi preciso correr e se mexer para recuperar os colchões e as cobertas, mas como em toda parte devia estar acontecendo a mesma coisa, quase ninguém se impacientava nem acionava as buzinas. Ao meio-dia haviam avançado mais de cinquenta metros, e à direita da estrada era possível começar a avistar a sombra de um bosque. Invejava-se a sorte dos que naquele momento podiam ir até o acostamento aproveitar o frescor da sombra; talvez houvesse um arroio ou uma bica de água potável. A garota do Dauphine fechou os olhos e mentalizou uma ducha, a água caindo em seu pescoço, em suas costas, escorrendo-lhe pelas pernas; o engenheiro, que a observava com o rabo do olho, viu duas lágrimas resvalando-lhe pela face.

Taunus, que acabara de ir até o ID, veio em busca das mulheres mais jovens para que atendessem a idosa, que não estava se sentindo bem. O chefe do terceiro grupo na retaguarda contava com um médico entre seus homens, e o soldado foi correndo buscá-lo. O engenheiro, que acompanhara com benevolência irônica os esforços dos rapazinhos do Simca para que sua travessura fosse perdoada, percebeu que havia chegado o momento de dar-lhes uma oportunidade. Com os elementos de uma barraca de campanha os rapazes cobriram as janelas do 404, e o vagão-dormitório se transformou em ambulância para que a idosa descansasse em relativa penumbra. O marido estendeu-se ao lado dela, segurando sua mão, e os dois foram deixados sozinhos com o médico. Depois as freiras tomaram conta da idosa, que estava se sentindo melhor, e o engenheiro passou a tarde como pôde, visitando outros automóveis e descansando no de Taunus quando o sol ficava inclemente demais; apenas em três ocasiões teve que correr até seu carro, onde os velhinhos pareciam dormir, para fazê-lo avançar juntamente com a coluna até a parada seguinte. A noite caiu sem que tivessem chegado à altura do bosque.

Pelas duas da madrugada a temperatura baixou, e os que tinham cobertores ficaram felizes por poder se embrulhar neles. Como a coluna não se moveria até o nascer do sol (era uma coisa que se sentia no ar, que emanava

452   *A autoestrada do sul*

do horizonte de carros imóveis na noite), o engenheiro e Taunus se sentaram para fumar e conversar com o agricultor do Ariane e o soldado. Os cálculos de Taunus já não estavam correspondendo à realidade, fato que ele admitiu com grande sinceridade; pela manhã seria preciso fazer alguma coisa para conseguir mais provisões e bebidas. O soldado foi falar com os chefes dos grupos vizinhos, que também não estavam dormindo, e o problema foi discutido em voz baixa, para não acordar as mulheres. Os chefes haviam falado com os responsáveis pelos grupos mais afastados, num raio de oitenta ou cem automóveis, e estavam seguros de que a situação era análoga por toda parte. O agricultor conhecia bem toda a região e sugeriu que dois ou três homens de cada grupo saíssem ao amanhecer para comprar provisões nas granjas da vizinhança, enquanto Taunus se encarregava de designar pilotos para os carros que ficavam sem dono durante a expedição. A ideia era boa e não foi difícil fazer uma vaquinha entre os presentes; ficou decidido que o agricultor, o soldado e o amigo de Taurus iriam juntos e levariam todas as sacolas, redes e cantis que conseguissem. Os chefes dos outros grupos voltaram para suas unidades com o objetivo de organizar expedições semelhantes; ao amanhecer a situação foi exposta às mulheres e fez-se o necessário para que a coluna pudesse continuar avançando. A garota do Dauphine disse ao engenheiro que a idosa já estava melhor e que queria de todas as maneiras voltar para seu ID; às oito chegou o médico, que não viu inconveniente em que o casal voltasse para seu carro. De toda maneira, Taunus resolveu que o 404 ficaria permanentemente preparado para funcionar como ambulância; os rapazes, para se distrair, fabricaram uma bandeira com uma cruz vermelha e prenderam-na à antena do carro. Já fazia algum tempo que as pessoas vinham preferindo sair o menos possível de seus carros; a temperatura continuava baixando e ao meio-dia começaram as chuvaradas e viram-se relâmpagos ao longe. A mulher do agricultor correu para recolher água munida de um funil e de uma jarra de plástico, para especial regozijo dos rapazes do Simca. Olhando isso tudo, inclinado sobre o volante, onde havia um livro aberto que não o interessava tanto assim, o engenheiro se perguntou por que os expedicionários estavam demorando a voltar; mais tarde Taunus chamou-o discretamente; foram para o carro dele e depois que se instalaram disse que haviam fracassado. O amigo de Taunus forneceu detalhes: as granjas estavam abandonadas; quando isso não procedia, as pessoas se recusavam a vender-lhes o que quer que fosse, invocando as regulamentações sobre vendas a particulares e desconfiando que eles pudessem ser inspetores aproveitando-se das circunstâncias para pô-los à prova. Apesar de tudo, haviam conseguido trazer uma pequena quantidade de água e algumas provisões, talvez roubadas pelo soldado, que sorria sem entrar em detalhes. Obviamente não era mais possível que se passasse muito tempo sem que o engarrafamento chegasse ao fim, mas os alimentos de que dispunham não eram os mais adequados para as crianças e a idosa. O médico, que apareceu por volta das quatro e meia para ver a doente, fez um gesto de exasperação e cansaço e disse a Taunus que em seu grupo e em todos os grupos vizinhos estava acontecendo a mesma coisa. Pelo rádio haviam falado numa operação de emergência para liberar a autoestrada, mas além de um helicóptero que apareceu brevemente ao anoitecer, não se observaram outros preparativos. De todo modo o calor era cada vez menos intenso, e as pessoas pareciam esperar a chegada da noite para cobrir-se com suas mantas e abolir no sono algumas horas mais de espera. De seu carro, o engenheiro escutava a conversa da garota do Dauphine com o representante do DKW, que lhe contava casos e a fazia rir sem muita vontade. Surpreendeu-se ao ver a senhora do Beaulieu, que quase nunca abandonava seu carro, e foi indagar se ela estava precisando de alguma coisa, mas a senhora só estava atrás das últimas notícias e começou a falar com as freiras. Um desgosto sem nome pesava sobre eles ao anoitecer; esperava-se mais do sono que das notícias sempre contraditórias ou desmentidas. O amigo de Taunus apareceu discretamente em busca do engenheiro, do soldado e do homem do 203. Taunus anunciou-lhes que o tripulante do Floride acabava de desertar; um dos rapazes do Simca havia visto o carro vazio, e pouco depois começara a procurar seu dono para matar o tédio. Ninguém conhecia direito o gordo do Floride, que tanto protestara no primeiro dia mas depois acabara por ficar tão calado quanto o motorista do Caravelle. Quando, às cinco da manhã, não restava a menor dúvida de que Floride, como se divertiam em chamá-lo os moços do Simca, desertara levando consigo uma maleta e abandonando outra cheia de camisas e roupa de baixo, Taunus determinou que um dos rapazes se encarregasse do carro abandonado, para não imobilizar a coluna. Todos haviam ficado vagamente irritados com aquela deserção no escuro, perguntando-se até onde Floride teria conseguido chegar, em sua fuga campos afora. No mais, aquela parecia ser a noite das grandes decisões: estendido em seu assento-cama, o engenheiro teve a impressão de ouvir um gemido, mas achou que o soldado e sua mulher deviam estar praticando uma coisa que, afinal de contas, era muito compreensível em plena noite e naquelas circunstâncias. Depois pensou melhor e ergueu a lona que cobria a janela traseira; à luz de umas poucas estrelas viu a um metro e meio de distância o eterno para-brisa do Caravelle e atrás dele, como se estivesse colado ao vidro e um pouco caído de lado, o rosto convulsionado do homem. Sem fazer barulho, saiu pelo lado esquerdo para não acordar as freiras e se aproximou do Caravelle.

454 *A autoestrada do sul*

Depois procurou Taunus, e o soldado foi correndo avisar o médico. Ficou claro que o homem havia se suicidado tomando algum veneno; os rabiscos a lápis na agenda eram suficientes, bem como a carta dirigida a uma tal Yvette, alguém que o abandonara em Vierzon. Por sorte o hábito de dormir nos carros estava bem estabelecido (as noites já estavam tão frias que não ocorreria a ninguém ficar do lado de fora) e poucos ali se preocupavam com o fato de que outros andassem entre os carros e fossem até a beirada da autoestrada para satisfazer suas necessidades. Taunus convocou um conselho de guerra e o médico concordou com sua proposta. Deixar o cadáver à beira da autoestrada significava submeter os que vinham atrás a uma surpresa no mínimo penosa; levá-lo até um ponto mais afastado, em pleno campo, poderia provocar o violento repúdio dos locais, que na noite anterior haviam ameaçado e surrado um rapaz de outro grupo que procurava alguma coisa para comer. O agricultor do Ariane e o representante do DKW dispunham do necessário para fechar hermeticamente o porta-malas do Caravelle. Estavam dando início à tarefa quando apareceu a garota do Dauphine, que se pendurou, trêmula, ao braço do engenheiro. Ele lhe explicou em voz baixa o que acabara de acontecer, e em seguida acompanhou-a até seu carro, já mais calma. Taunus e seus homens haviam enfiado o corpo no porta-malas, e o representante trabalhou com fita adesiva e tubos de cola líquida à luz da lanterna do soldado. Como a mulher do 203 sabia dirigir, Taunus determinou que seu marido se encarregaria do Caravelle, posicionado à direita do 203; assim, depois que amanheceu, a menina do 203 descobriu que seu pai tinha outro carro e passou horas e horas brincando de passar de um para outro e de instalar parte de seus brinquedos no Caravelle.

Pela primeira vez o frio se fazia sentir em pleno dia, e ninguém pensava em despir os casacos. A garota do Dauphine e as freiras fizeram o inventário dos agasalhos disponíveis no grupo. Havia uns poucos pulôveres que surgiam por acaso nos carros ou em uma ou outra mala, cobertores, poucas gabardines ou casaquinhos leves. Foi elaborada uma lista de prioridades, os agasalhos foram distribuídos. Mais uma vez faltava água e Taunus enviou três de seus homens, entre eles o engenheiro, para que tentassem estabelecer contato com os moradores locais. Sem que ninguém soubesse por quê, a resistência exterior era total; bastava sair do limite da autoestrada para que chovessem pedras vindas de algum lugar indeterminado. Em plena noite alguém jogou um ancinho, que estourou no teto do DKW e caiu ao lado do Dauphine. O representante ficou muito pálido e não se moveu de seu carro, mas o americano do De Soto (que não fazia parte do grupo de Taunus mas que todos apreciavam por seu bom humor e suas gargalhadas) chegou correndo e depois de girar o ancinho no ar devolveu-o campo adentro com

Todos os fogos o fogo 455

todas as suas forças, gritando impropérios. Mesmo assim, Taunus não acreditava que fosse conveniente aprofundar a hostilidade; talvez ainda desse para fazer uma expedição em busca de água.

Já não havia ninguém calculando o avanço daquele dia ou dos outros; a garota do Dauphine achava que fora uma distância total de oitenta a duzentos metros; o engenheiro era menos otimista mas se divertia prolongando e complicando os cálculos com a vizinha, com vistas a retirá-la intermitentemente da companhia do representante do DKW, que lhe fazia a corte à sua maneira profissional. Naquela mesma tarde o rapaz encarregado do Floride foi correndo avisar Taunus que um Ford Mercury estava oferecendo água a bom preço. Taunus se recusou, mas ao anoitecer uma das freiras pediu ao engenheiro um gole de água para a idosa do ID, que padecia sem se queixar, sempre de mãos dadas com o marido e atendida alternativamente pelas freiras e pela garota do Dauphine. Restava meio litro de água, e as mulheres o destinaram à idosa e à senhora do Beaulieu. Naquela mesma noite Taunus pagou de seu bolso dois litros de água; o Ford Mercury prometeu conseguir mais para o dia seguinte, pelo dobro do preço.

Era difícil reunir-se para discutir, porque fazia tanto frio que ninguém saía dos automóveis se não fosse por um motivo imperioso. As baterias começavam a arriar e não era possível deixar a calefação ligada o tempo todo; Taunus determinou que os dois carros mais bem equipados ficassem reservados para os doentes, se fosse o caso. Enrolados em seus cobertores (os rapazes do Simca haviam arrancado o forro do carro para confeccionar coletes e gorros, e outras pessoas começavam a imitá-los), cada um tratava de abrir as portas o mínimo possível, para conservar o calor. Numa daquelas noites geladas o engenheiro ouviu o choro abafado da garota do Dauphine. Sem fazer barulho, abriu pouco a pouco a porta e tateou no escuro até roçar uma bochecha molhada. Quase sem resistência a garota se deixou atrair para o 404; o engenheiro ajudou-a a estender-se no assento-cama, cobriu-a com a única manta que possuía e jogou a gabardine por cima. A escuridão era mais densa no carro-ambulância, com suas janelas cobertas pelas lonas da barraca. Em algum momento o engenheiro baixou os dois para-sóis e pendurou neles sua camisa e um pulôver para isolar completamente o carro. Pouco antes de amanhecer, ela disse no ouvido dele que antes de começar a chorar pensara ver ao longe, à direita, as luzes de uma cidade.

Talvez fosse uma cidade, mas com as névoas da manhã não se via nada nem a vinte metros de distância. Curiosamente, naquele dia a coluna avançou bem mais, talvez duzentos ou trezentos metros. O fato coincidiu com novos anúncios pelo rádio (que quase ninguém escutava, exceto Taunus, que se sentia obrigado a manter-se atualizado); os locutores falavam enfatica-

456 *A autoestrada do sul*

mente em medidas de exceção que liberariam a autoestrada, e menciona-vam os trabalhos exaustivos das equipes de manutenção das rodovias, bem como das forças policiais. De repente, uma das freiras delirou. Enquanto sua companheira a contemplava aterrorizada e a garota do Dauphine umedecia suas têmporas com um resto de perfume, a freira falava de Armageddon, do nono dia, da cadeia de cinábrio. O médico apareceu bem mais tarde, abrin-do caminho em meio à neve que caía desde o meio-dia e ia pouco a pouco emparedando os carros. Deplorou a inexistência de uma injeção calmante e aconselhou que levassem a freira para um carro com boa calefação. Taunus instalou-a em seu carro e o menino foi para o Caravelle, onde também estava sua amiguinha do 203; os dois brincavam com seus carrinhos e se divertiam muito porque eram os únicos que não passavam fome. Ao longo de todo aquele dia e dos dias que se seguiram, nevou quase ininterruptamente, e quando a coluna avançava alguns metros era preciso retirar com meios im-provisados as massas de neve amontoadas entre os carros.

Ninguém teria estranhado a maneira como se obtinham provisões e água. A única coisa que Taunus podia fazer era administrar os bens co-muns e esforçar-se para tirar o melhor partido possível de alguns escambos. O Ford Mercury e um Porsche apareciam todas as noites para traficar com os mantimentos; Taunus e o engenheiro se encarregavam de distribuí-los conforme o estado físico de cada um. Incrivelmente, a idosa do ID ia sobre-vivendo, perdida num estupor que as mulheres tratavam de não dissipar. A senhora do Beaulieu, que alguns dias antes padecera de náuseas e verti-gens, se recuperara com o frio e era das que mais ajudavam a freira a cuidar de sua companheira, sempre fraca e um pouco desorientada. A mulher do soldado e a do 203 tomavam conta das duas crianças; o representante do DKW, talvez para se consolar do fato de a ocupante do Dauphine ter preferi-do o engenheiro, passava horas contando histórias para as crianças. À noite os grupos entravam numa outra vida sigilosa e privada; as portas dos carros se abriam silenciosamente para deixar entrar ou sair alguma silhueta enre-gelada; ninguém olhava para os demais, os olhos estavam tão cegos quanto a própria sombra. Embaixo de cobertores sujos, com mãos de unhas cres-cidas, cheirando a fechado e a roupa não trocada, alguma felicidade resistia aqui e ali. A garota do Dauphine não se enganara: ao longe brilhava uma cidade, e pouco a pouco iam se aproximando. Todas as tardes o moço do Simca subia no teto de seu carro, vigia incorrigível envolto em pedaços de forro e estopa verde. Cansado de explorar o horizonte inútil, ele olhava pela enésima vez os carros que o rodeavam; com uma ponta de inveja constatava que Dauphine estava no carro do 404, uma mão acariciando um pescoço, o final de um beijo. Só de brincadeira, agora que reconquistara a amizade

Todos os fogos o fogo 457

do 404, gritava para eles que a coluna ia se mexer; aí Dauphine tinha que abandonar o 404 e entrar em seu carro, mas pouco depois pulava de volta em busca de calor, e o moço do Simca teria ficado tão feliz se pudesse levar para seu carro alguma garota de outro grupo, mas com aquele frio e aquela fome isso era impensável, sem contar que o grupo mais à frente estava em franca maré de hostilidade com o de Taunus devido a uma história envolvendo um tubo de leite condensado, e fora as transações oficiais com Ford Mercury e com Porsche não havia relação possível com os outros grupos. Então o rapaz do Simca suspirava aborrecido e retomava sua vigília até que a neve e o frio o obrigassem a entrar tiritando no automóvel.

Mas o frio começou a ceder, e depois de um período de chuvas e ventos que tensionaram os ânimos e aumentaram as dificuldades de abastecimento, vieram dias frescos e ensolarados em que já era possível sair dos carros, fazer visitas, restabelecer relações com os grupos vizinhos. Os chefes haviam discutido a situação, e finalmente as pazes foram feitas com o grupo mais à frente. O brusco desaparecimento de Ford Mercury foi comentado durante muito tempo, sem que ninguém soubesse o que poderia ter acontecido com ele, mas Porsche continuou vindo e controlando o mercado negro. Nunca acontecia de as conservas e a água acabarem inteiramente, embora as reservas do grupo estivessem diminuindo e Taunus e o engenheiro se perguntassem o que aconteceria no dia em que não houvesse mais dinheiro para Porsche. Falou-se em atentado, em fazê-lo prisioneiro e exigir que revelasse a fonte dos suprimentos, mas naqueles dias a coluna avançara um bom trecho e os chefes preferiram continuar esperando e evitar o risco de deitar tudo a perder com alguma decisão violenta. O engenheiro, que acabara se entregando a uma indiferença quase agradável, sobressaltou-se por um momento com a tímida declaração da garota do Dauphine, mas depois entendeu que era impossível fazer alguma coisa para evitá-lo, e a ideia de ter um filho com ela acabou por parecer-lhe tão natural quanto a partilha noturna das provisões ou as excursões furtivas à margem da autoestrada. A morte da idosa do ID foi outra coisa que não surpreendeu ninguém. Mais uma vez, foi preciso trabalhar em plena noite, acompanhar e consolar o marido que não se resignava a compreender. Estourou uma briga entre dois dos grupos de vanguarda e Taunus teve de fazer o papel de árbitro e resolver precariamente a pendenga. Tudo acontecia a qualquer momento, sem horários previsíveis; o mais importante começou quando ninguém mais esperava por aquilo, e o menos responsável foi quem se deu conta primeiro. Encarapitado no teto do Simca, o alegre sentinela teve a impressão de que o horizonte havia se alterado (entardecia, um sol amarelado deslizava sua luz rasante e parca) e de que uma coisa inconcebível estava

458   *A autoestrada do sul*

acontecendo a quinhentos, a trezentos, a duzentos e cinquenta metros dali. Com um grito, avisou o 404 e o 404 disse alguma coisa a Dauphine, que passou rapidamente para seu carro no momento em que Taunus, o soldado e o agricultor já se aproximavam correndo, e do teto do Simca o rapaz apontava para a frente e repetia interminavelmente o anúncio, como se quisesse convencer-se de que o que estava vendo era verdade; então ouviram a comoção, algo como um pesado mas irrefreável movimento migratório que despertava de um interminável estupor e testava as próprias forças. Taunus ordenou aos gritos que voltassem para seus carros; o Beaulieu, o ID, o Fiat 600 e o De Soto arrancaram com um mesmo impulso. Agora o 2HP, o Taunus, o Simca e o Ariane começavam a movimentar-se, e o rapaz do Simca, orgulhoso de uma coisa que era uma espécie de triunfo seu, se virava para o 404 e agitava o braço, enquanto o 404, o Dauphine, o 2HP das freiras e o DKW davam a partida também. Mas tudo estava em saber quanto tempo aquilo duraria; foi o que se perguntou o 404 quase por obrigação, enquanto se mantinha emparelhado com Dauphine e sorria para ela para dar-lhe ânimo. Atrás, o Volkswagen, o Caravelle, o 203 e o Floride arrancavam por sua vez lentamente, um trecho em primeira, depois em segunda, interminavelmente a segunda mas agora sem reduzir, como tantas vezes antes, com o pé firme no acelerador, esperando o momento de passar a terceira. Estendendo o braço esquerdo, o 404 procurou a mão de Dauphine, roçou de leve a ponta de seus dedos, viu no rosto dela um sorriso de incrédula esperança, e imaginou que chegariam a Paris e que tomariam um banho, que iriam juntos a algum lugar, à casa dele ou à dela tomar banho, comer, tomar banhos intermináveis e comer e beber, e que depois haveria móveis, haveria um quarto com móveis e um banheiro com espuma de sabão para fazer a barba de verdade, e instalações sanitárias, comida e instalações sanitárias e lençóis, Paris era uma instalação sanitária e dois lençóis e água quente caindo sobre o peito e as pernas, e uma tesoura de unhas, e vinho branco, tomariam vinho branco antes de beijar-se e sentir o próprio cheiro de lavanda e água-de-colônia, antes de conhecer-se de verdade em plena luz, entre lençóis limpos, e voltar para o banho só de brincadeira, amar e tomar banho e beber e entrar na barbearia, entrar no banho, acariciar os lençóis e acariciar-se entre os lençóis e amar-se em meio à espuma e à lavanda e às escovas antes de começar a pensar no que iriam fazer, no filho e nos problemas e no futuro, e tudo isso desde que não parassem, desde que a coluna prosseguisse embora ainda não fosse possível engatar a terceira, continuar assim em segunda, mas continuar. Com os para-choques roçando o Simca, o 404 se jogou para trás no assento, sentiu a velocidade aumentar, sentiu que podia acelerar sem risco de colidir com o Simca e que o Simca acelerava sem risco

Todos os fogos o fogo   459

de colidir com o Beaulieu, e que atrás vinha o Caravelle e que todos aceleravam cada vez mais, e que já era possível engatar a terceira sem penalizar o motor, e incrivelmente a alavanca se posicionou em terceira e a marcha ficou suave e se acelerou mais ainda, e o 404 olhou enternecido e deslumbrado para a esquerda em busca dos olhos de Dauphine. Era natural que com toda essa aceleração as fileiras já não se mantivessem paralelas, Dauphine estava quase um metro à frente e o 404 via sua nuca e, só um pouco, o perfil, justamente quando ela se virava para olhá-lo e fazia um gesto de surpresa ao ver que o 404 estava ficando ainda mais para trás. Tranquilizando-a com um sorriso, o 404 acelerou bruscamente, mas quase em seguida foi obrigado a frear porque estava quase encostando no Simca; deu uma buzinada seca e o rapaz do Simca olhou para ele pelo retrovisor e fez um gesto de impotência, mostrando-lhe com a mão esquerda o Beaulieu colado a seu carro. O Dauphine ia três metros à frente, à altura do Simca, e a menina do 203, emparelhado com o 404, agitava os braços e lhe mostrava a boneca. Uma mancha vermelha à direita desconcertou o 404; em vez do 2HP das freiras ou do Volkswagen do soldado, viu um Chevrolet desconhecido, e quase em seguida o Chevrolet avançou, seguido por um Lancia e um Renault 8. À esquerda se alinhava com ele um ID que começava a ultrapassá-lo metro a metro, mas antes que ele fosse substituído por um 403, o 404 ainda conseguiu distinguir, lá adiante, o 203 que já ocultava Dauphine. O grupo se deslocava, já não existia, Taunus devia estar mais de vinte metros à frente, seguido de Dauphine; enquanto isso a terceira fileira da esquerda se atrasava porque em vez do DKW do representante o 404 conseguia ver a parte traseira de um velho furgão preto, talvez um Citroën ou um Peugeot. Os carros corriam em terceira, adiantando-se ou perdendo terreno conforme o ritmo da respectiva fileira, e dos dois lados da autoestrada viam-se fugir as árvores, algumas casas entre as massas de neblina e o anoitecer. Depois foram as luzes vermelhas que todos acendiam seguindo o exemplo dos que iam à frente, a noite que se fechava bruscamente. De vez em quando se ouviam buzinas, as agulhas dos velocímetros subiam cada vez mais, algumas fileiras corriam a setenta quilômetros por hora, outras a sessenta e cinco, algumas a sessenta. O 404 ainda esperara que o avanço e o retrocesso das fileiras lhe dessem oportunidade de alcançar novamente Dauphine, mas cada minuto que passava o convencia de que era inútil, de que o grupo se dissolvera irrevogavelmente, que os encontros rotineiros não voltariam a repetir-se, nem os mínimos rituais, os conselhos de guerra no carro de Taunus, as carícias de Dauphine na paz da madrugada, os risos das crianças brincando com seus carrinhos, a imagem da freira desfiando as contas do rosário. Quando as luzes dos freios do Simca se acenderam, o 404 reduziu a marcha com um

460 *A autoestrada do sul*

absurdo sentimento de esperança, e assim que puxou o freio de mão desceu do automóvel e correu para diante. Tirando o Simca e o Beaulieu (mais atrás estaria o Caravelle, mas não estava interessado nisso), não reconheceu nenhum carro; através de outros vidros olhavam-no com surpresa e talvez indignação outros rostos que nunca vira. Soavam as buzinas, e o 404 foi obrigado a voltar para seu carro; o rapaz do Simca lhe dirigiu um gesto amistoso, como se compreendesse, e apontou animadoramente para o lado de Paris. A coluna tornava a movimentar-se, lenta durante alguns minutos e depois como se a autoestrada estivesse definitivamente liberada. À esquerda do 404 corria um Taunus, e por um segundo o 404 teve a sensação de que o grupo se recompunha, de que tudo entrava na ordem, de que seria possível seguir em frente sem destruir nada. Mas aquele Taunus era verde, e ao volante estava uma mulher de óculos fumê que olhava fixamente para diante. Não se podia fazer outra coisa senão se abandonar à marcha, adaptar-se mecanicamente à velocidade dos carros circundantes, não pensar. No Volkswagen do soldado devia estar sua jaqueta de couro. Taunus ficara com o romance que ele lera nos primeiros dias. Um vidro quase vazio de lavanda no 2HP das freiras. E ele tinha ali consigo, tocando-o às vezes com a mão direita, o ursinho de pelúcia que Dauphine lhe oferecera para dar sorte. Absurdamente se agarrou à ideia de que às nove e meia os alimentos seriam distribuídos, seria preciso visitar os doentes, avaliar a situação com Taunus e o agricultor do Ariane; depois seria a noite, seria Dauphine entrando discretamente em seu carro, as estrelas ou as nuvens, a vida. Sim, tinha que ser assim, não era possível que tivesse terminado para sempre. Talvez o soldado conseguisse uma ração de água, que escasseara nas últimas horas; de toda maneira sempre se podia contar com Porsche, desde que lhe pagassem o preço pedido. E na antena do rádio adejava loucamente a bandeira com a cruz vermelha, e todos corriam a oitenta quilômetros por hora na direção das luzes que cresciam pouco a pouco, já sem que se soubesse direito para que tanta pressa, para que tanta correria na noite entre carros desconhecidos onde ninguém sabia nada dos outros, onde todo mundo olhava fixamente para diante, exclusivamente para diante.

Todos os fogos o fogo   461

A saúde dos doentes

Q uando inesperadamente tia Clelia se sentiu mal, na família houve um momento de pânico e por várias horas ninguém foi capaz de reagir e discutir um plano de ação, nem mesmo tio Roque, que sempre encontrava a saída mais sensata. Carlos foi avisado por telefone no escritório, Rosa e Pepa dispensaram os alunos de piano e solfejo, e até tia Clelia ficou mais preocupada com mamãe que com ela mesma. Tinha certeza de que o que estava sentindo não era grave, mas mamãe, com sua pressão e seu açúcar, não podia receber notícias preocupantes, todos sabiam muito bem que o dr. Bonifaz fora o primeiro a compreender e aprovar que escondessem de mamãe o assunto de Alejandro. Se tia Clelia precisava ficar de cama, era necessário encontrar alguma maneira para que mamãe não desconfiasse que ela estava doente, mas já o assunto de Alejandro havia ficado tão difícil, e agora mais essa; o menor deslize e ela acabaria por saber a verdade. Mesmo a casa sendo grande, era preciso levar em conta o ouvido apurado de mamãe e sua inquietante capacidade de adivinhar onde estava cada um. Pepa, que chamara o dr. Bonifaz do telefone de cima, avisou a seus irmãos que o médico viria assim que possível e que deixassem a porta entreaberta para que ele pudesse entrar sem tocar a campainha. Enquanto Rosa e tio Roque acudiam tia Clelia, que tivera dois desmaios e se queixava de uma insuportável dor de cabeça, Carlos ficou com mamãe para contar-lhe as novidades do conflito diplomático com o Brasil e ler as últimas notícias para ela. Mamãe estava de bom humor naquela tarde e sua cintura não doía como quase sempre na hora da sesta. Foi perguntado a todos o que estava acontecendo para que parecessem tão nervosos, e na casa se falou sobre a baixa pressão e os efeitos nefastos dos aditivos no pão. Na hora do chá chegou tio Roque para conversar com mamãe, e Carlos pôde ir tomar um banho e ficar à espera do médico. Tia Clelia estava melhor, mas tinha dificuldade para se mover na cama e já quase não se interessava mais pelo que tanto a preocupara ao sair da primeira tontura. Pepa e Rosa se revezaram ao lado dela, oferecendo-lhe chá e água sem receber resposta; com o entardecer a casa se apaziguou e os irmãos pensaram que talvez o problema de tia Clelia não fosse grave e que na tarde seguinte ela voltaria a entrar no quarto de mamãe como se nada tivesse acontecido.

Com Alejandro as coisas haviam sido muito piores, porque Alejandro havia morrido num acidente de automóvel pouco antes de chegar a Montevidéu, onde era esperado na casa de um engenheiro amigo. Já fazia quase um ano do acontecido, mas sempre continuava sendo o primeiro dia para os irmãos e os tios, para todos menos para mamãe, já que para mamãe Alejandro estava no Brasil, onde uma firma do Recife lhe confiara a instalação de uma fábrica de cimento. A ideia de preparar mamãe, de insinuar para ela que Alejandro tivera um acidente e que estava levemente ferido não lhes ocorrera nem depois das advertências do dr. Bonifaz. Até María Laura, incapaz de qualquer tipo de compreensão naquelas primeiras horas, admitira que não era possível dar a notícia a mamãe. Carlos e o pai de María Laura viajaram para o Uruguai para trazer o corpo de Alejandro, enquanto a família cuidava como sempre de mamãe, que naquele dia estava dolorida e difícil. O clube de engenharia aceitou que o velório se realizasse em sua sede e Pepa, a que mais se ocupava de mamãe, nem sequer chegou a ver o caixão de Alejandro, enquanto os outros se revezavam em turnos de uma hora para fazer companhia à pobre María Laura, perdida num horror sem lágrimas. Como quase sempre, tio Roque ficou encarregado de pensar. Ele falou de madrugada com Carlos, que chorava silenciosamente a perda do irmão com a cabeça apoiada na cobertura verde da mesa da sala de jantar onde tantas vezes haviam jogado cartas. Depois tia Clelia se uniu a eles, porque mamãe dormia a noite inteira e não era preciso preocupar-se com ela. Com a anuência tácita de Rosa e de Pepa, decidiram as primeiras medidas, a começar pelo sequestro do *La Nación* — às vezes mamãe se animava a ler o jornal por alguns minutos e todos concordaram com o que tio Roque havia pensado. Foi assim que uma empresa brasileira contratou Alejandro para que passasse um ano no Recife, e em poucas horas Alejandro tivera que renunciar a suas reduzidas férias na casa do engenheiro amigo, fazer a mala e embarcar no primeiro avião. Mamãe precisava entender que eram novos tempos, que os industriais não entendiam de sentimento, mas que Alejandro logo encontraria um jeito de tirar uma semana de férias na metade do ano e descer até Buenos Aires. Mamãe achou tudo muito adequado, embora chorasse um pouco e tenha sido necessário dar-lhe seus sais para respirar. Carlos, que sabia fazê-la rir, disse a ela que era uma vergonha chorar pelo primeiro sucesso do caçula da família, e que Alejandro não teria gostado de ficar sabendo que era assim que recebiam a notícia de sua contratação. Então mamãe se acalmou e disse que tomaria um dedinho de málaga à saúde de Alejandro. Carlos saiu bruscamente à procura do vinho, mas foi Rosa quem o trouxe e brindou com mamãe.

A vida de mamãe era bem penosa, e embora ela pouco se queixasse, era preciso fazer o possível para ficar perto dela e distraí-la. Quando, no dia seguinte ao do enterro de Alejandro, ela achou estranho María Laura não ter ido visitá-la como em todas as quintas-feiras, Pepa foi à tarde à casa dos Novalli para falar com María Laura. Àquela hora tio Roque estava no escritório de um advogado amigo, explicando-lhe a situação; o advogado prometeu escrever imediatamente a seu irmão, que trabalhava no Recife (na casa de mamãe, as cidades não eram escolhidas aleatoriamente), e organizar a parte da correspondência. Como por acaso, o dr. Bonifaz já fizera uma visita a mamãe, e depois de examinar sua visão achou que havia melhoras significativas, mas lhe pediu que se abstivesse de ler os jornais por alguns dias. Tia Clelia se encarregou de comentar as notícias mais interessantes com ela; por sorte mamãe não gostava de ouvir os noticiários radiofônicos porque eram vulgares e a todo momento havia anúncios de remédios nada confiáveis que as pessoas tomavam contra ventos e marés e iam levando.

María Laura apareceu na sexta-feira à tarde, falando que precisava estudar muito para os exames da arquitetura.

— Claro, filhinha — disse mamãe, olhando para ela com afeto. — Você está com os olhos vermelhos de tanto ler, e isso não é bom. Aplique compressas de hamamélis, que é o melhor que há.

Rosa e Pepa estavam presentes, para intervir a todo momento na conversa, e María Laura conseguiu resistir e até sorriu quando mamãe começou a falar no malandro do namorado dela que viajava para tão longe praticamente sem avisar. A juventude moderna era assim, o mundo tinha ficado louco e todos andavam com pressa e sem tempo para nada. Depois mamãe se perdeu nos consabidos casos de pais e avós, e chegou o café, e depois entrou Carlos com brincadeiras e histórias, e em algum momento tio Roque se instalou na porta do quarto e olhou para eles com seu ar bonachão, e tudo se passou como deveria se passar até a hora do descanso de mamãe.

A família foi se acostumando, o mais difícil foi para María Laura, mas pelo menos ela só precisava falar com mamãe às quintas-feiras; um dia chegou a primeira carta de Alejandro (mamãe já havia estranhado seu silêncio duas vezes) e Carlos leu-a em voz alta ao pé da cama. Alejandro estava encantado com o Recife, falava do porto, dos vendedores de papagaios e do sabor dos refrescos, a família ficava com água na boca ao ter notícia de que o abacaxi era praticamente de graça e que o café era de verdade e com um perfume... Mamãe pediu para ver o envelope e disse que era para dar o selo ao menino dos Marolda, que era filatelista, embora ela não gostasse nem um pouco de que os meninos andassem às voltas com os selos, porque depois não lavavam as mãos e os selos haviam rodado pelo mundo inteiro.

— As pessoas passam a língua neles para grudá-los — mamãe dizia sempre — e os micróbios ficam no selo e incubam, isso é sabido. Mas lhe dê mesmo assim, afinal ele já tem tantos que um a mais, um a menos...

No dia seguinte, mamãe chamou Rosa e ditou-lhe uma carta para Alejandro, perguntando quando ele ia poder tirar férias e se a viagem não seria

464   *A saúde dos doentes*

muito cara. Explicou-lhe como estava se sentindo, falou que Carlos havia recebido uma promoção e contou do prêmio que um dos alunos de piano de Pepa ganhara. Também disse que María Laura a visitava toda quinta-feira sem falta, mas que estava estudando demais e que isso fazia mal à vista. Depois que a carta ficou pronta, mamãe assinou embaixo com um lápis e beijou delicadamente o papel. Pepa saiu com o pretexto de ir buscar um envelope, e tia Clelia apareceu com os comprimidos das cinco e flores para a jarra da cômoda.

Nada era fácil, porque nessa época a pressão de mamãe subiu ainda mais e a família chegou a se perguntar se não haveria alguma influência inconsciente, algo que transbordava do comportamento de todos eles, uma preocupação e um desânimo que faziam mal a mamãe apesar das precauções e da alegria fingida. Mas não era possível, porque à força de fingir as risadas, todos terminavam rindo de verdade com mamãe, e às vezes brincavam uns com os outros e trocavam empurrões, mesmo que não estivessem com ela, depois se olhavam como se acordassem de repente, e Pepa ficava muito vermelha e Carlos acendia um cigarro de cabeça baixa. Só o que importava no fundo era que o tempo passasse e que mamãe não se desse conta de nada. Tio Roque havia falado com o dr. Bonifaz e todos eram da opinião de que era preciso continuar indefinidamente o piedoso faz de conta, de acordo com a classificação de tia Clelia. O único problema eram as visitas de María Laura, porque naturalmente mamãe insistia em falar de Alejandro, queria saber se eles pretendiam se casar assim que ele voltasse do Recife ou se aquele maluco do filho dela ia aceitar outro contrato longe e por tanto tempo. O único jeito era entrar no quarto a todo momento e distrair mamãe, tirar de lá María Laura, que permanecia muito quieta em sua cadeira, com as mãos apertadas até doerem, mas um dia mamãe perguntou a tia Clelia porque todos se precipitavam daquela maneira quando María Laura ia visitá-la, como se fosse a única ocasião que tinham de estar com ela. Tia Clelia começou a rir e lhe disse que todos viam um pouco de Alejandro em María Laura e que por isso gostavam de estar com ela quando ela aparecia.

— Você tem razão, María Laura é tão boa — disse mamãe. — O bandido do meu filho não merece essa moça, pode acreditar.

— Olhe só quem está falando — disse tia Clelia. — Se é só falar no seu filho que você já começa a babar.

Mamãe também começou a rir, e se lembrou de que por aqueles dias chegaria carta de Alejandro. A carta chegou, e tio Roque a levou junto com o chá das cinco. Daquela vez mamãe quis ler a carta e pediu os óculos de ver de perto. Leu aplicadamente, como se cada frase fosse uma iguaria a que era preciso dar voltas e mais voltas na boca para melhor saborear.

— Os jovens de hoje não têm mais respeito — disse, sem dar maior importância a sua afirmação. — Está certo que no meu tempo não se usavam essas máquinas, mas eu nunca teria coragem de escrever assim ao meu pai, nem você.

— Claro que não — disse tio Roque. — Com aquele gênio do velho...

— Você nunca desiste dessa história de velho, Roque. Você sabe que eu não gosto de ouvir você falar assim, mas não se importa. Lembre-se da mamãe, do jeito que ela ficava.

— Bom, está certo. Isso de velho é maneira de dizer, não tem nada a ver com respeito.

— É muito estranho — disse mamãe, tirando os óculos e olhando para as molduras do forro. — Já são cinco ou seis cartas de Alejandro, e em nenhuma delas ele me chama de... Ah, acho que é um segredo entre nós. É estranho, sabe? Por que ele não me chamou nem uma única vez daquele jeito?

— Vai ver que o rapaz acha bobo, escrever isso numa carta para você. Uma coisa é eu te chamar de... como ele chama você?

— É um segredo — disse mamãe. — Um segredo entre mim e meu filhinho.

Nem Pepa nem Rosa tinham conhecimento do tal nome, e Carlos deu de ombros quando lhe perguntaram.

— O que você quer que eu faça, tio? O máximo que eu consigo fazer é falsificar a assinatura dele. Acho que mamãe acaba esquecendo essa história, não leve tão a sério.

Quatro ou cinco meses mais tarde, depois de uma carta de Alejandro em que ele explicava a quantidade de coisas que precisava fazer (embora estivesse contente porque era uma grande oportunidade para um engenheiro jovem), mamãe insistiu em que já era tempo de ele tirar umas férias e descer até Buenos Aires. Rosa, que escrevia a resposta de mamãe, achou que ela estava ditando mais lentamente, como se houvesse pensado muito cada frase.

— Sabe-se lá se o coitado consegue vir — disse Rosa como se fosse um comentário casual. — Seria uma pena ele criar um problema com a empresa justamente agora que está dando tudo certo e ele tão contente.

Mamãe continuou ditando como se não tivesse ouvido. Sua saúde deixava muito a desejar e ela teria gostado de ver Alejandro, nem que fosse só por uns dias. Alejandro também precisava pensar em María Laura, não por ela achar que ele estava negligenciando a namorada, mas um amor não vive de palavras bonitas e promessas à distância. Enfim, esperava que Alejandro escrevesse em breve comunicando as boas notícias. Rosa observou que mamãe não havia beijado o papel depois de assinar, mas que olhava fixamente para a carta como se quisesse gravá-la na memória. "Pobre do Alejandro", pensou Rosa, e depois se benzeu num impulso, sem mamãe ver.

466   *A saúde dos doentes*

— Olhe só — disse tio Roque a Carlos naquela noite quando os dois ficaram sozinhos para sua partida de dominó —, acho que esse caldo vai entornar. Vai ser preciso encontrar alguma coisa plausível, do contrário ela acaba se dando conta.

— Sei lá, tio. O melhor é Alejandro responder de um jeito que mamãe fique tranquila por mais um tempo. A pobrezinha está tão frágil, não dá nem para pensar em...

— Ninguém falou nisso, rapaz. Mas eu estou lhe dizendo que sua mãe é do tipo das que não se entregam. É de família, tchê.

Mamãe leu sem fazer comentários a resposta evasiva de Alejandro: que trataria de conseguir férias assim que entregasse o primeiro setor instalado da fábrica. Quando María Laura chegou, naquela tarde, mamãe pediu a ela que insistisse para que Alejandro viesse a Buenos Aires nem que fosse para passar só uma semana. Depois María Laura disse a Rosa que mamãe havia feito o pedido no único momento em que mais ninguém podia escutar. Tio Roque foi o primeiro a sugerir o que todos já haviam pensado tantas vezes sem ter coragem de dizer às claras, e quando mamãe ditou para Rosa outra carta para Alejandro, insistindo para ele vir, ficou decidido que não havia outro remédio senão fazer a tentativa e ver se mamãe estava em condições de receber uma primeira notícia desagradável. Carlos consultou o dr. Bonifaz, que aconselhou prudência e umas gotas. Deixaram passar o tempo necessário, e uma tarde tio Roque foi se sentar aos pés da cama de mamãe enquanto Rosa cevava um mate e olhava pela janela da sacada, ao lado da cômoda dos remédios.

— Sabe que agora estou começando a entender um pouco por que esse diabo de sobrinho não se decide a vir nos ver — disse tio Roque. — O fato é que ele não quis dar preocupação a você, sabendo que ainda não está bem.

Mamãe olhou para ele com cara de quem não está entendendo.

— Hoje os Novalli telefonaram, parece que María Laura recebeu notícias de Alejandro. Está bem, mas não vai poder viajar por alguns meses.

— Não vai poder viajar por quê?

— Porque parece que está com um problema num pé. No tornozelo, acho. Precisamos perguntar a María Laura, para que ela conte o que está acontecendo. O velho Novalli mencionou uma fratura, ou algo assim.

— Fratura de tornozelo? — falou mamãe.

Antes que tio Roque tivesse tempo de responder, Rosa já estava com o frasco dos sais. O dr. Bonifaz veio logo em seguida, e depois de algumas horas tudo estava normalizado, mas foram longas horas, e o dr. Bonifaz não se afastou da família até a noite. Só dois dias mais tarde mamãe se sentiu suficientemente recuperada para pedir a Pepa que escrevesse a Alejandro.

Quando Pepa, que não havia entendido bem, apareceu como sempre com o bloco e a lapiseira, mamãe fechou os olhos e fez que não com a cabeça.

— Escreva você. Diga a ele para se cuidar.

Pepa obedeceu, sem saber por que estava escrevendo uma frase depois da outra, já que mamãe não ia ler a carta. Naquela noite ela disse a Carlos que o tempo todo, enquanto escrevia ao lado da cama de mamãe, estivera absolutamente segura de que mamãe não ia ler nem assinar aquela carta. Continuava de olhos fechados e só os abriu na hora do chá; parecia ter esquecido, estar pensando em outras coisas.

Alejandro respondeu no tom mais natural do mundo, explicando que não havia querido contar sobre a fratura para não preocupá-la. No começo haviam se enganado e posto um gesso que depois fora preciso trocar, mas agora estava melhor e em algumas semanas poderia começar a andar. No total seriam uns dois meses, só que o problema era que seu trabalho tivera um atraso tremendo no pior momento, e...

Carlos, que estava lendo a carta em voz alta, teve a impressão de que mamãe não o escutava como das outras vezes. De vez em quando olhava para o relógio, o que, nela, era sinal de impaciência. Às sete horas Rosa tinha que servir seu caldo com as gotas do dr. Bonifaz, e já eram sete e cinco.

— Bom — disse Carlos, dobrando a carta. — Como você vê, está tudo bem, não aconteceu nada de grave com o garoto.

— Claro — disse mamãe. — Escute, diga a Rosa para andar logo, por favor.

Quanto a María Laura, mamãe ouviu atentamente as explicações que ela lhe deu sobre a fratura de Alejandro e até lhe disse que recomendasse a ele certas massagens que haviam feito muito bem a seu pai quando caíra do cavalo em Matanzas. Logo em seguida, como se fizesse parte da mesma frase, perguntou se não poderiam lhe dar algumas gotas de água de flor de laranjeira, que sempre clareavam sua cabeça.

A primeira a falar foi María Laura, naquela mesma tarde. Falou para Rosa na sala, antes de sair, e Rosa ficou olhando para ela como se não conseguisse acreditar no que havia ouvido.

— Francamente — disse Rosa. — Como você pode imaginar uma coisa dessas?

— Não estou imaginando, é verdade — disse María Laura. — E eu não volto mais, Rosa, podem me pedir quanto quiserem, mas eu não entro mais nesse quarto.

No fundo ninguém achou assim tão absurda a fantasia de María Laura, mas tia Clelia resumiu o sentimento de todos quando disse que numa casa como a deles um dever era um dever. Rosa ficou encarregada de ir até a casa dos Novalli, mas María Laura teve uma crise de choro tão histérico que

468   *A saúde dos doentes*

não houve outra saída senão acatar sua decisão; Pepa e Rosa começaram naquela mesma tarde a fazer comentários sobre o muito que a pobre garota precisava estudar, e sobre como ela andava cansada. Mamãe não disse nada, e ao chegar quinta-feira não perguntou por María Laura. Naquela quinta se completavam dez meses da partida de Alejandro para o Brasil. A empresa estava tão satisfeita com seus serviços que algumas semanas depois ele recebeu uma proposta de renovação do contrato por mais um ano, desde que aceitasse viajar imediatamente para Belém, para instalar outra fábrica. Tio Roque achou formidável, um grande triunfo para um rapaz de tão pouca idade.

— Alejandro sempre foi o mais inteligente — disse mamãe. — Assim como Carlos é o mais perseverante.

— Você tem razão — disse tio Roque, perguntando-se de repente que bicho teria mordido María Laura naquele dia. — A verdade é que você arrumou uns filhos que valem a pena, mana.

— Ah, sim, não posso me queixar. O pai teria gostado de vê-los crescidos. As meninas, tão comportadas, e o pobre do Carlos, tão caseiro.

— E Alejandro, com tanto futuro pela frente.

— Ah, sim — disse mamãe.

— Pense nesse novo contrato que estão lhe oferecendo... Enfim, quando se animar, responda ao seu filho; ele deve estar com o rabo entre as pernas, pensando que a notícia da renovação do contrato não vai ser do seu agrado.

— Ah, sim — repetiu mamãe, olhando para o forro. — Diga a Pepa que escreva para ele, ela já sabe.

Pepa escreveu, sem muita certeza do que deveria dizer a Alejandro, mas convencida de que sempre era melhor ter um texto completo para evitar contradições nas respostas. Alejandro, de seu lado, ficou muito feliz por mamãe compreender a oportunidade que lhe ofereciam. O assunto do tornozelo ia muito bem, assim que pudesse pediria férias para vir passar quinze dias com eles. Mamãe concordou com um pequeno gesto e perguntou se *La Razón* já havia chegado, para que Carlos lesse os telegramas para ela. Tudo na casa se organizara sem esforço, agora que os sobressaltos pareciam ter chegado ao fim e que a saúde de mamãe permanecia estável. Os filhos se revezavam para fazer-lhe companhia; tio Roque e tia Clelia entravam e saíam a qualquer momento. Carlos lia o jornal para mamãe à noite, Pepa pela manhã. Rosa e tia Clelia se encarregavam dos remédios e dos banhos; tio Roque tomava mate no quarto dela duas ou três vezes por dia. Mamãe nunca estava sozinha, nunca perguntava por María Laura; a cada três semanas recebia sem comentários notícias de Alejandro; dizia a Pepa que respondesse e falava de outra coisa, sempre inteligente, atenta e distante.

Foi nessa época que tio Roque começou a ler para ela as notícias sobre a situação tensa com o Brasil. As primeiras ele havia escrito nas margens do jornal, mas mamãe não se preocupava com a perfeição da leitura, e depois de alguns dias tio Roque se habituou a inventar na hora. No início acompanhava os inquietantes telegramas com um ou outro comentário sobre os problemas que a situação poderia ocasionar para Alejandro e os demais argentinos no Brasil, mas como mamãe não dava a impressão de se preocupar, parou de insistir, embora a cada poucos dias a situação se agravasse um pouco. Nas cartas de Alejandro se mencionava a possibilidade de uma ruptura de relações, embora o rapaz continuasse sendo o otimista de sempre e estivesse convencido de que os chanceleres dariam um jeito no litígio.

Mamãe não fazia comentários, talvez porque o dia em que Alejandro teria condições de pedir licença ainda estivesse longe, mas certa noite ela perguntou abruptamente ao dr. Bonifaz se a situação com o Brasil era assim tão grave como diziam os jornais.

— Com o Brasil? Bom, é verdade, as coisas não andam muito bem — disse o médico. — Esperemos que o bom senso dos estadistas...

Mamãe olhava para ele um tanto surpresa com o fato de ele ter respondido sem vacilar. Suspirou de leve e mudou de assunto. Naquela noite mostrou mais animação que nas outras vezes, e o dr. Bonifaz se retirou satisfeito. No dia seguinte tia Clelia adoeceu; os desmaios pareciam coisa passageira, mas o dr. Bonifaz falou com tio Roque e aconselhou que internassem tia Clelia num hospital. A mamãe, que naquele momento ouvia as notícias do Brasil trazidas por Carlos junto com os jornais da noite, disseram que tia Clelia estava com uma enxaqueca que não a deixava sair da cama. Tiveram a noite inteira para pensar no que iam fazer, mas tio Roque estava com um ar completamente perdido depois de conversar com o dr. Bonifaz, e Carlos e as meninas foram obrigados a decidir. Rosa pensou no sítio de Manolita Valle e no ar puro; no segundo dia da enxaqueca de tia Clelia, Carlos conduziu a conversa com tanta habilidade que foi como se mamãe em pessoa tivesse aconselhado uma temporada no sítio de Manolita, que tanto bem faria a Clelia. Um colega de escritório de Carlos se ofereceu para levá-la até lá de carro, já que a viagem de trem seria cansativa, com aquela enxaqueca. Tia Clelia foi a primeira a querer se despedir de mamãe, e Carlos e tio Roque, juntos, levaram-na passinho a passinho para que mamãe lhe recomendasse não tomar friagem naqueles carros de agora e não esquecer de tomar todas as noites o laxante de frutas.

— Clelia estava muito congestionada — disse mamãe a Pepa naquela tarde. — Tive uma impressão ruim, sabe?

— Ah, uns dias no sítio e ela se recupera bem. Andava um pouco cansada

470   *A saúde dos doentes*

nestes últimos meses; lembro que Manolita até lhe disse que fosse com ela para o sítio.

— É mesmo? Estranho, ela nunca me falou.

— Imagino que não quisesse preocupar você.

— E quanto tempo vai ficar, filhinha?

Pepa não sabia, mas perguntariam ao dr. Bonifaz, que era quem havia aconselhado a mudança de ares. Mamãe só tornou a tocar no assunto alguns dias depois (tia Clelia acabara de ter uma crise no hospital e Rosa se revezava com tio Roque para fazer companhia a ela).

— Me pergunto quando Clelia volta — disse mamãe.

— Ora, por uma vez que a coitada se decide a sair de perto de você e trocar um pouco de ares...

— Eu sei, mas ela não estava com nada de grave, segundo vocês.

— Claro que não é nada. Agora ela deve estar ficando lá por gosto, ou para fazer companhia a Manolita; você sabe como elas são amigas.

— Telefone para o sítio e pergunte quando ela volta — disse mamãe.

Rosa telefonou para o sítio e lhe disseram que tia Clelia estava melhor, mas que ainda se sentia um pouco fraca, de modo que ia aproveitar para ficar. O tempo em Olavarría estava esplêndido.

— Não estou gostando nada disso — falou mamãe. — Clelia já deveria ter voltado.

— Por favor, mamãe, não se preocupe tanto. Por que você não melhora de uma vez e vai com Clelia e Manolita tomar sol no sítio?

— Eu? — disse mamãe, olhando para Carlos com algo semelhante a assombro, escândalo, insulto. Carlos começou a rir para disfarçar o que sentia (tia Clelia em estado gravíssimo, Pepa acabava de telefonar), e beijou-a na bochecha como se ela fosse uma menina travessa.

— Mamãezinha boba — disse, fazendo força para não pensar em nada.

Naquela noite mamãe dormiu mal, e desde o amanhecer perguntou por Clelia, como se naquele horário fosse possível eles terem notícias do sítio (tia Clelia acabara de morrer e eles haviam resolvido fazer o velório na funerária). Às oito ligaram para o sítio usando o telefone da sala, para que mamãe pudesse ouvir a conversa, e por sorte tia Clelia havia passado muito bem a noite, embora o médico de Manolita a aconselhasse a continuar por lá enquanto o bom tempo se mantivesse. Carlos estava muito feliz com o fechamento do escritório para inventário e balanço, e apareceu de pijama para tomar mate ao pé da cama de mamãe e bater papo com ela.

— Olhe — disse mamãe —, acho que seria preciso escrever a Alejandro dizendo a ele que venha visitar a tia. Sempre foi o preferido da Clelia, nada mais justo que venha.

Todos os fogos o fogo   471

— Mas tia Clelia não tem nada, mamãe. Se Alejandro não conseguiu vir para ver você, imagine então...

— Não interessa — disse mamãe. — Escreva e diga que Clelia está doente e que ele deveria vir vê-la.

— Mas quantas vezes a gente precisa repetir que tia Clelia não tem nada de grave?

— Se não é grave, tanto melhor. Mas não custa nada escrever para ele.

Escreveram naquela mesma tarde, depois leram a carta para mamãe. Na altura em que a resposta de Alejandro deveria estar chegando (tia Clelia continuava bem, mas o médico de Manolita insistia em que ela aproveitasse os bons ares do sítio), a situação com o Brasil se agravou mais ainda, e Carlos disse a mamãe que não seria de estranhar se as cartas de Alejandro demorassem a chegar.

— Parece de propósito — disse mamãe. — Você vai ver como ele também não consegue vir.

Nenhum deles se animava a ler para ela a carta de Alejandro. Reunidos na sala de jantar, olhavam para o lugar vago de tia Clelia, olhavam uns para os outros, vacilantes.

— É absurdo — disse Carlos. — Já estamos tão acostumados com essa encenação que uma coisa a mais, uma a menos...

— Então vá você — disse Pepa, enquanto seus olhos se enchiam de lágrimas e ela as secava com o guardanapo.

— Fazer o quê? Tem um negócio que não bate. Agora, toda vez que eu entro no quarto dela parece que estou esperando uma surpresa, uma armadilha, quase.

— A culpa é da María Laura — disse Rosa. — Ela enfiou essa ideia na nossa cabeça e a gente não está mais conseguindo agir com naturalidade. E para completar, tia Clelia...

— Olhe só, agora que você falou nisso me ocorre que seria o caso de falar com María Laura — disse tio Roque. — O mais lógico seria ela aparecer depois dos exames e dar a sua mãe a notícia de que Alejandro não vai poder viajar.

— Mas seu sangue não gela quando pensa que mamãe não pergunta mais por María Laura, mesmo Alejandro falando nela em todas as suas cartas?

— Não tem nada a ver com a temperatura do meu sangue — disse tio Roque. — A questão é fazer ou deixar de fazer as coisas, ponto.

Rosa precisou de duas horas para convencer María Laura, mas era a melhor amiga dela e María Laura queria muito bem a eles, até a mamãe, mesmo tendo medo dela. Foi preciso preparar uma nova carta, que María Laura trouxe junto com o ramo de flores e as balas de tangerina de que mamãe gostava.

A saúde dos doentes

Sim, isso mesmo, por sorte os exames mais difíceis já haviam acabado e ela poderia ir passar algumas semanas em San Vicente para descansar.

— O ar do campo vai lhe fazer bem — disse mamãe. — Já Clelia... Você ligou para o sítio hoje, Pepa? Ah, é mesmo, estou me lembrando que você falou... Bom, já faz três semanas que Clelia viajou e olhe só...

María Laura e Rosa fizeram os comentários do caso, veio a bandeja do chá, e María Laura leu para mamãe alguns parágrafos da carta de Alejandro com a notícia do confinamento provisório de todos os técnicos estrangeiros, e a graça que ele achava em estar alojado num esplêndido hotel por conta do governo, à espera de que os chanceleres solucionassem o conflito. Mamãe não fez nenhum comentário, bebeu sua xícara de chá de tília e foi adormecendo. As jovens continuaram a conversa na sala, mais aliviadas. María Laura estava quase indo embora quando teve a ideia do telefone e disse a Rosa. Rosa tinha a impressão de que Carlos também havia pensado naquela solução, e mais tarde falou com tio Roque, que deu de ombros. Diante de coisas assim, o único jeito era fazer um gesto e ir em frente com a leitura do jornal. Mas Rosa e Pepa também contaram a Carlos, que desistiu de inventar uma explicação que não fosse a de aceitar o que ninguém queria aceitar.

— Vamos ver — disse Carlos. — Ainda pode acontecer de ela mesma ter a ideia e vir nos pedir. Nesse caso...

Mas mamãe nunca pediu que lhe levassem o telefone para que pudesse falar pessoalmente com tia Clelia. Todas as manhãs perguntava se havia notícias do sítio, depois voltava para seu silêncio, em que o tempo parecia ser contado por doses de remédios e xícaras de infusão. Não achava ruim tio Roque chegar com o *La Razón* para ler para ela as últimas notícias do conflito com o Brasil, embora também não parecesse preocupada com o fato de o jornaleiro chegar tarde ou tio Roque dedicar mais tempo que de costume a um problema de xadrez. Rosa e Pepa inclusive se convenceram de que mamãe não estava nem aí para a leitura das notícias, ou para os telefonemas ao sítio, ou para as cartas de Alejandro. Mas não dava para ter certeza, porque às vezes mamãe levantava a cabeça e olhava para elas com o olhar profundo de sempre, um olhar em que não havia a menor mudança, a menor aceitação. A rotina envolvia a todos e, para Rosa, telefonar para um buraco negro no outro lado do fio era tão simples e cotidiano quanto para tio Roque continuar lendo falsos telegramas sobre um fundo de anúncios de leilões ou notícias de futebol, ou para Carlos entrar contando os acontecimentos de sua visita ao sítio de Olavarría e os pacotes de frutas enviadas por Manolita e tia Clelia. Nem sequer durante os últimos meses de mamãe os costumes foram alterados, embora já pouca diferença fizesse. O dr. Bonifaz disse a eles que por sorte mamãe não sofreria nada e que se apagaria

Todos os fogos o fogo   473

sem se dar conta. Mas mamãe permaneceu lúcida até o fim, quando os filhos já estavam ao seu redor sem conseguir fingir o que sentiam.

— Como vocês todos foram bons comigo — disse mamãe com ternura. — Tanto trabalho que tiveram para que eu não sofresse.

Tio Roque estava sentado ao lado dela, e acariciou jovialmente sua mão, chamando-a de bobinha. Pepa e Rosa, fingindo procurar alguma coisa na cômoda, já sabiam que María Laura tivera razão; sabiam o que de alguma maneira sempre haviam sabido.

— Tantos cuidados comigo... — disse mamãe, e Pepa apertou a mão de Rosa, porque ao fim e ao cabo aquelas palavras tornavam a pôr tudo no lugar, restabeleciam a longa encenação necessária. Mas Carlos, aos pés da cama, olhava para mamãe como se soubesse que ela ia dizer mais alguma coisa.

— Agora vocês vão poder descansar — disse mamãe. — Não vamos mais dar trabalho a vocês.

Tio Roque já ia protestar, dizer alguma coisa, mas Carlos se aproximou dele e apertou seu ombro suavemente. Mamãe afundava pouco a pouco numa modorra, e era melhor não perturbá-la.

Três dias depois do enterro chegou a última carta de Alejandro, indagando como sempre sobre a saúde de mamãe e de tia Clelia. Rosa, que a recebera, abriu-a e automaticamente começou a lê-la, e quando levantou os olhos porque de repente as lágrimas a cegavam, deu-se conta de que enquanto a lia estava pensando em como fariam para dar a Alejandro a notícia da morte de mamãe.

Reunião

> *Me lembrei de um antigo conto de Jack London, em que o protagonista, apoiado num tronco de árvore, se prepara para acabar com dignidade a própria vida.*
>
> Ernesto "Che" Guevara,
> em *La sierra y el llano*, Havana, 1961

Nada poderia ir pior, mas pelo menos já não estávamos naquela maldita lancha, entre vômitos e lambadas de mar e pedaços de bolacha molhada, entre metralhadoras e babas, em estado lamentável, consolando-nos quando podíamos com o pouco fumo que permanecia seco porque Luis (que não se chamava Luis, mas havíamos jurado que não nos lembraríamos de nossos nomes até chegar o dia) tivera a boa ideia de guardá-lo numa lata que abríamos com mais cuidado do que se estivesse cheia de escorpiões. Mas nada de fumo, nada de goles de rum naquela lancha do inferno, balançando por cinco dias como uma tartaruga bêbada, enfrentando um norte que a esbofeteava sem dó, e onda vai e onda vem, os baldes arrancando a pele de nossas mãos, eu com uma asma infernal e meio mundo passando mal, dobrando-se para vomitar como se fossem quebrar ao meio. Mesmo Luis, na segunda noite, uma bile verde que lhe roubou a vontade de rir, entre ali e o norte que não nos deixava ver o farol do Cabo Cruz, um desastre que ninguém havia imaginado; e chamar aquilo de expedição de desembarque até parecia motivo para continuar vomitando, só que de pura tristeza. Enfim, qualquer coisa, desde que fosse para largar a lancha, qualquer coisa, mesmo que fosse o que nos esperava em terra — mas que sabíamos que estava nos esperando e por isso não fazia tanta diferença —, o tempo que endireita justamente no pior momento e zás, o aviãozinho de reconhecimento, nada a fazer, vadear o pântano ou o que fosse, com água pelo meio das costelas procurando o abrigo das sujas pastagens, dos manguezais, e eu feito um idiota com meu vaporizador de adrenalina para poder seguir em frente, com Roberto levando meu Springfield para me ajudar a vadear melhor o pântano (se é que aquilo era um pântano, porque já ocorrera a muitos de nós que provavelmente havíamos seguido na direção errada e que em vez de terra firme havíamos feito a estupidez de nos enfiar em alguma ilha rasa coberta de lodo no meio do mar, a vinte milhas da ilha...); e tudo assim, mal pensado e pior dito, numa confusão contínua de atos e noções, numa mistura de alegria inexplicável e de raiva contra a maldita vida que estavam nos dando os aviões e o que nos esperava para os lados da estrada caso algum dia chegássemos, se estivéssemos num pântano da costa e não dando voltas como débeis mentais num circo de barro e total fracasso, para diversão do babuíno em seu palácio.

Ninguém mais se lembra de quanto aquilo durou, medíamos o tempo pelas falhas entre as pastagens, os trechos onde podiam nos metralhar em picada, a comoção que ouvi à minha esquerda, longe, e acho que foi de Roque (ele eu posso nomear, o pobre esqueleto entre as lianas e os sapos), pois dos planos já não restava mais que a meta final, chegar até a Sierra e juntar-nos a Luis caso ele também conseguisse chegar, o resto havia virado frangalhos com o norte, o desembarque improvisado, os pântanos. Mas sejamos justos: uma coisa se concretizava sincronicamente, o ataque dos aviões inimigos. Havia sido previsto e provocado: não falhou. E por isso, embora ainda doesse em meu rosto o uivo de Roque, minha maligna maneira de entender o mundo me ajudava a rir ao mesmo tempo (e agora me sufocava mais ainda, e Roberto levando meu Springfield para que eu pudesse inalar adrenalina com o nariz quase no nível da água, engolindo mais barro que outra coisa), porque se os aviões estavam ali então não era possível que tivéssemos errado de praia, no máximo havíamos feito um desvio de algumas milhas, mas a estrada devia estar além das pastagens, e depois a planície aberta e ao norte as primeiras colinas. Tinha sua graça o inimigo estar nos confirmando do ar o acerto do desembarque.

Durou sabe-se lá quanto tempo, e depois veio a noite e éramos seis embaixo de umas árvores mirradas, pela primeira vez em terreno quase seco, mascando fumo úmido e umas pobres bolachas. De Luis, de Pablo, de Lucas nenhuma notícia; dispersos, provavelmente mortos, em todo caso tão perdidos e molhados quanto nós. Mas eu gostava de sentir como, com o fim daquela jornada de batráquio, minhas ideias começavam a se organizar, e como a morte, mais provável que nunca, já não seria um tiro ao acaso em pleno pântano e sim uma operação dialética a seco, perfeitamente orquestrada pelas partes em jogo. Ao exército caberia vigiar a estrada, cercando os pântanos à espera de que aparecêssemos de dois em dois ou de três em três, exaustos devido ao barro e aos bichos e à fome. Agora eu via tudo com a maior clareza, estava outra vez com os pontos cardeais na ponta da língua, ria ao sentir-me tão vivo e tão lúcido no limiar do epílogo. Nada me dava mais prazer que provocar Roberto, recitando junto ao seu ouvido certos versos do velho Pancho que ele achava abomináveis. "Se pelo menos pudéssemos tirar o barro do corpo", queixava-se o Tenente. "Ou fumar de verdade" (alguém, mais à esquerda, já não sei quem, alguém que se perdera ao alvorecer). Organização da agonia: sentinelas, dormir em turnos, mascar fumo, sugar bolachas estufadas como esponjas. Ninguém mencionava Luis, o medo de que tivesse sido morto era o único inimigo real, porque a confirmação disso nos aniquilaria muito mais que a perseguição, a falta de armas ou as feridas nos pés. Sei que dormi um pouco enquanto Roberto vigiava, mas antes fiquei pensando que tudo o que havíamos feito ao longo daqueles dias era insensato demais para admitir assim de repente a possibilidade de que tivessem matado Luis. De algum modo a insensatez teria de prosseguir até o fim, que talvez fosse a vitória, e nesse jogo absurdo em que havíamos inclusive chegado ao escândalo de avisar o inimigo que desembarcaríamos não entrava a possibilidade de perder Luis. Acho que também pensei que se desse certo, se conseguíssemos juntar-nos novamente a Luis, só então começaria o jogo a sério, o resgate de tanto romantismo necessário e desenfreado e perigoso. Antes de adormecer tive uma espécie de visão: Luis ao lado de uma árvore, cercado por todos nós, levava lentamente a mão ao rosto e o retirava como se ele fosse uma máscara. Com o rosto na mão, Luis se aproximava de seu irmão Pablo, de mim, do Tenente, de Roque, pedindo-nos com um gesto que o aceitássemos, que o vestíssemos. Mas todos, um a um, iam se recusando, e eu também me recusei, sorrindo até às lágrimas, e então Luis tornou a vestir seu rosto e vi nele um cansaço infinito enquanto dava de ombros e puxava um charuto do bolso da guayabera. Profissionalmente falando, uma alucinação do meio-sono e da febre, facilmente interpretável. Mas se de fato houvessem matado Luis durante o desembarque, quem subiria agora à Sierra com seu rosto? Todos nos dedicaríamos a subir, mas ninguém com o rosto de Luis, ninguém que pudesse ou quisesse assumir o rosto de Luis. "Os diádocos", pensei, já quase dormindo. "Mas foi tudo para o diabo com os diádocos, como se sabe."

Mesmo isso que conto tendo acontecido há muito tempo, restam pedaços e momentos tão nítidos na memória que só é possível relatá-los no presente, como estar outra vez atirado de costas sobre a pastagem, ao lado da árvore que nos protege do céu aberto. Estamos na terceira noite, mas ao amanhecer desse dia cruzamos a estrada apesar dos jipes e da metralha. Agora é preciso esperar outro amanhecer porque mataram nosso guia e continuamos perdidos, será preciso encontrar algum morador local que nos conduza até onde a gente possa comprar alguma coisa para comer, e quando digo comprar quase caio na risada e sufoco outra vez, mas nesse aspecto assim como nos outros ninguém pensaria em desobedecer a Luis, e é preciso pagar pelo que comemos e antes explicar às pessoas quem somos e por que fazemos o que estamos fazendo. A cara de Roberto na cabana abandonada da colina, deixando cinco pesos debaixo de um prato em troca da pouca coisa que encontramos e que tinha gosto de céu, de comida do Ritz, se é que lá se come bem. Estou com tanta febre que a asma está passando, não há mal que não venha para o bem, mas penso outra vez na cara de Roberto deixando os cinco pesos na cabana vazia e tenho tamanho ataque de riso que sufoco outra vez e me amaldiçoo. Seria preciso dormir, Tinti está de guarda, os rapazes descansam uns encostados nos outros, eu me afastei um pouco porque tenho a impressão de que incomodo com a tosse e os assobios do peito, e além disso faço uma coisa que não deveria fazer, e é que duas ou três vezes por noite fabrico um anteparo de folhas e enfio a cabeça por trás e acendo devagarinho o charuto para me reconciliar um pouco com a vida.

No fundo a única coisa boa do dia foi não receber notícias de Luis, o resto é um desastre, dos oitenta que éramos mataram pelo menos cinquenta ou sessenta de nós; Javier foi um dos primeiros a cair, o Peruano perdeu um olho e agonizou por três horas sem que eu pudesse fazer nada, nem mesmo acabar com aquilo quando os outros não estivessem olhando. O dia inteiro receamos a chegada de algum mensageiro (houve três, com um risco tremendo, bem nas fuças do exército) com a notícia da morte de Luis. No fim é melhor não saber de nada, imaginá-lo vivo, poder continuar esperando. Friamente, peso as possibilidades e concluo que foi morto, todos sabemos como ele é, de que modo aquele delinquente é capaz de se expor num local aberto de pistola em punho e quem vier atrás que dê cobertura. Não, mas López com certeza tomou conta dele, ninguém como López para enganá-lo de vez em quando, quase como se ele fosse um menino, convencê-lo de que precisa fazer o oposto do que deseja fazer naquele momento. Mas e se o López... Inútil esquentar a cabeça, não há elementos para a menor hipótese, e além disso essa calma está esquisita, esse bem-estar deitado de costas como se tudo estivesse em ordem, como se tudo estivesse acontecendo (quase pensei "se consumando", teria sido idiota) de acordo com os planos. Deve ser a febre ou o cansaço, será que vão liquidar todos nós como sapos antes do amanhecer? Mas agora vale a pena tirar proveito desse respiro absurdo, deixar-se levar olhando o desenho formado pelos galhos da árvore contra o céu mais claro, com algumas estrelas, acompanhando de olhos entreabertos esse desenho casual dos ramos e das folhas, esses ritmos que se encontram, se encavalam e se separam, e às vezes se alteram de leve quando uma lufada de ar fervente passa por cima das copas, vindo do pântano. Penso em meu filho, mas ele está longe, a milhares de quilômetros, num país onde as pessoas ainda dormem em camas, e sua imagem me parece irreal, se desfia e se perde entre as folhas da árvore, e por outro lado me faz tão bem recordar um tema de Mozart que me acompanha desde sempre, o movimento inicial do quarteto *A caça*, a evocação do halali na mansa voz dos violinos, essa transposição de uma cerimônia selvagem para um claro gozo pensativo. Penso, respiro, cantarolo o movimento na memória, e sinto ao mesmo tempo como a melodia e o desenho da copa da árvore contra o céu vão se aproximando, travam amizade, se experimentam uma e outra vez até que o desenho se organiza de repente na presença visível da melodia, um ritmo que sai de um galho baixo, quase à altura de minha cabeça, sobe até certa altura e se abre como um leque de talos, enquanto o segundo violino é esse galho mais fino que se justapõe para confundir suas folhas num ponto situado à direita, lá pelo final da frase, e deixá-la chegar ao fim para que o olho desça pelo tronco e possa, se quiser, repetir a melodia. E tudo isso é também nossa rebelião, isso que estamos fazendo mesmo que Mozart e a árvore não tenham como saber disso, também nós à nossa maneira quisemos transpor uma guerra infame para uma ordem que lhe dê sentido, que a justifique e em última instância a conduza a uma vitória que seja como a restituição de uma melodia depois de tantos anos de ásperos cornos de caça, que seja esse allegro final que se sucede ao adágio como um encontro com a luz. Como Luis se divertiria se soubesse que neste momento o comparo a Mozart, vendo-o organizar pouco a pouco essa insensatez, elevá-la até sua razão primordial, que aniquila com sua evidência e sua desmedida todas as prudentes razões temporais. Mas que amarga, que desesperada tarefa a de ser um músico de homens, por sobre o barro e a metralha e o desalento urdir esse canto que imaginávamos impossível, o canto que vem travar amizade com a copa das árvores, com a terra devolvida a seus filhos. Sim, é a febre. E como Luis haveria de rir, embora pelo que me consta ele também goste de Mozart.

E assim acabarei adormecendo, mas não sem antes conseguir perguntar a mim mesmo se algum dia saberemos passar do movimento onde ainda ressoa o halali do caçador à conquistada plenitude do adágio e dali para o allegro final, que cantarolo para mim mesmo num fio de voz, se seremos capazes de chegar à reconciliação com tudo o que ainda estiver vivo diante de nós. Teríamos que ser como Luis, em lugar de segui-lo teríamos que ser como ele, deixar inapelavelmente para trás o ódio e a vingança, olhar para o inimigo como Luis olha para o inimigo, com uma implacável magnanimidade que tantas vezes suscitou em minha memória (mas como dizer isso a alguém?) uma imagem de pantocrator, um juiz que começa por ser o acusado e a testemunha e que não julga, que simplesmente separa as terras das águas para que no fim, algum dia, nasça uma pátria de homens num amanhecer trêmulo, às margens de um tempo mais limpo.

Mas não mais adágio, e sim com a primeira luz eles caíram em cima de nós por todos os lados, e foi preciso renunciar a continuar avançando para nordeste e entrar por uma área pouco conhecida, gastando o que restava de munição enquanto o Tenente, ao lado de um companheiro, crescia em força numa colina e dali segurava um pouco o adversário, dando tempo a Roberto e a mim de carregar Tinti ferido numa das coxas em busca de outro ponto mais protegido onde pudéssemos resistir até a noite. À noite eles nunca atacavam, mesmo munidos de sinalizadores e equipamentos elétricos, eram tomados por uma espécie de pavor de sentir-se menos protegidos pela quantidade e o esbanjamento de armas; mas ainda faltava quase o dia inteiro para chegar a noite e éramos apenas cinco contra aqueles rapazes tão valentes que nos perseguiam para fazer boa figura com o babuíno, sem contar os aviões que a todo momento atacavam as clareiras da floresta e estragavam um monte de palmeiras com suas rajadas.

Todos os fogos o fogo   479

Meia hora depois o Tenente cessou fogo e pôde reunir-se a nós, que íamos só um pouco à frente. Como ninguém pensava em abandonar Tinti, porque sabíamos muito bem qual era o destino dos prisioneiros, pensamos que ali, naquela ladeira e naqueles matagais, iríamos queimar nossos últimos cartuchos. Foi divertido constatar que os soldados atacavam não o ponto onde estávamos, mas uma elevação bem mais a leste, enganados por um erro da aviação, e na mesma hora tocamos morro acima por uma trilha dos demônios, até chegar, em duas horas, a uma elevação quase inteiramente despojada de vegetação, na qual um companheiro teve a sorte de descobrir uma caverna encoberta pela relva, onde nos instalamos resfolegantes depois de calcular uma possível retirada diretamente no rumo norte, de penhasco em penhasco, perigosa mas no rumo norte, no rumo da Sierra onde, se tudo desse certo, Luis já teria chegado.

Enquanto eu fazia um curativo em Tinti desmaiado, o Tenente me disse que pouco antes do ataque da tropa ouvira, ao amanhecer, uma descarga de armas automáticas e de pistolas na direção do poente. Podia ser Pablo com seus rapazes, ou quem sabe o próprio Luis. Tínhamos a razoável convicção de que nós, os sobreviventes, estávamos divididos em três grupos, e quem sabe o de Pablo não estivesse tão longe. O Tenente me perguntou se não valeria a pena tentar um contato ao cair da noite.

— Se você me faz essa pergunta é porque está se oferecendo para ir — falei. Havíamos acomodado Tinti numa cama de relva seca, na parte mais fresca da caverna, e fumávamos enquanto descansávamos. Os outros dois companheiros montavam guarda do lado de fora.

— É o que você imagina — disse o Tenente, me olhando com ar maroto. — Eu adoro esses passeios, garoto.

Prosseguimos assim durante algum tempo, trocando brincadeiras com Tinti, que começava a delirar, e quando o Tenente estava prestes a partir entrou Roberto com um serrano e um quarto de cabrito assado. Não conseguíamos acreditar, comemos como quem come um fantasma, até Tinti deu umas mordidinhas num pedaço que escapou dele duas horas depois, junto com a vida. O serrano vinha com a notícia da morte de Luis; nem por isso deixamos de comer, mas era muito sal para tão pouca carne: ele mesmo não vira Luis ser morto, embora o filho mais velho, que também havia se juntado a nós trazendo uma velha escopeta de caça, fizesse parte do grupo que ajudara Luis e mais cinco companheiros a vadear um rio embaixo de fogo, e tinha certeza de que Luis fora ferido quase ao sair da água e antes de poder chegar às primeiras árvores. Os serranos haviam escalado o morro, que conheciam como ninguém, trazendo junto com eles dois dos homens do grupo de Luis, que chegariam à noite com as armas que restavam e alguma munição.

480   *Reunião*

O Tenente acendeu outro charuto e saiu para organizar o acampamento e conhecer melhor os novatos; eu fiquei junto de Tinti, que definhava lentamente, quase sem dor. Ou seja, Luis havia morrido, o cabrito estava de lamber os beiços, naquela noite seríamos nove ou dez homens e teríamos munição para continuar lutando. Quanta novidade. Era como uma espécie de loucura fria que por um lado reforçava o presente com homens e alimentos, mas tudo isso para apagar o futuro com um golpe de mão, o motivo daquela insensatez que acabava de culminar com uma notícia e um sabor de cabrito assado. No escuro da caverna, fazendo meu charuto durar, senti que naquele momento não podia me dar ao luxo de aceitar a morte de Luis, que só teria condições de lidar com ela como mais um dado no plano de campanha, porque se Pablo também tivesse morrido o chefe era eu, por determinação de Luis, e isso o Tenente e todos os companheiros sabiam, e não era possível fazer outra coisa senão assumir o comando e chegar à Sierra e continuar em frente como se nada tivesse acontecido. Acho que fechei os olhos, e a lembrança de minha visão foi outra vez a visão propriamente dita, e por um segundo tive a sensação de que Luis se separava de seu rosto e o estendia para mim, enquanto eu protegia meu rosto com as duas mãos, dizendo: "Não, não, por favor, não, Luis", e quando abri os olhos o Tenente estava de volta, olhando para Tinti que respirava em estertores, e o ouvi dizer que dois rapazes da mata acabavam de unir-se a nós, uma boa notícia depois da outra, munição e batata-doce frita, estojo de remédios, a tropa perdida nas colinas a leste, uma fonte estupenda a cinquenta metros. Mas ele não me olhava nos olhos, mascava o charuto e parecia esperar que eu dissesse alguma coisa, que fosse eu o primeiro a voltar a mencionar Luis.

Depois há uma espécie de vazio confuso, o sangue escorreu de Tinti e ele de nós, os serranos se ofereceram para enterrá-lo, eu fiquei na caverna descansando embora a caverna cheirasse a vômito e a suor frio, e estranhamente comecei a pensar em meu melhor amigo de outros tempos, de antes desse corte em minha vida que me arrancara de meu país para me projetar a milhares de quilômetros de distância, para Luis, para o desembarque na ilha, para aquela caverna. Calculando a diferença de horário, imaginei que naquele momento, quarta-feira, ele estaria chegando a seu consultório, pendurando o chapéu no cabide, dando uma olhada na correspondência. Não se tratava de alucinação, bastava eu pensar naqueles anos em que havíamos vivido tão perto um do outro na cidade, partilhando a política, as mulheres e os livros, encontrando-nos diariamente no hospital; cada um dos gestos dele me era tão familiar, e aqueles gestos não eram apenas os dele, abarcavam todo o meu mundo da época, a mim mesmo, a minha mulher, a meu pai, abarcavam meu jornal com seus editoriais exagerados, meu

Todos os fogos o fogo   481

café ao meio-dia com os médicos de plantão, minhas leituras e meus filmes e meus ideais. Me perguntei o que meu amigo estaria pensando daquilo tudo, de Luis ou de mim, e foi como se visse a resposta delinear-se no rosto dele (mas nesse caso era a febre, seria preciso tomar quinino), um rosto à vontade consigo mesmo, empachado pela boa vida e as boas edições e a eficácia do bisturi qualificado. Não era preciso nem mesmo que ele abrisse a boca para me dizer eu acho que essa sua revolução não passa de... Não era absolutamente necessário, precisava ser assim, aquelas pessoas não podiam aceitar uma transformação que deixava a descoberto as verdadeiras razões de sua misericórdia fácil e com hora certa, de sua caridade regulamentada e a prestação, de sua bonomia entre iguais, de seu antirracismo de salão, mas como é possível a menina se casar com aquele mulato, tchê, de seu catolicismo com dividendos anuais e efemérides nas praças embandeiradas, de sua literatura de tapioca, de seu folclorismo em exemplares numerados e de sua cuia com virola de prata, de suas reuniões de chanceleres genuflexos, de sua estúpida agonia inevitável a curto ou a longo prazo (quinino, quinino, e outra vez a asma). Pobre amigo, me dava pena imaginá-lo defendendo como um idiota justamente os falsos valores que iam dar cabo dele ou, na melhor das hipóteses, dos filhos dele; defendendo o direito feudal à propriedade e à riqueza ilimitadas, ele que não possuía mais que seu consultório e uma casa bem-posta, defendendo os princípios da Igreja quando o catolicismo burguês de sua mulher só servira para obrigá-lo a procurar consolo nas amantes, defendendo uma suposta liberdade individual quando a polícia fechava as universidades e censurava as publicações, e defendendo, por medo, por horror à mudança, pelo ceticismo e pela desconfiança que eram os únicos deuses vivos em seu pobre país perdido. E nisso estava quando entrou o Tenente às carreiras gritando que Luis estava vivo, que acabavam de entrar em contato com o norte, que Luis estava mais vivo que a porra de sei lá o quê, que havia chegado ao alto da Sierra com cinquenta *guajiros* e todas as armas que haviam tomado de um batalhão de soldados emboscado numa baixada, e nos abraçamos como dois idiotas e dissemos aquelas coisas que depois, por muito tempo, dão raiva e vergonha e perfume, porque aquilo e comer cabrito assado e tocar em frente era a única coisa que fazia sentido, a única coisa que contava e crescia enquanto não criávamos coragem de olhar-nos nos olhos e acendíamos charutos com o mesmo tição, de olhos cravados atentamente no tição e secando as lágrimas que a fumaça nos forçava a derramar, condizentemente com suas conhecidas propriedades lacrimogêneas.

Não há mais grande coisa a contar; de manhãzinha um de nossos serranos conduziu o Tenente e Roberto até onde estavam Pablo e os três companheiros, e o Tenente carregou Pablo no colo porque os pés dele estavam destruídos pelo pantanal. Já éramos vinte, lembro-me de Pablo me abraçando com seu jeito rápido e expeditivo e me dizendo sem tirar o cigarro da boca: "Se Luis está vivo ainda podemos vencer", e eu enrolando seus pés em ataduras com a maior competência, e os rapazes gozando da cara dele porque parecia que ele estava estreando sapatos brancos e falando que ele ia levar uma bronca do irmão por causa daquele luxo despropositado. "Que venha a bronca!", brincava Pablo, fumando como um louco, "para dar uma bronca em alguém é preciso estar vivo, companheiro, e você já está sabendo que ele está vivo, vivinho da silva, mais vivo que um crocodilo, e vamos lá para cima agora mesmo, olha só essas ataduras, que luxo..." Mas não podia durar, com o sol veio o chumbo do alto e de baixo, com isso recebi um tiro na orelha que, se acerta dois centímetros mais perto, você, filho, que talvez um dia leia isso tudo, ficaria sem saber as encrencas em que seu velho andou se metendo. Com o sangue e a dor e o susto, as coisas ficaram estereoscópicas para mim, as imagens secas e em relevo, com um colorido que devia ser minha vontade de viver, e fora isso não havia problema comigo, um lenço bem amarrado e dá-lhe subir; para trás, porém, ficaram os serranos, e o subordinado de Pablo com a fuça transformada em peneira por uma bala calibre quarenta e cinco. Nessas horas tem besteiras que grudam em você para sempre; me lembro de um gordo, acho que também do grupo de Pablo, que no pior da refrega queria se proteger atrás de um pé de cana, ficava de perfil, se ajoelhava atrás do pé de cana, e principalmente me lembro daquele que começou a gritar que queria se render, e da voz que respondeu a seus gritos entre duas rajadas de Thompson, a voz do Tenente, um rugido por cima dos tiros, um "Aqui ninguém se rende, caralho!", até que o menorzinho dos serranos, tão calado e tímido até aquele momento, me avisou que havia uma trilha a cem metros dali, uma trilha que entrava à esquerda e que subia, e eu gritei a informação para o Tenente e disparei na frente com os serranos atrás atirando feito uns demônios, em pleno batismo de fogo e apreciando tanto que dava gosto ver, e no fim fomos nos reunindo ao lado de um ceibo, que era onde começava a trilha, e o serraninho enveredou pela trilha e nós atrás, eu com uma asma que não me deixava andar e o pescoço mais ensanguentado que um porco degolado, mas certo de que naquele dia também conseguiríamos escapar e, não sei por quê, mas para mim era evidente como um teorema que naquela mesma noite nos reuniríamos a Luis.

A gente nunca entende como teve a capacidade de deixar os perseguidores para trás, pouco a pouco o fogo vai rareando, ouvem-se as arquissabidas imprecações e "covardes, estão fugindo da briga", e então de repente o silêncio, as árvores que tornam a aparecer como coisas vivas e amigas, os acidentes do terreno, os feridos de quem é preciso cuidar, o cantil de água com um pouco de rum passando de boca em boca, os suspiros, um ou outro gemido, o descanso e o charuto, seguir em frente, subir o tempo todo nem que meus pulmões saiam pelas orelhas, e Pablo me dizendo, cara, esses que você fez são quarenta e dois e eu calço quarenta e três, compadre, e as risadas, o topo do morro, a cabaninha onde um paisano apareceu com um pouco de mandioca com molho e água bem fresca, e Roberto, perseverante e consciencioso, puxando seus quatro pesos para pagar o gasto, e todo mundo, a começar pelo paisano, rindo até cair, e o meio-dia convidando para aquela sesta que era preciso repelir como se deixássemos partir uma moça linda, olhando suas pernas enquanto desse para ver.

Quando anoiteceu, a trilha empinou e ficou mais árdua, e a gente gostando demais, pensando na posição escolhida por Luis para nos esperar, por ali não subiria nem um cervo. "Quando a gente chegar lá em cima vai ser como se estivéssemos na igreja", dizia Pablo a meu lado, "já temos até o órgão", e olhava para mim com ar de gozação enquanto eu bufava uma espécie de passacaglia da qual só ele achava graça. Não me lembro muito bem daquelas horas, estava anoitecendo quando chegamos ao último sentinela e passamos um depois do outro, identificando-nos e assumindo a responsabilidade pelos serranos, até finalmente sair numa clareira entre as árvores onde estava Luis, apoiado num tronco, naturalmente com seu boné de viseira interminável e de charuto na boca. Foi um enorme sacrifício ficar para trás, deixar Pablo correr e abraçar o irmão, depois esperei que o Tenente e os outros também avançassem para abraçá-lo, e aí larguei a maleta e o Springfield no chão e de mãos nos bolsos me aproximei e fiquei olhando para ele, sabendo o que ele ia me dizer, a brincadeira de sempre:

— Que coragem, usar esses *anteojos*... — disse Luis.

— E você esses *espejuelos*! — respondi, e nos dobramos de rir, e o queixo dele contra meu rosto fez doer pra caralho o tiro que eu havia levado, mas era uma dor que eu teria gostado de prolongar até o outro lado da vida.

— Então você chegou, *tchê* — disse Luis.

Claro que ele não sabia dizer "tchê" direito.

— *Qué tu crees?* — respondi, também desajeitado. E de novo nos dobramos de rir feito uns idiotas, e meio mundo ria sem saber por quê. Trouxeram água e as notícias, fizemos um círculo olhando para Luis, e só então nos demos conta de como ele havia emagrecido e de como brilhavam seus olhos por trás da porra dos *espejuelos*.

Mais embaixo a luta recomeçava, mas o acampamento estava temporariamente protegido. Pudemos atender os feridos, tomar banho na fonte, dormir, principalmente dormir, até mesmo Pablo, que tanto queria falar com o irmão. Mas como a asma é minha amante e me ensinou a tirar proveito da noite, fiquei com Luis, apoiado no tronco de uma árvore, fumando e olhando os desenhos das folhas contra o céu, contando um para o outro a intervalos o que havia acontecido conosco a partir do momento do desembarque, mas falamos principalmente do futuro, do que ia começar quando chegasse o dia em que tivéssemos que passar do fuzil ao escritório com telefones, da *sierra* à cidade, e me lembrei dos cornos de caça, e quase conto a Luis o que havia pensado naquela noite, só para fazê-lo rir. No fim não falei nada, mas sentia que estávamos entrando no adágio do quarteto, numa precária plenitude de poucas horas que ao mesmo tempo era uma certeza, um signo que não esqueceríamos. Quantos cornos de caça ainda estavam à espera, quantos de nós entregariam os ossos como Roque, como Tinti, como o Peruano. Mas bastava olhar para a copa da árvore para sentir que a determinação organizava outra vez seu caos, impunha-lhe o desenho do adágio que em algum momento desembocaria no allegro final, ingressaria numa realidade digna desse nome. E enquanto Luis ia me pondo a par das notícias internacionais e do que estava acontecendo na capital e nas províncias, eu via como as folhas e os galhos se dobravam pouco a pouco a meu desejo, eram minha melodia, a melodia de Luis, que continuava falando, alheio a minhas fantasias, e depois vi aparecer uma estrela no centro do desenho, e era uma estrela pequena e muito azul, e mesmo não entendendo coisa nenhuma de astronomia e sendo incapaz de dizer se aquilo era uma estrela ou um planeta, senti-me absolutamente seguro de que não se tratava de Marte nem de Mercúrio, ela brilhava demais no centro do adágio, demais no centro das palavras de Luis para que alguém pudesse confundi-la com Marte ou com Mercúrio.

A senhorita Cora

> *We'll send your love to college, all for a year or two*
> *And then perhaps in time the boy will do for you.*
> "The Trees that Grow So High"
> (canção folclórica inglesa)

Não entendo por que não me deixam passar a noite no hospital com o neném, ao fim e ao cabo sou mãe dele, e o dr. De Luisi nos recomendou pessoalmente ao diretor. Poderiam trazer um sofá-cama e eu ficaria com ele para que vá se acostumando, chegou tão pálido, coitadinho, como se fossem operá-lo em seguida, acho que é esse cheiro de hospital, o pai dele também estava nervoso e não via a hora de ir embora, mas eu tinha certeza de que iam me deixar ficar com o neném. Afinal ele tem só quinze anos e ninguém diria, sempre grudado em mim, apesar de que agora, de calça comprida, fique querendo disfarçar e se fazer de homem adulto. Ele deve ter ficado muito impressionado quando se deu conta de que não estavam me deixando ficar, menos mal que o pai conversou com ele, mandou-o vestir o pijama e se deitar na cama. E tudo por causa daquela pirralha da enfermeira, me pergunto se ela de fato tem ordens dos médicos ou se faz as coisas de pura maldade. Mas bem que eu falei, bem que perguntei se ela tinha certeza de que eu precisava ir embora. Basta olhar para ela para perceber quem é, com aqueles ares de vampira e aquela bata ajustada, uma porcaria de uma menina que acha que é a diretora do hospital. Mas a verdade é que não deixei de graça para ela, falei o que eu estava achando, e isso que o neném não sabia onde se enfiar de vergonha e o pai fazendo ares de desentendido, e para completar tenho certeza de que ele estava olhando para as pernas dela, como de costume. A única coisa que me consola é que o ambiente é bom, dá para perceber que é um hospital para gente endinheirada; o neném tem uma lâmpada de cabeceira lindona para ler suas revistas, e por sorte o pai se lembrou de trazer balas de hortelã, que são as preferidas dele. Mas amanhã de manhã, juro, a primeira coisa que eu faço é falar com o dr. De Luisi para que ele ponha aquela pirralha metida a besta no lugar. Precisa ver se o neném vai ficar bem agasalhado com o cobertor, por via das dúvidas vou pedir que deixem outro à mão. Mas sim, claro que estou agasalhado, ainda bem que foram embora, mamãe acha que eu sou um menino e me faz fazer cada papelão. É lógico que a enfermeira vai achar que não sou capaz de pedir por mim mesmo o que preciso, me olhou de um jeito quando mamãe começou a reclamar... Está bem, se ela não pode ficar comigo o que é que se vai fazer, tenho a impressão de que já estou bem grandinho para passar a noite sozinho. E nesta cama deve-se dormir bem, a esta hora já não se ouve nenhum barulho, às vezes ao longe o zumbido do elevador, que me faz lembrar daquele filme de terror que também se passava num hospital, à meia-noite a porta ia se abrindo devagarinho e a mulher paralítica que estava na cama via o homem da máscara branca entrar...

A enfermeira é bem simpática, voltou às seis e meia com uns papéis e ficou perguntando meu nome completo, idade, essas coisas. Eu guardei a revista na mesma hora porque seria melhor que eu estivesse lendo um livro de verdade e não uma fotonovela, e acho que ela percebeu mas não falou nada, com toda a certeza ainda estava zangada pelas coisas que mamãe falou, decerto achando que eu era igual a ela e que ia sair dando ordens ou

486   *A senhorita Cora*

algo assim. Perguntou se meu apêndice estava doendo, falei que não, que esta noite estava me sentindo muito bem. "Vamos ver o pulso", ela disse, e depois de medir meu pulso anotou mais alguma coisa na planilha, que pendurou no pé da cama. "Fome?", ela perguntou, e acho que fiquei vermelho porque me surpreendeu o jeito como ela falou comigo, como se me conhecesse, ela é tão jovem que fiquei impressionado. Eu disse que não, mesmo sendo mentira, porque nessa hora eu sempre sinto fome. "Esta noite você vai fazer uma refeição bem leve", ela disse, e quando me dei conta ela já havia confiscado o pacote de balas de hortelã e estava saindo. Não sei se comecei a dizer alguma coisa, acho que não. Me dava uma raiva ela fazer aquilo comigo como se eu fosse criança, era só me dizer que não era para eu comer balas, mas confiscar... Com certeza tinha ficado furiosa com o assunto da mamãe e estava descontando em mim, de puro ressentimento; sei lá, depois que ela saiu minha irritação desapareceu de repente, eu queria continuar com raiva dela mas não conseguia. Que jovem ela é, aposto que não tem nem dezenove anos, deve ter se formado em enfermagem há pouquíssimo tempo. Quem sabe vem me trazer o jantar; vou perguntar o nome dela, se vai ser minha enfermeira preciso que ela tenha um nome. Só que apareceu outra, uma senhora muito amável vestida de azul que me trouxe um caldo e biscoitos e me fez tomar uns comprimidos verdes. Ela também perguntou meu nome e como eu estava me sentindo, e me disse que neste quarto eu ia dormir tranquilo porque era um dos melhores do hospital, e é verdade, porque dormi até quase oito horas, até ser acordado por uma enfermeira miudinha e enrugada como um macaco mas muito amável, que me disse que eu podia me levantar e me lavar mas antes me entregou um termômetro e me disse para colocá-lo como fazem nesses hospitais, e eu não entendi porque lá em casa é debaixo do braço que se põe, aí ela me explicou e saiu. Pouco depois chegou mamãe e que alegria encontrar você tão bem, eu que estava com medo de que ele tivesse passado a noite em claro, coitadinho do meu querido, mas criança é assim, dão o maior trabalho em casa e depois dormem como anjinhos mesmo estando longe da mamãe que não pregou o olho, coitada. O dr. De Luisi entrou para dar uma olhada no neném e eu saí por um momento porque ele já está grandinho, e eu teria adorado encontrar a enfermeira de ontem para olhar bem na cara dela e botá-la em seu lugar simplesmente olhando para ela de cima a baixo, mas não havia ninguém no corredor. Pouco depois saiu o dr. De Luisi e me disse que iam operar o neném na manhã seguinte, que ele estava muito bem e nas melhores condições para a cirurgia, na idade dele uma apendicite é besteira. Agradeci muito e aproveitei para dizer a ele que a impertinência da enfermeira da tarde havia chamado minha atenção, que só estava falando porque não queria que meu filho deixasse de receber a atenção necessária. Depois entrei no quarto para fazer companhia ao neném que estava lendo suas revistas e já sabia que ia ser operado no dia seguinte. Como se fosse o fim do mundo, a coitada me olha de um jeito, mas eu não vou morrer, mamãe, faça-me o favor. Cacho operou o apêndice no hospital e seis dias depois já estava querendo jogar futebol. Pode ir embora tranquila que eu estou muito bem e não me falta nada. Isso, mamãe, isso, dez minutos querendo saber se me dói aqui ou ali, ainda bem que ela precisa tomar conta da minha irmã lá em casa, no fim foi embora e eu pude terminar a fotonovela que havia começado ontem à noite.

A enfermeira da tarde se chama srta. Cora, perguntei à enfermeira miudinha quando ela veio me trazer o almoço; me deram bem pouca comida, e de novo comprimidos verdes e umas gotas com gosto de hortelã; acho que as gotas são para dormir, porque as revistas caíam da minha mão e de repente eu estava sonhando com a escola e que íamos a um piquenique com as meninas do normal como no ano passado e dançávamos à beira da piscina, muito divertido. Acordei lá pelas quatro e meia e comecei a pensar na cirurgia, não que esteja com medo, o dr. De Luisi disse que não é nada, mas deve ser estranho tomar anestesia e te cortarem enquanto você dorme, Cacho dizia que o pior é acordar, que dói muito e que você pode vomitar e ter febre. O menininho da mamãe não está mais tão valente quanto estava ontem, dá para perceber pelo jeito dele que está com um pouco de medo, é tão menino que quase fico com pena. Deu um pulo e se sentou na cama quando me viu entrar e escondeu a revista debaixo do travesseiro. O quarto estava um pouco frio e fui aumentar a calefação, depois peguei o termômetro e entreguei a ele. "Você sabe pôr?", perguntei, e as bochechas dele ficaram tão vermelhas que parecia que iam estourar. Fez que sim com a cabeça e se estendeu na cama enquanto eu baixava as persianas e acendia a lâmpada. Quando me aproximei para que me devolvesse o termômetro, continuava tão vermelho que quase soltei uma risada, mas com os garotos dessa idade sempre acontece isso, eles têm dificuldade para se acostumar com essas coisas. E para piorar ela fica me encarando, por que não consigo aguentar seu olhar se no fim das contas ela é só uma mulher, quando tirei o termômetro de debaixo das cobertas e lhe entreguei, ela estava olhando para mim e acho que com um sorrisinho, deve perceber como eu fico vermelho, é uma coisa que não consigo evitar, é mais forte que eu. Depois anotou a temperatura no papel pendurado no pé da cama e saiu sem falar nada. Quase não consigo mais me lembrar do que falei com papai e mamãe quando eles vieram me visitar às seis horas. Ficaram pouco porque a srta. Cora disse a eles que era preciso fazer meu preparo e que era melhor eu ficar bem tranquilo na noite anterior. Achei que mamãe ia soltar uma das suas, mas depois ela simplesmente olhou para a srta. Cora de cima a baixo, e papai também, mas eu conheço os olhares do velho, é uma coisa muito diferente. Bem na hora em que ela estava saindo, ouvi mamãe dizer à srta. Cora: "Vou lhe pedir que cuide bem dele, é um menino que sempre esteve muito cercado pela família", ou alguma idiotice do tipo, e me deu vontade de morrer de ódio, nem cheguei a escutar o que a srta. Cora respondeu, mas tenho certeza de que não gostou, vai ver que está achando que fiz alguma reclamação dela ou algo assim.

Voltou lá pelas seis e meia com uma mesinha dessas de rodas, cheia de vidros e algodões, e não sei por que de repente fiquei com um pouco de medo, na verdade não era medo mas comecei a olhar as coisas da mesinha, todo tipo de vidro, azuis ou vermelhos, recipientes com gaze e também pinças e tubos de borracha, o coitado devia estar começando a ficar assustado sem mamãe por perto, mamãe que parece um papagaio endomingado, vou lhe pedir que cuide bem do menino, olhe que já falei com o dr. De Luisi, mas claro, senhora, vamos cuidar dele como se ele fosse um príncipe. Seu menino é bonito, senhora, com essas bochechas que ficam coradas assim que ele me vê entrar. Quando puxei suas cobertas, ele fez um gesto que dava a impressão de que queria se cobrir outra vez, e acho que percebeu que eu estava achando graça de tanto pudor. "Vamos ver, baixe a calça do pijama", falei sem encará-lo. "A calça?", perguntou, com uma voz que quebrou e desafinou. "É, claro, a calça", repeti, e ele começou a desamarrar a cordinha da cintura e a se desabotoar com uns dedos que não obedeciam. Eu mesma tive que baixar a calça dele até a metade das coxas, e ele era como eu havia imaginado. "Você já está crescidinho", falei, preparando o pincel e o sabão, embora na verdade pouco houvesse a raspar. "Como é que te chamam em casa?", perguntei enquanto o ensaboava. "Meu nome é Pablo", ele respondeu, numa voz que dava pena, de tanta vergonha. "Mas você deve ter algum apelido", insisti, e foi ainda pior porque tive a sensação de que ele ia começar a chorar enquanto eu raspava os poucos pelinhos que encontrei. "Quer dizer então que você não tem nenhum apelido? É só o neném, claro." Acabei de raspá-lo e fiz um sinal para que se cobrisse, mas ele se adiantou e num segundo estava coberto até o pescoço. "Pablo é um nome bonito", falei, para consolá-lo um pouco; quase me dava pena vê-lo tão envergonhado, era a primeira vez que eu atendia um rapazinho tão jovem e tão tímido, mas algo nele continuava me irritando, vai ver que vinha da mãe, algo mais forte que a idade dele, uma coisa de que eu não gostava, e até me incomodava ele ser tão bonito e tão bem-feito para sua idade, um pirralho que já devia se achar um homem e que na primeira oportunidade seria capaz de me passar uma cantada.

Todos os fogos o fogo   489

Fiquei de olhos fechados, era o único jeito de escapar um pouco daquilo tudo, mas não adiantou nada porque justo naquele momento ela continuou: "Quer dizer então que você não tem nenhum apelido? Você é só o neném, claro", e eu fiquei com vontade de morrer, ou de agarrá-la pela garganta e estrangulá-la, e quando abri os olhos vi seu cabelo castanho quase encostando no meu rosto porque ela havia se abaixado para limpar um resto de sabão, e o cabelo tinha cheiro de xampu de amêndoa como o que a professora de desenho usa, ou de algum desses perfumes, e fiquei sem saber o que dizer e a única coisa que me veio à cabeça foi perguntar: "Seu nome é Cora, não é mesmo?". Ela me olhou com ar de troça, com aqueles olhos que já me conheciam e que haviam me visto de tudo quanto é lado, e disse: "Senhorita Cora". Falou isso para me castigar, eu sei, assim como antes dissera: "Você já está crescidinho", só para gozar da minha cara. Embora me desse raiva aquilo de ficar com o rosto vermelho, uma coisa que nunca consigo disfarçar e que é o pior que pode me acontecer, mesmo assim consegui dizer: "A senhora é tão jovem que... Bom, Cora é um nome muito bonito". Não era isso que eu queria lhe dizer, era outra coisa, e tenho a impressão de que ela percebeu e ficou incomodada, agora tenho certeza de que ela está ressentida por causa de mamãe, eu só estava querendo dizer que ela era tão jovem que eu gostaria de poder chamá-la de Cora, só Cora, sem o senhorita, mas como ia lhe dizer isso naquele momento em que ela havia ficado brava e já ia saindo com a mesinha de rodas e eu com uma vontade de chorar, essa é outra coisa que não consigo evitar, de repente minha voz desafina e vejo tudo nublado, exatamente quando teria necessidade de estar mais calmo para dizer o que estou pensando. Ela ia sair, mas quando chegou à porta ficou parada um momento como se quisesse verificar se havia esquecido alguma coisa, e eu querendo dizer a ela o que estava pensando mas sem encontrar as palavras, e a única coisa que me ocorreu foi apontar a xícara com o sabão, ele havia se sentado na cama e depois de um pigarro disse: "A senhora está se esquecendo da xícara com o sabão", muito sério e com um tom de homem adulto. Voltei para buscar a xícara e um pouco para que ele se acalmasse passei a mão pelo rosto dele. "Não se preocupe, Pablito", falei. "Tudo vai dar certo, é uma cirurgia de nada." Quando eu o toquei ele inclinou a cabeça para trás como se estivesse ofendido, depois deslizou o corpo até esconder a boca na borda das cobertas. Dali, com voz abafada, perguntou: "Posso chamar você de Cora, não posso?". Sou boa demais, quase fiquei com pena quando vi tanta vergonha tentando, ao mesmo tempo, revidar, mas sabia que não era o caso de ceder porque depois teria dificuldade para dominá-lo, e quando você não consegue dominar um doente acontece o de sempre, as encrencas de María Luísa no quarto 14 ou as broncas do dr. De Luisi, que

490   *A senhorita Cora*

tem um olfato de perdigueiro para esse tipo de coisa. "Senhorita Cora", ela me disse, apanhando a xícara e saindo. Me deu uma raiva, uma vontade de bater nela, de saltar da cama e derrubá-la a empurrões, ou de... Não consigo nem entender como foi que consegui dizer: "Se eu estivesse bem de saúde, acho que a senhora ia me tratar de outra maneira". Ela fingiu que não tinha ouvido, nem sequer virou a cabeça, e eu fiquei sozinho, sem vontade de ler, sem vontade de nada, no fundo teria preferido que ela tivesse ficado brava para poder pedir desculpas, porque na realidade não era aquilo que eu havia pensado em lhe dizer, minha garganta estava tão fechada que não sei como as palavras saíram, havia dito aquilo de pura raiva, mas não era isso, quer dizer, era, só que de outro jeito.

É verdade, são todos iguais, é só fazer um carinho, dizer uma frase amável que o machinho entra em cena, não querem reconhecer que ainda são uns pirralhos. Essa eu preciso contar ao Marcial, ele vai achar a maior graça, e amanhã com o menino na mesa de operações vai achar mais graça ainda, tão delicado, coitadinho, com aquela carinha ruborizada, maldito calor que me sobe pela pele, que será que eu posso fazer para que não me aconteça isso, quem sabe respirando fundo antes de falar, sei lá. Ela deve ter saído furiosa, tenho certeza de que ouviu muito bem, não sei como eu fui dizer aquilo, acho que quando eu perguntei se podia chamá-la de Cora ela não ficou brava, falou que eu precisava dizer senhorita porque é a obrigação dela, mas não estava brava, a prova é que veio fazer um carinho no meu rosto; mas não, isso foi antes, primeiro ela me fez um carinho e depois eu falei no assunto Cora e estraguei tudo. Agora a gente está pior do que antes e não vou conseguir dormir nem que me deem um tubo de comprimidos. Minha barriga dói de vez em quando, é estranho passar a mão e sentir a pele tão lisa, o pior é que me lembro de tudo de novo e também do perfume de amêndoa, da voz de Cora, a voz dela é muito séria para uma garota tão jovem, tão bonita, uma voz que parece de cantora de bolero, uma coisa que acaricia mesmo estando brava. Quando ouvi passos no corredor me deitei completamente e fechei os olhos, não queria vê-la, não estava com vontade de vê-la, era melhor que me deixasse em paz, ouvi quando ela entrou e acendeu a luz do teto, estava fingindo que dormia como um anjinho, com uma das mãos cobrindo o rosto, e não abriu os olhos enquanto não cheguei perto da cama. Quando viu o que eu tinha na mão ficou tão vermelho que me deu pena de novo, também achei um pouco engraçado, realmente ele era muito idiota. "Vamos ver, filhinho, baixe a calça e vire para o outro lado", e o coitado quase esperneando, do jeito que devia fazer com a mãe lá pelos cinco anos, imagino, dizendo que não vai chorar e se enfiando debaixo das cobertas para uivar, mas o coitado não podia fazer nada disso agora, sim-

Todos os fogos o fogo   491

plesmente ficou de olhos fixos no irrigador e depois em mim, que estava à espera, e de repente se virou e começou a mexer as mãos debaixo das cobertas, mas não atinava com coisa nenhuma, enquanto eu pendurava o irrigador na cabeceira, o único jeito foi descer as cobertas e mandá-lo erguer um pouco o traseiro para eu puxar melhor a calça e pôr uma toalha por baixo. "Vamos ver, dobre um pouco as pernas, assim está bem, se vire mais um pouco de barriga para baixo, estou falando para você se virar mais um pouco de barriga para baixo, isso." Tão calado que era quase como se estivesse gritando, de um lado eu achava graça em estar olhando para o cuzinho do meu jovem admirador, só que uma vez mais me dava um pouco de pena dele, era realmente como se eu o estivesse castigando pelo que havia me dito. "Avise se estiver muito quente", expliquei, mas ele não respondeu nada, devia estar mordendo um dos punhos e eu não queria ver sua cara, por isso me sentei na beira da cama e fiquei esperando ele falar alguma coisa, mas embora fosse muito líquido ele aguentou até o fim sem dizer nada, e quando terminou eu falei, e isso sim eu falei para me vingar do que havia acontecido antes: "Assim que eu gosto, um verdadeiro homenzinho", e cobri-o enquanto o aconselhava a se controlar durante o máximo de tempo possível antes de ir ao banheiro. "Quer que eu apague a luz ou deixo acesa até você levantar?", ela perguntou da porta. Não sei como consegui dizer que dava no mesmo, uma coisa assim, e ouvi o barulho da porta se fechando e então cobri a cabeça com as cobertas e fazer o quê, apesar das cólicas mordi as duas mãos e chorei tanto que ninguém, ninguém é capaz de imaginar o tanto que eu chorei enquanto a amaldiçoava e insultava e lhe cravava uma faca no peito cinco, dez, vinte vezes, amaldiçoando-a a cada vez e gozando com o tanto que ela sofria e me suplicava que eu a perdoasse pelo que havia feito comigo.

É o de sempre, tchê, Suárez, a gente corta e abre e numa dessas tem aquela surpresa. Claro que com essa idade o garoto tem todas as chances a favor dele, mas mesmo assim vou ser claro com o pai, não quero correr o risco de me meter em encrenca. O mais provável é que haja uma reação positiva, mas ali tem alguma coisa que não funciona direito, pense no que aconteceu no começo da anestesia: parece mentira, um garoto da idade dele. Fui ver como ele estava duas horas depois e achei que estava bastante bem, quando se pensa no tempo que durou a coisa. Quando o dr. De Luisi entrou eu estava secando a boca do coitado, ele não parava de vomitar e continuava sob o efeito da anestesia, mas o doutor o auscultou mesmo assim e me pediu para não sair do lado do garoto enquanto ele não acordasse completamente. Os pais continuam no outro quarto, dá para perceber que a boa senhora não está acostumada com essas coisas, de repente ela perdeu a pose e o pai está que é um trapo. Vamos, Pablito, vomite se tem vontade e reclame à vontade, estou aqui, isso, claro que estou aqui, o coitado continua dormindo mas segura minha mão como quem está se afogando. Deve achar que eu sou a mamãe, todos acham isso, é monótono. Vamos, Pablo, não se mexa desse jeito, pare quieto senão dói mais, não, deixe as mãos quietas, aí você não pode pôr a mão. Coitado, está com dificuldade para sair da anestesia, Marcial me disse que a cirurgia havia sido muito longa. É estranho, devem ter encontrado alguma complicação: às vezes o apêndice não está tão à vista, hoje à noite pergunto ao Marcial. Mas claro, filhinho, estou aqui, reclame à vontade mas não se mexa tanto, vou molhar seus lábios com este pedacinho de gelo numa gaze, assim a sede vai passando. Isso, querido, vomite mais, alivie-se o tanto que quiser. Que força você tem nessas mãos, vou ficar toda roxa, isso, isso, chore se tem vontade, chore, Pablito, isso alivia, chore e reclame, afinal você está tão adormecido e acha que sou sua mãe. Você é bem bonito, sabe, com esse nariz um pouco sardento e essas pestanas como cortinas, parece mais velho, agora que está tão pálido. Do jeito que você está, nada te faria ficar vermelho, não é mesmo, meu coitadinho? Está doendo, mamãe, está doendo aqui, me deixe tirar esse peso que puseram em cima de mim, estou com alguma coisa na barriga, uma coisa tão pesada, e dói, mamãe, diga para a enfermeira tirar isso de cima de mim. Claro, filhinho, já vai passar, fique um pouco quieto, por que você tem essa força toda, vou precisar chamar María Luisa para que ela me ajude. Vamos, Pablo, vou ficar zangada se você não parar quieto, a dor vai piorar muito, se você continuar se mexendo desse jeito. Ah, parece que você está começando a atinar, está doendo aqui, srta. Cora, está doendo tanto aqui, faça alguma coisa por favor, está doendo tanto aqui, solte minhas mãos, não aguento mais, srta. Cora, não aguento mais.

Menos mau que ele adormeceu, coitado do meu querido, a enfermeira veio me chamar às duas e meia e me disse para ficar um pouco com ele, que já estava melhor, mas estou achando ele tão pálido, deve ter perdido tanto sangue, menos mau que o dr. De Luisi disse que tudo havia ido bem. A enfermeira estava cansada de lutar com ele, não entendo por que ela não me fez entrar antes, aqui o pessoal é muito rigoroso. Já está quase noite e o neném dormiu o tempo todo, dá para perceber que está esgotado, mas tenho a impressão de que o aspecto está melhor, que ganhou um pouco de cor. Ainda geme de vez em quando mas parou de tentar pôr a mão no curativo e respira tranquilo, acho que vai passar bem a noite. Como se eu não soubesse o que preciso fazer, mas era inevitável; assim que superou o primeiro susto, a boa senhora veio de novo com seus desplantes de patroa, por favor, não quero que falte nada ao neném esta noite, senhorita. E isso que tenho pena de você, sua velha estúpida, senão você ia ver como eu a tratava. Conheço esse tipo, acham que com uma boa gorjeta no último dia resolvem tudo. E às vezes a gorjeta nem é boa, mas para que continuar pensando, ela já se mandou e está tudo em paz. Marcial, fique mais um pouco, você não vê que o garoto está dormindo, me conte o que aconteceu esta manhã. Bom, se está com pressa a gente deixa para depois. Não, lembre que a María Luisa pode entrar, aqui não, Marcial. Claro, o senhor é muito metido, já falei que não quero que me beije quando estou trabalhando, não fica bem. Até parece que a gente não tem a noite inteira para se beijar, seu bobo. Vá embora. Saia, estou dizendo, senão me zango. Seu bobo, seu jaburu. Isso, querido, até logo. Claro que sim. Muitíssimo.

Está muito escuro, mas é melhor, não tenho nem vontade de abrir os olhos. Não está doendo quase nada, que bom ficar assim respirando devagar, sem aquele enjoo. Tudo está tão quieto, agora me lembro de que vi mamãe, ela me disse sei lá o quê, eu estava me sentindo tão mal. O velho eu mal vi, estava parado junto ao pé da cama e piscou o olho para mim, coitado, não muda. Sinto um pouco de frio, queria outro cobertor. Senhorita Cora, eu queria outro cobertor. Mas ela estava ali, assim que abri os olhos a vi sentada ao lado da janela lendo uma revista. Se aproximou na mesma hora e me cobriu, quase não precisei falar nada porque ela percebeu na hora. Agora estou me lembrando, acho que hoje à tarde eu ficava achando que ela era mamãe e ela me acalmava, ou vai ver que foi tudo sonho. Foi tudo sonho, srta. Cora? A senhora segurava minhas mãos, não é mesmo? Eu dizia tanta besteira, mas é que estava doendo muito, e o enjoo... Me desculpe, não deve ser fácil ser enfermeira. É, a senhora ri mas eu sei, vai ver que sujei a senhora e tudo. Está bem, vou parar de falar. Estou tão bem assim, já não sinto frio. Não, não está doendo muito, só um pouquinho. Está tarde, srta. Cora? Shhh, agora fique quietinho, eu já lhe disse que não é para falar muito, alegre-se por não estar doendo e fique bem quieto. Não, não está tarde, são só sete horas. Feche os olhos e durma. Isso. Agora durma.

Sim, eu gostaria, mas não é tão fácil. Às vezes tenho a impressão de que vou adormecer, mas de repente sinto uma fisgada na ferida e tudo gira na minha cabeça e tenho que abrir os olhos e olhar para ela, ela está sentada ao lado da janela e acendeu o abajur para ler sem que a luz me incomode. Por que será que ela passa o tempo todo aqui no quarto? O cabelo dela é lindo, brilha quando ela mexe a cabeça. E é tão jovem, pensar que hoje achei que ela era mamãe, inacreditável. Vá saber as coisas que eu falei para ela, ela deve ter rido de mim de novo. Mas ficava passando gelo na minha boca, aquilo me dava tanto alívio, agora me lembro, passou água-de-colônia na minha testa e no meu cabelo e segurava minhas mãos para que eu não arrancasse o curativo. Já não está zangada comigo, vai ver que mamãe pediu desculpas ou algo assim, estava me olhando de outro jeito quando me disse: "Feche os olhos e durma". Eu gosto que ela me olhe assim, parece mentira o que aconteceu no primeiro dia, quando ela confiscou minhas balas. Eu gostaria de lhe dizer que ela é muito linda, que não tenho nada contra ela, ao contrário, que gosto que seja ela quem cuida de mim à noite e não a enfermeira miudinha. Eu gostaria que ela passasse água-de-colônia no meu cabelo de novo. Gostaria que me pedisse desculpas com um sorriso, que me dissesse que posso chamá-la de Cora.

Passou um bom tempo adormecido, às oito imaginei que o dr. De Luisi não ia demorar e acordei-o para medir sua temperatura. Estava com melhor aspecto, dormir lhe fizera bem. Assim que viu o termômetro, tirou uma das mãos para fora das cobertas, mas falei para ele ficar quieto. Não queria olhá-lo nos olhos para que não sofresse, mas mesmo assim ele ficou vermelho e começou a dizer que podia muito bem pôr o termômetro sozinho. Não o atendi, claro, mas o coitado estava tão tenso que não tive saída senão dizer: "Vamos, Pablo, você já é um homenzinho, não vai ficar desse jeito todas as vezes, não é mesmo?". É o de sempre, com a fraqueza ele não conseguiu segurar as lágrimas; fingindo que eu não estava percebendo, anotei a temperatura e fui preparar a injeção. Quando ela voltou eu havia enxugado os olhos com o lençol e estava com tanta raiva de mim mesmo que teria dado qualquer coisa para poder falar, dizer a ela que tanto fazia, que na realidade tanto fazia mas que eu não conseguia evitar. "Isso não dói nada", disse ela de seringa na mão. "É para você dormir bem a noite inteira." Me descobriu e de novo senti que o sangue me subia ao rosto, mas ela sorriu um pouco e começou a esfregar minha coxa com um algodão molhado. "Não dói nada", falei, porque precisava dizer alguma coisa, não era possível que eu ficasse daquele jeito enquanto ela estava olhando para mim. "Está vendo?", disse ela, puxando a agulha e me esfregando com o algodão. "Está vendo como não dói nada? Não é para você sentir nenhuma dor, Pablito." Me cobriu e passou a mão pelo meu rosto. Eu fechei os olhos e gostaria de estar morto e que ela passasse a mão pelo meu rosto, chorando.

Nunca entendi Cora direito, mas aquela vez passou da conta. Na verdade não me incomodo com o fato de não entender as mulheres. A única coisa que interessa é elas gostarem da gente. Se estão nervosas, se encontram problema em tudo quanto é besteira, tudo bem, menina, não se preocupe, dê um beijo e está tudo certo. Dá para ver que ela ainda está muito verdinha, vai precisar de um bom tempo para aprender a viver nessa maldita profissão, ontem à noite a coitada apareceu com uma cara esquisita e precisei de meia hora para fazê-la esquecer aquelas bobagens. Ela ainda não descobriu como fazer para lidar com alguns pacientes. Já aconteceu antes com a velha do 22, mas eu achava que de lá para cá ela havia aprendido alguma coisa, e agora está de novo com dor de cabeça por causa do tal garoto. Ficamos tomando mate no meu quarto lá pelas duas da manhã, depois ela foi dar a injeção do menino e quando voltou estava de mau humor, não queria nada comigo. Ela fica bonita com aquela carinha de brava, de tristinha, pouco a pouco fui fazendo que ela mudasse, no fim começou a rir e me contou, nessa hora gosto tanto de tirar a roupa dela e sentir como treme um pouco, parece que está com frio. Já deve ser bem tarde, Marcial. Ah, então posso ficar mais um pouco, a outra injeção é só às cinco e meia, a galeguinha só chega às seis. Desculpe, Marcial, sou uma boba, não sei por que tanta preocupação com aquele pirralho, afinal de contas ele está estável, mas de vez em quando fico com pena, nessa idade eles são tão bobos, tão orgulhosos, se eu pudesse pedia ao dr. Suárez para me trocar, tem dois operados no segundo andar, pessoas adultas, a gente pergunta tranquilamente se já evacuaram, entrega a comadre, limpa quando é preciso, tudo isso conversando o tempo todo sobre política, é um ir e vir de coisas naturais, cada um na sua, Marcial, não como no caso do garoto, entende? Certo, é claro que é preciso se acostumar com tudo, quantas vezes ainda vou cuidar de garotos dessa idade, é questão de técnica, como você diz. Sim, querido, claro. Mas é que tudo começou mal por causa da mãe, aquilo não ficou esquecido, sabe, desde o primeiro minuto houve uma espécie de mal-entendido, e o garoto tem seu orgulho e fica magoado, principalmente porque no começo ele não se dava conta de tudo o que estava por vir e quis se fazer de adulto, olhar para mim como se fosse você, como um homem. Agora já não posso nem lhe perguntar se está com vontade de fazer xixi, o problema é que ele seria capaz de se segurar a noite inteira se eu ficasse no quarto. Quando eu me lembro me dá vontade de rir, ele querendo dizer que sim e sem coragem de dizer, então me irritei com aquela besteira toda e o obriguei a fazer, para que aprendesse a fazer xixi sem se mexer, bem estendido de costas. Ele sempre fecha os olhos nesses momentos, mas é quase pior, fica a ponto de chorar ou de me insultar, fica entre as duas coisas e não consegue, é tão menino, Marcial, e aquela boa senhora que deve ter criado o filho com um monte de frescuras, neném para cá e neném para lá, muito chapéu e muito paletó social, mas no fundo o bebê de sempre, o pequeno tesouro da mamãe. Ah, e quem fica encarregada de cuidar dele? Logo eu, com minha alta voltagem, como você diz, quando ele teria ficado tão bem com a María Luisa, que é idêntica à tia dele e que poderia limpá-lo de cima a baixo sem que ele ficasse ruborizado. Não, a verdade é esta: eu não tenho sorte, Marcial.

Eu estava sonhando com a aula de francês quando ela acendeu a luz do velador, a primeira coisa que eu vejo é sempre o cabelo, deve ser porque ela precisa se inclinar para aplicar as injeções ou seja lá o que for, o cabelo perto da minha cara, uma vez fez cócegas na minha boca e o cheiro é tão bom, e ela sempre sorri de leve quando está me esfregando com o algodão, me esfregou um tempão antes da picada e eu olhando para a mão dela, tão firme, apertando a seringa pouco a pouco, o líquido amarelo entrando devagar, doendo. "Não, não está doendo nada." Nunca vou conseguir dizer: "Não, Cora, não está doendo nada". E não vou falar srta. Cora, nunca que eu vou falar isso. Vou falar o menos possível com ela e não tenho a intenção de dizer srta. Cora nem que ela me peça de joelhos. Não, não está doendo nada. Não, obrigado, estou me sentindo bem, vou continuar dormindo. Obrigado.

Por sorte ele já recuperou as cores, mas continua muito abatido, mal conseguiu me dar um beijo e quase nem olhou para a tia Esther, e isso que ela havia levado as revistas para ele e também uma gravata linda para o dia em que a gente for com ele para casa. A enfermeira da manhã é um amor de mulher, tão humilde, com ela sim dá gosto conversar, comenta que o neném dormiu até as oito e que tomou um pouco de leite, parece que agora vão começar a alimentá-lo, preciso dizer ao dr. Suárez que cacau faz mal a ele, ou vai ver que o pai já disse, porque os dois ficaram um tempo conversando. Por favor, senhora, se puder sair um pouco, vamos ver como está este cavalheiro. O senhor fique, sr. Morán, é que a mamãe pode ficar impressionada com tanto curativo. Vamos ver um pouco, companheiro. Dói aqui? Claro, é natural. E aqui, me diga se dói aqui ou se está só sensível. Bom, estamos indo muito bem, amiguinho. E assim por cinco minutos, se dói aqui, se estou sensível ali, e o velho olhando como se visse minha barriga pela primeira vez. É estranho, mas só fico tranquilo depois que eles vão embora, coitados dos velhos, tão preocupados, mas não posso fazer nada, eles me perturbam, ficam o tempo todo dizendo o que não deveriam dizer, principalmente mamãe, e menos mal que a enfermeira miudinha parece surda e suporta tudo com aquela cara de esperar gorjeta que a coitada tem. Imagine vir encher o saco com a história do cacau, até parece que eu sou bebê de colo. Fico com vontade de dormir cinco dias seguidos sem ver ninguém, principalmente sem ver Cora, e acordar bem na hora em que vierem me buscar para voltar para casa. Talvez seja preciso esperar mais alguns dias, sr. Morán, o dr. De Luisi vai lhe contar que a cirurgia foi mais complicada do que o previsto, às vezes há pequenas surpresas. Claro que com o físico deste menino acredito que não haverá problema, mas é melhor o senhor dizer a sua senhora que não vai ser coisa de uma semana, como pensamos no início. Ah, claro, bom, a esse respeito o senhor converse com o administrador, são coisas internas. Agora pense bem se não é muito azar, Marcial, ontem à noite eu disse a você que isso ia levar muito mais tempo do que a gente imaginou. É, eu sei que não faz diferença, mas você podia ser um pouquinho mais compreensivo, pois sabe muito bem que eu não fico feliz cuidando desse menino, e ele menos ainda, coitadinho. Não olhe assim para mim, por que razão não vou sentir pena dele? Não olhe assim para mim.

Ninguém me proibiu de ler, mas as revistas caem da minha mão, e isso que estou com dois episódios para terminar e mais tudo o que a tia Esther me trouxe. Meu rosto está queimando, devo estar com febre, ou vai ver que está muito quente neste quarto, vou pedir a Cora para abrir um pouco a janela ou para tirar um dos meus cobertores. Eu gostaria de dormir, é o que eu mais gostaria de fazer, que ela ficasse ali sentada lendo uma revista e eu dormindo sem vê-la, sem saber que ela está ali, mas agora ela não vai mais passar a noite aqui, o pior já foi e eu vou ficar sozinho. Entre três e quatro acho que dormi um pouco, às cinco em ponto ela apareceu com um remédio novo, umas gotas muito amargas. Ela sempre dá a impressão de que acaba de sair do banho e de trocar de roupa, tão fresca, com cheiro de talco perfumado, de lavanda. "Este remédio é muito ruim, eu sei", ela falou, sorrindo para me animar. "Não, é um pouco amargo, só isso", eu disse. "Como você passou o dia?", ela perguntou, sacudindo o termômetro. Falei que bem, dormindo, que o dr. Suárez tinha me achado melhor, que eu não estava com muita dor. "Bom, então você pode trabalhar um pouco mais", ela disse, me entregando o termômetro. Fiquei sem saber o que responder e ela foi fechar as persianas, depois ajeitou os vidros de remédio na mesinha enquanto eu tirava a temperatura. Tive tempo até de dar uma olhada no termômetro antes de ela vir recolhê-lo. "Mas estou com uma febre altíssima", ele falou, com cara de assustado. Não podia dar outra, eu nunca vou deixar de ser a idiota de sempre, para poupá-lo do momento difícil dou o termômetro na mão dele e naturalmente a peste do moleque não perde tempo em tomar conhecimento de que está ardendo em febre. "É sempre assim nos primeiros quatro dias, e além disso ninguém mandou você olhar o termômetro", eu disse a ele, mais furiosa comigo mesma que com ele. Perguntei se havia evacuado e ele respondeu que não. Estava com o rosto suado, sequei e passei um pouco de água-de-colônia nele; ele havia fechado os olhos antes de responder e não os abriu enquanto eu o penteava um pouco para que não

498   *A senhorita Cora*

ficasse incomodado com o cabelo na testa. Trinta e nove ponto nove era muita febre, de fato. "Tente dormir um pouco", falei, calculando a que horas poderia avisar o dr. Suárez. Sem abrir os olhos, ele fez um gesto que parecia de aborrecimento e, articulando bem as palavras, disse: "A senhora é malvada comigo, Cora". Fiquei sem saber o que responder, continuei ao lado dele até que abrisse os olhos e olhasse para mim com toda a sua febre e toda a sua tristeza. Quase sem perceber, estendi a mão e quis fazer um carinho na sua testa, mas ele me repeliu com um gesto brusco e algo deve ter se repuxado na ferida porque ele se crispou de dor. Antes que eu pudesse reagir, ele me disse em voz muito baixa: "A senhora não me trataria assim se tivesse me conhecido em outro lugar". Quase solto uma gargalhada, mas era tão ridículo ele me dizer aquilo enquanto seus olhos se enchiam de lágrimas que me aconteceu o de sempre, fiquei com raiva e quase com medo, de repente me senti desamparada diante daquele moleque pretensioso. Consegui me dominar (essa é uma coisa que devo a Marcial, ele me ensinou a me controlar, estou cada vez melhor nisso) e endireitei o corpo como se não tivesse acontecido nada, pendurei a toalha no cabide e pus a tampa no vidro de água-de-colônia. Enfim, agora sabíamos o que esperar, no fundo era muito melhor assim. Enfermeira, doente, e ficamos por aí. A mãe que passasse a água-de-colônia, eu tinha outras coisas a fazer com ele e faria, sem maiores complicações. Não sei por que fiquei mais tempo que o necessário. Quando contei a Marcial, ele disse que eu havia querido dar a ele a oportunidade de se desculpar, de pedir perdão. Não sei, vai ver que foi isso ou outra coisa, vai ver que fiquei para que ele continuasse me insultando, para ver até onde ele era capaz de chegar. Mas ele continuava de olhos fechados, com a testa e as bochechas empapadas de suor, era como se tivessem me enfiado na água fervente, via manchas roxas e vermelhas quando apertava os olhos para não olhar para ela, sabendo que ela ainda estava ali, e teria dado o que fosse para ela se inclinar e secar de novo minha testa como se eu não lhe tivesse dito aquilo, mas tinha ficado impossível, ela ia sair sem fazer nada, sem me dizer nada, e eu abriria os olhos e encontraria a noite, a luz da mesa de cabeceira, o quarto vazio, um resto de perfume, e repetiria para mim mesmo dez vezes, cem vezes, que havia agido bem em lhe dizer o que havia dito, para que ela aprendesse, para que não me tratasse como criança, para que me deixasse em paz, para que não se afastasse.

Começam sempre na mesma hora, entre seis e sete da manhã, deve ser um casal com ninho nos beirais do pátio, um pombo que arrulha e a pomba que responde, depois de um tempo se cansam, falei para a enfermeira miudinha que vem me lavar e trazer o café da manhã e ela deu de ombros e disse que outros doentes também já se queixaram das pombas, mas que o diretor não queria que elas fossem retiradas. Não sei mais há quanto tempo ouço as pombas, nas primeiras manhãs estava sonolento ou dolorido demais para prestar atenção, mas de três dias para cá eu ouço e fico triste, queria estar em casa ouvindo os latidos do Milord, ouvindo a tia Esther, que se levanta nesse horário para ir à missa. Maldita febre que não quer baixar, vão me prender aqui até sabe-se lá quando, vou perguntar ao dr. Suárez esta manhã mesmo, afinal de contas eu poderia muito bem estar em casa. Olhe, sr. Morán, quero ser franco com o senhor, o quadro não é nada simples. Não, srta. Cora, prefiro que a senhora continue atendendo esse doente, e vou lhe dizer por quê. Nesse caso, Marcial... Venha cá, vou fazer um café bem forte para você, você ainda é uma potranca, parece mentira. Escute, menina, estive conversando com o dr. Suárez, e parece que o menino...

Felizmente depois elas ficam quietas, decerto saem voando por aí, pela cidade inteira, que sorte têm as pombas. Que manhã interminável, fiquei feliz quando os velhos foram embora; agora, desde que estou com essa febre alta, inventaram de vir mais seguido. Bom, se vou precisar ficar aqui mais quatro ou cinco dias, que diferença faz. Em casa seria melhor, claro, mas eu estaria com febre do mesmo jeito e de vez em quando me sentiria muito mal. Pensar que não posso nem folhear uma revista, é tanta fraqueza que até parece que meu sangue acabou. Mas tudo por causa da febre, foi o que o dr. De Luisi me disse ontem à noite e o dr. Suárez repetiu esta manhã, eles sabem. Durmo muito, mas mesmo assim é como se o tempo não passasse, sempre é antes das três, como se três ou cinco fizesse alguma diferença para mim. Ao contrário, às três a enfermeira miudinha vai embora e é uma pena, porque com ela me sinto muito bem. Se eu conseguisse dormir de uma só tacada até a meia-noite seria muito melhor. Pablo, sou eu, a srta. Cora. Sua enfermeira da noite que lhe aplica as injeções doloridas. Eu sei que não dói, seu bobo, é brincadeira. Continue dormindo se quiser, já acabou. Ele disse "Obrigado" sem abrir os olhos, mas poderia abri-los, sei que ele e a galeguinha ficaram conversando ao meio-dia, embora ele esteja proibido de falar muito. Antes de sair me virei de repente e ele estava me olhando, senti que havia ficado me olhando o tempo todo enquanto eu estava de costas. Voltei e me sentei perto da cama, medi seu pulso, estendi os lençóis, que ele amarfanhava com suas mãos de febre. Olhava meu cabelo, depois baixava os olhos e evitava me olhar de frente. Fui buscar o material para prepará-lo e ele me deixou trabalhar sem dizer palavra, de olhos fixos na janela, me ignorando. Viriam buscá-lo às cinco e meia em ponto, ainda poderia dormir um pouco, os pais esperavam no térreo porque se ele os visse naquele horário ficaria impressionado. O dr. Suárez chegaria um pouco antes para explicar a ele que seria preciso complementar a operação, diria alguma coisa que não o deixasse tão preocupado. Só que em vez disso mandaram Marcial, foi uma surpresa ver Marcial entrar de repente, mas ele me fez um sinal para que eu não saísse dali e ficou junto ao pé da cama lendo a tabela da temperatura até Pablo se acostumar com sua presença. Começou a falar com ele num tom um pouco de brincadeira, armou a conversa do jeito que sabe fazer, o frio lá fora, o conforto daquele quarto, e ele olhando para Marcial sem dizer nada, como se esperasse, enquanto eu me sentia muito esquisita, teria querido que Marcial saísse e me deixasse sozinha com ele, eu saberia falar com ele melhor que ninguém, embora vai ver que não, provavelmente não. Mas se eu já estou sabendo, doutor, vão me operar de novo, o senhor é o médico que me deu a anestesia na outra vez, bom, melhor isso que continuar nesta cama e com essa febre. Eu sabia que iam acabar tendo que fazer alguma coisa porque desde ontem está doendo muito, uma dor diferente, que vem de mais fundo. E a senhora, aí sentada, não faça essa cara, não fique sorrindo como se tivesse vindo me convidar para ir ao cinema. Saia com ele e beije-o no corredor, tão adormecido assim eu não estava, na outra tarde, quando a senhora ficou brava com ele porque ele havia beijado a senhora aqui dentro. Saiam os dois, me deixem dormir, dormindo não dói tanto.

E então, garoto, agora vamos resolver esse assunto de uma vez por todas. Até quando você vai continuar ocupando um leito, tchê. Conte devagarinho, um, dois, três. Assim mesmo, muito bem, continue contando e dentro de uma semana estará comendo um bife bem suculento na sua casa. Quinze minutos de quatro, menina, depois costura tudo de novo. Precisava ver a cara do De Luisi, a gente nunca se acostuma de todo com essas coisas. Olhe, aproveitei para pedir ao Suárez que te trocassem, como você queria, falei que você está muito cansada com um caso tão grave quanto esse; de repente te transferem para o segundo andar, se você também pedir. Está bem, faça como preferir, reclamou tanto na outra noite para agora dar uma de samaritana. Não fique zangada comigo, foi só porque você queria. Sim, claro que foi porque eu queria, mas perdeu seu tempo, vou ficar com ele esta noite e todas as outras noites. Ele começou a acordar às oito e meia, os pais foram embora logo depois porque era melhor que ele não visse a cara deles, coitados, e quando o dr. Suárez chegou, me perguntou em voz baixa se eu queria que a María Luisa me substituísse, mas eu fiz um sinal de que ficaria e ele saiu. Maria Luísa ficou algum tempo comigo porque tivemos que segurá-lo e acalmá-lo, depois ele se tranquilizou de repente e quase não vomitou; está tão fraco que adormeceu novamente sem maiores queixas até as dez. São as pombas, você vai ver, mamãe, já começaram a arrulhar como fazem todas as manhãs, não sei por que não tiram as pombas daqui, elas que voem para outra árvore. Me dê a mão, mamãe, estou com tanto frio. Ah, quer dizer que foi tudo sonho, achei que já era de manhã e que estava ouvindo as pombas. Desculpe, achei que você era minha mãe. Uma vez mais ele desviava os olhos, se fechava no seu descontentamento, uma vez mais me jogava toda a culpa. Cuidei dele como se não me desse conta de que ele continuava zangado, sentei-me ao lado dele e umedeci seus lábios com gelo. Quando ele olhou para mim, depois que passei água-de-colônia nas suas mãos e na testa, cheguei mais perto e sorri para ele. "Me chame de Cora", falei. "Eu sei que no começo a gente não se entendeu, mas vamos ser ótimos amigos, Pablo." Ele me olhava calado. "Me diga: Está bem, Cora." Ele me olhava, o tempo todo. "Senhorita Cora", disse depois, e fechou os olhos. "Não, Pablo, não", pedi, beijando-o no rosto, bem perto da boca. "Para você eu sou Cora. Só para você." Tive que me jogar para trás, mas mesmo assim meu rosto ficou salpicado. Enxuguei-o, segurei a cabeça dele para que ele pudesse enxaguar a boca, dei outro beijo nele e falei no seu ouvido. "Desculpe", ele disse, com um fio de voz, "não consegui segurar." Falei para ele que não fosse tolo, que eu estava cuidando dele para resolver essas coisas, que vomitasse tanto quanto quisesse, para ficar aliviado. "Eu gostaria que mamãe chegasse", disse, olhando para o outro lado com os olhos vazios. Ainda acariciei um pouco o cabelo dele, ajeitei suas cobertas esperando que ele me dissesse alguma coisa, mas estava muito longe, e senti que ficando eu o fazia sofrer mais ainda. Na porta me virei e esperei; ele estava com os olhos muito abertos, fixos no forro. "Pablito", falei. "Por favor, Pablito. Por favor, querido." Voltei até junto da cama, me inclinei para beijá-lo; tinha um cheiro de frio, por trás da água-de-colônia havia o vômito, a anestesia. Se fico um segundo mais, começo a chorar na frente dele, por ele. Beijei-o outra vez e saí correndo, desci em busca da mãe e de María Luisa; não queria voltar enquanto a mãe estivesse ali, pelo menos naquela noite eu não queria voltar, e depois sabia muito bem que não haveria a menor necessidade de voltar àquele quarto, que Marcial e María Luisa tomariam conta de tudo até o quarto ficar novamente disponível.

A ilha ao meio-dia

A primeira vez que viu a ilha, Marini estava cortesmente inclinado sobre os assentos da esquerda, ajustando a mesa de plástico antes de instalar a bandeja do almoço. A passageira olhara várias vezes para ele enquanto ele ia e vinha com revistas ou copos de uísque; Marini tomava seu tempo para ajustar a mesa, perguntando-se entediado se valeria a pena corresponder ao olhar insistente da passageira, uma americana entre muitas, quando no oval azul da janelinha apareceu o litoral da ilha, a franja dourada da praia, as colinas subindo na direção da meseta desolada. Corrigindo a posição defeituosa do copo de cerveja, Marini sorriu para a passageira. "As ilhas gregas", disse. "Oh, yes, Greece", reagiu a passageira com falso interesse. Ouvia-se o toque breve de uma campainha e o comissário se endireitou sem que o sorriso profissional se apagasse de sua boca de lábios finos. Começou a atender um casal sírio que queria suco de tomate, mas na cauda do avião concedeu-se alguns segundos olhando de novo para baixo; a ilha era pequena e solitária, e o Egeu a rodeava com um intenso azul que realçava a orla de um branco deslumbrante que parecia petrificado e lá embaixo seria espuma estourando sobre os arrecifes e as enseadas. Marini viu que as praias desertas se estendiam para o norte e para o oeste, o resto era a montanha entrando a pique no mar. Uma ilha rochosa e deserta, embora a mancha cor de chumbo perto da praia ao norte pudesse ser uma casa, quem sabe um grupo de casas primitivas. Começou a abrir a lata de suco, e quando ergueu o corpo a ilha sumiu da janelinha; ficou apenas o mar, um verde horizonte interminável. Olhou para o relógio de pulso sem saber por quê; era exatamente meio-dia.

Marini gostou de ter sido designado para a rota Roma-Teerã porque o trajeto era menos lúgubre que os das rotas do norte e porque as garotas sempre pareciam felizes de ir para o Oriente ou de conhecer a Itália. Quatro dias depois, enquanto ajudava um menino que perdera a colher e apontava desconsolado para o prato da sobremesa, descobriu novamente o contorno da ilha. Havia uma diferença de oito minutos, mas quando se inclinou na direção de uma janelinha da cauda não restaram dúvidas; a ilha tinha uma forma inconfundível, parecia uma tartaruga começando a tirar as patas da água. Ficou olhando para ela até que o chamaram, dessa vez convencido de que a mancha cor de chumbo era um grupo de casas; chegou a distinguir o desenho de uns poucos campos cultivados que iam até a praia. Durante a escala em Beirute consultou o atlas da comissária e ficou pensando se a ilha não seria Horos. O radiotelegrafista, um francês indiferente, estranhou seu interesse. "Todas essas ilhas se parecem, faço esta rota há dois anos e não ligo muito para elas. Isso, na próxima vez, me mostre." Não era Horos mas Xiros, uma das muitas ilhas à margem dos circuitos turísticos. "Essa não dura mais que cinco anos", disse a comissária enquanto tomavam um drinque em Roma. "Se quer ir até lá, vá logo, as hordas chegarão a qualquer momento, Gengis Cook não perde tempo." Mas Marini continuou pensando na ilha, olhando-a quando se lembrava ou no caso de haver uma janelinha por perto, quase sempre dando de ombros no final. Nada daquilo tinha sentido, voar três vezes por semana ao meio-dia sobre Xiros. Tudo estava falseado na visão inútil e recorrente; exceto, talvez, o desejo de repeti-la, a consulta ao relógio de pulso antes do meio-dia, o breve, lancinante contato com a encantadora franja branca à beira de um azul quase negro, e as casas onde os pescadores ergueriam os olhos de leve para acompanhar a passagem daquela outra irrealidade.

Oito ou nove semanas depois, quando lhe ofereceram a rota de Nova York com todas as suas vantagens, Marini disse para si mesmo que era a oportunidade de acabar com aquela mania inocente e enervante. Tinha no bolso o livro no qual um impreciso geógrafo de nome levantino fornecia mais detalhes sobre Xiros que os habitualmente encontrados nos guias. Respondeu negativamente, ouvindo-se como se fosse de longe, e depois de enfrentar a surpresa escandalizada de um chefe e duas secretárias foi almoçar na cantina da empresa, onde Carla estava à sua espera. A desconcertada decepção de Carla não o inquietou; a costa sul de Xiros era inabitável, mas na parte oeste ainda havia traços de uma colônia lídia, ou quem sabe creto-micênica, e o professor Goldmann encontrara duas pedras talhadas com hieroglifos que os pescadores utilizavam como pilastras do pequeno molhe. Carla estava com dor de cabeça e se retirou pouco depois; a principal fonte de renda do punhado de habitantes eram os polvos; a cada cinco dias chegava um navio para recolher o produto da pesca e deixar uma pequena quantidade de provisões e gêneros. Na agência de viagens lhe disseram que seria preciso fretar uma embarcação especial a partir de Rynos, ou quem sabe houvesse possibilidade de viajar na falua que ia buscar os polvos, mas Marini só poderia verificar esta última alternativa em Rynos, onde a agência não tinha representante. De todo modo, a ideia de passar alguns dias na ilha não era mais que um plano para as férias de junho; nas semanas que se seguiram foi preciso substituir White na rota de Túnis, e depois começou uma greve e Carla voltou para a casa das irmãs, em Palermo. Marini se instalou num hotel perto da Piazza Navona, onde havia sebos; se distraía sem muito empenho procurando livros sobre a Grécia, folheava de vez em quando um manual de conversação. Achou graça na palavra *kalimera* e ensaiou-a num cabaré com uma garota ruiva, deitou-se com ela, que lhe falou do avô em Odos e de umas dores de garganta inexplicáveis. Em Roma começou a chover, em Beirute Tania estava sempre à sua espera, havia outras histórias, sempre parentes ou dores; um dia voltou para a rota de Teerã, para a ilha ao meio-dia. Marini ficou tanto tempo grudado na janelinha que a comissária nova declarou que ele era um mau colega e lhe comunicou quantas bandejas já havia servido. Naquela noite Marini convidou a comissária para jantar no Firouz e não teve dificuldade em obter seu perdão por sua distração naquela manhã. Lucía aconselhou-o a cortar o cabelo à americana; ele falou um pouco de Xiros, mas depois compreendeu que ela preferia a vodca lime do Hilton. O tempo ia passando em coisas assim, em infinitas bandejas de comida, cada uma com o sorriso a que o passageiro tinha direito. Nas viagens de volta o avião sobrevoava Xiros às oito da manhã, o sol batia nas janelinhas de bombordo e mal deixava entrever a tartaruga dourada; Marini preferia esperar os meios-dias do voo de ida, sabendo que nesse horário poderia ficar um longo minuto junto da janelinha enquanto Lucía (e depois Felisa) assumia o trabalho com certa ironia. Uma vez tirou uma foto de Xiros mas saiu borrada; já sabia algumas coisas sobre a ilha, sublinhara as raras menções num livro ou noutro. Felisa lhe contou que os pilotos o chamavam de louco da ilha e não se importou com isso. Carla acabara de lhe escrever dizendo que havia decidido não ter o filho, e Marini lhe enviou dois soldos e pensou que o que sobrava não seria suficiente para as férias. Carla aceitou o dinheiro e o informou por intermédio de uma amiga que provavelmente se casaria com o dentista de Treviso. Tudo tinha tão pouca importância ao meio-dia de segundas, quintas e sábados (e, duas vezes por mês, domingo).

Com o tempo foi se dando conta de que Felisa era a única que o compreendia um pouco; havia um acordo tácito para que ela tomasse conta do serviço ao meio-dia assim que ele se instalasse junto à janelinha da cauda. A ilha era visível durante uns poucos minutos, mas o ar estava sempre tão limpo e o mar a recortava com uma crueldade tão minuciosa que os menores detalhes iam se ajustando implacáveis à lembrança da visão anterior: a mancha verde do promontório ao norte, as casas cor de chumbo, as redes secando na areia. Quando as redes não estavam lá, para Marini era uma espécie de empobrecimento, quase um insulto. Pensou em filmar a ilha lá embaixo para repetir a imagem no hotel, mas preferiu economizar o dinheiro da câmera, já que faltava apenas um mês para as férias. Não se preocupava muito em saber em que dia estava; às vezes era Tania em Beirute, às vezes Felisa em Teerã, quase sempre seu irmão mais moço em Roma, tudo um pouco embaralhado, amavelmente fácil e cordial e como que substituindo outra coisa, preenchendo as horas antes ou depois do voo, e durante o voo tudo também era embaralhado e fácil e idiota até a hora de ir se debruçar junto à janelinha da cauda, de sentir o frio vidro como um limite do aquário onde lentamente se movia a tartaruga dourada no denso azul.

Naquele dia as redes se delineavam precisas sobre a areia e Marini teria jurado que o ponto negro à esquerda, à beira do mar, era um pescador que decerto olhava o avião. "Kalimera", pensou absurdamente. Não fazia mais sentido continuar esperando, Mario Merolis lhe emprestaria o dinheiro que faltava para a viagem, em menos de três dias estaria em Xiros. Com os lábios colados ao vidro, sorriu pensando que subiria até a mancha verde, que entraria nu no mar das enseadas ao norte, que pescaria polvos com os homens, comunicando-se por meio de sinais e risadas. Nada era difícil uma vez decidido, um trem noturno, uma primeira embarcação, outra embarcação velha e suja, a escala em Rynos, a negociação interminável com o capitão da falua, a noite no convés, aderido às estrelas, o sabor do anis e do carneiro, o amanhecer entre as ilhas. Desembarcou com as primeiras luzes e o capitão o apresentou a um velho que devia ser o patriarca. Klaios segurou sua mão esquerda e falou lentamente, olhando-o nos olhos. Dois rapazes se aproximaram e Marini compreendeu que eram os filhos de Klaios. O capitão da falua recorria a todo o seu inglês: vinte habitantes, polvos, pesca, cinco casas, italiano visitante pagaria alojamento Klaios.

Os rapazes riram quando Klaios discutiu dracmas; Marini também, já amigo dos mais jovens, vendo o sol nascer sobre um mar menos escuro do que quando visto do espaço, um quarto pobre e limpo, uma jarra de água, aroma de sálvia e de pele curtida.

Deixaram-no sozinho para ir carregar a falua, e depois de se desfazer com impaciência da roupa da viagem e vestir um calção de banho e sandálias foi dar uma caminhada pela ilha. Ainda não se via ninguém, o sol tomava impulso lentamente e dos matagais se erguia um odor sutil, um pouco ácido, misturado ao iodo do vento. Deviam ser dez horas quando chegou ao promontório do norte e reconheceu a maior das enseadas. Preferia estar sozinho, embora tivesse achado melhor nadar na praia de areia; a ilha o invadia e o gozava com tal intimidade que não era capaz de pensar nem de escolher. Sua pele ardia de sol e vento quando se despiu para atirar-se ao mar de cima de uma rocha; a água estava fria e lhe fez bem, deixou-se levar por correntes insidiosas até a entrada de uma gruta, voltou mar afora, abandonou-se de costas, a tudo aceitou num ato único de conciliação que era também um nome para o futuro. Soube sem sombra de dúvida que não deixaria a ilha, que de algum modo ficaria para sempre na ilha. Chegou a imaginar o irmão, Felisa, a cara deles quando tomassem conhecimento de

A ilha ao meio-dia

que ele ficara num penhasco solitário para viver da pesca. Já os esquecera quando girou sobre si mesmo para nadar de volta à praia.

O sol o secou em seguida; desceu até as casas, onde duas mulheres olharam para ele assombradas antes de correr para se trancar. Fez um gesto de saudação no vazio e desceu até as redes. Um dos filhos de Klaios o esperava na praia e Marini apontou para o mar, num convite. O rapaz hesitou, mostrando a calça de pano e a camisa vermelha. Depois correu até uma das casas, voltou quase nu; jogaram-se juntos num mar já morno, deslumbrante sob o sol das onze.

Secando na areia, Ionas começou a dizer o nome das coisas. "Kalimera", disse Marini, e o rapaz riu até se dobrar ao meio. Depois Marini repetiu as frases novas, ensinou palavras italianas a Ionas. Quase no horizonte, a falua diminuía de tamanho; Martini sentiu que agora estava realmente sozinho na ilha, com Klaios e os seus. Deixaria que alguns dias se passassem, pagaria seu quarto e aprenderia a pescar; numa tarde qualquer, quando os outros já o conhecessem bem, falaria em ficar por ali e trabalhar com eles. Levantando-se, estendeu a mão para Ionas e saiu andando devagar na direção do promontório. A costa era escarpada e ele subiu saboreando cada elevação, virando-se uma e outra vez para ver as redes na praia, as silhuetas das mulheres falando animadamente com Ionas e com Klaios e olhando-o com o rabo dos olhos, às risadas. Ao chegar à mancha verde, entrou num mundo onde o aroma do tomilho e da sálvia formava uma só matéria com o fogo do sol e a brisa do mar. Marini olhou para seu relógio de pulso e depois, com um gesto de impaciência, arrancou-o do punho e guardou-o no bolso do calção. Não seria fácil matar o homem de antes, mas ali no alto, tenso de sol e de espaço, sentiu que o projeto era possível. Estava em Xiros, estava no lugar onde tantas vezes duvidara que algum dia pudesse chegar. Deixou-se cair de costas entre as pedras aquecidas, resistiu às arestas e aos dorsos incandescentes e olhou para o céu verticalmente; de uma região remota chegou até ele o zumbido de um motor.

Fechando os olhos, disse para si mesmo que não olharia para o avião, que não se deixaria contaminar pelo pior de si mesmo, que uma vez mais passaria sobre a ilha. Mas na penumbra das pálpebras imaginou Felisa com as bandejas, naquele instante mesmo distribuindo as bandejas, e seu substituto, talvez Giorgio ou algum novato de outra rota, alguém que também estaria sorrindo ao oferecer as garrafas de vinho ou o café. Incapaz de lutar contra tanto passado, abriu os olhos e endireitou o corpo, e no mesmo momento viu a asa direita do avião, quase sobre sua cabeça, inclinando-se inexplicavelmente, ouviu a alteração do ruído das turbinas, assistiu à queda quase vertical sobre o mar. Desceu em desabalada carreira promontório abaixo,

Todos os fogos o fogo   507

batendo-se nas pedras e rasgando um braço entre os espinhos. A ilha não o deixava ver o local da queda, mas mudou de direção antes de chegar à praia e por um atalho previsível venceu a primeira elevação do promontório e foi sair na praia menor. A cauda do avião submergia a cerca de cem metros dali, em absoluto silêncio. Marini tomou impulso e se jogou na água, ainda na esperança de que o avião tornasse a flutuar; mas a única coisa que se via era a linha suave das ondas, uma caixa de papelão oscilando absurdamente perto do lugar da queda, e quase no fim, quando já não havia sentido em continuar nadando, uma mão saindo da água, apenas um instante, o tempo suficiente para que Marini mudasse de rumo e mergulhasse até pegar pelo cabelo o homem que lutou para agarrar-se a ele e engoliu num ronco o ar que Marini o deixava respirar sem se aproximar demais. Rebocando-o pouco a pouco, Marini o levou até a margem, segurou nos braços o corpo vestido de branco e, estendendo-o sobre a areia, olhou o rosto cheio de espuma onde a morte já estava instalada, sangrando por um enorme ferimento na garganta. De que poderia servir a respiração artificial, se com cada convulsão o ferimento parecia abrir-se um pouco mais, lembrando uma boca repugnante que chamava Marini, que o arrancava de sua miúda felicidade de tão poucas horas na ilha, que gritava para ele entre borbotões uma coisa que ele já não era capaz de escutar. Correndo tão depressa quanto podiam chegavam os filhos de Klaios e logo atrás as mulheres. Quando Klaios chegou, os rapazes cercavam o corpo estendido na areia, sem entender como ele tivera forças para nadar até a praia e arrastar-se até ali enquanto perdia todo o seu sangue. "Feche os olhos dele", pediu chorando uma das mulheres. Klaios olhou para o mar, em busca de algum outro sobrevivente. Como sempre, porém, estavam sozinhos na ilha e o cadáver de olhos abertos era o único novato entre eles e o mar.

Instruções para John Howell

Para Peter Brook

Pensando depois no assunto — na rua, num trem, atravessando campos — tudo aquilo teria parecido absurdo, mas um teatro não passa de um pacto com o absurdo, com seu exercício eficaz e luxuoso. Para Rice, que se entediava numa Londres outonal de fim de semana e que havia entrado no Aldwych sem prestar muita atenção no programa, o primeiro ato da peça pareceu antes de mais nada medíocre; o absurdo começou no intervalo, quando o homem de cinza se aproximou de seu assento e o convidou cortesmente, com uma voz quase inaudível, a acompanhá-lo até atrás dos bastidores. Sem excessiva surpresa, imaginou que a direção do teatro devia estar fazendo uma pesquisa de opinião, alguma investigação indefinida com fins publicitários. "Se for para dar uma opinião", disse Rice, "achei o primeiro ato frouxo, e a iluminação, por exemplo..." O homem de cinza concordou amavelmente com a cabeça, mas sua mão continuava indicando uma saída lateral, e Rice compreendeu que deveria levantar-se e acompanhá-lo sem que o outro fosse obrigado a implorar. "Eu teria preferido uma xícara de chá", pensou, enquanto descia uns poucos degraus que davam num corredor lateral e se deixava guiar entre distraído e incomodado. Quase do nada viu-se diante de um bastidor que representava uma biblioteca burguesa; dois homens que pareciam se entediar cumprimentaram-no como se sua visita tivesse sido prevista e inclusive dada por certa. "Não há dúvida de que o senhor vai funcionar admiravelmente", disso o mais alto dos dois. O outro homem inclinou a cabeça, com um ar de mudo. "Não temos muito tempo", disse o homem alto, "mas vou procurar lhe explicar seu papel em duas palavras." Falava mecanicamente, quase como se prescindisse da presença real de Rice e se limitasse a desempenhar um anúncio monótono. "Não estou entendendo", disse Rice dando um passo atrás. "É quase preferível", disse o homem alto. "Nesses casos a análise é na verdade uma desvantagem; vai perceber que assim que se acostumar aos refletores, começará a se divertir. O senhor já conhece o primeiro ato; sei, sei, o senhor não gostou. Ninguém gosta. É a partir de agora que a peça pode ficar melhor. Depende, claro." "Tomara que melhore", disse Rice, que imaginava ter entendido mal, "mas em todo caso já está na hora de eu voltar para meu lugar." Como havia dado outro passo atrás, não se surpreendeu demais com a mole resistência do homem de cinza, que murmurava um pedido de desculpas sem se afastar. "Tenho a impressão de que não estamos nos entendendo", disse o homem alto, "e é uma pena, porque faltam apenas quatro minutos para o segundo ato. Eu lhe imploro que me ouça atentamente. O senhor é Howell, o marido de Eva. Como já viu, Eva engana Howell com Michael, e provavelmente Howell se deu conta, embora prefira não dizer nada por razões que ainda não estão claras. Não se mova, por favor, é apenas uma peruca." Mas a advertência parecia quase inútil, porque o homem de cinza e o homem mudo o haviam agarrado pelos braços, e uma jovem alta e magra que aparecera bruscamente estava encaixando uma coisa morna em sua cabeça. "Os senhores não vão querer que eu comece a gritar e faça um escândalo no teatro", disse Rice, procurando dominar o tremor da voz.

Todos os fogos o fogo   509

O homem alto deu de ombros. "O senhor não faria isso", disse, cansadamente. "Seria tão pouco elegante... Não, tenho certeza de que o senhor não faria isso. Além do mais, a peruca lhe cai muito bem, o senhor tem um tipo de ruivo." Sabendo que não deveria dizer isso, Rice disse: "Mas eu não sou ator". Todos, até a jovem, sorriram, animando-o. "Precisamente", disse o homem alto. "O senhor percebe muito bem a diferença. O senhor não é um ator, o senhor é Howell. Quando entrar em cena, Eva estará no salão escrevendo uma carta para Michael. O senhor vai fingir que não se dá conta de que ela esconde o papel e disfarça sua perturbação. A partir desse momento, faça o que quiser. Os óculos, Ruth." "O que eu quiser?", disse Rice, tentando surdamente libertar seus braços enquanto Ruth o equipava com uns óculos de aro de tartaruga. "Sim, isso mesmo", disse conformado o homem alto, e Rice teve uma certa suspeita de que ele estava cansado de repetir as mesmas coisas todas as noites. Ouvia-se a campainha chamando o público, e Rice chegou a distinguir os movimentos dos auxiliares de palco no cenário, algumas mudanças de luzes; Ruth desaparecera de repente. Foi invadido por uma indignação mais amarga que violenta, que de alguma maneira parecia fora de lugar. "Isso é uma brincadeira idiota", disse, tentando se desvencilhar, "e quero que saibam que..." "Lamento", murmurou o homem alto. "Francamente, eu teria imaginado outra coisa do senhor. Mas já que leva as coisas para esse lado..." Não era exatamente uma ameaça, embora os três homens o rodeassem de uma maneira que exigia obediência ou luta declarada; Rice achou que uma coisa teria sido tão absurda ou talvez tão falsa quanto a outra. "Howell entra agora", disse o homem alto, apontando para a estreita passagem entre os bastidores. "Lá chegando, faça o que quiser, mas nós lamentaríamos que..." Dizia-o amavelmente, sem alterar o repentino silêncio da sala; a cortina se ergueu com um roçar de veludo, e eles foram envolvidos por uma lufada de ar morno. "Mas eu no seu lugar pensaria bem", acrescentou cansadamente o homem alto. "Vá, agora." Empurrando-o sem empurrá-lo, os três o acompanharam até a metade dos bastidores. Uma luz violeta ofuscou Rice; diante dele havia uma extensão que lhe pareceu infinita, e à esquerda adivinhou a grande caverna, algo que parecia uma grande respiração contida, aquilo que afinal de contas era o verdadeiro mundo onde pouco a pouco começavam a recortar-se plastrons brancos e talvez chapéus ou altos penteados. Deu um passo ou dois, sentindo que as pernas não lhe obedeciam, e estava a ponto de se virar e retroceder às carreiras quando Eva, levantando-se precipitadamente, avançou e lhe estendeu uma mão que parecia flutuar na luz violeta na extremidade de um braço muito branco e longo. A mão estava gelada, e Rice teve a impressão de que se crispava um pouco na sua. Deixando-se conduzir até o centro do palco,

510   *Instruções para John Howell*

escutou confusamente as explicações de Eva sobre sua dor de cabeça, a preferência pela penumbra e a tranquilidade da biblioteca, esperando que ela se calasse para adiantar-se até o proscênio e dizer, em duas palavras, que estavam sendo enganados. Mas Eva parecia esperar que ele se sentasse no sofá de gosto tão duvidoso quanto o argumento da peça e os ornamentos, e Rice compreendeu que era impossível, quase grotesco, continuar de pé enquanto ela, estendendo-lhe de novo a mão, reiterava o convite com um sorriso fatigado. Do sofá distinguiu melhor as primeiras filas da plateia, separadas do palco apenas pela luz que fora passando do violeta para um laranja-amarelado, mas curiosamente Rice achou mais fácil virar-se para Eva e sustentar seu olhar, que de algum modo ainda o ligava àquela insensatez, postergando por mais um instante a única decisão possível caso não acatasse a loucura e se rendesse ao simulacro. "As tardes deste outono são intermináveis", dissera Eva, em busca de uma caixa de metal branco perdida entre os livros e os papéis da mesinha baixa e oferecendo-lhe um cigarro. Rice puxou o isqueiro mecanicamente, sentindo-se cada vez mais ridículo com a peruca e os óculos; mas o pequeno ritual de acender os cigarros e aspirar as primeiras tragadas era como uma trégua, dava-lhe oportunidade de sentar-se mais comodamente, desatando a insuportável tensão do corpo que se sabia olhado por frias constelações invisíveis. Ouvia suas respostas às frases de Eva, as palavras pareciam suscitar-se umas às outras com um mínimo esforço, sem que estivessem falando de nada em especial; um diálogo de castelo de cartas no qual Eva ia erguendo as paredes do frágil edifício e Rice, sem esforço, intercalava suas próprias cartas e o castelo ia subindo sob a luz alaranjada até que no fim uma complexa explicação que incluía o nome de Michael ("Como já viu, Eva engana Howell com Michael") e outros nomes e outros lugares, um chá de que havia participado a mãe de Michael (ou seria a mãe de Eva?), e uma justificativa ansiosa e quase à beira das lágrimas, com um movimento de ansiosa esperança Eva se inclinou para Rice como se quisesse abraçá-lo ou esperasse que ele a tomasse nos braços, e exatamente depois da última palavra pronunciada com uma voz claríssima, junto à orelha de Rice, murmurou: "Não deixe que me matem", e sem transição retomou sua voz profissional para queixar-se da solidão e do abandono. Bateram na porta dos fundos e Eva mordeu os lábios como se tivesse querido acrescentar alguma coisa (mas isso foi algo que ocorreu a Rice, confuso demais para reagir a tempo), e se levantou para dar as boas-vindas a Michael, que chegava com o sorriso fátuo que já havia exibido intoleravelmente no primeiro ato. Uma dama vestida de vermelho, um ancião: de repente o palco se enchia de gente que trocava cumprimentos, flores e notícias. Rice apertou as mãos que lhe estendiam e tornou a sentar-se o

Todos os fogos o fogo 511

mais depressa possível no sofá, entrincheirando-se atrás de outro cigarro; agora a ação parecia prescindir dele e o público recebia com murmúrios satisfeitos uma série de brilhantes jogos de palavras de Michael e dos atores coadjuvantes, enquanto Eva tomava conta do chá e dava ordens ao criado. Talvez fosse o momento de aproximar-se da boca de cena, deixar cair o cigarro e esmagá-lo com o pé, para em seguida anunciar: "Respeitável público...". Mas talvez fosse mais elegante (*Não deixe que me matem*) esperar a queda da cortina e então, adiantando-se rapidamente, revelar a tramoia. Em todo caso havia uma espécie de lado cerimonial que não era penoso acatar; à espera de sua deixa, Rice entrou no diálogo que o cavalheiro idoso lhe propunha, aceitou a xícara de chá que Eva lhe oferecia sem olhá-lo de frente, como sabendo-se observada por Michael e pela dama de vermelho. Tudo se resumia a resistir, a fazer frente a um tempo interminavelmente tenso, a ser mais forte que a ignóbil coalizão que pretendia transformá-lo num fantoche. Já havia ficado fácil para ele perceber como as frases que lhe dirigiam (às vezes Michael, às vezes a dama de vermelho, agora quase nunca Eva) traziam implícita a resposta; que o fantoche respondesse o previsível, a peça podia continuar. Rice pensou que se houvessem lhe dado um pouco mais de tempo para dominar a situação, teria sido divertido responder em contraponto, deixando os atores em dificuldades; mas não consentiriam que fizesse isso, sua falsa liberdade de ação só lhe deixava a alternativa da rebelião declarada, do escândalo. *Não deixe que me matem*, dissera Eva; de alguma maneira, tão absurda quanto todo o resto, Rice continuava sentindo que era melhor esperar. A cortina caiu sobre uma réplica sentenciosa e amarga da dama de vermelho, e Rice teve a sensação de que os atores eram figuras que subitamente tivessem descido um degrau invisível: diminuídos, indiferentes (Michael dava de ombros, virando as costas e desaparecendo no fundo do palco), saíam de cena sem olhar uns para os outros, mas Rice percebeu que Eva voltava a cabeça para ele enquanto a dama de vermelho e o ancião a conduziam amavelmente pelo braço na direção dos bastidores da direita. Pensou em ir atrás dela, teve uma vaga esperança de camarim e conversa privada. "Magnífico", disse o homem alto, dando tapinhas em seu ombro. "Muito bem, realmente seu desempenho foi excelente." Apontava para a cortina que deixava passar os últimos aplausos. "Gostaram de fato. Vamos tomar alguma coisa." Os outros dois homens estavam um pouco mais afastados, sorrindo amavelmente, e Rice desistiu de ir atrás de Eva. O homem alto abriu uma porta no final do primeiro corredor e todos entraram numa saleta onde havia poltronas caindo aos pedaços, um armário, uma garrafa de uísque já começada e belíssimos copos de vidro talhado. "Desempenho excelente", insistiu o homem alto enquanto o grupo se sen-

512   *Instruções para John Howell*

tava em torno de Rice. "Com um pouco de gelo, não é mesmo? Claro, qualquer um estaria com a garganta seca." O homem de cinza se adiantou à recusa de Rice e lhe estendeu um copo quase cheio. "O terceiro ato é mais difícil mas ao mesmo tempo mais prazeroso para Howell", disse o homem alto. "O senhor já viu como os jogos vão se explicitando." Começou a explicar a trama, agilmente e sem vacilar. "De certa maneira o senhor complicou as coisas", disse. "Nunca imaginei que teria uma atitude tão passiva diante da sua mulher, eu teria reagido de outra forma." "Como?", perguntou Rice secamente. "Ah, querido amigo, não é justo que me pergunte isso. Minha opinião poderia alterar suas próprias decisões, visto que o senhor já deve ter um plano preconcebido. Ou não?" Como Rice silenciava, acrescentou: "Se lhe digo isso é precisamente porque não se trata de ter planos preconcebidos. Estamos todos satisfeitos demais para arriscar-nos a estragar o resto". Rice engoliu um longo gole de uísque. "Contudo, no segundo ato o senhor me disse que eu poderia fazer o que quisesse", observou. O homem de cinza começou a rir, mas o homem alto olhou para ele e o outro fez um gesto rápido de escusas. "Existe uma margem para a aventura ou o acaso, como o senhor preferir", disse o homem alto. "A partir de agora lhe imploro que se atenha ao que vou lhe indicar, entende-se que dentro da máxima liberdade nos detalhes." Abrindo a mão direita com a palma para cima, olhou fixamente para ela enquanto o indicador da outra mão ia apoiar-se nela uma e outra vez. Entre um gole e outro (haviam enchido seu copo novamente), Rice escutou as instruções para John Howell. Estimulado pelo álcool e por algo semelhante a um lento voltar-se para si mesmo que o fazia ser tomado por uma fria cólera, descobriu sem esforço o sentido das instruções, a preparação da trama que deveria desembocar numa crise no último ato. "Espero que tenha ficado claro", disse o homem alto com um movimento circular do dedo na palma da mão. "Está muito claro", disse Rice levantando-se, "mas além disso eu gostaria de saber se no quarto ato..." "Evitemos confusões, querido amigo", disse o homem alto. "No próximo intervalo voltaremos ao assunto, mas agora lhe sugiro que se concentre exclusivamente no terceiro ato. Ah, a indumentária de rua, por favor." Rice sentiu que o homem mudo desabotoava sua jaqueta; o homem de cinza tirara do armário um terno de tweed e um par de luvas; mecanicamente, Rice trocou de roupa sob os olhares aprovadores dos três. O homem alto havia aberto a porta e estava à espera; ao longe, ouvia-se a campainha. "Esta maldita peruca me faz sentir calor", pensou Rice, acabando o uísque com um gole só. Quase em seguida viu-se entre novos bastidores, sem se opor à amável pressão da mão no cotovelo. "Ainda não", disse o homem alto mais atrás. "Lembre-se de que no parque faz frio. Talvez, se levantasse a gola da jaque-

Todos os fogos o fogo   513

ta... Vamos, é sua hora de entrar." De um banco à beira da trilha, Michael adiantou-se para ele, saudando-o com uma brincadeira. Seu papel era o de responder passivamente e discutir os méritos do outono no Regent's Park, até que chegassem Eva e a dama de vermelho, que estariam alimentando os cisnes. Pela primeira vez — e para ele foi quase tão surpreendente quanto para os demais —, Rice pôs ênfase numa alusão que o público pareceu apreciar e que obrigou Michael a se pôr na defensiva, forçando-o a utilizar os recursos mais visíveis do ofício para encontrar uma saída; dando-lhe bruscamente as costas enquanto acendia um cigarro, como se quisesse proteger-se do vento, Rice olhou por cima dos óculos e viu os três homens entre os bastidores, o braço do homem alto fazendo-lhe um gesto ameaçador. Riu entre dentes (devia estar um pouco embriagado e além disso se divertia, aquele braço em movimento parecia-lhe extremamente engraçado) antes de se virar e apoiar uma das mãos no ombro de Michael. "Veem-se coisas regozijantes nos parques", disse Rice. "Realmente não entendo que alguém possa perder tempo com cisnes ou amantes quando se está num parque londrino." O público riu mais que Michael, excessivamente interessado na chegada de Eva e da dama de vermelho. Sem vacilar, Rice continuou nadando contra a corrente, violando pouco a pouco as instruções, numa esgrima feroz e absurda contra atores habilíssimos que se esforçavam por fazê-lo voltar a seu papel e às vezes conseguiam, mas ele tornava a escapulir para de alguma forma ajudar Eva, sem saber bem por quê, mas dizendo para si mesmo (e lhe dava vontade de rir, e devia ser o uísque) que tudo o que mudasse naquele momento alteraria inevitavelmente o último ato (*Não deixe que me matem*). E os outros haviam se dado conta de sua intenção porque bastava olhar por cima dos óculos na direção dos bastidores da esquerda para ver os gestos iracundos do homem alto, fora e dentro do palco estavam lutando contra ele e Eva, se interpunham para que os dois não pudessem se comunicar, para que ela não conseguisse dizer-lhe nada, e agora chegava o cavalheiro ancião seguido de um lúgubre chofer, havia uma espécie de momento de calmaria (Rice lembrava-se das instruções: uma pausa, em seguida a conversa sobre a compra de ações, depois a frase reveladora da dama de vermelho, e cortina), e nesse intervalo em que forçosamente Michael e a dama de vermelho deveriam se afastar para que o cavalheiro falasse com Eva e Howell sobre a manobra acionária (realmente não faltava nada naquela peça), o prazer de escangalhar um pouco mais a ação encheu Rice de algo semelhante a felicidade. Com um gesto que deixava bem claro o profundo desprezo que lhe inspiravam as especulações de risco, tomou Eva pelo braço, se esquivou à manobra envolvente do enfurecido e sorridente cavalheiro, e caminhou com ela ouvindo a suas costas uma muralha de palavras engenhosas que não lhe diziam respeito, exclusivamente inventadas para o público, e em compensação Eva, essa sim, em compensação um hálito morno não mais que um segundo contra sua face, o leve murmúrio de sua voz verdadeira dizendo: "Fique comigo até o final", interrompido por um movimento instintivo, o hábito que a fazia responder à interpelação da dama de vermelho, arrastando Howell para que ele recebesse em pleno rosto as palavras reveladoras. Sem pausa, sem a minúscula fresta de que teria necessitado para poder alterar o rumo que aquelas palavras davam definitivamente ao que haveria de vir mais tarde, Rice viu cair a cortina. "Imbecil", disse a dama de vermelho. "Saia, Flora", ordenou o homem alto, junto de Rice, que sorria satisfeito. "Imbecil", repetiu a dama de vermelho, segurando o braço de Eva, que baixara a cabeça e havia assumido um ar ausente. Um empurrão mostrou o caminho a Rice, que se sentia perfeitamente feliz. "Imbecil", disse por sua vez o homem alto. O safanão na cabeça foi quase brutal, mas Rice tirou sozinho os óculos e os estendeu ao homem alto. "O uísque não era tão ruim", disse. "Se quiser me passar as instruções para o último ato..." Outro safanão quase o derruba e quando conseguiu se endireitar, sentindo uma ligeira náusea, já avançava aos tropeções por uma galeria mal iluminada; o homem alto desaparecera e os outros dois se comprimiam contra ele, obrigando-o a seguir em frente com a mera pressão de seus corpos. Havia uma porta com uma lampadinha alaranjada no alto. "Troque a roupa", disse o homem de cinza, entregando-lhe seu terno. Quase sem lhe dar tempo de vestir a jaqueta, abriram a porta com um pontapé; o empurrão o pôs para fora trançando as pernas, viu-se na calçada de um beco cheirando a lixo. "Filhos da mãe, vou acabar pegando uma pneumonia", pensou Rice, enfiando as mãos nos bolsos. Havia luzes na extremidade mais afastada do beco, de onde vinha o rumor do trânsito. Na primeira esquina (não haviam tirado seu dinheiro nem seus documentos) Rice reconheceu a entrada do teatro. Como nada o impedia de assistir ao último ato de seu assento, entrou para o calor do foyer, para a fumaça e as pessoas conversando no bar; havia tempo para tomar outro uísque, mas se sentia incapaz de pensar no que quer que fosse. Um pouco antes de subir a cortina atinou em se perguntar quem faria o papel de Howell no último ato e se algum outro pobre infeliz estaria passando por amabilidades e ameaças e óculos; mas a brincadeira devia terminar todas as noites da mesma maneira, porque logo depois reconheceu o ator do primeiro ato, lendo uma carta em seu escritório para em seguida estendê-la em silêncio para uma Eva pálida e vestida de cinza. "É escandaloso", comentou Rice virando-se para o espectador da esquerda. "Como permitem que um ator seja trocado no meio de uma peça?" O espectador suspirou, fatigado. "Nunca se sabe, com esses autores

Todos os fogos o fogo   515

jovens", disse. "Tudo é símbolo, suponho." Rice se acomodou no assento saboreando malignamente o murmúrio dos espectadores, que não pareciam aceitar com tanta passividade quanto seu vizinho as alterações físicas de Howell; e mesmo assim a ilusão do teatro os dominou quase na mesma hora, o ator era excelente e a ação se precipitava de um modo que surpreendeu inclusive Rice, perdido numa agradável indiferença. A carta era de Michael, anunciando sua partida da Inglaterra; Eva a leu e devolveu-a em silêncio; dava para perceber que chorava contidamente. *Fique comigo até o final*, dissera Eva. *Não deixe que me matem*, dissera Eva absurdamente. Da segurança da plateia era inconcebível que pudesse lhe acontecer alguma coisa naquele cenário de pacotilha; tudo fora uma enganação contínua, uma longa hora de perucas e árvores pintadas. É claro que a inefável dama de vermelho invadia a melancólica paz do escritório onde o perdão e quem sabe o amor de Howell eram perceptíveis em seus silêncios, em seu jeito quase distraído de rasgar a carta e atirá-la ao fogo. Parecia inevitável que a dama de vermelho insinuasse que a partida de Michael era um estratagema, e também que Howell lhe desse a entender um desprezo que não impediria um convite cortês para o chá. Rice achou vagamente divertida a chegada do criado com a bandeja; o chá parecia um dos principais recursos do comediógrafo, sobretudo agora que a dama de vermelho manipulava em algum momento um frasquinho de melodrama romântico enquanto as luzes iam baixando de um modo totalmente inexplicável no escritório de um advogado londrino. Houve um telefonema que Howell atendeu com perfeita compostura (era previsível a queda das ações ou qualquer outra crise para o desenlace); as xícaras passaram de mão em mão com os sorrisos pertinentes, o bom-tom que antecede as catástrofes. Rice considerou quase inconveniente o gesto de Howell no momento em que Eva levava a xícara aos lábios, seu brusco movimento e o chá se derramando sobre o vestido cinza. Eva estava imóvel, quase ridícula; naquela imobilização instantânea das atitudes (Rice se retesara sem saber por quê, e alguém zombava impaciente atrás dele), a exclamação escandalizada da dama de vermelho se superpôs ao leve estalido, à mão de Howell se erguendo para anunciar alguma coisa, a Eva que virava a cabeça e olhava para o público como se não quisesse acreditar e depois escorregava de lado até ficar quase estendida no sofá, numa lenta retomada do movimento que Howell pareceu receber e prosseguir com sua brusca corrida rumo aos bastidores da direita, sua fuga que Rice não viu, porque também ele já estava correndo pelo corredor central antes ainda que os outros espectadores tivessem se movido. Descendo a escada aos saltos, teve a presença de espírito de apresentar seu talão na chapelaria para recuperar o casaco; quando estava chegando à porta ouviu os primeiros rumores do final da peça, aplausos e vozes na sala; alguém do teatro corria escadas acima. Fugiu na direção da Kean Street, e ao passar junto ao beco lateral teve a impressão de ver uma sombra avançando rente à parede; a porta por onde o haviam expulsado estava entreaberta, mas Rice ainda não terminara de registrar essas imagens e já corria pela rua iluminada, e em lugar de se afastar da zona do teatro descia outra vez pela Kingsway, prevendo que ninguém teria a ideia de procurá-lo nas cercanias do teatro. Entrou na Strand (erguera a gola do casaco e andava depressa, com as mãos nos bolsos) até se perder, com um alívio que ele mesmo não conseguia explicar, na vaga região de ruelas internas que saíam da Chancery Lane. Apoiando-se numa parede (estava um pouco ofegante e sentia o suor grudar-lhe a camisa à pele), acendeu um cigarro e pela primeira vez se perguntou explicitamente, utilizando todas as palavras necessárias, por que estava fugindo. Os passos que se aproximavam interpuseram-se entre ele e a resposta que buscava, enquanto corria pensou que se conseguisse atravessar o rio (já estava perto da ponte de Blackfriars) se sentiria a salvo. Refugiou-se num portal, afastado do poste que iluminava a saída na direção da Watergate. Algo queimou sua boca; arrancou com um repelão o toco de cigarro esquecido e sentiu que lhe rasgava os lábios. No silêncio que o envolvia, dedicou-se a repetir as perguntas não respondidas, contudo ironicamente se interpunha a ideia de que só estaria a salvo se conseguisse atravessar o rio. Era ilógico, os passos também poderiam segui-lo pela ponte, por qualquer ruela da outra margem; e mesmo assim optou pela ponte, correu a favor de um vento que o ajudou a deixar o rio para trás e perder-se num labirinto que não conhecia até chegar a uma área mal iluminada; a terceira parada da noite num profundo e estreito beco sem saída deixou-o finalmente diante da única pergunta importante, e Rice compreendeu que era incapaz de encontrar a resposta. *Não deixe que me matem*, dissera Eva, e ele fizera o possível, desajeitada e miseravelmente, mas mesmo assim eles a haviam matado e ele precisava fugir porque não era possível que a peça terminasse assim, que a xícara de chá se derramasse inofensivamente sobre o vestido de Eva, e mesmo assim Eva deslizara até ficar estendida no sofá; acontecera outra coisa sem que ele estivesse ali para impedi-lo, *fique comigo até o final*, Eva suplicara, mas eles o haviam expulsado do teatro, eles o haviam afastado daquilo que precisava acontecer e que ele, idiotamente instalado em seu assento, contemplara sem compreender ou compreendendo a partir de outra região de si mesmo, onde havia medo e fuga, e agora, pegajoso como o suor que lhe escorria pela barriga, nojo de si mesmo. "Mas eu não tenho nada a ver", pensou. "E não aconteceu nada; não é possível que esse tipo de coisa aconteça." Repetiu-se com aplicação: não era possível que o tivessem abordado para propor-lhe aquela insensatez, para ameaçá-lo amavelmente; os passos que se aproximavam só podiam ser os de um vagabundo qualquer, passos que não deixavam rastros. O homem ruivo que se deteve ao seu lado quase sem olhar para ele e que tirou os óculos com um gesto convulsivo para tornar a pô-los depois de esfregá-los com a aba da jaqueta era simplesmente alguém que se parecia com Howell, com o ator que fizera o papel de Howell e havia derramado a xícara de chá sobre o vestido de Eva. "Tire essa peruca", disse Rice, "eu o reconheceria onde quer que fosse." "Não é peruca", disse Howell (talvez se chamasse Smith, ou Rogers, já nem se lembrava do nome dele no programa). "Que burro que eu sou", disse Rice. Era previsível que tivessem preparado uma cópia exata dos cabelos de Howell, assim como os óculos haviam sido uma réplica dos de Howell. "O senhor fez o que pôde", disse Rice, "eu estava na plateia e vi; todo mundo poderá depor a seu favor." Howell tremia, apoiado na parede. "Não é isso", disse. "Que diferença faz, se mesmo assim eles fizeram o que pretendiam." Rice inclinou a cabeça; estava tomado por um cansaço invencível. "Eu também tentei salvá-la", disse, "mas não me deixaram prosseguir." Howell olhou para ele cheio de rancor. "É sempre a mesma coisa", disse, como se falasse consigo mesmo. "É típico dos aficionados, acham que conseguem se ocupar do assunto melhor que os outros e no fim não adianta nada." Ergueu a gola da jaqueta, enfiou as mãos nos bolsos. Rice teria querido perguntar-lhe: "Por que é sempre a mesma coisa? E sendo assim, por que estamos fugindo?". O assobio pareceu enveredar pelo beco, procurando-os. Correram lado a lado por muito tempo, até se deter em algum canto que cheirava a petróleo, a rio estagnado. Descansaram por um momento atrás de uma pilha de trouxas; Howell ofegava como um cachorro e Rice sentia cãibras numa das panturrilhas. Massageou-a, apoiando-se nas trouxas, equilibrando-se com dificuldade sobre um só pé. "Mas talvez não seja assim tão grave", murmurou. "O senhor disse que era sempre a mesma coisa." Howell cobriu a boca de Rice com a mão; ouviam-se dois apitos alternadamente. "Cada um por si", disse Howell. "Talvez um de nós consiga escapar." Rice compreendeu que ele tinha razão, mas teria querido que antes Howell respondesse a sua pergunta. Segurou-o por um braço, puxando-o com toda a força. "Não me deixe aqui assim", suplicou. "Não posso continuar fugindo sempre, sem saber." Sentiu o cheiro ardido das trouxas, sua mão como se estivesse oca no ar. Passos corriam, distanciando-se; Rice se inclinou, tomou impulso e partiu na direção oposta. À luz de um poste viu um nome qualquer: Rose Alley. Adiante estava o rio, alguma ponte. Não faltavam pontes nem ruas por onde correr.

518 *Instruções para John Howell*

Todos os fogos o fogo

Assim será algum dia sua estátua, pensa ironicamente o procônsul enquanto ergue o braço, fixa-o no gesto da saudação, deixa--se petrificar pela ovação de um público que duas horas de circo e calor não cansaram. Está na hora da surpresa prometida; o procônsul baixa o braço, olha para a mulher, que lhe devolve o sorriso inexpressivo das festas. Irene não sabe o que virá a seguir e ao mesmo tempo é como se soubesse, até o inesperado acaba em hábito quando se aprendeu a tolerar, com a indiferença que o procônsul detesta, os caprichos do amo. Sem nem mesmo se voltar para a arena, prevê uma sorte já lançada, uma sucessão cruel e monótona. Licas o vinhateiro e sua mulher Urânia são os primeiros a gritar um nome que a multidão recolhe e repete. "Eu havia guardado esta surpresa para ti", diz o procônsul. "Me garantiram que gostas do estilo desse gladiador." Sentinela de seu sorriso, Irene inclina a cabeça para agradecer. "Posto que nos fazes a honra de acompanhar-nos, embora os jogos te aborreçam", acrescenta o procônsul, "é justo que eu procure oferecer-te o que mais te agrada." "És o sal do mundo!", grita Licas. "Fazes descer a própria sombra de Marte à nossa pobre arena de província!" "Ainda não viste nem metade", diz o procônsul, molhando os lábios num cálice de vinho e oferecendo-o à mulher. Irene bebe um gole prolongado, que parece levar com seu perfume suave o odor espesso e persistente do sangue e do estrume. Num brusco silêncio de expectativa que o recorta com uma precisão implacável, Marco avança para o centro da arena; sua curta espada brilha ao sol, no ponto onde o velho velário deixa passar um raio oblíquo, e o escudo de bronze pende negligente da mão esquerda. "Não o farás lutar com o vencedor de Smirnio?", pergunta excitadamente Licas. "Melhor que isso", diz o procônsul. "Eu gostaria de ser lembrado por tua província devido a esses jogos, e que por um momento minha mulher deixe de entediar-se." Urânia e Licas aplaudem, à espera da resposta de Irene, mas ela devolve o cálice ao escravo em silêncio, indiferente ao clamor que saúda a chegada do segundo gladiador. Imóvel, Marco também parece indiferente à ovação que acolhe seu adversário; com a ponta da espada, toca de leve suas grevas douradas.

"Alô", diz Roland Renoir, escolhendo um cigarro como uma continuação ineludível do gesto de tirar o telefone do gancho. Na linha há uma crepitação de comunicações misturadas, alguém que recita números, de repente um silêncio ainda mais escuro naquela escuridão que o telefone verte no olho do ouvido. "Alô", repete Roland, apoiando o cigarro na borda do cinzeiro e procurando os fósforos no bolso da túnica. "Sou eu", diz a voz de Jeanne. Como Roland não responde, ela acrescenta: "Sonia acaba de sair".

Sua obrigação é fitar o camarote imperial, fazer a saudação de praxe. Sabe que deve fazê-la e que verá a mulher do procônsul e o procônsul, e que talvez a mulher sorria para ele como nos últimos jogos. Não tem necessidade de pensar, quase não sabe pensar, mas o instinto lhe diz que aquela arena é cruel, o enorme olho de bronze no qual os rastelos e as folhas de palmeira desenharam suas encurvadas veredas sombreadas por um ou outro rastro das lutas precedentes. Esta noite sonhou com um peixe, sonhou com um caminho solitário entre colunas partidas; enquanto se armava, alguém murmurou que o procônsul não lhe pagará com moedas de ouro. Marco não se deu ao trabalho de perguntar, e o outro começou a rir maldosamente antes de se afastar sem lhe dar as costas; um terceiro, depois, disse-lhe tratar-se de um irmão do gladiador morto por ele em Massilia, mas já o empurravam para a galeria, para os clamores de fora. O calor é insuportável, pesa-lhe o elmo que devolve os raios do sol de encontro ao velário e às arquibancadas. Um peixe, colunas partidas; sonhos sem um sentido claro, com poços de esquecimento nos momentos em que teria podido entender. E o homem que o armava disse que o procônsul não lhe pagará com moedas de ouro; talvez a mulher do procônsul não sorria para ele esta tarde. Os clamores o deixam indiferente porque agora estão aplaudindo o outro, aplaudem-no menos que a ele um momento antes, mas entre os aplausos filtram-se gritos de assombro, e Marco levanta a cabeça, olha para o camarote onde Irene se virou para falar com Urânia, onde o procônsul negligentemente faz um sinal, e todo o seu corpo se contrai e sua mão agarra o punho da espada. Bastou que voltasse os olhos para a galeria oposta; não é por ali que surge seu rival, subiram, rangendo, as grades da passagem sombria por onde fazem sair as feras, e Marco vê delinear-se a silhueta gigantesca do reciário núbio, até então invisível contra o fundo de pedra bolorenta; agora sim, aquém de toda razão, sabe que o procônsul não lhe pagará com moedas de ouro, adivinha o sentido do peixe e das colunas partidas. E ao mesmo tempo tanto se lhe dá o que vai acontecer entre o reciário e ele, esse é o ofício e os fados, mas seu corpo continua contraído como se tivesse medo, alguma coisa em sua carne se pergunta por que o reciário saiu pela galeria das feras, e também, entre ovações, pergunta-o o público, e Licas pergunta-o ao procônsul, que sorri para reforçar sem palavras a surpresa, e Licas protesta rindo e se julga obrigado a apostar a favor de Marco; antes de ouvir as palavras que virão, Irene sabe que o procônsul dobrará a aposta a favor do núbio, e que depois olhará amavelmente para ela e dará ordens para que lhe sirvam vinho gelado. E ela beberá o vinho

520 *Todos os fogos o fogo*

e comentará com Urânia a estatura e a ferocidade do reciário núbio; cada movimento está previsto, embora ele o ignore em si mesmo, embora possam faltar o cálice de vinho ou o gesto da boca de Urânia enquanto admira o torso do gigante. Então Licas, especialista em incontáveis pompas circenses, lhes fará notar que o elmo do núbio roçou as extremidades pontudas da grade das feras, erguidas a dois metros do solo, e elogiará a desenvoltura com que ele ajeita as escamas da malha sobre o braço esquerdo. Como sempre, como foi desde uma já remota noite nupcial, Irene se retrai até o limite mais profundo de si mesma enquanto por fora condescende e sorri e até goza; nessa profundidade livre e estéril, sente o sinal de morte que o procônsul dissimulou numa alegre surpresa pública, o sinal que só ela e possivelmente Marco têm condições de compreender, mas Marco não compreenderá, funéreo e silencioso e máquina, e seu corpo, que ela desejou em outra tarde de circo (coisa que o procônsul adivinhou, sem necessidade de seus magos adivinhou como sempre, desde o primeiro instante), vai pagar o preço da mera imaginação, de um duplo olhar inútil sobre o cadáver de um trácio destramente morto com um talho na garganta.

Antes de discar o número de Roland, a mão de Jeanne esteve nas páginas de uma revista de modas, num tubo de comprimidos calmantes, no lombo do gato acomodado no sofá. Depois a voz de Roland pronunciou: "Alô", uma voz um pouco sonolenta, e bruscamente Jeanne teve uma sensação de ridículo, de que vai dizer a Roland aquilo que haverá de incorporá-la definitivamente à galeria das queixosas telefônicas, com o único e irônico espectador fumando num silêncio condescendente. "Sou eu", diz Jeanne, mas disse mais para si mesma do que para aquele silêncio oposto no qual dançam, como se fosse sobre um pano de fundo, algumas chispas de som. Olha para a mão que acariciou distraidamente o gato antes de discar os algarismos (e por acaso não se ouvem outros algarismos ao telefone, não há uma voz distante que dita números para alguém que não fala, que está ali apenas para copiar, obediente?), recusando-se a acreditar que a mão que pegou e largou outra vez o tubo de comprimidos é a sua mão, que a voz que acaba de repetir "Sou eu" é a sua voz, à beira do limite. Por dignidade, calar, lentamente devolver o fone a seu gancho, permanecer limpamente só. "Sonia acaba de sair", diz Jeanne, e o limite foi transposto, o ridículo tem início, o pequeno inferno confortável.

"Ah", diz Roland, riscando um fósforo. Jeanne ouve distintamente o raspão, é como se visse o rosto de Roland enquanto ele aspira a fumaça, jogando-se um pouco para trás com os olhos semicerrados. Um rio de escamas brilhantes parece saltar das mãos do gigante negro e Marco tem o tempo exato para esquivar o corpo à rede. Em outras vezes — o procônsul sabe disso e vira a cabeça para que somente Irene o veja sorrir — aproveitou esse instante mínimo que é o ponto fraco de todo reciário para bloquear com o escudo a ameaça do longo tridente e investir a fundo, com um movimento fulgurante, na direção do peito descoberto. Mas Marco se mantém fora de alcance, encurvadas as pernas como a ponto de dar um salto, enquanto o núbio recolhe velozmente a rede e prepara o novo ataque. "Ele está perdido", pensa Irene sem olhar para o procônsul, que escolhe doces na bandeja que Urânia lhe apresenta. "Ele não é mais o que era", pensa Licas, lamentando sua aposta. Marco se inclinou um pouco, acompanhando o movimento giratório do núbio; é o único que ainda não sabe o que todos pressentem, é apenas algo que à espreita espera outra oportunidade, com o vago desconforto de não ter feito o que a ciência lhe indicava. Teria necessidade de mais tempo, as horas tabernárias que se seguem aos triunfos, para quem sabe entender a razão pela qual o procônsul não lhe pagará com moedas de ouro. Sombrio, espera outro momento propício; quem sabe no final, com um pé sobre o cadáver do reciário, possa encontrar de novo o sorriso da mulher do procônsul; mas isso quem pensa não é ele, e quem o pensa já não acredita que o pé de Marco se crave no peito de um núbio degolado.

"Decida", diz Roland, "a menos que você queira que eu passe a tarde ouvindo esse sujeito ditar números sei lá para quem. Você está ouvindo?" "Estou", diz Jeanne, "dá a impressão de falar de muito longe. Trezentos e cinquenta e quatro, duzentos e quarenta e dois." Por um momento ouve-se apenas a voz distante e monótona. "Em todo caso", diz Roland, "ele está utilizando o telefone para fins práticos." A resposta poderia ser a previsível, a primeira queixa, mas Jeanne se cala por mais alguns segundos e repete: "Sonia acaba de sair". Hesita antes de acrescentar: "Provavelmente está chegando a sua casa". Para Roland seria uma surpresa, Sonia não tem por que ir a sua casa. "Não minta", diz Jeanne, e o gato foge de sua mão, olha para ela ofendido. "Não era uma mentira", diz Roland. "Me referia à hora, não ao fato de vir ou deixar de vir. Sonia sabe que eu fico incomodado com visitas e telefonemas a esta hora." Oitocentos e cinco, dita de longe a voz. Quatrocentos e dezesseis. Trinta e dois. Jeanne fechou os olhos, esperando a primeira pausa naquela voz anônima para dizer a única coisa que resta dizer. Se Roland bater o telefone sempre lhe restará aquela voz no fundo da linha, poderá manter o fone no ouvido, escorregando cada vez mais no sofá, acariciando o gato que tornou a se deitar de encontro a ela, brincando com o tubo de comprimidos, escutando os números até que a outra voz também se canse e não reste mais nada, absolutamente nada além do fone, que começará a pesar tremendamente entre seus dedos, uma coisa morta que será preciso repelir sem olhar. Cento e quarenta e cinco, diz a voz. E mais longe

Todos os fogos o fogo

ainda, como um minúsculo desenho a lápis, alguém que poderia ser uma mulher tímida pergunta entre dois estalos: "Estação do Norte?".

Pela segunda vez consegue se esquivar da rede, mas errou a medida do salto para trás e escorrega numa mancha úmida da areia. Com um esforço que faz o público se levantar em suspense, Marco repele a rede com um volteio da espada enquanto estende o braço esquerdo e recebe no escudo o golpe altissonante do tridente. O procônsul ignora os comentários excitados de Licas e vira a cabeça para Irene, que não se moveu. "Agora ou nunca", diz o procônsul. "Nunca", responde Irene. "Ele não é mais o que era", repete Licas, "e vai pagar caro por isso, o núbio não vai dar outra oportunidade a ele, é só olhar para os dois." À distância, quase imóvel, Marco parece ter se dado conta do erro; com o escudo no alto, olha fixamente para a rede já recolhida, para o tridente que oscila hipnoticamente a dois metros de seus olhos. "Tens razão, ele não é mais o mesmo." "Havias apostado nele, Irene?" Agachado, prestes a saltar, Marco sente na pele, no fundo do estômago, que a multidão o abandona. Se tivesse um momento de calma poderia desfazer o laço que o paralisa, a corrente invisível que começa muito atrás, só que sem que ele consiga saber onde, e que em algum momento é a solicitação do procônsul, a promessa de uma remuneração extraordinária e também um sonho no qual há um peixe e sentir-se agora, quando já não há tempo para nada, a imagem mesma do sonho à frente da rede que lhe dança diante dos olhos e parece capturar cada raio de sol que se filtra pelos rasgões do velário. Tudo é corrente, armadilha; endireitando o corpo com uma violência ameaçadora que o público aplaude enquanto o reciário dá pela primeira vez um passo atrás, Marco opta pelo único caminho, a confusão e o suor e o cheiro de sangue, a morte à sua frente, que é preciso esmagar; alguém que o desejou por sobre o corpo de um trácio agonizante. "O veneno", diz Irene para si mesma, "ainda vou encontrar o veneno, mas agora aceita esse cálice de vinho que ele lhe oferece, sê mais forte, espera tua hora." O intervalo parece se prolongar, assim como se prolonga a insidiosa galeria negra na qual volta intermitente a voz distante que repete números. Jeanne sempre acreditou que as mensagens que verdadeiramente contam estão em algum momento aquém de toda palavra; quem sabe esses números digam mais, sejam mais que todo discurso para aquele que os escuta atentamente, como para ela o perfume de Sonia, o roçar da palma da mão de Sonia em seu ombro antes de ela partir foram tão mais que as palavras de Sonia. Mas era natural que Sonia não se conformasse com uma mensagem cifrada, que quisesse pronunciá-la com todas as letras, saboreando-a até o talo. "Entendo que para você vá ser muito difícil", repetiu Sonia, "mas detesto disfarces e prefiro lhe dizer a verdade." Quinhentos e quarenta e seis, seiscentos e

Todos os fogos o fogo   523

sessenta e dois, duzentos e oitenta e nove. "Não me interessa se ela vai ou não para sua casa", diz Jeanne, "agora nada mais me interessa." Em lugar de outro número há um longo silêncio. "Você está aí?", pergunta Jeanne. "Estou", diz Roland, largando a bituca no cinzeiro e pegando sem pressa a garrafa de conhaque. "O que eu não consigo entender...", começa Jeanne. "Por favor", diz Roland, "nesses casos ninguém entende grande coisa, querida, e além do mais não se ganha nada com entender. Lamento que Sonia tenha se precipitado, não era a ela que competia lhe falar. E esse infeliz, não vai acabar nunca com esses números?" A voz miúda, que faz pensar num organizado mundo de formigas, continua seu ditado minucioso encoberto por um silêncio mais próximo e mais espesso. "Mas você", diz absurdamente Jeanne, "então, você..."

Roland toma um gole de conhaque. Sempre gostou de escolher suas palavras, de evitar os diálogos supérfluos. Jeanne irá repetir cada frase duas, três vezes, acentuando-as de maneira diferente; ela que fale, que repita, enquanto ele prepara o mínimo de respostas sensatas que ponham ordem naquele alvoroço lamentável. Respirando forte, se endireita depois de uma finta e de um avanço lateral; alguma coisa lhe diz que daquela vez o núbio vai alterar a ordem do ataque, que o tridente se adiantará ao disparo da rede. "Presta bem atenção", explica Licas a sua mulher, "eu o vi fazer isso em Apta Iulia, sempre os deixa desconcertados." Mal defendido, desafiando o risco de ingressar no campo da rede, Marco se joga para a frente e só então levanta o escudo para se proteger do rio brilhante que foge como um raio da mão do núbio. Atalha a borda da rede, mas o tridente golpeia para baixo e o sangue espirra da coxa de Marco, enquanto a espada curta demais ressoa inutilmente contra o cabo. "Não falei?", grita Licas. O procônsul olha atentamente para a coxa ferida, para o sangue que se espalha na greva dourada; pensa, quase penalizado, que Irene teria gostado de acariciar aquela coxa, de encontrar sua pressão e seu calor, gemendo do jeito que sabe gemer quando ele a aperta para machucá-la. Dirá isso a ela naquela noite mesmo e será interessante estudar o rosto de Irene em busca do ponto fraco de sua máscara perfeita, que fingirá indiferença até o fim, como agora finge um interesse civil na luta que faz uivar de entusiasmo uma plebe bruscamente excitada pela iminência do fim. "A sorte o abandonou", diz o procônsul a Irene. "Quase me sinto culpado de tê-lo trazido até esta arena de província; uma parte dele ficou em Roma, pelo que se vê." E o resto ficará aqui, com o dinheiro que apostei nele", diz Licas, rindo. "Por favor, não fique assim", diz Roland, "é absurdo continuar falando por telefone quando podemos nos ver esta noite mesmo. Repito o que lhe disse, Sonia se precipitou, eu queria poupar você desse golpe." A formiga parou de ditar seus números e as pa-

Todos os fogos o fogo

lavras de Jeanne são distintamente audíveis; não há lágrimas em sua voz, o que surpreende Roland, que preparou suas frases prevendo uma avalanche de recriminações. "Me poupar do golpe?", diz Jeanne. "Mentindo, claro, me enganando de novo." Roland suspira, descarta as respostas que poderiam prolongar até o bocejo um diálogo entediante. "Sinto muito, mas se você vai continuar assim, prefiro desligar", diz, e pela primeira vez há um tom de afabilidade em sua voz. "É melhor eu lhe fazer uma visita amanhã, ao fim e ao cabo somos pessoas civilizadas, que diabo." De muito longe a formiga dita: oitocentos e oitenta e oito. "Não venha", diz Jeanne, e é divertido ouvir as palavras misturando-se aos números, não oitocentos venha oitenta e oito "não venha nunca mais, Roland." O drama, as prováveis ameaças de suicídio, o enfado como foi com Marie Josée, como foi com todas as que levam a questão para o lado trágico. "Não seja boba", aconselha Roland, "amanhã você vai entender melhor, é preferível para os dois." Jeanne se cala, a formiga dita números redondos: cem, quatrocentos, mil. "Bom, até amanhã", diz Roland, admirando o vestido de rua de Sonia, que acaba de abrir a porta e se deteve com um ar entre interrogativo e brincalhão. "Ela não perdeu tempo para ligar", diz Sonia, largando a bolsa e uma revista. "Até amanhã, Jeanne", repete Roland. O silêncio na linha parece se tensionar como um arco, até ser interrompido secamente por um número distante, novecentos e quatro. "Chega de ditar esses números idiotas!", grita Roland com todas as suas forças, e antes de afastar o fone do ouvido ainda escuta o clique do outro lado, o arco que dispara sua flecha inofensiva. Paralisado, sabendo-se incapaz de evitar a rede que não tardará a envolvê-lo, Marco confronta o gigante núbio, a espada curta demais imóvel na extremidade do braço estendido. O núbio relaxa a rede uma, duas vezes, recolhe-a em busca da posição mais favorável, continua a girá-la como se quisesse prolongar o alarido do público, que o incita a acabar com o rival, e desce o tridente enquanto pende para um dos lados para dar mais impulso ao tiro. Marco vai ao encontro da rede com o escudo no alto, e é uma torre que desmorona contra uma massa negra, a espada se enterra em algo que mais acima uiva; a areia entra em sua boca e em seus olhos, a rede cai inutilmente sobre o peixe que se afoga.

Aceita indiferente as carícias, incapaz de sentir que a mão de Jeanne treme um pouco e começa a esfriar. Quando os dedos deslizam por sua pele e se detêm, cravando-se numa crispação instantânea, o gato se queixa, petulante; depois despenca de costas e move as patas na atitude de expectativa que sempre faz Jeanne dar risada, mas agora não, a mão dela continua imóvel ao lado do gato e é muito de leve que um dedo ainda procura o calor de sua pele, percorre-a brevemente antes de se imobilizar outra vez entre o flanco morno e o tubo de comprimidos que rolou até ali. Atingido em pleno estômago o núbio uiva, jogando-se para trás, e naquele último instante em que a dor é como uma labareda de ódio, toda a força que escapa de seu corpo se concentra no braço para enterrar o tridente nas costas do rival de bruços. Cai sobre o corpo de Marco, e as convulsões o fazem girar de lado; Marco move lentamente um braço, cravado na areia como um enorme inseto brilhante.

"Não é frequente", diz o procônsul voltando-se para Irene, "que dois gladiadores desse mérito se matem mutuamente. Podemos felicitar-nos de ter visto um espetáculo raro. Esta noite escreverei a meu irmão para consolá-lo de seu casamento tedioso."

Irene vê o braço de Marco mover-se, um lento movimento inútil, como se quisesse arrancar do corpo o tridente enterrado em seu dorso. Imagina o procônsul nu na areia, com o mesmo tridente cravado até o cabo. Mas o procônsul não moveria o braço com aquela dignidade última; guincharia esperneando como uma lebre, pediria perdão a um público indignado. Aceitando a mão que o marido lhe estende para ajudá-la a levantar-se, concorda uma vez mais; o braço deixou de mover-se, a única coisa que lhe resta fazer é sorrir, refugiar-se na inteligência. O gato não parece gostar da imobilidade de Jeanne, continua jogado de costas à espera de uma carícia; depois, como se o incomodasse aquele dedo contra a pele do flanco, mia incontidamente e dá meia-volta para se afastar, já esquecido e sonolento.

"Perdoe por aparecer a esta hora", diz Sonia. "Vi seu carro na porta, era muita tentação. Ela ligou para você, não é mesmo?" Roland apanha um cigarro. "Você fez mal", diz. "Supostamente essa tarefa compete aos homens, afinal de contas fiquei mais de dois anos com Jeanne e ela é uma boa garota." "Ah, mas o prazer", diz Sonia, servindo-se de conhaque. "Nunca consegui perdoá-la por ser tão ingênua, não há nada que me exaspere mais. Imagine que a primeira coisa que ela fez foi rir, convencida de que era brincadeira da minha parte." Roland olha para o telefone, pensa na formiga. Agora Jeanne vai ligar de novo e ele vai ficar constrangido porque Sonia sentou-se a seu lado e acaricia seu cabelo enquanto folheia uma revista literária como se estivesse procurando ilustrações. "Você fez mal", repete Roland, puxando Sonia para si. "Em vir a esta hora?", ri Sonia, cedendo às mãos que tentam localizar, desajeitadas, o primeiro gancho. O véu púrpura cobre os ombros de Irene, que dá as costas ao público à espera de que o procônsul faça a última saudação. Às ovações já se mescla um rumor de multidão em movimento, a carreira precipitada dos que tentam chegar mais depressa à saída e ganhar as galerias inferiores. Irene sabe que os escravos estarão arrastando os cadáveres e não se volta; é agradável pensar que o procônsul aceitou o convite de Licas para cear em sua mansão às margens do lago,

526 *Todos os fogos o fogo*

onde o ar da noite a ajudará a esquecer o cheiro da plebe, os últimos gritos, um braço movendo-se lentamente como se acariciasse a terra. Não lhe é difícil esquecer, embora o procônsul a atormente com a evocação minuciosa de tanto passado que o inquieta; um dia Irene encontrará o jeito de fazê-lo, também ele, esquecer para sempre, e de que as pessoas simplesmente o imaginem morto. "Vais ver o que nosso cozinheiro inventou", está dizendo a mulher de Licas. "Ele devolveu o apetite a meu marido, e esta noite..." Licas ri e saúda os amigos, à espera de que o procônsul abra a caminhada na direção da galeria depois de uma última saudação que se faz esperar como se ele sentisse prazer em continuar olhando para a arena onde os cadáveres são enganchados e arrastados. "Estou tão feliz", diz Sonia, apoiando o rosto no peito de Roland cheio de sono. "Não diga isso", murmura Roland, "a gente sempre imagina que se trata de amabilidade." "Você não acredita?", diz Sonia, rindo. "Acredito, mas não diga isso agora. Vamos fumar." Tateia na mesinha até encontrar os cigarros, põe um nos lábios de Sonia, aproxima o seu próprio, acende-os ao mesmo tempo. Os dois se olham um pouco, sonolentos, e Roland sacode o fósforo e o deposita na mesa sobre a qual em algum lugar há um cinzeiro. Sonia é a primeira a adormecer e ele retira muito devagar o cigarro de sua boca, reúne-o ao seu e abandona os dois na mesinha, deslizando para junto de Sonia num sono pesado e sem imagens. O lenço de gaze arde sem chama na borda do cinzeiro, consumindo-se lentamente, cai sobre o tapete ao lado do monte de roupas e de um copo de conhaque. Parte do público vocifera e se amontoa nas arquibancadas inferiores; o procônsul fez uma nova saudação e em seguida sinaliza para que sua guarda lhe abra caminho. Licas, o primeiro a compreender, lhe mostra o setor mais distante do velho velário que começa a se desprender enquanto uma chuva de chispas cai sobre o público, que procura atropeladamente as saídas. Gritando uma ordem, o procônsul empurra Irene, sempre de costas e imóvel. "Depressa, antes que eles se amontoem na galeria baixa", grita Licas, precipitando-se à frente da mulher. Irene é a primeira a sentir o cheiro do óleo fervente, o incêndio dos depósitos subterrâneos; atrás, o velário cai sobre as costas dos que lutam para abrir caminho em meio a uma massa de corpos entremeados que entopem as galerias estreitas demais. Parte deles salta para a arena às centenas, em busca de outras saídas, mas a fumaça do óleo apaga as imagens, um pedaço de tecido flutua na extremidade das chamas e cai sobre o procônsul antes que ele consiga se refugiar na passagem que leva à galeria imperial. Irene se volta ao ouvi-lo gritar, arranca o tecido chamuscado de cima dele, segurando-o com dois dedos, delicadamente. "Não vamos conseguir sair", diz, "estão todos amontoados ali embaixo feito animais." Então Sonia grita, querendo desprender-se do braço ardente que

Todos os fogos o fogo   527

a envolve de dentro do sono, e seu primeiro berro se confunde com o de Roland, que procura inutilmente se erguer, sufocado pela fumaça negra. Ainda gritam, cada vez mais baixo, quando o carro dos bombeiros entra a toda a velocidade pela rua entupida de curiosos. "É no décimo andar", diz o tenente. "Vai ser duro, temos vento norte. Vamos."

O outro céu

> *Ces yeux ne t'appartiennent pas... où les as-tu pris?*
> *...,* IV, V.

M e acontecia às vezes de tudo fluir, se abrandar e se render, aceitando sem resistência que fosse possível ir assim de uma coisa para outra. Digo que me acontecia, embora uma esperança idiota gostasse de acreditar que talvez ainda venha a me acontecer. E por essa razão, se o fato de sair andando uma e outra vez pela cidade parece um escândalo quando se tem família e trabalho, há momentos em que torno a dizer a mim mesmo que já seria tempo de voltar ao meu bairro predileto, esquecer minhas ocupações (sou corretor da Bolsa) e, com um pouco de sorte, encontrar Josiane e ficar com ela até a manhã seguinte.

Quem sabe quanto tempo faz que me repito isso tudo, e é penoso porque houve uma época em que as coisas me ocorriam quando eu menos pensava nelas, bastando empurrar de leve com o ombro qualquer recanto do ar. Em todo caso, era só entrar na deriva prazerosa do cidadão que se deixa levar por suas preferências em matéria de ruas e quase sempre meu passeio ia dar no bairro das galerias cobertas, talvez porque desde sempre as passagens e as galerias foram minha pátria secreta. Aqui, por exemplo, a Passagem Güemes, território ambíguo onde há tanto tempo fui me desfazer da infância como de uma roupa velha. Por volta de 1928 a Passagem Güemes era a caverna do tesouro onde deliciosamente se misturavam a entrevisão do pecado e as pastilhas de hortelã, onde se apregoavam as edições vespertinas com crimes de página inteira e cintilavam as luzes da sala do subsolo onde se projetavam inatingíveis filmes realistas. As Josianes daqueles dias deviam olhar para mim com uma expressão entre maternal e divertida, eu com uns miseráveis centavos no bolso mas andando como um homem, chapéu requintado e mãos nos bolsos, fumando um Commander unicamente porque meu padrasto havia profetizado que eu acabaria cego por culpa do tabaco louro. Lembro-me principalmente de cheiros e sons, de algo como uma expectativa e uma ansiedade, da banca onde dava para comprar revistas com mulheres nuas e anúncios de falsas manicures, e já na época eu era sensível àquele falso céu de estuques e claraboias sujas, àquela noite artificial que ignorava a tolice do dia e do sol ali fora. Com falsa indiferença eu me plantava diante das portas da passagem onde tinha início o último mistério, os vagos elevadores que deveriam levar aos consultórios de doenças venéreas e também aos supostos paraísos lá no alto, com mulheres da vida e amorais, como os chamavam os jornais da época, com bebidas preferentemente verdes em cálices biselados, vestindo batas de seda e quimonos roxos, e os apartamentos teriam o mesmo perfume que saía das lojas que eu julgava elegantes e que cintilavam na penumbra da passagem, um bazar inatingível de frascos e caixas de vidro e cisnes rosa e pós *rachel* e escovas de cabo transparente.

Ainda hoje tenho dificuldade em cruzar a Passagem Güemes sem me enternecer ironicamente com a lembrança da adolescência à beira da queda; o antigo fascínio se mantém sempre, e por isso eu gostava de sair andando sem rumo fixo, sabendo que em qualquer momento entraria na área das galerias cobertas, onde qualquer butique sórdida e empoeirada me atraía mais que as vitrines oferecidas à insolência das ruas abertas. A Galerie Vivienne, por exemplo, ou a Passage des Panoramas com suas ramificações, seus atalhos que vão dar num sebo ou numa inexplicável agência de viagens onde talvez ninguém jamais tenha comprado um bilhete de trem, esse mundo que optou por um céu mais próximo, de vidros sujos e estuques com figuras alegóricas que estendem as mãos para ofertar uma guirlanda, essa Galerie Vivienne a um passo da ignomínia diurna da Rue Réaumur e da Bolsa (eu trabalho na Bolsa), quanto desse bairro foi meu desde sempre, desde muito antes de suspeitá-lo ele já era meu, quando posicionado num canto da Passagem Güemes, contando minhas poucas moedas de estudante, eu debatia a questão de gastá-las num bar automático ou comprar um romance e um pacote sortido de balas azedinhas em sua embalagem de papel transparente, com um cigarro que me enevoava os olhos e no fundo do bolso, onde os dedos por vezes o roçavam, o envelopinho do preservativo comprado com falsa desenvoltura numa farmácia atendida só por homens, e que não teria a menor oportunidade de utilizar, com tão pouco dinheiro e tanta infância no semblante.

Minha namorada, Irma, acha inexplicável que eu goste de perambular à noite pelo centro ou pelos bairros do sul, e se soubesse de minha predileção pela Passagem Güemes não deixaria de se escandalizar. Para ela, como para minha mãe, não há melhor atividade social que o sofá da casa onde transcorre aquilo que denominam a conversa, o café e o drinque de anis. Irma é a melhor e mais generosa das mulheres, jamais me ocorreria falar a ela sobre o que realmente me importa, e dessa maneira algum dia chegarei a ser um bom marido e um pai cujos filhos serão entre outras coisas os tão almejados netos de minha mãe. Suponho que por coisas assim acabei conhecendo Josiane, mas não apenas por isso, já que eu poderia tê-la encontrado no Boulevard Poissonière ou na Rue Notre-Dame-des-Victoires, e em vez disso nos olhamos pela primeira vez na parte mais recôndita da Galerie Vivienne, embaixo das figuras de gesso que o bico de gás enchia de tremores (as guirlandas iam e vinham entre os dedos das Musas empoeiradas), e logo me dei conta de que Josiane trabalhava naquele bairro e que não era tão difícil localizá-la conhecendo os cafés ou privando da amizade dos cocheiros. Talvez fosse coincidência, mas tê-la conhecido naquele lugar, enquanto chovia no outro mundo, o do céu alto e sem guirlandas da rua, me pareceu um sinal que ia além do encontro corriqueiro com qualquer outra prostituta do bairro. Depois eu soube que naqueles dias Josiane não se afastava da galeria porque era o tempo em que só se falava nos crimes de Laurent e a coitadinha vivia aterrorizada. Um pouco desse terror se transformava em graça, em gestos quase esquivos, em puro desejo. Lembro-me do seu jeito de me olhar, entre ávida e desconfiada, suas perguntas que fingiam indiferença, meu quase incrédulo encanto ao tomar conhecimento de que ela vivia na parte de cima da galeria, minha insistência em subir a sua mansarda em vez de ir ao hotel da Rue du Sentier (onde ela tinha amigos e se sentia protegida). E sua confiança mais tarde, como rimos naquela noite com a mera ideia de que eu pudesse ser Laurent, e que bonita e doce era Josiane em sua mansarda de romance barato, com o medo do estrangulador rondando por Paris e aquele jeito dela de se apertar cada vez mais contra mim enquanto passávamos em revista os assassinatos de Laurent.

Minha mãe sempre sabe se não dormi em casa, e embora naturalmente não diga nada, visto que seria absurdo que dissesse, passa um ou dois dias me olhando entre ofendida e intimidada. Sei muito bem que ela jamais pensaria em contar a Irma, mas mesmo assim me incomoda a persistência de um direito materno que nada mais justifica, e sobretudo que seja eu quem acabe aparecendo com uma caixa de bombons ou uma planta para o pátio, e que o presente tenha o significado muito preciso e subentendido de assinalar o término da ofensa, a retomada da vida corrente do filho que continua morando na casa da mãe. Sem dúvida Josiane ficava feliz quando eu lhe contava esse tipo de episódio, que uma vez no bairro das galerias passava a fazer parte de nosso mundo com a mesma lhaneza de seu protagonista. O sentimento familiar de Josiane era muito vivo e estava repleto de respeito pelas instituições e pelos parentescos; sou pouco afeito a confidências, mas como de alguma coisa precisávamos falar e o que ela havia permitido que eu soubesse sobre sua vida já fora comentado, quase inevitavelmente voltávamos a meus problemas de homem solteiro. Outra coisa nos aproximou, e também nisso tive sorte, porque Josiane gostava das galerias cobertas, talvez por viver numa delas ou porque elas a protegiam do frio e da chuva (eu a conheci num começo de inverno, com neves prematuras que nossas galerias e seu mundo ignoravam alegremente). Nos habituamos a andar juntos quando ela estava com tempo, quando alguém — ela não gostava de chamá-lo pelo nome — estava suficientemente satisfeito com ela para permitir que se divertisse um pouco com os amigos. Falávamos pouco desse alguém, depois que fiz as inevitáveis perguntas e ela me respondeu com as inevitáveis mentiras de toda relação mercenária; ficava entendido que ele era o amo, mas tinha o bom gosto de não aparecer. Cheguei a pensar que não lhe desagradava que eu fizesse companhia a Josiane em algumas noites, pois a ameaça de Laurent pesava mais que nunca sobre o bairro, depois de seu novo crime na Rue d'Aboukir, e a pobrezinha não teria ousado se afastar da Galerie Vivienne depois do anoitecer. Era o caso de sentir-se grato a Laurent e ao amo: o medo alheio me servia para percorrer com Josiane as passagens e os cafés, descobrindo que podia chegar a ser amigo de verdade de uma moça a quem não estava ligado por nenhuma relação profunda. Fomos nos dando conta dessa confiada amizade pouco a pouco, por meio de silêncios, de bobagens. O quarto dela, por exemplo, a mansarda pequena e limpa cuja única realidade para mim era a de fazer parte da galeria. No início eu havia subido por Josiane, e, como não podia ficar por não ter dinheiro suficiente para pagar por uma noite inteira e alguém estava à espera de uma prestação de contas sem mácula, eu quase não via o que me circundava, e muito mais tarde, quando estava a ponto de adormecer em meu pobre quarto com seu almanaque ilustrado e sua cuia de prata como únicos luxos, eu tentava evocar a mansarda e não conseguia saber como era, não via mais que Josiane, e era o que bastava para que eu entrasse no sono como se ainda a tivesse entre os braços. Mas com a amizade vieram as prerrogativas, talvez a aquiescência do amo; Josiane muitas vezes dava um jeito de passar a noite comigo, e seu quarto começou a preencher as lacunas de um diálogo que nem sempre era fácil; cada boneca, cada estampa, cada enfeite foram se instalando em minha memória e me ajudando a viver quando chegava o momento de voltar para meu quarto ou de conversar com minha mãe ou com Irma sobre a política nacional e as doenças nas famílias.

Mais tarde houve outras coisas, e entre elas a vaga silhueta daquele a quem Josiane chamava de sul-americano, mas no começo tudo parecia girar em torno do grande terror do bairro, alimentado pelo que um jornalista imaginoso inventara de chamar a saga de Laurent, o estrangulador. Se num dado momento trato de evocar a imagem de Josiane, é para vê-la entrar comigo no café da Rue des Jeuneurs, instalar-se na banqueta de veludo carmim e trocar cumprimentos com as amigas e o pessoal do bairro, frases soltas que logo se transformam em Laurent, porque só de Laurent se fala no bairro da Bolsa, e eu que trabalhei o dia todo sem parar e aguentei entre duas rodadas de cotação os comentários de colegas e clientes a respeito do último crime de Laurent, me pergunto se esse pesadelo ignóbil acabará algum dia, se as coisas tornarão a ser como imagino que fossem antes de Laurent, ou se seremos castigados por suas diversões macabras até o fim dos tempos. E o mais irritante (digo isso a Josiane, depois de pedir o grogue que tanta falta nos faz com esse frio e essa neve) é que nem sequer sabemos seu nome, o bairro o chama de Laurent porque uma vidente da barreira de Clichy viu numa bola de cristal o assassino escrever seu nome com um dedo ensanguentado, e os jornalecos se guardam bem de contrariar os instintos do público. Josiane não é boba, mas ninguém seria capaz de convencê-la de que o assassino não se chama Laurent, e é inútil lutar contra o ávido terror que pestaneja em seus olhos azuis que agora olham distraidamente para os passos de um homem jovem, muito alto e um pouco encurvado, que acaba de entrar e se apoia no mostrador sem cumprimentar ninguém.

— Pode ser — diz Josiane, acatando alguma reflexão tranquilizadora que devo ter inventado sem nem pensar. — Mas enquanto isso preciso subir sozinha para meu quarto, e se o vento apaga minha vela entre dois andares... Só de pensar em ficar no escuro na escada, e que talvez...

— É raro você subir sozinha — digo, rindo.

— Você faz troça, mas há muitas noites ruins, justamente quando neva ou chove e tenho que voltar às duas da madrugada...

Segue-se a descrição de Laurent agachado num patamar de escada ou, pior ainda, esperando-a em seu próprio quarto, onde entrou utilizando uma gazua infalível. Na mesa ao lado Kiki estremece ostentosamente e solta uns gritinhos que se multiplicam nos espelhos. Nós, homens, nos divertimos enormemente com esses espantos teatrais, que contribuirão para protegermos com mais prestígio nossas companheiras. Dá gosto fumar umas cachimbadas no café, nessa hora em que o cansaço do trabalho começa a esmaecer com o álcool e o tabaco e as mulheres comparam seus chapéus e seus boás ou riem de coisa nenhuma; dá gosto beijar Josiane na boca enquanto ela, pensativa, fica olhando o homem — praticamente um rapagão — que nos dá as costas e bebe seu absinto aos golinhos, apoiando um dos cotovelos no balcão. É curioso, agora que penso nisso: à primeira imagem que me ocorre de Josiane, e que é sempre Josiane na banqueta do café numa noite de neve e Laurent, vem somar-se inevitavelmente aquele que ela

532 *O outro céu*

chamava de o sul-americano, bebendo seu absinto e me dando as costas. Também eu o chamo de o sul-americano, porque Josiane me garantiu que ele o era e que soubera disso pela Rousse, que se deitara com ele ou quase, e tudo isso sucedera antes que Josiane e a Rousse se desentendessem por uma questão de esquinas ou de horários e agora o lamentassem com meias palavras porque haviam sido muito boas amigas. De acordo com a Rousse ele dissera que era sul-americano, embora falasse sem o menor sotaque; havia lhe dito isso ao ir para a cama com ela, talvez para ter algum assunto enquanto acabava de afrouxar os cadarços dos sapatos.

— Com aquela carinha, quase um menino... Você não acha que ele parece um estudante que cresceu de repente? Bom, você precisava ouvir o que a Rousse conta sobre ele.

Josiane insistia no hábito de cruzar e descruzar os dedos toda vez que narrava alguma coisa apaixonante. Me explicou o capricho do sul-americano, nada tão extraordinário afinal, a recusa categórica da Rousse, a partida do cliente pensativo. Perguntei se alguma vez o sul-americano a abordara. Claro que não, pois devia saber que a Rousse e ela eram amigas. Conhecia bem as duas, morava no bairro, e quando Josiane disse isso olhei com mais atenção para ele e o vi pagar seu absinto jogando uma moeda no pratinho de estanho, ao mesmo tempo que nos oferecia, distraído — e era como se deixássemos de estar ali durante um interminável segundo —, uma expressão distante e ao mesmo tempo estranhamente fixa, o semblante de alguém que se imobilizou num momento de seu sono e se recusa a dar o passo que o devolverá à vigília. Na verdade uma expressão como aquela, embora o rapaz fosse praticamente um adolescente e possuísse traços muito belos, poderia muito bem inspirar o pesadelo recorrente de Laurent. Não perdi tempo em propô-lo a Josiane.

— Laurent? Você está louco! Mas se Laurent é...

O problema era que ninguém tinha a menor informação sobre Laurent, embora Kiki e Albert nos ajudassem a continuar pesando as probabilidades para divertir-nos. A teoria inteira veio abaixo quando o dono do café, que milagrosamente escutava todos os diálogos do local, lembrou-nos de que pelo menos uma coisa se sabia sobre Laurent: a força que lhe permitia estrangular suas vítimas com uma só mão. E aquele rapaz, convenhamos... Sim, e já estava tarde e convinha voltar para casa; eu tão sozinho, porque Josiane passaria a noite com alguém que já a esperava na mansarda, alguém que tinha a chave por direito próprio, e então a acompanhei até a primeira sobreloja para que ela não se assustasse se sua vela se apagasse na metade da subida, e tomado por um profundo cansaço súbito vi-a subir, talvez feliz, embora tivesse declarado o contrário, e depois saí para a noite nevada e

Todos os fogos o fogo 533

glacial e fiquei andando sem rumo até que em algum momento encontrei como sempre o caminho que me devolveria a meu bairro, com pessoas que liam a sexta edição dos jornais ou olhavam pelas janelinhas do trem como se realmente houvesse algo a ver naquele horário e naquelas ruas.

Nem sempre era fácil chegar à região das galerias e dar certo de ser um momento livre de Josiane; quantas vezes eu acabava andando sozinho pelas passagens, um pouco decepcionado, até sentir pouco a pouco que a noite também era minha amante. Na hora em que os bicos de gás eram acesos, a animação despertava em nosso reino, os cafés viravam a bolsa do ócio e do contentamento, bebia-se a grandes goladas o fim da jornada de trabalho, as manchetes dos jornais, a política, os prussianos, Laurent, as corridas de cavalos. Eu gostava de saborear um cálice aqui e outro acolá, aguardando sem pressa o momento em que descobriria a silhueta de Josiane em algum ângulo das galerias ou em algum balcão. Caso ela já estivesse acompanha-da, um sinal combinado me informava sobre quando seria possível encon-trá-la sozinha; outras vezes ela se limitava a sorrir e eu ficava com o resto do tempo para as galerias; eram as horas do explorador, e assim fui entrando nas áreas mais remotas do bairro, na Galerie Sainte-Foy, por exemplo, e nas remotas Passages du Caire, mas embora qualquer uma delas me atraísse mais que as ruas abertas (e eram tantas, hoje era a Passage des Princes, de outra vez a Passage Verdeau, e assim até o infinito), de todo modo o térmi-no de uma longa ronda que eu mesmo não seria capaz de reconstruir me devolvia sempre à Galerie Vivienne, não tanto por Josiane, embora também por ela, como por suas grades protetoras, suas alegorias vetustas, suas som-bras no ângulo da Passage des Petits-Pères, aquele mundo diferente onde não era preciso pensar em Irma e era possível viver sem horários fixos, ao sabor dos encontros e da sorte. Com tão poucos pontos de referência, não consigo calcular o tempo transcorrido até casualmente voltarmos a falar no sul-americano; uma vez eu havia tido a impressão de vê-lo sair de um portal da Rue Saint-Marc, envolto numa dessas túnicas negras tão na moda cinco anos antes, acompanhadas de chapéus de copa exageradamente alta, e fiquei tentado a me aproximar e perguntar de onde ele vinha. Desisti ao pensar na fria cólera com que eu mesmo teria recebido uma interpelação do gênero, mas Josiane logo opinou que havia sido uma besteira da minha par-te, talvez porque o sul-americano a interessasse a seu modo, com um pouco de ofensa de grupo e muito de curiosidade. Lembrou-se de que umas noites antes pensara reconhecê-lo de longe na Galerie Vivienne, embora aparente-mente ele não a frequentasse.

— Não gosto daquele jeito dele de olhar para a gente — disse Josiane. — Antes eu não me incomodava, mas depois que você falou no Laurent...

— Josiane, quando eu fiz aquela brincadeira a gente estava com a Kiki e com o Albert. O Albert é informante da polícia, como você deve saber. Então eu ia deixar passar a oportunidade? Vai que ele acha a ideia viável? A cabeça do Laurent vale muito dinheiro, querida.

— Não gosto dos olhos dele — teimou Josiane. — Além do fato de que ele não olha para a gente, a verdade é que crava os olhos, mas não olha. Se um dia ele vier falar comigo, saio correndo, juro por esta cruz.

— Você está com medo de um menino. Ou será que acha que todos nós, sul-americanos, parecemos orangotangos?

Dá para imaginar como esses diálogos acabavam. Íamos tomar um grogue no café da Rue des Jeuneurs, andávamos pelas galerias, pelos teatros do bulevar, subíamos para a mansarda, morríamos de rir. Houve algumas semanas — para determinar um período, é tão difícil ser justo com a felicidade — em que tudo nos fazia rir, até as besteiras de Badinguet e o medo da guerra nos divertiam. É quase ridículo admitir que uma coisa tão desproporcionalmente inferior como Laurent pudesse acabar com nosso contentamento, mas foi o que aconteceu. Laurent matou outra mulher na Rue Beauregard — tão perto, afinal de contas — e a turma do café ficou em estado de alerta, e Marthe, que entrara correndo para gritar a notícia, acabou numa explosão de choro histérico que de algum modo nos ajudou a engolir a bola presa em nossa garganta. Naquela mesma noite a polícia passou todos nós por seu pente mais fino, de café em café e de hotel em hotel; Josiane foi atrás do amo e eu deixei que fosse, compreendendo que estivesse precisando da proteção suprema que resolvia todas as dificuldades. Mas como no fundo essas coisas me afundavam numa vaga tristeza — as galerias não eram para isso, não deviam ser para isso —, comecei a beber com Kiki e depois com a Rousse, que andava atrás de mim para que eu fizesse a ponte para uma reconciliação com Josiane. Bebia-se muito em nosso café, e naquela névoa quente das vozes e das bebidas pareceu-me quase justo que à meia-noite o sul-americano se instalasse numa mesa do fundo e pedisse seu absinto com a expressão de sempre, bonita e ausente e desligada. No prelúdio da confidência da Rousse respondi que já sabia e que afinal o jovem não era cego e seus gostos não mereciam tanto rancor; ainda estávamos rindo das falsas bofetadas da Rousse quando Kiki condescendeu em dizer que já havia estado no quarto dele. Antes que a Rousse pudesse cravar-lhe as dez unhas de uma pergunta previsível, eu quis saber como era esse quarto. "Ora, que diferença faz", dizia a Rousse desdenhosamente, mas Kiki já estava entrando em cheio numa mansarda da Rue Notre-Dame-des-Victoires, tirando da cartola, como um mau prestidigitador de bairro, um gato cinzento que no fundo parecia ser a melhor lembrança de Kiki.

Eu a deixava falar, olhando o tempo todo para a mesa do fundo e dizendo para mim mesmo que ao fim e ao cabo teria sido tão natural que eu me aproximasse do sul-americano e lhe dissesse algumas frases em espanhol. Quase fiz isso, e agora não passo de um dos muitos que se perguntam por que em algum momento não fizeram o que tiveram vontade de fazer. Em vez disso, fiquei ali com a Rousse e Kiki, fumando um novo cachimbo e pedindo outra rodada de vinho branco; não me lembro bem do que estava sentindo quando renunciei a meu impulso, mas era algo como um veto, o sentimento de que se o transgredisse entraria em território inseguro. E não obstante acho que fiz mal, que estive à beira de um ato que teria podido me salvar. Me salvar do quê?, é o que me pergunto. Mas justamente disto: salvar-me de hoje não poder fazer outra coisa a não ser me perguntar isso, e que não haja outra resposta senão a fumaça do cigarro e essa vaga esperança inútil que me segue pelas ruas como um cão sarnento.

> *Où sont-ils passés, les becs de gaz?*
> *Que sont-elles devenues, les vendeuses d'amour?*
>
> ..., VI, I

Pouco a pouco fui forçado a me convencer de que havíamos entrado em tempos adversos, e de que enquanto Laurent e as ameaças prussianas nos preocupassem àquele ponto, a vida nas galerias não voltaria a ser o que havia sido. Minha mãe deve ter me achado abatido, porque me aconselhou a tomar um fortificante, e os pais de Irma, que possuíam um chalé numa ilha do rio Paraná, me convidaram a passar uma temporada de descanso e vida saudável por lá. Tirei quinze dias de férias e sem a menor vontade fui para a ilha, incomodado antecipadamente com o sol e os mosquitos. No primeiro sábado, graças a um pretexto qualquer, voltei à cidade, percorri com passo incerto ruas onde os saltos dos sapatos afundavam no asfalto mole. Daquela errância tola guardei uma brusca recordação deliciosa: ao entrar ainda uma vez na Passagem Güemes fui envolvido de repente pelo aroma do café, sua violência já quase esquecida nas galerias onde o café era aguado e requentado. Tomei duas xícaras, sem açúcar, saboreando e ao mesmo tempo aspirando aquele aroma, queimando-me, feliz. Tudo o que aconteceu depois, até o fim da tarde, ficou com outro cheiro, o ar úmido do centro se encheu de poços de fragrância (voltei a pé para casa, acho que havia prometido a minha mãe que jantaria com ela), e em cada poço do ar os cheiros

536 *O outro céu*

eram mais crus, mais intensos, sabão amarelo, café, tabaco escuro, tinta de imprensa, erva-mate, tudo cheirava inflamadamente, e o sol e o céu também eram mais crus, mais realçados. Durante algumas horas esqueci quase rancorosamente o bairro das galerias, mas quando atravessei uma vez mais a Passagem Güemes (isso aconteceu de fato no período da ilha? Será que estou misturando dois momentos de uma mesma temporada? Mas na verdade pouco importa) não adiantou invocar a alegre bofetada do café, seu aroma continuou sendo o de sempre, mas em compensação reconheci a mistura adocicada e repugnante de serragem com cerveja rançosa que parece transpirar do assoalho dos bares do centro, mas talvez fosse porque eu estava outra vez querendo encontrar Josiane e até acreditava que o grande terror e as neves haviam chegado ao fim. Acho que foi naquela época que comecei a ter a impressão de que o desejo já não era suficiente, como antes, para que as coisas girassem compassadamente e me propusessem determinadas ruas que levavam à Galerie Vivienne, mas também é possível que tivesse acabado por submeter-me mansamente ao chalé da ilha para não entristecer Irma, para que ela não desconfiasse que meu único verdadeiro descanso estava em outro lugar; até que não aguentei mais e voltei à cidade e andei até ficar exausto, com a camisa grudada no corpo, sentando-me nos bares para tomar cerveja, esperando já não sabia o quê. E quando, ao sair do último bar, vi que era só virar a esquina para entrar em meu bairro, a alegria se mesclou ao cansaço e a uma obscura consciência de derrota, porque bastava olhar para o rosto das pessoas para entender que o grande terror estava longe de haver cessado, bastava prestar atenção nos olhos de Josiane, em sua esquina da Rue d'Uzès, e ouvi-la declarar em tom queixoso que o amo em pessoa havia decidido protegê-la de um possível ataque; lembro-me de que entre dois beijos consegui entrever a silhueta do amo na reentrância de um portal, protegendo-se do granizo envolto numa ampla capa cinza.

Josiane não era das que recriminam pelas ausências, e me pergunto se no fundo ela se dava conta da passagem do tempo. Voltamos de braços dados para a Galerie Vivianne, subimos até a mansarda, mas depois percebemos que não estávamos alegres como antes e vagamente atribuímos o fato a tudo o que afligia o bairro; era inevitável que houvesse guerra, os homens teriam de incorporar-se às fileiras (ela empregava solenemente essas palavras com um ignorante, delicioso respeito), as pessoas sentiam medo e raiva, a polícia não conseguira encontrar Laurent. Consolavam-se guilhotinando outros, como naquela mesma madrugada, em que executariam o envenenador de quem tanto havíamos falado no café da Rue Jeuneurs durante o processo; mas o terror continuava solto nas galerias e nas passagens, nada mudara desde meu último encontro com Josiane, e nem mesmo deixara de nevar.

Para nos consolar, fomos dar um passeio, desafiando o frio porque Josiane vestia um casaco que precisava ser admirado numa série de esquinas e portais onde suas amigas esperavam os clientes assoprando os dedos ou afundando as mãos nos manguitos de pele. Poucas vezes havíamos andado tanto pelos bulevares, e acabei desconfiando que, acima de qualquer outra coisa, éramos sensíveis à proteção das vitrines iluminadas; entrar em qualquer das ruas vizinhas (porque Liliane também precisava ver o casaco, e Francine, mais adiante) ia nos afundando pouco a pouco no espanto, até que o casaco ficou suficientemente exibido e sugeri nosso café e corremos pela Rue du Croissant até dobrarmos a esquina e refugiar-nos no calor e nos amigos. Para sorte de todos, àquela hora a ideia da guerra ia minguando nas memórias, não ocorria a ninguém repetir os estribilhos obscenos contra os prussianos, estávamos tão bem com os copos cheios e o calor da estufa, os clientes de passagem haviam se retirado e só restavam os amigos do patrão, o grupo de sempre, e a boa notícia de que a Rousse pedira perdão a Josiane e as duas haviam se reconciliado com beijos e lágrimas e mesmo presentes. Tudo tinha um quê de guirlanda (mas as guirlandas podem ser fúnebres, depois compreendi) e por isso, como lá fora estavam a neve e Laurent, permanecíamos o máximo possível no café e à meia-noite ficávamos sabendo que o patrão completava cinquenta anos de trabalho atrás do mesmo balcão, coisa que era preciso festejar, uma flor se entrelaçava à seguinte, as garrafas cobriam as mesas porque agora quem oferecia era o patrão e não podíamos fazer pouco de tanta amizade e tanta dedicação ao trabalho, e lá pelas três e meia da manhã Kiki, completamente bêbada, acabava de cantar para nós as melhores árias da opereta da moda enquanto Josiane e a Rousse choravam abraçadas de felicidade e absinto e Albert, quase sem dar importância ao fato, acrescentava outra flor à guirlanda e sugeria que terminássemos a noite em La Roquette, onde o envenenador seria guilhotinado precisamente às seis da manhã, e o patrão descobria emocionado que aquele fim de festa era uma espécie de apoteose de cinquenta anos de trabalho honrado e assumia o compromisso, abraçando-nos a todos e falando da esposa morta no Languedoc, a alugar dois fiacres para a expedição.

Em seguida houve mais vinho, a evocação de diversas mães e episódios destacados da infância, e uma sopa de cebola que Josiane e a Rousse elevaram à condição de sublime na cozinha do café enquanto Albert, o patrão e eu jurávamos amizade eterna e morte aos prussianos. A sopa e os queijos devem ter afogado tanta veemência, porque estávamos quase calados e mesmo constrangidos quando chegou a hora de fechar o café com um ruído interminável de trancas e correntes, e embarcar nos fiacres onde todo o frio do mundo parecia estar à nossa espera. Teria sido melhor que viajássemos

538 *O outro céu*

juntos para maior aconchego, mas o patrão tinha princípios humanitários em matéria de cavalos e se instalou no primeiro fiacre com a Rousse e Albert enquanto me confiava Kiki e Josiane, as quais, disse, eram verdadeiras filhas para ele. Depois de festejar adequadamente a frase com os cocheiros, o ânimo nos voltou ao corpo enquanto subíamos até Popincourt entre simulacros de aposta de corrida, gritos de estímulo e chuvas de falsas chibatadas. O patrão insistiu em que descêssemos dos fiacres a uma certa distância, alegando razões de discrição que não entendi, e, dando-nos os braços para não escorregar demais na neve congelada, subimos a Rue de la Roquette vagamente iluminada por postes isolados, entre sombras móveis que de repente se definiam em chapéus de copa alta, fiacres ao trote e grupos de embuçados que acabavam se amontoando diante de um alargamento da rua, sob a outra sombra mais alta e mais negra da prisão. Um mundo clandestino se acotovelava, passava garrafas de mão em mão, repetia alguma piada que circulava entre gargalhadas e guinchos sufocados, e também havia bruscos silêncios e rostos um instante iluminados por um isqueiro enquanto continuávamos avançando com dificuldade e tentávamos não nos separar, como se cada um soubesse que só a vontade do grupo podia perdoar sua presença naquele local. A máquina estava ali, sobre suas cinco bases de pedra, e todo o aparelho da Justiça esperava imóvel no breve espaço entre ela e o pelotão de soldados com os fuzis apoiados na terra e as baionetas caladas. Josiane enterrava as unhas em meu braço e tremia de tal maneira que tive a ideia de levá-la até um café, mas não havia cafés à vista e ela insistia em não sair dali. Pendurada em mim e em Albert, de vez em quando ela dava um salto para ver melhor a máquina, cravava de novo as unhas em meu braço e no fim me obrigou a abaixar a cabeça até que seus lábios encontrassem minha boca, e me mordeu histericamente murmurando palavras que poucas vezes eu a ouvira pronunciar e que satisfizeram meu orgulho como se por um momento o amo fosse eu. De todos nós, porém, o único aficionado apreciativo era Albert; fumando um cigarro, ele matava os minutos comparando cerimônias, imaginando o comportamento final do condenado, as etapas que naquele momento mesmo eram cumpridas no interior da prisão e que ele conhecia em detalhes por razões que não revelava. No início ouvi-o com avidez para tomar conhecimento da articulação da liturgia em suas mínimas partículas, até que, lentamente, como que vindo de um lugar além dele e de Josiane e da celebração do aniversário, fui sendo invadido por algo que era como um abandono, o sentimento indefinível de que aquilo não deveria ter acontecido daquela forma, de que algo ameaçava em mim o mundo das galerias e das passagens, ou, pior ainda, de que minha felicidade naquele mundo fora um prelúdio enganoso, uma armadilha de flores, como se uma das figuras

Todos os fogos o fogo   539

de gesso tivesse me estendido uma guirlanda falsa (e naquela noite me ocorrera que as coisas se entrelaçavam como as flores numa guirlanda), para pouco a pouco desembocar em Laurent, derivar da embriaguez inocente da Galerie Vivienne e da mansarda de Josiane, ir passando lentamente para o grande terror, para a neve, para a guerra inevitável, para a apoteose dos cinquenta anos do patrão, para os fiacres transidos da madrugada, para o braço rígido de Josiane que prometia a si mesma que não ia olhar e que já procurava em meu peito onde esconder o rosto no momento final. Tive a sensação (e naquele instante as grades começavam a se abrir e se ouvia a voz de comando do oficial da guarda) de que de alguma maneira aquilo era um fecho, eu não sabia bem do que pois ao fim e ao cabo continuaria vivendo, trabalhando na Bolsa e vendo de vez em quando Josiane, Albert e Kiki, que agora havia começado a esmurrar histericamente meu ombro, e embora eu não quisesse afastar os olhos das grades que já estavam quase abertas, tive que prestar atenção nela por um instante, e, acompanhando seu olhar entre surpreso e brincalhão, acabei distinguindo, quase ao lado do patrão, a silhueta um pouco aflita do sul-americano envolto na capa negra, e curiosamente pensei que também isso entrava de alguma maneira na guirlanda e que era um pouco como se uma mão acabasse de entrelaçar nela a flor que a encerraria antes do amanhecer. Mas parei de pensar porque Josiane se apertou contra mim gemendo, e na sombra que os dois postes da entrada agitavam sem afugentar, a mancha branca de uma camisa surgiu como que flutuando entre duas silhuetas negras, aparecendo e desaparecendo toda vez que uma terceira sombra volumosa se inclinava sobre ela com os gestos de quem abraça ou admoesta ou diz alguma coisa ao ouvido ou dá alguma coisa a beijar, até se afastar para um lado, e a mancha branca se definir mais de perto, enquadrada por um grupo de pessoas de chapéu de copa alta e capotes negros, e houve uma espécie de prestidigitação acelerada, um rapto da mancha branca pelas duas figuras que até aquele momento haviam dado a impressão de fazer parte da máquina, um gesto de arrancar dos ombros um agasalho já desnecessário, um movimento vertiginoso para a frente, um brado sufocado que podia ser de qualquer um, de Josiane convulsa contra mim, da mancha branca que parecia deslizar sob a armação onde algo se desencadeava com um estalo e uma comoção quase simultâneos. Achei que Josiane ia desmaiar, todo o peso de seu corpo escorregava ao longo do meu do jeito que devia estar escorregando o outro corpo rumo ao nada, e me inclinei para sustentá-la enquanto um enorme nó de gargantas se desatava num final de missa com o órgão ressoando no alto (mas era um cavalo que relinchava ao farejar o sangue), e o refluxo nos empurrou, entre gritos e comandos militares. Por cima do chapéu de Josiane, que desatara a chorar

540   *O outro céu*

consternada contra minha barriga, cheguei a reconhecer o patrão emocionado, Albert na glória, e o perfil do sul-americano perdido na contemplação imperfeita da máquina que as costas dos soldados e o afã dos artesãos da Justiça iam desvendando em manchas isoladas ao seu olhar, em relâmpagos de sombra entre capotes e braços e uma ânsia geral por sair dali e ir em busca de um vinho quente e de sono, como nós, amontoados mais tarde num fiacre para voltar ao bairro, comentando o que cada um havia acreditado ver e que não era a mesma coisa, não era nunca a mesma coisa e por isso valia mais, porque entre a Rue de la Roquette e o bairro da Bolsa havia tempo para reconstruir a cerimônia, discuti-la, surpreender-se em contradições, alardear uma visão mais aguda ou nervos mais calejados para admiração de última hora de nossas tímidas companheiras.

Não era nem um pouco estranho que minha mãe me achasse abatido na época, lamentando francamente uma indiferença inexplicável que fazia minha pobre namorada sofrer e que acabaria por me fazer perder a proteção dos amigos de meu falecido pai, graças aos quais eu vinha abrindo caminho nos meios bursáteis. Impossível responder a frases assim senão com o silêncio, e aparecer uns dias depois levando uma nova planta para a decoração ou um vale para meadas de lã a preços promocionais. Irma era mais compreensiva, devia confiar simplesmente em que na devida hora o casamento me devolveria à normalidade burocrática, e nesses últimos tempos eu estava a ponto de lhe dar razão, embora me fosse impossível renunciar à esperança de que o grande terror chegasse ao fim no bairro das galerias e de que voltar para minha casa não se parecesse com uma fuga, uma necessidade de proteção que desaparecia assim que minha mãe começava a olhar para mim entre suspiros ou Irma me estendia a xícara de café com o sorriso das namoradas aranhas. Na época estávamos em plena ditadura militar, mais uma na série interminável, mas as pessoas se apaixonavam sobretudo pelo desenlace próximo da guerra mundial e quase diariamente se improvisavam manifestações no centro para celebrar o avanço aliado e a libertação das capitais europeias, enquanto a polícia investia contra os estudantes e as mulheres, as lojas desciam às pressas suas cortinas metálicas e eu, incorporado pela força das coisas a algum grupo estacionado diante das lousas do *La Prensa*, me perguntava se seria capaz de continuar resistindo por muito tempo ao sorriso consequente da pobre Irma e à umidade que me empapava a camisa entre uma e outra rodada de cotação. Comecei a sentir que o bairro das galerias já não era, como antes, o fim de um desejo, quando era suficiente sair andando por uma rua qualquer para que em alguma esquina tudo girasse suavemente, e sem esforço eu me visse nas proximidades da Place des Victoires, onde era tão agradável ficar um bom tempo perambulando pelas ruazinhas, com

Todos os fogos o fogo   541

suas lojas e seus vestíbulos empoeirados, para na hora mais propícia entrar na Galerie Vivienne em busca de Josiane, a menos que por puro capricho eu preferisse primeiro percorrer a Passage des Panoramas ou a Passage des Princes para voltar fazendo um desvio um tanto perverso pelas cercanias da Bolsa. Agora, em compensação, sem ter nem mesmo o consolo de reconhecer, como naquela manhã, o aroma veemente do café na Passagem Güemes (o cheiro era de serragem, de água sanitária), comecei a admitir desde muito longe que o bairro das galerias já não era meu porto de repouso, embora ainda acreditasse na possibilidade de me livrar de meu trabalho e de Irma, de encontrar sem esforço a esquina de Josiane. A todo momento eu era tomado pelo desejo de voltar; diante das lousas dos jornais, com os amigos, no pátio de minha casa, principalmente ao anoitecer, na hora em que lá começariam a ser acesos os bicos de gás. Mas algo me obrigava a ir ficando ao lado de minha mãe e de Irma, uma obscura certeza de que no bairro das galerias eu já não era esperado como antes, de que o grande terror era mais forte. Entrava nos bancos e nos estabelecimentos comerciais com um comportamento de autômato, tolerando a obrigação cotidiana de comprar e vender valores e escutar os cascos dos cavalos da polícia investindo contra o povo que festejava os triunfos aliados, e minha crença em algum dia conseguir me libertar novamente daquilo tudo era tão inconsistente que quando cheguei ao bairro das galerias quase senti medo, senti-me forasteiro e diferente como nunca antes me sentira, refugiei-me numa porta-cocheira e deixei passar o tempo e as pessoas, forçado pela primeira vez a aceitar pouco a pouco tudo o que antes me parecera meu, as ruas e os veículos, a roupa e as luvas, a neve nos pátios e as vozes nas lojas. Até que uma vez mais foi o deslumbramento, foi encontrar Josiane na Galerie Colbert e ficar sabendo entre beijos e pinotes que Laurent não existia mais, que o bairro havia festejado noite após noite o fim do pesadelo, que todo mundo havia perguntado por mim e ainda bem que finalmente Laurent, mas onde é que eu me enfiara para não estar sabendo de nada, e tantas coisas e tantos beijos. Eu nunca a desejara tanto e nunca nos amamos melhor sob o teto de seu quarto, que minha mão conseguia tocar comigo deitado na cama. As carícias, os comentários, a deliciosa narrativa dos dias enquanto o anoitecer ia invadindo a mansarda. Laurent? Um marselhês de cabelo crespo, um miserável, um covarde que se entrincheirara no desvão da casa onde acabara de matar outra mulher, e que implorara desesperadamente pela vida enquanto a polícia punha a porta abaixo. E se chamava Paul, o monstro, até nisso, pense bem, e acabava de matar sua nona vítima, e haviam-no arrastado até a viatura policial enquanto todas as forças do segundo distrito o protegiam sem empenho de uma multidão que o teria destroçado. Josiane já tivera tempo de se habituar, de enterrar Laurent em

542 *O outro céu*

sua memória que poucas imagens guardava, mas para mim era muito e eu não conseguia acreditar de todo enquanto sua alegria não me convenceu de que verdadeiramente já não haveria Laurent, de que podíamos de novo vagar pelas passagens e pelas ruas sem desconfiar dos portais. Foi preciso que saíssemos os dois para festejar a libertação, e, como havia parado de nevar, Josiane quis ir até a rotunda do Palais Royal, que nunca havíamos frequentado nos tempos de Laurent. Prometi a mim mesmo, enquanto descíamos a Rue des Petits Champs cantando, que naquela mesma noite levaria Josiane aos cabarés dos bulevares e que acabaríamos o serão em nosso café, onde à força de vinho branco eu a obrigaria a perdoar tanta ingratidão e tanta ausência.

Por umas poucas horas bebi até a borda o tempo feliz das galerias, e acabei me convencendo de que o fim do grande terror me devolvia são e salvo a meu céu de estuques e guirlandas; dançando com Josiane na rotunda me libertei da última opressão daquele interregno incerto, nasci de novo para minha melhor vida, tão longe da sala de Irma, do pátio de minha casa, do ralo consolo da Passagem Güemes. Nem mesmo quando mais tarde, falando sobre tantas coisas alegres com Kiki e Josiane e o patrão, fiquei sabendo do fim do sul-americano, nem mesmo naquele momento imaginei que estava vivendo uma prorrogação, uma última graça; quanto ao demais, eles falavam do sul-americano com uma indiferença trocista, como de qualquer dos extravagantes do bairro que, se chegam a preencher um buraco na conversa, são logo em seguida substituídos por temas mais apaixonantes, e o fato de que o sul-americano tivesse acabado de morrer num quarto de hotel era apenas pouco mais que uma informação casual, e Kiki já discorria sobre as festas que estavam sendo preparadas num moinho de la Butte, e tive dificuldade para interrompê-la, para pedir-lhe detalhes sem saber muito bem a razão que me levava a pedi-los. Por intermédio de Kiki fiquei sabendo de algumas coisas mínimas: o nome do sul-americano, que ao fim e ao cabo era um nome francês que esqueci na hora, seu mal-estar repentino na Rue du Faubourg Montmartre, onde Kiki tinha um amigo que lhe contara o acontecido; a solidão, o círio miserável ardendo sobre o balcão entupido de livros e papéis, o gato cinzento que o amigo recolhera, a fúria do dono do hotel, a quem faziam aquilo justamente no momento em que esperava a visita dos sogros, o enterro anônimo, o descaso, as festas no moinho de la Butte, a prisão de Paul, o marselhês, a insolência dos prussianos, nos quais já era tempo de aplicar a lição que eles bem mereciam. E de tudo aquilo eu ia separando, como quem arranca duas flores secas de uma guirlanda, as duas mortes que de alguma maneira me pareciam simétricas, a do sul-americano e a de Laurent, um em seu quarto de hotel, o outro dissolvendo-se no nada para ceder seu lugar a Paul, o marselhês, e eram quase uma mesma morte, algo que se apagava para sempre na memória do bairro. Naquela noite ainda consegui acreditar que tudo continuaria como antes do grande terror, e Josiane foi minha uma vez mais em sua mansarda, e quando nos despedimos prometemo-nos festas e passeios quando o verão chegasse. Mas as ruas estavam geladas, e as notícias da guerra exigiam minha presença na Bolsa às nove da manhã; com um esforço que na época julguei meritório me recusei a pensar em meu reconquistado céu, e depois de trabalhar até a náusea almocei com minha mãe e fiquei grato por ela me achar com melhor aspecto. Passei a semana em plena luta bursátil, sem tempo para nada, correndo até minha casa para tomar uma ducha e trocar uma camisa ensopada por outra que pouco depois estava pior. A bomba caiu sobre Hiroshima e tudo foi confusão entre meus clientes, foi preciso travar uma longa batalha para salvar os valores mais comprometidos e encontrar um rumo aconselhável naquele mundo onde cada dia era uma nova derrota nazista e uma reação encarniçada e inútil da ditadura contra o irreparável. Quando os alemães se renderam e o povo tomou as ruas em Buenos Aires, pensei que poderia tirar uma folga, mas toda manhã eu encontrava novos problemas, naquelas semanas casei-me com Irma depois que minha mãe esteve à beira de um ataque cardíaco e toda a família me responsabilizou pelo fato, talvez com justiça. Inúmeras vezes me perguntei por que, se o grande terror cessara no bairro das galerias, não chegava minha hora de ir ao encontro de Josiane para passearmos novamente sob nosso forro de gesso. Suponho que o trabalho e as obrigações familiares contribuíam para que eu não o fizesse, e só sei que de vez em quando, em momentos perdidos, eu ia andar, como consolo, pela Passagem Güemes, olhando vagamente para cima, tomando café e pensando, cada vez com menos convicção, nas tardes em que fora suficiente perambular um momento sem rumo fixo para chegar a meu bairro e dar com Josiane em alguma esquina do entardecer. Eu nunca quis admitir que a guirlanda estivesse definitivamente concluída e que eu não tornaria a encontrar Josiane nas passagens ou nos bulevares. Há dias em que dou para pensar no sul-americano, e em minha cisma tristonha até invento uma espécie de consolo, como se ele tivesse nos matado, a Laurent e a mim, com sua própria morte; raciocino e me digo que não, que exagero, que um dia desses tornarei a entrar no bairro das galerias e encontrarei Josiane surpresa com minha longa ausência. E entre uma coisa e outra fico em casa tomando mate, ouvindo Irma que espera para dezembro, e me pergunto sem muito entusiasmo se quando chegarem as eleições votarei em Perón ou em Tamborini, se votarei em branco ou se simplesmente ficarei em casa tomando mate e olhando para Irma e para as plantas do pátio.

544   *O outro céu*

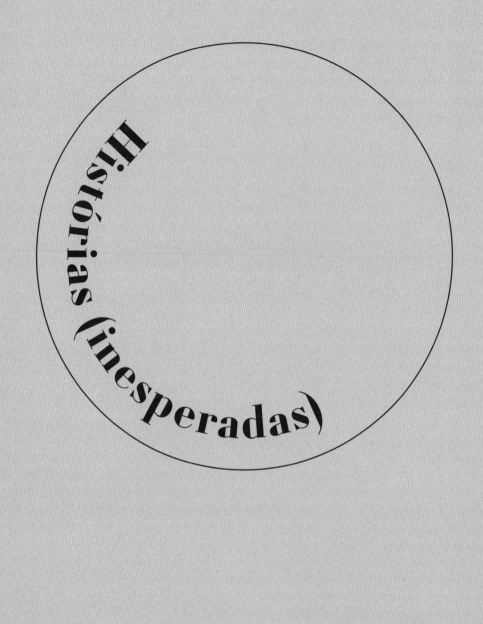

Completamos esta edição
com as quatro peças que
se seguem, publicadas
postumamente pela
primeira vez no volume
Papeles inesperados (2009).
(N. E.)

A adaga e o lírio.
Notas para um relatório

A correspondência expedida ontem à tarde com a vênia do duque terá apresentado ao Executor uma relação sumária dos fatos ocorridos na noite da sexta-feira, 21 do corrente. O referido relato, ditado por mim ao secretário Dellablanca, tinha o propósito de submeter à atenção do Executor os fatos imediatos e as providências de primeira hora. Transcorridos três dias do sucesso, devolvidos os espíritos a uma vigilância mais ponderada de ânimos e humores, força é render a devida conta das muitas reflexões, complexas conjecturas e anseios de verdade que por aquilo tudo circula. O Executor encontrará no que se segue devida memória de fatos e legítimo exercício do raciocínio quanto à substância dos mesmos, que mantêm alterada a corte do duque e abrem os ouvidos da plebe aos mais sediciosos rumores.

Em sua sabedoria, o Executor não ignora que o falecido agente Felipe Romero, natural de Cuna de Metán, de dezenove anos, solteiro, de estatura média, nariz reto, boca de lábios finos, queixo médio, sobrancelhas negras, olhos azuis, cabelo louro encaracolado, barba aparada, me assistia na delicada tarefa para a qual o Executor houve por bem designar-me. A discrição da camareira Carolina aplainou as dificuldades para que o agente Romero fosse admitido nos aposentos de minha senhora, a duquesa, na qualidade de pajem; três meses e uma semana previamente à sua morte permaneceu nesse ofício, tendo conquistado a confiança e a estima de seus amos e disso se valendo sem pudor para adentrar os enganosos silêncios de palácio onde a história se constrói, envolta em veludo. Assim, o relatório encaminhado ao Executor na data de 15 de maio contendo o conjunto de intenções dos que conspiram contra Palacio provinha tanto da diligência e do afã do agente Romero, sagazmente auxiliado pela camareira Carolina, como de minhas próprias suposições, que o Executor teve a bondade de elogiar em outras oportunidades. Entre os agentes designados para a missão a mim confiada, o falecido Romero se destacava por méritos próprios, que sua extrema juventude resgatava a olhos que medem saber por rugas ou substituem respeito por históricos. Sua graça lhe valia giros de chaves e abandono de receios; assim minha senhora a duquesa houve por bem agraciá-lo gentilmente com tarefas e diligências, cedendo-lhe ofícios que competiam a outros criados de seus aposentos, mais relutantes ou desabridos. De cada uma de tais mercês (que tais são as ordens em lábios de minha senhora a

Histórias (inesperadas)   547

duquesa), o agente Romero tratou de extrair proveito para a investigação, provendo-me de notícias e suposições que o Executor recebeu no devido tempo, oportunamente triadas e comentadas.

Os fatos da noite da sexta-feira são, em substância, do conhecimento do Executor. O corpo de Felipe Romero foi encontrado na galeria coberta que leva, a partir da poterna norte, às salas de armas e aos aposentos do duque. Foi a camareira Carolina quem o encontrou, diante do que perdeu os sentidos e desabou sobre o sangue vertido da garganta do finado. Digo finado, embora certas revelações que o Executor considerará mais adiante permitam supor uma agonia prolongada, uma morte cheia de delicadeza, como convinha ao ser na qual se operava.

Recuperada a camareira, lançou brados e acorreram com luzes e visto foi o ocorrido. Eu cheguei pouco depois, e o morto era Felipe Romero. A vítima envergava seu gibão verde de pajem, suas bandas bicolores, sua boina de pluma única. Por baixo do queixo penetrava-o uma adaga fina como uma víbora, de cabo cravejado de rubis, subindo a lâmina temperada para perfurar a língua e os paladares, chegando até a caixa do cérebro para encerrar seu percurso no recinto mesmo do pensar e do recordar. O morto jazia de costas, encolhidas de lado as pernas e em cruz os braços, crispados os dedos para baixo, como se tentassem aferrar-se ao solo. Quando dele removi a adaga, enquanto homens lhe sustentavam a cabeça, derramou-se o resto do sangue sobre a arma e o peito, sem que faltasse alguém a dizer que as mãos se haviam movido uma vez.

Reparei no que era preciso ver e fiz o que competia, e a essa altura já chegava o duque com o pessoal de dentro. Eu disse a ele que se tratava de um pajem, para evitar nomes e não infiltrar em seu entendimento a suspeita de que me era próximo, e ele ordenou que achegassem as luzes e ficou olhando o morto, que também olhava para ele sem ver, e olhava para mim. Um arqueiro fechou os olhos dele e o duque pediu a adaga para imaginar o ferimento. Respondi-lhe que a arma já estava com a Justiça e ele disse: "Justiça é estranha palavra, mas quem sabe essa lâmina a mereça duplamente". E, como eu esperava, pois em matéria de esperar já aprendi muito, atentou para o ferimento e murmurou: "Empalado foi". "Senhor, que por baixo se empala", eu disse. E ele: "Não esqueça o Investigador como os miolos e a língua são por vezes saco de imundície, e neles uma adaga mais atinge que os paus do turco". Em seguida acrescentou que troçava, por embasbacado que estava com ferimento tão peregrino, sendo que em muitas batalhas jamais dera com soldado apunhalado pela barba. Discutiram os outros, e eu aduzi sem insistir que a adaga italiana é arma sutil, e que escapa da mão do inimigo e entra por qualquer lugar como chuva fina.

A adaga e o lírio. Notas para um relatório

Quando ordenava a um alabardeiro que permanecesse rés ao cadáver e voltávamos para o aposento maior do duque, ouviram-se brados nos aposentos da ala menor do palácio, ergueram-se luzes, e por verificação de criados soubemos que a duquesa estava ciente do ocorrido e muito se condoía. "De favor gozava o pajem", brandiu o duque, entortando o gesto. "Cuide o Investigador de que se remova o morto e de que minha mulher seja poupada de vê-lo em meio a tanto sangue." Prometi fazê-lo assim que concluísse minhas providências, e aguardei outras palavras. Voltou-se o duque para seus dados, que alternava com o capelão, e sem esforço ensimesmou-se. Pedi duas luzes e voltei para junto de Felipe.

Atente o Executor em que a noite era sem lua e transida de trevas a galeria. Talvez tivessem matado Felipe sem lhe dar tempo de ver chegar o golpe, e ele próprio andando pelo local não oferecia mais alvo que uma sombra entre outras. Assombra-me tão certeiro golpe ali onde um erro mínimo teria enterrado a adaga no ar, alertando o atacado. O Executor saberá quão incerto é investir contra o exíguo espaço propiciado pelos maxilares e o nascimento do pescoço, o qual um mero assentimento da cabeça oculta. Quando jovem eu me entendia com meus irmãos em artes de montaria, sendo frequente que puséssemos visão e sorte à prova em ferir o javali atingindo-o num ponto estipulado. E por ter chegado a fazê-lo do modo que me vinha ao espírito, sei do esforço ingente exigido.

Despachados o alabardeiro e os criados, fixados os archotes às argolas da parede, desci para ver com os olhos o que antes vira com os pulsos. Saiba o Executor que este relato deriva da reflexão e do debate em horas subtraídas ao mundo palaciano, voltado o entendimento para a sorte do agente Romero, para os acasos ou conjunções que fizeram dele um cadáver que para mim guardava uma última palavra. Saiba o Executor que a palavra era um lírio, traçado por sua mão direita no mármore onde o sangue uma vez mais posou de tinta para a história.

Associei a flor do duque ao local, apreciei-os sem parcialidade nem favor, e vi o que estou dizendo. Se bem que o agente Romero não fosse estranho aos aposentos do duque, seu posto estava alhures, ao lado de sua senhora e ama, quanto mais à noite, antes da retirada dos séquitos e dos assistentes, por ser hora de últimas ordens e disposições. Soube a vítima que morria, encharcou-se em seu sangue, com o último calor da mão direita conseguiu traçar o lírio nas trevas. E eu fui o primeiro a vê-lo, como ele deve ter imaginado que aconteceria, e o apaguei ao me abaixar para arrancar o punhal, antes que aparecesse o duque.

Digo que morto foi o agente Romero em quartéis que apontam para o Executor; atraído por avessa ordem ou convite gentil, dirigiu-se aos aposen-

Histórias (inesperadas)   549

tos do duque e não conseguiu chegar; inteirou-se de seu matador por lume de estrelas ou sussurro de vingança, e apontou-o utilizando seu nome figurado. Duas razões teve o assassino para matar ou mandar matar Felipe: o favor da duquesa, manifesto em caças e jogos corteses, e a suspeita de que estivesse a meu serviço recolhendo boatos e sinais da conspiração contra Palacio. Da primeira razão dão fé os clamores de sua ama e o escárnio do duque para com o cadáver; da segunda cabe a mim medir a força por minha própria missão ameaçada, minha hora que talvez esteja a vir por outra galeria. Reúno a ambas para indicar a culpa do duque e encarecer as imediatas decisões de Palacio, a quem esse sangue distante irá mostrar a iminência de um golpe mais universal, a rebelião latente que esse crime embuça e fortalece.

Apartei-me de Felipe para visitar os aposentos da duquesa, onde as luzes não esmoreciam; dei com as camareiras alteradas, sem cor os pajenzinhos do aguamanil, tombadas as peças do jogo que havia jogado minha senhora enquanto tangiam as *vihuelas* da recreação. Achegou-se a camareira Carolina, fingindo maior desânimo que as outras. Disse-me que a duquesa guardava o leito, com luzes próximas e sob os cuidados da ama-seca; relembrou que a ama jogara até o horário da troca da guarda e que em seguida pedira licença a seu oponente, no caso o confiscador Ignacio, para contemplar a carta do céu em busca de conjurações vaticinadas por seu astrólogo. Ao voltar, tendo ido sem luzes para melhor ver as estrelas, queixou-se de uma interposta nuvem e da friagem. Para não omitir nada, ordenei à camareira que fosse conferir sua ama sem ser vista, e voltou dando conta do semblante ausente, do repouso nos braços da ama-seca, que com os arrulhos da infância resgatara o sorriso no rosto de minha senhora. Despachei Carolina para melhor pensar e fiquei movimentando as peças do jogo, considerando seus muitos azares mais simples que o já concluído, com o bispo caído à borda do tabuleiro. E por bispo entendi senhor, e também o cansaço e a tristeza me trouxeram a imagem dos dois praticando no pátio de armas, a destra do duque apoiada no ombro de Felipe, condescendência do poderoso que eleva assim o pequeno para obter de repouso um breve instante. Também me veio à lembrança o regresso das justas no dia de São José, quando o duque recebeu um ferimento no braço em decorrência de um lance desafortunado, e Felipe segurando as rédeas do cavalo de seu amo para não deixá-lo sofrer. Assim dado a fantasmas, ergui a adaga para interrogar sua forma, admirando-me de saída o escárnio do duque em pé diante do morto, especulando se ele não estaria protegendo um nome que em sua mente se destacava, ou se pretendia silenciar com sua expressão carrancuda as lembranças alheias nas quais sua mão tornava a pousar

550 *A adaga e o lírio. Notas para um relatório*

no gibão do pajem ou se demoravam seus olhos no cabelo que de tão louro devorava o sol dos terraços. Árdua tarefa a de matar intrigas; elas se ocultam em cortinados e dosséis, suas imagens reconstituindo-se atrás das pálpebras; e os mais velhos sabem de seu assédio sem pena.

Desse modo me vi levado a passar de uma reflexão à sombra que a adaga projetava no tabuleiro; e de tanto contemplar o jogo de minha senhora a duquesa truncado pelas notícias de fora, nasceu-me o meditar sobre o inabitual ferimento do agente Romero, quiçá delator de certa mão dedicada a fainas menos graves. E em seguida, lutando em meu interior com tal alteração imóvel das peças no tabuleiro, dei a mim mesmo o exemplo de Judith e de tantas vingadoras que, nos corredores do tempo, repetem uma e mil vezes seu feito para assombro de homens e de livros. Vi derramar-se um sangue no tabuleiro, a forma de um lírio sob dedos que arranham o mármore, e o lírio é flor ducal e mostra o que o Executor há de estar vendo comigo. Fingiu o duque, soube verdade; se encobria com seu escárnio o brilho de antigas justas, também protegia dolorosamente a quem dele em Felipe se vingava; salvava-se a si mesmo salvando a homicida. E veja o Executor isto, que por si se adiciona: ninguém, morrendo de tal ferimento, espumando sangue com a fendida língua, poderia, no escuro, obter conselho de si mesmo e delatar o próprio assassino com desenho de lírio. Rebaixando-se a sorver dessa encarniçada agonia, a matadora urdiu as pétalas que o olhar dos outros denominaria duque. Inocente é este, embora encobridor involuntário. E a duquesa deve ser prontamente arrancada daquele sorriso que de dentro do sono lhe oferece a vingança cumprida.

Para que disponha o Executor da inteira máquina de tão confuso acontecer, visitei em seguida os aposentos do médico, onde jaziam os despojos do agente Romero. À luz das tochas vi-o nu pela primeira e última vez sobre a alta mesa do cirurgião; retirou-se o médico e ficamos a sós. Por que eu haveria de desdenhar o testemunho de quem, pelo menos na aparência, soube escrever depois de morto? Próximo meu rosto do rosto de Felipe, procurei em seus olhos, outra vez misteriosamente abertos, a imagem da verdade, um zodíaco de nomes em seu mortiço céu azul velado. Vi seus lábios, onde o sangue secava como um sinete de clausura, em vão interroguei o mármore de sua orelha, onde o som se espatifava e caía. Mas com tanta negação calhou de eu vislumbrar em Felipe uma resposta, um afirmar-se a si mesmo como resposta, um redarguir seu próprio corpo por nome, um horrível nome invasor e tirânico. Como se de repente, pela ponte dos rostos contíguos, fosse ele capaz de pensar com meu pensamento, de ser eu mesmo

Histórias (inesperadas)   551

na revelação instantânea. E ouvi seu nome pronunciado tantas vezes, seu nome repetido, somente seu nome. Fiz apelo à reflexão, cobrindo meus olhos, mas depois olhei para o ferimento do queixo e me lembrei do grande Ajax, dos que se matam por lâmina, se atiram sobre uma arma. Segurando--a com as duas mãos, poupado de vê-la pela sombra e a posição, bastou-lhe empurrar uma só vez enquanto afundava a cabeça no peito, e o resto foi dor e confusão agônica. Com as mesmas mãos que haviam segurado as rédeas do cavalo do duque na volta das justas, Felipe se matou; sei-o num clarão, como se sabe que chegou o dia, ou que o vinho do alvorecer tinha aroma de violetas. E digo ao Executor que, sabendo, escuso, mesmo que o fato de escusar me arraste amanhã na queda do agente Romero. Escuso uma morte às cegas, um dar-se o silêncio por intermédio da língua; meço, como medi junto ao frio cadáver nu de Felipe, sua abominável coragem na hora da decisão. Creio que guardava na inteligência as chaves e as provas da conspiração do duque contra Palacio, e que não foi capaz de traí-lo depois do brilho das justas e do prestígio dos favores que imagino. Fiel até aquela noite ao Executor e a mim, acuado por uma divisão que o duro olhar de seus olhos resumia, refugiou-se na morte como o menino que era. Inocentes tornam--se os duques, discretos esperam de minha discrição o final de uma confusa tarefa que para mim ainda perdura, depois que finalmente fechei os olhos de Felipe, vesti-o com meu traje de Palacio, enfiei-o num ataúde de ébano sem ferragens nem figuras, e no alvorecer do domingo deixei entrar a luz e os criados, que o levaram consigo para uma fossa aberta em segredo. Se o Executor assim o determinar, saberá onde está enterrado, sem nome nem sentença: era uma criatura maligna e bela, talvez seja bom que tenha desaparecido quando deixava de ser leal a mim.

À parte o informado, acrescento que na tarde do domingo o duque mandou me chamar para pedir-me a adaga. Isso se deu depois de eu tê-lo avisado que a investigação ia ser encerrada por falta de provas materiais e que o relatório que eu faria chegar às mãos de Palacio afirmaria que o agente Romero se suicidara. O duque tornou a pedir-me a adaga, que eu mantinha limpa e embainhada para não confiá-la a ninguém. Recusei-me cortesmente, e até lhe disse: "Como posso lhe emprestar uma arma que pertence à Justiça?". Ele ficou pálido de coragem e disse algo como que as coisas estavam muito obscuras e que se encarregaria pessoalmente de descobrir qual a procedência da arma. Quando eu estava prestes a me retirar, acrescentou: "Nunca vi Felipe Romero com essa adaga". Não sei por quê, tanta segurança no inventário me enfureceu. Qualquer um pode saber que a adaga não era de Felipe

A adaga e o lírio. Notas para um relatório

e mesmo determinar de que bainha ela saiu para matá-lo. Não é só o duque que sabe isso; mas também um homem não é obrigado a se matar usando sua própria adaga. Podem-se supor muitos donos, tanto para a adaga como para o lírio. Todos sabemos ferir, e todos somos capazes de desenhar três pétalas com sangue. O que eu acho é que o duque está começando a mostrar o que encobria com seu escárnio na noite de sexta-feira. Felipe lhe dói, eu lhe doo, nós dois nos doemos quando nos olhamos. Mas eu digo: por que um duque, esse homem de reis, se impacienta com uma morte sem importância? Se impacienta porque essa morte está repleta de importância, porque atrás vem a duquesa e venho eu, principalmente venho eu. Minha impressão é que atrás disso venho eu para o duque. Então ele força a situação, fala em encontrar o dono da arma para lançar suspeitas sobre esse coitado de quem decerto Felipe a subtraiu em segredo para matar-se.

E se o duque força a situação e procura um suposto culpado, é que quer se proteger ou proteger a duquesa; é que aquele cachorro está empenhado em jogar a culpa em outro, e faz isso pela rameira de sua mulher ou por si mesmo. É evidente que é culpado, que matou Felipe, e que Felipe desenhou o lírio enquanto morria, com as últimas forças de sua pobre mão, desenhou o lírio para que eu o visse e exigisse que o duque fosse castigado, ou então a duquesa, ou ambos, a ama de Felipe e o amo de Felipe: o castigo e a morte dos dois imediatamente.

Relato com um fundo de água

Para Tony, que também se chamou Lucien

N ão, chega de falar em Lucien; chega de repetir seu nome até a náusea. Você não parece se dar conta de que há frases, de que há lembranças insuportáveis para mim; de que todas as fibras se rebelam se essas coisas são ditas. Pare de falar em Lucien. Vá pôr um disco ou trocar a água dos peixes. Daqui a pouco chega Lola e você vai poder dançar com ela; já sei que você é volúvel, que me despreza um pouco pelo meu isolamento e minha misoginia. Mas por que falar em Lucien? Era necessário que você dissesse: Lucien?

Já nem sei se estou falando com você; tenho a sensação de estar sozinho na biblioteca, sobre o rio, sem ninguém por perto. Você ainda está aí, Mauricio? Foi você que mencionou Lucien? Não me responda agora; o que ganharíamos com isso? Disse ou não disse, dá no mesmo. Eu sou um professor em férias passando as férias na sua casa no lago, olhando o rio e recebendo amigos, às vezes, ou perdendo-se num tempo sem fronteiras, sem calendários nem mulheres nem cachorros. Um tempo meu, que já não partilho com ninguém desde o fim daquelas aulas... quando foi, você está lembrado?

Me dê um cigarro. Você está aí? Mauricio! Me dê um cigarro.

Lola já vai chegar; eu disse a ela que encontraria você aqui. Se está entediado, procure os discos; ah, você está lendo. Lendo o quê? Não, não diga; para mim dá no mesmo. Se está com sono, já lhe falei que a cadeira de balanço ficou na varanda; toque a campainha, o negrinho traz para você. Prescinda de mim, estou adormecido e ausente; você me conhece. Para que lhe dar explicações? Os médicos, e a escola, e o repouso... coisas sem consistência. Mas você é o Mauricio, pelo menos; tem um nome, dá para ouvir, ver você. Por que me olha desse jeito? Não, velho, Gabriel não está louco, Gabriel divaga; aprendi isso nos sonhos e na infância; claro que falta o intérprete que trame os fios dessa corrida incoerente... Você não é esse intérprete, é só um músico. Um músico cuja última balada me pareceu deplorável. Já sei, já sei, não me explique nada; em música nada tem explicação. Não gostei, e pode ser que a próxima me encante... Não olhe assim para mim! Se estou falando desse jeito, a culpa é sua! Quero esquecer, embaralhar as coisas...! Por que você fez isso, por que trouxe o nome de Lucien do seu fundo de tempo? Não vê que o esqueço uma ou duas horas por dia? É o antídoto, o que me permite resistir. Não se impressione, Mauricio; é claro, o que é que você sabe daquilo? Estava longe... Onde? Ah, em Jujuy, nas quebradas... por lá. Estava longe, longe. Estava além, e aqui é um círculo; você não pode entrar. Não, Mauricio, você não pode entrar se eu não disser a senha...

Mas por que você foi fazer isso, imbecil...? Venha, sente-se aqui; jogue esse livro pela janela... Não, pela janela não; cairia no rio. Nada deve cair no rio, agora, muito menos um livro. Largue ali... sim, vou lhe contar tudo e depois você faz o que bem entender. Estou farto, farto; estou morto, entende? Não, você não entende, mas ouça, agora, ouça tudo e não me interrompa a não ser para me acertar um tiro ou para me afogar...

Este copo d'água... Foi assim que o sonho começou. E você, não sonha? Falam tanta besteira sobre os sonhos... Eu só acredito nas inferências sexuais, e olhe lá... Mauricio, Mauricio, na nossa infância nos falavam dos sonhos proféticos... E depois, aquela tarde na saída do Normal, quando você e eu ficamos lendo o livro de Dunne e nos lembrando do bobalhão do Maeterlinck com aquela história do tapete queimado, e da profecia, e de que sei lá que merda mais... Bah, fumo e besteiras... Pare de olhar para mim, Lucien me olhava do mesmo jeito quando eu dizia um palavrão; sempre

554   *Relato com um fundo de água*

acharam que não combinava comigo, vai ver que é verdade. O sonho era idiota mas muito claro, Mauricio, muito claro — até certo ponto. Um ponto em que acabava a sequência e depois... nada, névoa. Chamei Lucien e disse a ele: "Esta noite eu tive um sonho". A gente sempre contava nossos sonhos um para o outro, sabia? É que você não tem sonhos, uma vez me falou; então não vai entender o que aconteceu, vai achar sem sentido, ou que estou louco, ou fazendo troça de você... Eu estava muito cansado e adormeci lá fora na varanda, olhando para o lado do rio; havia lua. Não digo isso para impressionar; sei bem que a lua é macabra quando se pensa um pouco nela; mas esta lua do delta às vezes tem cor de terra, e naquela noite, como contei depois a Lucien, a terra estava misturada com areia e com cristais vermelhos. Adormeci, estava muito cansado, e foi então que o sonho começou, sem que nada se alterasse... porque continuei vendo o mesmo panorama que você pode ir descortinar da varanda, da cadeira de balanço. O rio, e os salgueiros à esquerda como uma decoração de Derain, e uma música de cães e pêssegos que caem e grilos idiotas e sei lá que barulho esquisito de água, como mãos que quisessem se agarrar ao barro da margem e vão escorregando, escorregando, e se debatem com as palmas enlouquecidas, e o rio as suga para trás como uma horrível ventosa, e a gente adivinha a cara dos afogados... Mas por quê, por que você pronunciou o nome de Lucien...?

Não vá embora... não tenho a intenção de lhe fazer mal; você acha que eu não conheço você? Vamos, músico amigo, fique aqui e se cale; não, não quero água nem brometo nem morfina... Está ouvindo o barulho lá fora?... É só a noite chegar que começa o barulho de água espirrando... primeiro devagar, bem devagar... tentativas das mãos que chegam até a margem e cravam as unhas no barro... Mas depois vai ficar mais forte, mais forte, mais forte; é o que eu digo ao médico todas as noites, mas é preciso ser médico para não entender as coisas mais simples. Ah, Mauricio, na verdade era a mesma paisagem; como eu ia saber que estava sonhando? Então me levantei e andei pelo rio, flutuando sobre ele mas não na água, entende?, como nos sonhos: flutuando com as pernas um pouco encolhidas, numa tensão maravilhosa... por sobre as águas, até cruzar aquelas primeiras ilhas, prosseguir, prosseguir... até depois do embarcadouro podre, até depois dos laranjais, depois, depois... E então estava na margem, caminhando normalmente; e não se ouvia nada; era um silêncio que parecia de armário por dentro, um silêncio esmagado e sujo. E eu continuava caminhando, Mauricio, e eu continuava caminhando até chegar a um ponto e ficar muito quieto à margem da água, olhando...

Foi assim que eu contei meu sonho a Lucien, sabe; contei com todos os detalhes até ali, porque dali em diante o sonho começa a ficar impreciso;

Histórias (inesperadas)   555

chega a névoa, a angústia de não compreender... E você, que não sonha! Como vou lhe explicar as coisas?... Talvez com um piano; era o que imaginava um amigo meu para explicar as coisas aos cegos. Ele escreveu um conto e nesse conto havia um cego e o cego tinha um amigo e o cego era eu e aconteciam coisas... Aqui não há piano; você vai ter que me escutar e compreender, mesmo sem nunca ter sonhado. Você tem que compreender. Lucien entendeu muito bem o sonho quando lhe contei; e isso que naqueles dias estávamos muito afastados, percorrendo caminhos diferentes, e ele achava que pensava de um jeito e eu achava que ele devia pensar de outro, e ele afirmava que eu me equivocava em todas as minhas ações, que insistia em perpetuar estados caducos e que não adiantava nada fazer oposição ao tempo, no que tinha muita razão, falando do ponto de vista lógico. Mas você sabe, Mauricio, você sabe que a lógica...

Então eu estava em pé junto do rio, olhando as águas. Depois de todo o meu voo e minha caminhada, agora estava imóvel, como à espera de alguma coisa. E o silêncio prosseguia, e não se ouvia o chapisco da água; não, não se ouvia. As coisas eram visíveis em todos os detalhes e por isso depois pude descrever para Lucien cada árvore, cada dobra do rio, cada entrecruzamento de troncos. Eu estava numa pequena língua pantanosa que entrava pelo rio; atrás havia árvores, árvores e noite. Você sabe que meu sonho acontecia à noite; mas ali não havia lua, e mesmo assim a paisagem se destacava com uma nitidez petrificada, como uma paisagem dentro de uma bola de vidro, entende; como uma vitrine de museu, nítida, precisa, etiquetada. Árvores que se perdiam numa curva da água; céu negro mas de um negro diferente do das árvores; e a água com seu discurso silencioso, e eu na língua de terra olhando o meio do rio e esperando alguma coisa...

"Você se lembra do cenário com muita clareza", me disse Lucien quando descrevi o lugar para ele. Mas a partir desse ponto começava a névoa no sonho e as coisas se tornavam esquivas, sinuosas como nos pesadelos; a água era a mesma, mas de repente ecoou com força e ouviu-se o gorgolejo, o gorgolejo constante das mãos tentando inutilmente se agarrar aos juncos, repelidas na direção do leito do rio pela sucção da imensa boca gulosa... Sempre a mesma coisa, clap, clap, clap, e eu ali esperando, clap, clap, até o horror de que não acontecesse nada e de que mesmo assim fosse preciso continuar esperando... Porque eu estava com medo, entende, Mauricio, adormecido como estava eu tinha medo do que ia acontecer... E quando vi chegar, trazido pelas águas, o corpo do afogado, foi uma espécie de alegria de que por fim acontecesse alguma coisa; uma justificativa para aquele século de imóvel mistério. Não sei se estou lhe contando as coisas direito; Lucien ficou um pouco pálido quando eu contei a parte do afogado; é que

556 *Relato com um fundo de água*

ele nunca soube controlar os nervos como você. Você não deveria ser músico, Mauricio; em você perdeu-se um grande engenheiro, ou um assassino... Ora, para que se dar ao trabalho de me contradizer, se deliro... Você também está pálido? Não, é que está escurecendo, é a lua que cresce e se desprende dos salgueiros e bate no seu rosto; você não ficou pálido, não é mesmo? Lucien sim, quando contei do afogado; mas não deu para contar muito mais, porque o sonho acaba ali; não sei se é uma decepção para você, mas a coisa toda acaba ali... Eu o via passar, flutuando docemente de barriga para cima... e não conseguia ver seu rosto. A angústia nascia disso: de saber que de certo modo aquele afogado me pertencia, que laços sensíveis se estendiam misteriosamente de mim até ele, e não conseguir ver seu rosto... Mas isso não é nada, Mauricio; tem uma coisa muito mais horrível... Não, não se levante; fique aqui, você precisa ouvir tudo. Por que você foi falar o nome de Lucien? Agora precisa ouvir tudo. Até isso, que é o mais desesperador; num certo momento, quando o afogado passou junto a mim, tão perto que se ele tivesse podido estender um braço teria me agarrado pelo tornozelo... então, naquele momento *vi o rosto dele*; a luz do meu sonho dava em cheio sobre ele e vi seu rosto e o reconheci. Você entende isso? Fiquei sabendo quem ele era e jamais teria imaginado que ao acordar, esqueceria... Porque quando despertei, o sonho se interrompia naquele instante e não consegui mais recordar quem era o morto. Mauricio, eu sabia quem ele era mas não me lembrava; na vigília, toda a minha clarividência se transformava em ignorância. Foi o que eu disse a Lucien, trêmulo de fúria e de angústia: "Não sei quem ele era, e o mais horrível é que vi o rosto dele, observei detalhadamente suas feições, e me lembro, disso me lembro, que senti uma espécie de grande grito nas mãos, no cabelo, uma espécie de revelação prodigiosa que me petrificava...".

Você está ouvindo o barulho da água? Era o mesmo, na tarde em que contei meu sonho a Lucien e ele saiu muito pálido, porque se impressionava facilmente com minhas histórias. Você não vibra como ele; lembro-me de uma noite, num banco de madeira lá pelo lado oeste da cidade, quando repeti para Lucien um conto horrível que acabara de ler; talvez você o conheça, é aquele da mão do macaco... Fiquei com pena ao ver como ele entrava demais no conto, no clima de opressão e pesadelo... Mas precisava contar meu sonho para ele, Mauricio; eu o estava vivendo intensamente demais, para deixá-lo de fora dessa situação. Quando ele saiu senti um certo alívio; mas a revelação não veio e continuei aquele verão todo, justamente quando você viajou para o Norte, sem conseguir chegar ao instante do conhecimento, à lembrança que me permitiria extrair, lá do fundo, o final daquele pesadelo.

Não acenda a luz, para mim é mais fácil falar assim, sem que vejam minha boca. Como você sabe, não resisto muito tempo a um olhar, nem mesmo ao seu; assim é melhor. Me dê um cigarro, Mauricio: fume você também, mas não vá embora; você precisa ouvir isso até o fim. Depois faça o que achar melhor; tem um revólver na minha escrivaninha e um telefone no living. Mas por enquanto *fique*. Você passou este verão inteiro longe de nós; eu pensei muitas vezes em você, sempre que evocava nossos anos de estudantes; seu fim, essa vida de hoje, essa independência desejada por tanto tempo e que se traduz em amargo sabor de solidão... É, pensei em você mas pensava ainda mais no sonho; e nunca, entende, nunca, em todas essas noites de insônia, consegui chegar ao momento seguinte... Atingia com nitidez o momento em que aquilo aparecia boiando e se ouvia novamente o gorgolejo como mãos de afogados que quisessem sair do rio... Nisso cessava tudo; tudo. Se pelo menos eu tivesse me lembrado de que *sabia*! Deve haver sonhos piedosos, amigo; sonhos que por sorte são esquecidos ao acordar; mas aquilo era uma obsessão torturante, como o caranguejo vivo no estômago do peixe, vingando-se de dentro para fora... E eu não estava louco, Mauricio, assim como agora também não estou; pare de imaginar isso, porque é um engano. Acontece que eu tinha a sensação de que aquele sonho era real, diferente dos sonhos de sempre; havia profecia, prenúncio... uma coisa assim, Mauricio; havia ameaça e advertência... E horror, um horror branco, viscoso, um horror sagrado... Lucien devia entender isso muito bem, já que não tornou a mencionar meu sonho e eu preferia me calar, porque mais ou menos na época em que você partiu nós dois estávamos à beira de uma separação definitiva. Cansados mutuamente de inúteis concessões, de perpetuar afetos que nele haviam morrido e que eu por minha vez precisava matar... Você não desconfiava de que uma coisa assim estivesse acontecendo? Ah, é que Lucien não deve ter lhe falado; nem eu. Nosso mundo era outra coisa. Nosso, sabe; impossível cedê-lo a outros mesmo que fosse apenas para explicar. E estávamos chegando ao fim desse mundo e era necessário abolir suas portas, seguir caminhos divergentes... Eu não acreditava que houvesse ódio entre nós; oh, não, Mauricio, você sabe que eu jamais teria podido acreditar uma coisa assim, e quando Lucien chegava em casa íamos dar um passeio como antes, corteses e amáveis, tratando de não ferir mas sem afundar no que estava morto... Caminhávamos sobre folhas secas; densos colchões de folhas secas à margem do rio... E o silêncio era quase doce; e parecia até que ainda pudéssemos pensar em querer-nos bem como antes, em retomar a amizade de outros tempos... Mas agora tudo nos distanciava; ver-nos, conversar, rotinas que nos exasperavam em vão.

558 *Relato com um fundo de água*

Então ele me disse: "A noite está bonita; vamos dar uma volta". E, tal como nós dois poderíamos fazer agora, Mauricio, saímos do bangalô e bordejamos a enseada até encontrar nossa margem preferida. Não dizíamos nada, entende, porque já não tínhamos mais nada a nos dizer, mas toda vez que eu olhava para Lucien tinha a impressão de que estava pálido, parecia estar se preparando para definir uma situação confusa que o atormentava. Andávamos, andávamos, e não sei por quanto tempo continuamos assim, entrando em áreas que eu não conhecia, longe desta casa, para lá do setor habitado, no trecho onde o rio começa a se queixar e a flexionar sua cintura como uma serpente em chamas; andávamos, andávamos. Só se ouviam nossos passos, macios sobre as folhas secas, e o gorgolejo da margem. Nunca conseguirei esquecer aquelas horas, Mauricio, porque era como avançar para um local indeterminado, mas sabendo que era necessário chegar... para quê? Isso eu ignorava, e toda vez que voltava o rosto para Lucien ardia nos seus olhos um brilho frio, ausente, de luar. Não falávamos; mas lá fora, tudo falava, tudo parecia incitar-nos a avançar, avançar; e eu não conseguia parar de pensar no sonho, agora que aquele trajeto na noite começava a ficar tão parecido com o daquele sonho de tempos atrás... É verdade que eu não estava voando sobre o rio com as pernas encolhidas; é verdade que agora Lucien estava comigo; mas de um modo inexplicável aquela noite era a noite do sonho, e por isso, quando, depois de uma virada da margem me encontrei de repente no mesmo cenário onde sonhara a cena horrível, pouco me surpreendi. Foi mais como um reconhecimento, entende? Como chegar a um lugar onde nunca se esteve mas que se conhece por fotografias ou por comentários. Me aproximei da beira da água e vi a língua de terra pantanosa que permitia entrar um pouco rio adentro. Vi a luz noturna, realçando timidamente a decoração das árvores, ouvi com mais intensidade o gorgolejo na margem. E Lucien estava a meu lado, Mauricio, e ele também, como se tivesse evocado de repente minha descrição, parecia se lembrar...

Espere, espere... Não quero que você saia, preciso lhe contar tudo. Está ouvindo os barulhos lá fora? É que alguma coisa tenta entrar no bangalô assim que a noite cai; e esta noite eu não teria forças para enfrentá-la, Mauricio, não teria. Fique aí, Lola já vai chegar e quando ela chegar você resolve o que preferir. Deixe que eu lhe conte o resto, o momento em que me inclinei sobre o rio e depois olhei para Lucien como se lhe dissesse: "Vai chegar agora". E quando olhei para Lucien, pensando no sonho, tive a impressão... como explicar?... tive a sensação de que também ele estava dentro do sonho, dentro do meu pensamento, fazendo parte de uma atroz realidade fora dos contornos normais da vida; achei que o sonho ia recomeçar ali... Não, não era isso; achei que era como se o sonho tivesse sido a profecia, a presciência de algo que ia acontecer ali, justamente naquele lugar onde eu nunca havia estado na vigília; naquele lugar que havíamos encontrado depois de uma caminhada sem rumo mas obscuramente necessária.

Falei para Lucien: "Você se lembra do meu sonho?". E ele respondeu: "Sim, e o lugar é este, não é mesmo?". Percebi que a voz dele estava rouca; falei: "Como você sabe que o lugar é este?". Ele vacilou, ficou um momento calado, depois confessou lentamente: "Porque eu pensei num lugar assim; tive necessidade de um lugar assim. *Você sonhou um sonho alheio*...". E quando ele me disse isso, Mauricio, quando ele me disse isso eu tive uma espécie de grande luz no cérebro, uma espécie de iluminação deslumbrante e achei que ia me lembrar do fim do sonho. Fechei os olhos e disse para mim mesmo: "Vou me lembrar... vou me lembrar...". E foi tudo um instante, e me lembrei. Vi o afogado diante de mim, quase tocando meus tornozelos, à deriva, e vi seu rosto. E o rosto do afogado era o meu, Mauricio, o rosto do afogado era o meu...

Fique, por Deus... já estou terminando. Lembro-me de que abri os olhos e olhei para Lucien. Ele estava ali, a dois passos, com os olhos mergulhados nos meus. Repetiu lentamente. "Eu tive necessidade de um lugar assim. Você sonhou um sonho alheio, Gabriel... Você sonhou meu próprio pensamento". E não disse mais nada, Mauricio, mas já não era preciso, entende; já não era preciso que ele dissesse uma única palavra mais.

Você está ouvindo o gorgolejar do rio lá fora? São as mãos querendo agarrar-se aos juncos, a noite inteira, a noite inteira... Começa ao cair da tarde e prossegue a noite inteira... Ouça, ali... Está ouvindo como a água faz um barulho mais forte, mais imperioso? Sei que entre todas as mãos de afogados querendo salvar-se do rio há certas mãos, Mauricio... certas mãos que por vezes conseguem se agarrar ao barro... chegar até as madeiras da enseada... e então o afogado sai da água... Você está ouvindo? Sai da água, lhe digo; e vem... vem até aqui, pisoteando os frascos de brometo, o veronal, a morfina... Vem até aqui, Mauricio, e sou obrigado a correr para ele no escuro e destruir o sonho uma vez mais, entende... Destruir o sonho, jogando-o novamente no rio para vê-lo flutuar, para vê-lo passar junto de mim com um rosto que já não é o meu, que já não é o do sonho... Venci o sonho, Mauricio, desmanchei a profecia; mas ele volta todas as noites e algum dia me levará consigo... Não vá embora, Mauricio... Me levará consigo, estou lhe dizendo, e seremos dois, e o sonho terá realizado suas imagens... Lá fora, Mauricio, ouça o gorgolejar, ouça... Agora vá, se quiser; deixe que ele saia da água, deixe que entre. Faça o que quiser, dá no mesmo. Eu venci o sonho, derrotei o destino, entende; mas nada disso tem importância porque o rio me espera e dentro do rio estão aquelas mãos e aquele rosto, injustamente

560   *Relato com um fundo de água*

submissos à sua boca sedenta. E eu serei obrigado a ir, Mauricio, e uma noite dessas a língua de terra me verá passar, barriga para cima, magnífico de lua, e o sonho estará completo, completo... O sonho estará completo, Mauricio, finalmente o sonho estará completo.

1941

Os gatos

> *Quando aproximo dos lábios*
> *essa música incerta.*
> Vicente Aleixandre

Aos oito anos, Carlos María estudava em sua prima as possibilidades de um jogo violento e eficaz, que durasse toda a sesta. Marta vacilava antes de aceitar o papel de chefe sioux, prevendo o rolo de corda como uma bofetada ao passar debaixo do chorão, os tornozelos amarrados, o olhar justiceiro de Buffalo Bill antes de arrastá-la para o tribunal dos homens brancos. Preferia pega-pega, porque nessa brincadeira batia o primo menos ágil, ou ir para os terrenos baldios capturar gafanhotos. Carlos María argumentava até convencê-la; às vezes Marta se opunha terminantemente, nesses casos ele a agarrava pelo cabelo e puxava, enquanto Marta se defendia chutando e gritando. Mamãe Hilaire os fazia pagar pela sesta interrompida privando-os de sobremesa, com um olhar sombrio que se prolongava por dias inteiros.

Aos dez anos, quando Marta deu uma espichada de repente e ele teve a apendicite supurada, os jogos ganharam estilo, elegância. Já não iam improvisadamente ao jardim assim que dobravam o guardanapo; usavam o período de logo depois do almoço para amadurecer o emprego da tarde; adentravam as diversões intelectuais, os blocos recortados para fabricar papel-moeda, mata-borrões e selos de borracha, uma escrivaninha que às vezes fazia empréstimos bancários, às vezes era escritório de serviços públicos. Só a hora alta do calor, com o jardim a chamá-los, impunha os prestígios da sesta; se reincidiam nos jogos de guerra, entre as correrias e prisões já introduziam mapas de tesouro, inserções sonoras, discursos e sentenças de morte; com resgates ou fuzilamentos, nos quais Carlos María despencava no chão cheio de graça e heroísmo.

O chorão era alto mas subiam nele em dois saltos. Jogado na grama quente, ele via as pernas de Marta balançar, a cavalo sobre a primeira forquilha. Ela estava muito queimada até o tornozelo, depois vinha uma área cor de trigo onde às vezes havia meias e às vezes não; do joelho para cima ela era branquíssima, na penumbra de sino da saia dela adivinhava a cor ainda mais branca da calcinha cortando suas coxas. Carlos María não era curioso, mas um dia lhe pediu que tirasse a calcinha para ver. Depois de implorar por algum tempo (estavam entre os caniços que ocultavam uma velha fonte sem água), Marta deixou que ele olhasse, sem permitir que chegasse perto. Carlos María não se impressionou, havia esperado uma coisa mais escandalosa, mais proibida.

— Tanto tempo para isso — foi a sentença dele. — Um risquinho e fim. Conosco é bem diferente.

Esperava que Marta lhe fizesse o mesmo pedido, mas ela se vestia sem olhar para ele. Não falaram mais nada, e naquela tarde tampouco houve guerras. Carlos María teve a impressão de que ela havia ficado mais envergonhada desde aquele dia; achou que era uma coisa idiota, justamente depois de ter tirado a roupa tão tranquilinha. Estava de acordo com os colegas de turma, que achavam as garotas umas tontas. Contou aos amigos íntimos que sua prima havia lhe mostrado. Todos riram, menos um, que tinha treze anos e cabelo vermelho. Olhava para Carlos María sem dizer nada, mas ele teve a impressão de que o foguinho estava pensando alguma coisa. Não teve coragem de perguntar, sempre o havia respeitado porque o pai era da polícia montada.

Quando chegaram ao fim do quinto grau (ela na escola nove, ele na seis), d. Elías Hilaire começou a se interessar pelas brincadeiras dos dois e às vezes ia para perto deles quando o calor acalmava. Carlos María estava muito alto e queimado, agora passava Marta por mais de uma cabeça e fazia questão de que ela se desse conta disso. Ela cultivava outras qualidades, rolos no cabelo, sainhas plissadas, mas na hora da sesta vestia uma bata azul que ficava muito justa e a deixava com jeito de rapazinho. Carlos María mostrava mais confiança quando ela andava malvestida, à tarde saía com os meninos amigos deixando-a na porta toda arrumada e altiva entre as outras meninas. Era raro os dois grupos se reunirem para brincar, preferiam dizer coisas de longe uns para os outros e se chamar de idiotas. Na frente das outras meninas, Marta fingia desprezar o primo, mas guardava gestos secretos de ternura que ele acatava receoso; como na noite em que machucou o joelho no arame farpado e ela o ajudou a chegar em casa e se esconder de mamãe

562   *Os gatos*

Hilaire, expondo-se corajosamente até violar o proibido armário dos remédios (cianeto, cloreto de mercúrio, seringas, cânulas) e voltar com tintura de iodo e gazes, apertando os dentes para não chorar na frente dela ("Não faça manha, fresco", dizia Marta enquanto desinfetava o ferimento com minúcia selvagem), Carlos María teve naquela noite uma repentina impressão de distância, de afastamento, que aumentava vertiginosa entre ambos. Ele gostava dos olhos de Marta, continuava gostando de suas pernas finas de rapazinho, cheias de machucados disfarçados com pó; mas em seu prazer ao olhar para ela havia agora uma sensação de estranhamento, de que estava olhando para uma coisa afastada, já inteiramente afastada. Pela primeira vez mediu uma distância que jamais lhe parecera intransponível, que não tinha nem sequer o sentimento de ser distância; agora Marta estava na frente dele (esparramada, soprando seu machucado, fazendo-se de importante) como outra pessoa, alguém que está com a gente mas que não é a gente; como d. Elías, como a empregada ou os outros meninos da escola. Ouviu-se chorar com vontade, numa convulsão repetida.

— Como você é fresco — dizia Marta. — Por uma bobagem dessas... Você não vai morrer disso, idiota.

Sentira vontade de responder, de dizer que não era por isso. Antes bastava querer alguma coisa dela para tomá-la à força; pancadas, apertões, abraços, palavras. De repente sentia que nada mais era dele, que poderia continuar obtendo o que quisesse mas que seria obrigado a pedi-lo à outra, à Marta que não era uma parte dele; pedir todas as coisas, e mesmo quando as tomasse dela, pancadas ou abraços, precisava pedir primeiro.

Os catorze anos terminaram com o sexto grau, um surto de difteria que aterrorizou os Hilaire, e o vestido rosa que Marta estreou na sua festa de fim de curso. Para Carlos María o ano foi duas coisas: a vitória do River Plate e o acesso à camaradagem ainda um tanto receosa de seu pai. Don Elías Hilaire aceitava por fim sua função mentora, mas a exercia sem empenho e dando tempo a Carlos María de assimilar conselhos e proibições. Lá por outubro teve lugar a primeira grande conferência a portas fechadas; uma palavra de mamãe Hilaire, uma referência ao pijama verde, e a lição de d. Elías foi atenta, cordial, sem forçar a marcha, fingindo não perceber o rubor de Carlos María e sua vontade de chorar, de sair dali e ficar sozinho. Depois passou a mão por seu pescoço e apertou-lhe com força a nuca, como sempre fazia para encerrar um capítulo. Sugeriu-lhe que lesse as aventuras de Tom Sawyer e lhe deu dois pesos para que fosse ao cinema; Carlos María saiu satisfeito, o pai o considerava um homem, falava com ele de igual para igual, estupendo.

Com Marta não havia problema. Mamãe Hilaire a controlava direitinho, Marta se submetia aos desejos e necessidades de sua idade com uma cordura enganosa por trás da qual Carlos María reconhecera mais de uma vez uma violência de mola. Viam-se menos, mamãe Hilaire os separava nas horas de estudo e passeio, sempre mandava que fossem a lugares diferentes. Uma única vez foram juntos ao cinema. Marta disse que todo mundo ia pensar que eram namorados; ele se irritou com aquela vaidade de mulher crescida e a chamou de criança; mas estava orgulhoso, e uma história de cigarros roubados foi útil para ganhar sua cumplicidade.

Carlos María estava chegando ao marco que separa um bom garoto de um homem ao gosto argentino. Começava a manifestar opiniões, recolhidas sem que se desse conta nas conversas de depois do almoço entre d. Elías e seus amigos. Era partidário da neutralidade na guerra, contágio do pai, de quem vinha seu costume de caminhar com os pés para fora. Estimulavam-no a praticar leituras sadias e pareceres discretos; pretendiam que engolisse os quatro volumes de José Pacífico Otero, ele, que teria amado em San Martín a concisão, o inédito nas atitudes e nos sonhos. Vagamente compreendia que aquela leitura era uma forma de amansar, que se saía dela sem espinha dorsal, para sempre obediente e com a documentação em dia.

Don Elías desconfiava que tivesse atitudes que o sobressaltavam. Percebia que era desses que quando o médico manda dizer trinta e três, murmuram raivosamente quarenta e quatro. Em busca de uma higiene aplicável a seu caráter ao mesmo tempo fraco e violento, optou por ir passar o verão com ele no campo. Marta falava em pintar, compravam alegremente para ela cavalete e óleos, postais para servir de inspiração, e nas telas começavam a surgir cisnes entre lótus, jovens de soltas cabeleiras, paisagens adequadas a todas as formas da felicidade. Carlos María se despediu sem tristeza; mas Marta parecia lamentar que ele se fosse e ele ficou orgulhoso de saber-se objeto de saudade. Prometeu escrever, pôs na bagagem uma caixa de lenços e uma aquarela com diversos pássaros sobrevoando as colinas em busca de regiões mais amenas.

Mergulhado em longo silêncio, depois da sesta doméstica e do mate na varanda, Carlos María viu-se pensando em Marta. Ouvira dizer tantas vezes que ela era filha de uma irmã mais jovem de mamãe Hilaire, falecida no ano da gripe... Do pai só conhecia o sobrenome que chegara a Marta: Rosales. Perguntou a d. Elías, teve a impressão de vislumbrar um desejo de continuar tomando o amargo.

564   *Os gatos*

— Era um homem de negócios, morreu seis anos depois da sua tia.

— Por que Marta foi morar conosco? Não havia outros parentes do lado do pai?

— Não. Sua mãe quis ficar com ela, e a única irmã de Rosales concordou. Estava com um ano quando foi morar conosco, você não tem como se lembrar, mal caminhava.

Ao anoitecer, enquanto voltava pelos potreiros cheios de ovelhas sujas, Carlos María renovou sua lembrança. Não estranhava o fato de não haver retratos de Rosales em sua casa, que não falassem dele a Marta. Outro de quem pouco se falava era o falecido irmão de d. Elías, uma imagem de pernas longas e rosto pálido, carícias distraídas em sua bochecha ou na de Marta, presentes de aniversário, depois o silêncio, saber que havia morrido em Santa Fe, sozinho como sempre. E agora só falar dele nos aniversários. Mas de Rosales, nem isso. Sentiu como em outras vezes uma furtiva sensação de diferença, de perceber como uma certa realidade não se encaixava nas explicações. O hábito de viver com Marta fazia-o sentir a prima como uma conexão direta de seu sangue. À noite contemplava a aquarela, não deixava que as moscas pousassem nela. Completou quinze anos na estância e Marta lhe enviou outra aquarela, um autorretrato que Carlos María achou horrendo e que guardou no fundo da gaveta das meias, para que ficasse bem pisoteado noite e dia.

Voltou para entrar imediatamente no Nacional. No primeiro dia, na mesa comovida dos Hilaire, que olhavam felizes para ele porque era estudante secundário e usava a primeira calça comprida, captou em Marta uma secreta complacência, um olhá-lo de lado, com ar de admiração. Pensou em alguma brincadeira sórdida e se manteve na defensiva, embora depois tivesse sabido que ela o admirava verdadeiramente, seu rosto bronzeado, a estreita faixa rosada que a proteção da boina lhe deixara entre a testa e o nascimento do cabelo, seu corpo crescido e ficando firme. Com seu penteado de trança embutida ela lembrava uma ovelhinha. Somente os olhos Hilaire continuavam fiéis e seus. De Rosales devia ter muito, mas Carlos María a encontrava de verdade nos olhos, neles era Marta e era Hilaire.

— Sua prima foi aceita na academia de belas-artes. Estudou tanto no verão...

— Ah, que ótimo.

— Esperemos que você a imite e não precise fazer provas no fim do ano.

Ela parecia pedir perdão por estar ali como um paradigma. Pela primeira vez se olharam de frente, sorrindo um para o outro. Descobriam a velha cumplicidade da sesta, a vida secreta à margem da vida Hilaire. Carlos

María esteve a ponto de lhe fazer o sinal de antes, de procurar sua perna com o sapato. Então, enquanto não se decidia, sentiu o pé dela chutar com força seu tornozelo.

Quando falavam no irmão de d. Elías, as crianças percebiam um leve caimento dos lábios de mamãe Hilaire. Luis Miguel morrera antes de poderem formar alguma lembrança consistente, importava-lhes muito pouco aquele passado posicionado como que fora de uma moldura de fotografia. Tampouco se falava do pai de Marta, raríssimas vezes de sua mãe. Mamãe Hilaire guardava uma lembrança dolorida da irmã, mas Carlos María às vezes achava errado o egoísmo da mãe ao conservar a imagem da morta sem reconstruí-la filialmente em Marta. Chegou a imaginar alguma coisa obscura cercando o nascimento de Marta. Aquele Rosales sem imagem, quase sem nome. Don Elías falava mais vezes da cunhada, fazia referência a episódios, gostos, fitas. Carlos María percebeu um dia que Marta nunca perguntava pelos pais. Seu amor pelos Hilaire era tão grande que talvez tivesse ciúme dos outros, de uma recordação inútil turvando sua realidade viva; as crianças resistem até o fim à necessidade e ao aprendizado da hipocrisia. Ele estudava matemática com imensa repulsa, recomeçava o trabalho prático sobre a barata; Marta coloria para ele os mapas, as seções da pele, a partenogênese. O ano se passou ocupado e dividido; a atenção de mamãe Hilaire criava compartimentos estanques na casa, vedava o acesso contínuo de Carlos María a Marta, a necessidade quase física que ele às vezes sentia de aproximar-se e pousar as mãos no cabelo dela, a leve trança embutida trêmula como um pássaro, e raspar as unhas em seu couro cabeludo para que ela guinchasse e o chamasse de chato, de abusado.

Quando Marta completou dezesseis anos em outubro, mamãe Hilaire convidou as meninas da academia e lhes ofereceu um belo chá. Havia torta com velinhas, sorvete de três sabores, uma loura chamada Estela Repetto que deixou Carlos María gelado. Ele estava sem graça, contrafeito no terno cinza que não servia direito nele, as mangas no tamanho errado; apoiava-se na presença mais experiente de Bebe Matti e Juan José Díaz Alcorta, seus melhores amigos do Nacional. Dançou um tango com Estela, que o tratou com afabilidade e se comportou muito bem, falando-lhe de suas preferências e da última fita de Greer Garson. Marta veio depois e foi com ele para um lado para pedir-lhe que o Bebe dançasse com Agustina, bofe de óculos imensos sentada a um canto devorando torta. O Bebe foi muito macho, foi só Carlos María pronunciar duas palavras que ele tirou Agustina para dançar e todos viram como os olhos da coitada brilhavam, as lentes dando a impressão de ficar cheias de água; foi grandioso. Estela continuava grudada em Carlos María, como que sem saber por que passou do entusiasmo à relutância. Achava irritante que ela andasse atrás dele; usou Marta para se valer de suas prerrogativas de primo, e dançou músicas e mais músicas com ela.

— Onde será que lhe ensinaram essas convulsões — dizia Marta cheia de romantismo e olhando para o lado de Juan José Díaz Alcorta.

— Sua imitação de galinha é quase perfeita —, respondia ele, segurando-se para não lhe dar um beliscão. A cintura de Marta escapava da mão dele, com aquele jeito de sair dos giros ela ficava difícil e linda; Carlos María se esforçou para dançar melhor, até que os dois gostaram de perceber que combinavam, agora estavam dançando por prazer e ele apertava um pouco a mão na cintura de Marta, os olhos tão próximos de seu rosto quente e venturoso.

Mas os exames foram um caso sério, Marta espalhava cores e carvões em seu ateliê, Carlos María se desesperava entre números e afluentes do Yang--Tsé-Kiang. Agora eles se viam pouco, às vezes desconfiavam quando por trás do repentino calor familiar descobriam experiências não compartilhadas, horas de uma solidão própria que se bifurcava como os ramos do antigo chorão. Uma tarde Carlos María vislumbrou a conversa de Marta com Rolando Yepes, que vinha estudar história da arte com ela. O vocabulário e a atitude sabichona de Marta, a desenvoltura de Rolando ao aludir a nus e esboços, seu jeito de interrompê-la batendo com a mão aberta em seu ombro, ofenderam-no de modo durável e doloroso. Compreendia a perspectiva de sua vida atual, a substituição do plano no qual Marta e ele constituíam imagens conjuntas por aquela fissura brusca que os afastava sem distanciá-los, que os opunha sem choque, aproximando-os de suas bordas até não poderem mais que se tocar com a ponta dos dedos por cima do poço insondável. E Rolando estava do outro lado, com Botticelli, o Partenon e Marta; com tanta coisa que ele não sabia, não era capaz de querer ou atingir.

Por isso — de um modo sutil e corrosivo — ficou feliz com a viagem de d. Elías para a estância e sua condescendência em levá-lo. Foi aprovado nos exames de dezembro, condição prévia para qualquer coisa, e partiu de casa no mesmo dia em que Marta voltava com menções especiais e um montão de garotas e rapazes que haviam concluído o curso com ela. Invadiram a sala para ouvir música e dançar, mas Marta subiu em busca dele ao quarto onde estavam fechando as malas. Se abraçaram como sempre, ela buscou a

Histórias (inesperadas) 567

face dele com um beijo úmido e declarou que estava começando a espetar. Trazia-lhe um marcador de seda com um longo pássaro pintado que ia de uma ponta até a outra. Teve de jurar que ia usá-lo. Marta dava voltas no aposento, com as férias e a liberdade pela frente, mal respondendo à mamãe Hilaire, que a censurava por abandonar seus convidados. Carlos María apanhava o casaco, apertava o cinto. Embaixo o carro já esperava, ouviram d. Elías chamar.

— Você não devia viajar — disse Marta, brusca. — Justamente agora.

— Que diferença faz para você? — respondeu, esquivo e brincalhão.

— Nenhuma. Por mim, você pode se atirar pela janela.

— Crianças, o papai está esperando. — A agitação de mamãe Hilaire se mesclava a uma censura temerosa. — Vamos, agora se despeçam, Marta precisa voltar para perto das amigas.

Carlos María abraçou-a com força, querendo machucá-la. Mas ela o conhecia, dobrou os braços contra o corpo, protegendo o torso. Ele largou primeiro.

— Em março eu volto — disse inutilmente.

Quando voltou, feliz de seus dezesseis anos, dos braços fortes e da amizade com todos os peõezinhos da estância, mamãe Hilaire não esperou nem um dia para ter uma conversa séria com ele e avisá-lo sobre Marta, que perdera peso e alegria durante o verão, estava pálida e com jeito distante; o dr. Roderich havia reforçado o cálcio, com francas incitações ao campo e à tranquilidade.

— Mas por que você não a mandou para a estância?

— Porque eu não podia ir com ela, você sabe que a Obra não me deixa nem um dia livre, ainda mais agora, com o esforço de guerra.

— Ela é que deveria ter ido — insistiu Carlos María, soturno.

— Vou com ela na semana que vem. Consegui uma pessoa para me substituir. Seu pai toma conta da casa.

"Que idiotas", pensou Carlos María ao sair. Receava uma desconfiança da mãe, medo de Marta sozinha com ele sem ninguém tomando conta. Mas depois gostou da ideia, a prova indireta de sua hombridade. E assim que gostou da ideia voltou o incômodo, o mal-estar que às vezes o acossava sem que soubesse como, quando o Bebe Matti falava de suas aventuras com uma mulher de cabaré, dizendo que seria bom arrumarem uns pesos e ir para o Bajo num sábado qualquer.

— Realmente você está um nojo — disse para Marta quando acabaram de se abraçar. — Mas lá você logo entra nos eixos. Pena não ir com você, eu lhe ensinava a andar a cavalo.

— Não tenho a intenção de andar a cavalo — disse Marta, que estava na fase da languidez e da indiferença. — Para mim é suficiente andar pelos campos ao entardecer.

— Você vai é se encher de carrapato.

Começavam a olhar um para o outro, a se reconhecer. Trocavam tímidas referências ao passado, à festa de aniversário de Marta, ao presente que ela havia mandado para o de Carlos María. Ele achava os braços dela bonitos, longos e muito brancos, o pescoço quase transparente, e os olhos Hilaire ardendo para dentro. Marta começou a falar em Rolando Yepes, em como Rolando Yepes desenhava.

— Maldita estância. Vou entrar no curso com quatro meses de atraso e perder tudo o que sabia. Segundo Rolando isso é uma pena, porque este ano não dá para jogar tempo fora.

Falava dos professores, das esperanças. Ele a seguia olhando seus braços, um pouquinho o peito, onde a blusa se erguia de leve; mas olhava seus braços e também a cintura fina que ainda era um pouco de menina.

— Seu Rolando deve ser uma besta — disse, antes de sair.

O ano não foi bom porque Marta não se recuperou na estância e quando a trouxeram fez questão de frequentar a academia e não houve como impedi-la. Teve uma bronquite uma semana depois, o dr. Roderich mandou chamar uma enfermeira e Marta ficou presa à cama, na penumbra; Carlos María a ouvia de longe gemendo mansamente, parecia um pardal ou um gatinho. Foram cinco dias horríveis, até saber que ela se salvaria. Quando Carlos María saía do escritório para se aproximar da sala de jantar, posto avançado de onde se adivinhava o movimento no quarto de Marta, Rolando Yepes ia sentar-se a seu lado em busca de uma dessas palavras que uma pessoa inspira em outra para depois ouvi-las e se consolar. Ia todos os dias à casa deles, passava horas na sala de jantar, e mamãe Hilaire permitia que ficasse, servia-lhe café e docinhos, uma noite tentou convencê-lo a ficar, mas ele recusou, para voltar no dia seguinte a partir do meio-dia.

Olhavam (sentados no sofá verde, onde havia exemplares da *Life* e cigarros avulsos) as pessoas entrarem e saírem do quarto de Marta, liam as notícias na fisionomia da enfermeira ou de mamãe Hilaire. Carlos María teria querido estar só, mas Rolando era discreto e tímido, passava horas calado fumando seu cachimbo, às vezes adquiria um ar de espera informada, como se de repente a porta do quarto do fundo do corredor fosse se abrir para que acontecesse um grande milagre. Naqueles momentos Carlos María ficava contaminado pela tensão de Rolando, observava-o admirado para em

Histórias (inesperadas) 569

seguida recuar para seu rancor amedrontado, para a presença do intruso na família. De vez em quando d. Elías se aproximava e se sentava entre os dois, murmurando sua esperança em frases densas e fáceis; Carlos María o escutava como quem aspira o perfume das colônias ordinárias.

Um dia em que Rolando ficou ocupado com trabalhos práticos e não pôde voltar, Carlos María ficou de dono do sofá e se estendeu confortavelmente, relaxado e vitorioso. Seus pés estavam no lugar onde Rolando costumava sentar-se, a cabeça apoiada no braço de veludo, fazendo círculos de fumaça com uma destreza descuidada. Deixou-se estar assim durante uma hora, talvez duas. A enfermeira entrava e saía do quarto de Marta, dirigindo-lhe ao passar um gesto satisfeito, e ele desfrutava da certeza de sua melhora, de que em breve ela poderia estar a seu lado. Em determinado momento — descerravam as cortinas da sala de jantar, a atmosfera se impregnava de xaropes opalinos — perguntou-se distraidamente por que sua alegria não era maior e mais plena. Senhor do lugar, de novo ele e Marta. Bateu no assento do sofá com os saltos dos sapatos, viu a fina coluna de poeira subir como os gênios das *Mil e uma noites*. Teve a sensação de estar só e de faltar-lhe alguma coisa, até que d. Elías chegou e os dois falaram da guerra, da posição privilegiada de nossa pátria em meio ao caos. "Ser neutro é ser superior a todos", proclamava d. Elías de vez em quando. Foi o que disse naquele momento, Carlos María respondeu com respeitoso assentimento, com uma vaga felicidade, agora que era levado a pensar em outra coisa, agora que o extraíam daquele sentimento de indefinida privação em que passara a tarde.

A luz da convalescença já era dela; abria as mãos, palmas para cima sobre os lençóis, e a aprisionava com avidez, brincando com a luz como com meadas de lã. Permitiam que Carlos María olhasse para ela por um momento, da porta, proibido de dizer-lhe uma só palavra; mas agora pôde entrar, sentar-se num banquinho ao lado da cama, acariciar o braço emagrecido da menina.

As primeiras palavras de Marta foram para perguntar-lhe por Rolando. Ele sofreu ao responder com a verdade, contar-lhe a fiel presença de Rolando na casa. Rolando não tardaria a chegar, mas enquanto isso havia o tempo de antes, com Marta e ele no jardim. Quando Rolando voltava à voz de Marta, em meio a uma lembrança ou a um projeto só dos dois, Carlos María sentia uma espécie de tombo repentino, um leve giro da tampa facetada das garrafas, para ver um jogo de imagens substituído no mesmo instante por outro, sem relação com o anterior, abominavelmente diferente.

— Me desculpe — disse Marta de repente, com seu rosto devastado e seu romantismo mantido pela dieta e pelo delicado abrigo de lã rosa. — Eu não devia lhe falar dele. Eu sei...

— Você não sabe nada de nada. Por mim, pode continuar falando dele, você é livre.

— Você foi tão bom, esse tempo todo...

— Ele também — disse Carlos María com heroísmo. Foi mais fácil do que teria imaginado. Um heroísmo como o de antes, quando se atirava, fuzilado, pronunciando as últimas memoráveis palavras.

Anunciaram Rolando, precedido de flores e de um pacote com jeito de confeitaria de bairro. Carlos María se levantou para deixá-los a sós.

— Você é mesmo um tolinho — disse Marta com uma voz tão para ele, tão do lado de antes, que Carlos María passou diante de Rolando como um deus.

Depois o ano passou depressa. Levaram Marta para Córdoba, a casa ficou vazia de mulheres até o fim dos cursos. Foi um belo tempo para Carlos María. Os rapazes se reuniam a ele todas as tardes para estudar na sala grande, faziam pausas na botânica e no reinado de Pepino, o Breve, para ensaiar *boogies* ou discutir com elegância marcas de cigarros e automóveis. Às vezes d. Elías chegava do escritório e ficava um momento com eles, tratando-os de igual para igual com tanta cordialidade que os rapazes se rendiam a ele na mesma hora. Era a ocasião em que d. Elías mandava trazer a garrafa de cana seca e todos bebiam seus copinhos com ar de entendidos e fumando. Coisa estranha, o Bebe Matti nunca mais falara de mulheres para Carlos María. Uma noite foram ao Bajo com Días Alcorta, animaram-no a provar o Avión e beberam três cervejas cada um. A mulher de Carlos María era magra e compreensiva, deu-lhe conselhos e fez uma vaga promessa de encontrá-lo uma tarde para concretizar uma ida para a cama. Saíram enjoados e orgulhosos, disfarçando as duas coisas e principalmente o orgulho. Carlos María pensou muitas vezes em Yaya, mas não em telefonar para ela e levá-la a um hotel. Pensando-o, não o pensava. Certa expressão do porteiro do cabaré, somada à de Yaya quando lhe dizia: "Como você dança bem a milonga, filho", detinham-no à beira do ridículo. Imaginava problemas, cerimônias; que lhe pediam a identidade no hotel, ou que o despachavam acompanhado de um segurança. Tudo isso na frente de Yaya, ou para que d. Elías ficasse sabendo. Quando se decidiu a desistir, a esperar, sentiu uma felicidade quase indigna. Como quando era criança e encontrava o pretexto perfeito para não fazer alguma coisa que lhe causava repugnância ou desprazer.

* * *

Marta voltou em novembro e Carlos María foi à estação com d. Elías; Rolando Yepes também estava lá. Haviam se encontrado muitas vezes porque o rapaz ia pedir notícias de Marta a d. Elías, e Carlos María o convidava a entrar para a sala de jantar e lhe oferecia uma bebida e o sofá. Nessas ocasiões conversavam como amigos, com poucas referências a Marta, preferindo o futebol e a guerra. Rolando era anglófilo e de San Lorenzo, de modo que havia assunto para longas discussões e argumentos. Haviam virado bons camaradas, Carlos María desconfiava que houvesse influência de Rolando sobre seu modo de pensar, a grande vantagem de seus dois anos a mais. Mas Rolando não se valia disso, admitia as piores opiniões do amigo, às vezes um diálogo terminava com pancadinhas nos ombros um do outro e um riso cheio de confiança, quase de alegria.

Não gostou de vê-lo na estação, prova palpável de que Marta lhe escrevia. A volta dela era quase inesperada, mamãe Hilaire a decidira num par de dias. E Rolando estava lá, apertando com força a mão de d. Elías, que era seu protetor declarado, aproximando-se de Carlos María para dar-lhe palmadas nas costas. Teria gostado de deixá-los lá, enfiar-se na confeitaria e esquecer. Sem muita clareza, lembrava-se de que nos romances as pessoas esquecem entrando nas confeitarias e bebendo. Não via com precisão o que deveria esquecer; como se agora a volta de Marta o incomodasse, não tanto ver Rolando ali, mas a chegada dela. Se Marta tivesse chegado e só ele a estivesse esperando na estação... Mas nem isso. E Rolando a falar da vitória do San Lorenzo em Lima, quatro a um, e que viagem, velho, que puta viagem.

Na idade de Carlos María as lembranças já começam a manchar o presente e a frustrá-lo. O ritual de fim de ano foi idêntico ao anterior, de modo que ele frequentou os exames, os pães doces e as gravatas novas como se fossem aposentos da vida inteira, encontrando as chaves às cegas, evitando com um desvio competente a ponta da mesa e a borda das cadeiras. Tudo se repetia como numa cópia de papel-carbono, primeiro passar nos exames, depois véspera de Natal, depois comprar as passagens, depois o Ano-Novo — e d. Elías alvejando a noite com sua pistola Mannlicher —, depois a estância durante todo o verão. Nesse esquema rigoroso e eficaz, Marta era um pouco a fina ruga que altera a cópia. Estava diferente, com uma beleza intocável que acendia em Carlos María uma necessidade de pura contemplação secreta. Às vezes se surpreendia pensando: "Ela já está com dezessete anos", olhava-a girar sobre si mesma com um rápido gesto de fuga ou alegria. Uma infinidade de novos gestos se inventavam nela diariamente, maneiras de inclinar a cabeça, beicinhos ou sorrisos. Seu corpo ficava repleto de significados que não eram da Marta de então, mas que em seguida aderiam a ela e eram ela — para sempre. Como sua voz, agora mais grave e contida, e seu vocabulário, no qual os palavrões se reduziam a escassos instantes de abandono e recaída.

Mamãe Hilaire não tinha necessidade de ficar de guarda porque Marta coibia no primo tudo o que não fosse — mesmo em implicações remotas — fraternal. Nem bem voltara de Córdoba e já se negava a beijá-lo à noite, antes de ir dormir. Substituiu o beijo por um aperto de mãos, tipo camarada, e ele não se incomodou. Beijá-la era, agora, uma tarefa difícil, reservada para os aniversários, a véspera de Natal, os triunfos acadêmicos. Quando ele era tomado por uma surda oposição à proximidade de Marta e Rolando Yepes, gostaria de ter a ousadia de encurralar Marta num momento de solidão, beijá-la firme e longamente para imprimir nela um atestado de dominação. Pensava nisso tão lenta e satisfatoriamente que se eximia de realizá-lo, mas guardava uma necessidade de brigar, de discutir com ela o que quer que fosse. As fúrias estouravam na mesa, na sala de estudos, por bobagens. Marta reagia com surpresa dignidade, depois se deixava levar e retomavam a troca de insultos, a rápida esgrima dilacerante. "São como gatos", dizia mamãe Hilaire desconsolada, "gatos brigando." Carlos María pensava nos horrendos alaridos noturnos nos telhados. Mas também sabia que aqueles gatos não brigavam nas noites de lua cheia, que gritavam e gemiam mas que aquilo não era uma luta.

Voltou da estância transformado em homem. "Dezessete anos que parecem vinte", afirmou d. Elías à mamãe Hilaire um pouco amedrontada. "Inclusive domou potros e quase se arrebentou todo num dia de corridas." Mamãe Hilaire resumia seu assombro na palavra dos grandes momentos: "Jesus!". Rolando o cumprimentou com um abraço e um: "Que alegria, irmãozinho!". Mas Marta permaneceu receosa e distante, mesmo quando o beijava, rindo e na ponta dos pés, queixando-se de que ele a machucava ao abraçá-la.

Faltavam duas semanas para o início do terceiro ano. Os primeiros dias foram as histórias, os rolos de Kodak, telefonar para os rapazes e sair com eles para intermináveis caminhadas cheias de cotejos, silêncios, esboços de confissões. Depois sentiu a necessidade de ficar em casa, atento aos ruídos e aos odores da casa, onde Marta e Rolando eram os senhores e ele se sentia indizivelmente deslocado, perdedor em Marta e em mamãe Hilaire, e até em Rolando. Foi obrigado a reconhecer: até em Rolando. A camaradagem de antes, na época da doença e da ausência de Marta, agora fora substituída

Histórias (inesperadas)   573

por rápidos diálogos de passagem; Rolando saía sem demora atrás de Marta, discutindo quadros e livros, esgrimindo teorias e longas profissões de fé.

Na idade dele ninguém se observa com muito rigor, e Carlos María só estava seguro de sentir umas cócegas incômodas toda vez que encontrava Marta com Rolando. Sem se dar conta com clareza, permitia-se pequenas deslealdades, instalar-se, lendo, no salão onde os colegas estudavam, interrompê-los a todo momento com perguntas, brincadeiras com o cachorro ou troca de cigarros. Irritava-o, em Rolando, aquele tom apagado que percebia na voz dele quando ficava perto de Marta falando-lhe confidencialmente. Ela o escutava com atenção, às vezes admirativa, mas não era sua atitude submissa que incomodava Carlos María, era antes a entrega progressiva de Rolando, a perda de seu ágil domínio do início, de sua atitude equilibrada e independente; sua beleza segura de rapaz. Nessa transformação Carlos María adivinhou a aproximação de Rolando a Marta, e já não pôde deixar de reconhecer o ciúme que sentia, negar-se ao ciúme que lhe inspiravam desde projetos sem futuro, desde ansiosas compensações solitárias que o extenuavam sem satisfazê-lo.

Quando, na ausência de Rolando, buscava a companhia de Marta, prometendo-se vagamente combater os prestígios do condiscípulo, uma distância intransponível limitava-o ao diálogo de antes, às indelicadezas que Marta, por sua vez, parecia provocar. Chegou a perguntar-se se a prima ficava perturbada com sua proximidade e teve uma dura alegria vencedora; depois se disse que talvez Marta sentisse aversão, repugnância até. Uma tarde criou coragem de fazer uma brincadeira direta, misturada a uma mão que lhe roçou os seios; ela se jogou em cima dele dando-lhe bofetões e pontapés, em meio a um grande silêncio. Estava tão vermelha que ele a julgou furiosa, e já no erro confundiu as leves unhadas e se afastou rindo, pouco inclinado a recomeçar, enquanto Marta lhe dava as costas, um pouco trêmula, praguejando em voz baixa com a melhor linguagem de antes. Naquela tarde foi terníssima com Rolando, deu-lhe balas na boca, fez tamanhos elogios dele que mamãe Hilaire acabou por repreendê-la. O ciúme explodiu em Carlos María com uma força que primeiro o jogou em seu quarto, numa crise de pontapés a esmo e nos banquinhos, e em seguida o fez perambular taciturno pelos cantos escuros da casa. Aquilo durou dois dias, e na tarde do terceiro acabou se enfiando no escritório vazio do pai, cansado de não fazer nada, errando de poltrona em poltrona, de coisa em coisa, até abrir sem pensar a velha escrivaninha xerife, de cortina, que ninguém mais usava.

574   *Os gatos*

A carta estava numa das gavetas pequenas, misturada com recibos do campo, cheiro de pau-santo, um discurso de José Manuel Estrada e um exemplar da *Caras y Caretas* com um poema de Fernández Moreno dedicado ao aviador Saint-Romain. No início foi fácil ler, uma letra clara como nos tempos da caligrafia, mas depois apareciam placas amarelas, fungos incorpóreos que cobriam palavras inteiras. A letra era de d. Elías, o destinatário (teria recebido a carta, devolvido depois, ou era um rascunho, um arrependimento?) não chegava a ser percebido com clareza.

Estimada senhorita:

Não me perturba o tom de sua carta; considero-o muito adequado a quem se julga no dever de zelar pela moralidade pública e privada. Pois bem, saiba a senhora que em minha casa   sem limitação parentes e amigos, desde que não pretendam transformar-se em censores, como a senhora acaba de fazer de uma forma que nem eu nem minha esposa estamos dispostos a permitir. Lamento que tenha chegado ao extremo de fazer   minha esposa, mais a par   deveres de mulher e de cristã. Se essa criança está meu lar, é porque tanto   como eu agimos de acordo com nossa consciência. Bem sei que para minha esposa foi muito mais penoso do que para mim (embora só eu conheça meus sofrimentos e minha mortificação com respeito a esse assunto; diria até meu arrependimento). Por isso me ofende sua repentina   em algo que é de nossa exclusiva competência, e lamento profundamente que uma infundada confiança na senhora tenha me levado a confiar-lhe uma questão   ...gredo de família. Mostrei sua carta à minha esposa, que está de acordo   o que lhe escrevo. Se Marta é Hilaire, só a mim compete desempenhar os deveres que daí decorrem; minha esposa sabe e saberá me ajudar, porque nela, como nas santas, a caridade se sobrepôs aos preconceitos. Que disso decorra o que acredite conveniente, e proce...   determina sua religião e sua inteligência,

Elías Hilaire

Histórias (inesperadas)   575

Na primeira noite não houve efeito algum, dormiu profundamente até bem tarde, e sem sonhos. Desde o despertar, ainda em dúvida quanto a sair da cama para fazer ginástica ou continuar preguiçando um pouco, uma angústia incontrolável apoiou os pés em seu estômago, uma sede e um aperto o fizeram pular da cama. Em outros tempos sentia a mesma coisa quando chegava à conclusão — sempre assim, um segundo antes de se levantar — de que não teria média suficiente para se livrar de alguma matéria, ou que mamãe Hilaire podia morrer. Ficou fazendo tempo na ducha fria, recusando-se ao momento de enfrentar Marta e as canecas de café com leite. Mas depois se portou com serenidade, brincou com ela sobre sua cara de sono, o batom azul e o cabelo despenteado. Estava ganhando tempo para olhar para ela, para encontrar os olhos de Marta, que agora, incontestavelmente, eram os olhos Hilaire da infância. Não o magoava que ela fosse sua irmã, nem que o segredo explicasse melhor as separações atentas, os alertas incessantes de mamãe Hilaire. Era outra coisa, um surdo sentimento sem palavras no qual d. Elías e mamãe Hilaire apareciam como enormes aranhas dedicadas a um dever monstruoso e continuado, capaz de obliterar o futuro para que o passado se mantivesse respeitável e intocado. Mamãe Hilaire fora a pior, a encarnação da santidade mais abominável; protegendo o erro de d. Elías, cobrindo com uma asa de galinha absolvedora a criança confessada por aquele homem sem forças para evitar sua vinda, fraco para mantê-la longe e ignorada. Marta Hilaire, sua irmã. Com uma fraternidade já inegável no jeito de olhar, no desenho do queixo. Sua irmã, e ele apaixonado por ela, abrasado de ciúme dela, cego diante de Rolando, que repentinamente, e feito um semideus — daqueles aprendidos no primeiro ano, que se transformavam e eram de tudo, sempre mais fortes e mais belos —, repentinamente, como um semideus, tomava a dianteira da competição, chegava a Marta por ter direito a isso, podia ganhá-la, não era irmão dela, embora a amasse e merecesse menos.

Na tarde anterior, antes de encontrar a carta — que agora tinha na carteira, como um segundo coração, seco e convulsionado —, sua fúria contra Marta e Rolando se transformara em necessidade de luta. Não podia expulsar Rolando e nem queria expulsá-lo. Impossível agredi-lo fisicamente, sua culpa não era dessa ordem, tudo o que fosse punitivo deveria dar lugar a uma máquina de vitória que não adquirisse tom de vingança. Eles não lhe haviam feito nada; poderia ter em Rolando seu melhor amigo, só que... E Marta ainda menos, ela menos ainda. Então planejara aproveitar seu prestígio de regresso, sua herança do passado; criar em Marta a volta ao jardim, ao chorão, a Buffalo Bill; sem isso, exatamente, mas de alguma forma isso outra vez, o jardim e o chorão. Para deixar Rolando de fora, impor-lhe sua condição intransponível de intruso e estrangeiro.

Então vira lucidamente — mesmo sem formulá-lo, como um conhecimento inexprimível mas evidente — que só poderia ganhar Marta a partir do plano pessoal, com o mesmo jogo que via Rolando tramar. Não que o incomodasse, não exatamente que o incomodasse; guardava desde muito antes uma ânsia de apertá-la contra si e cheirar seu cabelo e sua nuca; embora sabe-se lá se isso era amor, recusava-se a classificar uma atração que carecia de propósitos definidos — como talvez com Yaya, tanto tempo antes, ou em alguns sonhos que o desalentavam por serem imprecisos. E agora tudo virava retrocesso e renúncia, limitar-se a estar perto de Marta e ir em frente como amigo, como companheiro de tanto viver e brigar e ser felizes. Não mais o amor, não mais apertá-la contra si e cheirar seu cabelo e seu protesto. Deixar que se fosse, com Rolando e seu caminho. Voltar ao orgulho dos catorze anos, de antes de Rolando aparecer na casa, quando Marta era um problema para seu orgulho masculino, um incômodo em cada jantar, em cada viagem, em cada filme. Dar-se conta ao mesmo tempo — passado um momento, quando o solilóquio parecia ter se esgotado, satisfatório — de que era impossível, de que a ideia de Rolando com Marta era como nunca aquela vespa enfurecida em seu punho; e ele uma necessidade de espada fria a introduzir-se entre os dois, como nas lendas da Távola Redonda; guardião da irmã, então, mesmo não sendo exatamente isso, se algo semelhante a uma mentira o arrastava, queimando suas sestas e suas noites, denunciando aquela tutoria resignada; algo como um impulso para outra coisa, uma disparada de cavalo em chamas.

Organizou sua renúncia com minúcia de relojoeiro. Agora acreditava curar-se isolando-se pouco a pouco, cedendo, na recordação da irmã, à presença cada vez mais constante e visível de Rolando. Prometia para si mesmo fazê-los felizes, revelar o segredo algum dia, depois que mamãe Hilaire e d. Elías tivessem morrido, extrair a carta amarela da carteira numa noite de aniversário, mostrá-la aos esposos na hora dos brindes, com a palidez adequada e mais tarde as lágrimas, os brindes, a emoção de Marta diante da revelação da fraternidade, o abraço de Rolando, definitivamente parceiro. Construía seus sonhos em prolongado detalhe, deixando que se escoassem as horas da sesta, estendido de costas. Um momento depois fervia de raiva, exasperado por ter se deixado arrastar para uma filantropia repugnante. A inconsistência de tanta fantasia tornou-o volátil e mal-humorado, mamãe Hilaire já se queixava em voz alta e atribuía aquela brusca rabugice de Carlos María às férias na estância. Ele respondeu com aspereza uma ou duas vezes, até d. Elías chamá-lo de pirralho na frente de Rolando. Ergueu-se pálido, prestes a gritar a verdade como uma cusparada. Rolando olhava para ele penalizado, num convite a que se calasse, então tudo se resumiu docemente a uma necessidade incontrolável de lágrimas, num ir para o quarto

Histórias (inesperadas)   577

sem olhar para ninguém e ceder durante horas inteiras a uma amargura deliciosa cheia de mimos e frases superiores.

Depois disso ficou sigiloso e astuto. Entrava sem resistências numa recaída do ciúme e percebia deliciado que para afastar Rolando de Marta bastava mostrar-se inteligente, acumular pretextos, interrupções, amabilidades repletas de encanto, intrometer-se no diálogo, ser três com eles, sair junto com eles, ler os livros para eles e repartir os caramelos. Conseguiu convencer Rolando a ir um domingo até o campo do Racing, outro dia telefonou para Marta do centro convidando-a a ir assistir com ele a uma comédia na sessão da tarde; visto que ela comentava que Rolando ia estudar, avisou-a de que o filme sairia de cartaz no dia seguinte; Marta se deixou convencer.

Quando os três saíam juntos, ela se sentava entre os dois no cinema e nos bares, o hábito os deixava cheios de subentendidos e intimidades. Em casa, Rolando já era o pretendente que vai jantar duas vezes por semana e adquire um número cada vez maior de privilégios. Levava charutos para d. Elías e a revista *Home and Garden* para mamãe Hilaire. Com exceção de Picasso, os dois estavam de acordo com ele em tudo, e até o pai de Rolando aparecera em jornada exploratória e trocara saudações com os Hilaire por ocasião do primeiro dia do ano.

Às vezes, quando ficavam sozinhos e Marta mordia o lápis antes de começar um croqui, Carlos María receava que ela estivesse de sobreaviso, que desconfiasse. Chegou a temer aqueles momentos, talvez porque Marta não se recatasse diante dele, jogava-se de repente num sofá com as pernas expostas demais, a cabeça jogada para trás até deixar ver os seios nascendo no decote como sorvetes com sua fruta de enfeite. Então ele sentia o horror do ridículo, ficando ali sem fazer nada quando Marta parecia esperar pelo menos uma palavra, nem que fosse, como em outras vezes, para replicar e se ajeitar cheia de uma estranha cólera sombria. A toda suspeita de desejo, Carlos María reagia com o imperativo do dever. A fraternidade era o vidro de aquário que separa a sereia do contemplador, dando-lhe um sentimento de segurança prévio e talvez fundamental, que afoga toda concupiscência no nascedouro. Mas Marta estava ali, tocando-o, e ele chegou a pensar na possibilidade de que ela o estivesse pondo à prova, urdindo por sua vez uma teia invisível onde ele acabaria preso, títere desesperado. Lembrava-se das brincadeiras da infância, da separação à entrada do canavial da fonte, já sancionadas as regras da guerra; a dupla organização das emboscadas, as traições, os laços. Na tranquilidade do estúdio de Marta, atirados nas poltronas e falando de uma exposição de Antonio Berni, talvez fossem outra vez as crianças selva-

578   *Os gatos*

gens e seminuas que se perseguiam caladas entre as canas, suarentas sob o sol das três horas, os grilos, os gafanhotos. Novamente os gatos, e um pouco como se o novelo para as unhadas se chamasse cada vez mais Rolando Yepes.

Àquela altura dos acontecimentos, Carlos María estava convencido de que se Marta não tivesse sido sua irmã ele a teria disputado abertamente com Rolando, até jogá-lo para fora da casa como uma casca de laranja. Não lhe passou pela cabeça pensar que poderia ter feito isso antes de tomar conhecimento da carta, que na época se controlava, num surdo sentimento de animosidade em que Rolando não parecia ter mais destaque do que Marta. Não ia longe em suas análises, a alma pratica esses atendimentos de emergência repletos de colódio e gazes antes que o sangue brote das feridas como gemidos entrecortados, pedaços de verdade e de mentira misturados e pulsantes. E organizava mais uma vez sua situação moral (porque era assim que a chamava: situação moral) baseado nas interdições de seu secreto conhecimento. Impossível, agora, combater com as armas que Rolando estava usando. Impossível tirar Marta dele com um beijo mais decidido e uma carícia mais demorada. Então restava a alternativa da renúncia total (à qual voltava, para em seguida distanciar-se, assim que ouvia o diálogo brotando no ateliê ou no jardim) ou do combate dissimulado pela reconquista fraterna de uma Marta silenciosa, distante, diferente.

Estava entrando na sala do piano quando viu Rolando separar-se de Marta com um gesto de serpente que joga o corpo para trás. Os rastros do beijo eram o ar surpreso e incerto de Marta — de joelhos no sofá azul, de modo que Rolando fora obrigado a se inclinar, apoiando as mãos nos ombros dela, e a beijá-la sem um abraço, sem essa continuação, essa árvore do beijo nos dedos e nos braços.

Não seria a primeira vez, pensou Carlos María enquanto entrava, olhando-os com ar soturno, mas a certeza do beijo alterava de repente os valores, como um soco destrói as sensações habituais e já despercebidas, cria em seu horrível instante um tumulto insuportável de dores, cheiros, sabores, estrelas e náusea, uma maré que irrompe como um enxame enfurecido de encontro a um para-brisa. Olhava para Rolando sem intenção de dizer nada, nem sequer de olhar para ele, e Rolando se afastou e foi até a mesa onde seu cachimbo exalava uma fumaça tênue, por sua vez olhou para ele com uma ânsia de recompor-se e de não dar à coisa uma importância inútil.

— Quer dizer que vocês não perdem tempo — disse Carlos María. — Não acho certo você fazer isso. Já que você vem aqui em casa, comporte-se como um cavalheiro.

— Você lê Duras demais — disse Marta, agora estendida no sofá e olhando para ele com expressão de troça. — Isso de cavalheiro é de uma idiotice que só você...

— Foi com ele que eu falei, cale a boca.

— Por que a brabeza, garoto? — interveio Rolando com toda a calma. — Tenho a impressão de que você não é cego, para não ver que esse assunto ficou sério há muito tempo.

E sem lhe dar tempo para resposta, uma das muitas que se confundiam e tentavam abrir caminho:

— Além disso o assunto não lhe diz respeito, se for o caso de discuti-lo. Logo vou conversar com seu pai.

Carlos María estava entre ir para cima dele e dar-lhe uma surra ou retirar--se da casa, vertiginosamente consultava a dupla saída, e os olhos de Rolando continuavam amistosos porém definidos nos dele, como se estivessem fora do tempo, numa imobilidade momentânea em que nada se resolvia, em que a vontade era anódina e amena, um pano molhado a escorregar-lhe pelas pernas. Então sentiu a mão de Marta em seu braço, a carícia diminuta. Os dois olhavam para Carlos María como se ele fosse um menino, condescendentes e dando-lhe a oportunidade de apagar o mau momento. Os olhos de Carlos María baixaram antes dos de Rolando; seu olhar percorreu o corpo de Rolando de cima a baixo, como o jato da mangueira contra a hera do paredão, ecoando surdamente. Não olhava para Marta, sentia sua mão cálida sobre a camisa. Virou-se e correu.

No último instante ficara na dúvida, mas se apresentou a d. Elías e lhe estendeu a carta enquanto se perguntava que relação podia haver entre seu gesto e o que acabava de suceder. Mas fez isso como se alguma coisa lhe dissesse que agia bem, que convinha resolver todo assunto pendente antes que tivesse início uma nova etapa; a destruição de papéis e fotografias na véspera de uma cirurgia. Sofria pouco, a angústia era mais intensa que qualquer dor, sentia necessidade de brandi-la contra algo; se esse algo tivesse sido Rolando, teria se jogado para cima dele. Mas não era, nem Marta, talvez os dois juntos, a entidade que abominava nos dois desde o momento de seu beijo.

Don Elías examinou a carta com minúcia, estalou a língua e disse alguma coisa sobre a curiosidade mal encaminhada.

— Ninguém lhe deu licença para ir revirar meus papéis. Onde você encontrou isso?

Quando respondeu, pálido de raiva, Carlos María mantinha a atitude sempre teatral de quem pede explicações a um escalão acima do confuso interlocutor, envolto na grandeza do promotor público. Mas d. Elías empurrou-o para uma poltrona próxima à dele.

— Que bobagens você terá enfiado na cabeça!

— Marta é sua filha — acusou, um pouco ofegante, morto de medo e piedade.

— Não seja asnático! Parece mentira que você, com a idade que tem, me apareça com uma maluquice dessas. Como pode imaginar que eu teria permitido que você crescesse num erro desses? E para quê? Me diga!

— A letra é sua, você que escreveu.

— A carta diz que Marta é Hilaire, e essa será a única novidade para você. Eu teria lhe dado a informação quando você completasse dezoito anos, mas com você nesse estado... Ela é sua prima, pateta, só que é filha de Luis Miguel.

— Não é verdade — murmurou Carlos María, começando a entender que era verdade. — Você está me enganando de novo.

— Eu deveria lhe dar uma bofetada — atalhou d. Elías, não muito bravo. — Sua mãe está ali no quarto, costurando; vá lhe dizer que eu falei para ela abrir seus olhos. Ela vai saber contar melhor que eu. Saia, e me deixe trabalhar em paz. Não volte aqui antes de baixar a crista.

Um botão aqui, os pespontos... Sim, ela era filha de Luis Miguel Hilaire com uma moça que havia morrido no parto. A carta de d. Elías ("me passe a caixa das agulhas, não faça essa cara de palerma") se dirigia a uma parenta que adivinhara tudo e que se apresentara em defesa dos ditames da Igreja. Foi fácil dar um jeito na questão do sobrenome, d. Elías era influente e era preciso proteger Luis Miguel, candidato a senador por Buenos Aires.

— A coitada da minha irmã, que Deus a tenha em sua glória, aceitou passar por mãe de Marta aos olhos das pessoas, e quando a gripe a levou, mantivemos a mentira piedosa, ainda mais que Rosales havia permitido que ela ficasse com o sobrenome, e o coitado morreu pouco depois... Pois saiba que todos os parentes próximos conhecem a verdade e sempre estiveram de acordo; como você vê, no fim Elías nem chegou a mandar essa carta. E um dia desses vocês acabariam sabendo... Íamos deixar o assunto quieto, essas coisas são tão penosas.

Ela se enredava nas explicações, confundindo-as com as linhas e as bainhas, mas Carlos María já não a escutava. Marta é Hilaire... E de novo sua prima; Hilaire, mas prima. Com todos os direitos recuperados, seu longo sacrifício inútil, outra vez só e nu, na mesma situação de Rolando. Agora (e foi saindo do quarto com sigilosa lentidão) podia conquistar Marta, beijá-la depois do beijo dele. Dizer que se sacrificara ao longo de todas aquelas semanas, repetia a parte do sacrifício para se convencer. Porque Marta era Hilaire. No fim a liberdade o inundava como um extravio, a perda de todo ponto de referência; agarrou-se ao corrimão para certificar-se de que descia. Ouviu risadas na sala do piano, depois um acorde, Rolando batucando o início de uma rumba. A porta estava entreaberta e ele tinha todo o direito de abri-la de par em par, de ir ao encontro de Rolando e Marta, de dizer simplesmente: "Sou eu, e venho para ficar".

Lembrou-se de que não pedira desculpas a d. Elías; mas já estava se jogando para trás quando se lembrou.

Isso se passava numa segunda-feira, e na terça à tarde Marta viu Carlos María entrar com um pacote de cigarros de sua marca preferida. A hora de Rolando ainda não havia chegado, de modo que ele foi se estender no sofá e espichou as pernas, dono do ateliê onde Marta retocava uma natureza-morta com azuis e amarelos. Na noite anterior, quando a família se reuniu para jantar (sem Rolando), Carlos María imaginou que os pais fossem retomar as revelações da tarde para deixar o assunto esclarecido com Marta. Talvez eles esperassem o mesmo dele, e o jantar transcorreu quase sem palavras.

— Essa abóbora parece uma bola de rúgbi.

— Antes de desenhá-la, pensei um pouco em você. Você sempre foi minha musa, e não é preciso que queime a capa do meu sofá.

— Pare de trabalhar por um instante — disse Carlos María. — Eu gostaria de falar com você, agora nos vemos tão pouco.

— Porque você não se faz ver.

— Sei bem que às vezes chego na hora errada.

Os dois haviam esperado aquele momento para aproximar-se da discussão necessária. Marta aceitou um cigarro e foi para junto dele, sentou-se na beirada do sofá. Ouviram mamãe Hilaire perguntando se não haviam visto seus novelos de lã. O ateliê estava claro, de uma claridade sem limites nem matizes, uma luz ubíqua que Marta conseguia naquele horário ao redor de seu cavalete.

Ela fumava pensativa, sem olhar para ele. Carlos María ergueu a mão ociosa com o gesto de antes, que sempre ameaçava despenteá-la, e a viu responder exatamente com um gesto de portadora de ânfora, ou do persa nos subterrâneos da Ópera. Riram.

— Ontem você estava horrível, nunca vou lhe perdoar.

— O que eu fiz foi perder tempo, também nunca vou me perdoar.

— Eu achava que você era meu amigo — disse ela, desnecessariamente, como se quisesse preencher um branco com uma pincelada qualquer. Pensava no que havia sentido ao vê-lo entrar com o rosto contraído, Rolando jogando-se para trás como um chicote, o diálogo instantâneo sem satisfação, e depois Carlos María se virando e correndo porta afora, subindo a escada sem olhar para eles, talvez mordendo uma das mãos como quando era pequeno, os dentes e as lágrimas confundidos na pele da mão. De todo o sucedido lembrava-se mais da fuga de Carlos María que da delícia apagada do beijo; perguntou-se se ele acreditaria que era o primeiro beijo de Rolando, e que o beijo não a deixara feliz. Ouviu-o murmurar algo, confusamente, o rosto toldado pela fumaça e pelo gesto amargo. Por sua vez, fez o gesto de pentear a mecha de cabelo que caía sobre um dos olhos dele, e Carlos María, sem se mexer, deixou que ela o fizesse, entregue ao suave roçar de seus dedos.

— Não sei, achei horrível ver que você estava apaixonada por ele.

— Horrível por quê, idiota? E que confirmação é essa... um beijo?

— Não sei, eu nunca havia visto ele te beijar. Não por você estar ali, beijando Rolando, sabe? Foi ao ver que ele te beijava, vi tão claramente como ele se inclinava sobre você para dar o beijo.

— Rolando me ama, você ouviu quando ele lhe disse isso com toda a clareza. Quando se ama alguém, em algum momento é preciso beijar esse alguém. Eu correspondi ao beijo porque não se deve desperdiçar um beijo, sabe, e porque é só fechar os olhos...

As mãos duras de Carlos María se cravaram nos ombros dela. Ela o sentiu tremer, um final do tremor convergindo para os dedos dele, vibrando em sua carne por baixo da blusa. Perguntou-se se ele a inclinaria contra si, contrapondo ao gesto submisso de Rolando o puxão imperioso de quem atrai e dobra; sentiu a cintura afrouxar com uma branda aquiescência, ficou apoiada apenas nos braços estendidos de Carlos María, esperando que ele a dobrasse na direção dele. E fechou os olhos para vê-lo melhor, agora que uma das mãos dele se apoiava em seus seios, ficou ali por um instante e depois voltou para o ombro, puxando-a por fim, violentamente. Sentiu seu hálito, a umidade dos lábios, a força tremenda do beijo. Transtornada, sempre se entregando ao abraço, esperou sem resposta a delícia do abandono, e algo nela já denunciava o contato, querendo torná-lo mais insistente, arrastar Carlos María na entrega; mas sentia-o distante, talvez lutando para cercá--la, para acertar o local onde ela era por fim a cessão, lutando desesperado e vencido por um despojo que permanecia nas mãos, nos lábios, no calor horrível de dois rostos que se buscaram e que sabem que aquilo de alguma maneira não é o encontro.

— Por que... Por que... — O balbucio de Marta chegou a Carlos María quando ele lentamente se desprendia do beijo, ajudando-a a endireitar de novo o corpo. Uma sede fria e úmida se grudava à sua garganta, olhava Marta de cima a baixo, como se previsse uma explicação impossível, adiantando-se para encontrar pretextos e escusas. Naquele instante finalmente a tivera contra si, maravilhado ao dar-se conta de que era o vencedor, de que Rolando estava fora e distante e sem sentido, para imediatamente ceder à repulsa de um beijo sem delícia, de um beijo mais quente e duro que os de antes, mas outra vez e para sempre um beijo de irmã, porque Marta era Hilaire, queria desmentir a revelação de d. Elías e de repente insistia em acreditar que o haviam enganado, que aquele contato miserável, mais que qualquer carta ou qualquer desmentido, era uma prova da fraternidade. E uma coisa espantosa — com a beleza por trás, chorando —, medir de súbito a direção de seu ciúme, a ampla falsidade de sua renúncia, a inconsistência de Marta antes e agora, Marta Rosales, Marta Hilaire, simplesmente Marta, e ele desesperadamente livre contra ela, mais longe e mais alto, pedaço de pano agitando-se sob um vento negro por cima de Marta, que agora começara a chorar, escondendo o rosto, deixando cair algumas lágrimas e um soluço entre os dedos contraídos.

Teve coragem, antes de sair escreveu algumas linhas para d. Elías:

> Não o culpo por nada, consigo perceber que há tanta mentira em mim que eu levaria anos para desemaranhar a meada em que me transformei por dentro. Acho que me criar ao lado dela foi um mal que você me fez, depois tenho a sensação de que não, de que isso acontece em todas as famílias e de que, se estou louco, a culpa não é sua. Passei o dia pensando que mamãe e você me enganaram de novo, que Marta é sua filha. Mas olhe, papai, essa acusação é mais uma que faço a você para que eu não a receba no rosto, porque assim há momentos em que me salvo de desconfiar que se trata de uma defesa, de uma desculpa, de uma conformidade moral. Como fazer para saber a verdade, vai ver que não era a ela que eu amava, melhor deixar tudo como está e interromper as explicações de vez. Acabo de vender minha máquina de escrever, quase todas as roupas e os livros.

No começo pensei em me suicidar (você vai querer saber por quê, percebo que não estou lhe explicando nada, mas é isso, eu mesmo não entendo, e também isso é mentira). Pensei em me suicidar, mas no fim a gente nunca se mata, ainda não sei o que vou fazer. Juntei quinhentos pesos, é o suficiente para partir; por favor, não tente descobrir nada. Juro que me suicido se vocês tentarem tomar conta de mim. Diga à mamãe, que vai ser a mais desejosa de me encontrar. Prometa a ela de minha parte que vou ser feliz, que em breve vocês vão ter notícias minhas. Não mostre esta carta nem a ela nem a Rolando. A Rolando, diga que lhe deixo duas caixas de cigarros da marca dele e alguns livros que apreciava.

Mais adiante receberam notícias indiretas. Alguém acreditou ter visto Carlos María no porto, andando com marinheiros. Don Elías foi com um comissário amigo e fizeram averiguações por todo lado. Naquela noite partira um cargueiro norueguês; o capitão contratou um marinheiro e dois grumetes argentinos, um dos grumetes lembrava Carlos María Hilaire. Um estancieiro de Córdoba escreveu-lhes pouco depois para dizer que vira passar um caminhão com placa de Santiago del Estero tendo ao volante um rapaz que achou parecido com Carlos María. O primeiro postal tinha um selo de Tarija e chegou três meses depois; o segundo era de New Orleans, no fim do ano. Sempre estava bem. Sempre muito contente. Sempre muitos carinhos.

Janeiro de 1948

Manuscrito encontrado ao lado de uma mão

A meu xará De Caro

Chegarei a Istambul às oito e meia da noite. O concerto de Nathan Milstein começa às nove, mas não vai ser preciso assistir à primeira parte; entro no fim do intervalo, depois de tomar um banho e comer alguma coisa no Hilton. Para ir matando o tempo, me diverte relembrar tudo o que está por trás desta viagem, por trás das viagens dos dois últimos anos. Não é a primeira vez que registro por escrito essas lembranças, mas sempre tenho o cuidado de rasgar os papéis ao chegar ao destino. Sinto prazer em reler uma e outra vez minha maravilhosa história, embora logo depois prefira apagar seus traços. Hoje a viagem me parece interminável, as revistas são tediosas, a comissária de bordo tem cara de boba, não dá nem para convidar outro passageiro para jogar cartas. Escrevamos, então, para isolar-nos do rugido das turbinas. Agora que penso nisso, eu também estava muito entediado na noite em que tive a ideia de entrar no concerto de Ruggiero Ricci. Logo eu, que não suporto Paganini. Mas estava tão entediado que entrei e fui me sentar num assento barato que por milagre estava vago, já que as pessoas adoram Paganini e além disso *não dá para não escutar* Ricci tocar os "Caprichos". Era um concerto excelente e a técnica de Ricci me deixou embasbacado, seu jeito inconcebível de transformar o violino numa espécie de pássaro de fogo, de foguete sideral, de quermesse enlouquecida. Lembro-me muito bem do momento: as pessoas haviam ficado como que paralisadas com o fecho esplendoroso de um dos caprichos, e Ricci, quase sem solução de continuidade, já atacava o seguinte. Então pensei em minha tia, por uma dessas absurdas distrações que nos atacam no mais profundo da atenção, e no mesmo instante a segunda corda do violino arrebentou. Coisa muito desagradável, porque Ricci foi obrigado a fazer uma saudação, sair do palco e voltar com cara de poucos amigos, enquanto no público se perdia aquela tensão que todo intérprete invoca e utiliza. O pianista atacou sua parte e Ricci voltou a tocar o capricho. Mas eu havia ficado com uma sensação ao mesmo tempo confusa e obstinada, uma espécie de problema não resolvido, de elementos dissociados que tentavam se concatenar. Distraído, incapaz de entrar novamente na música, analisei o sucedido até o momento em que havia começado a me desconcentrar, e concluí que a culpa parecia ser de minha tia, de que eu tivesse pensado em minha tia no meio de um capricho de Paganini. No mesmo instante caiu a tampa do piano, com um estrondo que provocou o horror da sala e o total deslocamento do concerto. Saí para a rua muito perturbado e fui tomar um café, pensando que não tinha sorte quando me ocorria divertir-me um pouco.

Devo ser muito ingênuo, mas agora sei que mesmo a ingenuidade pode ter sua recompensa. Consultando a programação, verifiquei que Ruggiero Ricci prosseguia sua turnê em Lyon. Fazendo um sacrifício, me instalei na segunda classe de um trem que cheirava a mofo, não sem antes alegar doença no instituto médico-legal onde trabalhava. Em Lyon comprei o assento mais barato do teatro depois de um lanche ruim na estação, e por via das dúvidas, principalmente por Ricci, só entrei no último momento, ou seja, na hora de ele tocar Paganini. Minhas intenções eram puramente científicas (mas será que isso é verdade? será que o plano já não estava delineado em algum lugar?), e, como não queria prejudicar o artista, esperei um breve intervalo

586   *Manuscrito encontrado ao lado de uma mão*

entre dois caprichos para pensar em minha tia. Quase sem acreditar, vi que Ricci examinava atentamente o arco do violino, se inclinava como quem pede desculpas e saía do palco. Retirei-me imediatamente da sala, temendo não conseguir deixar de lembrar-me outra vez de minha tia. Do hotel, naquela mesma noite, escrevi a primeira das mensagens anônimas que alguns concertistas famosos inventaram de chamar de as cartas negras. É claro que Ricci não me respondeu, mas minha carta previa não só a gargalhada zombeteira do destinatário como seu próprio fim na cesta de papéis. No concerto seguinte — era em Grenoble — calculei com precisão o momento de entrar na sala, e na metade do segundo movimento de uma sonata de Schumann pensei em minha tia. As luzes da sala se apagaram, houve uma confusão considerável e Ricci, um pouco pálido, deve ter se lembrado de certo trecho de minha carta antes de recomeçar a tocar; não sei se a sonata valia a pena porque eu já estava a caminho do hotel.

O secretário dele me recebeu dois dias depois, e como não faço pouco de ninguém aceitei uma pequena demonstração em particular, não sem deixar claro que as condições especiais do teste poderiam influir no resultado. Como Ricci se recusava a me ver, coisa que não deixei de lhe agradecer, ficou acertado que ele permaneceria em seu quarto do hotel e que eu me instalaria na antecâmara, juntamente com o secretário. Disfarçando a ansiedade de todo noviço, sentei-me num sofá e fiquei um tempo ouvindo. Depois toquei no ombro do secretário e pensei em minha tia. Do aposento contíguo ouviu-se uma praga em excelente norte-americano e tive o tempo exato de sair por uma porta antes de um furacão humano entrar pela outra armada de um Stradivarius com uma corda pendurada.

Combinamos que seriam mil dólares mensais, depositados numa discreta conta bancária que eu tinha a intenção de abrir com o produto da primeira contribuição. O secretário, que levou o dinheiro até o hotel onde eu estava, não disfarçou o fato de que faria todo o possível para contrariar o que qualificou como odiosa maquinação. Optei pelo silêncio e por guardar o dinheiro, e esperei a segunda contribuição. Quando dois meses se passaram sem que o banco me notificasse o depósito, tomei o avião para Casablanca, embora a viagem me custasse grande parte da primeira contribuição. Acho que naquela noite meu triunfo ficou definitivamente comprovado, porque a carta que escrevi para o secretário continha as especificações suficientes e não há ninguém neste mundo bobo a esse ponto. Pude voltar para Paris e dedicar-me conscienciosamente a Isaac Stern, que dava início à sua turnê francesa. No mês seguinte fui a Londres e tive uma entrevista com o empresário de Nathan Milstein e outra com o secretário de Arthur Grumiaux. O dinheiro permitia que eu aperfeiçoasse minha técnica, e os aviões, esses violinos do espaço, faziam-me economizar muito tempo; em menos de seis meses minha lista passou a incluir Zino Francescatti, Yehudi Menuhin, Ricardo Odnoposoff, Christian Ferras, Ivry Gitlis e Jascha Heifetz. Fracassei em parte com Leonid Kogan e com os dois Oistrakh, que me demonstraram que só estavam em condições de pagar em rublos, mas por via das dúvidas acertamos que depositariam minhas parcelas em Moscou e me enviariam os devidos comprovantes. Não perco a esperança, se os negócios permitirem, de radicar-me durante algum tempo na União Soviética para apreciar as belezas da música local.

Como é natural, considerando que o número de violinistas famosos é muito limitado, fiz algumas experiências colaterais. O violoncelo reagiu de imediato à lembrança de minha tia, mas o piano, a harpa e o violão se mostraram indiferentes. Tive de dedicar-me exclusivamente aos arcos, e comecei meu novo setor de clientes com Gregor Piatigorsky, Gaspar Cassadó e Pierre Michelin. Depois de acertar minha combinação com Pierre Fournier, fiz uma viagem de descanso ao festival de Prades, onde tive uma conversa muito pouco agradável com Pablo Casals. Sempre respeitei a velhice, mas pareceu-me penoso que o venerável mestre catalão insistisse num desconto de vinte por cento, em último caso de quinze. Cedi dez por cento em troca de sua palavra de honra de que não mencionaria o desconto a nenhum colega, mas fui mal recompensado porque o mestre começou por não dar concertos durante seis meses e, como seria previsível, não pagou nem um centavo. Tive que tomar outro avião, ir a outro festival. O mestre pagou. Essas coisas me davam muito desgosto.

Na verdade eu deveria dedicar-me ao repouso desde já, visto que minha conta bancária cresce à razão de 17 900 dólares mensais, mas a má-fé de meus clientes é infinita. É só se afastarem mais de dois mil quilômetros de Paris, onde sabem que tenho meu centro de operações, que deixam de enviar o montante concertado. Para pessoas que ganham tanto dinheiro, há de se convir que é uma vergonha, porém nunca perdi tempo com recriminações de ordem moral. Os Boeings foram feitos para outra coisa, e tenho o cuidado de refrescar pessoalmente a memória dos refratários. Tenho certeza de que Heifetz, por exemplo, terá bem presente certa noite no teatro de Tel Aviv, e que Francescatti não se consola do final de seu último concerto em Buenos Aires. No que lhes diz respeito, sei que fazem o possível para se verem livres de suas obrigações, e nunca ri tanto como quando tomei conhecimento do conselho de guerra que realizaram no ano passado em Los Angeles, sob o pretexto do convite estapafúrdio de uma herdeira californiana atingida de melomania megalômana. Os resultados foram irrisórios porém imediatos: a polícia me interrogou em Paris, sem grande convicção. Reconheci minha qualidade de aficionado, minha predileção pelos instrumentos de arco, e a admiração para com os grandes virtuoses que me leva a cruzar o mundo para assistir a seus concertos. No fim me deixaram tranquilo, aconselhando-me, a bem de minha saúde, que escolhesse outras diversões; prometi fazê-lo, e dias depois enviei nova carta a meus clientes felicitando-os pela esperteza e aconselhando-os a efetuar pontualmente o pagamento de suas obrigações. A essa altura eu já havia comprado uma casa de campo em Andorra, e quando um agente desconhecido deu cabo de meu apartamento de Paris com uma carga de explosivo, festejei assistindo a um concerto extraordinário de Isaac Stern em Bruxelas — levemente prejudicado quase no final — e enviando-lhe umas poucas linhas na manhã seguinte. Como era previsível, Stern fez circular a carta entre o resto da clientela, e tenho o prazer de reconhecer que no decorrer do último ano quase todos eles se comportaram como cavalheiros, inclusive no que diz respeito à indenização que exigi por danos de guerra.

Apesar dos incômodos provocados pelos recalcitrantes, preciso admitir que sou feliz; essa rebeldia ocasional me dá, inclusive, ocasião de ir conhecendo o mundo, e sempre serei grato a Menuhin por um entardecer maravilhoso na baía de Sydney. Acho que até meus fracassos contribuíram para minha felicidade, porque se eu tivesse podido incluir os pianistas, que são tantos, entre meus clientes, já não teria tido um segundo de descanso. Mas, como falei, fracassei com eles e também com os maestros. Há algumas semanas, em minha propriedade de Andorra, me distraí fazendo uma série de experiências com a lembrança de minha tia, e confirmei que seu poder só se exerce nas coisas que guardam alguma analogia — por absurda que pareça — com os violinos. Se penso em minha tia enquanto estou olhando uma andorinha voar, é infalível que ela dê um grande giro, perca o rumo por um instante e depois, com um esforço, o recupere. Também pensei em minha tia enquanto um artista rabiscava um croqui na praça do povoado, com líricos vaivéns da mão. O lápis carvão virou pó entre seus dedos e tive dificuldade para disfarçar o riso diante de sua expressão estupefata. Porém, para lá dessas secretas afinidades... Enfim, o caso é esse. No que diz respeito a pianos, nada a fazer.

Vantagens do narcisismo: acabam de anunciar que chegaremos dentro de um quarto de hora, e afinal resulta que passei ótimos momentos escrevendo estas páginas — que destruirei, como sempre, antes de aterrissarmos. Lamento ter de me mostrar tão severo com Milstein, que é um artista admirável, mas desta vez é preciso uma lição que semeie o espanto entre a clientela. Sempre desconfiei que Milstein me considerava um golpista, e que para ele meu poder não passava de efêmero resultado da sugestão. Fi-

Histórias (inesperadas)   589

quei sabendo que ele tratou de convencer Grumiaux e os outros a rebelar-se abertamente. No fundo eles se comportam como crianças e é preciso tratá--los da mesma maneira, só que desta vez o castigo será exemplar. Estou disposto a estragar o concerto de Milstein desde o começo; os outros tomarão conhecimento com a mistura de alegria e horror própria de sua agremiação, e tratarão de pôr o violino de molho, por assim dizer.

Já estamos chegando, o avião dá início à descida. Da cabine de comando deve ser impressionante ver como a terra parece levantar-se ameaçadoramente. Imagino que o piloto, com toda a sua experiência, deve estar um pouco crispado, com as mãos aferradas ao manche. É mesmo, era um chapéu cor-de-rosa com babados; com ele, minha tia ficava tão

(c. 1955)

DIAGRAMAÇÃO Spress
TIPOGRAFIA Louvette Display e Arnhem
GRÁFICA GEOGRÁFICA
PAPEL Pólen, Suzano S.A.
AGOSTO DE 2024

A marca FSC® é a garantia de que a madeira utilizada na fabricação do papel deste livro provém de florestas que foram gerenciadas de maneira ambientalmente correta, socialmente justa e economicamente viável, além de outras fontes de origem controlada.